LES HEURES INDOCILES

Éric Marchal

LES HEURES INDOCILES

Éditions Anne Carrière

Du même auteur

Influenza, tome 1 : *Les Ombres du ciel*, Éditions Anne Carrière, 2009 ; Prix Carrefour du premier roman.

Influenza, tome 2 : *Les Lumières de Géhenne*, Éditions Anne Carrière, 2010.

Le Soleil sous la soie, Éditions Anne Carrière, 2011 ; Prix Léopold 2011 ; Prix Victor Hugo 2012 ; Grand Prix de l'Académie nationale de pharmacie 2012.

La Part de l'aube, Éditions Anne Carrière, 2013 ; Prix Montesquieu 2014.

Là où rêvent les étoiles, Éditions Anne Carrière, 2016.

ISBN : 978-2-8433-7892-8

www.anne-carriere.fr

à Emmanuelle, à Rébecca,
à mes parents,

à Fabienne et Laure, princesses de Chine

Chacun est un rebelle.
À deux, ils sont dangereux,
À trois, ils sont incontrôlables.

CHAPITRE I

Londres, mardi 30 juin 1908

1

Les pierres des façades exsudaient doucement la chaleur que la mégalopole britannique avait avalée depuis l'aube. Assis à l'angle de Sackville Street et Piccadilly, le cireur de chaussures comptait les pièces de monnaie dans sa poche en les faisant tinter. Il avait choisi l'endroit en raison de la poussière terreuse soulevée en permanence par la circulation et de l'affluence des piétons, qui ne cessait de grandir.

— Un penny pour faire briller vos chaussures ! proclama-t-il sans conviction à la jeune femme qui arrivait à sa hauteur.

L'état des souliers de la passante exprimait son indifférence pour la brosse à reluire. Elle lui répondit par un sourire, dont il se dit qu'il valait bien toutes les pièces accumulées depuis le début de la journée, et s'engouffra dans Piccadilly Street. Le garçon la suivit du regard jusqu'à la librairie Hatchards, à la devanture vert impérial, dans laquelle elle entra. Il soupira et reprit son activité en hélant un groupe en col blanc et haut-de-forme, dont les souliers vernis avaient perdu leur éclat, conséquence d'un trafic auto et hippomobile saturé.

— C'est un ouvrage français paru vers 1900, précisa la jeune femme à l'employé qui se frottait le menton d'un air perplexe.

Il chaussa ses lunettes pour relire le papier qu'elle lui avait donné. *Zamore et Mirza* ne lui disait rien, pas plus que le nom de l'auteur, Mme de Gouges. Il lui rendit le feuillet d'un air résigné et enleva ses bésicles cerclées de métal.

— Quoi, vous abandonnez déjà ? s'exclama-t-elle en accentuant sa déception. C'est une réédition, l'original date de la Révolution française. Si vous, la plus ancienne librairie de Londres, ne pouvez pas m'aider, qui le pourrait ?

L'argument piqua au vif le libraire, qui retrouva son entrain, c'est-à-dire juste assez de flegme pour recopier la référence et promettre à sa cliente de se renseigner auprès de l'éditeur français.

— Quel est votre nom, madame ?

— Lovell. Olympe Lovell, répondit-elle tout en parcourant nonchalamment du regard la forêt de livres dont les feuilles s'élevaient à plusieurs mètres de haut, et qui sentait bon l'encre et le papier.

Elle surprit un léger haussement de sourcils qu'elle ne sut interpréter en admiration ou réprobation. Son patronyme était apparu dans la presse ces derniers mois. Il figurait sur les listes des femmes arrêtées pour trouble à l'ordre public.

— Il y a une grande manifestation cet après-midi à Parliament Square pour soutenir notre délégation de suffragettes.

Nouveau haussement de sourcils et regards inquiets à la ronde. Les deux autres clients présents semblaient absorbés dans leurs recherches.

— Nous allons déposer une pétition devant le gouvernement, ajouta-t-elle sans baisser le ton malgré la gêne manifeste du commerçant. Vous êtes pour le vote des femmes ?

Il se racla la gorge, les yeux rivés sur son cahier de commandes.

— Écoutez, mademoiselle... Lovell, je ne fais pas de politique. Je vends des livres.

— Il ne s'agit pas de politique, mais de justice. Nous sommes la moitié de l'humanité. Une moitié privée de tous ses droits.

Sa voix douce et enjôleuse contrastait avec la gravité de ses propos.

— Alors, venez, venez nous rejoindre. Vous avez une mère, vous avez des sœurs, une fiancée, faites-le pour elles, d'accord ?

Il hocha la tête et eut un timide sourire d'assentiment.

Olympe sortit sans attendre de réponse. L'homme poussa un soupir de soulagement et écarta son col à la recherche d'air. Il détestait confrontations et joutes verbales et, par-dessus tout, il estimait que les femmes avaient besoin des hommes pour être protégées et dirigées avec raison. Quelle idée avaient-elles de vouloir faire la révolution ?

Il salua le client qui sortit juste après elle, en espérant que ce n'était pas à cause des propos de la suffragette, fut tenté de s'excuser, abandonna l'idée et déchira la feuille sur laquelle il avait inscrit la référence bibliographique avant de la jeter dans une corbeille.

— Désolé, l'ouvrage est épuisé, grommela-t-il. Et je n'ai pas de fiancée.

Au-dehors, la foule avait encore grossi et convergeait vers Westminster Palace. La plupart des manifestants arboraient des rubans de couleur sur leurs vêtements ou leur chapeau.

— Le vote pour les femmes, murmura Olympe.

Un sentiment de fierté quasiment sensuel l'envahit. Neuf jours auparavant, près de deux cent cinquante mille personnes s'étaient réunies à Hyde Park et, même si toutes n'étaient pas des militants ou des sympathisants, leur cause était devenue un élément majeur de la vie publique grâce au WSPU[1] d'Emmeline Pankhurst et à ses filles, Christabel et Sylvia.

Une bande de gamins l'apostropha depuis le trottoir d'en face.

— Les femmes à la maison ! scandèrent-ils, avant d'être dispersés par quelques passants.

Ils s'enfuirent en riant avant de recommencer cent mètres plus loin et d'être à nouveau chassés.

Lorsqu'elle arriva devant Caxton Street, la rue était bondée et bouclée par un cordon de police montée. Olympe dut attendre, sans manifester son impatience, avant d'être autorisée à se rendre au Caxton Hall où se tenait la convention du parlement des femmes.

— Dépêche-toi, tu es en retard, lui dit Betty, avec qui elle avait pris l'habitude de vendre le journal du WSPU. C'est dans le grand hall, ajouta-t-elle en lui indiquant les escaliers.

Olympe les gravit sans se presser et resta un instant immobile devant la double porte battante d'où lui parvenait le bourdonnement fébrile d'une salle pleine. Elle hésita puis revint sur ses pas et se posta derrière la verrière donnant sur la rue, dans un large rai de lumière. La chaleur lénifiante du soleil fit s'envoler le pressentiment confus qui l'étreignait. Elle avait remarqué l'homme qui la suivait partout sans trop de discrétion depuis plusieurs jours ; elle l'avait repéré dans la librairie et ne tentait même plus de le semer. « Te voilà devenue une des nôtres, avait plaisanté Christabel. Scotland Yard ne te lâchera plus maintenant. Mais tu es plus futée qu'eux. Plus futée que nous toutes. »

1. Women's Social and Political Union.

Une rumeur lui parvint du grand hall.

À l'intérieur, les douze représentantes s'étaient avancées à la tribune et s'assirent sous les ovations. Emmeline Pankhurst, qui avait pris leur tête, jeta un regard discret à sa fille, qui devina sa question. La treizième manquait à l'appel.

— Tu sais comme Olympe est revêche à toute autorité, lui souffla Christabel. Elle doit nous attendre dehors.

— Nous le mettrons sur le compte de la superstition des chiffres, murmura Emmeline avant de s'adresser à l'auditoire. Mesdames, je vais vous lire notre résolution, puis nous passerons au vote.

Habillée d'une élégante robe longue et d'un chapeau noirs, Emmeline possédait, à plus de cinquante ans, un charisme naturel et un courage physique qui faisaient l'admiration de tous, y compris de ses propres adversaires. De nombreuses anecdotes, entretenues par le mouvement, circulaient sur son compte.

— Notre pétition interpelle le gouvernement afin d'étendre l'élection du Parlement aux femmes, alors qu'il appartient aujourd'hui exclusivement aux hommes de voter. Nous demandons que cette réforme soit immédiatement transformée en loi.

La motion fut acceptée à l'unanimité, moins une abstention.

Au moment de quitter la salle, Emmeline se retourna vers l'estrade vide au-dessus de laquelle la plus grande des banderoles proclamait : « Des actes, pas de paroles ». *Nous y voilà*, pensa-t-elle avant d'adresser un grand sourire à Olympe, qui les rejoignait.

Leur sortie fut suivie d'une acclamation qui parcourut la foule comme une vague excentrique. L'inspecteur chargé du maintien de l'ordre les précédait de quelques mètres, dirigeant la manœuvre des policiers afin de contenir l'assemblée qui encourageait et applaudissait les treize femmes, entourées de nombreux photographes et reporters et suivies par le cortège des militantes.

Olympe repéra plusieurs détachements de police dans les rues adjacentes et dans l'enceinte de l'abbaye de Westminster. Installé derrière les grilles des jardins de l'abbaye, un opposant hurla des menaces avant de se replier à l'intérieur, conspué par les manifestants. La progression dans Victoria Street fut lente, la masse humaine était devenue une forêt compacte de chapeaux que la police repoussait sans ménagement. Le palais de Westminster et ses parlements étaient en vue.

Arrivées devant le porche St Stephen, les treize furent séparées de leur escorte. Un détachement de police commandé par un officier en civil leur faisait face.

— L'inspecteur Scantlebury est de sortie, souffla Christabel à Olympe.

Scantlebury disparut dans le grand hall d'entrée. Tout se figea un long moment. Plusieurs députés étaient sortis sur le parvis pour suivre la scène. D'autres les observaient depuis les fenêtres du palais. Les suffragettes les plus âgées souffraient de devoir rester debout durant cette attente prolongée, mais aucune ne montra la moindre faiblesse.

L'inspecteur ressortit une demi-heure plus tard et s'adressa à Emmeline de façon protocolaire.

— Êtes-vous Mme Pankhurst et est-ce votre délégation ?

— Oui.

— J'ai ordre de ne pas vous laisser entrer dans la Chambre des communes.

— Monsieur le Premier ministre a-t-il reçu ma lettre ?

— Oui. Mr Asquith n'a laissé aucune réponse à votre intention, madame, dit l'inspecteur en lui rendant l'enveloppe.

— Il ne peut refuser de recevoir les porteurs d'une pétition, c'est la loi ! intervint Olympe en avançant d'un pas.

Scantlebury la toisa avec morgue.

— Miss Lovell, qu'allez-vous faire, cette fois ? Vous enchaîner dans la Chambre des communes ? Votre dernier séjour en prison ne vous a pas suffi ?

— Nous avons scrupuleusement respecté la loi, continua Emmeline en prenant Olympe par le bras pour l'empêcher d'avancer. Mr Asquith était prévenu de notre présence.

— La réponse à votre demande vous parviendra par la poste. Maintenant, veuillez procéder à la dispersion de votre manifestation.

Les treize rejoignirent la foule de leurs partisans d'où cris et huées fusèrent lorsque Emmeline leur apprit la fin de non-recevoir du gouvernement.

— Nous allons nous réunir à Caxton Hall mais, d'ores et déjà, je vous demande de revenir ce soir à Parliament Square et d'y rester, avec calme mais détermination.

— Tous ici ce soir, à sept heures ! ajouta Olympe sous les vivats. Jusqu'à présent, notre cause était pacifique mais nous n'avons jamais été entendues. Le temps des sacrifices et de la révolte est venu !

L'homme qui la filait, noyé dans un groupe de sympathisants à quelques mètres d'elle, referma son carnet et se lissa les moustaches.

2

Lorsque Big Ben entama l'air du *Westminster Quarters*, Parliament Square et les rues avoisinantes étaient noires de monde et les chaussées étaient hérissées d'une forêt de jambes. Au septième coup de marteau sur l'airain de la cloche, les participants applaudirent. Malgré les cinq mille policiers qui avaient été déployés pour en empêcher l'accès, la rumeur annonçait la présence de cent mille personnes.

— Bravo, belle démonstration de nos forces de l'ordre, maugréa un membre du gouvernement venu observer la situation sur une des terrasses du palais.

— Que voulez-vous faire ? Charger dans une foule pacifique pour avoir aussi la presse contre nous ? Pour l'instant, nous la contrôlons encore, répliqua Gladstone[1]. Attendons que ces enragées passent à l'acte et elles finiront toutes à Holloway[2].

— D'après mes hommes, la famille Pankhurst n'est pas présente ce soir, monsieur, indiqua l'inspecteur qui secondait Scantlebury, occupé à donner des ordres depuis la terrasse.

— C'est une bonne nouvelle : commencez par les autres, elles n'ont pas la même aura auprès du public. Laissez les plus âgées tranquilles, nous les aurons à l'usure, et ciblez les plus jeunes, comme cette Lovell. Faites-leur peur pour qu'elles abandonnent.

— Monsieur, avec votre respect, le WSPU n'est pas un club de bridge. Elles sont organisées comme une armée et vraiment déterminées.

— Allons, mon ami, je ne vais pas vous apprendre votre métier ! tança Gladstone, dont le visage replet s'était empourpré.

— Ce ne sont que des femmes, pas des anarchistes, dit Scantlebury, qui s'était rapproché en entendant le grondement ministériel. Nous maîtrisons la situation, monsieur.

— Un petit séjour en prison avec un traitement spécial et elles rentreront toutes dans le rang, insista Gladstone. Mais qu'est-ce donc que ce vacarme ? s'emporta-t-il alors que des cris leur parvenaient depuis la Tamise.

1. Ministre de l'Intérieur jusqu'en février 1910.
2. Prison pour femmes de Londres.

L'inspecteur fit un signe à deux policiers, qui disparurent en courant.

Gladstone boutonna sa redingote. La journée avait été d'une grande douceur mais la fraîcheur humide du fleuve commençait à les envelopper. Il s'aperçut seulement alors de la disparition de sa femme.

— Où est Mme Gladstone ? grogna-t-il à son garde du corps.

— Elle est redescendue au salon, monsieur, elle avait froid en robe de soirée.

— Un instant j'ai cru qu'elle était allée rejoindre ces harpies, s'amusa-t-il, mais personne ne releva son trait d'esprit, ce qui froissa son amour-propre. Qu'avez-vous, Winston ? demanda-t-il à son voisin. Vous semblez contrarié depuis la fin de l'après-midi.

— C'est parce qu'elles le harcèlent depuis plusieurs années et qu'elles l'ont fait battre aux législatives partielles de Manchester, plaisanta Lloyd George[1].

Churchill, qui s'était accoudé à la balustrade, se redressa et lui décocha un regard dépourvu d'amabilité avant de reprendre son observation de la rue.

— Vous avez gagné à Dundee le mois dernier, l'honneur est sauf, non ? suggéra Gladstone.

— En fait, je crois que notre ami est déçu d'avoir perdu son pari sur le résultat de la finale à Wimbledon, corrigea Lloyd George. Gore a battu Barrett. En cinq sets, toutefois, ce qui est honorable.

— Et vous n'êtes pas ruiné, Winston ? s'amusa Gladstone. Il gagne tellement avec l'ouvrage sur son aïeul qu'aucun revers de fortune ne peut l'affecter, n'est-ce pas ?

Churchill continuait de les ignorer. Le détachement apparent des membres du gouvernement l'agaçait. Il avait remarqué que des petits groupes de femmes s'étaient positionnés à différents points du square et des rues environnantes, dans un agencement qui n'avait rien d'anarchique ou d'improvisé. Il s'en ouvrit à l'inspecteur, qui voulut en informer Scantlebury, mais celui-ci l'ignora tandis qu'il s'entretenait avec le ministre de l'Intérieur :

— Les cris viennent d'une embarcation, monsieur. Deux hommes à la barre et une femme avec un mégaphone qui profère des paroles favorables aux suffragettes. Un navire de chez nous est en train de les intercepter.

---

1. Ministre des Finances jusqu'en mai 1915.

Au même moment, la voix nasillarde se tut.

— C'est fait, monsieur, déclara Scantlebury, la voix gonflée d'orgueil.

Le silence fut de courte durée. Deux manifestantes qui s'étaient hissées sur les balustrades ceignant la partie ancienne du palais se mirent à haranguer la foule, bientôt suivies par d'autres, debout sur les marches des bureaux de Broad Sanctuary et de Parliament Street, de part et d'autre du square. La police intervint rapidement et les fit descendre de leurs tribunes improvisées, provoquant des mouvements de foule, des sifflets et des acclamations au passage des suffragettes, ceinturées et portées par les membres des forces de l'ordre comme des dockers l'auraient fait de marchandises sur les quais. Certaines étaient emmenées jusqu'aux fourgons, les autres relâchées à l'extérieur du périmètre bouclé par les milliers d'uniformes bleus.

À chaque oratrice interpellée, une autre s'élevait de la masse et prenait sa place. Le manège dura près d'une heure, au bout de laquelle la tension s'était élevée de plusieurs crans.

— Vous voulez les arrêter toutes ? s'enquit Churchill. Holloway ne suffira pas !

— Nous allons relâcher la plupart et ne garderons que les meneuses, précisa Scantlebury. Mes hommes ont leur liste, ajouta-t-il pour anticiper la question du parlementaire.

— Vous venez, Winston ? Nous allons passer à table, lui lança Gladstone, que le spectacle commençait à lasser.

— Plus tard. J'ai à faire.

— La situation est sous notre contrôle.

— Ne les sous-estimez pas, Herbert. Apprenez plutôt à les étudier pour mieux les contrer.

— Un souvenir de votre carrière militaire ? Bon, si cela vous amuse… Au fait, il va falloir prendre le souterrain pour sortir, sinon elles seraient capables de nous écharper vivants. On vous fournira une escorte.

Winston et l'assistant de Scantlebury restèrent côte à côte, silencieux, à regarder les événements se dérouler sous leurs yeux. De temps à autre un inspecteur leur annonçait les dernières tentatives des militantes pour pénétrer dans l'enceinte du Parlement. Une femme venait d'être interceptée dans le hall St Stephen après être entrée avec les serveuses à la porte de service. Une autre s'était enchaînée à un bus déguisée en homme. Les vagues ne faiblissaient pas.

— Qu'est-ce donc que ce fourgon ?

Winston désignait un camion de livraison qui avait franchi le barrage de police de Parliament Street et se dirigeait vers eux.

— Le dessert, une surprise pour le Premier ministre. Il a été fabriqué par la maison Bertaux.

Le véhicule passa un autre contrôle et s'avança vers Westminster Hall.

— Ne devrait-il pas se diriger vers une entrée de service ?

L'inspecteur réagit immédiatement et hurla un ordre en faisant signe aux policiers les plus proches de l'intercepter. Le fourgon s'était arrêté et six suffragettes en étaient sorties en brandissant leurs bannières et criant « Le vote pour les femmes », ce que les photographes présents immortalisèrent aussitôt. L'une d'elles grimpa sur la statue de Cromwell et y attacha une banderole sous les acclamations de Parliament Square. Il fallut une dizaine de minutes pour les évacuer, sans qu'elles opposent de résistance.

— Notre Premier ministre devrait être sur cette terrasse. Pour voir, et pour comprendre, grogna Churchill. Chaque homme a une femme, une mère, une fille qui peuvent potentiellement devenir un espion de leur cause, avez-vous conscience de cela ? La femme du pâtissier, la fille du livreur, la mère d'un des convives, n'importe qui peut les avoir aidées, des hommes aussi : regardez cette foule, il y a presque autant de melons que de chapeaux féminins. Savez-vous ce que cela signifie ? Que si on ne change pas de stratégie, on a déjà perdu.

3

Olympe avait bénéficié de l'effet de surprise. Contrairement aux inspecteurs qui s'étaient précipités vers le véhicule, les deux policiers de faction devant le porche de l'entrée publique n'avaient aucune idée de l'identité réelle de la femme du monde qui se présentait devant eux munie d'un billet à destination de Lord Willoughby de Eresby. Elle fut introduite dans le hall St Stephen tandis qu'un huissier partait à la recherche du député conservateur, maugréant intérieurement que le moment était bien mal choisi pour un rendez-vous au Parlement.

La quête prendrait d'autant plus de temps que l'édile venait de recevoir un message de son épouse Eloise lui enjoignant de rentrer d'urgence à son domicile pour raisons graves. Lord Willoughby avait quitté Westminster une demi-heure auparavant sans se douter que sa nièce avait dérobé ses cartes de visite et invité sa tante pour le dîner. La confusion devrait tenir le député éloigné pour le reste de la soirée.

Olympe s'était assise sur un des bancs de pierre recouverts de cuir vert qui ornaient les deux côtés de la salle réservée aux visiteurs. L'endroit était attenant au grand hall central, large pièce octogonale chargée de vitraux et de statues, qui permettait l'accès à la Chambre des députés au sud et à celle des lords au nord. La pendule enchâssée dans la boiserie au-dessus de la porte d'entrée indiquait huit heures et demie.

Ses mains ne tremblaient pas ; elle ne ressentait aucune peur, juste l'excitation de l'action, qu'elle cachait sous un calme trompeur. Ses vêtements, une jupe et une redingote blanches à fines rayures noires, lui avaient été prêtés par la fille du vice-roi des Indes, elle-même membre actif du WSPU. Ils lui conféraient une élégance aristocratique indispensable pour ne pas attirer l'attention, mais, très ajustés, la gênaient dans ses mouvements, de même que ses chaussures, dont elle avait prévu de se débarrasser lorsqu'elle aurait à courir du lobby octogonal à la Chambre des communes. Elle avait soigneusement étudié le chemin qu'elle aurait à emprunter au moment de la relève des policiers chargés de la sécurité intérieure : une fois dans la chapelle centrale, prendre le couloir sur la gauche, puis courir, courir le plus vite possible jusqu'à la Chambre des communes, cinquante mètres au bout de l'enfilade de halls qu'une diversion provoquée par d'autres militantes aurait libérée de ses gardes.

J'espère qu'elles ont pu entrer, songea Olympe en observant son environnement exclusivement masculin. La banderole qu'elle déploierait avait été cousue à l'intérieur de sa veste sur quelques points et s'arracherait facilement, le moment venu de la brandir.

— Puis-je vous aider, madame ?

L'employé était le troisième qui venait la voir pour s'enquérir de la raison de sa présence. Elle répéta son histoire, qui sembla le convaincre lui aussi, puisqu'il disparut en direction de Westminster Hall sous les regards indifférents des deux rangées de statues représentant les personnages importants de l'histoire d'Angleterre, exempts de femmes.

Olympe songea qu'un jour Emmeline Pankhurst y figurerait peut-être, tout en dénouant ses lacets sans attirer l'attention. Un seul autre visiteur était présent dans St Stephen, occupé à relire ses notes, du côté opposé au sien. Un employé du Parlement vint le chercher. Les deux hommes passèrent devant elle sans se soucier de sa présence, médisant sur le député Churchill.

— Il est engagé avec la fille d'Asquith mais je crois savoir qu'il en courtise une autre, dit l'un d'eux, qu'elle supposa être journaliste.

Le comparse acquiesça puis le duo disparut vers la Chambre des communes. Les cris de la foule leur parvenaient du dehors par vagues successives, au gré des événements, alors que l'ambiance dans le palais était aussi feutrée et imperturbable qu'à l'accoutumée. Il semblait à Olympe que le temps s'était dilué et que les minutes remontaient dans le cadran avec beaucoup de difficulté.

Enfin, les aiguilles indiquèrent neuf heures. Le moment de la relève, ce que confirma la disparition du garde de faction devant la porte du hall central ainsi que la mélodie de Big Ben.

Olympe ôta calmement ses chaussures. Lorsqu'elle repoussa les bottines sous le banc, des cris fusèrent, des bruits d'échauffourées amplifiés par leur écho sur les pierres. On se battait dans le palais. Au dernier coup de la grande cloche, elle entra en courant dans la pièce octogonale où les quatre policiers présents maintenaient plaquées au sol les deux suffragettes qu'ils avaient arrêtées. La voie était libre. Olympe s'était préparée à ce moment et garda les yeux fixés sur la porte fermée de la Chambre des communes qu'elle avait en ligne de mire. Elle allongea sa foulée graduellement et entendit le claquement bruyant des pas à sa poursuite. Son chignon se dénoua et ses cheveux, libérés, flottèrent comme un étendard. Elle avait trente mètres d'avance lorsqu'elle pénétra dans le hall des Communes. L'endroit avait été déserté par la police, occupée à courir après d'autres militantes, et les quelques employés présents la regardèrent le traverser avec stupéfaction : personne n'avait jamais vu de femme du monde courir en ces lieux, qui plus est pieds nus.

La porte menant à la galerie de l'étage réservée au public masculin, fermée pour raisons de sécurité, avait été déverrouillée par une complice travaillant au Parlement. Olympe touchait au but.

Elle gravit les deux premières marches, tendit le bras pour attraper la clenche et se sentit brutalement tirée en arrière par les cheveux. Elle chuta lourdement sur les marches et fut traînée sur quelques mètres avant d'être recouverte d'uniformes bleus. Son cœur battait à se rompre, elle suffoquait. Autour d'elle tout le monde hurlait : des renforts étaient demandés. Plus elle se débattait, plus la montagne de muscles se refermait sur elle comme un sarcophage la privant d'air. Olympe cessa de lutter, son corps l'abandonnait. Elle voulut crier pour être entendue des députés, mais ne put que murmurer : « Le vote pour les femmes… »

4

— Vous vouliez la tuer ? Éloignez-vous maintenant, allez !

L'homme, en tenue civile, était plus âgé que les policiers qui l'entouraient. Ceux-ci s'écartèrent avec respect.

— Mademoiselle, comment vous sentez-vous ?

Olympe ne répondit pas. Elle fixait le plafond du regard. Elle avait perdu connaissance avant d'être transportée dans le hall et se trouvait allongée sur le cuir vert du banc où elle avait patienté. Retour au point de départ. Elle n'avait pas vu venir celui qui l'avait arrêtée.

Sa tête et sa nuque lui faisaient mal. Elle voulut se relever et comprit que ses côtes avaient été froissées.

— Je suis le sergent d'armes, dit l'homme en l'aidant à s'asseoir. Il est de ma responsabilité d'assurer la sécurité de ce lieu afin que personne, je dis bien personne, n'en trouble jamais la tranquillité. La prochaine fois que vous vous aventurerez jusqu'ici sans y être invitée, je m'occuperai de vous personnellement. Et le fait que vous soyez une femme n'y change rien. La loi est la même pour tout le monde. Tenez-vous-le pour dit.

Olympe se sentait encore trop faible pour batailler.

— Harry et Frank, enlevez-lui ses menottes. Dans son état, elle ne risque plus de vous échapper. Vous la surveillerez en attendant l'arrivée des inspecteurs, ordonna-t-il. À leur place, je vous enverrais directement au poste de Canon Row chercher un billet pour Holloway.

Un policier entra dans le hall en courant, sauta les trois marches d'un coup et, manquant à moitié sa réception, en perdit son casque qui roula jusqu'à leurs pieds. Le rire d'Olympe fut réprimé d'un coup de coude de son voisin qui lui coupa le souffle.

— Merci, Harry, ironisa-t-elle, vous m'avez… remis les côtes… en ordre.

— Moi, c'est Frank.

— Merci, Harry, répéta-t-elle.

— Tant que vous n'aurez pas compris le respect…, conclut le sergent en s'éloignant avec son messager.

La crispation soudaine de son visage réjouit Olympe : les nouvelles de dehors n'étaient pas bonnes.

— Souriez, la vie est belle, vous allez bientôt prendre l'air, Frank, dit-elle en se tournant vers Harry, qui l'ignora.

Le sergent d'armes donna ses consignes et tapa sur l'épaule de l'agent en signe d'encouragement.

— Chef…, appela Olympe en lui faisant signe de revenir. Je veux vous parler.

Il soupira et s'exécuta, s'approchant tout près de son visage afin de recueillir ses excuses.

— Vous avez tort, chuchota-t-elle.

— À quel propos ?

— La loi n'est pas la même pour tout le monde. Les femmes sont la propriété de leur mari à qui elles doivent obéissance. Tous nos biens leur appartiennent. Quel empire réduit à l'esclavage la moitié de sa population ?

— Seigneur Dieu, quelle erreur !

— N'est-ce pas ?

— Quelle erreur de ne pas vous avoir bâillonnée, précisa-t-il, satisfait de son effet.

Olympe eut une mimique qu'il considéra comme un signe d'abandon. Le sergent ressentit une pointe de honte devant un combat si inégal. Il la dévisagea longuement alors qu'elle feignait de ne pas s'en rendre compte.

Ses cheveux bruns, dont la longueur lui avait été fatale, couvraient son dos jusqu'à la taille. Sa mâchoire fine mettait en valeur des lèvres pulpeuses qui protégeaient une denture à la rectitude parfaite et qui ne laissaient jamais apparaître les gencives, donnant à ses sourires des airs moqueurs. Les éphélides qui ponctuaient son visage avaient le même grain que ceux de la belle-famille du sergent d'armes, originaire de la côte sud de l'Irlande. Le nez d'Olympe, bien que griffé par la chute et la rudesse de l'arrestation, était fin, légèrement creusé et retroussé, et ses grands yeux ronds semblaient vous interroger en permanence. Il lui trouvait une ressemblance physique avec la jeune femme d'un tableau de Romney dont il avait vu le portrait exposé au British Museum, où il avait travaillé avant d'entrer dans la police londonienne. Il était intrigué et, quoiqu'il en éprouvât une certaine gêne, impressionné par cette femme bravache et courageuse.

Il lui tendit son mouchoir alors qu'un filet de sang glissait de la lèvre de la suffragette, dont la blessure s'était rouverte.

— Vos amies se sont rapprochées de Downing Street, lui confia-t-il. Vous aurez de la compagnie en prison.

Il ignora le mouchoir lorsqu'elle le lui rendit et s'éloigna, appelé par ses hommes dont le nombre à l'intérieur du palais s'était accru. L'agitation n'était pas dans les habitudes du lieu et Olympe ressentait la fébrilité des forces de l'ordre.

Elle se pencha pour récupérer ses chaussures mais ses deux gardes, trompés par son geste, la retinrent par les épaules. Elle poussa un cri de surprise qui se termina en gémissement de douleur alors que Frank lui maintenait fermement le dos contre le mur et qu'Harry plongeait le bras sous le banc.

— Fausse alerte ! clama-t-il en montrant les bottines à son collègue.

— Vous pensiez quoi ? Que j'avais caché un engin explosif ? une arme ? Notre révolte est pacifique. Nous n'enfreignons aucune loi.

— Ce sera aux juges d'en décider, dit Harry en se rasseyant.

— La justice est aux ordres des maîtres de ce lieu, répliqua-t-elle en lui prenant les souliers des mains.

— J'entends cela depuis des années dans la bouche des prévenus.

— Le juge qui a condamné mon amie Lady Brackenbury lui a avoué que ses sentences étaient dictées par Mr Gladstone. Nous sommes jugées par des tribunaux de police aux ordres du gouvernement.

— Restons-en là, Miss.

— Et vous savez pourquoi ? Parce que devant un jury populaire, nous serions acquittées !

— Taisez-vous, maintenant !

— Votre calvaire est fini, mes amis !

Tous se tournèrent vers deux hommes qu'ils n'avaient pas entendus approcher. L'un d'eux était l'inspecteur qui l'avait prise en filature et l'autre celui qu'elle avait confondu avec un journaliste.

— C'est l'heure de la relève, dit le premier.

— Veuillez vous lever, Miss Lovell, ordonna le second, dont la moustache fine et le visage émacié lui rappelèrent celui de Guy Fawkes.

— C'est mon cocher, dit-elle aux deux policiers. Vous êtes en retard, Guy, ajouta-t-elle en s'exécutant, je finirai le chemin à pied.

L'homme la rattrapa par le bras alors qu'elle faisait un pas vers la sortie.

— De l'autre côté, indiqua-t-il. Et remettez vos chaussures, cela nous évitera d'avoir à vous courir après.

Elle les laça en prenant son temps. Son suiveur, qui s'impatientait, lui fit signe de se relever et plongea les mains sous sa veste.

— Hé, le bouquineur, vous n'êtes pas autorisé à me fouiller ainsi, proclama-t-elle avec autorité.

Il ne répondit pas et retira d'un coup sec la banderole, qu'il présenta aux autres.

— *Le vote pour les femmes !* cria-t-elle en le lisant.

Sa bravade rameuta deux autres gardes, inquiets d'une nouvelle incursion des suffragettes.

— Maintenant, ça suffit, intima l'inspecteur à la fine moustache en l'empoignant. Tout va bien, messieurs, dit-il pour les rassurer.

— Harry, Frank, j'ai été ravie de vous rencontrer. Encore merci de votre soutien à notre cause ! lança-t-elle aux deux policiers médusés.

Frank fit un geste de dénégation alarmé aux deux inspecteurs, qui ne lui prêtèrent aucune attention. Harry et lui les regardèrent s'engouffrer dans le hall central.

— Drôle de femme.

— Drôles de types.

— Tu les connais ?

— Non. Il paraît qu'ils viennent de New Scotland Yard et que ce sont des durs.

— Mais où l'emmènent-ils ?

— Peu importe, pourvu que ce soit loin !

5

Elle avait choisi le silence et se concentrait sur le chemin en le reliant au plan du palais qu'elle avait mémorisé. Après avoir traversé une pièce qu'une pancarte indiquait strictement interdite au public, puis une seconde qui servait de réserve de fournitures de bureau, ils s'étaient trouvés face à une porte en bois massif surmontée d'une courbure en arc brisé. Le bouquineur l'ouvrit à l'aide d'une clé qui semblait aussi vieille que le palais.

Olympe eut un mouvement de recul en découvrant un escalier de pierre qui s'enfonçait dans un sous-sol faiblement éclairé.

— Où allons-nous ?

— Descendez.

— Pas tant que vous ne m'aurez pas répondu, dit-elle en croisant les bras en signe de détermination.

Les deux inspecteurs échangèrent un regard avant que « Guy » – sans doute le plus gradé, pensa-t-elle – ne réponde :

— Vous vouliez voir le Premier ministre, non ?

— Mr Asquith ne reçoit pas au sous-sol, que je sache. Bien que ce soit le niveau où se trouve sa politique.

— Officiellement, il refuse de parler aux suffragettes. Officiellement…, répéta-t-il en insistant sur le mot. Vous devriez vous montrer plus coopérative, Miss Lovell.

— Alors, après vous, messieurs.

Son pisteur lui montra des menottes d'un geste éloquent, ce qui la décida à descendre en premier. Les marches étaient larges et plutôt engageantes. L'endroit, éclairé à l'électricité, aboutissait à un petit escalier en colimaçon, cerclé de colonnes en stuc. Ils débouchèrent, un étage plus bas, sur la gigantesque machinerie placée juste en dessous du hall central qui propulsait de l'air chaud dans tout le palais.

L'atmosphère était moite. Le ronronnement des moteurs le disputait au couinement des pistons de plusieurs mètres de longueur et au bruit de ventilation des immenses pales proportionnées à la taille du bâtiment. Olympe eut l'impression de se retrouver dans le ventre chaud du *Lusitania*, qu'elle avait visité lors de sa mise à l'eau, deux ans auparavant. Une goutte d'eau tomba sur son visage et roula sur sa joue comme une larme.

Ils contournèrent l'installation, empruntèrent le couloir principal, encombré de larges tuyaux qui couraient des murs au plafond, puis longèrent des couloirs secondaires, plus étroits, aux conduites moins nombreuses qui frôlaient leurs têtes. Elle tenta de localiser sa position mais, après le cinquième changement de direction, s'avoua perdue. La marche prit fin au bout d'une galerie en cul-de-sac. L'inspecteur à la fine moustache invita son acolyte à ouvrir la porte métallique fichée dans le mur du fond, lui ordonna de monter la garde puis s'empara de la clé, poussa Olympe à l'intérieur sans ménagement, entra à son tour et verrouilla la porte.

— Écoutez, Guy…

— D'abord, je ne m'appelle pas Guy, coupa-t-il en jetant nonchalamment son chapeau melon sur une table encombrée de manuels techniques et de vieux journaux. Ensuite, je ne veux entendre aucun de vos arguments. Et, pour finir, Mr Asquith a dû s'absenter et est désolé de ne pouvoir vous recevoir. Ni maintenant, ni jamais, conclut-il en enlevant ses gants.

Olympe comprit le piège dans lequel elle était tombée. Elle se rua sur la porte, s'époumona à hurler des « Au secours » et des « À l'aide » tout en tambourinant sous le regard moqueur de son geôlier. Le local était l'ancienne chambre d'astreinte des préposés au chauffage qui officiaient lors des sessions de nuit de l'Assemblée.

— Allons, dit-il en gloussant d'un rire proche du braiement. Allons, gardez vos forces. Personne n'entendra vos cris. Ils ont beau être cent mille au-dessus de nos têtes, ils ne peuvent plus rien pour vous. Vous êtes seule. Quelle ironie, n'est-ce pas ?

Olympe envoya un coup de pied dans le panneau de métal et brisa son talon gauche.

— La seule ironie est que vous n'obtiendrez aucune information de moi : vous vous êtes donné tout ce mal pour rien ! fulmina-t-elle en jetant le talon cassé dans la direction de l'inspecteur.

Il l'évita nonchalamment et lui serra les poignets :

— Maintenant, asseyez-vous sur ce lit. Et cessez de protester, sinon je vais finir par vous attacher.

Pour toute réponse, elle hurla à se casser la voix.

Inquiété par le raffut, le bouquineur entra, alors que son complice tentait de bâillonner la suffragette.

— Viens m'aider, pesta-t-il en secouant sa main ensanglantée et endolorie par une morsure profonde. La garce !

À deux, ils parvinrent à menotter chaque main à un angle de la tête de lit. Olympe n'avait cessé de se débattre et d'appeler, mais ses cris, étouffés par le manchon de tissu qui lui blessait la bouche, étaient pareils à des gémissements. Elle s'arrêta, épuisée, vaincue, affalée les bras en croix, la jupe relevée aux genoux. Un pan de son chemisier avait été déchiré et deux boutons arrachés.

— Vous savez que vous êtes encore plus désirable ainsi ? dit l'inspecteur en relevant la mèche de cheveux qui lui barrait le front.

Elle détourna son visage. Il s'approcha et huma le parfum de sa nuque.

— Hummm… tout ce que j'aime, sensuelle et sauvage. Voyez-vous, on m'a donné carte blanche. J'aurais pu vous flanquer une correction, il paraît que ça calme toutes les hystériques. Mais je n'aurais pas voulu abîmer ce si beau visage. Alors, j'ai décidé de…

La fin de sa phrase lui resta dans la gorge : Olympe venait de lui assener un coup de tête sur le menton. Le mouvement n'était pas violent, mais les mâchoires de l'homme claquèrent l'une contre l'autre, tailladant le bout de sa langue. Il la gifla.

— Alors, vous aimez le goût du sang ? Tant pis pour vous ! Et toi, retourne surveiller le couloir, ordonna-t-il à l'autre, resté en retrait. Allez !

L'homme protesta et sortit en maugréant. Depuis des jours qu'il la suivait, il avait senti monter en lui un désir physique irrépressible envers cette femme, qui s'était traduit par l'idée d'abuser d'elle dès lors qu'il ne risquerait pas d'en être inquiété. Il trouvait injuste que son supérieur en profite avant lui. Après tout, c'était son idée. Elle était sa proie.

Il ramassa un caillou et le lança vers un des tuyaux, l'atteignant sur un collier métallique dans un bruit de casserole.

— La porte ! s'impatienta son supérieur.

Le pisteur fut tenté de ne pas répondre, puis haussa les épaules et se ravisa. Mais quelque chose clochait : bien que le couloir fût vide, il sentait une présence. Une respiration légère et rapide.

6

L'inspecteur avait enlevé sa veste avec soin et il relevait ses manches tout en regardant sa victime, guettant la peur sur son visage, mais Olympe le toisait du regard. Il entendit son acolyte pousser un étrange soupir, se retourna et le vit tomber inanimé à travers le battant resté ouvert. Un inconnu apparut dans l'encadrement et se jeta sur lui si vite qu'il n'eut que le réflexe d'envoyer un crochet du droit, qui frappa le vide. L'homme prit le bras du policier, qu'il bloqua dans son dos avant de lui assener un coup de poing dans le thorax, de coude au visage et de genou dans l'abdomen dans un enchaînement d'une vitesse surprenante. Alors que l'inspecteur s'écroulait, le souffle coupé, il l'assomma d'une dernière manchette à l'arrière du crâne.

— Tout va bien, vous ne craignez plus rien, dit-il tout en fouillant les poches du policier, qui gémissait à chaque expiration.

L'événement avait été si soudain et si inattendu qu'Olympe était restée sidérée quelques secondes. Elle se reprit et désigna des yeux la table où se trouvaient les clés. L'inconnu s'en empara et lui enleva son bâillon.

— Mais comment avez-vous fait ça ? Qui êtes-vous ? le questionna-t-elle alors qu'il déverrouillait les deux paires de menottes.

— Nous ferons les présentations plus tard, répondit-il en les passant aux mains des policiers inconscients. Mettez vos chaussures et allons-nous-en !

Elle lui montra la paire rendue inutilisable. Il la prit et déboîta le talon restant avant de la lui rendre.

— Lady Litton Constant va me tuer ! dit-elle en les enfilant tout en constatant l'état de ses vêtements. Tout ça par la faute de ces… de ces…

Elle s'approcha du corps inanimé et lui décocha un coup de pied dans les côtes.

— … porcs !

Le choc eut pour effet de réveiller l'inspecteur.

— Nous sommes de la police…, annonça-t-il d'une voix pâteuse.

— Espèce de Guy ! cria-t-elle à son adresse.

— Maintenant, arrêtez, dit l'inconnu en la pressant vers le couloir alors qu'elle s'apprêtait à le frapper à nouveau. Partons.

— Vous faites une grave erreur, monsieur, continua l'inspecteur qui ne pouvait se relever, face contre terre, les mains attachées dans le dos. Cette femme est en état d'arrestation. Vous serez son complice !

— Écoutez, Guy…

— Je ne m'appelle pas Guy ! râla l'inspecteur dans un sursaut d'énergie qui lui provoqua une quinte de toux.

— Qui que vous soyez, et quelle que soit votre fonction, si vous vous approchez encore de cette dame, c'est le roi en personne qui demandera votre mutation aux confins de l'Empire.

— Vous ne me faites pas peur, je reçois mes ordres du gouvernement.

L'inconnu s'approcha et lui parla à voix basse. L'inspecteur lui répondit faiblement mais Olympe put entendre qu'il s'excusait platement.

Une fois dans le couloir, son sauveur verrouilla la porte en prenant soin de laisser la clé dans la serrure.

— Ils ne vous poseront plus de problèmes. Suivez-moi.

— Que lui avez-vous dit ? Attendez !

Il s'était engagé dans la galerie de réseaux sans prendre le temps de lui répondre. Il enchaîna les couloirs, qu'il semblait connaître sur le bout des doigts, l'attendant par moments et repartant de plus belle lorsqu'elle arrivait à sa hauteur en un ballet silencieux, jusqu'à leur arrivée dans une pièce sans issue où ils furent accueillis par un bruit assourdissant qui fit vibrer les murs des fondations. Une mélodie qu'elle reconnut aussitôt.

— On est au-dessous de Big Ben, la sortie est proche, confirma-t-il en lui montrant une grille qui donnait sur un souterrain.

L'endroit sentait l'humidité et le moisi. Les murs et le plafond voûté étaient faits de pierres d'une taille irrégulière et le sol de terre était parsemé de cailloux lissés par des siècles de passage, le tout faiblement éclairé par des ampoules attachées à la manière d'une guirlande provisoire.

— Ce chemin mène à une berge de la Tamise, juste après le pont de Westminster, précisa-t-il.

— Peut-être serait-il temps de faire les présentations ? proposa Olympe en ralentissant l'allure.

— Non, dit-il sans se retourner.

Elle défit ses bottines sans talons et le rattrapa :

— Est-ce l'effet de mon imagination ? Je ne suis pas sûre que votre présence soit officielle dans ce bâtiment…

Le bruit de ses pas fut sa seule réponse.

— En tout cas, je tenais à vous remercier, monsieur… ?

— Avançons !

— Enchantée, monsieur Avançons. Ça n'est pas très anglais, je me disais aussi que vous aviez un petit accent.

Il se retourna et lui posa la main devant la bouche en lui faisant signe de se taire. Elle la lui enleva vivement et chuchota :

— Mais je plaisantais !

— Chut… écoutez…

Les crissements, d'abord lointains, se firent plus nets : on marchait derrière eux.

— Filons, ils arrivent.

Il empoigna sa main et accéléra l'allure.

— Mais qui ça, ils ?

— Le Premier ministre et sa suite.

La réponse lui fit l'effet d'un électrochoc. Olympe stoppa sa course et fit demi-tour. Il la rattrapa et l'arrêta dans son élan.

— Lâchez-moi ! dit-elle en se débattant. Je dois le voir !

— Vous croyez qu'il va vous donner audience ici ? Vous ne comprenez pas qu'il fuit la foule, il fuit la confrontation, il vous fuit ?

— Justement, c'est une occasion unique, je dois saisir ma chance !

— Non, répondit-il en la serrant plus fermement. Ses gardes du corps vont vous arrêter. Vous n'aurez pas le temps de lui dire un seul mot.

— Vous me faites mal ! Je dois y aller !

— Alors, à quoi cela aura-t-il servi que je vous aide ? Vous venez d'éviter un viol et la prison et vous voulez leur laisser une seconde chance d'y parvenir ?

Les pas et les ombres se rapprochaient. Ils allaient bientôt être en vue.

— Vous aurez plein d'autres occasions, croyez-moi. Mais en le faisant maintenant, c'est moi que vous allez mettre en difficulté, pas Mr Asquith.

Elle le fixa droit dans les yeux, comme les femmes anglaises ne le faisaient jamais, d'un air de défi, ce qui le mit mal à l'aise.

— Vous avez raison, concéda-t-elle. Je suis désolée.

— Partons, vite.

Ils passèrent sans encombre la grille de sortie surveillée par deux militaires qui, contrairement à leurs collègues des rues avoisinantes, s'ennuyaient ferme.

L'inconnu, qui avait pris le bras d'Olympe à la manière d'un fiancé, poussa la décontraction jusqu'à plaisanter avec les deux gardes. Il les avertit de l'arrivée imminente du Premier ministre, ce qui assit encore plus leur confiance, et s'éloigna avec la jeune femme sans se presser. Ensemble ils montèrent les escaliers qui menaient au quai Victoria et se retrouvèrent en face de Portcullis House, derrière un cordon de police qui protégeait l'entrée de l'embarcadère et les empêcha de traverser. Malgré la demande de dispersion, la foule était encore dense. Aux militantes et aux sympathisants, s'étaient joints des groupes de voyous désœuvrés et avinés qui cherchaient la confrontation avec tout le monde et rôdaient tels des rapaces autour des femmes non accompagnées.

L'inconnu fit signe à Olympe de longer la berge vers le quai de Westminster, à une centaine de mètres. L'endroit était éclairé et une navette de la police était amarrée à côté du bateau depuis lequel une suffragette avait donné le signal du départ de la rébellion à l'aide d'un porte-voix. L'appareil trônait maintenant sur le pont, en compagnie de banderoles, comme autant de trophées pris à l'ennemi. Olympe se sentit mal à l'aise en traversant l'embarcadère. New Scotland Yard était tout proche et l'image de l'inspecteur qui l'avait ligotée dans la chambre ne la quittait pas, tout comme son haleine de chique et l'odeur de sueur de ses vêtements. Quelques mètres plus loin, quatre civils attendaient autour d'une automobile, moteur en marche. Olympe comprit qu'Asquith allait remonter la Tamise par le quai afin de rejoindre le 10, Downing Street en évitant le gros des manifestants.

— N'y pensez même pas, dit l'inconnu, anticipant la pensée de la suffragette.

— Un Premier ministre qui se protège des femmes par autant de forces de l'ordre, c'est une image plutôt pitoyable, non ? répliqua-t-elle sans même les regarder. Ne vous inquiétez pas, je ne vais pas me jeter sous ses roues. Nous n'en aurons pas besoin.

Il accéléra l'allure jusqu'à Charing Cross, où ils quittèrent la berge par les escaliers attenants au pont ferroviaire.

— Vous ne risquez plus rien ici. Je vous souhaite bonne chance dans votre combat.

— Qui dois-je remercier ?

— La Providence. Et votre bonne étoile, conclut-il.

— Le vote pour les femmes, proclama-t-elle doucement pour n'être entendue que de lui.

Il lui sourit pour la première fois et traversa sans se retourner. L'obscurité l'avala rapidement.

Olympe avait pris sa décision avant même leur sortie du souterrain. L'occasion était trop belle. Elle revint sur ses pas et avisa la voiture qui n'avait pas encore démarré.

— À nous deux, monsieur Asquith !

CHAPITRE II

Londres, lundi 7 septembre 1908

7

Il regarda par la fenêtre, simple cadre de bois où manquait la moitié des vitres. Dans la rue, amoncellement de taudis, l'air humide charriait une odeur de putréfaction acide et grasse. La nuit finissante n'arrivait plus à cacher la misère de son voile de pudeur. À l'intérieur, c'était le même dénuement. Quelques blattes se disputaient d'improbables miettes sur la table de bois. Dans un angle, pendait le linge de la famille, imprégné de la puanteur ambiante.

— Je dois m'en aller, dit-il en déposant une pièce de un shilling sur la table. Je reviendrai la semaine prochaine.

Le père ne répondit pas et baissa la tête. C'était un vieillard de quarante ans usé et bouffi. Sa femme n'était pas encore rentrée de son travail à l'usine de plomb toute proche. Les enfants dormaient toujours, trois sur l'unique lit et les deux derniers en dessous. Un seul d'entre eux, peut-être deux, dépasserait l'âge de cinq ans. Les deux adolescentes attendaient à côté de leur père. Dans leurs yeux, la flamme de l'innocence avait déjà disparu, remplacée par la lueur du renoncement.

Le regard de l'homme s'attarda sur un pot à la fleur fanée.

— Le Comité des parcs et jardins en a offert à tout le quartier, expliqua le père. Pour les accrocher aux fenêtres. Elles n'ont pas survécu. Rien ne survit ici.

Le visiteur les dévisagea tous une dernière fois et sortit sans un mot.

Il longea Whitechapel par Old Montague Street. Partout, des hommes, des femmes et souvent des enfants étaient recroquevillés le long des façades ou allongés sur des bancs, des chaises, endormis ou aux aguets, prêts à se lever à la moindre intervention de la police. Il s'arrêta devant le numéro 4 d'Osborne Street, intrigué par la position du corps d'une vieille femme, affalée contre les marches d'entrée de l'immeuble. Son manteau crasseux était couvert de vermine, et son visage avait un teint terreux et un rictus qu'il connaissait bien. Il s'accroupit près d'elle, l'interpella sans qu'elle ne réagisse puis posa la main sur sa carotide.

— Que faites-vous, monsieur ?

Il n'avait pas vu les deux bobbies, sortis de nulle part, et s'en voulut.

— J'essaie d'aider cette malheureuse.

— Pouvez-vous vous relever ? dit l'un d'eux en sortant sa matraque de son fourreau.

L'homme s'exécuta pendant que l'autre policier tentait de réveiller la pauvresse en la poussant du pied.

— Allez, debout, vous n'avez pas le droit de dormir dans la rue, insista celui qui portait des galons de sergent.

— Cela ne sert à rien, monsieur l'agent. Elle est morte.

— Morte ? Comment le savez-vous ? lança le premier.

— Il a raison, confirma le sergent qui s'était penché sur la vieille. Elle pue le cadavre.

— Mais vous étiez en train de la fouiller quand nous sommes intervenus.

— Je voulais la secourir.

— Et ça, qu'est-ce que c'est ? demanda le bobby en tapotant de sa matraque la bosse sous le manteau de l'homme.

— Arrêtez, c'est mon matériel ! dit celui-ci en reculant d'un pas.

— Hop, hop ! Ne bougez plus, intima le sergent en pointant son bâton de bois vers lui. Vous allez nous donner ce matériel, lentement.

L'homme déboutonna son ulster de tweed usé, défit la besace qu'il portait et la leur tendit tout en les observant. Les bobbies étaient devenus nerveux. Le premier ouvrit le sac et en sortit des flacons, des bandes et une trousse qu'il déroula.

— Des couteaux ! dit le second en tirant un des scalpels.

— C'est du matériel de soins. Je suis médecin.

— Monsieur, aucun médecin ne s'aventure dans ce quartier, surtout la nuit. Par contre, nous vous avons trouvé, avec des armes tranchantes, près d'une femme morte.

— Et avec de l'opium, ajouta l'autre en lisant l'étiquette d'un flacon.

— Cette femme est morte de faim et de maladie, vous le voyez bien !

L'homme eut envie de leur fausser compagnie. Cela lui aurait été facile : en deux prises de jambe, les policiers se seraient retrouvés au sol. Il renonça et détendit ses muscles prêts à agir. Il déclina son identité, présenta sa carte professionnelle et répondit aux questions que suscitait sa nationalité, toujours les mêmes.

— Vous allez nous accompagner au poste et nous allons vérifier vos dires. Le dernier médecin à être passé ici s'appelait Jack l'Éventreur.

Le bobby ne plaisantait pas. L'homme protesta pour la forme mais les laissa l'emmener. Au moment d'entrer dans la cellule de rétention, il leur fournit le nom de plusieurs personnes de moralité susceptibles de confirmer son identité et de le faire sortir au plus vite.

— Nous les appellerons dans la matinée, indiqua le sergent, peu impressionné.

— Je commence mon service dans deux heures, vous devez les contacter maintenant.

Le policier ne répondit pas, habitué à ce genre de réplique. Il allait terminer son travail et laisserait aux suivants le soin de gérer les conséquences de cette arrestation. Il remplit le registre et bâilla bruyamment. Qui sait, peut-être avait-il arrêté un disciple de l'Éventreur ? Alors qu'il se rêvait à la une des quotidiens, son collègue vint le rejoindre et émit un grognement en découvrant les noms des témoins cités.

— Ce type n'a pas une tête de pervers. Je crois qu'on fait fausse route.

— Détends-toi. On a fait notre boulot : aucune personne normalement constituée ne se promène dans Whitechapel la nuit avec une panoplie de scalpels dans sa poche. Il a forcément quelque chose à se reprocher.

— Tout de même, je vais appeler avant de partir.

La cellule était grande et pourvue de bancs formant un U. Elle pouvait accueillir une vingtaine de personnes mais la pêche de la nuit n'avait pas été miraculeuse. Le banc central était occupé par deux noctambules qui, après une soirée au London Pavilion puis au Café Royal, avaient noyé leur ennui dans le champagne à l'arrière d'un fiacre dont le chauffeur avait été chargé de tourner sans fin autour de la statue d'Éros. Ils avaient refusé de payer la course au prétexte que le cocher les avait chargés à Piccadilly Circus et n'en était pas sorti. Ils dormaient désormais en ronflant bruyamment dans l'attente de leur passage au tribunal. En face du nouvel arrivant, un jeune homme au gilet élimé et à la casquette vissée sur le crâne fixait le sol, les bras croisés. Il l'imagina vendeur de journaux à la criée, comme il y en avait de nombreux dans le quartier de Westminster. Son visage adolescent était tacheté de sang séché et sa joue droite éraflée. Il semblait encore sous le choc.

— Que vous est-il arrivé ?

— Un accident de voiture, monsieur, répondit le garçon, la mâchoire serrée.

— Pourquoi n'êtes-vous pas à l'hôpital ? Et où est le conducteur ?

— C'était moi. Je ne l'ai pas volée, je vous jure !

Le médecin s'approcha du jeune homme. Sa pâleur l'inquiétait. Sa peau avait viré au gris.

— Je suis médecin, je peux vous examiner. Vous avez mal.

— Ça va aller.

— Ce n'était pas une question. Je vois que vous souffrez. Allongez-vous.

Le jeune homme obtempéra sans protester, se couchant sur le côté avant de se tourner lentement sur le dos.

— Vous avez une grosse douleur juste en dessous des côtes gauches ?

Le garçon acquiesça et ajouta :

— À la tête aussi. Pourtant, je ne roulais pas vite. J'ai freiné à cause d'un tombereau. Dans un virage. Je suis rentré dans le cheval.

Ses yeux roulaient d'un côté à l'autre de leurs orbites, à la recherche des images de l'accident.

— Je me suis cogné dans le volant. J'ai fini sur le capot. Mon père va me tuer.

Le médecin prit le pouls aux deux poignets en même temps, en y appliquant trois doigts, puis en d'autres points du corps, ce que le jeune homme n'avait jamais vu faire auparavant.

— Hé, doc, vous venez d'où ? demanda-t-il avant de porter la main à son front. Oh là là, ça tourne. J'me sens pas bien, expliqua-t-il d'une voix traînante. Je l'ai pas volé le tacot, il est à lui…

Ses yeux se fermèrent. Sa tête bascula de côté.

— Sergent, venez, vite ! hurla le médecin, réveillant les deux noceurs, qui s'approchèrent. Aidez-moi, leur enjoignit-il, appelez à l'aide, il va mourir !

Pendant que les fêtards vociféraient et frappaient les barreaux, il vérifia que le garçon respirait toujours. En tâtant les pouls, il avait identifié un problème à la rate. Une hémorragie interne s'était formée, qu'il sentait à la contraction de l'abdomen. Il déchaussa le pied gauche du garçon et tenta de tonifier le méridien de l'organe par des pressions sur l'orteil. Mais il savait la technique vaine pour un traumatisme de cette importance. La médecine classique devait prendre le relais.

Le sergent daigna venir après cinq minutes de tambourinage, en tapotant sa matraque pour signifier son agacement. Il mit fin à l'agitation des deux fêtards d'un coup de bâton sur les barreaux. Le médecin se retourna tout en continuant à tenir le poignet du garçon :

— Appelez une ambulance, il doit être opéré sans attendre !

— Encore un simulateur qui veut échapper à la justice. Je les connais par cœur. Il a volé une voiture et sera jugé aujourd'hui en comparution immédiate.

— Mais comprenez-vous que si l'on ne fait rien maintenant, c'est un cadavre que vous allez traîner devant le juge !

— Monsieur, mêlez-vous de vos affaires, ordonna le policier, dont l'assurance faiblissait.

— Apportez-moi ma besace. Il lui faut des soins tout de suite, sa rate est perforée et il perd son sang. Je vous en prie, faites-moi confiance !

Le second bobby venait de rejoindre le sergent.

— Je viens d'avoir le Barts. C'est bien un médecin. Il travaille aux urgences. Le docteur Etherington-Smith va venir le chercher.

Le sergent le dévisagea d'un air contrarié.

— Apporte ses instruments, ordonna-t-il après un instant d'hésitation. Mais tout le monde reste en cellule ! Que faites-vous ? dit-il en le voyant allonger le garçon sur le sol.

— Trop tard pour attendre l'ambulance, je vais l'opérer tout de suite.

— L'opérer ? Ici ?

— Ici.

— Mais… ce n'est pas possible.

Le médecin ne répondit pas. Le bobby était entré et lui tendait sa sacoche. Il en sortit tout son matériel puis dilua le contenu d'une ampoule avant d'en remplir une seringue. Sans montrer de précipitation, il chauffa une longue et fine aiguille à l'aide d'un briquet.

— Je suis obligé de l'anesthésier, annonça-t-il.

— Mais ce n'est pas possible, répéta le sergent, désemparé.

Son collègue proposa son assistance.

— Déshabillez-le, indiqua le médecin. Gilet, chemise, maillot.

Une fois torse nu, le médecin lui appliqua un liquide antiseptique sur l'abdomen et s'en imprégna les mains.

— Aidez-moi à le mettre sur le côté et tenez-le ainsi, montra-t-il en inclinant la nuque du garçon vers l'avant. Il ne doit surtout pas bouger.

D'un geste rapide et précis, il fit pénétrer l'aiguille entre la première et la deuxième vertèbre lombaire, retira le mandrin, laissant s'écouler des gouttes de liquide céphalo-rachidien, avant d'adapter la seringue et d'injecter l'anesthésique. Ils étendirent le blessé sur le dos et le médecin étala tous ses instruments sur une bande de toile.

— Nous avons sept minutes devant nous, dit-il en déroulant sa trousse de scalpels sur le sol.

Il les badigeonna d'antiseptique, ainsi qu'une série de pinces qu'il avait sélectionnées.

— Mince, il bande ! s'exclama un des fêtards en montrant l'érection visible sous le pantalon du jeune homme. Ça n'a pas l'air désagréable, ajouta-t-il en pouffant.

— C'est surtout le signe que nous pouvons commencer : l'anesthésique fait effet, expliqua le médecin.

Il prit son scalpel, pratiqua une incision oblique costale, l'écarta à l'aide de pinces et y entra la main. Les policiers et les deux noceurs, surpris, se détournèrent.

— Quelle horreur ! dit l'un, pris de spasmes.

— Tout le monde sort, ordonna le sergent.

— Je ne vais pas pouvoir vous aider davantage, monsieur, désolé, dit le policier dont le visage avait viré au blême et dont les mains tremblaient.

Tous se retrouvèrent à l'accueil où un élégant gentleman venait d'entrer. Un homme qu'ils reconnurent pour avoir fait la une des journaux l'été précédent.

— Docteur Etherington-Smith ! Votre collègue..., commença le sergent.

— Pouvez-vous aller le chercher ? l'interrompit le nouveau venu. Nous avons du travail qui nous attend.

— Je crains que ce ne soit pas possible.

— Vraiment ? Qu'est-ce qui l'empêcherait de sortir d'ici ? Voulez-vous un mot du Premier ministre ? Du roi ?

— C'est que… il est en train d'opérer.

— D'opérer ? Vous plaisantez ?

— La cellule…, balbutia le sergent en désignant le couloir qui menait à la salle de dégrisement.

Lorsque Etherington-Smith entra, le médecin avait la main plongée dans l'abdomen du garçon, qui baignait dans une flaque de sang.

— Décidément, tu ne peux t'empêcher de faire des exploits partout où tu passes, soupira le directeur de l'école médicale de St Bartholomew.

— Navré de ne pas venir te saluer, répondit l'autre en tentant de prendre une pince de la main gauche.

— Aurais-tu besoin d'aide ? demanda flegmatiquement Etherington-Smith en lui tendant l'objet.

— Je ne voudrais pas te faire arriver en retard à la cérémonie de rentrée des étudiants. Ils t'adulent tous.

— Tu y es invité aussi, fit remarquer son collègue en prenant l'ampoule pour lire l'étiquette. Novocaïne ? Tu es à la pointe du progrès, mon cher. Et tu te promènes toujours avec de quoi opérer sur toi ?

— Comme tu le vois, cela présente certains avantages. Tu m'offres ton aide ?

— Quelle situation ?

— L'hémorragie est moins importante que je ne le craignais. Mais il y a deux côtes cassées, un trou dans le diaphragme et une très grosse plaie de la rate. L'hémothorax n'est pas abondant.

— Quelle décision ? On opère au Barts ? Ce sera plus confortable, dit Etherington-Smith en regardant son ami agenouillé, penché sur son patient.

— Pas le temps. On élargit l'orifice du diaphragme, on retire la rate et on relie le pédicule avec le péritoine splénique.

— Pas une fois je ne me suis ennuyé avec toi, capitula le médecin en enlevant ses gants. Allons-y au débotté !

— Si, c'est le Huit avec barreur. Etherington-Smith a remporté la médaille d'or aux derniers jeux Olympiques ! dit le sergent. Je le sais, j'ai pratiqué l'aviron en club.

— J'ai lu un article sur lui dans le dernier *Vanity Fair*, cet homme accumule les réussites, renchérit l'un des fêtards. Médaillé, chirurgien et enseignant au Barts. Et dire qu'il est plus jeune que moi…

— Vous avez vu sa voiture ? C'est une Humber 30-40 ! admira son compagnon de beuverie, qui s'était posté à l'entrée pour respirer l'air de la rue tout en fumant sa pipe. Quelle classe, s'extasia-t-il devant le véhicule au capot cylindrique et à l'habitacle ouvert.

— Vous croyez qu'ils vont le sauver ? demanda le bobby, provoquant la colère des autres qui faisaient tout pour oublier la vision traumatisante de l'opération.

— Ça y est, messieurs ! annonça Etherington-Smith en faisant irruption parmi eux.

Il finit de s'essuyer les mains dans un bandage imbibé de sang et le posa sur le bureau d'accueil.

— Il est vivant, proclama-t-il alors que le sergent se dépêchait de jeter le linge dans le panier à ordures. Il sera réveillé dans une heure. L'ambulance ferait bien de venir le chercher avant. De même qu'il serait bon qu'un de vous l'accompagne pour les formalités d'usage. Je vous laisserai prévenir sa famille.

— Il est sauvé ? interrogea le fêtard, que la curiosité poussait à aller voir le résultat mais que l'odeur de viscère repoussa.

— Pour l'heure, mais son pronostic vital reste engagé. Il est possible qu'il faille l'opérer à nouveau.

— Puis-je vous serrer la main, docteur Etherington-Smith ? sollicita le second noceur. C'est un honneur de vous avoir rencontré.

— Ce n'est pas moi qu'il faut remercier, mais mon ami, qui fait des miracles tous les jours au Barts, répondit le médecin en rabaissant ses manches de chemise.

— Et quel est le nom de ce magicien ?

— Thomas Belamy, déclara le bobby, enthousiaste. Pour sûr, on a bien fait de l'arrêter !

La Humber filait sur Cannon Street tandis que ses deux occupants étaient silencieux depuis leur départ du poste. Ils furent arrêtés près de St Paul's Church par un tramway hippomobile qui avait cassé un essieu. Les passagers étaient descendus et formaient un attroupement autour du véhicule.

— Rassure-moi : tu ne pratiques aucune opération illégale dans l'East End ? demanda Etherington-Smith, que la question taraudait.

Belamy ne répondit pas.

— Seigneur, ce n'est pas vrai… Sais-tu ce que tu risques ?

— Je ne fais rien qui puisse nuire à l'hôpital. Mais c'est mieux pour tout le monde que tu ne saches rien de mes activités, crois-moi.

— Tu as raison, je préfère ne pas savoir. Et je préférerais aussi ne pas avoir à venir te chercher toutes les semaines dans une cellule, même transformée en salle d'opération.

— Cela ne se reproduira plus.

La circulation avait repris sous l'impulsion d'un agent venu régler le trafic, qui commençait à se densifier.

— Je vais finir à pied, décida Belamy en ouvrant la portière. J'ai besoin de marcher. D'oublier.

— Thomas, tu as sauvé ce garçon comme personne n'aurait pu le faire. Pas même moi, dit Etherington-Smith en ignorant l'agent qui faisait de grands gestes en sa direction.

— Je ne te parle pas de ce matin.

Il se rendit directement à son appartement, dans l'allée de maisons réservées au personnel hospitalier située en face de l'établissement. Il avait, comme à chaque retour, le besoin de se sentir propre, et remplir sa baignoire l'aidait à vider sa mémoire des images de la nuit. Il resta allongé dans l'eau jusqu'à ce que la cloche de St Bartholomew-the-Less sonne le rappel de huit heures. La journée de Thomas Belamy pouvait commencer.

8

En retard. L'étudiant était en retard pour sa première journée d'internat. La faute à sa logeuse qui l'avait arrêté dans l'escalier pour se plaindre du bruit provenant de sa chambre et qui l'avait empêchée de dormir. La faute à ses amis qui avaient fêté avec lui leur rentrée universitaire à l'hôpital St Thomas. La faute à son père qui lui avait imposé de poursuivre les siennes au Barts, pour la seule raison qu'il en était un des donateurs. La faute au chauffeur de l'omnibus qui avait démarré malgré ses signes désespérés pour qu'il l'attende à la station de Paddington. La faute au fruit sur la peau duquel il avait glissé et qui l'avait fait tomber dans un bosquet de tournesols, devant la Bank of England, d'où il s'était extirpé, la cheville et le coude droits douloureux, après avoir vérifié que personne n'avait été témoin de son infortune.

Il savait qu'aucun des arguments ne serait recevable devant l'appariteur pour justifier son retard et que leur accumulation rendrait sa version encore plus improbable. Il ne lui restait plus qu'à faire amende honorable et espérer que personne ne remarque son lien de parenté avec Sir Jessop, l'un des plus généreux mécènes engagés dans la rénovation des bâtiments de St Bartholomew.

Le jeune homme longea l'hôpital par Giltspur Street d'un pas pressé et boitillant et décida de s'engouffrer dans l'établissement par le service des urgences, qui lui semblait être le meilleur des raccourcis. Il remonta la file d'attente en évitant les regards houleux et avisait une sœur qui venait de sortir d'une salle de soins en compagnie d'un enfant à la tête bandée quand un homme agrippa sa main, lui arrachant un cri de douleur.

— Lâchez-moi, je suis médecin ! dit-il en se débattant mollement.

Autour de lui les rires et les quolibets eurent raison de ses velléités d'explications.

— À la queue, comme tout le monde, aboya l'homme, qui portait un tablier de boucher de Meat Market.

L'étudiant obtempéra et battit en retraite, sous les moqueries des patients qui avaient trouvé en lui un sujet d'occupation. La sœur le héla depuis le fond de la salle mais il ne répondit pas, maudit ses mauvais choix depuis son réveil et retrouva la rue, ses pierres grises et son crachin. Il parcourut les trois cents mètres qui le séparaient de l'entrée principale sans se presser et la tête haute, comme son éducation le lui avait appris, afin de retrouver un peu de prestance dans l'adversité. Il déboucha sur West Smithfield et pénétra sous le porche sans un regard pour l'illustre façade que son père lui avait décrite avec soin, tout comme l'histoire du plus vieil hôpital de Londres dont il n'avait que faire, et qu'il s'était empressé d'enfouir dans les méandres de sa mémoire.

Arrivé dans la cour centrale, il consulta les panneaux localisant les différents services et marmonna :

— Obstétrique, dermatologie, chirurgie des fractures, électricité… Mais où est-il ? Où ?

— Je peux vous aider, monsieur ?

L'infirmière réveilla son intérêt pour le lieu. Elle défit la coiffe blanche qui lui ceignait le haut des cheveux, les laissant envelopper son visage rond. Elle avait le même nez retroussé à la pointe ronde que la famille de domestiques qui servait les Jessop depuis des générations.

— Je cherche le Grand Hall. La cérémonie de rentrée de l'école de médecine. Je suis interne, précisa-t-il pour ne pas être confondu avec un vulgaire étudiant débutant.

— Le bâtiment derrière l'aile est. C'est dans ma direction, je vous accompagne, décida-t-elle. Vous avez de la chance, le discours de Raymond n'a pas encore commencé, ajouta-t-elle. Il était en retard.

— Raymond ? Qui est-ce ?

Elle rit, croyant à une plaisanterie, et se fit prier avant de lui en dire plus.

— Le docteur Etherington-Smith. Ainsi donc vous ne le connaissez pas ? Mais quel genre d'interne êtes-vous ? Tenez, c'est ici. Prenez le grand escalier, c'est au premier étage.

— Dans quel service travaillez-vous ? tenta le garçon, revigoré par sa rencontre.

— Je vous fais confiance pour me retrouver, s'amusa-t-elle. Je vous souhaite une bonne rentrée.

La montée était impressionnante. Deux immenses fresques murales encadraient l'escalier aux marches recouvertes de velours garance sous un lustre aux dix ampoules qui pendait par son fil électrique au milieu de la cage. Le Grand Hall était à l'image de l'hôpital huit fois centenaire : solennel et imbibé de toutes les émotions passées. Les larges fenêtres, qui apportaient une luminosité exceptionnelle, étaient séparées par des murs recouverts des noms des professeurs et des donateurs qui en avaient fait ou permis l'histoire.

Le sien devait être quelque part entre les patronymes les plus prestigieux, mais il décida de ne pas le chercher. Etherington-Smith se tenait debout devant la cheminée du fond et, bien qu'il ne le vît pas, l'étudiant comprit au charme de sa voix la fascination qu'il exerçait sur les autres. Le médecin égrenait la liste des internes et leur affectation dans les services en donnant l'impression de connaître chacun d'entre eux et de leur réserver le meilleur sort possible pour leur carrière.

Alors que la plupart des postes avaient été annoncés, le jeune homme croisa les doigts dans son dos :

— Pas l'électricité, murmura-t-il, surtout pas l'électricité médicale…

La réflexion fit sourire son voisin, qui se pencha vers lui :

— Pas de soucis, mon ami, il n'y a pas de poste cette année.

— Alors, que reste-t-il ?

— … le service des urgences, annonça Etherington-Smith à l'assemblée. Et celui qui aura l'honneur de rejoindre le docteur Belamy et notre nouveau fleuron inauguré l'année dernière est…

— Un chanceux, souffla le voisin. Moi, j'ai eu la dermatologie.

— … Reginald Jessop, indiqua le directeur de l'école médicale.

Reginald remarqua l'impression que le nom de Belamy avait produit sur l'assistance sans réussir à l'interpréter.

— Voilà qui clôt notre session de rentrée, messieurs, conclut Etherington-Smith. Et n'oubliez jamais que notre mission prioritaire est de soulager et de guérir nos patients les plus pauvres. La charité a toujours été la raison d'être de St Bartholomew.

Le médecin, à qui la médaille olympique conférait une aura de demi-dieu, traversa le Grand Hall en serrant toutes les mains qui se tendaient vers lui et disparut en aspirant à sa suite la plupart des participants comme la traîne attachée au cou d'un roi.

— Alors vous devez être Reginald, remarqua son voisin. Vous êtes le seul visage inconnu de l'assistance.

— J'ai fait mes études à St Thomas, expliqua celui-ci après avoir acquiescé d'un signe de tête. Vous connaissez le docteur Belamy ?

— Qui le connaît vraiment ? Thomas Belamy est aussi mystérieux que Raymond attire la lumière. Ils sont les deux faces d'une même pièce qui retombe toujours du côté Etherington.

9

La plaque annonçait l'inauguration des consultations externes et des urgences par le prince de Galles le 23 juillet 1907, pourtant les locaux avaient l'air d'attendre encore le passage des artisans pour les finitions. Avant même qu'il ne pose la moindre question, la sœur qui avait accueilli Reginald lui avait expliqué qu'une nouvelle souscription avait été lancée dans la presse pour la dernière tranche des travaux. Une rassurante odeur iodée flottait dans les couloirs. Le service était divisé en deux parties par une immense cheminée ouverte que la clémence de la fin d'été avait laissée au repos. La première moitié se divisait en huit salles de soins où officiaient les trois médecins, les internes, sœur Elizabeth ainsi que les infirmières pour les bandages et les pansements. La seconde était scindée en deux parties mitoyennes, chacune permettant d'aliter vingt patients, la salle de gauche étant réservée aux femmes. Chaque lit bénéficiait d'une fenêtre pour les plus chanceux ou d'une série de portraits de la famille royale et de monuments londoniens pour les autres. Tous étaient surmontés d'une applique électrique murale ainsi que d'une tringle hémisphérique destinée à recevoir un rideau individuel qui n'avait toujours pas été livré. L'intimité attendrait encore.

En cette fin de matinée, les lits étaient occupés par les patients dont l'état n'avait pas nécessité une hospitalisation et dont la plupart seraient sortis le jour même ou le lendemain.

— Je vous attendais avant neuf heures, monsieur Jessop.

Sœur Elizabeth regarda avec insistance la pendule placée au-dessus du meuble à l'allure de bahut de quincaillerie qui servait au stockage du matériel de soins, ce qui fit à Reginald autant d'effet qu'un sermon. La religieuse lui parut identique à celles qu'il avait connues à St Thomas : distante et revêche avec les étudiants mais douée d'une expérience et de connaissances pratiques capables d'en remontrer aux chirurgiens les plus aguerris.

— Votre salle de soins est la troisième sur la partie gauche, continua-t-elle. Vos consultations ont lieu jusqu'à midi. Après le repas, vous rendrez visite aux patients que vous aurez hospitalisés ainsi qu'à ceux du docteur Belamy.

— Justement, quand est-ce que…

— Il vous faudra faire les comptes rendus du jour, puis vous aurez environ une heure pour aller récupérer les résultats d'analyses et biopsies avant la visite du soir avec le médecin.

— Et quand pourrai-je…

— En tant qu'interne, vous bénéficiez d'une chambre dans l'établissement, ainsi que des repas et du blanchissage de votre tablier. Vous avez de la chance : l'internat est juste à côté des urgences, ce qui vous évitera de traverser tout l'hôpital ou d'emprunter l'entrée des malades, ironisa-t-elle alors qu'elle avait reconnu dès son arrivée le jeune homme qui avait eu maille à partir avec les patients en attente. Des questions ?

— Je peux tout vous expliquer, commença-t-il.

— J'ai dit : des questions, je ne vous demande pas une confesse, mon petit.

— Quand pourrai-je voir le docteur Belamy ? interrogea-t-il en désespoir de cause.

— À la visite du soir, si vous n'arrivez pas trop tard, répondit-elle du tac au tac, avant de se reprendre devant la mine déconcertée du garçon : il est en salle 5, vous pourrez vous présenter à lui lorsqu'il aura fini.

L'interne pria pour que le médecin ne soit pas à l'image de la sœur. Il fixa des yeux le parquet, luisant comme un lac gelé, qui gémissait sous leurs pas.

— Un dernier point : faites attention, le sol est glissant. Ils ont abusé de la cire après sa pose et on a déjà eu plusieurs accidents, dont un patient au moment de sa sortie. Il a fini au bâtiment George V, en chirurgie des fractures. D'ailleurs, pensez à porter des chaussures aux semelles adaptées. Il y a un cordonnier à Cloth Fair, tout près d'ici. Frances vous aidera, elle sera votre soignante attitrée pour les consultations du matin, compléta la sœur avant de héler l'infirmière, affairée à trier des pinces dans les tiroirs du bahut.

Celle-ci se retourna et ne sembla pas étonnée de découvrir l'interne qu'elle avait aidé à se rendre au Grand Hall.

— Vous n'avez pas mis trop de temps à me retrouver, glissa-t-elle tout en gardant une distance polie envers l'interne.

Reginald lui sourit, ce qu'elle feignit de ne pas remarquer en détournant les yeux vers le malade le plus proche. Sœur Elizabeth parut soudain plus supportable au jeune homme et il décida que son séjour aux urgences serait des plus agréables. L'autopersuasion avait toujours été son fort.

— Vous êtes attendu en salle 3. N'oubliez pas votre tablier !

La pièce était plus grande que sa configuration ne le laissait paraître. Le premier malade de Reginald l'attendait, assis à une petite table centrale, lui tournant le dos, la main posée sur un carré de tissu blanc. Un lit était placé contre un des murs et, à son opposé, tout le matériel nécessaire aux soins et aux petites interventions trônait dans un ordre précis sur un meuble moderne, à l'allure fonctionnelle, dépouillé de toute ornementation. Pas de fenêtre mais une puissante lumière électrique qui facilitait les examens minutieux.

Reginald entra en le saluant et finit de nouer les cordons de son tablier avant de s'asseoir face à lui. Les deux hommes découvrirent le visage de l'autre au même moment et restèrent un instant interdits.

— Vous vous connaissez ? demanda Frances.

Le patient était le colosse de Meat Market qui l'avait chassé des urgences deux heures plus tôt. L'homme baissa les yeux.

— Non…, dit Reginald. Alors, pour quelle raison venez-vous nous rendre visite, monsieur… ?

— Middlebrook, lut Frances en consultant sa fiche.

Le boucher montra son pouce gauche dont les chairs étaient tuméfiées et l'ongle entièrement noir. Il s'était écrasé le doigt en martelant une pièce de viande de bœuf pour l'attendrir.

— C'était samedi, précisa-t-il, et depuis je ne peux plus rien tenir. J'ai mal tout le temps, je n'en dors plus la nuit.

Reginald observa attentivement le doigt blessé et pressa légèrement sur l'ongle, faisant rugir l'homme.

— Arrêtez ! Je vous dis que j'ai mal !

— C'est un onyxis traumatique, annonça l'interne sans s'émouvoir.

— Un quoi ? Qu'est-ce qu'il a, mon pouce ?

— Un hématome sous-unguéal, continua Reginald. Et ça n'est pas bien joli.

— Ça veut dire quoi ? Je vais guérir ? Je pourrai retravailler quand ?

Le jeune homme envoya une œillade à l'infirmière en signe de complicité, mais elle l'ignora.

— La bonne nouvelle est qu'il n'y a pas de pus, mais cela va être long et vous allez le perdre.

— Mon doigt ?

— Non, l'ongle, juste l'ongle. Je vais vous prescrire des émollients.

— Ah… et c'est quoi ? Il faut que je n'aie plus mal, il faut que je travaille aujourd'hui !

— Je regrette, mais vous ne pourrez pas utiliser cette main pendant plusieurs semaines. Et, vu votre métier, il faudra l'emballer pour qu'elle ne s'infecte pas et que vous n'infectiez pas les viandes que vous vendez.

L'homme se pencha vers lui et l'agrippa de sa main valide :

— Vous n'avez pas compris, doc, je dois aller au travail. Donnez-moi des médicaments pour ne plus avoir mal et qu'on en finisse !

Reginald se dégagea sans brusquerie. Il n'arrivait pas à évaluer la part de bravade du boucher.

— Décidément, c'est une manie chez vous, monsieur Middlebrook, dit-il d'un ton qu'il voulut détaché. Le seul moyen d'accélérer votre guérison est une trépanation de votre ongle.

L'homme fronça les sourcils. La digue de sa patience commençait à céder. Frances sortit discrètement.

— C'est une opération sans douleur, expliqua l'interne, qui ne l'avait jamais pratiquée ni vue faire. Un coup de bistouri et on le retire.

— Douloureux ?
— Non, sous anesthésie locale.
— Cher ?
— Vous êtes au Barts. Vous n'aurez rien à payer.
— Alors, allez-y ! dit l'homme en posant sa main devant lui.
— Par contre, il vous faudra revenir tous les jours pour renouveler votre pansement et appliquer des pommades, prévint Reginald en se dirigeant vers le buffet.
— Je n'aurai pas le temps.
— Votre guérison en dépend, insista l'interne tout en fouillant dans une boîte remplie de scalpels. Sans quoi les tissus peuvent s'infecter et se nécroser.
L'homme tapa du poing sur la table :
— Écoutez, doc, je ne comprends rien aux mots que vous utilisez ! Alors, vous allez me guérir, sinon c'est moi qui vais vous amputer d'un doigt, et ça ne va pas prendre des semaines !
— Nous allons nous y employer, monsieur Middlebrook, répondit une voix dans son dos.
Frances était revenue accompagnée d'un homme jeune qui portait un long sarrau médical blanc dont il avait retroussé les manches et d'où dépassait un col de chemise ouvert. Il avait noué ses cheveux noirs en catogan sous sa nuque par un discret nœud de ruban. Sa peau, métissée, présentait des traits fins, nez et menton courts, ainsi que des yeux allongés et un regard de bonté qui lui conféraient une grâce féline. Reginald avait remarqué son léger accent, qu'il ne put associer à aucune colonie de l'Empire.
La décontraction de la tenue et de l'attitude qui se dégageait de lui surprit et agaça Reginald, qui identifia un ambulancier ou un étudiant étranger, comme il s'en trouvait souvent dans les meilleurs hôpitaux du monde.
— Le docteur Thomas Belamy, précisa Frances à l'intention de l'interne chez qui elle décelait la méprise.
Reginald le dévisagea, incrédule. Le médecin s'assit en face du patient, qui se rasséréna :
— Je veux juste pouvoir travailler. Je ne peux pas me permettre d'être malade.
— Je comprends, dit Belamy en observant le pouce blessé sans le toucher. Sous votre ongle, il y a du sang, et c'est ce sang qui vous fait un mal de chien.
Le boucher acquiesça. Frances déposa un briquet près du médecin.

— Mon collègue a formulé le bon diagnostic et vous a proposé un traitement qui vous guérira. Mais cela demande un temps de convalescence que vous ne pouvez vous permettre.

— C'est bien ça, oui, c'est ça.

— Il existe une toute nouvelle opération qui vous permettra de conserver votre ongle et de ne plus souffrir. Elle n'est pas encore officiellement reconnue, mais je l'ai déjà pratiquée. Voulez-vous que je vous l'explique ?

— Oui, s'enthousiasma Reginald avant même la réponse du boucher.

Belamy sortit un trombone de la poche de son sarrau.

— Je vais chauffer ce fil d'acier au rouge afin de percer votre ongle en plusieurs endroits et évacuer le sang. Votre douleur disparaîtra.

L'homme avala sa salive. Le médecin se tourna vers Reginald :

— Un Gem Clip, dit-il à son intention. C'est la meilleure marque pour cette utilisation.

Il le déroula en partie, alluma le briquet et en plaça l'extrémité sous la flamme rectiligne. L'acier noircit rapidement.

— Les affaires sont bonnes à Meat Market ? demanda-t-il au boucher alors que la pointe commençait à rougir.

— On ne se plaint pas, répondit l'homme, après un instant de surprise.

— Bœuf ? Veau ?

— Oui, et agneau aussi. Un peu de brebis. J'en ai une qui m'attend sur son croc.

— Pouvez-vous regarder notre infirmière droit dans les yeux, quoi qu'il arrive ?

Frances se plaça à côté du médecin et le patient se dit qu'il avait connu des demandes moins agréables. Une odeur de kératine brûlée parvint à ses narines, la même que celle des cornes lorsqu'il les sciait sur les têtes des bovidés.

— Vous me préviendrez avant de commencer, demanda-t-il tout en fixant les yeux aux liserés bruns de la jeune femme qui lui rappelaient ceux de sa fille.

— Je crains que non, c'est fini, monsieur.

— Fini ?

Incrédule, Middlebrook observa son doigt, dont l'ongle avait retrouvé sa couleur normale. Le médecin jeta la compresse imbibée du sang évacué.

— Mais je n'ai rien senti !

— Notre infirmière va procéder à un lavage avec un produit contre les germes. Revenez dans une semaine pour un contrôle, conclut le médecin.

L'interne s'approcha et appuya sur le pouce sans que l'homme ne réagisse.

— Je n'ai plus mal, confirma le boucher. C'est tout bonnement un miracle !

Je sens que je vais me plaire ici, songea Reginald.

10

Le garçon avait repris connaissance allongé dans un des lits du service des urgences, ce qui l'avait effrayé. Son dernier souvenir remontait à la cellule du poste de police et à un étrange prisonnier qui le questionnait avec insistance. Sœur Elizabeth lui avait expliqué la raison de sa présence, ainsi que celle d'une grande cicatrice sous ses côtes et de la douleur aiguë qui vrillait son abdomen. Elle lui avait posé une poche de glace et donné des antalgiques après la visite de Reginald. Le policier, qui ne l'avait pas quitté de la matinée, était reparti à onze heures : le garçon était en liberté sous caution jusqu'à son jugement, qui serait fixé en fonction de sa sortie de l'hôpital.

— Je ne suis pas coupable, c'est une erreur judiciaire, dit-il à l'infirmière venue relever sa température. C'était la voiture de mon père.

Frances lui sourit et passa au lit voisin où elle présenta au malade une pilule de sang bovin.

— Il n'a que cette phrase à la bouche, lui souffla celui-ci après l'avoir avalée. Depuis qu'il est réveillé, il la répète comme un bénédicité.

— En parlant de repas, vous n'avez pas beaucoup mangé, remarqua-t-elle en rassemblant les restes de son déjeuner.

— Et vous, c'est cette phrase que vous répétez en boucle ! maugréa l'homme, maître d'hôtel au Claridge. Tout ici a le même goût. Tout ressemble à de la bouillie. Dès que je serai sorti, je me précipiterai dans une rôtisserie !

— Cela ne saurait tarder, conclut-elle en l'espérant sincèrement.

Il s'était montré avec le personnel aussi dur que les clients du palace l'étaient avec lui d'ordinaire.

Frances croisa Etherington-Smith à la tête d'une délégation de médecins. Il lui demanda de prévenir le docteur Belamy : ils allaient voir le miraculé du poste de police dont tout l'hôpital parlait déjà. Elle se rendit au bureau des médecins, où Thomas était occupé au téléphone. Par politesse, elle interrogea Reginald, qui mettait à jour ses dossiers, sur ses premières impressions du service. L'interne répondit par un discours enflammé qu'elle interrompit lorsque le médecin raccrocha les écouteurs. L'infirmière l'informa de la visite et de l'augmentation de la température du jeune blessé, qui avait dépassé trente-huit degrés.

— Surveillez les constantes et ajoutez une numération globulaire quotidienne, décida Belamy. Les leucocytes vont augmenter pendant quelques jours mais ce sera transitoire, dit-il à l'adresse de son interne, qui acquiesça d'un air entendu – alors qu'il n'en savait rien. En revanche, sans sa rate, il sera plus sensible aux infections, en particulier les pneumonies.

— Ses deux voisins sont ici pour des accidents, indiqua l'interne tout en consultant le carnet qui ne le quittait jamais. Nous allons faire attention, docteur, et éviter tout pulmonaire près de lui.

— Faire attention n'est pas suffisant. Prenez l'habitude de toujours vous brosser et vous désinfecter les mains en revenant de dissection. Pas seulement de les laver. Et ayez toujours les ongles courts.

— Très bien, docteur.

— Un dernier point : sœur Elizabeth ne vous l'a sans doute pas encore dit, mais il règne dans ce service des règles très strictes quant à l'étiquette et aux codes vestimentaires.

— Ah ?

L'étonnement du jeune interne, qui avait constaté une grande liberté hiérarchique, fit pouffer Frances.

— Comptez sur moi, docteur, bredouilla-t-il dans le doute.

— La règle numéro un est qu'il n'est pas obligatoire de nous appeler par nos titres et que toute personne équipée d'un prénom prononçable peut être appelée par ce prénom ou, avec son accord, par un diminutif. Cela doit rester un choix personnel. La deuxième est que le port d'un vêtement protecteur a l'avantage de masquer les différences de goût vestimentaire, les changements de mode et tous les miasmes que vous accrocherez à l'extérieur. Je l'ai imposé dans ce service, tablier ou sarrau pour les hommes. Mais vous pouvez aussi mettre un uniforme d'infirmière ou de sœur, à votre guise, je ne vous blâmerai jamais de l'avoir fait, alors que je vous sanctionnerai si vous pénétrez dans les salles en tenue de ville. L'important est que vous respectiez toujours ce protocole d'hygiène.

Reginald surprit le sourire que Frances réprimait : elle l'imaginait dans sa propre tenue, il en était sûr.

— Le sarrau me convient très bien, se crut-il obligé de répondre, alors que ses joues s'étaient empourprées.

— Raymond vous attend, rappela Frances à Thomas.

— J'y cours avant que notre service n'ait été transformé en grotte de Lourdes. Je vous retrouve tous cet après-midi à quatre heures pour la visite.

Etherington-Smith se tenait au pied du lit, entouré des principaux chefs de service, si bien que le malade avait disparu derrière une forêt de tabliers blancs que le nouvel arrivant fut obligé de fendre pour arriver jusqu'à lui.

— Voilà votre sauveur ! dit Raymond en accueillant Belamy. Thomas, je lui ai relaté ton intervention dans le moindre détail.

Le jeune homme semblait partagé entre sa douleur et la gêne d'une telle attention impudique. Belamy s'assit sur le casier destiné aux effets personnels du malade et demanda à l'assistance de s'écarter du lit afin de lui préserver un espace vital.

— Maintenant que nous l'avons soigné, nous n'allons pas l'étouffer, plaisanta-t-il.

Le patient voisin, qui se retrouva avec une rangée de dos blancs contre son lit, tenta de les repousser, mais personne ne fit attention à lui.

— Comment vous sentez-vous ? demanda Etherington-Smith.

— J'ai mal, doc, c'est pire qu'un coup de poignard dans le bide.

— Cela va s'atténuer. Avant votre accident, aviez-vous des douleurs au ventre et des maux de tête ?

— Oui, comment le savez-vous ?

Thomas s'en voulut d'avoir confié à Raymond ce qu'il avait découvert au moment de l'opération, mais la locomotive Etherington-Smith était lancée à pleine vitesse et rien ne l'arrêterait.

— Vous souffriez d'une malformation congénitale de votre rate qui provoquait ces douleurs, annonça Raymond avec ce mélange de flegme et de fierté qui charmait ses auditoires. Il aurait fallu vous opérer de toutes les manières.

— Vous voulez dire que, grâce à l'accident, vous avez découvert une anomalie physiologique ? s'étonna un chirurgien à la barbe abondante et au visage de Teddy Bear.

— Oui, continua Etherington-Smith. Sa rate était mobile.

— Comment ça, mobile ? intervint le malade.

— Mon garçon, votre rate n'était pas correctement fixée dans votre abdomen : elle n'avait pas de ligaments. Elle n'était reliée que par le pédicule.

— Je ne comprends pas, grimaça le jeune homme en cherchant de l'aide du côté de Belamy.

— C'est comme un cordon ombilical, expliqua un accoucheur. Le pédicule apporte le sang nécessaire à votre organe. Mais si votre rate peut se balader, le pédicule finit par s'enrouler sur lui-même. En se tordant, il tord aussi les vaisseaux et votre rate ne peut plus se nourrir.

— Et c'était votre cas : elle était atrophiée et avait commencé à se gangrener, renchérit Raymond. Notre ami vous a sauvé deux fois la vie hier.

— *Goddam !* soupira le malade, qui n'était pas sûr d'avoir tout saisi à part qu'il était en vie, ce que l'assemblée avait l'air de considérer comme une curiosité.

Les médecins se mirent à parler tous en même temps. L'un demanda à voir une radiographie du résultat ; un autre, méfiant, mit en doute la possibilité d'évacuer une rate sans avoir à réséquer plusieurs côtes, ce qui agaça Etherington-Smith ; un troisième voulut des détails sur la pose des drains.

— Messieurs, messieurs, messieurs, intervint Belamy en augmentant la voix à chaque mot. S'il vous plaît, nous continuerons cette conversation lors d'une future communication dans l'amphithéâtre principal et nous répondrons à toutes vos questions. Je vous remercie, conclut-il en leur montrant la sortie, ce qui eut pour effet un concert de protestations mais tous finirent par obtempérer, y compris Raymond qui les raccompagna.

Resté seul avec son patient, Thomas l'ausculta au stéthoscope puis prit ses pouls aux deux poignets.

— J'aurais préféré vous l'annoncer d'une autre façon, s'excusa-t-il. Mais il est vrai que votre rate était malade. Une fois passé les suites de cette opération, vous irez beaucoup mieux.

Belamy se pencha vers le jeune homme pour ne pas être entendu de son voisin le majordome, qui avait passé sa vie à écouter les autres sans en avoir l'air.

— Par contre, je suis navré, je n'ai pas pu empêcher que la presse soit prévenue. Ils vous interrogeront aussi sur l'accident.

— Mais cette voiture était à mon père, répéta le garçon d'une voix lasse.

— Je connais vos arguments et votre affaire ne me regarde pas. Mais ils voudront en savoir plus. La police m'a rappelé : votre père est mort il y a dix ans.

Thomas avait enchaîné directement avec ses rendez-vous au service des consultations externes. Sitôt qu'il en eut fini, il se rendit chez sœur Elizabeth pour la questionner sur le nouvel interne. Sa chambre était située à côté des urgences, près de la cuisine du service, et cette pièce à la décoration chaleureuse contrastant avec le caractère austère de la religieuse avait toujours étonné le médecin. Leur relation avait été rugueuse les premiers mois, tant il avait été difficile à Elizabeth de se faire à la médecine pratiquée par le docteur Belamy, si éloignée de ses propres dogmes. Mais face à des résultats spectaculaires, qu'elle avait d'abord attribués au hasard, elle avait dû admettre que la chance n'y était pour rien. Ils s'étaient apprivoisés l'un l'autre et avaient fini par se faire confiance et s'apprécier. Thomas avait besoin d'une implication sans réserve de la sœur, qui était l'âme du service dans lequel elle vivait en permanence ; il avait pris soin de l'impliquer dans ses décisions jusqu'à faire naître une vraie complicité entre eux.

— Il sera une bonne recrue, une fois qu'il aura laissé tomber toute sa fierté d'homme de l'Art, résuma-t-elle. Du moins d'après ce que j'ai pu voir et entendre en une matinée.

Le jugement d'Elizabeth était sûr ; il conforta le sien. Depuis son arrivée, elle ne s'était trompée qu'une seule fois. C'était sur son compte.

11

Toute l'équipe l'attendait au seuil de la salle réservée aux femmes. Reginald, qui avait été habitué à la préséance doctorale et aux entrées solennelles par ordre d'importance dans le système médical, s'amusa de l'absence de symbolique hiérarchique mais préféra passer en second, afin de ne pas être confondu avec un étudiant censé clore le défilé.

Belamy salua sa première patiente, une fillette, ainsi que sa mère avec qui elle était en train de jouer aux cartes, et s'assit comme à son habitude sur le casier. Toute son escorte se plaça de l'autre côté et Reginald, ne sachant que décider, resta au pied du lit, ce qui le mit mal à l'aise.

— Bonjour, mademoiselle Sybil. Comment vous sentez-vous ce soir ?

— Pareil, dit l'enfant d'une voix timide.

— Elle a beaucoup vomi cet après-midi, ajouta sa mère en lui caressant les cheveux.

Sybil avait été admise en fin de matinée par Reginald, qui fut invité à résumer son cas :

— Lors de son arrivée, la patiente présentait des maux de tête, des nausées et une forte dyspnée. Nous l'avons gardée en observation et tous les symptômes se sont aggravés. Lors de ma visite de l'après-midi, j'ai de plus constaté de l'algidité, une coloration noirâtre des lèvres et des ongles et une tendance à la tachycardie. Et un ténesme rectal et vésical, ajouta-t-il en consultant ses notes.

Tout en écoutant attentivement, Thomas n'avait cessé de regarder la fillette que les mots n'avaient pas l'air d'effrayer, contrairement à sa mère que ces termes abscons inquiétaient. Il leur sourit avant de continuer :

— Et qu'en concluez-vous, docteur Jessop ?

— Peut-être une asystolie cardiaque aiguë, mais il me faudrait l'avis d'un confrère spécialiste. Ou un choléra nostras.

— Le choléra ?

La mère avait serré la main de sa fille dans la sienne. Le docteur Belamy la rassura d'un regard et s'approcha de sa patiente pour lui prendre le pouls de la même façon inhabituelle que l'interne l'avait vu faire le matin même, puis examina minutieusement sa langue, ses oreilles et ses narines.

— Quel est ton âge ?

— Dix ans, répondit Reginald, dont l'empressement fit sourire le groupe.

— Nous avons les médecins les plus précoces de Londres, conclut Thomas avant de prendre la paire de bottines qui était posée sur le casier. Ce sont tes chaussures ?

— Oui, je les ai eues pour mon anniversaire.

— Elle les aime beaucoup, intervint la mère pour expliquer leur présence.

— Tu as raison, elles sont très belles. Dis-moi, Sybil, veux-tu bien me les prêter jusqu'à demain ? Je te promets de ne pas les mettre.

La remarque déclencha un grand éclat de rire chez la petite qui accepta avec bonne humeur.

— On se retrouvera demain matin et j'ai idée que tout ira mieux.

— Docteur, quelle thérapie ? s'enquit Reginald alors que le médecin se dirigeait vers le lit suivant.

— Que proposez-vous ?

— Une potion de caféine et des antalgiques morphiniques. J'ai aussi demandé une analyse des selles.

— Je vous engage à commencer par un bouillon et une infusion de chardon-marie. Sybil, si tu as mal à la tête ce soir ou cette nuit, préviens sœur Elizabeth de venir me chercher.

Thomas confia les chaussures à Frances, assorties d'une explication à voix basse. L'infirmière quitta le service alors que la troupe se déplaçait vers le lit voisin et que Reginald essayait de comprendre ce qui avait pu lui échapper dans le diagnostic.

Les visites se succédèrent, accompagnées de leur lot de bonnes ou de mauvaises nouvelles. Arrivé au chevet de Mrs May, le docteur Belamy demanda à rester seul avec elle. L'équipe se posta autour de sœur Elizabeth, près du lit le plus excentré, inoccupé, qui bénéficiait d'une vue sur l'entrée des ambulances.

— Il va lui apprendre qu'elle fait une récidive de son cancer du sein, expliqua la religieuse.

— Pourquoi veut-il rester seul ? D'habitude toute l'équipe est présente.

— Pas ici, pas pour les mauvaises nouvelles. C'est la méthode Belamy.

— Même chose pour les opérations : elles ne sont jamais publiques, ajouta Frances.

— La tumeur est-elle opérable ? voulut savoir Reginald.

— Non. Trop étendue. Fortes adhérences et les ganglions sont touchés. Il va lui proposer une radiothérapie.

— J'ai vu des cas où les rayons X permettaient de rendre la tumeur opérable, approuva l'interne, mais personne ne semblait l'écouter.

Il se laissa distraire par l'activité au-dehors et aperçut Raymond Etherington-Smith quitter l'hôpital au volant de sa Humber 30-40 tout en saluant ceux qu'il croisait. Reginald décida que ce personnage était définitivement celui qu'il rêvait d'être, l'homme de toutes les réussites.

— Reginald…

Le groupe s'était rapproché du docteur Belamy et l'attendait.

— Vous allez vous charger du transfert de notre patiente au service Paget, indiqua-t-il. Mrs May est consciente des dangers que représentent ces rayons et nous allons tout faire pour les atténuer. Frances, vous réserverez la salle Uncot[1] tous les jeudis matin à dix heures.

— Les traitements expérimentaux du docteur Belamy, souffla cette dernière à Reginald, qui en profita pour apprécier son parfum aux senteurs de rose et d'œillet.

Il voulut à son tour se pencher vers elle pour la questionner sur la nature de ces traitements, mais elle s'était déjà éloignée.

L'équipe se retrouva autour d'un thé à la cuisine afin d'échanger les dernières instructions au sujet des patients et Belamy invita Jessop à le suivre au laboratoire de pathologie.

— Au moins, avec toi, on ne s'ennuie jamais, dit le microscopiste en lui montrant les chaussures de la jeune fille posées sur la paillasse carrelée. Je sais bien que c'est un échantillon de peau, mais tu aurais dû t'adresser à un vétérinaire.

Thomas lui expliqua les symptômes de sa patiente.

— Ton intuition était la bonne, approuva son confrère. Je suis allé au labo de chimie et nous avons conclu que la teinture utilisée était du noir d'aniline. La pose est récente. Regarde, ajouta-t-il en grattant une des bottines avec un scalpel, découvrant un cuir jaune poussin. Le vendeur en a changé la couleur. Il n'arrivait sans doute pas à les vendre.

— Alors, c'est une allergie ? C'est ça ? interrogea Reginald, qui examinait la chaussure à son tour.

— Une intoxication aux vapeurs d'aniline, expliqua Thomas. Certains cordonniers n'en mettent qu'une seule couche épaisse, d'un noir très mordant, au lieu de plusieurs d'une teinture plus diluée. Venez, j'ai quelque chose à vous montrer.

Ils traversèrent la cour carrée en direction de l'aile est.

— Je voulais vous dire que votre diagnostic m'impressionne beaucoup, monsieur, tenta Reginald, qui n'osait encore l'appeler par son prénom.

1. Unconventional Treatments.

— Ne vous laissez jamais impressionner par des confrères plus âgés. Ils ont juste plus d'expérience et, quels que soient vos dons, vous ne pouvez en bénéficier à votre âge. J'ai eu le même cas en France il y a quelques années. C'est aussi banal que cela. La jeune Sybil pourra repartir demain, tous ses symptômes auront disparu. Nous arrivons, indiqua-t-il en pénétrant dans le bâtiment qui faisait l'angle entre Smithfield et Duke Street. Je vais vous montrer la salle Uncot.

L'ancien service des urgences était un édifice de trente mètres sur dix, éclairé par un toit de verre dans lequel des centaines de patients avaient afflué chaque jour pendant des décennies. Tout le mobilier était encore installé et l'endroit semblait attendre sereinement son ouverture matinale. Ils le traversèrent de part en part et empruntèrent un couloir à l'entrée duquel une tôle émaillée indiquant *Réservé au personnel médical* ne tenait plus que par une vis. Belamy ouvrit la porte du fond à l'aide d'une clé qu'il portait à une chaîne autour de son cou. L'unique fenêtre, protégée par une grille, donnait sur une ruelle et n'offrait qu'une maigre source de lumière. Le médecin tourna l'interrupteur, révélant que la salle Uncot avait été l'ancienne réserve du matériel, de laquelle il restait deux armoires, un bureau ainsi qu'une table d'examen. Deux dessins anatomiques étaient accrochés au mur, représentant un écorché de face et de dos, traversé de canaux que Reginald ne connaissait pas. Des documents jonchaient le bureau, dont un traité ouvert sur un étrange pentagramme.

— Les étudiants et les internes ne sont pas autorisés à travailler avec moi sur ces traitements expérimentaux. D'ailleurs, personne ne l'est. Mais je préfère vous en parler avant que vous entendiez tout et son contraire à mon sujet. Ce qui se fait ici est toléré mais ne doit pas être enseigné. En d'autres termes, cela n'a aucune existence légale, docteur Jessop.

Chapitre III

Londres, mercredi 21 octobre 1908

12

Les deux femmes ressemblaient à de frêles insectes devant la gigantesque porte en arc brisé, aussi imposante qu'un pont-levis. Elles attendaient depuis une demi-heure qu'on vienne leur ouvrir, ultime brimade administrative, lorsqu'une gardienne – une des plus humaines de la prison d'Holloway – traversa la cour et déverrouilla la petite porte latérale, faisant apparaître un rectangle de lumière dans un horizon d'ébène. La surveillante franchit le porche en poussant la femme qui était en fauteuil roulant, la jambe droite enserrée dans une attelle. La seconde attendit qu'on l'autorise à sortir.

La luminosité aveugla Olympe, qui venait de passer trois mois dans la pénombre d'une cellule d'isolement de cinq mètres carrés, et elle fut prise de vertige. Mais elle sentit presque aussitôt le bras protecteur d'Emmeline Pankhurst et entendit la voix familière de Christabel.

— Comment te sens-tu ?

Olympe embrassa du regard la liberté, qui ressemblait à un grand espace vide entouré de maisons tristes, avant de se tourner vers ses amies. Elle leur répondit d'un sourire, expression qui lui avait autant manqué que la parole, avant de rejoindre la seconde suffragette libérée. Celle-ci attendait d'être embarquée dans une ambulance que son mari avait affrétée afin d'être soignée à l'hôpital.

— Il réprouve notre combat, mais il ne veut pas d'une femme en mauvaise santé, plaisanta-t-elle.

— Je prendrai de tes nouvelles, assura Olympe. Nous vaincrons, ma belle. Ne perds pas espoir.

— Même handicapée, je n'abandonnerai pas.

Olympe regarda le véhicule s'éloigner en cahotant et ne put retenir ses larmes. Christabel la réconforta en l'enlaçant. Le contact doux et chaud de son amie la rasséréna. Ses vêtements sentaient bon alors que la tenue de prisonnière d'Olympe était imprégnée de la puanteur de la cellule. Composée d'un tablier blanc, d'une coiffe et d'une longue robe noire en toile de jute sur laquelle des pattes d'oie blanches – le motif d'Holloway – avaient été peintes, elle était devenue l'image de leur oppression par le pouvoir masculin.

Olympe se dégagea de l'étreinte de Christabel en s'excusant de sa faiblesse passagère.

— Je n'ai pas envie d'en parler, dit-elle pour prévenir toute question sur ses conditions d'emprisonnement. Pas tout de suite.

— Ce qui se passe dans cette prison détruirait les plus fortes d'entre nous, soupira Emmeline.

— Je sais que tu réprouves les honneurs, dit Christabel en lui tendant une boîte, mais ce sont des symboles importants.

Olympe la prit sans l'ouvrir. Elle savait qu'elle contenait la médaille des suffragettes, une broche représentant la patte d'oie d'Holloway, aux trois couleurs du mouvement, pourpre, blanc et vert, posée sur une herse. La décoration leur était remise après tout séjour en prison. Le sien, qui était son second, avait duré plus de cent jours.

Olympe avait été arrêtée le 30 juin pour « trouble grave et violence envers des représentants de l'ordre public » après s'être jetée devant la voiture du Premier ministre Asquith fuyant la foule des manifestants sur les berges de la Tamise. Jugée le lendemain, elle avait refusé d'expliquer comment elle avait pu se trouver de l'autre côté du cordon de police qui protégeait le palais de Westminster. Elle avait aussi refusé de payer son amende. Olympe avait été conduite à Holloway, où elle avait demandé le statut de prisonnier politique, ce que le gouverneur de la prison ne lui avait pas accordé. Lors de la première promenade, elle était sortie de la file indienne en signe de protestation, et avait dès lors été placée en isolement dans la deuxième division cellulaire, réservée aux suffragettes récalcitrantes, pour acte de mutinerie, où elle avait purgé le reste de sa peine.

— C'est à notre tour maintenant de risquer la prison, dit Emmeline en l'invitant à monter dans l'automobile qui les attendait.

Sa fille et elle avaient été arrêtées au siège du WSPU une semaine auparavant, puis relâchées dans l'attente de leur passage au tribunal.

— Tout le monde sera là : la presse, nos militantes, et nous avons cité à comparaître deux membres du gouvernement ! s'enthousiasma Christabel.

— Mais pas de bravade ni d'action d'éclat, modéra Emmeline à l'intention d'Olympe. Nous devons les faire plier devant la justice. Et nous t'avons réservé la plus belle des surprises : de l'eau, du savon et un vrai repas !

Le bain chaud avait effacé les douleurs physiques et les doutes. Olympe était à nouveau prête à dévorer le monde. Lorsqu'elles débarquèrent devant le poste de police de Bow Street, la foule des sympathisants qui n'avaient pu entrer les applaudit et les militantes entonnèrent la *Marseillaise des femmes* sur l'air de Rouget de Lisle :

Marchons, marchons,
Face à l'aube,
L'aube de la liberté !

En réponse, le cordon de policiers les fit reculer de plusieurs mètres. La salle d'audience était située à l'étage de l'austère bâtiment de briques rouges qui occupait un angle de rue. Cinquante militantes avaient été autorisées à entrer, qui formaient dans l'assistance un étrange mélange avec les membres du Parlement et leurs assistants. Les policiers les encadraient de part et d'autre, prêts à intervenir à la moindre manifestation d'hostilité. *On dirait des herbes folles autour d'un carré de roses taillées*, s'amusa Olympe.

Les Pankhurst s'installèrent au premier rang et Olympe prit place juste derrière elles, à côté de Betty, qui s'était engagée dans la lutte en même temps qu'elle. Celle-ci ne put s'empêcher de chantonner l'hymne de leur cause tout en fixant du regard l'inspecteur qui, debout près du greffier, prenait des photos de la salle. Emmeline lui fit cesser sa provocation. Christabel avait été désignée pour leur défense, plutôt qu'un avocat professionnel. Elle en avait fait les études, mais, en tant que femme, n'en avait pas le diplôme, réservé aux seuls hommes. Tout le monde se leva à l'arrivée du juge Curtis-Bennett. La tension était palpable, y compris du côté de la justice. Le premier appelé dans le box des témoins fut le chancelier de l'Échiquier[1].

1. Équivalent du ministre du Budget.

— Monsieur Lloyd George, étiez-vous présent à notre meeting de Trafalgar Square ?

La voix de Christabel était claire et ferme. Ses mains, qui tenaient une liasse de notes, ne tremblaient pas. Olympe se sentait très proche de l'aînée des Pankhurst, dont elle admirait l'aisance oratoire, le charisme et le courage – tout en sous-estimant les siens.

— J'y étais, et y suis resté une dizaine de minutes.

— Avez-vous lu le tract qui y fut distribué ?

— Oui. On m'invitait à me ruer à la Chambre des communes, dit-il en souriant en direction d'un autre membre du gouvernement.

Christabel ignora la morgue et la condescendance du ton. Moins il se méfiait d'elle, plus elle le pousserait là où elle voulait aller.

— Pouvez-vous définir le verbe « se ruer » ?

— Non, je ne le ferai pas.

— Je vais vous suggérer une définition, celle du dictionnaire Chambers, dit-elle en cherchant dans ses notes la page concernée. Voilà : il s'agit de se précipiter en grand nombre. Que pensez-vous de cela ?

— Je pense que je ne peux pas entrer en compétition avec un dictionnaire.

Quelques rires s'échappèrent du carré de roses taillées.

— Puisque vous êtes d'accord avec le Chambers, vous admettez que la définition de « se ruer » ne présuppose pas la violence. Une autre question, enchaîna-t-elle alors qu'il esquissait un geste de protestation : avez-vous entendu Mrs Emmeline Pankhurst, moi-même ou un autre orateur vous menacer, vous ou tout autre représentant de l'État ?

— Non.

— Mrs Pankhurst a-t-elle invité son public à vous attaquer ? A-t-elle proféré des menaces physiques contre vous ?

— Non.

— A-t-elle suggéré de s'armer ?

— Oh, non !

— A-t-elle suggéré qu'il fallait s'en prendre à la propriété publique ou privée afin d'obtenir gain de cause ?

— Je n'ai rien entendu de tel.

— Vous n'avez donc entendu aucun appel à la violence de la part des orateurs ?

— Mrs Pankhurst a invité l'assistance à investir la Chambre des communes, et cela ne peut se faire sans violence !

L'agacement commençait à poindre chez Lloyd George, qui se sentait tel un boxeur acculé par les coups.

— Monsieur le ministre, lors de votre meeting de Swansea ce mois-ci, vous avez quant à vous invité vos partisans à, je cite : « chasser impitoyablement les femmes hors de la salle ». N'est-ce pas là une incitation directe à la violence ?

Lloyd George parut outré et se tourna vers le juge, qui intervint :

— La remarque est hors de propos, la manifestation de Monsieur le ministre était un meeting privé.

— C'était un meeting public, Sir, riposta Christabel avec aplomb. La convention du Parti libéral gallois. Nous pouvons produire des affiches qui attestent que tout citoyen pouvait s'y rendre.

— C'était, en quelque sorte, un meeting privé. Veuillez poursuivre.

La fin de non-recevoir du magistrat ne souffrait aucune contestation et Christabel n'insista pas. Elle toisa le chancelier de l'Échiquier avant de poursuivre :

— Avant même Swansea, n'est-ce pas un fait que vous-même nous avez parlé d'exemple de révolte ?

— Je n'ai jamais incité une foule à la violence.

— Jamais ? Même dans le cas du cimetière gallois ?

L'affaire était ancienne mais avait fait passer le jeune Lloyd George de l'ombre à la lumière. Il avait encouragé des paysans d'un village gallois à déterrer l'un des leurs, non-conformiste inhumé par les autorités ecclésiastiques anglicanes à l'écart des autres tombes du cimetière, pour l'enterrer près de sa fille, conformément à ses vœux. Christabel avait réussi à trouver un exemplaire du journal local qui reprenait les propos du futur ministre.

— « Brisez la grille et, au besoin, renversez le mur, car vous êtes chez vous, sur votre terre », lut-elle avant de transmettre le quotidien au juge. Vous ne pouvez pas nier avoir conseillé de casser un mur et d'exhumer un corps ?

— J'ai donné un conseil que les magistrats ont trouvé légaux, répliqua-t-il en direction du juge.

Le procès avait fait grand bruit et le jeune inconnu était devenu le chantre du nationalisme gallois.

— Vous oubliez de préciser que ce jugement fut cassé par le Lord Chief Justice, répliqua Christabel avec un plaisir non dissimulé. Au final, vous appelez à la révolte violente quand vous la trouvez légitime.

— Miss Pankhurst, vous êtes à nouveau hors de propos. Monsieur le ministre est ici en qualité de témoin ! intervint le magistrat, provoquant un hochement de tête appuyé de Lloyd George.

— Je n'ai plus de questions et j'appelle Mrs Brackenbury à la barre.

Olympe scruta la salle : mis à part les policiers en tenue et le photographe, qui s'intéressaient davantage à l'auditoire qu'au débat, tous étaient sous le charme des arguments et de la personnalité de Christabel. Dans les têtes, une petite musique s'installait, un air qui susurrait qu'un moment historique était en train de naître et que, pour la première fois, un juge allait être obligé de reconnaître la légitimité de leur lutte.

Mary Brackenbury était une militante du WSPU au regard clair et à la voix posée. Elle arborait fièrement la broche à la patte d'oie au revers de sa veste. Elle relata sous serment que le juge qui l'avait fait emprisonner six semaines lui avait avoué avoir prononcé une sentence sévère à la demande des autorités. Même si cette révélation n'était pas de nature à être prise au sérieux par le magistrat de Bow Street, elle permit à Christabel un second coup d'éclat :

— C'est pourquoi j'appelle à venir témoigner Monsieur le ministre de l'Intérieur.

13

Reginald tapota sur la radiographie pour appuyer son diagnostic :

— Votre tibia a été fracturé de façon oblique, à l'union du tiers moyen et du tiers inférieur. La pointe du fragment supérieur fait saillie, mais il n'y a pas de danger pour les tissus. Et votre péroné est fissuré au-dessus du trait de fracture.

La femme avait été amenée vers onze heures alors qu'il venait de terminer ses consultations. Elle était pâle et émaciée, mais ne semblait pas choquée.

— Toutefois, il y a un élément qui m'intrigue. Vous m'avez dit être tombée dans un escalier ?

L'interne s'était assis sur le casier qui jouxtait le lit de la malade, à la manière du docteur Belamy. Le mimétisme qui s'était opéré amusait tout le service des urgences. Il en avait conscience, mais imiter son tuteur était pour lui une preuve d'admiration et lui donnait plus d'assurance.

— Vous voyez cette petite boule, ici, au niveau de la fracture ? Il s'agit d'un cal fibreux qui commence à se former. Cela signifie que votre blessure remonte à huit ou dix jours. Pouvez-vous me dire quand votre accident s'est produit ?

— Le 11 octobre.

— Pourquoi avoir attendu tout ce temps ? demanda Reginald en posant la radio sur le lit. Vous avez certainement beaucoup souffert.

— Oui.

L'interne n'aimait pas les patients mutiques. Il leur préférait les bavards, avec qui il pouvait faire le tri entre les informations plutôt que d'avoir à les deviner. Il insista :

— Pouvez-vous me relater ce qui s'est passé ?

— J'ai promis à mon mari de ne pas en parler, je suis désolée.

Reginald se sentit mal à l'aise : était-ce une accusation déguisée ? Elle s'en rendit compte, se redressa sur son lit en grimaçant et précisa :

— Ne vous méprenez pas, il n'était pas présent quand c'est arrivé. Je vous demande de me soigner, c'est tout.

Il capitula et l'ausculta une nouvelle fois. Il remarqua seulement alors les discrètes rougeurs au niveau des deux poignets. La peau y avait subi un frottement important.

— Nous allons être obligés de vous plâtrer, annonça-t-il tout en se demandant ce qui avait pu lui arriver. Je vais aller chercher l'infirmière afin qu'elle m'aide à garder votre jambe en extension.

Ne bougez pas, faillit-il ajouter avant de se ressaisir et de bredouiller une phrase incompréhensible. Il était coutumier de ces gaffes oratoires qui faisaient la joie de l'hôpital et qui lui avaient aussi valu l'attachement de tout le service. Reginald gagna la cuisine où Frances lisait le *Morning Post* en compagnie de sœur Elizabeth, qui préparait du thé.

— Il faut que je vous parle, Frances, c'est urgent. Ma sœur, il serait préférable que vous n'écoutiez pas, glissa-t-il.

— Tout ici est urgent, mon fils, c'est la nature de notre service. Quant à mes oreilles, je vous remercie de votre sollicitude, mais elles ont fait la preuve de leur solidité en trente années d'exercice. Nous vous écoutons, dit-elle en ébouillantant le mélange de feuilles de souchong qu'elle coupait toujours avec du pekoe pour en améliorer le goût.

— Il s'agit de la patiente au tibia fracturé. Je crains que ce ne soit dû à une… pratique charnelle inavouable, dit-il après avoir cherché ses mots.

— Charnelle inavouable ? répéta Frances en repliant le quotidien. Pouvez-vous être plus précis ?

— Fétichisme, onanisme, exhibitionnisme, sadisme, masochisme, égrena sœur Elizabeth devant un Reginald pantois. Mais que croyez-vous ? Toutes les perversions sexuelles passent par les urgences, mon garçon. Et, durant de longues années, c'est moi qui ai rédigé tous les comptes rendus. Alors, que soupçonnez-vous, docteur Jessop ?

Reginald prit le temps de se servir un thé avant de répondre :

— Elle possède des traces de liens aux poignets. Cette femme a été ligotée et battue, d'où la fracture. Elle m'affirme que son mari n'y est pour rien, mais je crois qu'elle ment parce qu'elle a peur. Que doit-on faire ?

— Un plâtre, dit sœur Elizabeth sans s'émouvoir. Je vais préparer de la bouillie. Ce qui se passe dans l'intimité d'un couple ne nous regarde pas.

— Mais n'avons-nous pas le devoir d'intervenir ? interrogea l'interne en cherchant chez Frances un soutien plus actif.

— Attendons le retour du docteur Belamy, suggéra-t-elle en soufflant sur sa tasse chaude.

— Elle ne se confiera pas à un homme, Frances.

— Cessez d'importuner notre infirmière, jeune homme, intervint Elizabeth, je vais parler à cette dame et essayer d'en savoir plus.

— Vous ? Mais, ma sœur…

— Cela peut-il vous aider dans votre traitement ?

— Indéniablement.

— Alors, je vais le faire. Dieu sait combien de fois j'ai côtoyé le démon ici.

— Je vous en suis reconnaissant. On peut la transférer dans ma salle d'examen, proposa l'interne, vous aurez plus d'intimité. Frances et moi préparerons la bouillie et le chariot pour l'extension continue de la jambe.

— Laissez-moi d'abord finir mon thé, exigea la religieuse. J'ai une sainte horreur de le boire froid.

Lorsque sœur Elizabeth était entrée, elle avait immédiatement aperçu la broche pourpre, blanc et vert accrochée à la chemise de la patiente et avait compris la méprise de l'interne. Ellen n'était pas la première suffragette à se faire soigner à la suite de mauvais traitements subis en prison.

Ellen, qui habitait à Soho, avait, lors d'une manifestation en septembre, déposé une banderole sur la statue de Victoria dans les jardins de Kensington. L'auguste souveraine s'était retrouvée affublée d'une ceinture « Le vote pour les femmes » qui avait fait les délices d'une petite partie de la presse, la majorité des quotidiens ayant passé sous silence ce geste qu'ils trouvaient choquant mais qui, telle une hirondelle, en annonçait des nuées d'autres. À son arrivée à Holloway, elle avait refusé de se soumettre à la discipline de la prison et avait été placée en isolement, les mains menottées dans le dos, jusqu'au lendemain où elle avait été tirée dans l'escalier par les cheveux. Le tibia s'était brisé sur une des marches sans que ses gardiennes s'en émeuvent, malgré ses cris et la douleur qui vrillait sa jambe. Elle n'avait eu droit à l'infirmerie que les deux derniers jours de sa détention, où le médecin lui avait posé une attelle sans faire le moindre examen. La religieuse n'avait aucune sympathie pour le combat des suffragettes. La reine Victoria elle-même n'avait-elle pas dit que la cause du vote des femmes était une folie diabolique et qu'elles méritaient une bonne raclée ? La charité chrétienne imposait toutefois à sœur Elizabeth de la compassion pour la souffrance de cette femme, même si elle subodorait qu'elle l'avait exagérée et considérait qu'elle en était partiellement responsable.

Le silence régna un moment dans la salle de soins avant que reprennent les automatismes de travail. Reginald se sentait ridicule, Elizabeth avait des doutes sur la conduite à tenir et Frances éprouvait de l'admiration pour un courage qu'elle n'aurait jamais. Ellen, elle, était épuisée par dix jours de lutte contre la douleur.

— Les feuilles de lint, infirmière, annonça l'interne.

Lorsqu'il était contrarié, Reginald appelait tout le monde par sa fonction et se montrait distant, ce qui ne durait jamais longtemps mais avait le don d'agacer prodigieusement ses collègues. Frances posa les tissus ouatés sur la face dorsale du pied et les fixa par une sangle de tarlatane humide. L'interne enroula une bande de toile neuve sur le pied de sa patiente et la passa derrière son propre dos. Elizabeth noua les deux extrémités de la bande sur les lombaires de l'interne qui, prenant appui sur le bord du lit, recula pour exercer une puissante traction. La jambe était prête à être plâtrée.

Reginald relâcha sa pression. Il hésitait. S'ils ne tentaient rien pour consolider la fracture, Ellen serait boiteuse à vie. Il avait noté un raccourcissement de trois centimètres de la jambe cassée. Mais le retard pris dans les soins avait été tel que le cal fibreux avait commencé à souder les deux parties de l'os. Sa patiente était jeune, il ne pouvait se résoudre à en faire une handicapée, mais il ne se sentait pas capable d'intervenir. La radio montrait de nombreuses difficultés et la procédure demandait une anesthésie et de l'expérience. Il doutait même qu'un chirurgien du Barts accepte de tenter de rompre ce cal.

— Docteur…

La voix impatiente d'Elizabeth, tout comme son regard, ne montrait aucun doute.

— Apportez la bouillie, ma sœur, obtempéra-t-il. Nous allons poser l'appareil plâtré.

14

Herbert Gladstone se présenta, le visage grave et l'allure plus raide qu'à son habitude. Il prit place et attendit les questions sans un regard pour la famille Pankhurst. Christabel ne se montra pas impressionnée :

— En tant que ministre de l'Intérieur, avez-vous un contrôle direct de la police londonienne ?

— Je n'ai pas un contrôle direct, c'est le rôle du préfet.

— Est-ce bien vous qui nommez les magistrats de police de la métropole ? Et contrôlez les réglementations ?

— Madame Pankhurst, vous ne pouvez poser de questions relatives au fonctionnement de l'État. Le témoin ne doit pas y répondre, s'interposa le juge.

— Je vais en formuler une autre qui concerne directement le témoin : Monsieur le ministre, avez-vous donné des instructions aux magistrats afin que les sentences contre les suffragettes soient les plus lourdes possible ?

Le dessinateur de l'*Illustrated London News*, qui croquait son portrait à grands coups de fusain, s'arrêta pour écouter. Olympe avait du mal à respirer. Il faisait chaud et toutes les fenêtres étaient fermées.

— Je n'ai pas à répondre à cette insinuation, dit Gladstone en tapotant ses gants sur le barreau devant lui. Je dirai juste que les femmes qui, par des actions violentes, se mettent hors la loi ne méritent pas des punitions plus légères que celles des hommes. Si vous voulez les mêmes droits que nous, peut-être faudrait-il commencer par accepter de recevoir les mêmes peines, madame Pankhurst.

Satisfait de sa réplique, il sourit et se tourna vers ses collaborateurs qui avaient longuement travaillé sur les arguments à développer – mais celui-ci lui était venu spontanément.

— Vous ne m'avez pas répondu et cela équivaut à un aveu, mais je n'en ai pas fini, Monsieur le ministre de l'Intérieur, dit-elle sans laisser le temps au juge d'intervenir. Vous venez d'évoquer la violence de nos actions. Pensez-vous que, lors de nos dernières manifestations, il y avait un risque d'émeute ?

— C'était une possibilité.

— Pensez-vous que les suffragettes pouvaient être violentes ?

— Oui.

— Comment décririez-vous les dommages faits aux bâtiments publics ?

— Ils étaient... faibles.

— Faibles ou minimes ? Pouvez-vous préciser ?

— Minimes, en effet, lâcha-t-il à regret.

— Savez-vous combien de personnes ont été arrêtées lors de notre dernière manifestation ?

— D'après mes services, trente-sept.

— Trente-sept arrestations pour des dégâts minimes, n'est-ce pas exagéré ? Mais il faut pouvoir nous accuser de violence et savez-vous pourquoi ? Parce que les autorités, c'est-à-dire vous, veulent nous juger dans un tribunal de simple police, voilà pourquoi nous ne sommes pas accusées de rassemblement illégal. Car, devant un jury, nous serions acquittées. On nous prive d'un jury, on nous prive du droit de faire appel et cela est illégal !

Les herbes folles bruissèrent. Les militantes avaient du mal à ne pas manifester leur approbation. Olympe se sentait oppressée. Betty lui envoya un regard inquiet mais fut rassurée d'un sourire.

— Nous avons une revendication, poursuivit Christabel. Selon la loi anglaise, nous sommes dans notre droit. Nous ne faisons en cela que suivre les pas des hommes qui sont aujourd'hui dans ce Parlement !

— Les femmes ne pourront jamais se battre comme les hommes l'ont fait pour obtenir le droit de vote ! cingla Gladstone.

— Et pourquoi le mérite en serait-il moins grand ? Si les libéraux au pouvoir ne peuvent pas nous reconnaître ce droit essentiel, alors ils auront perdu leurs qualités d'hommes d'État !

Une partie de l'assistance applaudit. Olympe se leva. Tout bourdonnait autour d'elle. Elle sortit alors que le juge menaçait d'évacuer celles et ceux qui ne respecteraient pas le silence. Quelqu'un lui demanda si elle se sentait bien mais elle le repoussa sans même le regarder. Elle descendit l'escalier en tentant de contrôler sa respiration et se trouva face à un cordon de policiers, qui s'écartèrent pour la laisser passer. À l'extérieur, la foule, croyant que l'audience venait de finir, se pressa autour d'elle.

— J'ai besoin de respirer. S'il vous plaît, laissez-moi, laissez-moi !

Olympe traversa la rue et marcha jusqu'à Victoria Park sans s'arrêter. Elle venait de vivre dans une cellule pendant trois mois et demi, vingt-trois heures sur vingt-quatre, sans pouvoir faire plus de cinq pas en ligne droite, et cette salle bondée était soudainement devenue pour elle comme une nouvelle prison aux murs de chair et de sang.

Olympe croisa des enfants qui jouaient au cerceau sur Grove Road, s'écartant à chaque passage de véhicule, puis reprenant leur place à la manière d'étourneaux dans un champ. Elle s'assit sur un banc près d'eux et se laissa envahir de leurs rires et de leurs cris. Son corps se rasséréna rapidement et elle se sentit stupide et honteuse de sa sortie, qu'elle considérait comme une fuite devant l'ennemi, au moment où Christabel avait besoin de tous les soutiens. Mais elle ne se sentait pas capable d'y retourner. Il lui fallait encore un peu de temps, plus qu'elle n'en avait eu jusque-là, pour se réhabituer à la vie du dehors.

Un groupe d'ouvriers passa en faisant bruisser sous leurs pas le tapis de feuilles jaunes et brunes qui recouvrait l'allée. Olympe prit conscience que la dernière fois où elle avait vu des arbres, leurs feuilles offraient à Londres leur vert intense et plein d'espoir. Les autorités lui avaient aussi volé la plus belle saison de la ville. Un des hommes la regarda avec insistance et faillit s'arrêter pour l'aborder mais se ravisa : sa partie de fléchettes au pub n'attendrait pas.

Olympe repensa à l'inconnu qui l'avait sauvée trois mois auparavant. Elle en avait fait son ami secret et le convoquait aux moments où l'étroitesse de sa cellule l'étouffait, où l'air lui manquait, où sa privation de liberté se faisait aliénante. Et, à force de dialogues imaginaires, il lui était devenu indispensable. Elle s'était promis de le rechercher à sa sortie de prison, elle, la fille de la liberté et de l'indépendance, mais cette idée, qui avait adouci sa vie durant l'incarcération, lui semblait désormais absurde. Il fallait l'oublier.

Près de la fontaine Victoria, un orateur tentait de convaincre des badauds de pétitionner contre les sommes dépensées dans le surarmement naval anglais qu'il qualifiait d'indécentes. Plus loin, des enfants faisaient grincer la rangée de balançoires alors que leurs nourrices ou leurs mères occupaient les bancs de leurs discussions animées. Le marchand ambulant de glaces fit tinter sa cloche, déclenchant un attroupement.

Olympe avait souvent fréquenté le *speaker's corner*[1] du parc. C'est là qu'elle avait rencontré la famille Pankhurst pour la première fois, deux ans auparavant. Christabel y haranguait un groupe qui, de quelques unités au départ, avait rapidement grossi d'une trentaine de personnes. Olympe était restée à l'écart, comme à son habitude, mais avait écouté avec une telle attention qu'elle était encore capable de répéter les paroles de la femme tribun qui l'avait captivée.

L'heure n'était plus à l'attentisme mais, après vingt ans d'opposition policée, à une radicalisation et à la lutte, seul moyen selon Christabel d'obliger les autorités à prendre en compte leurs revendications. L'auditoire avait été plutôt bienveillant et réceptif, à l'exception d'une bande de cinq individus qui, en traversant le *speaker's corner*, avaient proféré des insultes et des menaces. Puis Emmeline avait pris la parole à son tour, une parole forte, claire et engageante, jusqu'au retour des cinq hommes qui leur avaient lancé des œufs pourris et du poivre. Les deux oratrices s'étaient protégées à l'aide de leur chapeau à large bord avant de se retrouver encerclées par leurs agresseurs qui s'étaient présentés comme des supporters du Parti libéral que les Pankhurst venaient de contribuer à faire battre dans de nombreux comtés.

— C'est votre faute ! avait braillé l'un d'eux.

Leurs vêtements et leur phrasé les désignaient comme des membres de la *middle class*, de ces étudiants ou employés qui étaient attirés par un mouvement politique très implanté dans les grandes villes prônant le libre-échange et la fin des privilèges aristocratiques.

— Nous ne sommes pas opposées à la politique du Parti libéral, avait crânement répondu Emmeline. Mais nous ne pouvons accepter leur refus d'ouvrir le droit de vote aux femmes.

1. Espace où chaque citoyen peut prendre librement la parole en tant qu'orateur.

— Les femmes n'ont pas à s'occuper de politique ! avait répondu l'un d'eux, le plus âgé et le plus virulent, en tendant le poing. Dégagez !

L'assistance s'était rapidement dispersée dans les allées du parc. La querelle ne la concernait pas.

— Dégagez ! avait répété le meneur en fouillant dans sa poche de pantalon.

— Nous sommes dans un lieu de libre expression, avait rétorqué Emmeline, et…

L'homme lui avait jeté une poignée de poivre au visage, ce qu'elle avait anticipé, mais elle n'avait pu éviter d'en inhaler et s'était mise à tousser. Les cinq avaient resserré leur étreinte. Leur hostilité était profonde.

— Laissez-les tranquilles !

Olympe venait de pousser un cri de rage, un hurlement animal qui avait figé tout le groupe.

— Est-ce qu'aucun d'entre vous n'est un homme ? Avez-vous perdu toute civilité ? avait-elle ajouté en fondant sur eux, les poings fermés.

Surpris, ils s'étaient écartés pour la laisser rejoindre les deux femmes. Olympe s'était interposée, mains sur les hanches. Derrière elle, les Pankhurst avaient conservé leur dignité.

— Qu'est-ce que cette hystérique ? s'était amusé le meneur.

— Nous y voilà, avait-elle répondu. Votre arme favorite, notre supposée faiblesse psychologique. Mais aujourd'hui, messieurs, est votre jour de chance : vous êtes tombés sur une vraie hystérique !

Et Olympe avait crié, hurlé, appelé à l'aide, au vol, au meurtre, à l'agression sans que rien puisse la faire taire, pas même les cinq assaillants qui, après l'avoir menacée sans succès, étaient partis avant l'arrivée probable d'un policier tant le tumulte avait brisé la quiétude du parc.

Elles ne s'étaient plus quittées depuis lors, et Olympe était devenue un membre essentiel du WSPU.

Ce souvenir lui remonta le moral, mais une sensation désagréable lui revint. Olympe en était sûre : quelqu'un la suivait depuis le poste de police.

15

L'aiguille d'argent appuya sur la peau et la creusa légèrement avant de pénétrer aisément dans la face externe de la cuisse. Le docteur Belamy vérifia la réaction du pouls en relation avec l'organe atteint et la retira dix minutes plus tard.

— Pouvez-vous vous positionner sur le ventre ?

Le patient, qui était allongé sur le côté droit, jambe gauche fléchie, s'exécuta en silence mais avec difficulté. Un froncement de douleur assombrit ses traits.

Thomas massa doucement un point à la droite du sacrum et prit une nouvelle aiguille. Elle s'enfonça dans le derme sans douleur pour l'homme. La réaction du pouls sembla satisfaire le médecin. Il ôta l'aiguille, la déposa dans une bassine, tira le rideau près du lit d'observation et attendit d'être revenu à son bureau pour lui annoncer :

— Vous pouvez vous rhabiller, Sir. C'est fini.

— Fini ? Mais vous ne faites rien d'autre ?

— Non. Vous devriez vous sentir mieux.

L'homme s'assit avec prudence sur le bord du lit d'où il se laissa glisser lentement jusqu'à toucher le sol.

— Par saint Georges, mais vous avez raison ! s'exclama-t-il en avançant. Je vais pouvoir faire valser ma nièce à son mariage !

Il mima un pas de danse avant d'enfiler sa veste au col de vison.

— Le docteur Etherington m'avait bien prévenu que vos méthodes étaient étranges mais terriblement efficaces. Je vous avouerai que je n'étais pas convaincu, mais je suis impressionné.

— Ne faites pas d'excès, votre sciatique peut se réveiller. Vous avez toujours un pincement du nerf.

— Dans ce cas, je reviendrai et vous me guérirez, mon cher ! Comment appelez-vous votre méthode ?

— C'est de l'acuponcture, Sir. Une médecine traditionnelle d'Asie.

— De quelle partie de l'Empire êtes-vous ? demanda l'homme en le dévisageant avec insistance. Singapour ?

— Je suis français, Sir. Annamite.

— Ah ? Quel dommage que vous ne soyez pas britannique, je vous aurais recommandé pour entrer dans mon club. Sachez que je ferai un don à la charité de votre hôpital, et je féliciterai chaleureusement Etherington. Où ai-je mis mon chapeau ?

À l'abri derrière les rideaux de son cabinet, Thomas Belamy regarda distraitement son patient sortir dans Duke Street et disparaître à l'arrière de sa Horch. Le chauffeur ferma avec soin la portière, qui ne fit aucun bruit. Un nouveau « Smith » l'avait consulté. Il avait donné à celui-ci le prénom de Patrick. L'hôpital recevrait le règlement des honoraires, qui permettraient de soigner à Uncot plusieurs malades démunis ou de condition modeste.

Thomas immergea ses aiguilles dans une solution désinfectante, remplit la feuille du compte rendu en prenant soin d'indiquer les points des méridiens piqués – *Huan Tiao* et *Xiao Chang Shu* – et tourna l'interrupteur, qui plongea la pièce dans son clair-obscur habituel.

De retour aux urgences, il resta un long moment avec sœur Elizabeth puis rejoignit Reginald, qui discutait avec le journaliste du *Daily News* passé s'enquérir des cas du jour. Les lecteurs raffolaient de sa rubrique relatant les accidents les plus spectaculaires ou improbables, et les hôpitaux se réjouissaient de voir leur nom cité, en particulier lorsqu'un de leurs médecins sauvait un patient voué à une mort certaine. Thomas, lui, exécrait cette pratique.

L'homme, visiblement peu intéressé, tapota son crayon sur son carnet à l'énoncé des cas proposés.

— Rien d'intéressant aujourd'hui, conclut-il à l'adresse de l'interne en prenant l'air d'un patron mécontent de son employé. Je repasserai.

— Attendez, il y a la jambe cassée, s'entêta Reginald qui rêvait d'être mentionné dans le *Daily News.*

— Une jambe cassée ?

Le journaliste lui envoya une œillade peu amène.

— Jeune homme, ce genre de mésaventure est quotidienne dans tous les hôpitaux de Londres et ne mérite pas la moindre ligne dans nos gazettes, à part peut-être le *Sportsman* si votre blessé est un athlète en vue. Est-ce le cas ?

— L'affaire est plus grave, souffla Reginald en baissant la voix.

L'interne relata l'histoire d'Ellen, ce qui attira l'attention de Thomas, que la conversation avait jusque-là laissé indifférent.

L'homme l'écouta poliment, sans prendre de notes, avant de se tourner vers Belamy :

— Cher docteur, je compte sur vous pour expliquer à votre novice pourquoi mon journal refusera de colporter des rumeurs sur des prétendues maltraitances de suffragettes dans la prison d'Holloway.

— Quel est son nom ? s'enquit Thomas sans daigner répondre au journaliste. Est-elle encore dans le service ?

La vigueur de la demande laissa Reginald interdit durant plusieurs secondes.

— Moi, je vous laisse, dit le chroniqueur dans l'intervalle.

— Elle attend l'ambulance qui doit la ramener chez elle. Son plâtre est sec.

L'interne regarda le docteur Belamy quitter le département en courant, manquant de renverser la blanchisseuse qui apportait des bandes propres.

— Qu'a-t-il donc ? demanda le journaliste dans un réflexe professionnel de suspicion.

Reginald sourit benoîtement :

— Bienvenue aux urgences.

Grâce aux campagnes de dons, le Barts bénéficiait depuis plus d'une année d'un poste d'ambulances motorisées qui faisait sa fierté. Lorsque Thomas pénétra sur l'aire réservée aux véhicules, aucune n'était stationnée. Un brancardier lui apprit que la patiente était partie depuis une demi-heure.

— Pouvez-vous me la décrire ? lui enjoignit le médecin.

Le jeune homme s'efforça d'être le plus précis possible. Thomas le remercia et s'adossa à l'un des arbres de la cour intérieure. Il avait souvent pensé à l'inconnue depuis leur rencontre. Il consultait régulièrement les journaux qui relataient les manifestations des militantes pour le droit de vote et qui, comme le *Daily News*, publiaient parfois des photos des événements. Mais aucun indice ne l'avait conduit vers elle. Un jour qu'il se trouvait dans le quartier de Westminster, il était passé devant le QG du WSPU, dont la façade était ornée de rubans aux couleurs du mouvement féministe, et avait eu l'intention d'entrer, mais il avait poursuivi son chemin. Il n'avait aucune idée de ce qu'il ferait s'il la retrouvait, ni de ce qu'il lui dirait. Peut-être était-ce juste la curiosité de savoir comment une suffragette avait pu se retrouver piégée par des inspecteurs de Scotland Yard dans les sous-sols de l'endroit le mieux gardé du Royaume-Uni – du moins c'était la raison qu'il aimait à se répéter comme un mantra et qui lui évitait de penser à ce manque qu'il ressentait et qui ne lui disait rien de bon. Sa seule certitude, après la description du brancardier, était que la femme que Reginald avait soignée n'était pas sa mystérieuse suffragette.

Le son rauque et glaçant de la sirène d'une ambulance le surprit dans ses pensées : on amenait un ouvrier tombé d'un toit. Le réel se rappelait à lui.

L'homme avait été trouvé inconscient au pied du bâtiment sur lequel il travaillait. Il avait fini sa chute sur des bottes de paille qui lui avaient sauvé la vie. L'ouvrier avait été allongé sur le lit d'auscultation. Ses vêtements et ses cheveux étaient maculés de poussière et de brindilles.

— Et vous ne vous souvenez de rien ? interrogea Reginald en préparant son stéthoscope.

— Non, monsieur, répondit le blessé sans le regarder. J'étais en train de clouer des tuiles d'ardoise sur ce hangar, et voilà que je me réveille dans une ambulance. Je ne sais pas comment j'ai fait pour tomber. J'ai dû glisser.

— Le temps était sec, remarqua l'interne en regardant dehors comme pour valider son affirmation. Il n'y a pas eu d'orage sur Londres ce jour. Je pense à un malaise. Le pouls est rapide, ajouta-t-il en le lui prenant à la manière de Belamy, trois doigts posés près du poignet.

— Pouvez-vous me dire votre nom et quel jour nous sommes ? intervint Thomas, qui l'avait observé en silence.

— Vendredi… mercredi, marmonna l'ouvrier, les yeux dans le vague.

— Confusion mentale, observa Reginald.

L'homme se tourna vers lui pour la première fois :

— Non, mon nom de famille est Vendredi[1], et nous sommes le mercredi 21 octobre 1908, monsieur.

— Il dit vrai, docteur, approuva Frances, qui tenait en main ses papiers d'identité.

— Pouvez-vous enlever seul votre chemise ? demanda Belamy.

L'ouvrier se déboutonna, leva le bras droit pour se dévêtir et laissa échapper une bordée de jurons.

— C'est l'épaule, expliqua-t-il. Je ne peux pas.

Frances prit un long ciseau et le lui montra afin d'avoir son assentiment.

— Allez-y, dit-il. Je ne vais pas la remettre. Elle m'a porté malheur.

1. Friday (vendredi) est un nom de famille porté en Angleterre.

L'infirmière fendit la chemise en deux dans le dos puis tira doucement chacune des parties. Elle fit de même avec le maillot. Reginald posa son stéthoscope sur le thorax.

— Je note un bruit de souffle puissant à la base du cœur ; il se prolonge pendant le deuxième temps. Et quelques extrasystoles.

— Souffrez-vous d'une maladie de cœur, monsieur ? dit Thomas tout en inspectant l'épaule douloureuse.

— Pas que je sache, j'ai toujours été en bonne santé.

— Vous pensez à un malaise cardiaque ? proposa Reginald. Je demande l'hospitalisation dans l'aile ouest ?

Belamy lui fit signe de venir observer le dos du patient. Une brûlure profonde barrait son omoplate gauche et une partie du bras, escarre noirâtre semblable à un violent coup de fouet. À l'examen, une seconde brûlure était visible au pied.

— Mais qu'est-ce que c'est que cela ? s'exclama l'interne.

— Qu'est-ce que j'ai ? fit en écho le blessé.

— Frances, appliquez l'onguent que j'ai demandé la semaine dernière à la pharmacie, celle à la microcidine. Vous alternerez toutes les quatre heures avec une pommade au chlorhydrate de cocaïne. Monsieur, y a-t-il une usine d'électricité près de votre hangar ?

— Oui. Juste au coin de la rue.

— Les câbles aériens passent près du toit ?

— Ils sont tout proches, à peine un mètre au-dessus. Vous voulez dire que… ?

— Que vous avez eu une sacrée chance. Vous devriez garder votre chemise comme porte-bonheur.

16

Il observa Olympe quitter son banc et marcher en direction de l'East Lake, petite pièce d'eau composée de plusieurs îlots de verdure posés sur une eau aux reflets kaki. Il était persuadé qu'elle l'avait repéré ; il avait tout fait pour que ce soit le cas.

Il traversa le *speaker's corner* d'un pas nonchalant, s'arrêtant quelques secondes pour écouter l'orateur, avant de gagner le chemin menant à l'East Lake, qu'il contourna sans trouver la suffragette. Il fit un second passage en scrutant les îlots aux arbres dénudés et s'en voulut : il avait perdu une occasion unique de l'aborder en toute discrétion. Il s'était trompé sur elle en pensant qu'elle aurait préféré la confrontation à la fuite, ce qui le contraria.

— Et si…, marmonna-t-il.

Ne voulant pas s'avouer vaincu, il suivit son intuition et se rendit au vieux jardin anglais. Olympe était assise sur l'un des quatre sièges qui entouraient un bassin circulaire. Celui-ci, de trente centimètres de profondeur, était relié à un autre bassin plus petit par une gouttière qui dispensait une eau au ruissellement léger. L'homme se positionna derrière le banc d'Olympe, à un mètre d'elle. La suffragette, qui sentait sa présence, restait immobile, les mains appuyées sur les lattes du siège. L'endroit, excentré, était désert. L'homme mit ses gants et rajusta son revers de veste en fourrure avant de l'aborder à voix basse :

— Miss Lovell, vous ne risquez rien. Mais je vous demanderai de ne pas vous retourner. Pour notre sécurité à tous les deux.

Elle demeura impassible, ce qui confirma l'inconnu dans son idée : elle l'attendait et lui signifiait qu'elle ne le craignait pas, la nuque nue, les cheveux remontés sous son chapeau. Elle n'était pas une victime sacrificielle, son attitude était provocante. Cette bande de peau fine, apparente, qui surmontait son manteau défiait le monde entier et lui criait : *Venez, venez essayer de m'étrangler, essayez si vous pouvez,* et il l'en admirait d'autant plus.

— À qui ai-je l'honneur ? demanda-t-elle sans élever la voix. Mr Landyard ? Scott Landyard ?

L'homme réprima un sourire. La suffragette était bien telle qu'on la lui avait décrite, impertinente et bravache.

— Malheureusement, je vais avoir l'impudence de ne pas me présenter. Croyez bien que cette discussion n'était pas préméditée. J'étais au tribunal en même temps que vous et j'ai profité de votre départ pour vous suivre. Je voulais vous rencontrer dans un endroit discret.

Elle ne répondit pas et fixa le buisson devant elle. Les feuilles de buis avaient séché et s'étaient recroquevillées, laissant apparaître de nombreux trous dans lesquels s'insinuait la lumière et où quelques moineaux se disputaient à grands coups d'ailes et de bec. L'homme décida d'entrer dans son jeu et se tut. Mais la prison avait appris à Olympe à rester des heures immobiles sans parler. Il comprit qu'il ne pourrait lutter et abandonna rapidement.

— Savez-vous que ces bassins sont l'exacte reproduction d'une pièce d'eau de l'Alhambra ?

Elle décroisa puis recroisa les jambes, pour manifester son ennui.

— Connaissez-vous Grenade ? insista-t-il. C'est un endroit enchanteur.

— Connaissez-vous Holloway ? cingla-t-elle. C'est un endroit destructeur. Vos amis m'y ont enfermée.

— Ne croyez pas cela, Miss, je réprouve ces arrestations.

— Qui êtes-vous ? Un journaliste ? Un politique ? Un militant travailliste ? Un pervers qui suit les femmes dans les parcs ? Ou peut-être un peu de chaque ?

Dans son emportement, elle avait légèrement secoué la tête. Des mèches retombèrent sur sa nuque.

— Je ne peux vous le révéler. Mais je vous demande de m'écouter jusqu'au bout, anticipa-t-il pour éviter un départ précipité. Je ne suis mandaté par personne. Nous sommes quelques-uns à penser que la position actuelle de notre gouvernement finira par aboutir à une radicalisation dramatique et violente de la situation. La population est déjà très divisée sur le sujet.

— Cette situation n'est pas de notre fait. Nos revendications sont justes.

— Je connais vos doléances et je ne suis pas venu pour en débattre. Vous n'avez aucune idée de leur détermination. Vous défiez l'ordre et cela leur est d'autant moins supportable que vous êtes des femmes. Ils savent tout de vous, Miss Lovell, à un point que vous ne pouvez imaginer, et ils pourraient vous faire plier les unes après les autres.

— Pour chaque militante emprisonnée, vous en trouverez dix, vous en trouverez cent qui se lèveront à leur tour. Votre pouvoir ne comprend pas que notre mouvement est irréversible.

— Je voudrais faire évoluer la situation de l'intérieur afin que les esprits s'ouvrent plutôt que de s'affronter, croyez-moi. Je suis mieux placé pour les convaincre que la famille Pankhurst, qui provoque nos ministres et prêche des actions violentes.

— Alors faites, monsieur, dit-elle d'un ton voilé de lassitude.

L'homme recula, faisant mine de partir, ce qui ne déclencha aucune réaction chez elle. Il joignit ses mains en signe de prière :

— Nous avons besoin de temps et vous devez m'aider en étant patiente.

— Est-ce pour cela que vous m'avez suivie ? M'ordonner d'être patiente ? Depuis ma naissance les femmes demandent poliment le droit de vote et n'ont jamais rien obtenu. Il est trop tard, monsieur.

— Vous et moi, nous pouvons tenter de rapprocher les points de vue de nos deux camps.

— J'ai le regret de vous dire que vous en savez finalement bien peu sur ma personne. La police me considère comme une agitatrice incontrôlable.

— Je le sais.

— Je ne trahirai jamais ma cause, ni Mrs Pankhurst.

— Je le sais.

— Vous n'avez rien à attendre de moi.

— Je suis persuadé que vous êtes la seule personne qui puisse constituer un lien solide entre nous et Mrs Pankhurst. Vous ne pouvez être soupçonnée de collusion avec le pouvoir par vos amies. Informez-la de notre conversation. Je vous contacterai quand la situation le nécessitera. Sachez que je prends des risques en vous parlant. Considérez-le comme une preuve de ma sincérité.

Olympe se leva sans prévenir et se retourna, mais l'inconnu s'était réfugié derrière le tronc généreux d'un marronnier.

— Vous voyez, vous ne pouvez pas me faire confiance, assura-t-elle en s'approchant.

— Je vous trouve plutôt prévisible, répondit-il en cachant son visage dans le col fourré de son chesterfield.

Elle dépassa l'arbre sans un regard pour l'homme.

— Je retourne au tribunal.

— Mes messages seront signés l'Apôtre, dit-il en l'observant s'éloigner. Ils vous parviendront au siège du WSPU. Quant au tribunal, c'est inutile, Miss Lovell : le magistrat a des instructions. Vous n'aurez pas gain de cause.

Emmeline venait de prendre la parole. Il était plus de sept heures. Les ministres n'avaient pas daigné rester pour écouter l'accusée.

— Nous avons présenté les plus grandes pétitions jamais faites dans ce pays pour une réforme, dit-elle avec force et maîtrise. Nous avons organisé de plus grands meetings que ceux des hommes, malgré les difficultés. Nous avons fait face à des foules hostiles au coin des rues. Notre combat a été déformé, ridiculisé, on nous a jeté de la nourriture, et la foule ignorante a été incitée à nous violenter, ce à quoi nous avons fait face sans armes ni protection. Comme c'était le devoir de nos aïeux de lutter pour leurs droits, c'est aujourd'hui le nôtre de faire une meilleure place à la femme dans le monde.

Sur les visages, la tension avait laissé place à l'émotion. Les yeux étaient embués. Même le juge avait du mal à conserver son impassibilité.

— Il reste encore de nombreux témoins cités par la défense, dit-il après s'être éclairci la voix. Nous reprendrons cette audience demain. Les prévenues resteront en liberté sous caution jusqu'au jugement. Je vous souhaite une bonne soirée, mesdames.

Sitôt rentré dans l'antichambre, il se débarrassa de sa perruque qui lui grattait le crâne depuis des heures et défit sa robe sans se regarder dans le miroir. Il savait que, quels que soient les derniers témoignages, il condamnerait Emmeline Pankhurst à trois mois de prison ferme et Christabel à dix semaines.

17

Alors qu'il travaillait sur le toit du hangar, l'épaule de l'ouvrier avait touché un des deux fils électriques de la ligne provenant de l'usine, qui charriait un courant de cinq mille volts.

— Il a dû être projeté en avant par le choc puis est tombé du toit, expliqua Thomas à l'équipe réunie autour de scones encore chauds que sœur Elizabeth avait apportés.

Tous aimaient ces moments de partage autour d'un thé et de pâtisseries, d'autant qu'ils étaient la seule équipe à le faire en présence de leur médecin titulaire. Thomas avait initié cette pratique à son arrivée et le moment était devenu un rituel immuable et indispensable. Les origines écossaises de la religieuse lui faisaient invariablement choisir le scone, qu'elle prononçait « scaune », à l'inverse des Londoniens qui l'honoraient d'un « scône » impérial. Belamy était le seul à l'affubler d'un « sco-ne » musical, qui ajoutait à son charme.

— Comment a-t-il fait pour survivre à un courant si puissant ? demanda la religieuse en proposant une nouvelle tournée.

— D'après ce qu'il m'a dit, il clouait des tuiles quand l'accident est arrivé. L'ardoise est un très bon isolant, le courant a donc été grandement atténué, mais il a pu passer par les clous jusqu'aux solives métalliques et finir au sol. Notre patient a eu la chance de ne pas toucher les deux fils, sinon il serait mort sur le coup. Mais le courant et les étincelles produites l'ont brûlé. Puis la paille du hangar l'a sauvé.

— Et le courant a provoqué son anomalie cardiaque, ajouta Reginald tout en le notant dans son compte rendu parsemé de miettes.

— C'est le seul point qui me laisse sceptique, objecta Belamy. Je n'ai jamais vu une électrocution déclencher un souffle. Jamais. Dans toutes les autopsies auxquelles j'ai participé, les valvules restaient saines.

— Vous avez observé beaucoup de cas de ce genre ? interrogea Frances qui, comme souvent, était restée sur le seuil de la cuisine afin de surveiller les allées et venues dans le couloir.

— L'électricité est un bienfait mais parfois un fléau pour la médecine. Notre correspondant du *Daily News* rapporte toutes les semaines des accidents du travail ou domestiques. En début d'année, nous avons soigné un majordome, nouveau dans une maison, qui avait essayé d'allumer une ampoule comme une lampe à huile.

— Je m'en souviens, nous avons retiré des morceaux de verre fichés partout sur son visage, renchérit sœur Elizabeth.

— Cela m'est arrivé aussi au St Thomas, quand j'étais étudiant, dit Reginald en proposant le souchong qu'il venait de préparer.

Il servit l'assemblée en silence avant de continuer :

— Mon père refuse l'électricité à la maison. Il la craint et pense que c'est une mode qui va passer.

— Sir Jessop est un de nos plus grands donateurs, déclara la religieuse dans un raccourci qui laissa tout le monde interrogatif.

— Être fortuné ne rend pas visionnaire, soupira Reginald. Mais être visionnaire peut vous rendre riche, ajouta-t-il, satisfait de son trait d'esprit. Regardez l'exemple d'Edison.

— Sachez bien, Reginald, que je vous ai choisi pour vos capacités prometteuses, pas pour nous garantir une meilleure contribution d'un de nos gouverneurs, assura Thomas.

— Je suis fier d'être dans ce département et j'apprends beaucoup de vos méthodes, monsieur.

— À ce propos…, commença le médecin. Pouvez-vous nous laisser ? demanda-t-il aux autres.

Belamy attendit en sirotant son thé refroidi qu'ils se retrouvent seuls.

— À ce propos, Reginald, savez-vous combien il y a de pouls, dans la médecine que je pratique ?

— Il y a les pouls centraux, carotide et fémorale, et les pouls périphériques, comme celui de l'artère radiale…

— Non, l'interrompit le médecin. Je ne vous demande pas un cours magistral de physiologie. Savez-vous pourquoi j'utilise trois doigts au lieu d'un seul ?

— Pour une meilleure sensibilité. J'ai essayé et c'est efficace.

— Non, Reginald. Ce sont les pouls chinois. Il y en a de nombreux. Ils ne servent pas uniquement à prendre les pulsations cardiaques. Chacun est relié à un organe et nous renseigne sur son état.

— C'est en désaccord avec les cours de physiologie du docteur Clark, mais cela m'intéresse beaucoup.

— Ce n'est pas juste en désaccord, c'est inconcevable pour notre médecine occidentale : trois emplacements sur chaque poignet, avec un niveau superficiel et un niveau profond.

— Cela fait douze possibilités ! dit fièrement l'interne. Apprenez-moi.

— Quatorze, parce qu'au niveau de l'apophyse du poignet droit et en deçà, il y a aussi un niveau moyen. Et si je vous dis que le pouls pris sur l'apophyse au niveau moyen m'indique l'état de santé de votre pancréas, vous allez me traiter de sorcier et me vouer aux gémonies. Concentrez-vous sur la médecine académique, Reginald.

— Apprenez-moi, s'entêta ce dernier.

— Chaque type de pouls se caractérise par une trentaine d'aspects différents : sa dureté, son amplitude, sa largeur, sa forme… et ce sont tous ces facteurs qu'il faut envisager pour évaluer le dysfonctionnement de l'organisme. Cela demande des années d'apprentissage et ne vous apportera que des moqueries de vos confrères.

— Mais vos résultats sont probants, docteur. Tout le monde vous respecte.

— Tout le monde me tolère. Mais ma médecine va à l'encontre des dogmes.

— Apprenez-moi, implora l'interne.

— Même si je le voulais, je ne peux le faire : je me suis engagé auprès de cet hôpital. Cette discussion est close, docteur Jessop.

Reginald s'occupa de ses patients jusque tard dans la soirée tout en ressassant sa conversation avec le docteur Belamy. Il refusait de s'avouer vaincu.

Après l'écriture des comptes rendus, qu'il fit à la bibliothèque afin de ne pas être dérangé, il alla à la cuisine à la recherche d'un repas froid qu'il avait l'intention de consommer dans sa chambre, comme à son habitude. Elle se situait près des maisons des infirmières et l'interne s'y rendait souvent en fin d'après-midi dans l'espoir d'y rencontrer Frances et de lui proposer une invitation à dîner. Même si la plupart des Londoniens préféraient passer leurs soirées dans des clubs réservés aux hommes, la mode des repas en ville battait son plein, sous l'impulsion de chefs cuisiniers français installés dans la capitale et des femmes pour qui l'émancipation incluait aussi la mixité des sorties. Il avait déjà choisi le restaurant dans lequel il l'emmènerait lorsqu'elle aurait accepté, mais, après un mois et demi à l'hôpital, il n'avait jamais croisé Frances en dehors des heures de travail et du département des urgences.

En passant devant la cantine, composée de quelques tables disposées en fond de cuisine, Reginald y aperçut l'infirmière assise en compagnie d'un médecin qu'il ne connaissait pas. Il décida de les rejoindre, malgré sa timidité et la gêne qu'il éprouvait à l'idée de les déranger. Mais cet homme était, forcément, un rival potentiel.

— Puis-je me joindre à vous ? demanda-t-il en montrant sa gamelle remplie d'une viande froide surmontée d'une pyramide de petits pois.

— Je vous laisse, annonça Frances en se levant. Vous pouvez prendre ma place, Reginald.

Il ne sut quoi répondre pendant que le médecin et l'infirmière échangeaient une œillade qui lui déplut.

— Haviland, dit celui-ci pour se présenter. Chirurgie de la gorge, ajouta-t-il en mimant une incision.

— Jessop, lui répondit Reginald tout en observant Frances s'éloigner dans le couloir sans se retourner.

— Je fais ma dernière année ici et j'espère obtenir un poste de titulaire dans le grand Londres, continua Haviland d'un ton jovial. Jessop ? C'est donc vous qui m'avez adressé un patient avec une fracture du nez ? J'aurais pu lui enlever les amygdales, mais je ne suis pas sûr qu'il aurait apprécié. On l'a réorienté vers le service Lawrence. Ne vous inquiétez pas, ce genre d'erreur est courante au début : on ne peut pas connaître tous les départements.

Le docteur Haviland était d'une nature loquace et Reginald oublia sa déconvenue en imaginant qu'il avait aidé Frances à sortir des griffes d'un soupirant trop insistant, ce qui le rassura. Haviland était son aîné de trois ans et il lui donna quantité de conseils, qui allaient de la meilleure heure pour se restaurer (celle où les cuisiniers servaient une double ration de *pie and mash*) à la marque du bourbon qu'il était de bon ton d'offrir à Noël au docteur Cripps, gouverneur de l'établissement. Mais le sujet qui intéressait et intriguait le plus Reginald était son tuteur et, sur lui, Haviland n'avait que peu d'informations à livrer.

— Le docteur Belamy est arrivé il y a deux ans dans le cadre d'un échange avec l'hôpital parisien de la Salpêtrière. Il était accompagné de deux infirmières. Ce sont elles qui ont retenu mon attention : quelles belles filles nous avait envoyées l'Entente cordiale ! Vous saviez que les infirmières françaises, elles, ont le droit de se marier ?

Reginald sentit l'indignation l'envahir : comment un gentleman pouvait-il parler aussi librement des femmes alors qu'il était un prétendant de Frances ? Mais il refréna son envie de le souffleter, de le provoquer en duel et fit mine de s'intéresser au sujet, ce qui embarqua son interlocuteur dans une digression sur les mérites des femmes célibataires dans les hôpitaux.

— Un gâchis comme seuls les Français en ont le secret, conclut-il au grand soulagement de Reginald, qui s'était mis à manger frénétiquement afin d'abréger cet entretien. Bref, celles-ci sont reparties au bout de deux mois et Belamy est resté. Notre bon Raymond l'avait pris sous son aile en chirurgie, puis le gouverneur l'a nommé au service des urgences qui était en pleine réorganisation. Croyez-moi ou non, Regi, il a le meilleur taux de guérison de tout l'établissement, maternité mise à part ! Je peux vous appeler Regi ?

Haviland n'attendit pas la réponse pour continuer :

— Surtout ne le répétez pas : certains vivent très mal cette réussite. D'autant que ses méthodes ne sont pas conventionnelles.

— Il a des gestes d'auscultation que je n'avais jamais vu faire, convint Reginald.

Haviland éclata de rire, faisant se retourner deux soignants qui déjeunaient à une table voisine.

— Vous n'êtes pas au bout de vos surprises. Je vous laisse, je dois aller m'occuper de mes ruches.

— Il est aussi temps pour moi d'y aller, répliqua Reginald, qui ne voulait pas être en reste. Vous êtes apiculteur ? Vous habitez à la campagne ?

— Non, je loge ici, les ruches sont à côté de l'école de médecine. Je dois les préparer pour l'automne. Je fournis le corps professoral et certains malades se sont vus guérir avec mon miel. Tout le monde y trouve son compte. Elles butinaient le bosquet de tournesols devant la banque d'Angleterre. Je dis bien butinaient, car figurez-vous que le mois dernier, un vandale a saccagé le parterre.

Sa colère contre Haviland le prétendant s'était transformée en honte. Reginald était celui qui avait détruit la source du miel de l'hôpital. Plutôt que de rentrer chez lui ruminer la nouvelle, il décida de se rendre compte des dégâts et se rendit à l'angle de Giltspur Street et Newgate : le bosquet avait été rasé et, à la place, ne restait qu'un carré de terre retournée.

Une ombre s'effila derrière lui avant de rétrécir au passage d'un réverbère. Il se retourna et reconnut Belamy, malgré son ulster de tweed élimé et sa casquette d'ouvrier. Le médecin avançait d'un pas pressé et silencieux et n'avait pas vu son assistant. Reginald le regarda tourner dans Milk Street et, sans savoir pourquoi, décida de le suivre.

Belamy s'était engagé dans Gresham Street et le jeune homme faillit le rater. Il revint sur ses pas et distingua sa silhouette alors qu'il atteignait Lothbury. Reginald conservait une distance importante, qu'il aurait eu du mal à diminuer sans courir. Arrivé près de Broad Street Station, le médecin obliqua sur sa droite et emprunta un alignement de petites rues que l'interne ne connaissait pas. Il s'aperçut qu'ils longeaient Whitechapel Street et qu'ils se dirigeaient droit vers East End.

À son grand étonnement, il n'éprouvait aucune honte à suivre le docteur Belamy. Le refus de Thomas de lui dévoiler ses connaissances de la médecine chinoise et son goût du secret étaient comme des appels à en savoir plus sur lui.

La tôle émaillée indiquait *Brick Lane*, et les becs de gaz éclairaient faiblement deux rangées de façades identiques, aux vitres cassées ou absentes, aux volets arrachés, aux murs vérolés. Reginald, trop occupé à ne pas se laisser distancer, n'avait pas vu la transition entre les maisons larges, blanches et cernées de jardins de Smithfield et les taudis de brique rouge, tous semblables dans leur aspect sale et misérable, qui l'entouraient maintenant. Il était soudain entré dans la plus profonde des misères, celle des bas-fonds, dont il avait entendu parler mais qu'il n'avait jamais côtoyée, même à l'hôpital. Il sentit la peur le gagner mais son hésitation fut de courte durée : devant lui, le docteur Belamy ne montrait aucune crainte et avalait la nuit en direction de Spitalfields. Reginald, en revanche, avait l'impression de pénétrer dans un marais où l'on s'enfonce à chaque pas dans une eau boueuse et opaque qui en cache tous les dangers.

Aucune étoile n'était visible dans un ciel qui restait gris, même durant la nuit. Une odeur âcre lui piqua les narines, odeur qu'il reconnut pour avoir longtemps travaillé au laboratoire de chimie de la faculté : celle de l'acide sulfurique, qui était présent partout dans l'atmosphère de l'East End. Ils avaient croisé une longue file d'attente qui s'étirait devant un asile de l'Armée du Salut et qui n'ouvrirait que deux heures plus tard. Thomas avait continué son chemin d'un pas énergique, sans regarder les dizaines d'hommes en haillons qui la composaient, comme si tout cela lui était familier. À aucun moment il ne s'était retourné. Il s'engagea soudain dans une rue sur sa gauche.

Reginald comprit qu'ils étaient arrivés à destination et accéléra mais, lorsqu'il déboucha dans Flower & Dean Street, Thomas n'était plus dehors. Plusieurs silhouettes étaient adossées contre les murs, des ombres féminines qui, voyant son hésitation, l'interpellèrent. Celle qui se trouvait à l'angle des deux rues s'approcha : elle était d'une pâleur diaphane, avec des cheveux gras qui lui collaient au front et étaient ravagés par la gale sur le sommet du crâne et les tempes. Elle n'avait plus de dents et ses lèvres semblaient avoir été absorbées à l'intérieur de sa bouche. Elle sentait la sueur, l'urine et l'alcool et l'accosta dans un cockney[1] incompréhensible mais avec un geste sans équivoque.

Reginald n'avait jamais fréquenté de prostituée autrement que dans une salle de consultation, et celles-ci lui semblaient cauchemardesques. Alors qu'il bredouillait un refus poli, elle posa sa main sur l'entrejambe de l'interne et commença à le masser. Il la repoussa avec dégoût, ce qui lui valut une volée d'injures, reconnaissables malgré leur étrangeté. Deux quidams sortirent de l'ombre d'un échafaudage et, comme dans un ballet réglé, s'approchèrent sans faire de bruit ni se presser. Reginald sentit un courant froid descendre de sa nuque jusqu'à son échine. Il voulait fuir mais était comme paralysé. Il venait de réaliser où il avait entendu le nom de Flower & Dean Street : le *Times* l'avait classée comme la rue « la plus immonde et la plus dangereuse de la métropole ». Et Dieu venait de le punir de sa curiosité.

Une voix rauque et sèche s'éleva d'une fenêtre de l'étage, aboyant un ordre en irlandais. Les malfrats regagnèrent leur niche d'ombre et les prostituées se désintéressèrent de Reginald en reprenant leur pose

1. Argot de l'East End.

chimérique. L'interne calma l'emballement de son cœur en respirant profondément, puis recula de plusieurs pas avant de tourner les talons. Il attendit de quitter Brick Lane pour courir sans s'arrêter jusqu'à la station de Broad Street et s'engouffra dans la station du métropolitain en se jurant de ne plus jamais sortir du Barts. La soirée lui avait valu deux enseignements : le docteur Belamy avait de nombreux secrets qui devaient le rester et le diable avait un accent irlandais.

CHAPITRE IV

16 et 17 février 1909

18

St Bartholomew, Londres, mardi 16 février

À sept heures, Etherington-Smith entra dans la cour des urgences au volant de sa Humber 30-40, sous le regard admiratif de deux ambulanciers qui fumaient dans l'attente du début des hostilités du jour. Le Barts étant le plus vénérable établissement de soins de Londres, capitale du plus grand empire du monde, cela suffisait, à leurs yeux, à faire d'eux l'élite dans leur domaine.

Le médecin se gara le long du bâtiment des consultations externes. Comme tous les matins, il caressa la couverture du *Vanity Fair* dont il avait les honneurs et qu'il laissait dans sa voiture, telle une patte de lapin, avant de descendre de son véhicule. La journée commençait par une réunion du conseil d'administration de l'établissement qui devait valider le budget de la dernière phase des travaux d'agrandissement. Les dons étaient en hausse, ainsi que les inscriptions des étudiants, ce dont Raymond se félicitait et qu'il savait être en partie dû aux résultats du docteur Belamy, qu'il relayait avec empressement auprès des quotidiens londoniens.

Perdu dans ses pensées, il ne vit pas le cab qui venait d'entrer dans l'enceinte des urgences à une vitesse excessive.

— Attention ! brailla le cocher en tirant violemment sur les rênes pour stopper son cheval.

L'animal, meurtri par les mors, se cabra, dérapa sur les pavés récemment posés et tomba sur le côté, entraînant le véhicule dans sa chute.

Etherington-Smith, dans un réflexe de sportif, se jeta en arrière pour éviter d'être renversé. Le taxi hippomobile continua sa course sur deux mètres et l'acheva devant la porte d'entrée d'où sortirent, attirés par le vacarme, plusieurs des patients qui attendaient leur tour.

La plus grande confusion régnait. Certains tentaient de calmer le cheval qui, effrayé, faisait des efforts désordonnés pour se relever. Le cocher, qui avait été éjecté de son siège à l'arrière du cab, titubait en se tenant les côtes. Les ambulanciers virent l'aider à s'asseoir contre la façade du bâtiment.

— Que s'est-il passé ? demanda Etherington-Smith avec le calme autoritaire que lui conférait sa position.

— C'est la faute à ces satanés pavés ! dit l'homme en lui renvoyant une haleine alcoolisée. Et mon client qui est à l'intérieur !

Le médecin grimpa sur le véhicule renversé, ouvrit la porte et s'engouffra dans l'habitacle. Le passager reposait, inanimé, contre la portière gauche. Etherington-Smith le releva avec difficulté sur la banquette : l'homme était de grande taille et de corpulence sportive. Il portait une soutane noire aux liserés et boutons de couleur cramoisie. Sa main droite s'était retrouvée coincée dans le cordon de sa croix pectorale. Etherington-Smith constata que ses extrémités étaient froides et ses lèvres cyanosées. Il ne sentit pas de pouls et ne put observer de respiration, mais l'étroitesse de la voiture l'empêchait de faire tout examen approfondi.

— Allez chercher un brancard, ordonna-t-il à un ambulancier venu l'aider.

La seconde personne à passer sa tête dans l'ouverture supérieure fut sœur Elizabeth qui, découvrant le blessé, se signa deux fois.

— Prévenez Thomas, intima Etherington-Smith avant de sortir.

L'attelage avait été démonté et le hackney à la robe sombre boitillait de la jambe postérieure gauche. Plusieurs témoins s'affairèrent à relever le cab, qui était sur ses roues à l'arrivée de Belamy. Celui-ci grimpa dans l'habitacle alors que Raymond se postait à la portière dont la vitre avait volé en éclats.

— J'ai besoin de ton diagnostic avant de l'évacuer vers la morgue, dit-il à son ami.

Thomas allongea le patient sur la banquette, posa ses mains sur les poignets de l'ecclésiastique et ferma les yeux pour mieux ressentir ses pouls.

— Que fait-il ? demanda un homme, venu aux urgences pour une cheville douloureuse et qui avait abandonné sa place dans la file pour assister au spectacle.

Personne ne prit le soin de lui répondre. Un attroupement s'était formé autour du fiacre.

Le chauffeur avait pris en charge son client une heure plus tôt à une station de Soho. L'ecclésiastique avait demandé à être transporté jusqu'au Barts.

— Quelle journée, mais quelle journée ! se lamenta le cocher. Et mon cab qui est foutu !

— Je crains, mon ami, que votre passager ne vous paie jamais votre course, avança Etherington-Smith, faisant se signer une partie de la foule de curieux.

Thomas prit une épingle fichée dans son sarrau et piqua la peau de l'ecclésiastique au niveau de la dernière phalange de son auriculaire droit, en regard de l'annulaire, tout en conservant l'autre main sur le poignet du blessé. Il répéta l'opération plusieurs fois avant de conclure :

— L'énergie circule encore. Cet homme est vivant.

L'évacuation fut rapide et le directeur de l'école de médecine tint à accompagner le client du cab jusqu'à une des chambres d'examen. Il lui prit à nouveau le pouls mais ne le trouva pas.

— Comment peux-tu être sûr que notre homme est en vie ? demanda-t-il alors que Belamy ouvrait une ampoule pour en dissoudre le contenu.

— Tu le sais. J'ai tonifié le septième méridien du cœur et…

— Je préfère ne rien entendre, l'interrompit Raymond, je finirai par me rendre compte que je suis fou de te laisser faire.

— … et j'ai senti un pouls. Faible, mais présent. Cet homme est dans un état comateux lié à une faiblesse cardiaque, conclut Thomas en faisant gicler du liquide de sa seringue.

Il l'injecta dans le bras de l'ecclésiastique toujours inconscient.

— Rassure-toi, je suis passé aux médications classiques.

— Caféine ?

— Digitaline. On saura rapidement si j'avais raison.

Etherington-Smith chaussa un stéthoscope et positionna l'embout sur le thorax du malade.

La réponse ne fut pas longue à venir et se manifesta sous la forme d'un sifflement admiratif :

— Tu avais raison, il repart, commenta le médecin. Et dire que, sans toi, on l'envoyait directement *ad patres* ! Mais il y a un souffle diastolique, ajouta-t-il avant de reposer le stéthoscope.

— Lié au poumon. Je l'ai remarqué au premier pouls profond.

— Encore un miracle aux urgences du Barts. Et sur un serviteur de Dieu, je vois déjà l'article dans le *London News*. Au fait, où est votre interne ? demanda Raymond à la religieuse.

— Il assiste à une opération, répondit-elle, les yeux rivés sur l'homme en soutane.

— Bon sang, la réunion du conseil, je suis en retard ! dit Etherington-Smith en s'époussetant. Cela va me donner une anecdote pour mon discours. Et je vous parie que les donations vont s'envoler dès demain.

— Doit-on prévenir l'évêché, docteur ? s'inquiéta la sœur.

— Mais pourquoi donc ?

— Notre patient n'est pas n'importe quel prêtre, messieurs. Il porte une tenue d'évêque.

19

St Bart, Londres, mardi 16 février

Belamy plaqua sur la fenêtre la radiographie que Reginald venait d'apporter et toute l'équipe présente dans la cuisine se regroupa autour d'eux. Personne n'osait parler avant le diagnostic du médecin, tant l'interprétation semblait difficile. Bien que toutes ses constantes fussent revenues à la normale, l'ecclésiastique était toujours dans le coma. Thomas avait fait apprêter une des salles de soins pour isoler le malade, qui, pour l'heure, n'avait pas encore été identifié.

Frances entra avec des pâtisseries sans que son arrivée provoque l'habituel attroupement. Elle les posa sur la table avant de rejoindre le groupe silencieux.

— Votre avis ? finit par demander sœur Elizabeth. Il a reçu des éclats d'obus ? Un engin explosif ?

Elle montra du doigt les huit morceaux de métal qui parsemaient son thorax.

— Son corps n'a que deux cicatrices, en bas du dos et en dessous de l'omoplate, répondit Thomas. Je pencherais plutôt pour une balle de type dum-dum. Elle est entrée, s'est brisée en morceaux puis a ricoché sur l'omoplate pour ressortir, dit-il en montrant le trajet du doigt.

— Vous voulez dire qu'on vient de tirer sur un évêque ? s'emporta Reginald.

Tous le regardèrent d'un air de reproche.

— Je m'excuse, c'est idiot, il n'avait pas de sang sur lui, se reprit-il en comprenant sa méprise.

— La blessure est ancienne, confirma Thomas. Mais la position de son cœur n'est pas tout à fait habituelle, je suppose qu'une hémorragie interne l'a comprimé, ainsi que le poumon. Regardez cet éclat : il est très proche de la cavité péricardique. Au moindre choc violent du côté droit, il pourrait déchirer la paroi ventriculaire et provoquer un arrêt.

— Ou une mort apparente ? proposa sœur Elizabeth.

— C'est juste une hypothèse. Cet homme est un mystère, dit Belamy en rendant le cliché à Reginald.

— Que fait-on ? interrogea Frances.

— On va se partager les muffins avant qu'ils ne refroidissent, décida Thomas, provoquant un élan d'approbation général.

Reginald coupa les pâtisseries en deux, y déposa du beurre salé, qui fondit en se répartissant sur la surface aérée et moelleuse de la pâte, et les distribua pendant que l'infirmière faisait chauffer l'eau du thé. La conversation tourna autour de la manifestation des cinq mille mères de West End qui, la veille, avaient marché, leurs enfants dans les bras, de Cavendish Square à Grosvenor Place pour protester contre la pauvreté dans laquelle le chômage ou le veuvage les avaient placées. L'interne observa discrètement Belamy, qui à aucun moment n'intervint sur le sujet. Il en conclut que personne dans le service n'était au courant des sorties nocturnes de Thomas dans les rues réputées les plus dangereuses du quartier ouvrier. Selon le journal, une délégation des mères avait ensuite été reçue à la Chambre des communes, ce que les suffragettes n'avaient jamais réussi à obtenir. Frances et sœur Elizabeth émirent des opinions opposées et tout le monde participa au débat, y compris Thomas, bien qu'il ne donnât habituellement jamais d'avis politique, se réfugiant derrière son statut d'étranger.

Au moment où Reginald se beurrait un troisième muffin, un ambulancier entra et les interpella, essoufflé :

— Deux blessures par arme à Cleveland Row ! Jamais vu ça, ajouta-t-il en relevant sa casquette.

Belamy fut le premier dans le couloir. L'interne hésita à abandonner son gâteau et choisit d'enfourner la part qui lui restait en main avant de le suivre. Les deux blessés, conscients et allongés sur des civières, étaient accompagnés d'un troisième homme. Tous portaient les vêtements blancs ornés du blason du Club des escrimeurs de Londres.

— Que s'est-il passé ? interrogea Thomas tout en faisant signe à Frances de découper le plastron rougi de sang du premier blessé.

— Un accident, répondit le témoin. Ils combattaient ensemble sous mon arbitrage et, lors d'un assaut mutuel, les deux lames se sont brisées. J'avais déjà vu un fer se casser, mais les deux en même temps, jamais.

— Ils se sont embrochés l'un l'autre, commenta le brancardier. Comme à la rôtisserie.

L'image fit pouffer Reginald dont la bouche encore remplie de muffin projeta des miettes. Il fit semblant d'être pris d'une quinte de toux, avala le restant et se racla la gorge en constatant que personne n'avait fait attention à lui.

Le second escrimeur, allongé sur le côté gauche, gémissait, les yeux mi-clos, recouvert d'un drap vierge de toute trace de sang. En l'enlevant, Belamy découvrit que la lame qui l'avait transpercé était encore présente : elle sortait du poumon sur une longueur de dix centimètres et, de l'autre côté, affleurait au-dessous de l'omoplate droite.

— Personne n'a osé y toucher et nous sommes venus tout de suite, précisa l'accompagnateur.

Thomas prit ce dernier par le bras et s'éloigna du groupe.

— Il aurait fallu ne pas les transporter et faire venir un médecin sur place, mais peu importe. Maintenant, vous allez me dire ce qui s'est vraiment passé, monsieur. Personne ne se blesse aussi violemment dans un assaut entre gentlemen, ajouta-t-il alors que l'homme protestait.

L'escrimeur finit par baisser la tête et, tournant le dos aux civières, lui raconta l'histoire d'une rivalité. Rivalité de grade de deux militaires du même régiment, l'un adjudant, l'autre lieutenant, et rivalité amoureuse, tous deux courtisant la même femme. Ce qui, au début, n'était qu'un simple combat d'escrime, s'était transformé en duel. Les autres bretteurs présents n'avaient pas voulu les arrêter. Ils s'étaient battus avec rage, chacun voulant éliminer l'autre de sa vie. Question d'honneur.

— J'espère qu'ils vont s'en sortir sans séquelles, conclut l'homme, que la culpabilité commençait à grignoter.

Thomas n'avait ni le temps ni l'envie de lui expliquer qu'un des deux serait mort avant l'aube et que l'autre avait de fortes chances de le rejoindre. Il retourna au chevet des duellistes.

— Que ressentez-vous, adjudant ? demanda Belamy au premier blessé, dont le torse nu présentait une plaie régulière, au saignement peu abondant, que Frances tamponnait à l'aide de gaze collodionnée.

— J'ai froid et j'ai du mal à respirer, dit-il d'une voix faible et saccadée.

Thomas posa son stéthoscope et constata une matité sur l'ensemble du thorax. Comme il le craignait, tous les bruits respiratoires étaient abolis : le sang avait rempli le poumon.

— Ce bâtard est mort ? demanda l'autre patient, qui ne pouvait voir son adversaire.

Il tenta de lever la tête, en vain.

— J'espère que oui et qu'il ne nuira plus à personne, renchérit-il alors que le lieutenant lui répondait par un gémissement qui ressemblait à une ébauche de juron.

— Tout le monde se prépare pour les opérations, ordonna Belamy.

— Rachianesthésie, anticipa sœur Elizabeth.

— Stovaïne, compléta le médecin. On se met en salle 4.

— Et l'autre blessé ? interrogea Frances.

— Les deux dans la même salle, expliqua Thomas. Je m'occupe du lieutenant et je dirigerai Reginald, qui va soigner l'adjudant. Et amenez l'appareil de radiographie avec l'écran Gehler-Folie.

L'interne fut soulagé de ne pas avoir à retirer la lame lui-même. Les deux hommes se savonnèrent les avant-bras, mains et ongles puis les brossèrent minutieusement. Frances les rinça en versant de l'eau bouillie. Ils revêtirent une blouse et un tablier propre et trempèrent leurs mains dans une bassine d'eau phéniquée.

— Reginald, suivez mes instructions et ne vous en écartez pas, quoi qu'il arrive, indiqua le médecin en secouant ses bras pour les sécher. C'est bien compris ?

— Je serai vos mains et nous allons le sauver, répondit l'interne.

— Votre homme a un hémopneumothorax.

— Mais il ne fait pas d'hémoptysie, objecta Reginald.

Frances les interrompit :

— Docteur, l'adjudant crache du sang. Et l'anesthésique a été injecté.

— D'accord, il fait de l'hémoptysie, corrigea l'interne.

— Vous allez commencer par tailler un volet thoracique dans la région de la plaie et le maintenir par des écarteurs de Farabeuf. Faites une incision en U deux fois plus large que ce que vous ont enseigné vos professeurs. Et pincez bien les deux bouts de chaque intercostale. Je vous expliquerai la suite au fur et à mesure, conclut Thomas en se positionnant devant son blessé.

Sœur Elizabeth mit en route la radiographie. La lame traversant le thorax se découpa en bleu-violet sur l'écran blanc.

— Elle n'est pas passée loin du cœur, commenta Belamy. Ni de l'aorte. Trouvez-moi un brise-pierre, je vais la retirer.

Il prit dans la main droite la pince à griffes que Frances lui tendait et en posa la mâchoire sur l'extrémité de la lame. De la main gauche, il pinça la base du fer et tira lentement et sans à-coup tout en guidant Reginald qui, de son côté, avait réséqué trois côtes pour ouvrir une fenêtre centrée sur la blessure.

— Que voyez-vous ? interrogea-t-il.

— Une seule plaie, assez fine, avec du sang et de l'air qui s'échappent à l'expiration, répondit l'interne, qui s'était positionné de façon que les deux médecins se trouvent face à face.

— Débridez largement son orifice externe et lavez-la abondamment, indiqua Thomas tout en restant concentré sur la lame qu'il extrayait patiemment. Ma sœur, on va faire une nouvelle radio.

La religieuse positionna l'appareil et Belamy inspecta longuement l'écran.

— Préparez dix pinces à forcipressure et quelques pinces de Kocher, lui demanda-t-il. La suite s'annonce moins aisée. Reginald ?

— Le lobe est rempli de sang, monsieur.

— Vous ponctionnez tout puis vous le retournerez pour observer la face interne.

Thomas reprit son extraction et, lorsqu'il sortit la pointe brisée de la lame du corps du malheureux, le sang coula en bavant depuis le dessous des côtes. Il le comprima au doigt, arrêtant l'hémorragie.

— Mammaire interne, indiqua-t-il à la sœur.

Leur complémentarité était telle qu'elle prépara l'intervention sans avoir besoin de plus de précisions. Thomas ouvrit à son tour un volet thoracique. La lame, qui était collée à l'artère mammaire, l'avait tranchée malgré les précautions du médecin. Ses gestes, fluides et précis, ne montraient ni énervement ni tension.

— J'ai toujours un saignement, monsieur, intervint Reginald, dont le ton avait perdu le flegme qu'il essayait de caler sur celui du médecin. Face interne, au-dessous du pédicule. Je procède à un tamponnement à la Mikulicz ?

— Non, il faut trouver l'origine et ligaturer. Il a déjà trop perdu de sang.

— Mais il y a toutes les branches vasculaires inférieures, je crains d'oblitérer un trop gros tronc ! Aidez-moi, monsieur.

— J'ai besoin de la rugine, ma sœur, d'une aiguille courbe et de fil, signala Thomas avant de répondre à l'interne : Comprimez toute la surface point par point à l'aide d'un doigt. Vous trouverez.

Belamy repéra l'artère mammaire à la traînée graisseuse qui l'entourait, l'isola du foyer pleural et pinça au-dessus et en dessous de la plaie. À l'aide de l'aiguille courbe, il fit glisser le fil autour des deux extrémités de l'artère sectionnée et les lia. Il observait de temps en temps Reginald, qui ne le questionnait plus depuis quelques minutes. Le jeune médecin avait trouvé l'origine du saignement et se préparait à lier l'artère avec du catgut.

— Vous allez pratiquer une ligature enchaînée du pédicule, intervint Belamy avant même qu'il pose la question. Puis une résection du segment blessé et une belle suture de la plaie. Je vous retrouve à la cuisine avant que le thé n'ait refroidi.

Reginald entra, rayonnant, pour annoncer que les deux hommes avaient été transportés dans le service de chirurgie thoracique de l'aile ouest. Les urgences avaient fait leur travail. Il détailla à Thomas le déroulé de l'opération, sans se rendre compte que le médecin l'avait couvé de l'œil durant celle-ci, et qu'il avait jugé le travail de son interne très encourageant. Belamy le félicita chaleureusement, but une dernière gorgée de sichuan et le quitta pour se rendre au chevet de l'évêque. Thomas posa le tabouret près du lit, s'assit et prit longuement les pouls du malade. Il piqua plusieurs fois sur le septième méridien du cœur, puis le onzième, tous deux situés dans la main. Sœur Elizabeth était entrée sans qu'il l'entende, mais il reconnut l'odeur d'amidon séché de ses vêtements. Elle attendit qu'il finisse son auscultation avant de se manifester.

— L'évêché vient d'appeler le Barts, annonça-t-elle. Ils ont vérifié : tous leurs évêques sont en bonne santé. Cet homme est un imposteur.

Thomas sentit la colère froide de la religieuse, pour laquelle la fonction était sacrée. Elle précisa que Scotland Yard allait dépêcher un enquêteur dès le lendemain.

Resté seul, il ouvrit le casier du malade et en sortit les vêtements sacerdotaux. Belamy fouilla les poches et n'y trouva qu'un mouchoir en tissu, brodé aux initiales « HVC ». Au revers de la soutane, une étiquette indiquait l'adresse d'un commerce de Covent Garden. Thomas consulta la pendule et décida de s'y rendre : l'endroit était une boutique de costumes de théâtre.

20

St Bart, Londres, mardi 16 février

Tout était presque prêt. Les mille deux cents mètres cubes de gaz, obtenus par distillation de houille, à défaut d'hydrogène, avaient gonflé la toile du ballon. En plus des deux occupants, la nacelle était remplie de milliers de tracts prêts à être lancés sur Londres. Plusieurs centaines de sympathisants entouraient l'aéronef dont la tête géante dodelinait sur le terrain près du pub Old Welsh Harp, à Hendon. Les conditions météorologiques étaient bonnes, avec un vent de nord-ouest léger quoique irrégulier.

Mais un grain de sable était venu retarder l'heure du départ : le moteur de l'aéronef, censé le propulser à quinze kilomètres par heure dans n'importe quelle direction, avait longtemps refusé de démarrer, jusqu'à ce que le cliquetis caractéristique des pistons n'arrache des acclamations à la foule présente. À deux heures moins dix, le pilote essuya ses mains noircies d'huile et jeta le chiffon dans la nacelle, qu'il enjamba pour rejoindre sa passagère.

L'aérostier donna le signal du départ :

— Lâchez tout !

— Le vote pour les femmes ! cria la passagère dans son mégaphone, alors que la phrase rutilait en lettres noires sur une banderole accrochée à l'aéronef.

L'assistance acclama la suffragette tout en scandant la phrase jusqu'à ce que le ballon ne soit plus qu'une étoile dans le ciel.

L'espace de quelques minutes, Olympe oublia son combat, auquel elle avait donné sa vie depuis deux ans, et se sentit comme un oiseau planant dans l'immensité de la mer céleste. Elle admira ce qui lui sembla le plus incroyable paysage de la Création : sous le ballon, à perte de vue, une marée de maisons et de bâtiments, dans laquelle jaillissaient les pétales verts des parcs et que fissurait le serpent brunâtre de la Tamise. Et, par-dessus tout, le silence. Un silence profond, seulement déchiré de temps à autre par les bruits échappés de la ville, le sifflet d'un train, le cornet d'une automobile, les rires d'un groupe d'enfants, qui leur parvenaient comme des bulles éclatant à leurs oreilles. Olympe, qui se méfiait de ses émotions et s'était très tôt habituée à ne pas les exprimer, se contenta d'un sourire à l'adresse du pilote. Celui-ci, un photographe français qui travaillait pour une société de production cinématographique, avait embarqué un appareil panoramique Bell équipé d'un grand-angulaire – le plus léger au monde, avait-il précisé – qui lui permettrait de faire cinq photographies. Il prit la première alors qu'ils passaient au-dessus d'une masse de verdure.

— Kensington, précisa-t-il en lui montrant le château à l'entrée de Hyde Park.

Édouard VII luttait contre l'assoupissement. Le repas avait été, comme à son habitude, composé d'une enfilade de mets dont il n'arrivait même plus à se rappeler le nombre, mais dont la qualité l'avait laissé béat. Il saliva en pensant au plat le plus extravagant du déjeuner, une caille farcie à l'ortolan, lui-même farci à la truffe farcie de foie gras, fruit de l'imagination d'un cuisinier pervers mais divin qu'il soupçonnait d'être gallois. Une irrégularité de la route sur Tothill Street fit basculer le véhicule d'avant en arrière, le rappelant à son devoir. Le roi salua machinalement ses sujets agglutinés derrière une double rangée de policiers. Le carrosse noir, au toit et aux roues dorés à la feuille d'or, avançait au pas, tiré par six Windsor Grey et suivi par le régiment des Horse Guards. Les fers des chevaux tapaient le sol dans un bruit d'averse sur les toitures de Londres. Le souverain n'aimait pas l'interminable cérémonie de la rentrée parlementaire, bien qu'il l'eût lui-même réintroduite dans le protocole. Il regarda le bout de ciel visible par la vitre puis les quelques arbres postés devant Westminster Abbey, dont les cimes oscillaient nerveusement, et se réfugia dans la perspective consolante d'une pêche Melba au dessert du soir.

Le vent s'était levé et était devenu régulier, ce qui contraria l'aérostier. Il pouvait toujours contrôler la direction de son appareil, mais ne réussit pas à garder l'altitude de cinq cents mètres qu'il s'était fixée.

L'aéronef grimpa jusqu'à neuf cents mètres. Le Français ne pouvait ouvrir la soupape : la manœuvre leur aurait fait perdre de l'altitude, mais ils n'auraient plus eu assez de gaz pour atterrir dans un champ en banlieue de Londres. Il fit un signe d'impuissance en direction d'Olympe et lui envoya un « Désolé ! » plein de tristesse. Elle comprit que son plan allait échouer : elle voulait interpeller le roi depuis le ciel, tout comme d'autres suffragettes l'avaient fait en juin à partir d'une embarcation sur la Tamise. L'initiative était personnelle et elle n'en avait informé la famille Pankhurst que le matin même. Emmeline l'en avait dissuadée. Elle savait que la possibilité de survoler le trajet entre le palais de Buckingham et le Parlement au moment même où Édouard VII s'y trouvait était faible, mais elle avait voulu croire en sa bonne étoile. Il lui restait les tracts qui allaient joncher les rues de la cité de Westminster et les articles dans les quotidiens du lendemain. Mais Olympe détestait l'adversité et les lois de la physique qui allaient la faire échouer. Elle tendit le plan de la ville à son compagnon.

— Vous êtes prêt à me suivre, monsieur Delhorme ?

Aux abords du palais de Westminster, les rangées serrées de policiers avaient été remplacées par des Scots Guards, alignés comme des arbres aux cimes en poil d'ours. Le roi approchait de l'entrée située sous la tour Victoria. Il avait envie de fumer mais le protocole n'aurait pas supporté une telle pratique et il se rongea les ongles de frustration. Édouard VII passa mentalement en revue ses principales maîtresses en établissant un classement de celles qui l'avaient le plus comblé. Il hésita sur la place à donner à une actrice française en vue, avant de la rétrograder à la troisième marche, leur liaison ayant été trop fugace à son gré. Une autre actrice, Lilly Langtry, se vit attribuer la seconde place. Il aimait les courtisanes qui avaient le bon goût d'être professionnelles dans leurs liaisons et avec lesquelles il savait à quoi s'attendre. Alice Keppel finit en tête, autant pour la fascination que sa beauté exerçait sur lui que pour leur relation qui durait encore. Elle était aussi celle qui avait eu le plus d'influence sur lui et il était nostalgique des moments où il la retrouvait, lors de l'absence de son mari, dans sa maison de campagne. Le roi soupira de regret à la pensée de ne pas être dans ses bras, ce que la reine Alexandra, assise à sa gauche, prit pour une fatigue passagère. Elle lui tapota la main du bout de ses gants en signe d'encouragement.

Le carrosse pénétra sous le porche et stoppa en vacillant légèrement. Les deux laquais, qui avaient sauté du véhicule deux mètres auparavant, se positionnèrent, l'un pour ouvrir la portière, l'autre pour sortir le marchepied. La reine descendit la première en se faisant aider, ce que refusa son mari. Au moment où, précédé par le lord grand chambellan, il allait entamer la montée des marches vers le Parlement, une clameur d'enthousiasme s'éleva de la foule massée à l'extérieur.

L'aérostier avait ouvert la soupape. Juste assez pour descendre à cinq cents mètres. Ils arrivèrent par l'ouest, en survolant l'abbaye de Westminster. La ville entière ressemblait à une maquette de diorama. Olympe put distinguer la garde à cheval, immobile et alignée en plusieurs rangées sur Old Palace Yard, à côté de la tour Victoria. Mais aucun point doré n'était visible sur la route.

— Trop tard, dit-elle au Français, il est déjà dans le palais.

Elle prit le mégaphone et déclina les revendications des suffragettes. Aussitôt, un mélange de milliers de cris leur parvint du sol : la foule présente l'ovationnait en retour.

— Ils m'entendent, ils m'entendent ! jubila-t-elle avant de répéter son message.

À la verticale du Parlement, elle se saisit des piles de tracts, qu'elle lança par-dessus la nacelle, ainsi qu'un sac rempli de pièces d'un penny, pendant que le pilote prenait deux nouvelles photographies. Elle les regarda se disperser en pluie multicolore dans le ciel de la capitale. Le ballon reprit un peu d'altitude, survola la Tamise et s'éloigna du centre de Londres vers Tooting.

— Il ne reste plus qu'à prier Dieu que vos calculs soient exacts, dit Olympe, qui s'était assise sur le banc de la nacelle.

L'aérostier manœuvra de façon à se diriger vers le sud-sud-est, en direction de Dulwich, où le grand nombre d'espaces verts leur permettrait d'atterrir sans encombre.

— Et que nous ayons assez d'avance sur Scotland Yard, ajouta-t-elle. J'aimerais pouvoir rendre le ballon à sa propriétaire, je lui ai déjà abîmé une paire de chaussures !

Ils restèrent un moment silencieux puis l'aérostier la fit poser avec sa banderole « Le vote pour les femmes » pour ses derniers clichés photographiques.

— Je n'ai pas l'impression qu'on perde de l'altitude, remarqua-t-elle alors que les bâtiments de Vauxhall lui semblaient tout aussi minuscules que le palais de Westminster.

— Détrompez-vous, nous sommes descendus à cent mètres. Le gaz se refroidit.

Alors qu'elle l'interrogeait sur sa présence à Londres, Irving Delhorme lui confia l'histoire de sa vie, dans une famille telle qu'elle en avait rêvé, elle qui avait été corsetée dès son plus jeune âge, une famille hors norme installée à l'Alhambra de Grenade[1].

— C'est mon père qui m'a donné envie de m'envoler. C'était un grand aérostier, dit-il alors qu'ils étaient en vue de Dulwich. Peut-être le plus grand.

Il vérifia sa carte et conclut que l'atterrissage pourrait se faire à Crystal Palace.

— Le parc est étendu et nous trouverons sûrement de l'aide sur place.

Le choc fut brutal ; la nacelle rebondit et le ballon sembla vouloir retrouver les airs, avant de plonger pour un nouveau contact avec le sol. Delhorme lança l'ancre, qui racla la terre d'un champ avant de se ficher dans le bois tendre d'un jeune orme. Le pilote ouvrit en grand la soupape des gaz et tira sur une corde qui déchira l'enveloppe.

— Nous avons le temps avant l'arrivée de la police. Je vais replier le matériel et nous le cacherons dans une grange voisine. Je reviendrai tout chercher dans quelques jours.

— J'aurais tellement aimé réussir ce coup, regretta-t-elle tout en rassemblant ses affaires.

— Mais c'est un succès ! la rassura-t-il. Dès demain, toute la presse le relatera. Je sais que vous gagnerez votre combat, conclut-il en tirant de toutes ses forces sur l'ancre pour l'extraire de l'arbre.

Au loin, un groupe de promeneurs se précipitait vers eux pour les aider.

Quel en sera le prix à payer ? songea Olympe.

Finalement, la cérémonie, qu'il avait trouvée fort réussie, l'avait ragaillardi. Le roi avait prononcé le discours du trône dans la Chambre des pairs, avait insisté sur l'importance d'augmenter le budget de la Navy, puis avait suivi le sergent d'armes jusqu'au carrosse qui l'attendait sous la tour Victoria. Sur le chemin vers Buckingham, il aperçut des groupes de policiers remplir des sacs en toile de papiers qui jonchaient le sol.

1. Voir *Là où rêvent les étoiles*, d'Éric Marchal, éditions Anne Carrière, 2016.

— Mais que font-ils ? demanda la reine Alexandra, qui les avait aussi remarqués.

À peine descendu le marchepied, Édouard VII fit convoquer l'officier responsable de sa sécurité et se rendit dans un des boudoirs du château où il put inhaler la première bouffée de sa Benson & Hedges avec un plaisir qu'il trouva inégalable.

— Dites-moi ce qui est arrivé, intima-t-il avant même que l'homme ait pu s'incliner devant lui. Et j'espère que votre version coïncidera avec celle de la presse demain, ajouta-t-il, entouré d'une volute blanche.

— Les suffragettes, Majesté, répondit l'homme sans hésiter. Elles ont lancé des messages de propagande depuis un aéronef.

— Les suffragettes... Mais que leur faut-il pour abandonner leur folle idée ? Nous avons la maîtrise des mers et des airs, il ne faudrait pas que l'Empire soit ridiculisé par ces activistes. Asquith doit régler ce point. La Nation a d'autres problèmes bien plus importants.

Il hocha la tête d'un air contrarié et tourna le dos à l'officier, qui s'inclina avant de le quitter, soulagé de n'avoir pas eu à lui montrer le crime de lèse-majesté commis sur les pièces d'un penny retrouvées avec les papiers : le profil du souverain avait été poinçonné par la phrase « Le vote pour les femmes ».

21

Covent Garden, Londres, mardi 16 février

À son entrée, Belamy fit tinter le grelot de la boutique de Willy Clarkson avec vigueur. Le costumier, qui était en train de repasser une veste de grenadier, sursauta et fit tomber des cendres de sa cigarette sur le vêtement. Il les épousseta d'un geste maussade et apparut en maugréant derrière son comptoir. Son visage s'assombrit à la vue de l'inconnu au catogan ressemblant à ces artistes de troupes itinérantes qui constituaient son fonds de commerce, mais qui avaient une propension à payer avec du retard et souvent très partiellement.

— Monsieur Clarkson ?

La réponse fut un grognement digne d'un épagneul, dont l'individu partageait aussi certains traits.

— Je m'appelle Thomas Belamy. Ce vêtement vient-il de chez vous ? demanda-t-il en lui tendant la soutane.

— Où l'avez-vous trouvé ? répliqua le boutiquier, méfiant.

— Je suis médecin. L'homme qui la portait est désormais mon patient, répondit Thomas en la posant sur le comptoir.

Le boutiquier ferma l'entrée à clé et tira le rideau.

— Que s'est-il passé ? questionna-t-il en manipulant le vêtement pour vérifier son état.

— J'espérais que vous alliez m'aider à le savoir, dit Belamy après lui avoir expliqué la situation. Nous ne connaissons même pas son nom.

Clarkson soupira comme s'il s'attendait à ce moment depuis longtemps, et dans ce soupir se cachait un soulagement de ne pas avoir affaire à la police. Il avait rencontré l'inconnu trois ans auparavant, dans sa boutique. Clarkson avait vu débarquer cet aristocrate de grande taille, à l'allure détachée, au visage de comédien qui pouvait évoquer tous les sentiments, de la douceur à la folie, éclairé d'une paire d'yeux aux iris d'un bleu intense et limpide et, surtout, paré d'une moustache large et broussailleuse dont l'ensemble, associé à un aplomb sans faille, lui donnait un charisme redoutable. Il s'était présenté comme « docteur en farces de première classe » et, avec le plus grand sérieux, lui avait commandé un déguisement de sultan de Zanzibar, maquillage compris, ce qui avait demandé au costumier des recherches iconographiques poussées, mais avait été récompensé par un paiement conséquent incluant son silence après qu'il eut découvert dans le *Daily Mail* que le déguisement avait servi à tromper le maire et l'université de Cambridge dans une mystification qui avait fait rire toute l'Angleterre. Depuis lors, l'homme était revenu régulièrement se fournir pour une variété de canulars qui, s'ils ne faisaient pas tous les unes de la presse, alimentaient les conversations du Tout-Londres et faisaient grimper sa popularité croissante.

— Il est venu chercher la soutane hier, sans m'expliquer pourquoi. Il devait me la rendre demain. Si je connaissais son nom, je ne vous le donnerai pas, notre relation est basée sur la discrétion, dit-il avec morgue.

Il prit des ciseaux de couturier et retira l'étiquette de son établissement.

— Et je nierai tout si vous en informez la police, ajouta-t-il.

— Monsieur Clarkson, j'ai besoin de parler à son médecin et de prévenir sa famille. Connaissez-vous d'autres personnes qui pourraient m'aider à l'identifier ?

Le boutiquier déverrouilla sa porte et l'ouvrit en grand. La conversation était terminée. Il attendit que Thomas fût sorti et lança :

— La famille Stephen, au 29 Fitzroy Square. Et...

— Je n'en informerai pas la police. Merci, monsieur Clarkson.

Le grelot de la porte signifia son congé.

La femme alluma une cigarette et inspira le tabac avec délicatesse et distraction. Elle remit le paquet dans la poche de sa veste aux larges contours piquetés de bleu. Devant elle, sur l'herbe de Fitzroy Square, deux adolescentes jouaient au cricket, les joues rougies par l'effort, riant de tout, de leurs médiocres réflexes, de leur imprécision, de leur manque de force, heureuses de l'instant. L'image lui rappela les parties interminables avec sa sœur dans leur maison de St Ives.

— Coucou, ma chèvre !

La voix de son frère, puis son souffle chaud sur son cou et l'odeur de son parfum la tirèrent de sa rêverie éveillée.

— Adrian, quand cesseras-tu de m'appeler par ce surnom ?

— Quand tu seras devenue une dame respectable de Bloomsbury, dit-il en l'entraînant vers un des immeubles de la place.

— Elles sont toutes poudrées, bouffies, rougies...

— N'en jette plus ! Pour moi, tu seras à jamais ma Virginia pâle et maigre !

Ils gagnèrent le numéro 29, dont la façade était recouverte d'une glycine qui pendait du balcon de l'étage jusqu'à la porte d'entrée. Elle répétait à l'envi que c'était la présence du végétal aux éphémères teintes mauves qui l'avait décidée à déménager, mais lui savait qu'il n'en était rien. Ils vivaient seuls ensemble depuis que leur sœur Vanessa s'était mariée et avait gardé la maison familiale du 46 Gordon Square.

Sophie, leur unique domestique, s'empressa de les prévenir alors qu'ils n'avaient pas encore ôté leurs vêtements.

— Il y a là un monsieur qui demande à vous parler. Il dit venir de la part de Mr Clarkson. Je l'ai introduit dans le salon. J'espère que j'ai bien fait, ajouta-t-elle en découvrant l'œillade interrogatrice que se jetèrent le frère et la sœur.

— C'est encore à cause de Cole, lâcha cette dernière avec dédain.

— Je m'en occupe, répondit Adrian. Vous avez bien fait, Sophie.

Il rejoignit son visiteur, qui se présenta comme médecin du Barts, et l'écouta distraitement tout en le dévisageant. Il le trouvait beau, plus beau que Duncan, le peintre écossais dont il était amoureux ; la couleur de sa peau, en particulier, était magnifique comparée à la pâleur tachetée de Duncan. Il chassa ces pensées parasites et se concentra sur le récit de Thomas. Il avait immédiatement identifié l'inconnu que celui-ci décrivait.

— Horace de Vere Cole. Venez, sortons, je vais vous expliquer : je crains que vous n'ayez été victime d'un canular, docteur Belamy.

Les réverbères étaient allumés et les rues animées des marcheurs du soir, pressés de rejoindre leurs familles une fois que toute l'activité diurne s'était donné rendez-vous au lendemain. Par les fenêtres éclairées, on pouvait distinguer les foyers équipés de l'électricité, à la lumière pâle et d'intensité constante, de ceux alimentés à la bougie ou à l'âtre, aux teintes changeantes. Le quartier de Bloomsbury était quadrillé de squares et d'hôpitaux destinés à une bourgeoisie en quête de bien-être. Adrian marchait d'un pas allongé et souple qui donnait une impression de lenteur accentuée par son phrasé nonchalant.

— Horace est mon ami depuis l'université, dit-il en proposant à Belamy d'entrer dans Park Crescent, et je l'ai toujours vu organiser des farces. C'est sa nature profonde, une façon d'exprimer son dégoût de notre société. Il met de la poésie dans chacune de ses mystifications.

Il s'arrêta devant la statue du duc de Kent et s'attarda devant la plaque de bronze tout en poursuivant :

— L'année dernière, à Venise, il s'est fait livrer du crottin de cheval et l'a réparti la nuit dans les rues de la ville. Imaginez-vous la tête des Vénitiens le lendemain matin, persuadés que des fiacres avaient parcouru la cité alors que toute circulation y est interdite ? Je reconnais qu'elles ne sont pas toutes du meilleur goût, mais elles me font rire et elles choquent la bien-pensance édouardienne, ce qui me plaît à double titre.

— Monsieur Stephen, je suis désolé, mais l'état de votre ami est préoccupant. Il a tous les symptômes du coma. Il n'a pas repris conscience depuis plus de huit heures.

— Horace n'a aucune limite et il a sans doute trouvé un moyen de vous mystifier. C'est bien dans son style. Je l'ai vu plonger d'une falaise qu'il venait d'escalader avec un groupe, rien que pour éprouver les pitons qui retenaient toute la cordée. Mon ami est un trompe-la-mort, docteur Belamy.

Les traits du visage de Thomas se tendirent. Il tentait de démêler l'écheveau des possibilités. Il lui semblait improbable de simuler un coma, mais Vere Cole se révélait être un personnage particulièrement improbable.

— J'ai besoin du maximum d'informations sur sa santé, reprit-il. Savez-vous ce qui l'a amené à avoir des éclats de balle près du cœur ?

— Alors, c'est sérieux ? Vous croyez vraiment qu'il est entre la vie et la mort ? Venez, il y a un pub à deux pas. La bière est amère mais l'ambiance est feutrée.

Virginia dîna seule. À huit heures du soir, elle eut la visite de sa sœur Vanessa et de son mari. Ils restèrent avec elle à deviser de la file d'attente au magasin Lipton, du coût excessif des locations dans le quartier de Bloomsbury, de la robe bleue de Virginia achetée dix shillings et de son envie d'avoir un chien qu'elle appellerait Tinker, avant de glisser vers la politique et leur détestation de l'ordre libéral, responsable de la norme et du conformisme. Vanessa montra à sa sœur la pièce d'un penny gravée du « Vote pour les femmes » qu'elle avait trouvée dans la rue l'après-midi même. La famille Stephen, sans militer activement, était acquise à la cause des suffragettes.

Adrian fit son entrée alors que Virginia avait commencé à effectuer des allers-retours à la fenêtre pour guetter sa venue. Il leur annonça l'accident d'Horace, qui les laissa dans une franche indifférence teintée de scepticisme. Un ennui de santé leur semblait d'une terrible banalité pour celui qui les avait habitués au fil des années à se comporter comme le bouffon du roi. Adrian savait que son ami n'était pas apprécié de sa famille, qui le considérait comme un individu fruste et vulgaire, mais il ne désespérait pas de les voir un jour l'apprécier à sa juste valeur.

— Je contacterai sa sœur Annie pour qu'elle vienne depuis Birmingham, ajouta-t-il. Le médecin a dit qu'il tenterait une opération jeudi s'il ne se réveillait pas.

22

St Bart, Londres, mercredi 17 février

Reginald n'arrivait pas à clore son compte rendu. Il relisait inlassablement les quelques phrases sans parvenir à se concentrer alors que les images de l'opération l'obsédaient. La bibliothèque s'était vidée à l'heure du repas, qu'il avait négligé pour finir son travail.

— Vous devriez rentrer vous reposer. La matinée a été longue.

Il n'avait pas entendu le docteur Belamy s'approcher. Il se rendit compte qu'il n'entendait jamais les pas de son supérieur, même dans le Grand Hall.

— Il est mort, monsieur, dit Reginald en lui tendant ses notes. L'adjudant est mort cette nuit. C'est ma faute.

— Non, Reginald, répondit Thomas sans même les lire. C'était inévitable. Avec ou sans opération. Vous avez suivi mes instructions et vous avez bien travaillé. Mettez-vous cela en tête et oubliez-le, conclut-il en lui rendant le document.

— J'ai assisté à l'autopsie. J'ai oblitéré une veine pulmonaire en même temps que le vaisseau atteint. J'ai tué mon patient, monsieur.

— Reginald… vous connaissez le *ruou trang* ?

— C'est un des méridiens de la médecine chinoise ?

— Non, c'est une médication qui va vous remettre les idées en place. Venez.

Belamy emmena son interne dans un des laboratoires scientifiques dont il avait la clé, ouvrit une étagère et en sortit deux récipients gradués en verre ainsi qu'une bouteille remplie d'un liquide légèrement trouble. Il le servit et lui tendit un des béchers.

— Alcool de riz gluant, indiqua-t-il.

— Associé à quel bénéfice ?

— Aucun. Cela permet de garder le moral quand on ne croit plus en sa vocation médicale.

— Alors, c'est pour moi ! confirma Reginald avant de l'avaler d'une traite.

La brûlure qui descendit le long de sa gorge lui dessina l'anatomie de son œsophage plus sûrement qu'un cours de physiologie de Sir Trentham, tandis qu'un frisson glacé lui parcourait le crâne. Il eut le souffle coupé quelques secondes avant de pouvoir prendre une grande inspiration tel un nouveau-né s'ouvrant au monde.

— Mon Dieu ! s'exclama-t-il, la tête entre les mains, sentant que l'euphorie s'emparait de lui. Quelle efficacité !

Il tendit son bécher à Belamy pour un second round.

— Doucement, il titre quarante degrés, prévint Thomas en rebouchant la bouteille.

— Mais qui vous procure cette arme redoutable ?

— Je le distille moi-même, indiqua le chirurgien en lui montrant l'alambic sur une paillasse. C'est une recette du pays d'Annam où j'ai grandi.

— Pardonnez mon ignorance, mais où se trouve cet État ?

— C'est un protectorat français en mer de Chine, répondit Thomas en finissant son verre.

Il laissa quelques bulles de souvenirs éclater devant ses yeux, la Société des distilleries du Tonkin, qui avait le monopole sur la production annamite, son père qui l'administrait, sa mère, de la famille de l'empereur d'Annam, qui avait osé aimer un des hommes de la colonisation, et l'odeur de l'eau-de-vie qui emplissait les tonneaux vides dans lesquels il se cachait par jeu et qui finissait toujours par l'enivrer.

— On devrait imposer le *ruou trang* à nos malades, dit Reginald pour briser le silence qui s'était installé. Et au personnel, bien sûr. Cela me permettrait d'être plus habile pendant les opérations.

— Votre escrimeur était condamné, répéta Thomas en retrouvant le cours de la réalité. Il avait perdu trop de sang, ses déséquilibres étaient trop grands. C'est pour cette raison que j'ai choisi de vous le laisser opérer. Seul le lieutenant pouvait être sauvé.

— Pourquoi l'avoir fait si c'était voué à l'échec ? Je ne comprends pas, monsieur.

— Par respect pour cet homme et sa famille. Parce que vous deviez donner le meilleur de vous-même. Et vous l'avez fait. Ne rien tenter est le meilleur moyen de ne pas progresser. Regardez dans ce microscope, dit-il en l'invitant à s'asseoir à la paillasse.

L'interne examina la lame posée sous l'œil du binoculaire.

— On dirait un paquet de globules rouges, observa-t-il.

— Exactement. J'ai rencontré le professeur Landsteiner, de Vienne, qui a identifié récemment plusieurs groupes sanguins. Quand vous mettez en contact le sérum de deux personnes de groupe différent, les hématies s'agglutinent, comme sur cette lame. Dans le même groupe, elles restent en suspension. Ce pourrait être la clé pour la transfusion du sang. La solution est sans doute là, sous nos yeux.

— Vous imaginez le nombre de vies qu'on pourrait sauver ? s'enthousiasma Reginald. Pourquoi n'avoir pas essayé sur le lieutenant ?

— Le temps de faire ce test au laboratoire, d'identifier une personne compatible et de tenter le transfert, cela aurait été vain. Nous ne sommes pas prêts. Je comprends votre frustration et je la partage. La médecine progresse à pas de géant, mais il y aura toujours un dernier malade ou un dernier blessé à mourir, faute d'une connaissance suffisante. C'est ainsi et ni vous ni moi n'y sommes pour rien, conclut Belamy en lui proposant un second verre d'eau-de-vie.

Ils burent en silence et Reginald put apprécier l'amertume et les notes épicées du breuvage.

— J'y ajoute quelques plantes, concéda Thomas. Dans la province de Tanan, c'est plutôt du serpent ou du gecko. Mais je n'en trouve pas ici.

— Je vous en sais gré, avoua l'interne en réprimant un haut-le-cœur.

— Reginald, croyez-vous qu'il soit possible de simuler un coma ? demanda Thomas avant de lui relater sa visite à la famille Stephen.

La question le taraudait depuis son retour.

— Comment pourrait-il ? Chacun d'entre nous est resté un moment avec lui. Frances lui a fait une prise de sang. Il s'est même fait dessus hier, nous avons été obligés de le changer. Ce matin, l'élève infirmière lui a fait sa seconde injection de digitaline et elle s'y est reprise à deux fois pour trouver la veine.

— À quelle heure était-ce ?

— Vers huit heures.

— À moins que…

Une idée se faisait jour. L'intuition d'avoir fait fausse route. Coma ou simulacre ne devait pas être la bonne question.

— Je dois aller voir l'intendant et le cuisinier, annonça-t-il.

— Un souci avec la nourriture, monsieur ?

— Non, mais peut-être la solution à notre problème.

Belamy fit une visite classique à son patient, lui prenant les pouls, consultant les relevés de Frances avant de vérifier une nouvelle fois la présence de réflexes. Il déballa une peau de lapin d'un papier journal et la posa sur son cou. Son patient ne réagit pas.

— Cher monsieur de Vere Cole, commença-t-il après s'être assis sur le bord du lit, je voulais vous relater une histoire que je viens enfin de comprendre. Celle d'un homme qui se prépare à faire un canular en se déguisant en évêque de Madras et qui envoie à l'hôpital un télégramme signalant son arrivée.

Il se pencha vers lui et lui chuchota à l'oreille :

— Notre intendant vient de me le confirmer.

Il reprit sa position et poursuivit :

— Le faux saint homme est censé visiter les malades et leur donner la confession. Sauf que le cocher, qui est ivre dès sept heures du matin, se trompe d'entrée et renverse son cab à l'accueil des urgences.

Tout en parlant, il ne le quittait pas des yeux. Vere Cole semblait profondément endormi et son visage ne trahissait aucune crispation.

— C'est là qu'intervint un détail de la vie de cet homme, détail qui a son importance. Cela remonte à huit ans, le 2 juillet 1900, en Afrique du Sud, près de la ville de Lindley. C'est la guerre des Boers et le jeune capitaine de cavalerie est pris pour cible par un tireur isolé. Il est laissé pour mort, criblé de plomb, toute une journée avant d'être rapatrié par la Croix-Rouge. Depuis, sa vie ne tient plus qu'à quelques millimètres, la distance qui sépare un éclat de dum-dum de son cœur. Un choc sur le côté droit peut lui être fatal. Et, de façon inattendue, ce choc a eu lieu hier matin. Acte I : vous faites une syncope et vous êtes réellement dans le coma.

Thomas remonta légèrement la peau de lapin pour lui couvrir entièrement le cou jusqu'à la base du menton.

— Mais la seconde injection de digitaline vous aide à vous réveiller. À partir de ce moment, vos pulsations vont monter de dix battements par minute à chaque relevé et votre température d'un demi-degré. Mon équipe, qui a passé beaucoup de temps avec vous hier, est alors moins disponible. Vous comprenez tout de suite l'aubaine et vous profitez de la situation pour amener votre canular vers une conclusion spectaculaire. Acte II : vous décidez d'orchestrer votre réveil au moment le plus opportun. Et boucler votre farce par la résurrection d'un évêque à l'hôpital et devant témoins. Joli coup. Sauf que nous vous avons laissé seul dans cette pièce, faute de lits.

Belamy s'attendit à ce que son patient s'avoue vaincu et ouvre les yeux. Rien ne se produisit.

— Un dernier point : votre ami Adrian Stephen m'a appris que vous étiez très sensible aux poils de lapin. Par malchance, c'était au menu de midi et notre cuisinier m'a offert la jolie fourrure qui orne votre cou. Rassurez-vous : si vous êtes dans le coma, vous n'éternuerez pas. Je vais vous laisser y réfléchir un moment, conclut-il en se levant.

À sa sortie, il fut hélé par Etherington-Smith qui lui annonça sa convocation par un juge : le jeune orphelin qu'il avait opéré de la rate avait porté plainte contre lui. Il se plaignait de souffrir de maux de tête et de douleurs thoraciques liés à l'intervention.

— C'est un profiteur qui veut gagner de l'argent sur notre dos et nous le prouverons facilement, notre avocat n'est pas inquiet. Un médecin de St Thomas a été nommé comme expert. J'ai entière confiance en son diagnostic. C'est surtout un ingrat à qui tu as sauvé la vie, mon ami.

Une salve d'éternuements apocalyptiques leur parvint de la chambre.

— Le mythomane est sorti du coma ? questionna Raymond en entrant sans attendre la réponse.

Horace de Vere Cole, debout près de son lit, lissait du bout des doigts son immense moustache. Il interpella Etherington-Smith :

— Docteur Belamy, je présume ?

23

4 Clement's Inn, Londres, mercredi 17 février

Le siège du WSPU était pour Olympe comme sa maison, et la chambre qu'elle occupait au quatrième et dernier étage de l'immeuble cossu du 4 Clement's Inn était son refuge. Simple mais de grande taille, elle était équipée d'un lavabo et d'un miroir et donnait sur la rue et ses grands arbres, encore nus en février, d'où dépassaient les toits et la flèche de la Cour royale de justice toute proche. Olympe faisait partie des quatre privilégiées qui habitaient à demeure, ce qui parfois la gênait alors que des centaines de militantes avaient été mises à la rue par leur mari ou leur logeur à cause de leurs idées. Mais Olympe donnait tout son temps à la WSPU. Elle était considérée par la famille Pankhurst comme un maillon indispensable à l'organisation et la tête pensante de leurs opérations les plus risquées.

Elle toqua à la porte de la chambre voisine, occupée par Betty, qui ne s'y trouvait pas. Elle était à l'étage inférieur, celui des éditions Women's Press, en train de finaliser la sortie de leur hebdomadaire *Le Vote pour les femmes*. Elles l'avaient vendu ensemble pendant une année, changeant de quartier chaque trimestre et essuyant toutes les oppositions possibles, ce qui avait forgé leur argumentaire et leur amitié. Le journal tirait maintenant à quarante mille exemplaires et l'ensemble des titres leur apportait un trésor de guerre de plus de douze mille livres[1], ce dont Betty était très fière.

Lorsque Olympe lui relata son ascension en ballon, Betty lui reprocha vertement de ne pas avoir été dans la confidence, avant d'en accepter les raisons : elle-même savait que seule la famille Pankhurst

1. Équivalent d'un million cent trente mille euros actuels.

décidait des opérations et qu'Emmeline aurait refusé un vol en aéronef au-dessus du défilé du roi, trop risqué en cas d'échec. Elle savait aussi que seule Olympe pouvait désobéir ainsi sans se retrouver exclue du mouvement. Betty décida de changer sa une et de retarder l'impression jusqu'au lendemain matin pour relater l'événement, ce qui allait la faire travailler toute la nuit. Mais aucune militante ne se plaignait jamais, la cause passait avant toute considération personnelle au WSPU.

Olympe gagna le second étage où se trouvait un stock impressionnant et hétéroclite d'objets produits pour alimenter les caisses. Les badges, rubans ou foulards à la triade pourpre, blanc, vert, rangés dans des dizaines de cartons, occupaient la moitié d'une pièce alors que l'autre ressemblait à un dressing où s'empilaient vêtements, ceintures, chapeaux, chaussures et bijoux. Olympe essaya une robe, enfila des escarpins, mit des boucles d'oreilles et un chapeau tout en regardant dans le miroir sa transformation en femme de la bourgeoisie anglaise, elle qui sortait souvent tête nue, parfois en pantalon d'homme et chemise de toile, rétive à l'étiquette qui imposait de changer de tenue selon l'heure et les activités. Elle se sentait indifférente à la mode qui faisait des vêtements des carcans de sept ou huit couches superposées, combinaison, corset, camisole, jupons, toutes recouvertes d'une longue jupe que la tendance naissante, venue de France, voulait entraver, empêchant les jambes des femmes de faire des pas de plus de vingt centimètres ou d'accéder au marchepied du tramway.

Jamais personne ne bridera mon pas, songea-t-elle, *surtout pas les couturiers*.

Christabel la surprit devant le miroir et la complimenta. Olympe était de ces femmes qui mettent en valeur n'importe quel vêtement, ce que l'aînée des Pankhurst fit remarquer, en y incluant les tenues de la prison d'Holloway. Olympe détestait les compliments, même les plus sincères, qu'elle ressentait comme une menace pour son indépendance et sa liberté. Elle ne savait comment y répondre et les fuyait d'une pirouette ou d'un rougissement, parfois les deux, ce qu'elle fit en évitant le regard de son amie et en détournant la conversation sur les cartes de jeu éparpillées sur la table entre tracts et affiches, qui l'intriguaient. La boîte indiquait « Le grand jeu Panko, suffragettes *vs* anti-suffragettes ».

— Tu m'en expliqueras la règle ? demanda Olympe en lui rendant la carte qu'elle avait en main et qui représentait une femme arrêtée par un bobby. Panko, c'est pour Pankhurst ?

— Je sais ce que tu penses, mais il est parfois nécessaire d'incarner un mouvement autour d'une ou plusieurs personnalités, répondit-elle en la posant sur l'étui. C'est indispensable pour la motivation de tous, surtout au vu des événements que nous vivons et que nous continuerons à vivre.

— Tu n'as pas à me convaincre.

— Ne crois pas que nous soyons devenues des autocrates. D'ailleurs, c'est un nom qui n'a pas de féminin. Le jeu ne sortira qu'en décembre, qui sait si d'ici là nous n'aurons pas obtenu gain de cause ? conclut-elle en lui proposant de descendre au rez-de-chaussée rejoindre les autres qui les attendaient pour leur réunion hebdomadaire.

Emmeline n'étant pas présente, Christabel dirigea la séance. Elle était la seule à connaître l'agenda de sa mère, qui venait irrégulièrement au siège du WSPU où elle avait déjà été arrêtée par les forces de police, ainsi que ses lieux de résidence, dont elle changeait souvent.

À aucun moment il ne fut question de l'action d'Olympe. Les différentes organisations féminines ne s'étaient pas unies au sein d'une coordination, et tout ce qui intervenait en dehors du WSPU ne les concernait pas. Il n'y avait pas de réelle rivalité : leur but était le même, mais les chemins empruntés pour y arriver différaient. Au final, toutes étaient complémentaires les unes des autres et le WSPU était à la pointe du combat.

— Il y a un gosse à l'entrée qui veut te voir.

Betty avait interrompu la réunion pour la prévenir alors qu'Olympe s'ennuyait ferme à l'exposé des comptes du mouvement. Le garçon était un vendeur de journaux qu'elle avait souvent vu œuvrer dans Fleet Street et qui sourit en lui tendant une enveloppe avant de s'enfuir en courant.

Elle déplia le billet qu'elle contenait.

> *Ils savent déjà que vous êtes l'instigatrice de l'aéronef au-dessus de Westminster. Tenez-vous tranquille plusieurs mois. Vous risquez gros. L'Apôtre.*

Olympe surveilla machinalement la rue, qui formait un coude au niveau du bâtiment et qui était déserte. Elle se sentait observée depuis une des nombreuses fenêtres des étages supérieurs de la Cour royale de justice en face. Elle en était sûre, il était là et attendait sa réponse. Pour la première fois, le gouvernement paniquait devant les suffragettes. Elle déchira la lettre ostensiblement et rentra pour proposer au comité de durcir son action. Après une mise au vote, il fut accepté qu'elle prenne la tête d'un commando de femmes chargé de briser les fenêtres de bâtiments officiels. Olympe s'octroya le Home Office[1]. La guerre était déclarée.

24

St Bart, Londres, mercredi 17 février

— Je suis le docteur Etherington-Smith, rectifia Raymond, et voici le docteur Thomas Belamy. Nous avions quelques questions à…

— Alors, c'est vous ? coupa Horace en l'ignorant et en dévisageant curieusement Thomas. Soit. Vous m'avez sauvé la vie, avec l'aide de Dieu, mon fils ! Soyez béni, c'est un miracle ! Êtes-vous croyant, au moins ?

Il fut interrompu par une longue salve d'éternuements durant laquelle les deux médecins s'interrogèrent du regard. Thomas confirma d'un signe à Raymond qu'il n'avait aucun doute sur sa propre version.

— Pouvez-vous…, commença ce dernier.

— J'étais dans les limbes, j'ai vu les anges et Dieu m'a parlé, continua Vere Cole en écarquillant les yeux. Il m'a dit que mon heure n'était pas venue et que je devais aller porter la bonne parole comme Son fils Jésus l'avait fait avant moi. Je suis vivant grâce à Lui. Et un peu grâce à vous, docteur Belamy, même si votre méthode n'était pas très académique, ajouta-t-il en montrant la peau de lapin sur le sol.

— Nous voudrions éclaircir…

— Alléluia ! Hosanna ! Je dois aller porter cette parole sans attendre ! proclama Vere Cole en se précipitant à l'extérieur, avant de revenir aussitôt en montrant la chemise de malade qu'il portait. Où sont mes vêtements ? Ma soutane ?

— Chez leur propriétaire, répondit Thomas, que l'aplomb de Vere Cole amusait.

1. Ministère de l'Intérieur.

— Alors, c'est une épreuve que Dieu m'envoie, c'est ça ? *Vade retro !* cria-t-il en direction d'Etherington-Smith, qui s'approchait.

Il mima une croix de ses deux index comme pour l'immobiliser et s'enfuit dans le service en hurlant au miracle devant des malades médusés ou inquiets. Raymond apostropha Reginald et deux étudiants qui pansaient un patient afin qu'ils lui courent après, puis se tourna vers Thomas :

— Cet homme est fou ?

— Je ne crois pas. C'est une sorte d'anarchiste du canular. Un artiste.

— Artiste ou pas, nous allons porter plainte.

— C'est tout ce qu'il attend : qu'on parle de lui. Et les journaux vont nous tourner en dérision. Nous avons tout intérêt à étouffer l'affaire et il le sait.

Raymond se rangea vite à l'avis de son ami.

— Il est tard. Allons tranquilliser nos malades et rentrons chez nous.

Etherington-Smith se rendit directement à une soirée de charité, où il arriva en retard ; Reginald, qui n'avait pu rattraper le patient, rejoignit d'autres internes au pub St Bartholomew où ils jouèrent aux fléchettes jusqu'à la fermeture, et Thomas prit soin de noter l'allergie de Vere Cole dans son compte rendu, sans y mentionner sa simulation, avant de regagner son domicile, un des appartements dévolus aux médecins dans une maison à l'angle de Little Britain. Il se doucha longuement dans la salle d'eau commune à tout l'étage, sécha ses cheveux et les noua en natte, enfila une tunique annamite de soie noire brodée et alluma une rangée de bougies à la lueur desquelles il effectua des exercices d'assouplissement approfondis afin de corriger les contractures de ses muscles dorsaux, développées par douze heures de travail quotidien à l'hôpital. Il termina par des enchaînements de vovinam. Il ne pouvait pratiquer officiellement son art martial à Londres, mais fréquentait l'arrière-salle d'une boutique située 15 Limehouse Causeway, dans Poplar, où la petite communauté asiatique s'y adonnait à l'abri des regards de l'Empire. Il était retourné deux fois à Westminster Palace, toujours par le souterrain et, à chaque fois, l'image de l'inconnue s'effaçait un peu plus.

La sonnette électrique l'interrompit. De toutes les inventions que le siècle crachait à une vitesse effrénée, celle-ci lui semblait la plus inutile et la plus nuisible. Il détestait le son braillard produit par le marteau épileptique sur la minuscule cloche, et tout le monde à l'hôpital prenait soin de toquer sur le bois de la porte s'il voulait que Thomas réponde. L'inconnu insista en allongeant la durée et le nombre des coups. Le médecin hésita à changer de tenue mais finit par ouvrir, découvrant Horace de Vere Cole, habillé d'un élégant chesterfield dont il avait remonté le large col de velours et chapeauté d'un feutre Homburg gris clair.

— Mon sauveur ! dit-il en ouvrant en grand les bras.

— Mon mythomane…, répliqua Thomas, sur ses gardes.

— Je tenais à vous remercier, clama Horace en s'avançant pour entrer. Je n'en ai pas eu l'occasion tout à l'heure.

Belamy ne s'effaça pas et Vere Cole recula d'un pas.

— Vous aviez une soirée, peut-être ? demanda-t-il en détaillant les vêtements intrigants du médecin. Non ? Tant mieux, venez, je vous invite, nous avons à parler.

Le Café Royal était le point de rencontre entre l'ancien et le nouveau monde, l'improbable présent où passé et futur se côtoyaient tous les jours. L'établissement du 68 Regent Street attirait artistes, courtisanes, modèles, actrices et journalistes, toute la bohème réelle ou supposée de Londres, qui accompagnait parfois ou ignorait le plus souvent les bourgeois et l'aristocratie de l'Empire y ayant leurs habitudes. Tout ce monde ou ce demi-monde s'observait, telles deux communautés de bêtes sauvages venues s'abreuver au même point d'eau. La débauche et la provocation flirtaient avec le socialement correct dans l'ambiance enfumée et la déco rococo du lieu le plus prisé du moment. Les murs du café étaient recouverts de miroirs enchâssés dans des cadres aux moulures dorées supportant des cariatides aux poses lascives. Dès l'entrée, l'œil était attiré par le cramoisi du velours des tentures et des sièges, et le blanc des tabliers qui virevoltaient entre les tables de marbre.

Vere Cole invita Belamy à s'asseoir à la seule table d'angle, celle qui lui était réservée – et malheur à celui qui s'aventurait à l'occuper sans son autorisation. Thomas fut étonné de l'indifférence des clients présents quant à sa tenue vestimentaire, mais il n'en montra rien. L'endroit semblait celui de toutes les excentricités. Tous connaissaient Vere Cole et la plupart étaient déjà au courant de l'épisode de l'hôpital, dont il avait arrangé les contours pour en faire une ode à sa légende de mystificateur.

— Vous aimez le Teeling ? C'est du whisky irlandais, proposa Horace. Ils ont aussi du champagne. Je sais que vous êtes français, buvons du champagne, convint-il sans se soucier de l'avis de son invité. En produit-on dans les colonies ?

— Je suis né au pays d'Annam, ce n'est pas une colonie. Je viens d'un État sous protectorat, répondit Thomas tout en scrutant les autres tables à travers les miroirs.

— Tout cela n'est que nuance administrative et poussière rhétorique. Vous êtes un indigène métissé, voilà tout !

Thomas songea que son apparence le renverrait toujours aux confins des empires.

— Et comment se sent-on à Londres quand on a grandi dans le comté de Galway, en Irlande ? demanda-t-il en retour.

— Ah ! Adrian a joué au biographe, s'amusa Vere Cole. Sachez que tout ce qu'il a dit est vrai, voire en dessous de la vérité. Mario, dit-il en hélant le serveur, une bouteille de Ruinart.

— Votre état m'inciterait à la prudence et à la diète. Hier matin, je n'aurais pas parié cher sur votre présence ici ce soir.

— Raison de plus. Certains vins sont bienfaisants et la prudence n'est pas dans mon dictionnaire, cher ami.

Il la déboucha lui-même d'un geste brusque, laissant la mousse s'écouler sur le marbre.

— Adrian vous a-t-il parlé de mon canular de Cambridge ? dit-il en lui tendant son verre. Le sultan de Zanzibar.

— Votre costumier l'a fait.

— Ce Clarkson est une crapule, mais il nous grime à merveille. À mon sauveur ! répéta Vere Cole avant de boire d'un trait.

— Pourquoi êtes-vous revenu ce soir ?

— Je vous l'ai dit. Pour vous exprimer ma gratitude. À mon réveil, le vrai, j'ai entendu un de vos collaborateurs dire à l'infirmière que sans vous, j'aurais fini à la morgue. Alors, à la vôtre, docteur Belamy ! lança-t-il en se resservant. La poésie et l'humour anglais vous remercient de m'avoir sauvé la vie.

— La modestie française m'empêche de les recevoir en grande pompe, répondit Thomas, que le personnage divertissait. Mais il y a une chose que j'ai du mal à comprendre : pourquoi venir au Barts pour usurper le rôle d'un confesseur ? Une église eût suffi.

— Les bien-portants ne m'intéressent pas. Les malades sont toujours plus prompts à confesser leurs péchés inavouables s'ils ont l'impression d'être à l'article de la mort. J'aurais récupéré quelques secrets bien cachés que j'aurais ensuite dévoilés à mes connaissances journalistiques, afin de mettre à mal notre ignominieuse société du faux-semblant qui corsète l'Angleterre. Un acte de salubrité publique, en quelque sorte…

Horace éternua bruyamment.

— Par contre, vous auriez pu me tuer avec le lapin, dit-il d'un ton lourd de reproche.

Thomas n'arrivait pas à évaluer chez lui la part d'exagération de ses moindres gestes et celle d'autodérision de ses propos, et finit par conclure qu'Horace lui-même confondait en permanence le jeu et la réalité. Vere Cole parla longuement de lui, ce qu'il aimait faire sans aucune fausse pudeur, de ses exploits et de sa vie de bohème, alors qu'il n'avait pas besoin de travailler pour assurer son train de vie d'homme du demi-monde.

— Pour être franc, je suis venu vous trouver pour une autre raison, finit-il par concéder en considérant la bouteille vide d'un air désolé. Passons-nous au whisky ?

Belamy le laissa faire alors qu'il avait ingurgité à lui seul cinq des six verres servis. Le médecin n'avait aucune envie d'entrer dans la compétition à laquelle il l'incitait.

— Vous n'êtes pas comme les autres docteurs, commença Vere Cole. Pas seulement à cause de votre provenance exotique et de votre façon de vivre, ni de vos chinoiseries dont on m'a parlé. Mais vous n'avez pas ce gros défaut de mes compatriotes qui consiste à attacher une importance démesurée au regard extérieur et à cette éducation étriquée que nous nous transmettons à chaque génération sans que personne trouve rien à y redire. Pourquoi croyez-vous que mes canulars fonctionnent aussi bien dans ma patrie ? La plupart seraient très vite éventés en Italie ou en France, où l'esprit de contestation est bien plus fort. Ici, il me suffit de porter une soutane pour qu'on me révère, car, quels que soient les doutes que vous aurez, jamais vous ne vous permettrez de les exposer. Mes farces ont encore de grands jours devant elles, croyez-moi !

Il se versa une rasade de Teeling, qu'il but machinalement, comme on jette une bûche dans l'âtre pour maintenir le feu, avant de continuer :

— Et, justement, il y a une mystification que je mûris depuis longtemps mais que je n'ai pu réaliser jusqu'ici car elle nécessite une complicité, disons, spéciale. Et cette complicité, je suis persuadé de la trouver en vous.

— De quoi s'agit-il ? demanda Thomas, à la fois amusé et inquiet.

— Je vous avouerai que je suis déjà venu plusieurs fois au Barts cette année, docteur Belamy. Dans l'amphithéâtre des dissections d'anatomie, puisqu'elles sont ouvertes au public.

— Vous vous intéressez à la médecine ?

— Je m'intéresse à cette cérémonie où l'être humain est offert en offrande au dieu païen de la médecine. Il y règne une telle tension dramatique, l'enjeu est à la fois dérisoire et si puissant, puisque le médecin légiste va chercher le plus intime des secrets liés à un être humain : celui de sa mort. Ce moment est fascinant. Et n'y voyez aucun penchant nécrophile. Voilà où je veux en venir...

L'œil de Thomas fut attiré par deux étudiants, habillés de noir, qui se levaient bruyamment pour quitter le Café.

— Vous ne m'écoutez pas, s'interrompit Vere Cole en prenant un air offensé.

— Ce sont des membres du Coster Gang ? interrogea le médecin.

Horace haussa les épaules. Le Coster Gang était composé d'étudiants en art, habillés de la tête aux pieds à la manière des marchands des quatre-saisons, dont les principales occupations se bornaient à déclencher des bagarres avec d'autres gangs ou d'autres étudiants, histoire de démontrer que l'art moderne n'avait rien à voir avec l'esthétisme du siècle passé.

— Oui, et ils ne présentent aucun intérêt. Ils font partie du décor.

— Je n'en suis pas si sûr, dit Thomas en les voyant s'approcher d'eux.

Les étudiants frôlèrent la table tout en parlant fort pour être entendus.

— Il paraît que le zoo de Londres a ouvert un village colonial, dit l'un.

— Oui, mais il faut leur signaler qu'un indigène s'est enfui, renchérit l'autre.

Ils s'arrêtèrent devant Thomas, qui fit signe à Vere Cole de ne pas répondre.

— On peut vous raccompagner, ajouta le premier à l'intention de Thomas, ce qui fit éclater de rire le second.

Horace s'était levé sans brusquerie. Il leur adressa un large sourire.

— Messieurs, vous n'êtes pas sans savoir qui je suis.

— Ouais. Vous êtes celui qui paie à boire à tous les artistes ratés qui traînent ici.

— Alors, il faut que je vous invite à ma table. Que je répare mon erreur et que je m'enivre avec vous.

— Ah, oui ? Vous nous insultez ? dit le premier, qui n'attendait que la réponse pour déclencher une bagarre.

Il n'eut pas le temps de s'approcher d'Horace qu'il se retrouva le nez collé sur la table, les deux bras coincés dans le dos en une torsion douloureuse. La vitesse d'exécution de Thomas avait surpris tout le monde, y compris le second étudiant qui, après un moment d'hésitation, poussa un juron pour intervenir avant de se figer : Horace avait posé le canon d'un revolver sur l'arrière de son crâne.

— Puisque vous me connaissez, vous savez que je suis capable de le faire, précisa-t-il à son adresse tout en armant le chien.

L'homme en noir acquiesça.

— Maintenant, vous allez débarrasser les lieux en douceur. Mon ami et moi avons besoin de discuter dans le calme.

— L'incident est clos ! dit le gérant qui, prévenu, était descendu de son bureau. Et que je ne vous revoie plus ici ! aboya-t-il aux deux étudiants qui sortaient. Je suis désolé, monsieur de Vere Cole. Je vous offre un alcool ?

L'établissement retrouva peu à peu son brouhaha animé.

— Comment avez-vous fait ? interrogea Horace en sirotant un whisky. Je n'ai rien vu venir.

— Vous sortez toujours armé ?

— Un Webley Mark IV, je l'ai gardé en souvenir de la guerre des Boers, expliqua-t-il en le fourrant dans une poche intérieure de son chesterfield. Il m'arrive de lui faire prendre l'air, c'est mon seul animal de compagnie.

— Vous auriez tiré ?

— Sans hésiter. Parce que je sais que vous l'auriez sauvé.

Chapitre V

2 au 10 juillet 1909

25

Holloway, Londres, vendredi 2 juillet

Le Black Maria avançait au pas. Le fourgon cellulaire était composé de deux rangées de cinq box individuels exigus qui ne laissaient aucune liberté de mouvement et ressemblaient à des cercueils verticaux dans lesquels une étroite fenêtre était taillée pour permettre à la lumière de se frayer un chemin. Olympe avait mal au dos. Il lui était impossible de s'asseoir et elle était ballottée d'avant en arrière par le roulis du véhicule sur le sol inégal des rues du nord de Londres. Le trajet de huit kilomètres prendrait une heure.

Le silence régnait dans le Black Maria. Deux policiers faisaient bonne garde à l'intérieur, assis sur des banquettes de bois, prêts à réprimer tout échange entre les suffragettes. La fatigue et l'épuisement étaient tels qu'aucune n'avait envie de provoquer les bobbies. La peur était présente aussi, peur de l'inconnu pour certaines, peur des retrouvailles avec les gardiennes sans humanité et avec les cellules de la section 2 pour les autres. L'odeur des box était insupportable, mélange de moisi, d'urine et de sueur. Olympe tentait d'évacuer tous les sentiments négatifs que ce voyage était censé générer – l'administration pénitentiaire l'avait initié afin de casser toute velléité de rébellion avant même l'arrivée dans la prison. La jeune femme voulait se convaincre que ses deux expériences précédentes allaient l'aider à mieux supporter ce nouveau séjour. Un nid-de-poule plus gros que les autres fit vaciller le fourgon. Toutes les femmes crièrent. Olympe se cogna l'arrière du crâne à l'une des arêtes du box. Elle plia les jambes jusqu'à ce que ses genoux touchent la porte qui l'enfermait et, malgré la position inconfortable, tenta de récupérer des forces. Son arrestation avait été mouvementée.

Trois jours plus tôt, une délégation du WSPU s'était rendue à Westminster Palace pour présenter au Premier ministre une pétition en faveur du droit de vote des femmes. Olympe avait eu l'impression que l'histoire bégayait, un an exactement après leur première tentative. Il y avait eu la foule, la police montée et les cordons de bobbies. Une fois encore, elles avaient été bloquées à l'entrée St Stephen, et l'inspecteur Scantlebury était venu à leur rencontre pour leur signifier une fin de non-recevoir de Mr Asquith, avant que les forces de l'ordre ne les repoussent vers Victoria Street. Scantlebury avait trouvé leur victoire presque trop facile, jusqu'au moment où il avait compris qu'ils étaient tombés dans le piège tendu par les suffragettes.

Olympe avait fait louer trente bureaux dans les rues avoisinantes, d'où les femmes étaient sorties par groupes de huit, chacun avec un bâtiment précis pour objectif. Et les pierres avaient fait voler en éclats les fenêtres du Home Office et de plusieurs autres ministères bien avant que les renforts de police n'arrivent sur les lieux. Les arrestations qui avaient suivi avaient été nombreuses, plus d'une centaine. Olympe y avait échappé mais, le vendredi matin, les hommes de Scantlebury avaient débarqué au siège du WSPU et l'avaient arrêtée alors que la poste venait de lui livrer l'ouvrage qu'elle cherchait depuis l'année précédente. Elle s'était défendue, avait donné plusieurs coups avec son livre, mais avait fini par abdiquer pour éviter que ses amies ne soient elles aussi déférées aux flagrants délits. Le tribunal l'avait jugée et condamnée sur-le-champ, après qu'elle eut refusé de payer la caution de quatre-vingts livres, et, ce 2 juillet à onze heures du matin, elle avait pris place dans un box du Black Maria.

La sortie du fourgon lui permit de recouvrer l'usage de ses jambes, dont elle ne sentait plus les extrémités. Dans un silence seulement troublé par les pas pesants, les femmes furent conduites en file indienne vers la section 2 des condamnées de droit commun. Olympe, qui était en tête, se planta devant la gardienne en chef et se prévalut du statut de prisonnier politique. Les deux femmes s'étaient reconnues au premier regard. La matonne, à la carrure androgyne et aux cheveux courts, avait un visage aux traits épais et une bouche aux commissures descendantes qui lui donnait un air méprisant et la faisait ressembler à un dogue, sobriquet dont les prisonnières l'avaient affublée. Elle l'avait traitée durement lors de ses emprisonnements antérieurs, bien au-delà de ce que la loi autorisait, et Olympe s'était juré de ne jamais lui pardonner ce qu'elle considérait avoir été de la torture morale et physique. Mais Holloway était un lieu de non-droit pour les femmes incarcérées, livrées au bon vouloir de leurs geôlières.

— Nous demandons à être conduites en section 1, conclut la militante d'un ton ferme et qu'elle espérait dénué d'émotion.

La femme, qui s'attendait manifestement à cette demande, leur lut une lettre du ministère de l'Intérieur refusant tout statut de faveur pour celles que l'administration qualifiait de criminelles fauteuses de troubles à l'ordre public.

— D'autres requêtes ? lança-t-elle d'un ton ironique et provocant. Bien, nous pouvons procéder aux formalités d'usage.

Olympe savait qu'il était inutile d'insister et qu'elle devait consacrer toute son énergie à lutter contre le processus de déshumanisation qui commençait. Elle fut conduite dans une première salle où une gardienne débutante lui ordonna de déposer toutes ses affaires. La jeune femme, manifestement troublée, n'osait pas affronter son regard en vidant la sacoche que la militante avait gardée dans la confusion de son arrestation.

— Lisez ce livre, dit Olympe en désignant *Zamore et Mirza*. C'est la plus grande suffragette française qui l'a écrit à la Révolution.

La gardienne fit mine de ne pas l'avoir entendue.

— Vos affaires vous seront rendues à votre sortie, dit-elle en les rangeant avec soin. Signez là.

Dans une seconde pièce, Olympe fut obligée de se dénuder pour la fouille corporelle en présence de deux matonnes et d'une femme médecin dont l'examen se résuma à quelques questions sur son état de santé, à la recherche d'éventuelles particularités physiques. On lui ordonna de s'immerger dans un bain d'eau chaude, le même qui servirait à toutes les détenues entrantes. Une fois séchée, elle fut mesurée, pesée avant de revêtir la tenue caractéristique d'Holloway et de devenir le numéro 12. La séquence lui parut moins humiliante que les fois précédentes. *Sans doute l'habitude*, songea-t-elle tristement, alors qu'elle recevait une paire de chaussures usagées, des draps, une serviette et un mug de chocolat froid accompagné d'un morceau de pain. Elle dut attendre que toutes les suffragettes aient passé la même étape, dont certaines sortaient en larmes ou les yeux rougis, avant que le groupe soit conduit au bâtiment de la section 2.

Les cellules, de trois mètres soixante sur deux, n'avaient pas de ventilation et l'ouverture, plus proche de la lucarne que de la fenêtre, donnait sur une autre aile de la prison, laissant passer une lumière indirecte qui permettait à peine la lecture. Olympe s'en était fait une raison, les lettres étant interdites le premier mois, tout comme les visites. Le lit était une simple planche de bois qui, la journée, pouvait être relevée contre un des murs afin de gagner le maximum d'espace vital. Chaque cellule disposait d'un tabouret, sur lequel avait été posée une couverture, et d'un minuscule meuble d'angle qui servait de table et d'étagère dans lequel étaient rangées les affaires des prisonniers : une cuvette, un pichet, du sel, des couverts, un peigne, une bible, un livre de prières et un recueil de cantiques. Une poubelle ainsi qu'un pot de chambre aux forts relents complétaient l'inventaire. Olympe l'ouvrit et s'aperçut qu'il n'avait pas été vidé. Il était interdit d'afficher dessins et photographies ou d'écrire sur les murs de brique qui étaient peints d'un rouge bordeaux jusqu'à mi-hauteur.

Une gardienne, qu'elle ne connaissait pas, vint lui déposer la cruche de moins d'un litre d'eau destinée à sa boisson et ses ablutions quotidiennes. Seule consolation : le temps n'était pas à la canicule, elle pourrait en consacrer une petite partie à se laver. Elle se surprit à trouver l'environnement plus supportable, même l'odeur de moisi qui régnait et qu'elle respirerait vingt-trois heures par jour.

Olympe n'avait pas l'intention de purger les trois mois de peine qui lui avaient été infligés. Elle avait un plan, qu'elle mettrait à exécution le soir même.

Elle passa un long moment à arranger sa cellule, changeant chaque objet plusieurs fois de place jusqu'à se sentir satisfaite de l'espace qu'elle avait pu dégager, puis s'assit sur le tabouret et resta sans bouger, les yeux clos, jusqu'à ce qu'on vienne la chercher pour la promenade.

L'air était frais, avec des relents soufrés émanant des usines proches ; une bande de choucas voletait en criant autour de la tour principale. Pourtant, la scène avait le goût de la liberté pour Olympe. Elle ne pouvait détacher son regard des nuages nimbés de lambeaux de soleil rosâtre. Le trajet dans la cour était établi d'avance : les suffragettes avaient obligation de marcher à une distance de un mètre les unes derrière les autres, avec interdiction de se parler, sous peine d'isolement. Mais chaque échange de regards qu'elles pouvaient voler leur redonnait du courage et un peu de confiance jusqu'au lendemain. Au coup de sifflet, les détenues retournèrent dans leurs cellules, toujours en silence.

Olympe reprit sa position sur le tabouret. Et, alors qu'elle l'avait enfoui depuis des mois, le visage de l'inconnu de Westminster surgit devant ses yeux clos. Il était devenu le compagnon de ses évasions. Cette fois, elle se promit, elle se jura de le retrouver à sa sortie.

Le cliquetis de la serrure la rejeta dans la réalité. On apportait le souper. La débutante entra, suivie d'une gardienne expérimentée qui se tenait prête à intervenir. Elle posa un bol et un pain sur le sol et recula sans se retourner, comme on le lui avait enseigné, à la manière d'un dresseur dans la cage aux lions.

— Attendez, l'interpella Olympe. Reprenez-le, je n'en veux pas.

La jeune femme hésita, regarda son aînée, qui lui fit signe de les laisser et prévint :

— Vous n'aurez rien d'autre avant demain.

— Reprenez-le, répéta Olympe. Et dites au directeur que j'entame une grève de la faim. Je suis une prisonnière politique.

26

St Bart, Londres, lundi 5 juillet

— Quel âge a votre fille, madame ?

— Trois mois et cinq jours, docteur.

Reginald observa l'enfant, qui s'était calmée dans les bras de sa mère. Il n'avait aucune idée de la cause de ce qu'il venait d'observer et qui lui semblait totalement improbable. À son côté, Frances restait sous le choc, de retour du service de blanchisserie où elle était allée chercher en urgence une pile de serviettes propres. Lorsque la mère avait voulu donner la tétée à son enfant, tout le lait avalé goulûment s'était écoulé par son oreille droite devant les regards incrédules.

L'infirmière lui tendit un linge pour qu'elle nettoie son nourrisson pendant que l'interne préparait son otoscope. Après l'épisode Vere Cole, l'idée d'une farce le traversa, mais la femme, une couturière de Soho, semblait sincèrement apeurée par l'événement. L'enfant geignit lorsqu'il introduisit l'instrument, puis se résigna. Reginald se retint de tout commentaire : le tympan droit était complètement détruit.

— Alors, docteur, qu'est-ce qu'elle a, ma fille ?

— Qu'est-ce qu'elle a ? répéta Frances.

— Pouvez-vous m'aider à lui ouvrir la bouche ? demanda-t-il en préparant un abaisse-langue.

La manœuvre fut moins aisée, le nourrisson refusant obstinément de se laisser faire, malgré le renfort de l'infirmière. La mère réussit finalement à forcer du doigt l'ouverture, provoquant des pleurs et des cris dans des octaves que seuls les bébés savent atteindre. Frances courut fermer la porte où plusieurs curieux en attente de soins s'agglutinaient déjà. Mais Reginald avait pu apercevoir ce qu'il pressentait : la voûte palatine présentait une large fissure. Il venait de trouver le chemin pris par le lait maternel.

— Votre enfant a-t-elle eu une otite récemment ? des douleurs aux oreilles ? de la fièvre ?

— Elle pleure plus depuis un mois. Mais je croyais que c'était mon lait qui ne la nourrissait pas. Elle ne grandit pas beaucoup.

Reginald lui expliqua comment, à la faveur de deux pathologies indépendantes, le lait avait pu passer à travers le palais puis l'oreille interne avant de sortir par le conduit auditif externe. Mais il n'avait aucune idée du traitement à mettre en place.

— Vous allez la guérir ?

— Nous sommes là pour cela, madame. Je reviens, ajouta-t-il en partant à la recherche du docteur Belamy.

— Salle 1, lui souffla Frances, qui avait compris.

L'interne s'en voulait de toujours rassurer ses patients, même dans les cas désespérés. Combien de fois avait-il eu envie de leur dire la vérité, qu'il était impuissant, qu'il ne pouvait rien faire, à part alléger leur souffrance, et que seul Dieu avait le pouvoir de décider de les retenir sur terre ou de les rappeler à Lui. Mais, depuis qu'il travaillait aux urgences, il avait une option supplémentaire, qu'il utilisait comme un joker dans un jeu de cartes et qui lui avait déjà permis de sauver plusieurs malades.

Thomas et sœur Elizabeth soignaient un vieil homme dont les grognements se trouvaient, eux, dans une gamme de basses que seules des cordes vocales usées par l'alcool et la fumée pouvaient atteindre. Le médecin déposa une série de pinces près de la table où le patient était allongé tandis que l'interne lui détaillait ses observations.

— Pouvez-vous venir ausculter l'enfant, monsieur ? demanda-t-il en guise de conclusion. Je ne voudrais pas être passé à côté d'un fait important.

Belamy plongea les mains dans une solution à la forte odeur iodée.

— Depuis combien de temps a-t-elle ces écoulements ?

— Deux semaines, pas plus.

— C'est déjà beaucoup. Quel est le principal inconvénient du lait, Reginald ?

— C'est une matière grasse et sucrée, monsieur.

— Donc ?

— Donc, je vais procéder à des lavements des cavités par de l'eau bouillie afin d'éviter qu'il n'y ait des dépôts.

— C'est bien, dit le médecin alors que sœur Elizabeth lui rinçait les bras, mais ajoutez un agent antiseptique adapté à l'âge de votre patiente. Le principal danger du lait est qu'il risque de fermenter. Je crains une complication du côté de la mastoïde ou une nécrose du rocher.

— Une solution phéniquée ? De l'acide borique ?

Thomas prit le temps de s'essuyer les mains avant de répondre.

— Non... Il faut un mélange de plantes en pulvérisation. Êtes-vous sûr qu'il n'y a aucun autre symptôme ?

— Je n'ai rien remarqué.

Belamy sembla contrarié. Derrière eux, le vieillard continuait à se plaindre de son ventre.

— Je dois la voir... Aidez sœur Elizabeth à préparer votre patient, je m'occupe du nourrisson.

— Mon patient, monsieur ?

— C'est vous qui allez l'opérer. Et vous serez dans le *London Daily News* demain. Ce monsieur a battu un record. Elizabeth vous expliquera, dit-il en les quittant.

La religieuse tendit à Reginald la seringue remplie de chlorhydrate de cocaïne qu'elle venait de préparer pour l'anesthésie.

— Nous avons un homme de soixante-cinq ans qui est arrivé hier soir avec de fortes douleurs abdominales. Fièvre persistante, sueur fétide, haleine empestée, langue rôtie. Un petit pouls.

— Quel est le diagnostic ? demanda l'interne en s'approchant du vieillard, qui sembla soulagé d'être à nouveau le centre de l'attention.

— Grenouilles.

— Grenouilles ?

— Trente grenouilles avalées en un repas.

— Mais c'est écœurant ! Qui peut faire ça, à part un Français ?

— Je suis écossais, s'offusqua l'homme. Et j'aime les grenouilles.

— Le pire est que monsieur a tout avalé, chair et os, précisa la sœur.

— Je n'ai plus aucune dent, expliqua-t-il en s'accoudant. Quand est-ce que vous me soignez ? J'ai mal !

— Le docteur Jessop va vous anesthésier, précisa Elizabeth.

— Avez-vous une radio de l'estomac ? demanda Reginald en nettoyant la zone à l'aide d'un linge imbibé.

— Estomac ? Non, répondit la religieuse en esquissant un sourire qui inquiéta l'interne. C'est ailleurs que vous allez piquer. La radio est sur la table de préparation : les os sont enchevêtrés dans l'ampoule rectale. J'ai préparé une pince écrasante Tuffier ; à vous de jouer, docteur.

Frances finissait sa pause repas dans la cuisine du service lorsque Reginald s'y installa en se laissant choir de tout son poids sur une des chaises, qui faillit basculer.

— Je suis épuisé ! Une heure et demie ! Il m'a fallu une heure et demie pour sortir un bouchon de fémurs de grenouilles du fondement de mon patient. Il y avait tellement d'os qu'on aurait dit un tumulus.

La remarque fit rire l'infirmière, un petit rire argentin mais retenu, paré d'une pointe de préciosité, qu'il trouvait charmant et élégant. Comme elle se dérobait à chacune de ses propositions de rendez-vous, il avait décidé de la séduire par son esprit, ce qui, étant donné son manque d'à-propos et d'aisance dans la conversation, lui semblait une preuve notoire de ses sentiments amoureux. Il la regarda, prêt à délivrer un nouveau trait d'humour, mais aucune idée ne lui vint et il se contenta de s'enquérir des nouvelles du nourrisson après un bref mais trop long silence.

— La fissure de la voûte palatine n'était pas congénitale, lui apprit l'infirmière. Le docteur Belamy a fini par trouver des traces de contusion à l'épaule et dans le dos. L'enfant a subi des violences.

— Mon Dieu, quelle misère, et la mère qui semblait si douce, se désola Reginald en rompant un morceau de pain.

— Elle s'est confiée au docteur Belamy : son mari est au chômage et garde le bébé depuis sa naissance. Il lui arrive d'être violent.

— Voilà une bien triste histoire. Où sont-ils maintenant ? demanda-t-il en étalant sur son pain du pâté en couche épaisse.

— Chez Sir Trentham, en chirurgie de la gorge.

Reginald enfourna la tartine dans sa bouche et grogna de plaisir :

— Ce pain est délicieux, que se passe-t-il aux cuisines ? Ils ont décidé d'arrêter de nous punir ?

— Ils ont engagé un Français et le docteur Belamy l'a convaincu de faire des baguettes pour notre service.

— Je crois que je vais rester ici toute ma carrière, je vous préviens, sourit-il en guettant sa réaction.

— Cela n'est pas bon pour votre ligne, docteur Jessop, dit-elle en lui souriant en retour avant de reprendre la baguette pour la ranger dans sa huche.

Reginald ne sut comment interpréter sa phrase et décida que, si elle tenait à prendre soin de lui, tout était possible.

— Doit-on prévenir la police dans une telle situation ?

— Seulement si la mère est d'accord.

— Est-ce le cas ?

Frances souffla avant de lui répondre par la négative. Reginald ressentit son émotion et n'insista pas.

— Où est Thomas ?

L'interne, qui continuait à s'adresser au médecin en lui donnant du « docteur Belamy », avait pris l'habitude de l'appeler par son prénom en son absence, ce qui amusait tout le service.

— Il a été appelé à l'extérieur. D'ailleurs, le voilà qui part, constata-t-elle en regardant par la fenêtre ouverte.

Reginald s'approcha pour se pencher. L'infirmière ne recula pas et leurs corps s'effleurèrent. Il eut envie de l'embrasser mais n'en montra rien. Le parfum de la jeune femme avait changé. Moins floral, il exhalait des senteurs boisées et Reginald songea qu'elle portait peut-être sur la peau le cadeau d'un amant. Il s'en voulut de ne pas s'être ouvert à elle de ses sentiments depuis son arrivée. Elle ne semblait pas s'être aperçue de son manège ou, du moins, s'y montrait indifférente.

Dans la cour, Thomas monta dans un luxueux carrosse qui démarra aussitôt.

— Où va-t-il quand il part ainsi ?

— Personne ne le sait.

— On m'a dit qu'il avait aussi ses entrées à Buckingham Palace.

— Le patient du lit 10 vous a réclamé, dit-elle pour clore la conversation. Je vous y attends.

Le parfum s'évapora rapidement après qu'elle fut partie.

Frances consacra son après-midi au soin des malades et, une fois son service terminé, s'assit sur un banc de la cour centrale, près de la fontaine, pour lire un ouvrage d'obstétrique. L'été était clément et la température idéale. Un vent inconstant charriait des ballots de nuages au-dessus de la capitale. Elle aimait les regarder glisser dans le ciel lumineux, et jouait souvent à leur trouver des formes animales ou humaines. Elle aimait l'été à Londres, elle aimait la cour carrée du Barts et les pigeons qui venaient à ses pieds à la recherche de la moindre miette, le bassin de la fontaine où elle trempait la main avant de laisser glisser les dernières gouttes d'eau en agitant les doigts, les grands feuillus qui apportaient fraîcheur et réconfort et sous lesquels on transportait les malades alités pendant les vagues de chaleur, les quatre patios de bois rectangulaires dans lesquels on avait l'impression de se trouver dans un des nombreux parcs de Londres, elle aimait son travail qu'elle n'aurait échangé pour rien au monde.

Frances évitait la bibliothèque, trop fréquentée par les médecins, dont la moitié au moins la courtisaient. Il lui restait un examen final après ses quatre années passées comme élève infirmière. Elle avait déjà une proposition pour travailler auprès du médecin accoucheur, dans le service Martha, mais depuis que le docteur Belamy était arrivé aux urgences elle hésitait sur sa future affectation. Même sœur Elizabeth s'était adoucie avec elle et, lors de la cérémonie du dernier View Day, avait dit beaucoup de bien de l'infirmière.

Lorsque le jour commença à décliner, Frances quitta le banc et la douceur du square. Elle emprunta l'allée entre les ailes est et sud et traversa Duke Street. Arrivée près du bâtiment des infirmières, elle vérifia que personne ne l'observait. À cette heure, tout le monde était occupé à souper et la rue était déserte. Frances tourna à droite et entra dans la première maison à l'angle de Little Britain, d'où elle ne ressortit que le lendemain matin pour se rendre à son travail.

27

Holloway, Londres, vendredi 9 juillet

L'eau lui dessécha la gorge, descendit dans l'œsophage et s'accumula dans l'estomac sans lui donner de nausées ni de spasmes. Pour la première fois depuis le début de sa grève de la faim, son ventre n'était pas douloureux. Depuis deux jours, Olympe avait laissé son lit sur le sol et passait le plus clair de son temps allongée. La position debout lui provoquait des vertiges. Elle se sentait faible et avait du mal à se concentrer. Elle n'était plus descendue à la promenade depuis le mardi. L'administration, qui dans un premier temps l'avait ignorée, avait pris la mesure de sa détermination et le directeur de la prison venait désormais quotidiennement essayer de la convaincre d'arrêter sans contrepartie. Il avait recommandé au ministère de refuser les revendications de la suffragette ; la reconnaître comme prisonnière politique était pour lui inacceptable. Il leur transmettait tous les matins un bulletin de l'état de santé de sa prisonnière, qui avait commencé à perdre du poids dès le troisième jour. Sa tension avait baissé, ainsi que le rythme de ses pulsations cardiaques. Le premier journal à s'en faire l'écho avait été le *London Evening Standard.*

Olympe avait organisé ses journées sans fin autour de son rythme d'hydratation. Elle s'autorisait trois gorgées par heure, à chaque rappel de l'église la plus proche, pour répartir la pinte et demie sur la journée. Entre deux prises, elle laissait son esprit s'échapper d'un corps qui était dorénavant un fardeau. Elle était devenue attentive à tous les bruits de la prison, pour la plupart métalliques et froids, ainsi qu'aux pas des rongeurs qui passaient de cellule en cellule ou aux frottements des ailes des blattes. Son odorat s'était exacerbé et Olympe ne supportait plus les remugles carcéraux. Elle avait beaucoup vomi, puis les spasmes s'étaient calmés. À mesure qu'elle s'affaiblissait, les symptômes s'étaient déplacés. Le matin même, elle s'était éveillée la tête dans un étau. Elle avait demandé à être emmenée à l'infirmerie, mais la jeune gardienne lui avait annoncé d'un air désolé qu'elle devait d'abord manger avant tout compromis de leur part. C'était la seule qui lui semblait humaine, la seule qui voyait en elle une femme, digne et libre, et qui avait de la compassion dans les yeux. La prison la transformerait, tout comme elle changeait les détenues. À Holloway, tout finissait en grisaille.

Olympe se réveilla au début de l'après-midi. Elle avait froid et se sentait faible. Le médecin l'avait prévenue qu'elle avait achevé de brûler ses graisses et que son corps allait commencer à manger ses muscles pour survivre encore quelques semaines. Il avait tenté par tous les moyens de la dissuader puis était parti, furieux, quand elle avait refusé de se laisser examiner et exigé de voir une femme médecin. Sa première pensée fut pour l'inconnu de Westminster. Il l'aidait à supporter l'attente. Elle se passait et repassait mentalement le moment où il entrerait dans cette cellule pour la sauver une nouvelle fois. Son imagination l'avait paré de toutes les qualités et elle s'était persuadée qu'il ne pouvait être qu'un sympathisant à la cause. À force de l'idéaliser, Olympe le trouverait forcément décevant, comme les hommes qui avaient croisé son chemin et dont la sincérité s'était éteinte avec leur désir. Ou n'avait jamais existé. Elle ne supportait aucune forme de domination et son combat pour la liberté des femmes était d'abord le sien.

Le temps semblait suspendu. La fenêtre de sa cellule, formée de deux rangées de sept petits carreaux, était scellée dans le mur et ne pouvait s'ouvrir. À son arrivée, Olympe en avait cassé un à l'aide de sa tasse, ce qui lui avait valu une accusation de mutinerie et augmenté sa peine d'une semaine, mais lui permettait d'entendre les bruits du dehors, les sons de la liberté. Lorsque le coup de sifflet annonça le début de la promenade, elle s'était rendormie.

Elle se réveilla en sursaut. Quelqu'un l'appelait. Ou peut-être avait-elle rêvé ? Sa tête lui faisait toujours mal, son esprit était aussi faible que son corps, mais, la seconde fois, elle l'entendit clairement. La voix de Christabel. Elle fit un effort qui lui parut surhumain pour se lever et monter sur le tabouret. Elle ne voyait qu'un des autres bâtiments de la prison et, sur sa gauche, le dernier étage d'un immeuble de rapport. Les cris lui parvinrent à nouveau, Christabel l'appelait. Puis un chœur entonna la *Marseillaise des femmes*. Ses amies étaient là. Elles avaient dû louer un appartement dans cet immeuble et lui criaient des encouragements. Dans la cour, les suffragettes emprisonnées leur répondirent en écho et acclamèrent Olympe avant que les sifflets saccadés des matonnes n'y mettent fin. Pour ce geste, elles seraient toutes condamnées à l'isolement. Olympe voulut leur hurler qu'ensemble elles étaient invincibles, mais aucun son ne sortit de sa bouche. Elle descendit avec précaution de son perchoir et se traîna à quatre pattes vers la cruche. Elle but toute l'eau qui lui restait, grimpa à nouveau sur le tabouret et brisa un second carreau avant de s'époumoner jusqu'à retrouver une voix audible. Les femmes, dans la cour, l'entendirent et scandèrent « Le vote pour les femmes ! » jusqu'à ce que les sifflets les arrêtent de leur glaçante litanie.

Le manteau du silence recouvrit le monde extérieur. Les détenues étaient rentrées et Christabel et ses militantes avaient dû être délogées par la police. Olympe s'assit et pleura, de détresse, de joie, d'épuisement. Tous les sentiments se heurtaient en elle et finirent par se mélanger pour n'en faire qu'un ; elle oublia pourquoi elle pleurait. Les larmes étaient une libération, une délivrance. Elle s'allongea, à bout de forces, pleine de l'espoir insufflé par ses amies et de la crainte de ne pas être à la hauteur de leurs espérances. Le temps, à nouveau, se dilua. Elle n'entendit pas le marteau des heures. Le médecin ne vint pas pour l'examiner, aucune gardienne ne lui apporta son eau quotidienne. *C'est la fin*, songea-t-elle alors qu'elle sombrait dans le sommeil comateux qui l'accompagnait depuis la veille. *Ils veulent me tuer*.

Lorsque la porte s'ouvrit, il faisait déjà grand jour dans la cellule mais la lumière n'avait pas réveillé Olympe. Quelqu'un la secoua, lui prit le pouls et parla à une autre personne. Les voix lui parvenaient déformées, traînantes et dissonantes ; elle ne savait si ses yeux étaient ouverts sur le rêve ou la réalité. Tout était si étrange. La jeune gardienne lui souriait. Le médecin lui montrait un papier et lui parlait, mais rien n'était coordonné entre sa voix, ses paroles et ses gestes. Une autre personne était présente, elle avait le visage de l'apôtre, puis de l'étranger, puis du directeur, et ce visage devint lisse, ainsi que les autres, et la cellule se mit à tanguer. Olympe eut l'impression de tomber dans un abîme sans fond, telle Alice, mais aucun pays des merveilles ne l'attendait au bout, seulement la mort qu'elle sentait rôder autour d'elle.

— Ce n'est qu'un malaise vagal, dit le médecin pour rassurer les autres. Dès qu'elle saura qu'elle est libérée, elle s'alimentera à nouveau.

— Mais elle devra retourner en prison quand elle ira mieux, prévint le directeur, papier en main. Ce n'est que par raison humanitaire que le ministre a accepté. Par pure humanité, insista-t-il.

— Cela prendra des semaines, monsieur, tempéra le soignant. Un corps qui fait une grève de la faim le paie pendant longtemps.

— Personne ne l'y a obligée. Ce qu'elle a fait est un chantage inadmissible. À la place du gouvernement, je n'aurais pas cédé. Cette femme est seule responsable de ses actes.

— Elle se réveille ! annonça la jeune gardienne. Elle est sauvée !

28

St Bart, Londres, samedi 10 juillet

Le docteur Belamy referma à clé la porte de la salle Uncot après une matinée entière passée à soulager les corps douloureux et à corriger les équilibres par l'acuponcture. Son succès était tel qu'il avait dû abandonner les urgences une demi-journée de plus par semaine. Mais, malgré la demande, il n'était pas question pour l'hôpital d'officialiser l'ouverture d'un service de médecine chinoise dans le plus vieil établissement de médecine occidentale de l'Empire. Thomas était parvenu à utiliser le meilleur des deux écoles en les combinant d'une manière si naturelle que les patients n'en voyaient plus qu'une : celle du Barts.

— Il te faudra continuer à rester discret, lui conseilla Etherington-Smith en l'accueillant dans son bureau. Certains confrères trouvent ta réussite insolente et n'attendent que la première erreur pour nous mettre en défaut. Toi et moi savons qu'elle viendra. Il nous faut être prêts.

— Raymond, je te connais suffisamment pour deviner que ce n'est pas pour cela que tu m'as fait venir, répondit Belamy tout en admirant les coupes gagnées par son collègue dans les compétitions d'aviron.

— Tu sais que je respecte ta vie privée, Thomas, continua celui-ci en le rejoignant devant ses trophées.

— Mais ?

— Mais il y a tes « activités » dans l'East End, et la rumeur d'une liaison avec une infirmière de ton service…

— Nos infirmières ne sont pas mariées et moi non plus.

— Comprends que tout cela puisse choquer, mon ami. Et il y a ce faux prêtre, ce mythomane qui a failli nous causer du tort. On t'a aperçu avec lui au Café Royal.

— Voilà que Londres est devenu un village, s'amusa Thomas. J'imagine que celui qui m'a vu n'y était pas avec sa femme.

— Peu importe, répliqua Etherington-Smith en lui retirant des mains sa médaille olympique, un brin agacé. Tu fréquentes ce Vere Cole ?

— Il est moins coincé que notre conseil des gouverneurs, non ?

— J'en conviens, mais eux nous rapportent de l'argent et lui ne peut que nous valoir des ennuis. Alors ?

— Ne t'inquiète pas.

— Tu me l'as déjà dit quand je t'ai sorti de prison il y a dix mois...

— Et rien n'est arrivé depuis lors, conclut Thomas en prenant le journal plié sur le bureau d'Etherington-Smith. Je te l'emprunte. Comment s'est passée l'opération du nourrisson ?

— On a fait du mieux possible mais elle restera sourde de l'oreille droite toute sa vie. Pour la fente palatine, on va appliquer ton idée de plaque, mais je n'ai pas encore trouvé un fournisseur capable d'en faire une sur mesure, ni d'ailleurs les moyens de la fixer. En attendant, sa mère l'amène trois fois par semaine pour des lavages antiseptiques. Il ne faudrait pas que le père ruine tous nos efforts en la brutalisant à nouveau.

— Il est en prison depuis deux jours. Une affaire de recel. Tu vois que fréquenter l'East End peut être utile.

— Ne me dis pas que tu y es mêlé ? Non, rassure-moi, Thomas...

— Merci pour le *Daily News*, éluda Belamy en lui décochant un sourire énigmatique. Mon équipe m'attend.

Thomas se moquait de l'opinion du corps médical à son sujet. Depuis toujours, il avait été habitué à se trouver à la marge, à être celui d'ailleurs. Enfant, son métissage en faisait un colonial pour les autochtones ; étudiant, il était un Annamite pour les métropolitains et, à Londres, il était quoi qu'il arrive un étranger accepté en raison de l'Entente cordiale. Mais en aucun cas il n'aurait voulu causer du tort à son ami Etherington-Smith et Thomas se glissait dans son personnage dès que la bienséance l'exigeait. Pour ne pas l'inquiéter, il avait omis de lui préciser que Vere Cole l'avait maintes fois invité depuis leur rencontre et que, chaque fois, il avait décliné. Mais, derrière les remarques de son ami, il sentait toute la pression du conservatisme édouardien et son esprit de contradiction ne pouvait le supporter : il irait le soir même rejoindre Horace, qui lui proposait de partager des places à l'Empire Music Hall. Il aimait la façon poétique avec laquelle Vere Cole faisait de sa vie une expérience absurde et sans limites – ce qu'il prenait pour un acte de rébellion envers l'ordre établi.

Thomas déposa le journal à la cuisine, ouvert à la page où un article de quelques lignes mentionnait l'extraction des grenouilles et donnait au journaliste l'occasion de plaisanteries faciles sur le sujet.

— C'est votre premier, Reginald, félicitations ! Vous nous devez une semaine de thé ou de scones, selon votre envie. Et n'oubliez jamais que, sans votre équipe, vous n'êtes rien.

L'interne le remercia et découpa la page du *Daily News*, qu'il rangea soigneusement dans son portefeuille, tout en regrettant que Frances soit partie au laboratoire chercher les résultats du jour.

À son retour, ils firent la visite des malades. Chez les hommes, le dernier patient avait été admis le matin même par sœur Elizabeth pour un amaigrissement généralisé consécutif à l'impossibilité de s'alimenter correctement.

— Tous les examens montrent que vous souffrez d'un rétrécissement de l'œsophage, monsieur Connellan, annonça Reginald. Nous avons fait une radio avec ingestion de lait de bismuth, continua l'interne en tendant un cliché à Thomas. En voici le résultat. La sténose est évidente et ne nécessite pas d'examen endoscopique supplémentaire.

Thomas s'assit comme à son habitude sur le casier du patient.

— Je propose une dilatation sous anesthésie locale, monsieur, conclut l'interne dans l'attente de l'aval du médecin.

Belamy ne lui répondit pas. L'homme était d'une constitution robuste qui pouvait le faire passer pour un lutteur de foire.

— Quel est votre métier, monsieur ?

— Mr Connellan est un descendant de l'illustre historiographe de Sa Majesté George IV, indiqua Reginald.

— Pour tout vous dire, je ne suis moi-même pas dans ce domaine, au grand dam de mes parents, dit l'homme à l'aspect jovial, qui arborait une moustache fine, enroulée aux pointes. Je suis avaleur de sabres.

L'interne ne cacha pas son incrédulité qu'un Connellan ne perpétue pas une tradition familiale si prestigieuse, et sa déception d'être passé à côté d'une question si importante.

— Cela fait toujours cet effet quand je décline ma profession, sourit le patient. Je suis une attraction de cirque.

— Votre métier a fait progresser la médecine à de nombreuses reprises, le défendit Belamy. Dans votre cas, il nous indique la source de votre problème. Le docteur Jessop a proposé le bon traitement et il pratiquera l'opération demain matin. Mais il vous faudra choisir entre votre travail et votre santé, monsieur Connellan : si vous avalez à nouveau des sabres, votre œsophage s'irritera et se rétrécira invariablement.

Reginald n'avait pas cillé lorsque Thomas avait annoncé qu'il conduirait la dilatation mais, une fois dans le bureau du médecin, il lui confia ses craintes. L'opération était délicate et le moindre écart pouvait déchirer le fragile tissu de l'œsophage. Il ne s'en sentait pas encore capable.

— Si je l'ai proposé, c'est que j'ai confiance en vous, le rassura Belamy. Et vous avez le patient idéal : avaler un tube rectiligne est son métier. Il n'y aura même pas besoin d'une anesthésie locale, avec tous les risques d'effets secondaires. Vous mènerez la manœuvre avec douceur et tout se passera bien. Finissez votre journée et allez vous détendre. Ce n'est pas un conseil, mais un ordre : pas de compte rendu ni de livres ce soir. Notre conversation vient de clore votre journée.

Ragaillardi, Reginald proposa à Frances de venir fêter son premier article au pub St Bartholomew avec d'autres collègues et, à sa grande surprise, elle accepta. Il en tira deux conclusions : son obéissance à Belamy était aveugle et les femmes avaient une logique qui lui échappait définitivement. Il décida d'oublier le lendemain et de ne pas passer la soirée à guetter le moindre signe de l'infirmière envers lui, afin de profiter de l'instant présent sans retenue.

29

Empire Music Hall, Londres, samedi 10 juillet

Le meneur de revue écarta légèrement les deux rideaux pour jeter un œil à la salle. Elle était aux trois quarts pleine, ce qui le réjouit. Il regarda la liste des numéros sur sa feuille et entreprit de vérifier que tous les artistes étaient présents en coulisse. Miss Scott, la chanteuse, faisait des vocalises en ignorant les compliments de Wilkins, un des trois comiques qui avait les faveurs du public et de la presse du moment. Marie Kay, la danseuse, étirait les muscles de ses jambes contre un mur, en compagnie de Peace et Ward, dont le numéro de boxe burlesque succéderait au sien. Le ventriloque Thora somnolait, assis sur une chaise, et McCann brossait ses chiens savants. Mephisto tournait le dos aux autres en vérifiant les mécanismes de ses illusions. Clementine Dolcini nettoyait le viseur de sa carabine pour son numéro de Guillaume Tell.

Guillaume Tell ? Mais où est son partenaire ? s'interrogea le meneur de revue en recomptant le nombre total d'artistes. Il en manquait un.

— Mademoiselle Clementine, où se trouve Mr Lee ?

— Tom est aux toilettes, il va arriver. Il est toujours anxieux avant un numéro.

— Vous avez du temps, vous êtes les derniers à passer. Attention, on va commencer ! indiqua-t-il aux autres.

Le meneur se plaça au centre de la scène et fit ouvrir le rideau. Les applaudissements furent brefs, oscillant entre politesse et soulagement. Il annonça la première chanson de Miss Scott, « Je ne pouvais pas rentrer à la maison dans la nuit », ce qui fit pouffer Horace.

— J'adore cette poésie de la rue, c'est âpre, sexuel et vulgaire à souhait, confia-t-il à Thomas, qu'il avait installé à côté de lui.

Vere Cole avait loué la plus grande loge et amené sa bande d'amis du Café Royal, dont Augustus John. Le peintre, qui était la figure de proue du mouvement contemporain et le grand animateur de la bohème londonienne, ne pouvait s'empêcher de parler fort et de rire à chacune de ses interventions. Seul Adrian leur avait fait faux bond pour rester avec son cercle d'amis.

— Ils habitent tous dans le même quartier et passent leur temps ensemble à pérorer sur la poésie tibétaine ou la vie sentimentale d'une table de cuisine, à parler de libertinage sans le pratiquer et à mépriser les conventions tout en s'en créant d'autres. Mais Adrian n'est pas comme eux, la preuve : c'est mon meilleur ami.

Les numéros se succédèrent sur la scène. Les comiques Woods, Welld & Wilkins finirent leur sketch « L'accordeur de piano » sous les applaudissements nourris du public, qui en redemandait.

— Cela me donne une idée de canular, dit Horace à la loge bruyante et tout acquise à sa cause.

— Encore une occasion de fêter un succès de plus, approuva Augustus en levant le verre qu'il gardait en permanence en main. Et ton idée d'autopsie ? Ça avance ?

— Je n'ai pas encore mis le docteur Belamy au courant.

— Et je ne veux pas l'être, ajouta Thomas qui, contrairement aux autres, s'intéressait au spectacle.

Marie Kay avait commencé son numéro de danse, « Goodbye Cingalee », sur une musique originale jouée par l'orchestre.

— Ces musiciens exécutent le morceau comme un peloton abattrait un condamné, persifla Vere Cole suffisamment fort pour être entendu de la fosse. Ils jouent si mal.

Il tourna sa chaise dos au balcon.

— Nous n'avions pas fini notre dernière conversation, docteur : j'ai besoin d'un comparse médecin qui me permette de jouer au macchabée.

— Macchabée ? s'étonna Thomas sans quitter des yeux Marie Kay.

— Pour être précis, il faudrait que vous vous débrouilliez pour que je me retrouve dans l'amphithéâtre à la place du trépassé dans un cours d'anatomie. J'aurai l'air plus mort que nature grâce au maquillage de Clarkson.

— Je dois reconnaître que c'est une matière où vous excellez, dit Thomas en se tournant vers Horace.

Vere Cole le prit comme un compliment et lissa son énorme moustache entre pouce et index.

— Je suis donc allongé, le visage cireux et impassible. Votre confrère, plein de son docte savoir, explique à l'assistance ce qu'il va pratiquer sur moi. Il leur livre les détails de mon autopsie à venir – et je vous promets de ne pas flancher à l'énoncé de ses œuvres sadiques. Il se tourne alors vers moi, tout le monde frémit, puis il lève son scalpel et…

— … il vous découpe en Y avant même que vous ayez pu ouvrir les paupières. Je vous promets une belle broderie, se moqua Belamy alors que la danseuse saluait avant de quitter la scène.

— Non, parce qu'au moment où il lève son couteau, j'ouvre les yeux et je m'assois vivement sur la table de dissection en criant à l'assassin !

Toute la bande rit et applaudit à la nouvelle fantaisie du maître, à contre-courant du spectacle. Le meneur de revue leur jeta un regard sombre avant d'annoncer le grand Mephisto et la femme coupée en deux.

— Voilà le genre de numéro que vous auriez dû faire, plaisanta Thomas alors que le couple entrait en même temps qu'un sarcophage en bois.

Vere Cole les applaudit puis se désintéressa d'eux.

— Je saute de la table et je m'enfuis en courant tout en appelant la police !

— Nu comme un ver ?

— Hum… je n'avais pas pensé à ce détail, convint-il en se pinçant les lèvres. Disons que cela ajoutera au caractère réaliste de la scène et à sa vraisemblance. Mais n'est-ce pas drôle ? Imaginez la tête des participants ! Alors, qu'en pensez-vous ? Cela n'est jamais arrivé dans un hôpital, j'imagine ?

— Qu'un déséquilibré se fasse autopsier volontairement ? Vous serez le premier. Mais je vous prédis de beaux titres dans la presse, pour sûr !

Le public cria d'effroi : Mephisto était en train de scier le sarcophage.

— Au moins, mes canulars ont l'avantage de l'originalité. Ces magiciens sont d'un ennui ! commenta Horace en exagérant sa grimace. Acceptez-vous de m'aider, docteur Belamy ?

— Promettez-moi une chose.

— Tout ce que vous voulez, très cher. Je serai votre débiteur.

— Vos yeux. Léguez ces yeux à la science, nous les mettrons dans un bocal pour notre musée d'anatomie.

Une partie du groupe se récria.

— Tu ne seras pas débiteur, mais débité, vieux frère, ricana Augustus. J'ai toujours su que tu finirais en reliques, comme les saints !

— Mon Dieu, quelle horreur ! répondit Horace, dont les iris bleu-gris fixaient Belamy d'un air de défi. Voyez-vous, je tiens à garder une certaine distinction, même dans l'au-delà, et je crains que, sans eux, mon charme en soit affecté.

— Vous serez admiré par des générations entières d'étudiants qui, dans cent ans encore, s'étonneront de leur couleur unique.

— Ma mère en était très fière, c'est un fait, mais jamais personne ne m'avait fait une proposition aussi tordue. Ma moustache ne vous tenterait pas ? Un bel ornement à la Kitchener, je vous la céderais plus facilement.

— Avouez que cela vous dégoûte ?

— Je me sentirais mieux avec eux une fois dans ma tombe. Comme Abel.

— Comprenez que je ne serai pas votre Caïn, Horace. Je ne vous aiderai pas à faire le canular de trop.

— Vous avez marqué un point, mon cher. Mais je reviendrai à la charge.

Thomas remercia intérieurement Adrian, qui lui avait relaté l'appréhension d'Horace pour son intégrité physique post-mortem.

— C'est la pause, remarqua Vere Cole. Allons saluer les artistes.

Il emmena la troupe à l'arrière de la scène où les seuls à s'affairer étaient les machinistes.

— Cruickahank, on ne te voit plus au Café Royal, dit-il à un homme assis près des cintres et qui attendait en fumant une cigarette, le dos voûté et le cou rentré entre les épaules. Tu étais très bien dans ton imitation de vieux pommier, au Tivoli, ajouta-t-il alors que le mime le remerciait d'un salut silencieux. La prochaine fois, tu devrais essayer celle de la tortue, conclut-il en lui tendant une coupe du champagne qu'Augustus distribuait à la ronde.

Horace présenta Belamy à la danseuse et remarqua avec une pointe de jalousie l'effet qu'il produisait sur elle. Il le tira par le bras pour continuer sa tournée, plaisanta avec le ventriloque Thora et s'attarda avec Clementine Dolcini, qui avait retrouvé son partenaire de tir.

— Je peux ? lui demanda-t-il en avisant la carabine. C'est un Remington modèle 10 ?

— Tout juste, le dernier-né, répondit-elle en lui tendant l'arme.

Il la manipula d'un geste expert.

— Vous utilisez du douze ? s'enquit-il tout en visant les machinistes sur la scène.

— Exact. C'est plus spectaculaire pour exploser les pommes, précisa-t-elle.

Horace mit en joue Augustus, qui se baissa pour sortir de sa ligne de mire.

— Fais attention, vieux frère, je pourrais renverser du champagne, dit-il d'un ton indolent qui cachait mal son inquiétude.

— D'autant qu'il est chargé, prévint Miss Dolcini.

À ces mots, tous ceux qui se trouvaient sur la scène l'évacuèrent, sans précipitation mais à un rythme soutenu. Seuls les deux caniches restèrent sur les planches, indifférents au mouvement de repli. Horace visa le premier, qui reniflait le sol et lui présentait son profil gauche.

— Vous n'allez pas tirer ? s'inquiéta Clementine. Rendez-la-moi, nous allons reprendre.

Vere Cole continuait à cibler la tête frisée gris argenté du chien.

— Arrêtez ! hurla une voix provenant du couloir des loges.

Le dresseur, en smoking noir, se précipita sur la scène et plongea devant ses animaux pour les protéger. Horace leva le canon.

— McCann, vous commencez toujours votre numéro par une pirouette ? demanda-t-il avec malice. Vous n'avez pas cru que j'allais tirer ?

L'homme, toujours allongé, ne répondit pas ; il caressait ses caniches, qui avaient grimpé sur lui pour jouer à ce nouveau tour qu'ils ne connaissaient pas.

— Il n'a quand même pas cru que j'allais tirer ? demanda Horace à la cantonade. Doc, aidez-moi !

— Il doit vous connaître suffisamment pour savoir que vous en êtes capable, répondit Thomas.

— Je vous avouerai que c'était tentant, reconnut Horace en rendant la carabine à sa propriétaire, qui s'éloigna par sécurité.

Le meneur de revue apparut. Il se recoiffa les cheveux de la main, posa son haut-de-forme sur sa tête et dispersa tout le monde : le spectacle reprenait. La joyeuse bande se réinstalla bruyamment dans la loge. Horace avait repris sa place et restait immobile, l'air pensif. Son grand corps s'anima soudain avec l'élégance qu'il recherchait en toute circonstance :

— Mais où est passé mon médecin préféré ?

— Il est parti, lui répondit Augustus en posant son verre vide sur le rebord du balcon.

— Parti ?

— Oui, avec la danseuse. Éclipsés à la fin de l'entracte.

— Coquin de Français ! Il cachait bien son jeu, soupira Vere Cole en attrapant la coupe en équilibre. Sers-moi une grande rasade, je sens que la seconde partie va être intéressante !

30

WSPU, Londres, samedi 10 juillet

Tu lui inspiras de l'amour et ce fut pour devenir ton tyran...

Olympe était rentrée le matin même d'Holloway et son premier geste avait été de lire *Zamore et Mirza*, mais elle s'était endormie à la seconde page. À son réveil, elle avait bu une soupe qui lui avait provoqué des douleurs abdominales. Elle était restée allongée dans sa chambre jusqu'au soir, s'alimentant régulièrement d'une cuillerée de bouillon de légumes dont l'ingestion la fatiguait autant qu'une marche des suffragettes sur Westminster, et avait reçu ses amies et soutiens entre deux assoupissements. Cette situation la culpabilisait : Olympe n'aimait ni se sentir dépendante, ni se trouver inutile. Mais elle était déjà impatiente de porter son prochain coup de boutoir à la face du pouvoir.

— Doucement, lui dit Christabel venue en compagnie d'Emmeline lui apporter son dernier bol de soupe. Notre médecin a été formel : au moins une semaine de convalescence sans sortir. Sans doute plus.

Aux étages inférieurs régnait l'activité fébrile des préparatifs pour la prochaine manifestation.

— J'ai l'intention de descendre demain pour aider à faire les drapeaux.

— Tu es bien trop faible, intervint Emmeline. Et si tu sors, ils t'arrêteront pour que tu finisses de purger ta peine.

— Je suis prête à recommencer.

— Raison de plus. Laisse les autres se battre à ta place, tu es sur le front depuis le début. Tu ne réalises pas encore quel progrès ton geste a fait faire à la cause : nous les avons fait plier, pour la première fois !

— Nous avons décidé de poursuivre les grèves de la faim, renchérit Christabel : toutes celles dont l'état de santé le permettra suivront ton exemple à chaque arrestation. Ils seront obligés de nous libérer jusqu'à reconnaître que nous sommes des prisonnières politiques.

— C'est un lourd sacrifice pour toi, comme pour toutes nos sœurs qui le feront, mais notre cause requiert des actions d'éclat vis-à-vis de l'opinion publique, compléta Emmeline. Nous irons jusqu'au bout. Mais, pour l'heure, tu dois reprendre des forces. Et n'essaie même pas de le discuter.

— Nous t'apporterons de la lecture et tu aideras Betty à la rédaction des articles, proposa Christabel. Tu lis le français dans le texte ? demanda-t-elle en feuilletant *Zamore et Mirza*.

— C'est la première pièce d'Olympe de Gouges, la plus grande féministe de la Révolution française, annonça Olympe, transportée par la simple évocation de son héroïne. Elle traite de l'esclavage. C'est pour elle que j'ai choisi de porter ce prénom.

— Alors Olympe n'est pas le tien ? s'étonna Mrs Pankhurst.

— Ça l'est devenu. J'ai jeté l'autre dans l'oubli, avec mon passé. Tiens, je te le prête, dit-elle en lui tendant l'ouvrage. Prends le temps qu'il te faut pour le lire.

Emmeline songea qu'elle ne savait rien de la vie de sa suffragette. Elle ne connaissait même pas son vrai prénom, contrairement à la police depuis sa première arrestation, et se dit qu'Olympe avait peut-être une faiblesse que Scotland Yard pourrait exploiter. Mais elle avait autant confiance en elle qu'en sa propre fille. Elle lança une œillade interrogative à Christabel, qui le prit pour le signal du départ.

— Je dois raccompagner maman. Il y a en bas une personne qui était avec nous quand nous t'avons soutenue à Holloway et qui voulait te saluer. Elle chantait la *Marseillaise des femmes* plus fort que toutes les autres. Je te laisse avec elle pour la soirée, dit-elle en embrassant son amie sur le front.

— Qui est-ce ?

Les Pankhurst sortirent sans répondre. Le bruit caractéristique d'une canne frappant les marches parvint à Olympe des escaliers. Une minute plus tard, la surprise prit la forme de la suffragette à la jambe fracturée qui l'avait accompagnée lors de son second séjour en prison.

— Ellen !

Elles se connaissaient peu mais Ellen avait été sa voisine de cellule et ce simple fait les unissait par des sentiments indéfectibles. Chaque jour, Olympe l'avait entendue chanter et les notes s'insinuaient entre les pierres comme des filets d'eau d'une source fraîche qu'elle recueillait pour se désaltérer l'esprit. La liberté exsudait de tous les murs d'Holloway, même les plus épais, même les plus injustes. Les chants gallois d'Ellen parlaient de combats, d'attente, de retour. Olympe, elle, avait gravé des mots. Les mots des autres, les siens aussi, et tous fleurissaient à la surface irrégulière des briques de leurs cellules.

— Ta jambe te fait toujours souffrir ?

— Je crois qu'il en sera ainsi pour le restant de mes jours. J'en veux à l'administration pénitentiaire qui a refusé de me soigner et mon mari en veut à l'hôpital qui a refusé de m'opérer. Il va leur faire un procès. Mais c'est contre Holloway qu'il fallait porter plainte, pas contre le Barts.

— Alors fais-le, Ellen. La cause peut t'aider. Nous avons des avocats qui travaillent pour nous.

— Mon mari ne voudra jamais, répondit la suffragette, dont les yeux imploraient le secours. Et il me le fera payer.

— Le WSPU portera seul devant le tribunal cette plainte pour mauvais traitements. Nous irons au bout, pour gagner, même si le dédommagement sera symbolique. Ton mari a des affaires en Inde, n'est ce pas ? dit-elle en se levant avec une énergie qui la surprit elle-même.

Olympe semblait avoir retrouvé ses forces dans l'échange. L'injustice était son moteur.

— Il importe des matières premières et les revend à la Bourse de Londres, confirma Ellen.

— Et d'où lui vient sa fortune ?

— De mes parents. Lui n'avait que des dettes et un titre de noblesse quand nous avons été présentés.

— Raison de plus pour nous battre, non ?

— C'est vrai qu'avec mon argent, il est devenu riche. Très riche, précisa la suffragette en se massant le genou qui la faisait souffrir.

À l'étage en dessous, plusieurs machines à coudre ronflaient sous les mouvements de pied énergiques des militantes occupées à unir les trois couleurs de leurs drapeaux. Le WSPU était une ruche à l'activité incessante.

— T'es-tu seulement demandé ce que tu aurais fait de cet argent si tu avais pu en disposer à ta guise ?

Ellen fut surprise de la question, qu'elle ne s'était jamais posée, et resta silencieuse.

— Aurais-tu tout investi dans l'importation de sucre ou de céréales depuis les colonies ? insista Olympe.

— Mon Dieu, non ! répondit spontanément Ellen. Peut-être aurais-je eu un élevage de chevaux, ajouta-t-elle après une hésitation. Ou aurais-je voyagé en Europe… Oui, la France et l'Italie m'ont toujours fait rêver. Je me serais installée en Toscane, dans une grande ferme bordée d'ifs. Et j'aurais fait la cuisine moi-même, rit-elle à cette évocation.

— Qu'est-ce qui t'en empêche ?

— Tu le sais comme moi : la loi. La loi de la domination masculine. Ils nous asserviront toujours.

Olympe s'était adossée au chambranle de la fenêtre ouverte. Dehors, l'ombre géante de la Cour royale de justice dépassait des arbres gonflés de leur verdure et semblait les surveiller.

— Mais cela fait du bien de rêver, non ?

— À quoi bon ? La réalité n'en est que plus froide, dit Ellen en tapant sa jambe avec sa canne. Nous payons un lourd tribut pour avoir voulu rêver trop fort. Regarde-toi…, ajouta-t-elle en se référant à la maigreur du visage d'Olympe.

— Si je pouvais donner ma vie…

— Ne dis pas cela !

— Si je pouvais donner ma vie pour que notre cause aboutisse, je le ferais. J'ai l'impression de vivre en permanence avec les mains attachées dans le dos. Si tu as de l'argent, il revient à ton mari, et si tu n'en as pas, on t'interdit d'autres métiers que ceux de la classe ouvrière. J'ai choisi de ne pas me marier mais, aujourd'hui, que serais-je sans le WSPU ? Blanchisseuse ? Employée chez Harrods ?

— Ou chez Selfridges, qui vient d'ouvrir sur Oxford Street, corrigea Ellen. C'est plus à la mode.

La remarque déclencha leurs rires.

— Je sais que, contrairement à toi, je n'ai pas à me plaindre, ajouta-t-elle, je serai toujours cliente dans ces magasins et jamais vendeuse.

— Ta place n'est pas usurpée, tu la mérites, contrairement à ton mari. Et ton sacrifice est plus grand que le mien, car rien ne t'y oblige. C'est plus facile pour moi qui n'ai pas d'autre option que la lutte.

— J'aimerais toujours garder la même détermination que toi.

— Sais-tu ce que je fais les jours où j'ai envie de tout abandonner ? Je lis l'article d'un médecin qui est paru cette année, dit Olympe en prenant une page de journal découpée qui trônait dans le capharnaüm de son bureau. C'est un professeur de psychologie du nom de Max Baff. Ce docte universitaire a trouvé la raison première de notre existence :

> *Le mouvement des suffragettes est simplement une épidémie de folie émotionnelle. C'est l'excitation émotionnelle qui pousse les suffragettes à parler au coin des rues, créer des troubles à l'ordre public et lutter contre la police. Elles ne veulent pas réellement voter, elles pensent simplement qu'elles le veulent. Elles souffrent d'hystérie. Leur extrême suggestibilité est responsable de leur conduite. Les femmes veulent faire ce que les autres veulent faire. Elles veulent suivre la foule.*

— Suivre la foule est très masculin, remarqua Ellen.

— Là, il y a un passage que je trouve encore plus drôle. C'est pour nous :

> *Le mouvement suffragiste dans son entier est causé par quelques femmes qui excitent les autres membres de leur sexe. Parce qu'elles agglutinent des foules et se tiennent sur une estrade et disent qu'elles veulent le vote, toutes les autres femmes pensent qu'elles le veulent aussi. Voyez comme une foule peut facilement s'enflammer pour désirer des choses qui n'entreraient pas dans les têtes des individualités qui la composent. Les femmes voient les hommes aller dans les isoloirs et elles veulent les imiter.*

— Grâce au docteur Baff, j'ai enfin compris que mon désir secret était de singer les hommes, conclut Olympe en repliant la page.

Voilà le genre d'individu qui me donnera toujours la force de me battre. Prends cet article, je te le donne.

— Merci, de tout cœur. J'étais venue pour te soutenir dans l'épreuve et c'est toi qui me redonnes du courage.

Olympe raccompagna son amie mais s'arrêta au palier. Remonter les étages aurait été un exercice trop ardu.

— Ton mari a-t-il des soutiens politiques ? demanda-t-elle au moment de se quitter alors qu'une idée l'avait traversée.

— Il siège à la commission du commerce et au bureau des colonies. Il est devenu l'intime de Winston Churchill et nous recevons Sir Asquith à la maison. Mais les suffragettes sont un sujet tabou en présence de ses amis. Si j'avais le malheur de plaider notre cause auprès d'eux, je crois qu'il me ferait interner et demanderait le divorce ! Si au moins je pouvais me rendre plus utile...

— Tu le peux, Ellen : intéresse-toi à son travail, fais-le parler, surtout de ce phallocrate de Churchill, invite sa jeune épouse, qu'on sache où il se trouve et à quel moment. Ses déplacements sont devenus secrets depuis qu'on l'attend à chacune de ses sorties. Si on arrivait à savoir qu'il se rend à un chantier naval, on irait manifester dans le train qu'il prendrait, sur le quai, sur le pont du navire à baptiser, tout le temps, sans relâche, jusqu'à ce qu'il considère enfin notre démarche autrement qu'avec mépris. Tu vois, tu es essentielle, comme chacune d'entre nous. C'est ainsi que nous réussirons notre révolution.

31

St Bart, Londres, samedi 10 juillet

Les mains de Belamy parcouraient doucement le cou de Marie Kay. La danseuse était allongée, les yeux clos. Il la souleva délicatement par la nuque jusqu'à ce qu'elle se trouve assise, se positionna derrière elle et, à nouveau, posa ses doigts sur le cou de la jeune femme et lui tourna lentement la tête du côté droit, puis du gauche.

— Alors ? demanda-t-elle après avoir rouvert les paupières et s'être levée de la table d'auscultation.

— Rassurez-vous, rien d'alarmant. Votre glande thyroïde a augmenté de taille. Vous souffrez d'une forme légère de la maladie de Basedow, qui se soigne bien, sans avoir à opérer.

— Je vous avouerai que, lorsque vous m'avez proposé de quitter le théâtre, je m'attendais à un autre genre de soirée, dit-elle en reboutonnant son chemisier.

Quand il lui avait été présenté par Horace, Thomas avait remarqué les battements rapides de son pouls au niveau de sa carotide, les tremblements des muscles de sa mâchoire, sa sueur excessive et son corps en perpétuel mouvement. L'examen du cœur, qui avait révélé un souffle artériel et veineux, ainsi que la palpation avaient complété le tableau.

— Cela explique ma fatigue et mon humeur des dernières semaines. Ainsi donc, je n'ai pas mauvais caractère, voilà qui va clore le bec à mon ex-mari. Je vous dois beaucoup, docteur.

Mrs Kay avait un regard langoureux qui provenait de sa légère exophtalmie et un visage aux traits ronds qui lui donnaient un air d'adolescente. Elle n'avait pas pris le temps de se changer et, avec son diadème de pacotille, ressemblait à la reine d'un improbable pays de théâtre.

Thomas lui expliqua les traitements possibles, dont les plus à la mode étaient le sérum thyrotoxique de lapin, le sang glycériné de cheval ou le lait de chèvre éthyroïdée, la poudre d'hypophyse de bœuf, la faradisation électrique, le bain électrostatique ou sinusoïdal et la radiothérapie. Il était rétif à leur utilisation dans le cas de Marie, tous présentant des taux de réussite de dix à trente pour cent, et des effets secondaires fréquents et néfastes. Il lui proposa des séances d'acuponcture à Uncot en lui expliquant ce qu'était la méthode après qu'elle eut arrondi ses grands yeux comme des billes. Comparées aux traitements classiques, quelques aiguilles indolores plantées sur sa peau par un homme qui l'attirait lui semblaient presque un jeu érotique.

— Va pour l'acuponcture. Puisqu'il n'y a que vous qui la pratiquez, je serai sûre d'être soignée par vos mains, dit-elle en lui ouvrant la paume droite. Belle ligne de vie, commenta-t-elle. Mais je ne vois pas la ligne d'amour, ajouta-t-elle avec une franchise comme seules les artistes pouvaient se le permettre sans risquer d'offusquer la gent masculine. Se pourrait-il que vous soyez seul ?

Il n'eut pas le temps de répondre qu'elle s'était penchée en avant pour l'embrasser. Marie eut juste le temps de poser ses lèvres sur celles de Thomas, un contact qu'elle n'oublierait jamais et qui la ferait frissonner longtemps après qu'elle l'aurait perdu de vue, des lèvres douces et lisses, au goût de cerise, qu'elle effleura de sa langue avant d'être surprise par une voix dans son dos.

— Désolé, pardon, je ne savais pas...

Reginald était entré sans s'annoncer dans la salle de soins.

— Je suis désolé, docteur, répéta-t-il, j'ai vu la lumière...

— Ne soyez pas désolé, dit Belamy sans manifester la moindre gêne. J'allais raccompagner Mrs Kay.

— Je vous cherchais, docteur, nous avons une urgence compliquée. Un accident à l'Empire Music Hall.

La pièce était le siège d'une grande confusion. Le directeur de l'établissement et le meneur de revue parlaient bruyamment avec le policier qu'ils avaient appelé. Plusieurs artistes étaient présents, McCann sans ses chiens, la chanteuse Miss Scott et le magicien Mephisto qui se tenait le visage à deux mains, traumatisé par ce qu'il avait vu. Horace était le seul à avoir un air serein alors que sa troupe avait disparu.

Au centre, Clementine Dolcini tenait la main de son partenaire inanimé. Tom Lee avait du sang sur le visage, un mince filet qui descendait depuis un trou situé sur le haut du front jusqu'à la base de sa joue gauche.

L'arrivée de Belamy en compagnie de Mrs Kay fit sensation mais tous retinrent leurs remarques au vu des circonstances.

— Je vous demande de sortir, dit Reginald, qui les accompagnait.

L'agitation cessa et personne ne se fit prier.

— Il va le sauver, dit Horace en faisant signe à l'assemblée de se retirer. Cet homme fait des miracles.

— Vous aussi, précisa Thomas. Seule Mrs Dolcini peut rester.

Horace fit une mine vexée mais le regard hostile de la tireuse le fit obtempérer.

Une fois seuls, Belamy s'assit près du blessé et lui prit les pouls.

— Jamais je n'ai loupé ma cible avant. Jamais, expliqua Clementine, la voix tremblante. J'avais bien la pomme dans mon viseur. Je ne comprends pas.

— La balle est entrée par le frontal et est ressortie au milieu du pariétal, indiqua l'interne. Les fonctions vitales sont intactes, mais il n'a pas repris conscience depuis l'accident.

— Il n'a pas bougé. Tom a respecté les consignes, continua Clementine pour elle-même. La pomme était bien posée et lui n'a pas bougé, répéta-t-elle, confuse. Je n'aurais pas dû le toucher.

— Reginald, vous allez débrider les deux plaies, enlever les esquilles et les grains de sable osseux, nettoyer les orifices, poser un petit drain que vous maintiendrez doucement à la gaze aseptique sèche et vous réunirez les incisions de débridement. Je continue à surveiller ses équilibres.

L'interne entreprit consciencieusement le minutieux travail. Belamy sortit plusieurs aiguilles de sa trousse. Il avait détecté de nombreux dysfonctionnements qu'il serait difficile de réparer.

— Vous croyez qu'il sera remis pour lundi ? On doit passer à l'Alhambra pour trois soirs, s'inquiéta Clementine tout en regardant l'interne s'affairer autour de l'impact du projectile. Avec un peu de maquillage, ça ne se verra pas trop.

Reginald interrogea silencieusement Thomas : Mrs Dolcini refusait la réalité sous ses yeux.

— Parlez-moi de lui, parlez de Mr Lee, demanda le médecin.

Le visage de Clementine s'illumina d'un sourire.

— Tom est plus que mon partenaire, c'est un ami qui m'est cher. Nous nous connaissons depuis toujours. Nous avons grandi dans le même quartier. C'est indispensable pour avoir une telle confiance entre nous.

— Je comprends, dit Belamy en changeant les aiguilles d'emplacement. Depuis combien de temps faites-vous ce numéro ?

— Huit ans et demi, répondit-elle sans hésiter. Nous l'avons fait plus de trois cents fois. Dans toute l'Europe. Si vous saviez le nombre de têtes couronnées qui sont venues nous voir ! Tom a un autre numéro, qu'il présente seul, c'est irrésistible. Il est si drôle !

Elle s'arrêta soudain, comme vidée de son énergie, s'assit et pleura.

— C'est la faute de ce Vere Cole, il a déréglé la mire. Il l'a fait volontairement, j'en suis sûre. Je lui en veux, il aurait pu l'éborgner.

— Reginald, pouvez-vous l'accompagner dehors ? intima Belamy, qui prenait à nouveau les pouls.

L'interne la guida par le bras et la mena dans le couloir où attendaient les autres.

— Tout va bien, nous serons à l'Alhambra lundi, dit-elle à l'assemblée, qui manifesta un soulagement teinté de scepticisme.

— C'est vrai, docteur ? demanda le meneur.

— Je vous avais dit, mon ami fait des miracles, confirma Horace.

Reginald ne répondit pas et regagna la salle de soins.

— Mon Dieu, que se passe-t-il ? dit-il en voyant Belamy pratiquer des tractions rythmées sur le patient.

— Plus de respiration ni de pouls. Prenez le relais, ordonna-t-il en cherchant pinces et rugines dans le matériel d'opération.

Thomas pratiqua un volet thoracique en un temps que Reginald n'aurait jamais cru possible, ouvrit le péricarde et saisit le cœur pour le comprimer au même rythme que les tractions de l'interne.

— Ça repart !

La joie fut de courte durée, les battements cessèrent spontanément en moins d'une minute. À nouveau, les deux hommes pratiquèrent une réanimation expérimentale.

— Un, deux, trois, quatre, compta Thomas en comprimant l'organe dans sa main.

Mais le cœur ne pouvait battre seul à chaque arrêt des massages. Au bout de cinq minutes, Reginald stoppa ses tractions :

— Monsieur, c'est inutile.

— On continue, on continue ! cria Belamy.

À nouveau les mouvements permirent la circulation du sang.

— Allez, Tom, allez, aidez-nous ! supplia le chirurgien.

Ils maintenaient artificiellement la vie du jeune Tom Lee depuis vingt minutes quand Reginald abandonna.

— Je suis désolé, monsieur, nous n'avons pas le droit de nous acharner ainsi.

Thomas retira sa main du cœur, qui battit faiblement une dernière fois avant de s'arrêter définitivement. Le médecin s'assit pour reprendre son souffle. Ils restèrent plusieurs minutes sans parler.

— Quelle heure est-il ?

— Deux heures et quart, monsieur. Je m'occupe de le recoudre.

— Non, je vais le faire. Vous avez raison, je n'aurais pas dû m'acharner ainsi. Les déséquilibres étaient trop grands.

— J'ai lu une thèse qui relatait un cas où les médecins ont réussi à faire repartir un cœur après deux heures d'arrêt. Vous avez bien fait de tout tenter.

— Le patient s'en est sorti ?

— C'était un chien, monsieur, et il est mort le lendemain. Il était paralysé et incapable de manger.

— Un jour viendra, Reginald.

— Oui, et ce jour-là je serai à vos côtés. Vous serez le premier à ranimer un mort, j'en suis sûr.

Une semaine plus tard, le juge de Bow Street rendit un verdict de mort accidentelle et condamna le music-hall pour « performance dangereuse ». Mrs Dolcini fut relaxée et Horace mis hors de cause. Tous les témoins proches de la scène avaient confirmé que Tom Lee avait légèrement bougé au moment du tir. Une mouche qui s'était posée sur sa paupière en avait été la cause.

CHAPITRE VI

17 au 30 septembre 1909

32

Café Royal, Londres, vendredi 17 septembre

Horace savait où trouver son ami. Adrian l'attendait au Café Royal. Son visage se reflétait à l'infini dans le jeu des miroirs. Il avait le regard craintif et le sourire triste de tous les membres de la famille Stephen. Horace leur trouvait une aura romantique qui faisait partie de leur charme et de leur mystère, même si parfois la fratrie lui semblait par trop hautaine et centrée sur elle-même. Adrian n'était pas seulement son ami, il était son meilleur ami, le seul sans doute à qui il s'interdisait de faire une blague à ses dépens – c'est ainsi qu'il avait pris conscience de la fraternité unique qui les liait. À moins de trente ans, ils vivaient comme bon leur semblait, sans se soucier des conventions.

Vere Cole arrêta un des serveurs en l'empoignant par le bras, lui commanda du champagne, le relâcha en citant un vers de Shakespeare et s'assit en soufflant bruyamment afin d'être vu et écouté de tous. De l'importance de bien réussir son entrée.

Il raconta sa journée par le menu à Adrian, n'omettant aucun détail, jouant de sa voix puissante, heureux de sentir l'attention d'une partie de la salle. Augustus John vint les saluer, accompagné d'une femme à la beauté surlignée qui tenait dans ses bras un pékinois dont la gueule noire semblait noyée dans son abondante crinière blonde et qui émettait des grognements étouffés avec une régularité métronomique ; sa maîtresse, elle, poussait de petits gémissements en guise d'acquiescement dans la conversation. Ils s'installèrent à une table d'angle où se trouvaient déjà quelques artistes d'avant-garde. Tout comme Horace, Augustus adorait s'acoquiner avec tous ceux qui pouvaient représenter une menace pour l'ordre de l'Empire, fût-elle symbolique.

Vere Cole fixa le couple un long instant, dans son attitude favorite, celle du poète en pleine inspiration divine, la tête posée sur la paume de sa main droite, coude sur la table, avant de déclarer :

— Elle ne restera pas longtemps avec lui. Et elle se pâmera pour moi.

Adrian savait qu'Horace en était persuadé et, surtout, qu'il avait raison. Les femmes tombaient amoureuses de lui sans qu'il ait à leur faire la cour et lui, en retour, les enveloppait d'un romantisme exacerbé, déifiant chacune de ses conquêtes avant de les vouer aux gémonies une fois la romance brisée. Car, derrière ses yeux d'azur clair au regard infiniment doux, Vere Cole ne pouvait dominer longtemps son caractère impulsif à la jalousie maladive.

— J'ai fait le calcul, dit-il en commandant d'un geste une nouvelle coupe d'alcool, et j'ai passé plus de temps malheureux qu'à filer le parfait bonheur. Mais, que veux-tu, on ne se refait pas. Tu sais que je pense encore à elle ?

— Cette Américaine de Rome ?

Horace avait rencontré Mildred deux ans auparavant chez son mari, le comte Pasolini, chez qui il avait été hébergé après une chute de cheval et plusieurs côtes fracturées.

— Son seul nom me fait frissonner, Adrian. Elle m'appelait son Hercule de poche !

— J'imagine que te dire de l'oublier ne servirait à rien, Horace ? Elle vit à des milliers de kilomètres.

— Mille huit cents exactement, moins de trois jours de voyage et elle sera dans mes bras pour toujours.

— Mais vous n'avez rien vécu !

— Elle n'aime pas son mari, elle me l'a avoué. Elle est malheureuse et je me dois de la délivrer. Je lui écris chaque semaine. Je vais bientôt partir, mon ami.

— Il y a un an, tu lui écrivais chaque jour. Tu verras, cela te passera, comme pour les autres. N'importe quelle femme du Café Royal te fera oublier cette Mildred, crois-moi, dit Adrian en embrassant du regard la salle bondée.

— Tu m'en parles comme si tu avais essayé…

— Ce n'est pas le cas, je suis amoureux, annonça-t-il.

— Voilà une bonne nouvelle ! Garçon, encore deux verres de champagne !

— Horace, je me sens déjà grisé…

— Alors, dis-moi, je le connais ?

— Cela ne te regarde pas.

Horace parlait fort, comme toujours en société, ce que ses contempteurs prenaient pour une manifestation de son tempérament rustre et orgueilleux. Adrian était l'un des rares à savoir qu'il souffrait d'une surdité partielle, consécutive à une diphtérie contractée à l'âge de dix ans.

— Tout ce qui te concerne me regarde, tu le sais, insista Vere Cole.

— Non.

— Non ? Ça ne me concerne pas ?

— Non, tu ne le connais pas. Et cela ne te regarde pas.

— Allez, son patronyme, je sais être discret, dit-il en s'approchant pour tendre l'oreille.

— Sûrement pas, articula lentement Adrian. Je te connais trop bien.

— Horace de Vere Cole ! hurla un homme corpulent qui venait d'entrer et le pointait du doigt.

Toutes les conversations cessèrent. L'individu, accompagné de deux comparses aux mines tragiques de témoins, traversa la salle, ivre de fureur, sans prêter la moindre attention aux serveurs qui évitèrent son chemin en protégeant leurs plateaux.

— Qu'est-ce que c'est ? interrogea Adrian alors qu'Horace, dos à l'entrée, se retournait.

Il lâcha, flegmatique :

— Ça ? Deux quintaux d'ennuis.

— *Abydocomist*[1] *! Dalcop*[2] *! Fopdoodle*[3] *!* fulmina l'homme, après s'être planté devant leur table, sa canne-épée pointée vers le sujet de sa colère.

— Allons, calmez-vous, lord Dunsany, répondit Vere Cole en se levant. Vous êtes en présence de beau monde, ici. Même vos insultes sont dépassées. Tout cela fait tellement XVIIe siècle ! ajouta-t-il en toisant les deux accompagnateurs.

1. Menteur vantard.
2. Tête d'idiot.
3. Gribouillage de dandy.

— Quels sont vos griefs, monsieur ? intervint Adrian qui, pour avoir maintes fois été mêlé aux incartades de son ami, savait qu'une franche explication et des excuses anticipées suffisaient souvent à désamorcer les conflits.

Mais, en la matière, Horace était plus imprévisible qu'en amour. Dunsany sembla se rasséréner et détourna la pointe de sa lame vers le sol :

— Il y a que j'ai reçu aujourd'hui à mon domicile, à la même heure, pas moins de cinq pianos, livrés par cinq magasins différents : Mills & Co, Hastings, Brinsmead & Sons… Qui d'autre ? demanda-t-il à son témoin de gauche.

— Challen.

— Même Challen ! soupira le lord en prenant l'assistance à témoin. Plus un dernier dont j'ai oublié le nom. La rue était encombrée par les véhicules de livraison ! Vous rendez-vous compte ?

Le Café avait retrouvé sa dichotomie habituelle, partagé entre amusement et opprobre. Augustus s'était rapproché, prêt à défendre son camarade de soirées avinées avec qui il avait passé un pacte de sang, au couteau, à l'arrière d'un fiacre. Le pékinois avait augmenté la fréquence de ses grognements.

— J'ai fait mon enquête et il en ressort que vous êtes l'auteur de cette sordide plaisanterie, vous, Horace de Vere Cole, accusa Dunsany, qui contenait avec peine sa rage.

— Vous me voyez honoré de la paternité d'un canular de si bon goût, et je l'accepte volontiers, lança l'intéressé, même si je n'ai pas idée de son auteur. Voilà qui est digne de moi !

— Allons, messieurs, nous n'allons pas nous fâcher pour si peu, intervint Adrian, qui sentait poindre l'incident.

— Si peu ? Si peu ! s'énerva l'homme, dont les yeux s'embuèrent.

— Lord Dunsany a perdu sa femme avant-hier, précisa son témoin de droite. Cet acte inqualifiable est une provocation stupide ! Le fourgon mortuaire n'a même pas pu accéder à leur domicile.

— Nous partageons votre peine, s'empressa de répondre Adrian, et nous vous prions d'accepter toutes nos condoléances, lord Dunsany. N'est-ce pas ? ajouta-t-il en direction d'Horace alors que la plupart des clients les observaient.

— Certes, oui, nous sommes désolés, approuva celui-ci d'un ton badin. Vous avez perdu votre épouse mais êtes-vous sûr que personne ne l'a retrouvée ?

Horace reçut une gifle avant qu'Augustus ne se jette sur les trois hommes, les poussant à terre comme des quilles. Deux gentlemen tentèrent de prendre leur défense et traînèrent le peintre hors de la mêlée pour le rosser. Plusieurs artistes virent à son secours et chassèrent les deux malheureux au nom de la solidarité de l'art moderne. Horace prit un siphon d'eau de Seltz et arrosa les acolytes du lord, puis le lança en direction de deux bookmakers qui s'en prenaient à Adrian venu en renfort. La tête de ce dernier dévia la trajectoire du projectile, qui brisa un des miroirs dans un grand fracas de verre. L'incident spectaculaire fit fuir les derniers témoins de la scène. La mêlée qui s'ensuivit fut digne de l'équipe de rugby de Cambridge et ne fut interrompue que par les sifflets des policiers appelés par les serveurs. Quelques coups furent encore échangés avant que le calme ne revienne, mis à part le pékinois qui aboyait en continu en tournant sur lui-même. Sa propriétaire fut retrouvée, effrayée, aux toilettes. Elle récupéra l'animal qui, une fois dans ses bras, redevint une poupée docile, et quitta l'établissement sans un regard pour Augustus et Horace.

Les employés entreprirent de nettoyer la salle dans un bruit de verre pilé, tandis que le gérant de l'établissement tentait de dissuader l'inspecteur dépêché sur place d'arrêter quiconque pour trouble à l'ordre public. L'incident était clos et Horace avait proposé de payer le remplacement du miroir et des quelques chaises abîmées. Lord Dunsany était un notable honorable et Vere Cole une des attractions du Café Royal.

— À la demande de l'établissement, nous n'entamerons aucune poursuite, conclut le représentant de New Scotland Yard. Mr Vere Cole nous a affirmé sur l'honneur être étranger à cette malheureuse aventure. Messieurs, en tant que gentlemen, je vous demande de vous serrer la main.

La poignée des deux hommes fut glaciale. Dunsany évita le regard de Vere Cole et quitta le café sans un mot, suivi de ses deux soutiens.

— Une coupe de champagne ? proposa Horace à la cantonade pour marquer la fin des hostilités.

Tous refusèrent, à l'exception d'Augustus qui contourna le comptoir pour aller se servir. Vere Cole prit la glace, la posa dans une serviette qu'il noua comme un baluchon et s'assit à côté d'Adrian en le lui tendant.

— Comment va ta tête ? Je suis désolé, j'ai toujours été un très mauvais lanceur.

— J'ai une grosse bosse, mais ça ne saigne plus, répondit son ami en posant la poche sur l'arrière de son crâne. Pourquoi faut-il toujours que cela se termine ainsi avec toi et tes amis ?

— Les gens n'aiment pas les artistes. Ils jalousent leur liberté.

— Non, Horace, je veux dire : pourquoi faut-il toujours que tu ailles trop loin ? Il suffisait de lui expliquer que tu n'y étais pour rien, au lieu de le provoquer. La prochaine fois, je te laisse te débrouiller seul.

— La prochaine fois, nous réussirons un chef-d'œuvre. Et ce Dunsany est un rustre d'avoir oublié le nom du dernier piano : c'est un Grover & Grover de New Southgate. Vois-tu, sa femme était une artiste lyrique et je trouve que l'entourer de pianos pour lui rendre hommage est bien plus romantique que de lui envoyer des couronnes de fleurs. Un peu de poésie, que diable !

De l'importance de bien réussir sa sortie.

33

Bingley Hall, Birmingham, vendredi 17 septembre

La salle était déjà remplie, une heure avant le début du meeting, de plus de sept mille sympathisants du Parti libéral ainsi que des curieux. Mais les femmes, elles, étaient interdites d'entrée. Aux abords de Bingley Hall, et sur tout le trajet depuis la gare, les policiers aussi étaient des milliers. Tous les agents du comté avaient été mobilisés : dès l'annonce de la venue du Premier ministre à Birmingham, les suffragettes avaient prévu une action d'envergure pour gâcher la visite d'Asquith, ce qui avait eu pour conséquence un luxe de précautions autour de sa personne et un air d'état de siège pour la ville d'ordinaire paisible.

L'homme se fraya un chemin dans les premiers rangs et s'arrêta en face de la scène avant de s'éponger le front. Il montra son ticket à son voisin comme pour justifier sa présence :

— J'ai le sésame ! Dire que j'ai dû le présenter six fois avant de pouvoir arriver ici. Mais, ça y est, j'y suis ! conclut-il en s'asseyant lourdement sur le banc.

Il vérifia l'heure, s'épongea à nouveau, se plaignit de la chaleur et fit claquer son clapet de montre avant de l'enfouir dans la poche de son gilet étriqué par la rondeur de son ventre. Les spectateurs des gradins supérieurs entamèrent un chant militant que le jovial participant sifflota entre ses dents. Il dévisagea plusieurs fois son voisin, un jeune homme aux traits fins et à la carnation claire ponctuée d'éphélides et, voyant qu'il restait silencieux, tenta la conversation :

— Vous aussi vous vous demandez ?

— Je me demande quoi ?

— Ce qui va se passer avec ces hystériques. Leurs provocations.

— Non, dit l'autre sans même le regarder.

— En tout cas, je ne céderai pas à la menace, surtout venant de ces bonnes femmes.

— Je ne peux que louer votre courage, monsieur, répondit son voisin, dont l'esquisse de sourire lui fit comprendre qu'il venait d'essuyer une moquerie.

Il passa outre la rebuffade et lui expliqua avec sérieux et force exemples qu'en s'attaquant aux libéraux, les suffragettes les fragilisaient et favorisaient les conservateurs, qui étaient bien moins favorables au peuple.

— Et c'est pour cela que je suis venu soutenir notre Premier ministre ce soir, pour sa proposition de taxe foncière que les lords veulent empêcher. C'est un projet juste et qui favorisera les plus démunis au détriment des plus riches, argua-t-il avant de reprendre en chœur *For he's a jolly good fellow* avec toute l'assemblée, alors qu'Asquith montait sur l'estrade.

Le politicien avait emprunté un passage souterrain de la gare à son hôtel, puis avait été amené en voiture à Bingley Hall par un itinéraire secret. Il détestait ces démonstrations exagérées de protection, dont il pensait qu'elles ne pouvaient que profiter aux suffragettes en leur donnant l'importance d'un ennemi d'État. Mais il avait cédé au ministre de l'Intérieur devant les déclarations répétées de Mrs Pankhurst et de ses suffragettes lui promettant une soirée d'enfer. Il sourit à l'assemblée qui l'accueillait avec chaleur et lui fit un signe amical pour faire cesser le chant et commencer son discours :

— Si j'en crois votre enthousiasme, vous n'êtes pas venus ce soir par simple esprit de curiosité, ni pour voir du spectacle, dit-il pour évacuer d'une manchette la pression que les suffragettes avaient mise sur cette réunion.

— Non ! répondit l'assemblée, un « non » que le jovial partisan hurla à en faire exploser les tympans alentour.

— Vous êtes venus pour témoigner de votre détermination à ce que l'équilibre du budget de l'État se fasse par une distribution équitable des taxes, continua Asquith, déclenchant des acclamations.

— Il manque seize millions et ce n'est pas à nous de les payer, souffla l'homme à la cantonade.

— Sur la base de la taxation actuelle, étant donné les besoins de l'État, il manque actuellement seize millions de livres et le budget a été construit afin de combler ce déficit.

— Qu'est-ce que je vous disais, dit l'homme en tapotant l'épaule de son voisin, dont le regard lui intima de ne pas insister.

— Cela se fera par une taxe foncière, qui n'est pas une taxe sur les terres, comme nos adversaires veulent le faire croire, mais une taxe sur les plus-values, martela le chef du gouvernement. Plus-values qui, aujourd'hui, ne sont pas taxées et ne profitent qu'à une minorité. Nous devons rendre l'accès à la propriété au plus grand nombre et…

— Pourquoi n'accordez-vous pas le droit de vote aux femmes ? cria une voix dans les premiers rangs.

La question surprit Asquith et toute l'assemblée. Le militant à la jovialité disparue regardait, incrédule, son chétif voisin, ce jeune qui l'avait écouté distraitement, sans prendre parti, et qui venait d'interrompre le discours.

— Le droit de vote pour les femmes ! hurla à nouveau celui-ci, déclenchant une bronca dans le public.

L'homme ceintura le gêneur puis le força à s'allonger en attendant l'arrivée d'une vingtaine de membres de la sécurité, pendant que l'orateur reprenait son discours :

— Nous devons faire évoluer la loi en faveur des pauvres, nous devons aider les travailleurs face aux risques de la vie industrielle.

Sa voix, plus hésitante, trahissait son embarras. Asquith laissa filer un long moment les applaudissements afin de retrouver sa sérénité et d'attendre que le jeune perturbateur ait été sorti de la salle alors que les sifflets et les insultes fusaient sur son passage.

À l'extérieur de Bingley Hall, il fut remis aux policiers qui l'embarquèrent dans une des voitures prévues pour les arrestations, où il refusa de décliner son nom. Dans la rue, les partisans et les militantes, qui s'étaient mélangés à la foule, scandèrent leurs slogans et huèrent les forces de l'ordre s'apprêtant à les charger. L'étincelle venait de mettre le feu aux poudres.

Olympe avait suivi le déroulement des opérations en compagnie de Betty depuis leur cache, sur le toit d'une usine adjacente au Bingley Hall, qu'elles avaient investie le matin, bien avant que les forces de l'ordre ne bouclent les rues. Elles avaient fait une provision de tuiles et de briques pour les lancer sur la verrière du hall, mais celle-ci avait été recouverte d'une bâche par précaution et leurs tentatives furent vaines. N'ayant pas été repérées, elles assistèrent à l'arrestation mouvementée du courageux jeune homme, puis aux heurts qui suivirent avec la police. Olympe savait qu'une fois le discours fini, Asquith quitterait les lieux par Cambridge Street pour un second meeting à Curzon Hall.

La voiture du ministre se gara discrètement à l'arrière du bâtiment. Les portes s'ouvrirent et le politicien s'y engouffra, protégé par ses gardes du corps. Elle démarra sans ostentation et roula lentement le long du parc central. Les deux suffragettes anticipèrent la trajectoire du véhicule et, au signal d'Olympe, lancèrent chacune une brique. La première rebondit sur le toit avant d'éclater sur le sol aux pieds d'un bobby. La seconde se brisa directement sur la chaussée. La traction accéléra dans un crissement de pneus. Les policiers, qui avaient localisé l'origine des projectiles, bloquèrent les accès au bâtiment en moins d'une minute. Le duo clama, bravache :

— Le vote pour les femmes !

Ce qui attira l'attention des autres militantes et déplaça les affrontements devant l'usine cernée. Les policiers eurent affaire aux manifestants ainsi qu'à une pluie de tuiles qui s'abattit sur eux. Ils finirent par élargir le cordon autour du bâtiment. Un des inspecteurs de Scotland Yard demanda aux pompiers présents d'utiliser leur lance afin de déloger les deux suffragettes.

— Nous sommes ici pour les incendies, pas pour les émeutes, quoi que j'en pense, lui répondit le capitaine responsable de l'unité.

— Alors, je réquisitionne votre machine. J'en ai le pouvoir, menaça l'officier.

Pour toute réponse, le pompier croisa les bras. L'inspecteur désigna trois de ses hommes qui connaissaient le maniement des lances et qui arrosèrent le toit depuis le sol. Malgré la distance, le jet puissant et l'eau froide affaiblirent les deux femmes, qui tinrent bon en s'accrochant à une des cheminées. La manœuvre était dangereuse, à tout moment elles risquaient de glisser et chuter. La violence des affrontements autour de Bingley Hall, à coups de pierres et de projectiles en métal, avait surpris les forces de l'ordre et décuplé leur rudesse. Olympe décrocha le faîte en zinc de la cheminée et le lança dans leur direction mais le projectile fut dévié par l'eau et se perdit dans le parc. Malgré leurs efforts, les policiers étaient incapables de les déloger et une seconde équipe grimpa sur le toit, ce qui eut pour effet d'arrêter le déluge. Le répit fut de courte durée et, à peine leur souffle repris, Betty et Olympe se retrouvèrent encerclées par une dizaine d'hommes en uniforme.

— Ne nous touchez pas ! Nous exigeons de pouvoir descendre seules ! dit cette dernière avec panache alors qu'elle était transie dans ses vêtements trempés. Ne mettez pas les mains sur nous !

La seule réponse fut une courte mêlée au cours de laquelle elles furent saisies, menottées puis transportées telles des marchandises par les bobbies. Ils les emmenèrent jusqu'au fourgon où elles attendirent un temps qui leur parut interminable, pendant lequel la rumeur de la rue s'éteignit peu à peu. Elles cherchaient mutuellement du courage dans leurs regards mangés par la pénombre.

— Je crois qu'on est parties toutes les deux pour une diète de quelques jours, plaisanta Olympe.

— Je ne sais pas si j'aurai le cran de faire la grève de la faim, prévint Betty.

— Tu y arriveras, tu verras. Et, dans une semaine, on sera à nouveau au 4 Clement's Inn. Chez nous.

Un silence pesant s'était installé à l'extérieur, le silence poisseux de l'étourdissement qui suit la violence.

— Betty… je vais te confier un secret. Je n'ai dit à personne comment j'avais pu m'échapper de Westminster Palace l'année dernière.

L'image de l'inconnu s'était à nouveau imposée à elle.

— Tu as faussé compagnie à tes gardiens.

— Ce que j'ai omis de vous dire, c'est que je n'étais pas seule.

Olympe lui relata l'épisode de la cave sans rien omettre.

— Et tu ne l'as jamais revu ?

— Non.

— Mais comment était-il ? Décris-le-moi !

La porte du véhicule s'ouvrit brutalement et le lieutenant de police local leur ordonna de sortir.

— Scotland Yard prend le relais. Vous retournez à Londres.

Les échauffourées avaient cessé mais la rue était jonchée d'objets divers, de chaussures, de chapeaux et de quelques ombrelles.

— Regardez, voyez le résultat de votre émeute. Quel gâchis !

— Le plus grand gâchis vient de votre gouvernement qui réduit la moitié de la nation à la servitude, riposta Olympe. Tout cela n'est que la conséquence de son aveuglement.

— Taisez-vous.

— Ce n'est que le début, quand allez-vous enfin le comprendre ? dit-elle en tremblant de tout son corps alors que ses vêtements froids lui collaient à la peau.

— Taisez-vous ! ordonna l'homme, dépassé par les événements. J'espère que vous prendrez la peine maximale.

— Nous l'avons déjà, monsieur, la peine maximale. Que peut-il nous arriver de pire que d'être une femme dans cet Empire ?

34

St Bart, Londres, dimanche 19 septembre

Le souchong avait refroidi dans la tasse depuis plus d'une heure quand sœur Elizabeth la reprit. Elle le but distraitement, par petites gorgées, tout en lisant *The Standard*, qu'elle avait acheté par défaut alors qu'il n'y avait plus aucun *London Daily News* au kiosque.

— Je croyais que vous n'aimiez pas le boire froid, remarqua Reginald.

— Quoi donc ? demanda-t-elle sèchement.

— Votre thé. Vous le prenez toujours bien chaud.

— Vous avez raison, convint-elle en posant la tasse dans l'évier. Ce sont ces suffragettes qui me perturbent, ajouta la sœur en montrant l'article sur les heurts de Birmingham. Elles font montre d'une telle violence… Certaines ont attaqué la police à coups de hache et de marteau ! Lisez, c'est dans l'article : quelle honte pour les femmes !

— Le gouvernement les ignore, fit valoir Frances. C'est le désespoir qui engendre leur réaction.

C'était la première fois que l'infirmière prenait parti sur le sujet, ce qui n'échappa pas à Reginald.

— Ah, non, pas vous aussi, ma fille ! la tança Elizabeth. Aucune personne sensée ne peut approuver un tel déferlement de haine. Ces viragos ont écopé d'une peine de quatre mois, c'est le maximum, et je m'en réjouis. C'est un coup dur pour leur mouvement qu'elles se sont elles-mêmes infligé, et cette Pankhurst ne se pavanera bientôt plus dans les rues. Tout cela n'a que trop duré.

L'infirmière baissa les yeux. La discussion sur le sujet était close.

— Docteur Jessop, Mr Connellan vous attend en salle 1, enchaîna la religieuse.

— L'avaleur de sabres ?

— Une rechute, dit-elle avec une pointe de condescendance. Il vous expliquera.

Reginald fit une mimique de désappointement. Il lui semblait avoir parfaitement réussi son intervention deux mois auparavant.

— Je vais avec vous, proposa Frances, anticipant la nécessité de sa présence pour une seconde dilatation de l'œsophage.

Aucun des deux n'avait oublié les conditions particulières de la première opération. La veille, Frances avait accepté son invitation au pub où elle s'était montrée distante avant de les quitter tôt, ce qui avait plongé Reginald dans un désarroi profond. Il avait noyé sa détresse sous un nombre incalculable de bières qui lui avaient valu la pire cuite de toute son existence et un retard considérable à l'arrivée aux urgences le lendemain matin. Il avait effectué son intervention encore sous le coup de l'alcool, avec une assurance et une précision qu'il n'aurait jamais imaginées dans ses rêves les plus optimistes. Tous l'avaient félicité, y compris Thomas, et l'interne s'était bien gardé de révéler le secret de sa réussite.

Il sentit une sueur froide lui parcourir l'échine, qu'il tenta de chasser en frappant dans ses mains pour se donner du courage :

— Bien ! Allons rendre à Mr Connellan l'usage de son outil de travail. Après vous, Frances.

L'homme était plus amaigri qu'à sa première venue et il leur avoua qu'il avait attendu la dernière extrémité avant de se rendre au Barts. La radiographie avec bismuth confirma que le rétrécissement était plus important encore.

— Comprenez bien que je n'ai pas eu le choix, expliqua-t-il, l'air désolé. Bien sûr, j'étais guéri, mais je n'avais plus de travail. Alors, au bout d'un mois, j'ai accepté à nouveau plusieurs représentations. Et voilà une semaine que je ne peux presque plus rien avaler.

— Vous connaissez la manœuvre, dit Reginald en préparant le matériel que Frances avait sorti du meuble.

Au moment d'enduire d'huile d'olive le tube endoscopique stérilisé, il eut l'impression que tous avaient remarqué le léger tremblement de ses mains. La sueur froide reprit son chemin dorsal.

— Pouvez-vous attendre un instant ? demanda-t-il avant de sortir.

En ce dimanche après-midi, le bureau des médecins était vide. Reginald ouvrit son casier et en sortit une flasque d'alcool de riz gluant, qu'il avait achetée dans une épicerie du quartier chinois et qu'il conservait en cas de panique, ce qui était le cas. Il en but trois grandes gorgées – l'heure n'était plus à la finasserie –, le regretta aussitôt et se frotta la bouche avec des feuilles de menthe afin d'éviter une haleine porteuse de soupçons. Lorsqu'il retourna en salle de soins, ses mains tremblaient encore, mais il s'en moquait. Il se sentait capable de déboucher à la chaîne les estomacs de tous les patients du service et de demander sa main à Frances dans la foulée. Le froncement de sourcils de l'infirmière lui fit comprendre qu'elle savait lire dans ses pensées. Il toussota et reprit le cours de sa préparation, saisissant chacun des instruments, tube, pinces, porte-coton, mandrins, emporte-pièce et une impressionnante série de bougies molles [1] de tailles différentes, pour les déplacer de quelques centimètres.

— Là, c'est parfait, dit-il pour lui-même en frottant ses mains sur son tablier d'un air satisfait.

À l'aide d'un bandeau, Reginald fixa un miroir de Clar sur sa tête. La coupole réfléchissante était éclairée d'une petite lampe et percée près de son centre d'un trou permettant au médecin une observation monoculaire précise. Il enfila ses gants, qui lui recouvrirent une partie des avant-bras.

— On dirait un mineur avant la descente dans une galerie, commenta-t-il en accompagnant sa phrase d'un petit rire sec qui ne lui ressemblait pas.

Sans attendre la demande du médecin, Mr Connellan s'était allongé sur le dos, la tête hors de la table d'auscultation, penchée en arrière et soutenue au niveau de la nuque par Frances.

— Prêt, lança-t-il à l'adresse de l'interne.

Reginald s'assit sur un tabouret à la hauteur du malade et introduisit le tube endoscopique jusqu'à l'estomac sans que l'avaleur de sabres manifeste de réflexe nauséeux.

1. Instruments cylindro-coniques souples, en gomme, à l'extrémité en forme d'olive.

— Si tous mes patients étaient comme vous, ma vie serait tellement simple, dit-il, les yeux rivés sur l'ouverture du miroir. Dieu du ciel, quand même ! s'exclama-t-il à la vue de la sténose impressionnante qui obturait l'entrée de l'organe. Pas si simple que ça…

Il enleva son miroir et retira lentement le tube. Reginald hésita à sortir pour boire une nouvelle lampée d'alcool avant de continuer – celui qui avait envahi son sang s'était évaporé –, mais se retint. Il avait repris suffisamment d'assurance pour ne plus en avoir besoin. Il sélectionna trois bougies molles et introduisit la première dans la bouche de son patient. Son petit diamètre et la rectitude du trajet l'aidèrent à progresser facilement jusqu'à l'entrée de l'estomac.

— Nous allons dilater votre sténose avec ces trois bougies. La première a un centimètre de diamètre, expliqua-t-il. Je vais maintenant en placer une seconde, de même taille, à côté.

La manœuvre fut tout aussi rapide et le geste de Reginald sûr et précis. Il s'imagina devant un auditoire d'étudiants admiratifs, à leur enseigner l'art des explorations digestives. Il se redressa et prit un ton docte :

— La dernière a un diamètre de quatre centimètres, trois fois celui des autres, annonça-t-il à la manière d'un professeur du collège médical du Barts, ce qui fit hausser les sourcils du patient. Celle-ci sera guidée par les deux premières et permettra une dilatation maximale. Mais, je vous rassure, pour vous, ça ne sera pas plus douloureux qu'un petit sabre d'entraînement, monsieur Connella. Infirmière, conclut-il d'un ton martial, en tendant la main sans regarder Frances.

Elle y déposa la bougie molle d'un geste rude, en guise de reproche face à son attitude, mais il ne le remarqua même pas.

— An ! ahana le patient, la bouche grande ouverte. O-é-an !

— « Océan » ? demanda Reginald en l'interrogeant du regard. Pourquoi « Océan », monsieur Connella ? La mer vous manque ?

— O-é-an ! répéta-t-il.

— Goéland ? proposa-t-il. Pourtant, je n'ai pas utilisé de cocaïne, dit-il à Frances. Vous avez mal quelque part ?

— Je crois qu'il essaie de vous dire qu'il s'appelle Connellan, docteur. Pas Connella. Con-ne-llan, comme le fameux historiographe.

Le patient approuva d'un grondement.

— Attendez-moi, répliqua l'interne.

Il les planta là pour se rendre à son vestiaire, but une nouvelle gorgée d'alcool de riz et sortit aussitôt. Dans le couloir, il croisa Thomas accompagné d'Horace de Vere Cole.

— Je vous croyais de repos, docteur, dit l'interne après les avoir salués.

— Il l'était, mais il me fait l'amitié de me voir pour une urgence, expliqua Horace.

— En tout cas, vous avez l'air en forme pour un miraculé.

Reginald accompagna sa remarque d'une tape amicale sur l'épaule, qu'en temps normal il aurait considérée comme une familiarité inconcevable, puis rentra dans la salle de soins sans retenir la porte, qui claqua.

— J'imaginais que les médecins buvaient moins que leurs patients, commenta Horace, laconique.

— Mon assistant est un garçon sobre, répondit Belamy, qui n'avait jamais vu Reginald aussi extraverti.

— Il sentait l'alcool, je vous l'affirme.

— La désinfection est notre souci quotidien.

— Rassurez-moi, mon ami, vous n'opérez pas avec les dents ? Ce n'étaient pas ses mains qui avaient trempé dans l'eau-de-vie.

— Je vous emmène à Uncot, monseigneur, dit Thomas, s'avouant vaincu.

35

St Bart, Londres, dimanche 19 septembre

Les trois extrémités des bougies molles dépassaient de la bouche du malheureux en retombant paresseusement devant lui.

— Voilà un travail bien fait, monsieur Connellan, dit Reginald en insistant sur la fin du patronyme. Vous allez les garder ainsi sans bouger durant une demi-heure et je viendrai les retirer. Si tout va bien, il n'y aura pas besoin d'une autre séance. Infirmière, pourrais-je vous parler en privé ?

L'autorité du ton surprit Frances, qui obtempéra sans protester. L'interne choisit de l'emmener dans la grande cour carrée de façon à être vus de tous sans être entendus. Il exerçait depuis plus d'un an aux urgences et n'avait toujours pas réussi à comprendre le comportement de l'infirmière envers lui. Elle se montrait parfois chaleureuse, parfois distante, toujours imprévisible. Grisé par le riz fermenté, Reginald avait improvisé la rencontre qu'il venait de solliciter.

Ils étaient debout près d'un des bancs qui entouraient la fontaine et, à ce moment précis, alors que la jeune femme le regardait avec curiosité en attendant de découvrir la raison de sa convocation, l'interne sentit l'euphorie le quitter et le doute l'envahir. Il ne savait par où commencer, il ne savait plus quoi lui dire, il se trouvait à nouveau celui qu'il avait toujours été, timide et pris de panique dans ses relations avec les femmes. Elle devait le trouver stupide et gauche et ne manquerait pas de relater l'incident à toute l'équipe, qui le relaierait à tout l'hôpital. Affronter le regard moqueur des autres était une torture pour lui.

Le salut vint de Frances.

— Je voulais savoir, monsieur, pourquoi vous semblez mécontent de moi.

— Mécontent… ? Que voulez-vous dire ?

— Je le vois bien à la façon dont vous vous adressez parfois à moi pendant les soins ou les opérations. Cela me met mal à l'aise, vous savez.

— Oh, j'en suis navré.

— Dans ces moments-là, vous semblez contrarié mais vous ne me donnez pas d'indications sur ce que je fais mal, alors que j'en aurais besoin pour progresser.

— Je comprends, répondit-il en remerciant le ciel de l'aider à se sortir lâchement de l'impasse dans laquelle il s'était fourré seul.

— J'ai l'impression que vous rechignez à me faire des remontrances parce que votre nature généreuse vous en empêche, mais il faut le faire, pour mon bien.

— Ah ? Vous trouvez que j'ai une nature généreuse ? Enfin, je veux dire, oui, je ne manquerai pas de partager avec vous mon expérience, soyez-en certaine. Nous sommes là aussi pour cela.

Reginald avait parlé d'un ton guindé, celui que son père, Sir Jessop, lui avait enseigné selon les codes de la bonne société édouardienne. Elle le remercia et regarda vers le bâtiment des urgences pour mettre fin à la conversation.

— À vrai dire, je n'ai qu'à me féliciter de vous, Frances. Vraiment. Mais je vous avouerai…

— Oui, monsieur ?

La pensée que l'infirmière avait été vue un soir entrant dans l'appartement du docteur Belamy l'avait traversé, comme souvent dès qu'il s'enflammait pour elle. Il se sentit ridicule de courtiser une femme qui était la maîtresse de son supérieur.

— Je vous avouerai que, moi aussi, j'ai beaucoup à apprendre des autres. C'est ce que je voulais vous dire. Merci de m'avoir accordé de votre temps, Frances.

Horace, assis sur un tabouret, avait le bras posé sur la table d'auscultation. Thomas lui enfonça l'aiguille d'argent et de zinc au niveau de la pliure du poignet gauche, dans le prolongement de l'index.

— Maintenant, portez l'auriculaire à votre paume, puis relevez-le, demanda-t-il en observant la main de son patient.

Le médecin inséra une seconde aiguille à l'endroit touché par l'extrémité du doigt.

— Quand partez-vous ?

— J'embarque demain matin pour Calais. Puis une journée et demie de train. Je serai à Rome mercredi.

Horace avait fini par se décider : il irait délivrer la belle Mildred des griffes de son brutal mari et l'épouserait sitôt le divorce prononcé. Chaque fois qu'il tombait amoureux, le romantisme de Vere Cole le transformait en chevalier éperdu de nobles sentiments et, chaque fois, sa passion dévorante le conduisait à la catastrophe.

— Depuis combien de temps ressentez-vous ces troubles du rythme cardiaque ? interrogea Thomas en posant un stéthoscope flexible sur sa poitrine.

— Depuis trois jours. Ça m'a pris au réveil et, depuis, ça ne m'a plus quitté. Qu'en pensez-vous ?

— Arythmie extrasystolique. Il n'y a pas vraiment de traitement, ils sont dus au fragment de balle qui est dans la zone du cœur. C'est lui qui provoque l'excitation nerveuse conduisant à ces ratés dans vos battements.

— Je vous parle de Mildred et moi : qu'en pensez-vous ? corrigea-t-il avec malice.

— Je pense que votre corps exprime à travers son cœur ce que votre âme ressent envers cette femme, éluda Thomas tout en écoutant l'évolution du rythme cardiaque.

— Prenons-le comme un signe positif ! Et cela aurait de la classe de s'écrouler à ses pieds, emporté par un cœur qui aurait trop palpité pour elle. Quelle plus belle preuve d'amour ?

— La plus belle preuve serait de rester vivant pour la sortir de sa cage dorée, non ?

— Vous avez raison ! Nous vivrons ensemble et heureux pour le restant de nos jours, si Dieu le veut. Et mon médecin favori !

Thomas retira l'embout de son oreille. Il prit la première aiguille, la roula trois fois entre pouce et index et répéta l'opération avec la seconde, avant d'écouter à nouveau les bruits du cœur.

— Vous semblez répondre favorablement à l'acuponcture, déclara-t-il. Nous referons une séance à votre retour de voyage.

— J'ai une meilleure idée, mon ami : pourquoi ne pas venir avec moi ? Ainsi, vous pourrez surveiller votre malade préféré et profiter d'un séjour en Italie.

Belamy ne répondit pas et posa son stéthoscope sur la table d'auscultation.

— Je paierai vos frais et je ferai un don à l'hôpital, ajouta Horace. Un gros don.

— Voilà qui est généreux.

— Non, voilà qui est complètement égoïste. Je voudrais arriver chez elle avec mon médecin personnel. Ça la rassurerait sur mon niveau de vie. Alors ?

— Vous n'aurez pas besoin de moi pour réussir votre entreprise, Horace. Et j'ai de nombreux patients qui m'attendent la semaine prochaine.

— J'aurai essayé ! Au moins, cela me rassure sur votre intégrité. Vous m'enlevez ces pieux de la main ? J'ai l'impression d'être l'objet d'un culte vaudou.

— Encore un peu de patience, répondit Thomas avant de rouler à nouveau les aiguilles entre ses doigts.

— Vous n'avez pas de Teeling ? Du brandy ? Le parfum de votre interne m'a donné soif.

Belamy laissa à nouveau filer un silence, ce que Vere Cole détestait, lui qui n'aimait rien de plus qu'occuper l'espace des conversations.

— En parlant de votre collaborateur, vous feriez bien de lui dire de se méfier des comateux.

Alors qu'il s'occupait des soins du faux évêque, Reginald avait avoué à Frances avoir aperçu le docteur Belamy dans une rue malfamée de l'East End, sans lui préciser qu'il l'avait suivi.

— Ainsi, vous rôdez dans Spitalfields la nuit ? taquina Horace.

— Oui, ce qui fait de moi une personne infréquentable, surtout quand on veut épouser la femme d'un comte. Raison de plus pour ne pas m'emmener à Rome, je ne suis pas de votre monde.

— Adrian ne vous a pas dit que j'avais séjourné deux ans à Toynbee Hall ?

Le nom fit mouche sur Thomas. Toynbee Hall était une expérience socialiste utopiste, créée vingt-cinq ans plus tôt dans l'East End, dans le but de faire vivre dans un même bâtiment des ouvriers et des jeunes gens fortunés, afin de mettre les représentants de la classe aisée de la société anglaise en contact direct avec la réalité de la pauvreté. Vere Cole y avait aidé les organisations de charité, surtout celles dédiées aux enfants.

— Pourtant, les enfants me terrifient. Je ne sais pas pourquoi, je déteste leur présence. Mais je l'ai fait. Je ne suis pas juste un viveur, mon ami. Et mon cœur ne palpite pas uniquement pour les femmes belles et désirables. Je connais l'East End, j'y ai vu la misère et le désespoir des gosses.

— Un jour, peut-être, je vous montrerai pourquoi je passe mes nuits dans le pire enfer de toute la ville. Et vous serez surpris. Voilà, c'est fini, dit Thomas en retirant les deux aiguilles. Vous êtes prêt à affronter l'amour, cher Horace.

À son retour aux urgences, un attroupement s'était formé dans la première salle de soins. Toute l'équipe de soignants ainsi que quelques malades étaient réunis autour de Reginald, qui expliquait avec de grands gestes ce qui venait de se produire. L'arrivée de Thomas le soulagea et il reprit sa description :

— Après avoir posé le matériel de dilatation dans l'œsophage de Mr Connellan, je suis allé quelques minutes dans la cour, puis nous avons eu un afflux de patients à la suite d'un accident de tramway.

— Quelques blessés sans gravité, le véhicule s'était couché sur la chaussée, précisa Elizabeth.

— Quand je suis revenu dans la salle, il s'était écoulé un peu plus d'une heure.

— Une heure trente, corrigea Frances.

— Le patient n'y était plus. Il avait laissé un mot, continua Reginald en tendant le papier à Thomas.

> *Cher docteur,*
> *L'attente se prolongeant, je me permets de rentrer à la maison avec ces instruments qui me seront sans doute très utiles à nouveau dans quelques semaines. Ainsi, je ne vous dérangerai plus à l'avenir. En espérant vous simplifier la vie, votre bien dévoué H.R. Connellan.*

— Le concierge l'a vu sortir : il n'avait plus les tubes dans la bouche, ajouta l'interne.

— Il les avait retirés dans la salle, compléta Frances en imaginant la scène.

— C'est ma faute, je vais aller de suite chez lui récupérer notre matériel, dit Reginald en enlevant son tablier. Pourvu qu'il ne lui soit rien arrivé, un saignement, une lésion de la paroi de l'œsophage…

— Il est peut-être chez lui allongé et baignant dans son sang, renchérit l'infirmière.

— Quelle guigne, c'est ma faute ! conclut-il alors que tout le monde avait commencé à parler en même temps.

— Arrêtez, calmez-vous, tous ! intima Thomas pour faire taire le brouhaha qui nimbait la pièce. Que ceux qui n'ont rien à faire ici sortent. Quant à vous, Reginald, inutile de vous précipiter chez votre patient. Notre homme est bien plus apte que nous à introduire et retirer des cathéters dans sa gorge. Je vous rappelle que c'est son métier.

La remarque calma le jeune interne, qui s'adossa contre un des murs et cacha son visage dans ses mains un court instant durant lequel Belamy le vit contenir ses larmes. Reginald se massa les joues avant de souffler et de retrouver son sang-froid :

— Je vais appeler le poste de police le plus proche pour qu'ils passent chez lui.

— Voilà la meilleure décision. Votre rôle est ici, là où les urgences ne sont pas une simple hypothèse. Maintenant que tout le monde a repris ses esprits, commençons la visite, dit Thomas en mettant la main dans sa poche. Tout compte fait, il vous reste dix minutes, rectifia-t-il : j'ai laissé mon stéthoscope sur la table d'examen d'Uncot.

Il traversa l'hôpital, dont le calme dominical des autres services contrastait avec l'activité de son département, accompagné d'un pressentiment qui se révéla exact. L'instrument n'y était plus : Horace l'avait subtilisé.

36

Holloway, Londres, samedi 25 septembre

Le directeur observait la promenade des détenues depuis sa fenêtre. Les femmes marchaient en file indienne et en silence, conformément au règlement. Aucune suffragette n'était présente. Toutes étaient à l'isolement pour cause de grève de la faim. Il songea qu'il lui était plus facile de diriger des prisonnières de droit commun que ces militantes féministes qui perturbaient la vie quotidienne de son établissement jusque dans le moral de ses gardiennes. L'une d'elles avait démissionné la semaine précédente. Heureusement, il pouvait compter sur les plus anciennes, alors qu'il venait d'être affecté à son poste. Mais cette situation l'inquiétait.

— Miss Lovell en est à son huitième jour, dit le médecin-chef en égrenant dans son dos le nom des prisonnières et la durée de leur jeûne. Il est temps d'agir. Sinon, nous devrons la libérer dès demain.

— En êtes-vous sûr ? Avez-vous eu un ordre écrit ? s'enquit le directeur, sans se retourner vers lui.

— Les plus hautes instances me l'ont expressément demandé. Le roi lui-même a écrit au ministre de l'Intérieur.

— Avez-vous vu ce document ?

— Bien sûr que non, nous sommes entre gens de parole. Je vous rappelle que nous avons l'ordre de les nourrir de force, monsieur.

— Tout cela est contrariant, soupira le directeur en dodelinant de la tête. Au moment où leur mouvement perd du crédit dans l'opinion publique, nous allons les remettre en selle !

— Vous et moi obéissons aux ordres.

Le directeur revint à son bureau et s'assit en face du médecin.

— Nous allons être accusés de maltraitance, dit-il.

— C'est un geste humanitaire, répondit l'homme de science avant de claquer son registre. Rien de plus. Nous commencerons à midi avec cette Lovell. Je vous remercie de votre soutien, monsieur le directeur.

Lorsque la porte de la cellule s'ouvrit, Olympe se leva. Elle était prête à partir, après une grève de la faim qui avait été plus pénible encore que la première. Mais quelque chose clochait. Le nombre élevé de gardiennes, quatre, et la présence de deux médecins, dont l'un portait autour du cou une grande serviette. Elle n'eut pas le temps de réagir que deux des matonnes lui bloquèrent les bras et l'obligèrent à s'asseoir sur son tabouret. La troisième lui prit les jambes. Olympe se débattit de toutes ses forces, mais les gardiennes laissèrent passer la charge et la prisonnière s'affaiblit rapidement. Le premier médecin, qui s'était placé derrière elle, la força à mettre la tête en arrière pendant que la dernière matonne étalait la serviette sur son torse et ses bras.

— Non, non… Non !

Le cri d'Olympe, son hurlement de désespoir, fut entendu dans toute la prison. Les encouragements des autres détenues lui répondirent. Le directeur, resté dans son bureau, arrêta d'écrire et appliqua les paumes de ses mains contre ses oreilles.

Lorsqu'elle voulut crier à nouveau, le médecin en profita pour la forcer à garder les mâchoires ouvertes pendant que le second lui enfonçait un bâillon entre les dents. Ils la laissèrent reprendre sa respiration quelques secondes puis, alors que la gardienne augmentait sa pression sur la tête en anticipant une réaction de la prisonnière, le médecin-chef introduisit un tuyau souple dans sa narine gauche. Il y eut un picotement, et, très vite, une brûlure, aiguë, vive, qui lui envahit tout le nez et descendit vers sa gorge. Olympe eut un instant de sidération, pendant lequel elle crut que son cœur s'était arrêté de battre, puis, telle une vague, la brûlure l'envahit à nouveau, accompagnée de réflexes nauséeux. Elle se sentait prise au piège, incapable du moindre mouvement, violentée et forcée à déglutir le serpent de caoutchouc et son cortège de douleurs. Elle le sentit progresser, rapidement, jusqu'à son estomac. Les nausées ne cessaient pas, son corps était parcouru de spasmes qui l'affaiblissaient encore plus. Elle faillit s'évanouir mais sa volonté la tint éveillée. Elle les défia en les fixant droit dans les yeux, et son regard disait sa rage. Ils pouvaient faire plier son corps, mais pas leur cause.

Le second médecin prépara l'autre extrémité du tube en y ajoutant un entonnoir de porcelaine puis tendit le caoutchouc en élevant le bras.

— La solution de Bengers, dit-il à l'adresse d'une des matonnes.

Le ton était neutre, détaché, clinique. La femme versa une pinte entière de liquide et se mit en retrait. Ses yeux fixaient le sol. La veille, elle avait imploré Olympe d'avaler la cuillère de bouillon qu'elle lui tendait.

Le passage dans l'estomac fut rapide. Olympe sentit le liquide froid s'y accumuler. Elle crut que son organe allait éclater, il cognait contre son diaphragme. Une douleur de satiété apparut. Et, à nouveau, la brûlure. De l'œsophage, elle remonta jusqu'à sa gorge puis son nez. Le médecin jeta le tuyau dans une bassine d'eau chaude qui se troubla et rougit.

On prit son pouls, on la transporta sur la planche qui lui servait de lit, on la recouvrit d'une couverture. Elle toussait et crachait, tout était devenu flou, seule la brûlure était toujours en elle comme la cicatrice de ce viol.

— Tout s'est bien passé, conclut le médecin-chef. Demain, vous serez nourrie à la cuillère. Si vous refusez, on recommencera la sonde samedi prochain.

Olympe se recroquevilla. Les larmes coulèrent et se mélangèrent au sang et au mucus qui sourdaient de ses narines. Elle pensa à son inconnu qui, cette fois, ne l'avait pas protégée. Elle l'avait appelé mais il n'était pas venu et elle décida que, dorénavant, elle haïrait les samedis.

37

Jardin du Luxembourg, Paris, mardi 28 septembre

Horace paya vingt sous à la chaisière et déplaça son siège dans les jardins à l'anglaise, assez loin du bassin où grouillaient des dizaines d'enfants et leurs nourrices. À l'écart des larges allées fréquentées et à l'ombre fragile des grands arbres demi-nus, il s'était posté en face de la réplique de *La Liberté éclairant le monde*, par superstition envers la patrie de la femme dont il était amoureux. Depuis son arrivée à Paris, il avait repéré une fournée de canulars possibles, mais n'avait pas le cœur à s'amuser.

Il posa l'ouvrage qu'il avait en main sur ses genoux et apprécia la vue du parc. Les ahanements des joueurs de paume lui parvenaient d'un terrain de jeu non loin. Un homme, vêtu de noir des souliers au chapeau melon, remontait l'allée à vive allure. Il était le seul à se presser, au milieu de la flânerie débonnaire des autres promeneurs qui profitaient du jardin et des bassins, donnant l'impression d'une mouche énervée zigzaguant autour d'un paisible troupeau. Horace préférait les squares londoniens, plus petits mais disponibles dans chaque quartier, comme pouvaient l'être les cafés à Paris, et dans lesquels tout le monde s'affairait en s'agitant. La vie ici lui semblait au ralenti comparée à Londres, mis à part la mouche noire qui s'approchait en lui faisant de grands signes.

— Monsieur de Vere Cole ? demanda l'homme en soulevant son chapeau d'une main et en lui tendant l'autre dans des effluves de sueur séchée. Voilà vingt minutes que je vous cherche, ajouta-t-il en modulant son ton pour ne pas en faire un reproche.

— C'est votre métier de trouver les gens, monsieur Capulet, répliqua Horace en hélant la chaisière.

— Certes, mais, d'habitude, ce sont les clients qui viennent à moi, objecta l'homme en observant les badauds proches d'un air exagérément professionnel.

Il paya et s'assit, soulagé du français parfait de son interlocuteur. Sa secrétaire lui avait laissé un billet indiquant qu'un client anglais l'attendait près du bassin du Luxembourg pour une affaire de la plus haute importance. La moustache kitchenerienne d'Horace l'aurait fait reconnaître entre mille Parisiens.

— Alors, monsieur de Vere Cole, que puis-je pour vous ?

— Connaissez-vous Somerset Maugham ?

— Pas encore, dit le détective en notant le patronyme. Est-ce la personne à retrouver ?

— Grands dieux, non, s'amusa Horace. C'est un de nos plus talentueux jeunes auteurs et figurez-vous que j'ai emporté son dernier roman dans ce voyage. *Le Magicien*, dit-il en lui montrant la couverture. J'ai commencé à le parcourir en vous attendant et quelle ne fut pas ma surprise…

Il lui lut les deux premières pages, dont l'action se déroulait au jardin du Luxembourg où deux protagonistes avaient rendez-vous. M. Capulet fit semblant de s'intéresser à ce qu'il considérait comme un non-événement.

— J'y vois un signe du destin, affirma Vere Cole en fermant le roman, au grand soulagement du détective. Le sort va à nouveau nous être favorable.

Rien ne s'était passé comme prévu à Rome. Dès son arrivée, Horace avait prévenu Mildred de son intention de la délivrer de son mari, quitte à provoquer le comte en duel pour le tuer. Le samedi, il s'était rendu au théâtre avec un ami du couple, Francesco Ruffo, jeune aristocrate qui lui avait semblé être l'intermédiaire idéal pour leur projet. Lors de l'entracte, Horace lui avait avoué la passion qui l'unissait à Mildred et avait sollicité son aide. Il était rentré à l'hôtel plein d'espoir et empli de la musique de Verdi que le ténor Caruso avait enchantée de sa voix. Le surlendemain à midi, il chantonnait encore *Aïda* quand le cocher de la maison Pasolini avait toqué à sa porte et que tout le bonheur promis s'était évaporé en un instant : le jeune Ruffo s'était donné la mort la veille, ne pouvant supporter de savoir Mildred amoureuse d'un autre alors qu'il se languissait pour elle. La comtesse, effrayée et paniquée à l'idée du scandale qui allait éclabousser une famille romaine séculaire, venait de fuir mari et amoureux, son présent et son avenir ainsi que l'opprobre dont elle serait couverte toute sa vie, en prenant le train pour une destination inconnue. La sagacité d'Horace, ainsi qu'un billet de dix livres remis au cocher, lui avait permis de savoir qu'elle se rendait à Paris. Le soir même, il avait plié bagage, gagné la capitale française et contacté le meilleur détective de la ville, selon le concierge de l'hôtel des Modes, au 15 de la rue de la Ville-l'Évêque, où il avait pris une chambre pour la semaine.

— Maintenant, vous savez tout, monsieur Capulet. Je vous demande de la retrouver au plus vite, en raison de son état de désespoir, mais avec la plus grande discrétion : le comte ne doit pas savoir que je suis à sa recherche, conclut Horace alors que le soleil s'était dilué derrière une étole de nuages et qu'une soudaine fraîcheur faisait s'éloigner les nounous et leurs protégés.

— Bien, cela ne devrait pas poser de difficultés, affirma le détective en relisant ses notes.

— Il vous suffit de chercher parmi les palaces de Paris. Une Montague ne peut pas séjourner dans un hôtel de seconde classe. Elle est partie avec une amie française, Mme d'Ermont.

Le détective se leva et fit tomber son carnet dans la poche intérieure de son manteau d'un geste qui se voulait élégant mais qu'Horace trouva vulgaire.

— Je vous contacterai rapidement, monsieur de Vere Cole, sans doute dès demain.

Ils se saluèrent, l'homme en noir fit deux pas puis se retourna :

— Quand même, c'est amusant. Qu'un Capulet soit à la recherche d'une Montaigu. Quelle ironie, non ?

— C'est Montague, il y a un *e* et pas de *i*.

— Ah ? Ne vous inquiétez pas, je l'ai bien noté sur mon carnet. Quand même, c'est amusant, s'entêta-t-il en partant sans attendre de réponse.

Horace, qui s'était levé, le regarda s'éloigner de son pas rapide et chaloupé. Il serra l'ouvrage entre ses mains tout en fixant la statue de la Liberté d'un air dubitatif. Comment un homme qui ignorait Somerset Maugham et méconnaissait Shakespeare pourrait-il l'aider à retrouver Mildred, même si elle logeait en face de chez lui ?

38

Rue de Rivoli, Paris, jeudi 30 septembre

Contre toute attente, M. Capulet se montra d'une grande efficacité. Le lendemain, en début de soirée, il fit porter à Horace une enveloppe qui contenait deux feuilles de papier pliées en quatre. La première indiquait l'adresse de Mildred et la seconde ses honoraires, payables à discrétion sous huitaine. La nouvelle de l'avoir retrouvée fit passer le coût élevé des émoluments, mais Vere Cole se promit de concocter un canular pour Capulet dès sa prochaine visite à Paris.

Il envoya un mot à l'hôtel Regina, rue de Rivoli, où elle avait pris ses quartiers. Mildred ne se fit pas prier et accepta un rendez-vous pour le jour même, dans un des salons du palace. L'arythmie cardiaque d'Horace, qui était réapparue depuis Rome, cessa subitement.

Le temps était à l'orage depuis la mi-journée lorsqu'il entra au Regina. Vere Colc avait arpenté deux heures durant les magasins de la place Vendôme en se retenant d'acheter bijoux et parfums à sa bien-aimée. L'heure était encore au deuil et à l'incertitude et il ne devait rien précipiter, malgré le feu qui brûlait en lui. La fréquentation des boutiques l'avait aussi remis à sa place ; il ne faisait pas partie du même monde que Mildred et ses moyens financiers étaient infimes comparés à ceux du comte ou de la famille Montague. Mais, pour l'heure, rien ne pouvait gâcher ses retrouvailles, pas même la présence de Mme d'Ermont qui les surveillait, deux tables plus loin, en buvant un chocolat chaud.

— C'est une folie que de m'avoir rejointe ici, dit Mildred après qu'il lui eut dispensé un baisemain appuyé.

— Une folie si douce, j'aurais parcouru la terre entière jusqu'à vous retrouver et vous protéger, même de vous.

Il se sentait transporté en sa présence. Mildred avait la plus belle taille de guêpe qu'il ait jamais vue et les poignets les plus fins. Son visage était régulier et ses traits apaisants, ses yeux dégageaient une pointe de tristesse qu'il trouvait romantique et qui s'évanouissait en sa présence, ce qu'il avait remarqué dès leur première rencontre.

Vere Cole s'était répété mentalement cette scène des dizaines de fois, toute la nuit, et il n'avait pu trouver le sommeil. Il avait tant à lui dire mais ne voulait pas l'étouffer de ses ardeurs sentimentales, qu'Adrian et sa sœur Virginia avaient souvent qualifiées de grandiloquentes, voire de victoriennes, ce qui était dans leur bouche une insulte suprême. Son romantisme éculé les surprenait d'autant plus qu'Horace fréquentait le milieu libertin des artistes et des cabarets, faisant de lui un paradoxe vivant, ce dont il s'accommodait fort bien.

— Vous connaissez mes sentiments pour vous, je les ai exprimés, mais je suis en colère, continua-t-elle. Vous êtes responsable de cette situation, Horace de Vere Cole. Il y a eu mort d'homme et je me sens déshonorée. Que vais-je dire à mes parents ?

— La vérité, ma mie, la vérité nue : vous ne pouvez continuer à vivre avec cet homme brutal et méprisant. Vous reprenez votre liberté pour vous unir à celui qui vous chérit le plus au monde.

— Mais ce ne sont pas des arguments suffisants pour divorcer, Horace. Ils ne vont pas comprendre.

Mildred parlait sans élever la voix, jouant des intonations et des expressions de son visage pour formuler ses sentiments. L'ambiance feutrée du salon avait rassuré Horace, qui n'avait jamais avoué à son amoureuse sa surdité partielle. L'absence de brouhaha lui permettait de ne pas avoir à hausser le ton.

— J'irai leur demander votre main jusqu'à Chattanooga. Je saurai les convaincre comme j'ai convaincu ma propre mère. Elle bénit notre union, ajouta-t-il en exagérant la réaction de Mary de Vere.

— Tout cela va trop vite... Mon Dieu, qu'ai-je fait ? se lamenta Mildred, comme si elle découvrait la situation au moment même. Mais que vais-je dire à mes parents ? répéta-t-elle en effleurant la main d'Horace sans que sa chaperonne le remarque.

Vere Cole laissa passer un silence ainsi que le serveur qui papillonnait autour d'eux en les écoutant avec intérêt.

— Je sais…, commença-t-il en ayant l'impression de chuchoter comme un comploteur, je sais par un informateur sur place que le comte Pasolini n'a rien tenté pour vous retrouver. C'est une acceptation tacite de la situation.

— Détrompez-vous, il donne le change à Rome en attendant mon retour.

Mme d'Ermont, qui avait commandé son deuxième chocolat, montrait des signes d'impatience. Horace décida de ne plus faire attention à elle.

— Alors, je le rencontrerai. Je le ferai venir ici à Paris. Il faut en finir vite.

— Je ne pourrai pas supporter de le voir. C'est au-dessus de mes forces.

Vere Cole remarqua chez elle la même expression d'attente que celle qu'elle avait le jour où ils s'étaient ouverts l'un à l'autre, sous la lune dorée, assis à la terrasse de la résidence d'été des Pasolini, à Coccolia. Elle avait attendu qu'il fasse le premier pas avant de lui avouer ses sentiments. Il devait agir et elle le suivrait.

— Je vous emmène en Irlande où nous louerons une maison. Je connais une belle villa italienne dans le comté de Wicklow, vous y serez en sécurité. Je retournerai régler la séparation avec votre mari et, à mon retour, nous pourrons vivre sans avoir à rendre de comptes à personne.

— Tout cela semble si inespéré… N'est-ce pas une chimère que nous poursuivons ? demanda Mildred, dont les yeux s'embuèrent.

La comtesse était épuisée par la culpabilité et l'absence de sommeil depuis son départ précipité de Rome.

— Mildred, Mildred… suis-je toujours votre Hercule de poche ?

— Vous êtes mon Hercule grandeur nature, dit-elle en esquissant un sourire.

— Je vous demande de croire en moi, cher amour.

— Je m'en remets à vous, Horace. Ne me décevez pas. Ne m'abandonnez jamais.

— Jamais, j'en fais le serment. Vous êtes mon unique soleil, sans vous je mourrais.

— Ne dites jamais ça, surtout pas ! Je vous veux vivant tout à moi !

Mme d'Ermont se leva pour signifier que les convenances avaient atteint leur limite de durée. Horace assura une nouvelle fois Mildred de la pérennité de ses sentiments et regarda les deux femmes quitter le salon puis disparaître dans le grand escalier de marbre.

Il rejoignit à pied l'hôtel des Modes, longeant la Seine jusqu'au Louvre, traversant la place de la Concorde à une heure où les véhicules hippomobiles et les voitures à moteur formaient un môle compact difficilement franchissable autour de l'Obélisque. L'établissement, fruit de la restauration d'une maison sans charme, était neuf, d'un intérieur plaisant et moderne, flanqué d'une série de petits salons au rez-de-chaussée et d'une exposition de tableaux dans son grand hall. Il était fréquenté principalement par les abonnés de la revue *Les Modes*, pour lesquels il avait été bâti, et qui représentaient la bourgeoisie d'affaires provinciale. Horace n'avait pas indiqué à Mildred son lieu de résidence et elle ne le lui avait pas demandé, ce dont il lui savait gré. La différence de classe entre les deux établissements était criante et lui faisait honte. De par son nom, Mildred avait un rang à tenir que lui, simple propriétaire terrien, ne pourrait lui garantir très longtemps. Il savait que sa fortune lui permettait de faire sensation dans le demi-monde, pas dans le grand, celui des Montague. Mais elle l'aimait et cet amour lui ferait passer outre ces considérations, du moins tentait-il de s'en persuader.

Une fois dans sa chambre, il remplit une bassine d'eau chaude pour soulager ses pieds de la marche qu'il venait d'effectuer, s'assit au secrétaire et lista sur une feuille l'ensemble de ses biens : une maison de campagne de vingt-trois chambres et deux mille cinq cents acres de terrain, cinq jardins, un lac, neuf bois, un lotissement de quatorze maisons, une église et son presbytère, une école avec le logement de la maîtresse, une blanchisserie, cinq fermes, un omnibus, sept carrioles, deux voitures à moteur et de nombreux chevaux. Cet inventaire le rasséréna. Il décida de l'envoyer à Mildred, comme le trésor qu'un aventurier mettrait aux pieds de la reine de Saba, regarda ses propres pieds tremper dans l'eau devenue froide et considéra qu'il était indigne d'elle de lui écrire ainsi. Il passa un costume neuf en tissu d'Écosse et enfila ses bottes vernies avant de descendre dans le salon du courrier pour rédiger une lettre passionnée qu'il fit porter sur-le-champ à l'hôtel Regina. Il attendit la réponse, qui ne vint pas, oublia de souper, monta se coucher à onze heures, écouta au stéthoscope les battements de son cœur, redevenus réguliers, et ressortit aussitôt, direction rue de Londres où l'agence Capulet avait son bureau : le temps des canulars était revenu.

CHAPITRE VII

1er au 3 octobre 1909

39

Palais de Westminster, Londres, vendredi 1er octobre

La Chambre des communes était à demi remplie et la session de l'Assemblée se déroulait à un rythme de lord. Asquith et les quelques ministres présents discutaient ou s'échangeaient des billets sous l'œil bienveillant du speaker qui présidait la séance, engoncé dans sa longue robe noire.

— La parole est à Mr Keir Hardie, annonça ce dernier d'une voix aussi feutrée que l'ambiance du lieu.

Le député travailliste se leva et, lorsqu'il posa sa question au gouvernement, tous cessèrent leurs apartés. Le visage du Premier ministre s'assombrit, celui du ministre de l'Intérieur manifesta sa désapprobation. Les députés libéraux couvrirent sa voix d'un concert de huées et de moqueries.

— Je proteste vigoureusement contre ces pratiques barbares consistant à nourrir de force des prisonnières à l'aide d'un tuyau introduit dans la bouche ou le nez, alors que les malheureuses sont bâillonnées et entravées, continua-t-il en montant le ton pour se faire entendre. C'est inhumain et indigne d'un pays civilisé comme le nôtre !

Le chahut reprit de plus belle. Assis dans une des travées réservées aux visiteurs, Belamy serrait les poings.

— Détends-toi, lui conseilla Etherington-Smith. C'est le jeu. Cette Chambre n'est qu'un grand théâtre à destination de la population.

Quelques jours plus tôt, Thomas avait appris par ses fréquentations de l'East End que des détenues suffragettes avaient été nourries de force à Holloway et à l'établissement pénitentiaire Winson Green à Birmingham. Il avait alerté ses confrères, dont certains connaissaient les médecins de la prison, qui leur avaient confirmé la réalité des gavages, et avait initié une lettre de protestation que cent seize praticiens avaient signée et que Raymond avait accepté de parrainer.

— Le docteur Etherington-Smith, poursuivait Keir Hardie éminent professeur à l'école médicale de l'hôpital St Bartholomew, chirurgien et athlète émérite, a déposé aujourd'hui même un mémorial au bureau du Premier ministre, dont je vais vous révéler la teneur : « *Nous, soussignés, médecins, protestons contre le traitement d'alimentation artificielle des prisonnières suffragettes. Nous portons à votre connaissance que cette méthode d'alimentation peut avoir les plus graves conséquences quand le patient résiste, que des accidents imprévus peuvent se produire et que la santé de la personne peut sérieusement être compromise. Nous considérons que cette pratique est imprudente et inhumaine. Par conséquent, nous vous demandons instamment d'intervenir pour la faire cesser sur-le-champ.* » Quant à moi, je vous demande, Monsieur le ministre de l'Intérieur, de nous dire ce que vous comptez faire pour que cesse cette abomination dénoncée par le corps médical.

— Le *Times* a accepté de la publier, chuchota Etherington-Smith.

— Merci, Raymond, merci de ton aide précieuse.

— Je ne le fais pas par amitié, mais parce qu'une telle méthode est inadmissible. J'ai autant de convictions que toi. Non, j'en ai plus, ajouta-t-il en gardant son sérieux.

Herbert Gladstone s'était levé. Son air de contrariété ne l'avait pas quitté.

— Nous venons tout juste d'avoir connaissance de cette lettre et nous y répondrons avec le plus grand soin, monsieur le député. Mais je voudrais mettre en garde ces médecins qui se réfèrent à des articles parus dans des journaux mal informés sur ces traitements médicaux.

— Traitements médicaux ? Monsieur le ministre, comment pouvez-vous appeler ces brutalités barbares des « traitements médicaux » ?

— Selon mes informations, ils ont été employés parce qu'une alimentation par les voies normales n'était pas possible. Pour le reste, je me réfère aux médecins des prisons concernées, je ne suis évidemment pas un spécialiste de la question.

— Monsieur le ministre, savez-vous combien de prisonnières ont subi ces pratiques cruelles ?

— Aucune prisonnière n'a subi ce que vous décrivez. À notre connaissance, seules deux suffragettes ont reçu des traitements adaptés à leurs cas.

— Permettez-moi de contester vos chiffres. Selon nos informations, il y a des dizaines de cas recensés.

— Sortons, souffla Belamy. Je ne peux plus supporter ces mensonges.

Les deux hommes marchèrent jusqu'au hall St Stephen avant que Thomas n'arrête son ami par le bras.

— Je voudrais te montrer quelque chose. J'ai un secret à partager avec toi.

Ils firent demi-tour, traversèrent le hall central et suivirent un couloir aux nombreuses portes d'où entraient ou sortaient des employés de l'administration du palais, indifférents à leur présence, les bras chargés de dossiers à l'heure où couvait la crise alors que le budget n'avait toujours pas été voté, faute de consensus. Le coût exorbitant des cuirassés commandés aux chantiers navals devait être couvert par la taxe foncière que la Chambre des lords refusait d'avaliser. Asquith était aux abois et les suffragettes n'étaient plus qu'un petit caillou parmi tous ceux qui tapissaient ses chaussures.

Thomas entra dans le bureau du sergent d'armes où son assistant, un officier de la police de Londres occupé à organiser les rondes de la soirée, le salua avec familiarité. L'homme ne fit aucune difficulté pour lui ouvrir une porte qui donnait au sous-sol. Il les laissa descendre l'escalier et referma à clé derrière eux.

— J'espère que tu sais ce que tu fais, s'inquiéta Raymond, fasciné par le dédale de couloirs et de tuyaux qui formait le ventre du palais.

Thomas le conduisit jusqu'à la pièce où Olympe avait été séquestrée. Elle n'était pas verrouillée et ne semblait pas avoir été occupée depuis l'année précédente. Sur le lit, les draps défaits traçaient encore les formes de la prisonnière et les vieux journaux étaient toujours étalés sur la table. Belamy lui relata son sauvetage, qu'Etherington-Smith ponctua d'exclamations incrédules.

— Je ne sais pas qui elle est et je n'ai jamais cherché à la revoir, compléta-t-il.

— Mais ça n'a pas l'air si simple, n'est-ce pas ? devina Raymond. Tu sembles irrésistiblement attiré par cette personne et notre présence ici en est la preuve.

Thomas sourit et invita son ami à sortir.

— Si ta question est : aurais-je initié la pétition si je n'avais pas rencontré cette inconnue, la réponse est oui. À droite, dit-il alors que Raymond s'était arrêté à une intersection de couloirs.

— Non, ma question est : cela te pose-t-il un problème par rapport à Frances ?

— Frances ?

— Je suis désolé d'être quelque peu abrupt, mais le bruit court avec insistance que tu es engagé dans une relation avec ton infirmière.

Ils s'arrêtèrent dans une pièce carrée qui semblait un cul-de-sac.

— J'en suis informé, mais, quitte à décevoir tout le service, il n'en est rien, rétorqua Thomas avant d'ouvrir la grille qui donnait sur une galerie et dont le grincement conféra à son affirmation un tour solennel.

— Alors, voici donc le fameux souterrain de la conspiration des poudres ? Celui qui sert à tous les gouvernements pour échapper aux manifestations ?

— Lui-même, convint Thomas, et il est emprunté par tous les invités qui doivent rester dans l'ombre.

Ils firent quelques pas en silence avant que Raymond ne reprenne le sujet qui l'intéressait :

— Frances. Elle a passé des nuits entières chez toi.

— Exact.

— Et tu prétends qu'il n'y a aucune intimité entre vous ?

— Exact.

Les deux hommes arrivèrent à la sortie, où le garde de faction leur ouvrit la grille et les salua.

— Combien de fois par semaine viens-tu ici ? questionna Raymond, admiratif.

Sachant qu'il n'obtiendrait pas de réponse, Etherington-Smith continua :

— Je ne vois que deux possibilités : s'il n'y a aucune intimité entre vous, ou bien vous avez un lien de parenté étroit qui nous a échappé, ou bien tu préfères les hommes, ce qui nous a échappé tout autant.

— La solution est ailleurs, mon ami.

— Ailleurs ? Tu veux dire que tu me mens ?

Thomas l'invita à s'asseoir sur un banc qui offrait ses lattes de bois à la fraîcheur humide de la Tamise.

— Je veux dire que tu es aveuglé par tes préjugés.

— Moi, des préjugés ? Moi ? Dans ce cas, pourquoi ne veux-tu pas m'ouvrir les yeux ?

— Je te laisserai trouver par toi-même. La solution est si simple, s'amusa Belamy.

— Es-tu en train de sous-entendre que je n'ai pas fait preuve de perspicacité ?

— C'est une possibilité, dit Thomas en croisant les bras.

Ils observèrent un chaland qui descendait le fleuve en direction des docks, suivi par un groupe de mouettes bruyantes. Les deux hommes se tenaient comme des boxeurs prêts à reprendre un round.

— Perspicace pour perspicace, je me demande comment tu t'y prends pour ne pas connaître le nom de ta suffragette, lança Raymond, les sourcils en accent circonflexe au-dessus de ses yeux arrondis.

— Comment pourrais-je retrouver une inconnue dans la plus grande ville du monde ?

— Jeu d'enfant, affirma Raymond, heureux d'avoir repris l'avantage sur son ami.

— Tu bluffes, c'est juste une vengeance de ta part, vexé que tu es, se défendit Thomas.

Le navire donna un coup de corne de brume qui fit écho à ses propos.

— Peut-être suis-je vexé de ne pas réussir à résoudre une énigme digne de Sherlock Holmes, avoua Raymond, mais la tienne est enfantine.

Il épousseta son manteau de la poussière de la berge avant de continuer :

— Si tu veux vraiment la retrouver, ce n'est pas bien compliqué. La police distribue aux journaux les noms des suffragettes arrêtées afin qu'ils soient rendus publics.

— Tu oublies que je l'ai aidée à s'échapper.

— Raison de plus pour publier son nom. C'est un moyen de pression sur leur entourage. Le sien a dû paraître le lendemain des événements, je suis prêt à le parier.

— Tu dis vrai ? Ce n'est pas une plaisanterie de ta part ?

La réaction de Thomas, qui s'était levé, avait surpris son ami.

— Un Etherington ne plaisante jamais, confirma-t-il. Mes ancêtres Smith un peu plus, ils sont du Hampshire, mais, sur un sujet aussi sérieux que les sentiments, ils se seraient contenus.

— La liste des suffragettes…

— Va voir notre intendant, il conserve tous les exemplaires du *Daily News* dans lesquels le Barts est cité. Ce serait bien le diable s'il n'y avait rien eu à cette date.

— Tout est là.

Lorsqu'il lui avait demandé le quotidien du 1er juillet de l'année précédente, Arthur Watkins, qui dirigeait l'économat de l'hôpital depuis plus de dix ans, avait caché sa satisfaction sous un regard impassible. Depuis qu'il s'était mis en tête d'archiver les journaux généralistes, tout comme le bibliothécaire de l'établissement s'occupait des revues spécialisées, il s'était attiré les quolibets du corps médical qui, paradoxalement, avait été le premier à venir y rechercher les annonces des cas cliniques spectaculaires ou dramatiques soignés à St Bart.

Thomas trouva facilement l'exemplaire recherché dans le carton de l'année 1908, où tout était classé dans un ordre chronologique impeccable, ce dont il complimenta l'intendant. L'article relatant la manifestation occupait deux colonnes de la page 7. Les trente noms des suffragettes arrêtées y étaient listés, mais le journaliste ne faisait pas mention qu'une d'entre elles se soit échappée après son interpellation.

— Kenny, Feloon, Phillips, Cove, Brey, Olford…, égrena-t-il à voix haute.

Aucun nom familier qu'il aurait pu éliminer, aucune piste à explorer en priorité.

— … Townsend, Dunlop, Lovell, Leight et Wentworth, acheva-t-il tout en les notant. Merci, monsieur Watkins. Au fait, comment va votre hernie ?

— Beaucoup mieux depuis votre traitement. Je n'ai plus de douleurs, juste une petite gêne tout à fait supportable.

— N'hésitez pas à revenir faire une séance à Uncot. Dites-moi, j'avais un dernier service à vous demander…

— Accordé, sourit l'homme en tendant la main pour prendre la liste. Je dois rechercher lesquelles ont déjà été admises au Barts, n'est-ce pas ?

De retour à son appartement, Thomas avait acquis une seule certitude : des douze suffragettes de la liste qui avaient été soignées aux urgences depuis juillet 1908, aucune n'était son inconnue, ce qui réduisait l'amplitude de ses recherches.

Il se débarrassa de son manteau en le jetant en boule sur un fauteuil et entra énergiquement dans sa chambre pour se changer.

— Oups, pardon ! s'exclama-t-il en découvrant la jeune femme allongée sur son lit. J'avais oublié que nous étions lundi, je suis désolé, dit-il en refermant la porte.

Belamy se servit un verre de la bouteille de Teeling offerte par Horace. Il n'avait plus de nouvelles de Vere Cole depuis que le fantasque Irlandais lui avait télégraphié afin de lui demander conseil sur un hôtel suffisamment chic mais pas trop onéreux au centre de Paris. Thomas s'était souvenu du directeur de la revue *Les Modes*, qu'il avait soigné alors qu'il était encore interne à la Salpêtrière, et l'avait contacté afin qu'il réserve une chambre pour Horace dans son établissement.

Il avala lentement son whisky en pensant à la description sensorielle et poétique que son ami lui en avait faite lors d'une soirée au Café Royal, vibrant hommage au single malt qui n'avait pas suffi à lui faire aimer le breuvage. Il entendit le contact d'un bracelet sur la clenche de cuivre de sa chambre. La porte s'ouvrit et la jeune femme apparut. Elle portait le vêtement en soie noire de Thomas par-dessus son chemisier blanc.

— Je vous ai surpris ? Vous n'avez pas vu ma veste sur la patère ? demanda-t-elle en s'asseyant sur le canapé, en face de lui.

— Non, et cela m'apprendra à être plus vigilant, avoua Thomas.

— Vous ne sortez pas, ce soir ?

— J'ai beaucoup à faire ici et cette journée fut épuisante.

— Pourquoi me regardez-vous avec cet air amusé ?

— Pour rien, Frances. Ma tunique vous va très bien.

— Je la trouve si douce, je la porte à chaque fois. Je suis désolée, je m'étais endormie. Voulez-vous que je m'en aille ?

— Non, restez. Si vous n'avez pas peur de prendre un verre avec votre amant officiel, je vous l'offre avec plaisir.

— Je devrais en parler dans le service pour rétablir la vérité.

— Laissez, ça ne ferait que renforcer leur conviction. Cela m'importe peu.

Elle savait qu'il était sérieux et en était d'autant plus admirative. Son chef de service était le seul homme qu'elle ait jamais rencontré qui soit sincèrement indifférent à l'opinion des autres à son sujet.

— Je voudrais juste que vous me parliez du WSPU et de Miss Pankhurst. Je sais que vous venez d'adhérer à leur mouvement.

40

Holloway, Londres, samedi 2 octobre

L'heure approchait. C'était le jour du gavage à Holloway. Aucune n'avait cédé : toutes continuaient leur grève de la faim, au grand dam de l'administration pénitentiaire qui avait à faire face à une campagne de presse de certains journaux et à l'indignation d'une partie de la population. Les médecins allaient passer de cellule en cellule, utilisant, humiliation supplémentaire, le même tuyau pour toutes les suffragettes. Olympe était la première sur leur liste.

Elle avait été nourrie de force à la cuillère durant la semaine, mais les tentatives de ses geôlières et des médecins s'étaient presque toujours soldées par des échecs : alors que les matonnes lui immobilisaient les bras et la tête, un médecin lui bouchait le nez jusqu'à ce qu'elle soit contrainte de respirer par la bouche, et enfournait une cuillère remplie d'une solution nutritive tout en massant le cou pour la forcer à avaler. Olympe faisait mine de déglutir et, invariablement, recrachait le liquide en pluie sur ses tourmenteurs. Deux fois, elle avait été frappée. Une troisième, elle avait été obligée d'avaler et la joie puérile du médecin lui avait presque fait pitié. Mais elle savait qu'aujourd'hui elle devrait endurer le pire. Se refusant à le vivre à nouveau, elle avait décidé d'agir.

À midi trente, Olympe souleva la planche de bois qui lui servait de lit et l'appliqua comme un étai contre la porte. Elle cala son meuble d'angle derrière la planche, puis le tabouret entre le meuble et le mur du fond. Il restait un espace de dix centimètres à combler. Elle ajouta sa couverture puis ses deux chaussures, qu'elle introduisit avec difficulté, et constata avec satisfaction que la succession hétérogène d'objets avait exactement la profondeur de sa cellule, trois mètres soixante, comme elle l'avait calculé. L'ensemble formait un appui qui empêcherait l'ouverture de la geôle. Elle s'assit en tailleur sur le sol et attendit.

À treize heures, l'équipe chargée du gavage entra dans le bâtiment de la section 2 et remonta le couloir jusqu'à la cellule numéro 12. Les semelles crissaient d'impatience sur le sol brut.

La clé pénétra dans la serrure et fit sortir les pennes de leurs gâches dans un claquement sec. Quelques secondes s'écoulèrent sans que rien ne se passe, puis les pennes firent un aller-retour nerveux.

Olympe imagina avec délectation l'étonnement de la gardienne, qui croyait à un mauvais fonctionnement du dispositif et vérifiait que la porte était bien déverrouillée. Elle surprit le bruit de frottement de la trappe du judas puis des chuchotements : elle l'avait obturée à l'aide d'un morceau de tissu de sa tenue. De l'autre côté, le doute n'étant plus permis, quelqu'un tenta d'ouvrir à coups d'épaule : l'angle supérieur s'entrebâilla très légèrement sous le choc mais la porte résista avec morgue. La gardienne en chef interpella Olympe par son numéro et exigea l'ouverture sous peine de sanctions. Devant son silence, elle réitéra ses menaces, en pure perte. Les médecins prirent le relais, aidés par d'autres gardiennes, qui tambourinaient sur le panneau à l'aide de leurs bâtons. Le tumulte finit par cesser, il y eut des allées et venues, à nouveau des chuchotements, puis un bruit de tonnerre : des gardiens hommes, venus en renfort, s'y attaquaient à coups de barres de fer. L'orage dura quelques minutes, les assaillants se relayant à une fréquence élevée, mais la porte, métallique et épaisse, tint bon. Il y eut des cris, des jurons, à nouveau des menaces, puis le silence.

Olympe était restée immobile. Elle se sentait légère et indifférente aux conséquences de son acte. Que pouvait-il lui arriver de pire qu'un gavage ? Elle ressentait la présence humaine de l'autre côté, elle imaginait la fébrilité dans le bureau du directeur, l'attente des ordres, la sonnerie rauque du téléphone et le responsable s'épongeant nerveusement le front face à cette situation qu'ils n'avaient jamais imaginée et à laquelle ils n'étaient pas préparés. Olympe savait que la lutte était inégale et qu'elle finirait par se rendre, mais le danger vint de là où elle ne l'attendait pas.

— Si vous n'ouvrez pas immédiatement, nous utiliserons la lance à incendie ! cria une voix.

— Vous n'éteindrez jamais ma révolte ! répondit-elle, bravache.

Ils n'avaient aucune chance de défoncer le panneau avec la pression de l'eau et elle ne comprit que plus tard le sens de la menace. Olympe se retourna vers la lucarne qui éclairait sa cellule et vit le haut d'une échelle. Un homme apparut, qui cassa un carreau à l'aide d'un marteau et introduisit la lance.

— *Go !* hurla-t-il.

Elle se retrouva plaquée contre le mur par la puissance du jet et crut défaillir. L'eau était froide, si froide, pareille à de la glace. Elle réussit à se retourner pour reprendre son souffle et tenta de lui échapper, mais le jet la suivait partout.

— Abandonnez, lui cria l'homme, et ouvrez cette porte maintenant.

Elle fit non de la tête. N'ayant rien derrière quoi s'abriter, Olympe se recroquevilla dans un angle de sa cellule. L'eau, qui avait commencé à monter, ne s'évacuait pas et recouvrait ses jambes repliées.

Elle avait besoin d'air, elle suffoquait, elle avait mal, elle était épuisée, meurtrie par des milliers d'aiguilles qu'on enfonçait dans son dos. Ses vêtements, plaqués sur elle, étaient pareils à un linceul gelé. Elle voulait s'évanouir, fuir la réalité, mais son corps ne s'avouait pas encore vaincu et continuait de lutter.

— Stop !

Au bout d'un temps qui lui avait semblé infiniment long, le déluge cessa d'un coup. L'ordre était venu du dehors.

— Ouvrez, maintenant ! aboya l'homme sur son échelle.

Olympe se sentait incapable de bouger.

— Quelle est la situation ? demanda une voix en bas du bâtiment.

— Elle est inerte, indiqua l'homme d'une voix où pointait l'inquiétude. Madame, ouvrez ! tenta-t-il à nouveau.

Olympe était recroquevillée comme une poupée de chiffon abandonnée contre un angle de sa cellule dans laquelle régnait le plus grand chaos. Des feuilles de papier flottaient sur l'eau stagnante, ainsi que son bonnet de prisonnière. Des vêtements et des couverts étaient éparpillés du côté de la porte.

— Madame, vous m'entendez ?

L'arroseur, un des gardiens les plus expérimentés d'Holloway, répéta sa question plusieurs fois, poussa un juron et se laissa glisser le long de l'échelle.

— Que se passe-t-il ? demanda le représentant du ministère de l'Intérieur qui avait été dépêché sur place en urgence.

— Je n'aurais pas dû vous écouter, c'était une foutue mauvaise idée ! répondit le gardien en le frappant de son index à la poitrine. Va chercher des pieds de biche, vite, ajouta-t-il à l'intention du maton qui avait mis en route la pompe à eau. Et une masse !

Une détonation lointaine les surprit.

— C'est vers King's Cross. Sans doute encore une explosion de gaz, grogna l'homme en observant le nuage de fumée qui se délitait dans le ciel. Ils vont tous nous enterrer vivants avec leur « progrès » !

Il monta à l'étage et pénétra dans la section 2 au pas de charge. Une dizaine de personnes se trouvaient devant la porte de la cellule 12.

— Alors ? demanda le directeur, qui s'était déplacé.

— J'espère que vous trouverez une explication convaincante pour la presse, monsieur le directeur, dit l'homme tout en observant les angles boulonnés de la porte.

— Mon Dieu, est-elle… ?

— Je n'en sais rien, mais je ne porterai pas le chapeau. Je n'ai fait qu'obéir aux ordres.

Le matériel fut sur place en moins de deux minutes. À l'aide d'un tournevis, le gardien brisa la vitre du judas, faisant tomber le chiffon qui l'obturait. Olympe n'était pas dans le champ de vision.

— John, tu vas me remplacer sur l'échelle, dit-il à son collègue. Il n'y a que toi qui pourras la voir. Si elle se réveille ou si la porte risque de tomber sur elle, tu nous préviens. Les autres, on va attaquer tout le côté droit au levier.

Le travail dura près de dix minutes pendant lesquelles les pieds de biche plièrent la porte centimètre après centimètre, jusqu'à ce qu'un jour se fasse dans l'angle supérieur droit. Le gardien interrogeait régulièrement son collègue à l'échelle qui, invariablement, lui signalait que la prisonnière n'avait pas repris connaissance. Olympe était toujours inerte, le corps ballotté par l'eau qui lui arrivait à la ceinture.

Le gardien cala un coin à bois dans l'ouverture et cogna dessus à l'aide d'une masse pour l'élargir. Le haut de la cellule était visible.

— Elle ne bouge toujours pas, dit l'homme à la fenêtre.

La lenteur de la progression mit soudain le gardien en rage. Il fit reculer tout le monde et attaqua le panneau de métal directement à la masse, accompagnant chaque percussion de cris hargneux à peine couverts par le bruit de tonnerre des impacts. Dès qu'il le put enfin, il se faufila dans le triangle créé par la porte pliée et tomba à terre tout près d'Olympe. D'un grand coup de pied dans la planche du lit, il fit céder l'étai improvisé. Il prit la suffragette dans ses bras pendant que ses collègues ouvraient la porte avec difficulté sous la puissance de l'eau qui en sortait et qui envahit le couloir. Le gardien la déposa sur le lit de la cellule d'à côté, qui avait été vidée de sa locataire, et où attendaient deux médecins.

— Je crois qu'elle respire, répondit-il à celui qui lui proposait une serviette pour se sécher.

— Peau glacée et cyanosée, constata le médecin tout en écoutant les battements cardiaques. Elle est en bradycardie sévère.

— Dilatation des pupilles et pas de réflexes, ajouta l'autre avant de retirer le thermomètre qu'il avait placé dans la bouche d'Olympe. Il vérifia deux fois la mesure avant d'annoncer :

— Trente degrés ! Il faut la réchauffer au maximum.

— Et vous avez besoin de tout cet attirail pour arriver à cette conclusion ? intervint le maton en s'attaquant au tablier porté par la détenue.

— Mais que faites-vous ?

— Je la déshabille, il faut la sécher et la recouvrir de couvertures au plus vite !

— Sortez ! Sortez et appelez la gardienne-chef, s'offusqua le médecin. Et demandez une ambulance pour la transporter au London Hospital. Par saint Georges, quel impudent !

Le gardien obtempéra et, pendant que la matonne retirait ses vêtements à la prisonnière, il prit la décision de l'y conduire en Black Maria plutôt que d'attendre une ambulance, sans en référer au directeur qui s'était réfugié dans son bureau afin de préparer les suites de ce qu'il nommerait « l'incident ». Les autres s'affairaient toujours à effacer les stigmates de l'intervention alors que le véhicule quitta Holloway.

41

WSPU et St Bart, Londres, samedi 2 octobre

Christabel était assise à même le sol, devant un large carré de tissu. Elle traçait avec application les contours des lettres qu'elle allait peindre avant de tendre la bande d'étoffe sur une hampe.

— *Des actes, pas des paroles*, lut-elle en observant le résultat.

La phrase était plus qu'un simple slogan, elle était devenue un mantra à la vertu magique qui ornait toutes leurs manifestations. Christabel aimait l'ambiance des jours de préparation, ces moments d'activité bourdonnante où les suffragettes se relayaient à dix dans chaque pièce remplie de drapeaux et de banderoles, dans le bruit des machines à coudre et le joyeux brouhaha de leurs échanges et de leurs rires. L'immeuble était le seul endroit où elles se sentaient protégées et invincibles.

Frances les avait rejointes dès huit heures. Christabel l'avait prise sous son aile et la nouvelle recrue s'était intégrée rapidement, même si elle n'avait pas encore passé l'épreuve initiatique de la vente de leur magazine dans les rues de la ville qui ferait d'elle une militante officielle du WSPU. Elle ne se sentait pas encore capable d'affronter l'hostilité des opposants à leur cause – les remarques de sœur Elizabeth lui suffisaient bien – et Christabel ne voulait rien précipiter : une infirmière était un don de Dieu pour leur mouvement, en particulier les jours de manifestation, alors que les brutalités policières s'étaient durcies depuis quelques mois.

— On fait une pause après celui-ci, dit Christabel en lui donnant à coudre les deux morceaux de son dernier drapeau.

Frances s'exécuta avec une grande dextérité héritée de sa mère, qui avait passé sa vie dans un des ateliers de confection de Mayfair, puis les deux femmes sortirent sur le seuil de l'immeuble où d'autres suffragettes s'étaient regroupées pour observer la fumée d'un incendie dans le brouillard gris de la ville.

— Une conduite de gaz a explosé près de la gare St Pancras, expliqua l'une d'elles. Il y aurait beaucoup de blessés. Un immeuble a été touché et un tramway retourné.

— Quelle misère, les pauvres gens ! Tu verras qu'il y aura bien quelques journalistes pour nous accuser d'en être à l'origine, dit Christabel. Frances ? s'inquiéta-t-elle alors que la jeune femme, après une hésitation, traversait la rue.

— Je suis désolée, je dois y aller, ils vont avoir besoin de moi au Barts !

Les militantes la regardèrent s'éloigner dans un silence admiratif, avant que Christabel signifie la fin de la pause et que la ruche bourdonne à nouveau de son activité habituelle.

Miss Pankhurst avait à peine regagné son bureau qu'un sergent de la police londonienne se présenta à l'entrée. Son arrivée provoqua l'effervescence chez les suffragettes qui descendirent toutes des étages, prêtes à se défendre contre une perquisition, mais l'homme était seul. Il demanda à s'entretenir avec Christabel, qui l'invita à s'exprimer devant les militantes. Le bobby avait été chargé de la prévenir que Miss Lovell avait été transportée au London Hospital dans un état grave.

Au Barts, dès l'arrivée des premières ambulances, sœur Elizabeth avait préparé le service à recevoir les victimes de l'accident. Elle avait renvoyé les patients qui pouvaient attendre jusqu'au lendemain et orienté les autres vers les départements les plus adéquats. Les blessés affluaient du London Hospital qui, rapidement, avait été saturé en moyens et en place, et Reginald fut chargé de hiérarchiser les urgences parmi eux.

Lorsque le ballet des ambulances se tarit, l'interne put soigner dans la salle où Belamy opérait un homme au bras fracturé par sa chute du tramway. Le véhicule avait été soulevé par le souffle de l'explosion et était retombé sur le flanc, éjectant les passagers de l'étage et projetant les autres contre les parois de l'habitacle. Les blessés de l'immeuble voisin avaient, eux, reçu des éclats de verre et de bois. Un balcon s'était écrasé au sol, mais aucun mort n'était à déplorer.

Le poignet de l'homme avait subi une déformation en dos de fourchette et sa main formait un angle improbable avec le bras. Reginald admira l'entente parfaite entre le médecin et son infirmière qui, sans attendre les indications de Belamy, maintenait l'avant-bras en pronation tandis qu'il réduisait la fracture du radius. Elle lui tendit un appareil de Hennequin pour l'immobilisation, qu'il posa et lia avec une rapidité inégalée. Frances héla un brancardier dans le couloir et, en moins d'une minute, Belamy était déjà passé à l'urgence suivante.

Reginald œuvrait avec sœur Elizabeth à suturer une plaie du cuir chevelu et ne bénéficiait pas de la même entente. La religieuse accompagnait l'opération de commentaires qui s'apparentaient à des ordres qu'il n'osait remettre en question. Il n'avait pas eu le choix du fil, Elizabeth lui ayant tendu du crin d'un geste péremptoire, ni du drain. Il réussit à demander un pansement sec avec beaucoup de ouate avant qu'elle lui impose ses vues, ce qui le libéra de ses frustrations. Reginald se laissa envahir peu à peu par l'excitation de l'urgence, enchaînant les soins. Il savait que les cas les plus difficiles étaient traités par le docteur Belamy ou par les spécialistes des autres services, mais il se réjouissait de cette sensation de faire partie, en ce moment même, des personnes les plus importantes de Londres.

Lorsqu'il fit sortir son dernier patient, dont il avait ponctionné et immobilisé l'articulation du genou après avoir diagnostiqué une déchirure des ligaments croisés, Reginald étira les muscles de ses bras et de son dos avant de rejoindre l'attroupement constitué autour de Thomas.

— Cette satanée température remonte bien trop lentement ! râla le médecin qui avait accueilli Olympe.

La jeune femme était toujours inconsciente, et les premières tentatives pour traiter l'hypothermie avaient été décevantes. Au bain chaud avaient succédé des couvertures et des bouillottes.

— Trente-trois degrés, se désola l'infirmière présente avant de lui toucher le front par réflexe.

Le visage d'Olympe était froid, sa peau toujours cyanosée. Le grand nombre de blessés de l'explosion avait désorganisé une partie de l'hôpital et le personnel s'affairait autour d'elle à préparer des lits pour les patients que le service des urgences leur envoyait.

Le médecin de la prison était resté en retrait. Il n'était plus dans sa sphère d'influence et ne voulait pas interférer avec ses collègues, d'autant qu'il avait peu d'expérience dans ce domaine – comment imaginer qu'une détenue soit en détresse pour avoir baigné dans une eau glacée ? Le policier chargé de surveiller celle qui était toujours une prisonnière vint le trouver pour lui proposer du thé, ce qu'il accepta. Les deux hommes profitèrent d'un canapé en bout de couloir pour s'isoler de l'agitation ambiante et deviser avec une placidité qui contrastait avec leur environnement. Un interne leur apprit qu'ils avaient arrêté les bouillottes, dont le contact avec la peau avait eu l'effet inverse de celui recherché : le sang froid des extrémités s'était transféré vers l'intérieur du corps et la température stagnait. Ils allaient tenter une diathermie.

— Je n'ai pas bien compris, avoua le bobby une fois l'interne parti.

— La diathermie ? Ils vont lui appliquer sur la peau des courants électriques de haute fréquence. Cela va générer de la chaleur par effet Joule. Je n'en avais jamais vu utiliser sur un humain jusqu'à présent. Finalement, je suis content d'être resté : je vais pouvoir assister à une expérience intéressante, déclara le médecin en lui rendant la tasse vide.

— Ah…, fit l'homme, qui ne saisissait toujours pas pourquoi le phénomène qui avait échoué avec les bouillottes allait fonctionner avec l'électricité.

Mais les hommes de science avaient l'air sûrs de leur fait, ce qui le rassura.

Lorsque l'explosion s'était produite, Mr Stevenson se trouvait accoudé à son balcon, à regarder l'activité de la rue en fumant la pipe. Il la tenait encore dans sa main crispée lorsque les sauveteurs l'avaient dégagé des gravats pour le transporter au Barts. Reginald avait diagnostiqué une hémorragie interne puis Thomas l'avait anesthésié, avait pratiqué une ouverture, du sternum à l'ombilic, et cherchait la source du saignement en palpant la zone touchée.

— Ce n'est pas la rate… Ce n'est pas le rein…, commenta-t-il au fur et à mesure de sa progression.

Il manipula longuement le foie sans réussir à trouver l'origine de l'hémorragie.

— Comment va Mr Stevenson ? demanda-t-il à Frances, qui prenait son pouls.

— Légère bradycardie, monsieur, mais stable.

— Nous n'avons plus beaucoup de temps. Je vais avoir besoin de votre aide, Reginald.

— Je suis prêt, monsieur, répondit celui-ci en se plaçant entre lui et Frances.

— Je sais que cela va à l'encontre de toute votre éducation et que vous ne m'obéirez pas, mais, par pitié, cessez de me donner du monsieur ! Je ne suis pas anglais et à peine français.

— Pour être franc, je ne pourrai jamais vous appeler Thomas… avec tout le respect que j'ai pour vous, monsieur, répliqua Reginald.

— Il en est de même pour moi, dit Frances.

Elle imagina les réflexions qui devaient traverser toutes les têtes à son sujet et n'osa relever la sienne.

— Le pouls ? redemanda Thomas.

— Pas d'évolution.

— Elle est là ! s'exclama Belamy. Je la tiens ! Une large fissure à l'arrière du lobe de Spiegel.

Il refoula précautionneusement le foie contre l'arcade costale pendant que l'interne épongeait le sang qui recouvrait l'organe.

— Je te vois, ma jolie, dit Thomas en apercevant l'extrémité de la fissure. Du catgut. Cinq gros. Quclqu'un est allé au concert de Caruso au Royal Albert Hall ?

Les digressions de Belamy étaient connues de tout l'hôpital. Elles permettaient de se libérer de toute tension lors des moments délicats, tant pour lui que pour ses assistants, et cette suture en était un.

— J'ai une amie qui était présente, il paraît qu'il a fait un triomphe, répondit Frances.

— Quel jour était-ce ? s'enquit Reginald tout en tamponnant la région.

— Dimanche dernier, intervint sœur Elizabeth, qui suivait la scène en retrait.

— Vous y étiez ? s'étonna Thomas.

— Oui, cela semble vous surprendre.

— Je ne vous imaginais pas en admiratrice de Verdi. Le pouls ?

— Il remonte légèrement.

— Suis-je censée n'aimer que la musique sacrée ?

— Non, vous avez raison, pardonnez mon indélicatesse.

— Encore des tampons ? proposa l'interne.

— Inutile, Reginald, l'hémorragie est vaincue. Vous pouvez retirer votre main.

— Tout est suturé ? demanda-t-il, incrédule.

— Et le pouls est à soixante battements par minute, compléta l'infirmière.

— Voilà qui clôt l'intervention. Je m'occupe de la boutonnière et je vous propose de continuer cette conversation devant du souchong et des scones. Et Debussy, l'aimez-vous, Elizabeth ?

Christabel était restée plus d'une heure à l'accueil du London Hospital avant d'avoir la confirmation qu'Olympe n'avait pas été enregistrée dans l'établissement. Elle se rendit au Barts où la même agitation régnait. L'intendant était revenu des services avec la liste des victimes. Rassuré de ne pas avoir de décès à annoncer, il prenait le temps d'expliquer à tous l'étendue des blessures de leurs proches. Lorsque Christabel lui demanda des nouvelles d'Olympe, il se pencha vers elle pour lui murmurer :

— Vous êtes de la famille de Miss Lovell ?

— Je suis sa seule famille, répondit la suffragette. Et, pour nous faire gagner du temps à tous les deux, je sais que vous allez me dire qu'elle est une détenue d'Holloway et placée sous la surveillance de la police. Mais aucune loi ne m'empêche de m'entretenir avec le médecin qui l'a soignée.

— Miss Lovell se trouve au service maternité, l'informa l'intendant sans se faire prier. Avec l'explosion de la conduite de gaz, nous avons dû répartir les autres blessés dans tous les départements qui possédaient des lits disponibles, et Scotland Yard nous a demandé une chambre pour elle seule. Le médecin est le docteur Cripps. Voulez-vous que je vous indique comment y aller ?

Christabel accepta mais, perdue dans ses pensées, n'écouta pas attentivement et s'égara dans les couloirs de l'aile nord. Elle demanda de l'aide à un médecin au tablier couvert de traces de sang qui sortait du laboratoire de pathologie.

— Vous êtes à l'opposé de votre destination, lui apprit Belamy. Vous devez vous rendre dans l'aile George V. Je vous accompagne.

Malgré sa détermination à ne jamais dépendre d'un homme, même pour la plus futile raison, Christabel accepta. Ils firent le trajet en silence.

— La maternité se trouve au premier étage, l'escalier est au milieu du rez-de-chaussée. Toutes mes félicitations à l'heureuse maman.

Thomas regagna les urgences, dont le calme apparent après la tempête des arrivées lui rappela l'œil des cyclones qu'il avait vécus au royaume d'Annam. Il avait aimé les typhons avec l'inconscience des enfants, cette sensation que, dans les bras de sa mère, les colères de la nature étaient inoffensives. Il avait aimé les odeurs puissantes de terre et de palme qui suivaient leurs passages. Au Barts, c'était l'odeur des infusions qui signalait l'arrêt des tempêtes quotidiennes.

Thomas partagea ce moment avec son équipe jusqu'à ce que l'intendant vienne mettre à jour sa liste des admissions. Mr Watkins en profita pour s'associer avec eux à la cérémonie du thé avant de prendre Belamy à part dans le couloir et de lui parler à l'oreille, comme il le faisait fréquemment avec la hiérarchie médicale, ce qui énervait ceux qui n'étaient pas dans ses confidences et asseyait sa réputation de dépositaire de tous les secrets du Barts.

— Je ne sais pas si cela peut vous intéresser, docteur, commença-t-il, mais j'ai noté dans les entrées du jour un des noms de votre liste.

Reginald, qui les surveillait du coin de l'œil en attendant de pouvoir questionner le médecin sur le cas de l'homme à la pipe, vit Belamy partir en courant, s'arrêter et se retourner pour interroger l'intendant, qui lui cria *Lovell !*, avant de disparaître vers la cour centrale. L'interne en conclut que, dans son service, le plus inattendu ne venait pas toujours des patients.

Thomas ne vit pas Christabel Pankhurst, qui s'était accaparé le journaliste venu pour interroger les blessés de l'explosion.

— Je suis le médecin des urgences, annonça-t-il au policier en faction devant la chambre.

Le bobby hésita à s'effacer devant lui, mais le tablier taché acheva de le convaincre, comme s'il ne pouvait en être autrement pour un soignant de ce département. Il ouvrit lui-même la porte et la referma derrière Belamy alors que Christabel s'était approchée dans l'intention de forcer le passage.

Le docteur Cripps était penché sur Olympe, en compagnie du médecin de la prison, à la façon de deux expérimentateurs sur leur cobaye. La jeune femme était éveillée, les yeux mi-clos, les bras, les cuisses et les jambes en partie couverts de bandages sous lesquels reposaient de fines plaques de cuivre. Des fils électriques torsadés s'échappaient des dispositifs pour rejoindre l'appareil de diathermie.

— Non, la chaleur ne pénètre pas profondément dans le corps, constata Haviland, thermomètre en main, en revanche elle brûle la peau, ajouta-t-il en montrant les rougeurs au niveau des électrodes.

— Essayez des fréquences plus élevées, proposa son confrère d'Holloway. Ça doit fonctionner.

— Arrêtez tout ! interrompit Thomas en débranchant le poste de diathermie.

— Docteur Belamy ? Que se passe-t-il ? interrogea Cripps, agacé d'être dérangé sur son territoire.

— Cette personne est ma patiente, répondit Thomas en enlevant sa tenue souillée.

— C'est votre service qui nous l'a adressée, que je sache.

— C'est une erreur. Elle doit repartir aux urgences. Quel est votre diagnostic ?

— Est-ce votre patiente ou non ? cingla Cripps.

— Depuis plus d'un an, répliqua Thomas, qui s'était approché d'Olympe.

Elle le suivait des yeux, le visage impassible mais le regard implorant. Cripps condescendit du bout des lèvres à lui résumer le cas clinique.

— La température n'est toujours pas remontée à la normale, il manque encore trois degrés, compléta son collègue. Mais la patiente a repris conscience.

Thomas se pencha vers elle et lui saisit la main.

— Comment vous sentez-vous ?

Olympe répondit d'un souffle de voix :

— Vous avez mis du temps, cette fois.

Elle ferma les paupières et sourit.

42

Cadogan Place, Londres, dimanche 3 octobre

Le stéthoscope, posé sur le chemisier de crêpe blanc, montait et descendait au rythme de la respiration de Mildred. Horace le changea plusieurs fois de position tout en poussant des soupirs langoureux.

— Le son de votre cœur est si doux à mon oreille, il est si doux à mon âme, pour lui je me damnerais en enfer ! clama-t-il en retirant l'appareil de ses oreilles.

— Vous n'êtes qu'un vil flatteur, minauda-t-elle en époussetant ses vêtements comme s'ils venaient de subir des ébats passionnés.

— Comment, après tout ce que nous venons de vivre, pouvez-vous encore douter de l'intégrité de mes sentiments ?

— Vous avez raison, pardonnez-moi, ce serait injuste de ma part. Vous m'avez prouvé votre amour en me sauvant de ma geôle maritale. Je vous en serai à jamais reconnaissante.

— Ce n'est pas de votre reconnaissance que j'ai besoin, mais de votre passion !

— Elle vous est acquise, mon Hercule, mais tout n'est pas encore réglé. Mon époux…

— Il a accepté de me rencontrer à Paris dans huit jours. Vous serez bientôt officiellement mienne.

— Mes parents…

— Après avoir vaincu une montagne, nous pourrons bien franchir une colline.

— Avez-vous toujours réponse à tout, mon héros ? dit-elle en lui effleurant les doigts des siens.

La clochette de la sonnerie retentit, leur arrachant une grimace commune.

— Déjà Mme d'Ermont, mais quelle heure est-il donc ? soupira Horace en cherchant des yeux la pendule sur le manteau de la cheminée qui dispensait une chaleur poussive dans la pièce.

— À moi de vous dire d'être patient : nous devons respecter les convenances, assena-t-elle en se portant à la fenêtre.

Il fourragea dans les braises à coups de tisonnier.

— Je vous en veux d'avoir raison, dit-il en déposant une bûche dans l'âtre. Mais mon appartement est grand, vous auriez pu vous y installer avec votre chaperon sans que personne ait à y redire.

Mildred avait repris sa place dans le fauteuil face au feu renaissant.

— Ne nous lamentons pas, éluda-t-elle. Quand partons-nous pour Dublin ?

— Demain, ou lundi au plus tard, dit Horace en tirant à lui le second fauteuil.

Il s'assit en vérifiant que la distance entre eux serait considérée comme convenable.

— Derrybawn House est à soixante-cinq kilomètres de Dublin, continua-t-il, nous serons mieux retirés du monde, même avec Mme d'Ermont comme espion, cher amour.

— Taisez-vous, elle va vous entendre, murmura-t-elle alors que des pas faisaient résonner les plinthes du parquet.

Le majordome de la maison Vere Cole entra et tendit un télégramme à son maître.

— Merci, major, dit Horace en lui faisant signe de ne pas attendre de réponse.

Il avait pris l'habitude de nommer ainsi son domestique – qui avait été sous-officier dans l'armée des Indes –, ce qui lui donnait le sentiment de retrouver ses privilèges d'officier, perdus depuis son passage en Afrique du Sud.

— Vous ne l'ouvrez pas ? demanda Mildred alors qu'il le posait sur son secrétaire.

— Rien ne peut me détourner de vous. La terre peut s'écrouler…

Il s'interrompit en comprenant que la question était nimbée d'une intonation soupçonneuse. D'une fragrance de jalousie.

— … mais je n'ai rien à vous cacher, et vous le savez, reprit-il en dépliant le message avant de le parcourir.

Il dévisagea Mildred, embarrassé, relut le texte, hésitant à le lui montrer, et le glissa dans son gilet.

— Une mauvaise nouvelle ?

— Je vais devoir m'absenter… C'est urgent, vraiment urgent. Je vous expliquerai à mon retour… Oui, ce sera plus simple, dit-il en se levant. Major ! hurla-t-il. J'ai besoin de mon costume de médecin. On part pour le Barts. Tout de suite !

— Mais que…

— Et je vais avoir besoin du stéthoscope.

Il lui montra l'appareil dont l'extrémité évasée dépassait du siège.

— Je crois que vous êtes assise dessus, amour.

43

St Bart, Londres, dimanche 3 octobre

Belamy avait réussi à convaincre Cripps et le médecin-chef d'Holloway qu'ils devaient transférer Olympe dans une des salles de soins des urgences en arguant d'une fragilité cardiaque que la faiblesse des battements semblait corroborer, mais le répit allait être de courte durée : le médecin de la prison avait prévu de revenir le lendemain matin afin de la rapatrier à Holloway.

Une fois la suffragette hors de danger, il s'était rendu le soir même chez Etherington-Smith afin de lui expliquer la situation que le hasard venait de provoquer.

— Ce n'est pas le hasard, avait rétorqué Raymond, ces militantes entêtées finiront toutes chez nous, en priant que ce ne soit pas chez Moore, à la morgue.

Thomas avait plaidé pour qu'il puisse la retenir à l'hôpital jusqu'à ce que la justice décide de la relâcher, mais Raymond s'était retranché derrière l'impartialité médicale.

— Nous ne sommes pas là pour protéger des personnes que nous estimons innocentes, et tu le sais, mon ami, avait-il asséné. Nous ne devons pas nous laisser emporter par nos sentiments. Elle partira dès que son état le permettra. Le médecin d'Holloway ne serait pas dupe, crois-moi.

Belamy avait tenté de revenir à la charge, ce qui avait inquiété Etherington-Smith, qui s'était engagé à prendre l'affaire en main dès le lundi matin.

Thomas ne pouvait détacher son regard de ses traits si harmonieux qu'il les avait gravés en lui dans les moindres détails depuis la soirée au palais de Westminster. Olympe s'était rendormie vers midi, après qu'il l'eut nourrie à la cuillère. Il ne pouvait se résoudre à la laisser retourner en prison et envisagea toutes les possibilités, mais aucune ne le satisfaisait. La lassitude le gagna et il décida de sortir.

Belamy salua du menton le policier de faction devant la salle, qui ne put retenir un bâillement après de longues heures de garde statique. Le médecin s'installa dans le laboratoire où il stockait son alcool de riz et en but deux verres avant de se caler à la fenêtre qui donnait sur Giltspur Street et d'où il pouvait apercevoir l'enfilade des maisons de Cock Lane. Les parcelles de soleil qui s'étaient traînées toute la matinée derrière un brouillard insistant n'allaient pas tarder à disparaître totalement. Il savait qu'il ne pouvait pas compter sur le soutien de ses patients les plus influents, la grande famille des « Smith », pour qui il était juste bon à soigner leurs douleurs et celles de leurs familles. Il n'avait aucune légitimité auprès d'eux, pas d'existence officielle, et aucun ne se risquerait à l'aider pour une suffragette.

Thomas fit un détour par la cuisine où il remplit une tasse de thé et l'apporta au garde, qui refusa dans un premier temps, avant de se laisser convaincre que cette entorse au règlement était sans risque pour lui.

— Merci, monsieur, dit-il en lui rendant la tasse vide.

— Quand serez-vous remplacé ?

— À deux heures de l'après-midi. Mon collègue sera en poste jusqu'à ce soir.

— Vu son état, votre prisonnière ne risque pas de s'échapper.

— Au fait, le docteur Hoax[1] est arrivé, il vous attend à l'intérieur, monsieur.

— Hoax ? répéta Thomas en masquant sa surprise.

Il ne connaissait aucun médecin de ce nom, mais une seule personne était capable de s'en prévaloir.

Horace était assis au chevet d'Olympe, toujours endormie, accoutré d'un tablier et d'un bonnet de chirurgien.

— Docteur Hoax... vous n'auriez pas pu trouver un nom moins voyant ? dit sèchement Belamy en guise d'introduction.

— Moi aussi, je suis content de vous revoir, répliqua Vere Cole en l'invitant à s'asseoir de l'autre côté du lit.

— Horace, l'affaire est grave. Je ne sais pas si vous avez remarqué, mais la police est à la porte, répondit Thomas tout en posant ses doigts sur le poignet de sa patiente.

1. *Hoax* signifie faux (adjectif) ou canular (nom).

— Je ferais de même pour garder un tel trésor, assura-t-il en désignant Olympe endormie. Je suis venu dès que j'ai pu. Mildred est avec moi à Londres, annonça-t-il avec fierté.

— J'en suis sincèrement heureux pour vous, dit Thomas, sans la quitter des yeux.

— Je vous relaterai mes aventures plus tard. Pour l'instant, c'est à vous de me dire ce que je peux faire pour vous aider. Qu'est-il arrivé à cette jeune personne ?

Tout en massant plusieurs points le long d'un méridien, Thomas lui relata les circonstances de ses deux rencontres avec Olympe, en se drapant dans une neutralité digne d'un compte rendu médical.

— Et vous ne voulez pas la laisser retourner en prison, conclut Horace.

— Je ne peux pas. Ce serait criminel.

— Oui, je vous comprends, dit Horace, moqueur.

Belamy s'était levé et posté près de l'entrée.

— Je n'ai pas encore trouvé le moyen qui me permettrait de la libérer sans mettre la réputation de l'hôpital en danger… Mais que faites-vous ?

Vere Cole avait sorti le stéthoscope de sa poche, enfilé les embouts auriculaires et posé le pavillon sur la poitrine de la suffragette.

— J'aime écouter le cœur des femmes, j'aime sa mélodie, son langage, je trouve cette intimité terriblement sensuelle, expliqua-t-il sans cesser son manège. Écoutez : poum, poum, poum… Mais comment pouvez-vous y rester insensible ?

— C'est toute la distance qui sépare le professionnel du voyeur, cher Horace.

— Alors, je ne ferai jamais un bon docteur, admit celui-ci.

Olympe soupira et bougea la tête sans se réveiller. Les deux hommes se penchèrent sur elle, attentifs au moindre mouvement, qui ne vint pas.

— Regardez-nous, on dirait deux parents attendris sur le berceau de leur nouveau-né.

— Je suis son médecin et vous êtes fiancé à la plus belle femme du monde, si ma mémoire est bonne.

— Vous avez raison, soupira Horace. Je peux garder l'appareil ? demanda-t-il en lui montrant le stéthoscope.

— Je vous l'offre. Il vient de Paris.

— Paris… là où j'ai retrouvé Mildred. Je lui ai offert un saphir en gage de ma bonne foi. Au jardin du Luxembourg.

— Promettez-moi de ne pas en faire un usage exagéré.

— Vous avez ma parole de gentleman. Pas d'usage exagéré du jardin du Luxembourg.

La réplique décrocha un sourire à Belamy. Horace était un adolescent dans un corps d'adulte, incapable de se fixer la moindre limite en toute circonstance.

— Maintenant, docteur Hoax, vous allez m'expliquer la raison de ce déguisement et comment vous avez su que j'avais besoin d'aide.

— Votre télégramme, mon ami.

— Quel télégramme ? Je ne vous ai envoyé aucun message.

Vere Cole se frisa les moustaches, impassible.

— À vrai dire, j'ai eu des doutes, ce texte ne vous ressemblait pas. Mais vous me disiez de venir d'urgence au Barts déguisé en médecin. Et me voilà !

Il fouilla dans sa poche de veste et lui tendit le papier. Thomas s'assit et le consulta. Il était signé T.A. Belamy.

— Comment a-t-il pu savoir… ?

— Notre amitié n'est pas un secret et le Café Royal est un nid d'informateurs.

— Je ne parle pas de cela, mais de mon second prénom : il n'apparaît sur aucun document officiel. Personne ne le connaît.

— Nous avons affaire à quelqu'un de très bien renseigné. Laissez-moi deviner… Arthur ?

— Et qui nous connaît tous les trois ? dit Thomas sans répondre à sa question.

— Non, Alfred, insista Vere Cole.

— Mais quel serait le point commun entre nous ?

— La rébellion ? suggéra Horace. Nous sommes tous les trois des insoumis. Antoine ?

— N'insistez pas, vous ne le saurez pas.

— Je me targue d'y arriver. Voulez-vous qu'on prenne un pari ?

— Est-ce bien le moment ?

— Apprenez qu'il n'y a jamais de mauvais moment pour parier, mon ami.

— Alors, combien nous donnez-vous de chances de la sortir d'ici ?

— La cote était élevée avant que j'arrive. Mais, avec l'aide de votre inconnu et celle du prince des mystificateurs, c'est-à-dire votre serviteur, elle a chuté. J'aurais juste préféré qu'il me demande mon avis avant : je dois partir en Irlande demain avec Mildred.

Les deux hommes se concertèrent du regard : ils venaient d'avoir la même pensée.

— Ce n'est pas possible, réagit Horace. Personne n'est au courant de mes intentions… À part mes amis et ma famille, rectifia-t-il après réflexion.

— Vous croyez qu'il nous suggère d'emmener Miss Lovell avec vous ?

— J'accepte volontiers. Mais n'avez-vous pas l'impression qu'on essaie de nous forcer la main ?

— Ou de nous aider, tout simplement.

— Mais qui est-ce ?

Ils se turent. Olympe avait chuchoté. Ses paupières s'ouvrirent lentement. Elle répéta :

— L'apôtre… Il se fait appeler l'apôtre.

— En êtes-vous sûr ? demanda Vere Cole.

Elle acquiesça. Horace déglutit et fit une moue inquiète.

— Vous le connaissez ? interrogea Thomas. Vous savez qui est l'apôtre ?

— Disons que j'en connais une dizaine. Dont moi.

44

St Bart, Londres, dimanche 3 octobre

L'étudiant lisait le *Sketch* de la semaine, l'esprit assoupi par les brumes d'alcool de sa soirée au pub St Bartholomew. Il aimait l'hebdomadaire pour ses illustrations et les nouvelles qu'il donnait de l'aristocratie anglaise. Mais il était en ce dimanche de mauvaise humeur, ayant repris au débotté la garde du pharmacien de service qui, lui, avait fini leur beuverie dans une ébriété en phase comateuse. Il ruminait sa rancœur de n'avoir pas pu participer au match de rugby entre les Irlandais de Londres et St Bart, qui se déroulait au moment même, et qui était une revanche de la déculottée prise l'année précédente.

Il mit la main dans une boîte métallique qui trônait sur la paillasse et en sortit le dernier biscuit Abernethy, gâteau sec dont la composition avait été mise au point par un des médecins de l'hôpital pour les problèmes de transit digestif et qu'il avalait comme une friandise à chacune de ses gardes. L'ennui le rendait boulimique et les astreintes du dimanche dans la pharmacie de l'hôpital étaient particulièrement monotones.

Il sursauta lorsqu'on toqua à la porte et n'eut que le temps d'épousseter les miettes qui parsemaient son gilet avant de voir entrer un grand gaillard à la moustache impressionnante. Il poussait un fauteuil roulant dans lequel une malade au teint anémié était enveloppée dans une couverture. Elle lui sourit faiblement.

— Je suis le docteur Hoax, dit Horace, engageant.

— Hoax ? Vous êtes de quel service, monsieur ?

— Nouveau dans la maison, je vais officier aux urgences. Nous serons amenés à nous revoir, je pense, ajouta-t-il avec le brin de condescendance qui seyait envers les pharmaciens.

— Je ne suis qu'étudiant, répondit le garçon afin de prévenir toute demande compliquée. Y a-t-il une préparation à faire ? s'enquit-il en regardant Olympe, étonné de voir une patiente dans cette enceinte réservée aux soignants.

— Non, nous allons en chirurgie, mais on m'a dit que la pharmacie était un raccourci pour arriver dans la grande cour, dit Vere Cole, jouant son répertoire angélique dans lequel il se savait crédible, voire excellent.

— Il est vrai que la réserve donne sur le square, admit le jeune homme, surpris. Mais…

— Cette chaise est d'une grande difficulté à pousser et je me suis dit que j'allais en profiter pour me présenter au pharmacien.

— C'est très cordial de votre part, mais, je vous l'ai dit, je ne suis que…

— Peu importe, voilà qui est fait, le coupa Horace en avançant vers la porte du fond. Vous voulez bien nous montrer le chemin ?

L'étudiant leur fit traverser la réserve aux senteurs camphrées et aida Horace à porter la chaise pour descendre les trois marches qui menaient à la cour. Il les regarda traverser et retourna à sa garde où il finit de décortiquer les articles du journal ainsi que quelques noix qu'il avait repérées dans un bocal au milieu d'une rangée de récipients, tout en imaginant le match de son équipe et les essais qu'il aurait marqués si son pharmacien avait mieux tenu l'alcool. Au bout d'une heure, il décida d'aller se chercher une nourriture plus consistante aux cuisines, ouvrit la porte et se heurta à un policier en faction, qu'il faillit renverser malgré sa carrure impressionnante.

— Mais que diable faites-vous devant mon officine ? râla l'étudiant en se massant l'épaule.

— Désolé, monsieur, ce sont les ordres. Votre patiente est une détenue.

— Ce n'est pas ma patiente. Et pourquoi l'attendez-vous ici ?

— Le docteur Hoax m'a dit que les soins prendraient environ une heure. Avez-vous fini ?

La fille riait et tous étaient perplexes. Elle riait et les larmes qui coulaient le long de ses joues étaient l'expression d'une souffrance, tout comme son visage qui s'était creusé. La crise s'arrêta brutalement, la laissant épuisée. Elle tapa d'un geste rageur l'oreiller qu'elle avait pris entre ses bras. Seules les larmes continuaient à ruisseler sur les sillons de sa peau.

— Elle n'en peut plus, docteur. Nous n'en pouvons plus, dit le père en triturant nerveusement sa casquette.

— Aidez-moi, je vous en prie, implora-t-elle.

Anny avait dix-huit ans. Les crises de rire étaient apparues un mois plus tôt, à la suite d'une opération légère pour laquelle elle avait été anesthésiée au protoxyde d'azote. Depuis lors, elles n'avaient plus cessé, apparaissant sans raison, des dizaines de fois par jour. Le médecin de famille avait prescrit plusieurs médications, sans succès, avant de conclure à une forme particulière d'hystérie et de s'avouer vaincu.

— Depuis ce matin, elles sont presque continues, déclara l'homme. Alors, on a décidé de venir vous voir, dit-il à Thomas. Là-bas, tout le monde parle de vous.

Belamy comprit qu'ils provenaient de l'East End, rassura la jeune fille et la fit s'allonger. Il prit ses pouls avant de planter une aiguille en argent sur *Dazhong*, à l'arrière du pied.

— Voulez-vous l'emmener à Uncot ? intervint sœur Elizabeth, inquiète de le voir pratiquer de l'acuponcture aux urgences.

— Ce ne sera pas nécessaire, répondit Thomas en enlevant la pointe métallique. Ce n'est pas approprié. Nous allons pratiquer autrement. Aller me chercher chloroforme, vaseline et mouchoir.

Elizabeth approuva le choix : ce que l'anesthésie avait amené, l'anesthésie pourrait le faire disparaître.

— Votre problème est sans doute un effet lié au protoxyde d'azote qui a été utilisé pour votre opération, jeune fille. Nous allons utiliser un autre agent. Vous ne serez endormie que très peu de temps, peut-être même pas complètement. De quand date votre dernier repas ?

— Hier soir, répondit le père. Elle n'ose plus manger, ça déclenche souvent ses crises.

— Voilà qui va nous aider. Cela diminue le risque de vomissements au réveil, expliqua-t-il à sa patiente.

Au moment où il prenait l'ampoule que la religieuse lui tendait, un inspecteur accompagné du policier de faction entra sans s'annoncer.

— Docteur...

— Pouvez-vous attendre dehors, messieurs ? Je suis en pleine consultation.

— Non, docteur Belamy, il y a urgence.

— Nous n'avons que des urgences dans ce service, s'interposa sœur Elizabeth en leur indiquant la porte.

— La prisonnière qui était sous votre responsabilité s'est échappée, continua l'inspecteur sans tenir compte de ses injonctions.

— Vous voulez dire ma patiente ? reprit Thomas en déposant l'ampoule d'anesthésiant. Vous n'étiez pas censé la surveiller ?

— Un homme se faisant passer pour un médecin l'a aidée, se défendit le bobby, mal à l'aise.

— Apparemment, vous l'avez rencontré, ajouta l'inspecteur. Un certain Hoax.

— Il s'est présenté à moi pour m'apprendre qu'il allait bientôt travailler avec nous. Maintenant, messieurs..., dit-il en leur montrant la sortie.

— Vous ne le connaissiez pas ?

— Je n'avais jamais entendu parler du docteur Hoax avant aujourd'hui.

— Vous vous moquez de nous, c'est cela ? s'énerva le policier.

Anny, qui s'était rassérénée dans l'attente de l'anesthésie, fut prise d'un fou rire incoercible qui alla crescendo, très vite remplacé par des larmes de désespoir qui laissèrent les deux hommes interdits.

— Je suis... désolée, hoqueta-t-elle entre deux crises de rire.

— Nous sommes désolés, insista son père, dont la casquette n'était plus qu'un bout de tissu essoré entre ses mains.

— Mais qu'a-t-elle ? Mademoiselle, vous savez quelque chose à propos du docteur Hoax ?

La question fit redoubler d'intensité son hilarité et ses larmes. Sœur Elizabeth, qui s'était contenue, poussa sans ménagement les deux hommes dehors, malgré leurs protestations.

— Nous l'interrogerons aussi, nous interrogerons tout le monde, menaça l'inspecteur en franchissant le seuil. Il y avait des complicités…

La suite se perdit dans le couloir, la religieuse avait refermé la porte. La jeune femme eut encore quelques spasmes, puis l'envie cessa doucement et disparut dès que Thomas brisa une des extrémités de l'ampoule.

Il versa le chloroforme dans un flacon gradué pendant qu'Elizabeth enduisait de vaseline les narines et le menton de la jeune fille.

— Lorsque je vais appliquer ce mouchoir, vous devrez continuer à respirer doucement, expliqua-t-il. Vous allez ressentir des picotements et une sensation d'étouffement. Tout cela est normal. Continuez à respirer lentement et profondément et tout se passera bien.

Belamy versa plusieurs gouttes sur un mouchoir qu'il déposa avec douceur à la racine de son nez.

— Ne respirez plus, demanda-t-il au bout de trois inspirations.

Il enleva le tissu, y déposa à nouveau plusieurs gouttes et le remit sous le nez d'Anny.

— Allez-y, respirez à nouveau, normalement, dit-il en lui montrant le rythme d'un battement de la main. Voilà, c'est très bien !

À la troisième tentative, la patiente s'endormit dans le fauteuil. Belamy ausculta le cœur et les poumons ; tout était normal. Il restait concentré sur ses tâches, mais imaginait l'enchaînement des événements : Etherington-Smith devait être en train de répondre aux questions de l'inspecteur, le gouverneur allait être prévenu alors que se préparait le dîner d'octobre des anciens des équipes médicales, ce qui n'allait pas manquer de répandre la nouvelle en dehors de l'hôpital, lequel serait fouillé des caves aux greniers. Thomas savait qu'il serait mis sur la sellette pour avoir affirmé qu'Olympe était sa patiente alors qu'aucun dossier médical ne pouvait l'attester, et que ses sorties nocturnes et ses traitements non conventionnels allaient être questionnés. Il avait toujours su qu'un jour le feu prendrait et il allait tout faire pour éteindre l'incendie à sa manière.

Anny ouvrit des paupières pesantes, les referma, se battit contre une fatigue de plomb pour les rouvrir et, une fois le combat gagné, émit un rire bref qui resta sans suite.

Sa vie durant, elle allait se retenir de rire, de peur de ne plus pouvoir s'arrêter.

45

St Bart, Londres, dimanche 3 octobre

Le Grand Hall avait des airs de salle des fêtes. Vingt tables rondes, recouvertes de nappes vert d'eau, avaient été dressées dans les trois quarts de la pièce, l'espace restant étant occupé par l'orchestre de la Société musicale qui s'était tu à l'approche des discours. Le gouverneur de l'hôpital prononça une allocution convenue, à destination des donateurs présents, résumant les principales réalisations de l'année ainsi que les projets des nouveaux bâtiments. Etherington-Smith choisit de décrire la journée type d'un médecin du Barts, en la truffant d'anecdotes, parmi lesquelles la disparition d'une détenue sous la surveillance de la police, ce qui fit rire son auditoire et permit de dédramatiser la situation vis-à-vis de tous les décideurs et de la presse présents.

— Comme vous le constatez, rien n'a changé, mais tout évolue, conclut le populaire médecin sous une salve d'applaudissements.

Il retourna à la table d'honneur et fit un discret clin d'œil à Belamy, assis à sa gauche.

— Nous voilà tranquilles pour la soirée, lui chuchota-t-il.

Thomas avait été prévenu que le conseil se réunirait le lendemain pour statuer sur son cas. Le docteur Cripps l'accusait d'avoir volontairement retiré Miss Lovell de son service pour l'aider à se soustraire à la justice. Parmi le corps médical de l'établissement, certains voulaient une sanction rapide et sévère, afin d'éviter que la justice ne s'en mêle ; d'autres, menés par Etherington-Smith, clamaient avec détermination l'innocence de leur collègue.

— En attendant, j'ai obtenu que tu continues ton travail aux urgences, assura celui-ci alors qu'une ovation saluait le dernier discours et le début des festivités.

L'orchestre entama *Jerusalem*, que la plupart des convives reprirent en chœur. Thomas se pencha vers Raymond et leur aparté se prolongea toute la durée de l'hymne. La dernière note n'était pas encore retombée que le médecin français quittait la salle.

Il rentra directement à son appartement, où l'attendait Frances. Elle tenait un gros livre à la couverture en cuir, qu'elle serrait comme un enfant à protéger.

— Je crains qu'il vous faille renoncer à venir un certain temps, lui annonça-t-il en ouvrant le placard pour en sortir un sac de voyage.

— Alors, c'est vrai, toutes ces rumeurs ? Vous allez être arrêté ?

La jeune femme sentit monter en elle un mélange confus de désir et de culpabilité ; elle eut envie de se laisser aller, de croire en cette autre rumeur qui faisait d'eux des amants, mais elle resta droite et impassible, serrant plus fort l'ouvrage.

— Non, la police n'a rien à me reprocher. Mais je ne veux pas que vous soyez inquiétée. Je dois partir quelques jours, ajouta-t-il en retournant dans le placard d'où il sortit une pile de vêtements composée pour les voyages. Je serai rentré dans une semaine.

Il les jeta dans le sac, ainsi que ses affaires de toilette.

— Frances, personne ne croira que vous venez ici pour étudier la médecine en cachette.

L'idée était venue d'elle. Comme beaucoup d'autres soignants de l'hôpital, elle l'avait sollicité pour apprendre les bases de l'acuponcture. Comme toujours, il avait refusé. Mais la jeune femme avait des prédispositions à la médecine et un diagnostic sûr. Il ne se souvenait plus du jour où il s'était décidé, mais, à l'été 1908, il lui avait proposé de mettre à sa disposition ses traités de médecine occidentale et chinoise et de l'initier à combiner le meilleur des deux pratiques. Frances avait l'intention de s'inscrire à l'école doctorale du Barts pour préparer son diplôme de médecin, mais, sans l'aide de Belamy, ne se sentait pas capable d'en relever tous les défis. Elle étudiait chez lui les soirs où il s'absentait, parfois même en sa présence. Il n'avait jamais profité de la situation pour la séduire et elle lui en était reconnaissante.

— À mon retour, nous pourrons continuer comme avant. J'ai promis de vous soutenir et je n'ai qu'une parole, conclut-il en faisant claquer la fermeture de son bagage.

L'Austin blanche filait à plus de quatre-vingts kilomètres par heure sur le chemin d'Oxford. L'habitacle n'était protégé du vent saturé de brume que par une capote et un large pare-brise. Le conducteur et son passager, emmitouflés dans leurs mackintoshs luisants d'humidité, devaient forcer leurs voix pour se faire entendre.

— Mais pourquoi ai-je accepté de t'aider? se lamenta Etherington-Smith tout en donnant un coup de volant pour éviter une ornière large et profonde.

— La culpabilité, peut-être? suggéra Belamy, qui avait agrippé un des montants latéraux.

— Oui, je m'en sens responsable, reconnut Raymond. Si je ne t'avais pas aiguillé, tu n'aurais jamais retrouvé cette femme. Et nous ne serions pas dans une telle panade ce soir! Mais il est encore temps de faire demi-tour, personne n'en saura rien. Réfléchis, Thomas.

Le Français avait rédigé le compte rendu des soins qu'il avait prodigués à Olympe, ainsi qu'une attestation de l'état physique de la jeune femme à son admission au Barts. À l'hypothermie s'ajoutaient de nombreuses ecchymoses dues à la puissance du jet ainsi que des séquelles inflammatoires liées au gavage et une perte de poids délétère pour toutes les fonctions vitales. Il avait convaincu son ami de le remettre à Christabel Pankhurst afin de dénoncer les violences subies lors de son incarcération et de demander une libération pour raisons de santé.

— Mais elle est en fuite, la justice ne supportera pas d'entériner un tel fait, objecta Raymond, qui ralentit à l'approche de la ville.

— La justice fera ce que le pouvoir lui commandera, et le pouvoir fera ce que son intérêt lui dictera. Et leur intérêt est de clore cette affaire. Ils ont failli la tuer.

— Raison de plus pour ne pas prendre de risques, renchérit Etherington-Smith, qui avait insisté pour que Thomas prenne le train en dehors de Londres. Personne ne doit te retrouver.

— Raymond, nous sommes le cadet de leurs soucis. Pas des criminels en fuite.

— Pas de risques, insista-t-il.

— Alors, pourquoi avoir emprunté la voiture de notre plus gros donateur? d'un des pairs du royaume?

— Parce que la mienne n'a ni phares, ni toit, ni pare-brise. Et que je me targue d'être son ami. Personne n'ira le questionner. Es-tu en train de me dire que je me suis mis dans un sacré pétrin?

— Tu l'as fait pour moi, je ne ferai rien qui puisse te nuire.

— Alors, ne fais plus rien du tout et reviens vite aux urgences ! Voilà la gare de la Great Western Railway, dit-il en arrêtant sa voiture sur le site de l'abbaye de Rewley. Et je ne veux même pas savoir où tu vas !

Chapitre VIII

4 au 19 octobre 1909

46

Derrybawn House, Wicklow County, Irlande, lundi 4 octobre

La maison tenait toutes les promesses d'Horace. Adossée à la mer d'Irlande aux reflets turquoise, qu'elle dominait d'une dizaine de mètres, elle possédait un large balcon et un jardin protégé par une haie de buis. Un vénérable genévrier déployait ses branches au-dessus d'une table en bois tressé, tel un serviteur tenant un parapluie. Mildred avait été rassurée de découvrir que la bâtisse se divisait en deux parties symétriques dans lesquelles on pouvait vivre de façon indépendante. Seule Mme d'Ermont avait accès à la leur et, chaperonnage oblige, dormait dans une chambre située au même étage qu'Horace et elle.

La suffragette et son médecin, arrivé à l'heure du déjeuner, occupaient la seconde aile, dont le rez-de-chaussée était constitué par l'office, et les combles habités par les deux domestiques. Mildred était partagée entre le bonheur de son amour si neuf et la crainte de ses parents, dont Horace semblait considérer la bénédiction comme acquise.

Elle fit tourner sur son doigt la bague que son amant lui avait offerte et demanda pour la troisième fois à la cuisinière où était Mr de Vere Cole. Pour la troisième fois, celle-ci lui répondit qu'il était toujours enfermé dans le petit salon avec ses deux invités. Mildred soupira et pria l'employée de servir le thé dans le jardin.

— Je n'ai jamais été un bon apôtre.

Horace se tenait debout, dans sa posture favorite, bras croisés et main droite sur le menton, les yeux rivés sur un point imaginaire qui semblait focaliser son attention et attirer tous ses souvenirs.

— Cambridge avait ce côté horripilant de concentrer tout le snobisme de la classe bourgeoise. Il l'a encore, d'ailleurs, et l'aura toujours. Je m'étais lié d'amitié avec Oscar Browning, un de mes professeurs, qui m'a incité à entrer à la Cambridge Conversazione Society.

— La société des apôtres ? devina Thomas, adossé au chambranle de la fenêtre ouverte.

— Oui. Une vieille coterie presque centenaire. À mon arrivée, nous étions huit apôtres et Browning s'était proclamé notre « archange ». Tous étaient persuadés de leur supériorité, lui le premier. Il encourageait un élitisme pédant. Nous nous réunissions en secret, le samedi soir, pour refaire le monde à notre image. Du moins, à la leur. Browning m'a rapidement déçu. Je suis socialiste et sa posture intellectuelle était une escroquerie. D'autres sont restés jusqu'au bout. C'est chez les apôtres que j'ai connu mon ami Adrian Stephen.

— Y en a-t-il un qui pourrait correspondre à mon informateur ? demanda Olympe, allongée sur le canapé.

Encore affaiblie, elle avait mangé des aliments solides que la cuisinière avait moulinés au plus fin, une première depuis sa grève de la faim. Les deux hommes, tout à leur joie, avaient entonné un *For she's a jolly good fellow* devant une Mildred embarrassée.

— Sûrement pas Browning, dit Horace en tortillant le bout de sa moustache. Il déteste les femmes et les considère comme inférieures. Ceux de mon groupe sont restés très proches et je les vois régulièrement à Bloomsbury, chez Adrian. Ce sont des artistes ou des penseurs, aucun n'a tâté de la politique. Mais il doit bien y avoir aujourd'hui deux cents « anges » encore en vie – c'est ainsi qu'ils se surnomment après l'université, précisa-t-il. Et tout ce beau monde, anges et apôtres, se retrouve une fois par an dans un restaurant londonien tenu secret. Je peux vous dire qu'ils sont toujours aussi snobs, ajouta-t-il, satisfait de sa conclusion.

Il tira une bouteille de Ruinart par le col hors de son seau à glace et entreprit de désentortiller le muselet.

— Pour être franc, j'aimais mille fois plus faire partie de la Magpie & Stump. L'alcool y coulait à flots et on y débattait toute la nuit dans l'arrière-salle d'un bordel du même nom. Au moins, nous n'avions pas peur de nous acoquiner avec les classes laborieuses, dit-il en faisant sauter le bouchon.

Ils burent en silence. L'alcool brûla la gorge d'Olympe, qui dut arrêter après la première lippée. Les stigmates du gavage seraient longtemps présents dans son corps.

— Ceux qui vous ont fait du mal le paieront très cher, croyez-moi, gronda Horace. Parole de chevalier.

Il se resservit et leva sa coupe :

— Le vote pour les femmes ! hurla-t-il en direction de la fenêtre ouverte. Quoi ? Je suis sérieux, dut-il préciser devant leur absence de réaction. Chacun de nous est un rebelle à sa manière. À deux, nous étions dangereux. À trois, nous serons incontrôlables ! beugla-t-il en jetant son verre par la fenêtre.

— Monsieur ?

La domestique, entrée sans qu'il la vît, avait assisté à la scène et attendait avec timidité qu'il finisse sa démonstration.

— Qu'y a-t-il, Babette ?

— Lisette, monsieur. C'est Madame, elle vous réclame.

— Tout va bien, Lisette ?

— Oui, Madame va bien. Mais je crois qu'elle a besoin de vous, bredouilla-t-elle, gênée de n'avoir pas trouvé d'excuse plus affûtée alors que Mildred, qui le voulait près de lui, l'avait envoyée le chercher.

— Ma princesse m'appelle, dit-il avec grandiloquence.

Il attrapa la bouteille ruisselante et indiqua à Lisette de se charger de coupes.

— Nous reprendrons notre conversation plus tard, je vole à son secours ! Thomas, j'ai eu une idée de canular qui vous plaira...

— Quand aura lieu le prochain ? questionna soudain Olympe sans forcer sa voix.

— Mon canular ?

— Le repas des apôtres. Vous nous avez dit qu'il s'en tenait un par an.

— Ma foi, vous avez de la suite dans les idées, ma chère, dit-il en reprenant sa posture favorite, oubliant la présence de la bouteille qui dégouttait d'eau glacée sur le parquet.

La servante dégaina son chiffon et entreprit d'éponger le sol aux pieds de l'Irlandais.

— Si votre informateur est réellement un ancien apôtre, cela signifie qu'il retrouvera ses condisciples l'année prochaine en avril. Il vous faudra attendre tout ce temps pour le confondre.

Il sortit en sifflotant, semant dans son sillage des gouttes comme des petits cailloux blancs.

Thomas avait convaincu Olympe de sortir marcher jusqu'à la mer, ce qu'elle avait réussi sans difficulté.

— Dans quelques jours, il n'y paraîtra plus, dit-elle en s'asseyant sur les rochers. Et j'espère pouvoir regagner Londres et Clement's Inn.

— J'admire votre optimisme, avoua Thomas, qui s'était posté en face d'elle, dos aux flots paisibles.

— Ne croyez pas que je sois une ingrate, notre hôte est adorable, mais il s'occupe de moi comme si j'étais une poupée de cire. Je n'ai pas l'habitude qu'on prenne soin de ma personne, vous savez.

— Laissez-vous aller.

— Cela me met mal à l'aise. Je sais que c'est difficile à comprendre, n'importe qui voudrait être à ma place en ce moment. Mais je n'aime pas me sentir redevable.

— Surtout envers un homme ?

— C'est d'autant plus compliqué, oui.

Olympe se tut, parut hésiter, se raviser, lutter contre sa nature, avant de reprendre :

— Je sais que vous avez pris des risques pour moi. Je ne suis pas douée pour les remerciements, mais j'apprécie votre geste. J'espère que vous n'aurez pas d'ennuis au Barts.

— Ne vous inquiétez pas, j'ai l'habitude de les gérer. Ils m'accompagnent depuis longtemps. Et Horace en a pris plus que moi, même s'il exagère toujours.

— Vous parlez sans doute de sa propension à ausculter les femmes ? Je ne dormais qu'à moitié, vous savez.

Ils rirent ensemble et laissèrent un couple et son chien traverser la grève près d'eux. Le silence se prolongea. La tension et le désir étaient palpables, mais leur nature sauvage les contenait à distance.

— Je me suis souvent demandé ce que vous faisiez dans les sous-sols du palais de Westminster ce soir-là, reprit Olympe en rassemblant ses cheveux, qui vagabondaient sur son visage, en un chignon approximatif.

— Je suis désolé, je ne peux pas vous le dire.

Pendant ses moments de solitude à Holloway, elle s'était figuré toutes les réponses possibles, que son double imaginaire lui délivrait invariablement chaque fois qu'elle le convoquait pour tromper le spleen de sa solitude. Le laconisme de la réponse de Thomas la surprit et la déçut.

— Vous étiez venu soigner un ministre ? Sir Asquith ? insista-t-elle.

— Le plus important est que je me sois trouvé dans les sous-sols au bon moment.

Thomas, qui ne pouvait voir le visage d'Olympe caché par un contre-jour puissant, vint s'asseoir à côté d'elle, face à la mer. Elle le toisa d'un air mystérieux.

— Je ne peux vous dire qui j'étais venu soigner, se crut-il obligé de concéder.

— Vous voyez, vous avouez ! Vous avez des patients au Parlement ou au gouvernement, j'en étais sûre ! jubila Olympe.

— Je n'ai rien à avouer. Tout le monde peut comprendre qu'on ne fait pas venir un médecin à Buckingham pour réparer Big Ben. Mais le reste fait partie du secret médical.

— Alors, restons dans le secret : pouvez-vous arranger une rencontre clandestine entre Emmeline Pankhurst et notre Premier ministre ?

La déception changea de camp.

— Qui vous dit que j'en ai le pouvoir ? protesta Thomas.

— Vous pénétrez l'intimité de nos gouvernants. Quand vous les examinez, vous êtes seul avec eux, il n'y a ni conseillers ni gardes du corps, pas même leur femme. Juste vous et eux. L'intimité suffisante pour faire passer un message de notre part sans qu'ils perdent la face vis-à-vis de leur camp.

La pertinence de l'observation le laissa sans repartie.

— Y a-t-il un moment dans la journée où vous cessez de militer ?

Olympe fit semblant de chercher avant de répondre avec un sourire désarmant :

— Non. Alors, vous acceptez ?

À son tour, Thomas prit le temps de la réflexion.

— Non, déclara-t-il en imitant son sourire désarmant. Et ne me demandez pas...

— Pourquoi ? coupa-t-elle alors que ses cheveux venaient de s'échapper à nouveau sous l'effet du vent.

— Ne me demandez pas pourquoi.

— Je croyais que vous souteniez notre cause, docteur Belamy.

— Je croyais que vous saviez faire la part des choses, Miss Lovell. Je suis celui qui soigne des vagabonds et des puissants, des suffragettes et des ministres, des malades que tout oppose, qu'ils viennent de l'East End ou de la Chambre des communes. Je suis juste un médecin. Pas un militant des causes de mes patients. Ni un entremetteur. Cela fait-il de moi un suspect ?

— Vous m'avez sauvée deux fois et je sais ce que je vous dois, mais pourquoi tous ces risques si vous ne partagez pas mes idées ?

— C'est mon métier.

— Et venir jusqu'ici, c'était uniquement par conscience professionnelle ?

— Voulez-vous me le faire regretter ?

— Si vous n'êtes pas un suffragiste, alors qui êtes-vous ?

— Si vous n'avez pas confiance en moi, alors fiez-vous à votre apôtre, lâcha-t-il d'un ton âpre qu'il regretta aussitôt.

— Vous êtes blessant, monsieur Belamy.

— Vous êtes hostile, Miss Lovell.

— Vous réagissez comme les autres hommes, vous ne me comprenez pas. Et vous me jugez.

— Peut-être devrions-nous clore cette discussion, proposa Thomas en s'approchant d'elle pour lui tendre la main.

— Je vous laisse rentrer, répliqua-t-elle en croisant les bras, le regard absorbé par la mer. J'ai besoin de respirer ma liberté.

Horace se frottait les mains lorsqu'il rejoignit Mildred sur la terrasse du jardin pour leur partie quotidienne de bridge.

— Je ne savais pas que ce jeu vous réjouissait autant, remarqua-t-elle.

— Ce sont nos deux tourtereaux : ils roucoulent sur le rivage !

— Vous les surveillez, maintenant ? dit-elle, faussement offusquée, tout en battant les cartes.

— Vous connaissez mon caractère romantique, cher amour. Je savais que ces deux-là étaient faits pour s'entendre. Tout comme nous, ajouta-t-il en lui baisant la main. Quelle belle journée que voilà ! conclut-il en s'asseyant en face d'elle.

Mildred soupira exagérément mais Horace ne sembla pas le remarquer.

— Je déteste le bridge à trois, finit-elle par reconnaître. Quand nous trouverez-vous un quatrième pour jouer ?

Vere Cole, que les cartes attiraient autant que les chats aiment l'eau, faillit lui suggérer de changer de jeu, mais se retint. Mildred avait une addiction tout anglaise pour le bridge qui lui serait utile pour sa future intégration et qu'il ne voulait pas brider.

— Quel dommage que vos invités ne sachent pas y jouer, regretta-t-elle.

— Avez-vous questionné Lisette ?

— Mais qui donc est Lisette ?

— Notre domestique, voyons.

— Demander à la domestique de jouer au bridge avec moi ! Vous êtes drôle, mon Hercule !

— Pourquoi ne saurait-elle pas ?

— La question n'est pas là. Écoutez, il y a un club à Bray, trouvez-moi une personne de bonne compagnie. Mais que fait Mme d'Ermont ? s'impatienta-t-elle en commençant à distribuer les cartes.

— La sieste, cher amour. Voilà un exemple d'activité à suivre, assura Horace alors que son esprit luttait contre une faiblesse post-prandiale passagère.

— J'entends des pas, la voilà, rétorqua sa bien-aimée, triomphante. Nous allons commencer.

L'arrivée de Thomas lui arracha une grimace de déception. Il leur annonça son intention de prendre le ferry l'après-midi même à Dublin.

— Mais vous venez d'arriver !

L'étonnement d'Horace l'avait fait se lever. Il entraîna son ami dans le couloir.

— Que se passe-t-il ?

— Miss Lovell va bien et elle n'a pas besoin de moi, contrairement à mes patients du Barts, expliqua Thomas sans avoir envie de le convaincre.

Vere Cole n'insista pas et lui proposa de l'accompagner jusqu'au port. Olympe n'était toujours pas rentrée lorsqu'ils quittèrent Derrybawn.

47

St Bart, Londres, mardi 12 octobre

Reginald était aux anges. Il venait de recevoir la dérogation lui permettant de rester une année de plus au service des urgences, pour laquelle il avait fait intervenir son père en personne. Même s'il répugnait à lui être redevable de quoi que ce soit, le jeune interne n'avait pas hésité à faire le siège de la maison familiale, allant jusqu'à souper avec ses parents plusieurs fois par semaine afin d'obtenir gain de cause. Sir Jessop avait bien tenté de l'en dissuader, mais son fils était prêt à tout pour poursuivre son apprentissage dans le département du docteur Belamy, quitte à prolonger son internat d'une ou deux années. L'affaire de la suffragette avait failli faire reculer Sir Jessop, qui ne transigeait pas sur ses valeurs conservatrices ; cependant, le jugement du tribunal était intervenu dès le mardi et avait confirmé que la militante n'était plus considérée par l'administration comme une détenue lorsqu'elle avait quitté l'hôpital. Le texte des attendus, un modèle de contorsion entre la réalité et les dates, faisait apparaître sa sortie d'Holloway comme une libération pour raisons médicales. Personne ne s'était rétrospectivement évadé et l'honneur était sauf.

Après trois jours d'absence, le docteur Belamy était revenu aux commandes, plus affûté que jamais, et toute l'équipe abordait la semaine avec un moral gonflé à bloc et une réserve de feuilles de souchong pekoe directement apportées des confins de l'Empire par le frère d'Elizabeth.

Reginald était aux anges et rien ne pouvait gâcher sa journée.

— Docteur, vite, aidez-moi !

Les deux femmes venaient d'entrer et remontaient le couloir des urgences dans leur tenue d'ouvrière de la blanchisserie Cyprus à Finsbury Park. La plus âgée – qui était aussi la plus costaude – avait passé sa tête sous l'épaule de la plus jeune, dont la conscience vacillait et dont le tablier blanc était strié par une longue tache de la couleur des briques de l'East End.

— Vite, elle crache du sang !

La remarque fit fuir les patients présents dans le couloir. Reginald et sœur Elizabeth prirent le relais et portèrent la malade dans la première salle de soins où attendait un ancien combattant, venu pour des douleurs à son moignon de jambe. Il sortit en boitillant sur ses béquilles, sans qu'on l'y invite, laissant sa prothèse posée contre le mur.

— Est-elle atteinte de tuberculose ? interrogea l'interne après l'avoir installée sur le lit d'examen.

— Non, monsieur, expliqua la plus âgée. Elle a avalé de l'acide phénique. C'est ma fille, sauvez-la !

La blanchisseuse s'écarta pour ne pas gêner les soignants et pour ne plus voir la détresse de sa fille au visage rongé par le labeur. Elle avait sans doute été belle, mais, à vingt-trois ans, les vapeurs saturées de solvants toxiques avaient eu raison de sa jeunesse.

Elle toussa plusieurs fois et expectora un gros caillot sanguin.

— Savez-vous quelle quantité a été ingérée ? demanda Reginald à la mère, prostrée à un angle de la pièce.

— Non, monsieur.

— Comment est-ce arrivé ? poursuivit l'interne tout en indiquant à Elizabeth le tiroir renfermant le traité des antidotes.

— Ce n'est pas un accident. Ma fille... ma fille, elle a voulu se tuer... Le travail est si dur à Cyprus, expliqua la mère. J'ai honte.

— Ce n'est pas votre faute, madame, intervint la religieuse tout en feuilletant l'ouvrage.

— J'ai honte de son geste, ça ne se fait pas, ni au boulot ni ailleurs. On a de la fierté, chez nous. Que vont penser les gens ?

— Mademoiselle, m'entendez-vous ?

Les paupières closes, la jeune femme fit « oui » de la tête.

— Avez-vous mal à la tête ?

À nouveau le même geste dolent.

— La nausée ?

En guise de réponse, l'ouvrière eut un spasme abdominal et se pencha vers le sol. Sœur Elizabeth lui porta précipitamment un seau sous la bouche, mais la jeune femme n'avait plus qu'un peu de bile à cracher. Elle s'assit sur le bord du lit de consultation et murmura quelque chose à l'oreille de la religieuse.

— Pouvez-vous vous tourner, docteur ? dit Elizabeth tout en donnant un bassin à la malade.

Reginald en profita pour consulter le traité ouvert à la page concernée et rechercher le meilleur antidote à l'acide phénique, mais il n'y trouva rien de précis. La religieuse lui apporta les urines à examiner alors que, sortie de sa torpeur, la mère s'était approchée et caressait les cheveux de sa fille.

— Albumineuses et couleur vert olive, constata Reginald. Elle a dû avaler une dose massive. Emportez l'échantillon au labo et demandez un dosage de l'acide phénique et de l'albumine.

Reginald, qui lui avait donné ces ordres dans l'exaltation de l'urgence, faillit s'excuser auprès d'Elizabeth, mais la sœur sortit sans en avoir pris ombrage. Il sut qu'à cet instant elle le considérait vraiment comme un médecin, et il en ressentit une fierté éphémère.

— À boire..., chuchota la jeune femme.

La réalité le rappelait. Il lui donna un verre d'eau avec pour consigne de n'en avaler que deux gorgées, très lentement.

— Je vais vous administrer des antalgiques et de l'albumine, puis nous attendrons les résultats de l'analyse, lui expliqua-t-il avec assurance.

L'ouvrière demanda à s'allonger. Son visage avait un teint cireux. Reginald s'interrogea sur la souffrance qui devait être la sienne pour en arriver à de telles extrémités.

Frances entrouvrit la porte et y passa la tête.

— Je cherche la prothèse de mon patient. Ah, elle est là, dit-elle en désignant la jambe de bois.

Reginald en profita pour sortir avec elle dans le couloir et lui résumer le cas de sa patiente.

— Pouvez-vous demander son avis sur l'antidote qui convient au docteur Belamy et m'en rapporter ?

— Voulez-vous qu'il vienne vous aider ?

— Merci, non, juste l'antidote. J'espère que ses poumons ne seront pas trop endommagés. Elle mettra du temps à reprendre son travail.

— C'est sans doute ce qu'elle cherchait à obtenir, mais dans ces conditions… Merci pour la prothèse.

— Ce soir, nous fêtons au pub ma première année dans le service. Viendrez-vous ?

— Oui. À plus tard.

Reginald retourna auprès de sa patiente, surpris de sa propre audace qu'il mit sur le compte de son euphorie du matin, pendant que Frances s'étonnait elle-même d'avoir accepté aussi facilement. Mais, pour la première fois, elle en avait envie.

L'ancien combattant avait été installé sur la couche la plus éloignée de l'entrée, dans l'attente de retrouver son appareillage. Il avait perdu sa jambe jusqu'à mi-cuisse pendant la guerre des Boers – la seconde, aimait-il à préciser –, alors qu'il s'était retrouvé coincé sous la charrette qu'il conduisait, de retour d'une soirée avinée – ce qu'il omettait toujours d'ajouter. Depuis lors, toutes les prothèses qu'il avait portées l'avaient fait souffrir et les onguents du docteur Belamy étaient les médications les plus efficaces qu'il ait essayées. Thomas venait d'appliquer un cataplasme sur son moignon gonflé dont l'effet immédiat avait détendu le militaire.

— Sucrate de chaux, indiqua Belamy en réponse à la question de l'infirmière. C'est le plus efficace contre l'acide phénique. Vous avez de la chance, le pharmacien en a préparé hier. Allez-y tout de suite et dites à Reginald de lui en donner une cuillerée tous les quarts d'heure.

Frances sortit en courant et faillit percuter l'intendant, qui cherchait le docteur Belamy. Elle le renseigna sans s'arrêter, tout en redressant sa coiffe qui penchait dangereusement, et s'excusa de sa précipitation.

— Rien de plus normal pour un service d'urgence, lui répondit-il, amusé de la scène.

L'intendant accosta Thomas au moment où celui-ci posait un second cataplasme sur le moignon du militaire.

— Docteur, une dame vous demande à l'accueil. D'habitude, je ne me déplace pas, mais c'est un cas spécial, ajouta-t-il en se penchant vers le médecin pour ne pas être entendu de l'ancien combattant. C'est la suffragette de la semaine dernière, lui chuchota-t-il.

Thomas se leva sans lâcher le linge enduit d'une bouillie de farine de lin et d'orge.

— Tenez-moi ça, intima-t-il à l'intendant, et arrosez d'huile d'olive de temps en temps. Je reviens.

— Hé, je ne suis pas un rôti à la broche, se plaignit le militaire.

— Appliquez bien contre la peau, insista Thomas avant de disparaître.

L'intendant offrit un sourire gêné à l'estropié tout en pressant le cataplasme et le rassura :

— Vous pouvez faire confiance au docteur Belamy.

Thomas avait franchi au pas de course l'allée qui séparait les urgences de l'aile ouest mais ralentit l'allure à l'approche de l'accueil. Il était persuadé qu'ils se reverraient, qu'ils ne pouvaient rester sur l'échec de Derrybawn. Olympe était comme lui, et, cette fois, il avait l'intention de ne pas gâcher sa chance.

Il grimpa sans précipitation les cinq marches de l'entrée principale. La suffragette avait le visage caché par un large chapeau de plumes et consultait distraitement le tableau d'affichage.

— Je voulais m'excuser pour..., dit Thomas en s'interrompant lorsqu'elle se retourna.

— Vous excuser pour... ? demanda Christabel Pankhurst.

— Pour vous avoir fait attendre, se reprit-il.

— Ce n'est rien. Je vous remercie de m'accorder ces quelques instants. Je suis venue vous parler de votre intervention auprès de Miss Lovell. Pouvons-nous sortir dans le square ?

Ils s'installèrent près de la fontaine, à l'écart d'un groupe de malades, alités en rang, et de leurs brancardiers occupés à fumer, adossés à l'un des châtaigniers de la cour centrale. Miss Pankhurst posa avec soin sa coiffe sur sa chevelure nouée en chignon.

— Tout d'abord, je voulais vous exprimer notre sincère gratitude d'avoir soigné Olympe après les violences dont elle a été victime de la part de l'administration pénitentiaire.

— Comment va-t-elle ?

— Mieux, beaucoup mieux. Je voulais aussi vous dire…

Christabel hésita avant de continuer :

— Je suis venue vous demander de ne plus jamais la soustraire à la justice.

48

St Bart, Londres, mardi 12 octobre

Etherington-Smith, debout derrière son bureau de l'école doctorale, écoutait Sir Jessop tout en se massant l'arrière de la cuisse où la douleur s'était réveillée. La veille, il avait ramé deux heures sur la Tamise et, en quittant l'embarcation, s'était trouvé écartelé, une jambe dans la yole, l'autre sur le quai, provoquant un étirement d'un muscle qui le faisait encore souffrir. Le père de Reginald l'avait sollicité et, après lui avoir remis un bon au porteur pour honorer sa promesse de don, épilogua sur les devoirs des soignants envers les institutions judiciaire et policière, avant de finir par confier que plusieurs médecins de l'hôpital l'avaient entretenu des manquements du docteur Belamy.

— Il s'agit d'un malentendu entre le juge et les inspecteurs, expliqua Raymond. La suffragette était libre quand elle est arrivée chez nous. Cela ne se produira plus, soyez-en assuré.

Tout en laissant Sir Jessop gloser sur le mouvement féministe, il s'approcha de la fenêtre et aperçut Thomas en pleine conversation dans le square central.

— Il y a beaucoup de rumeurs qui entourent votre collègue, continuait le baronnet. Comprenez que je n'y prendrais pas garde si mon fils n'était l'assistant du docteur Belamy et ne lui vouait un culte que j'estime inconsidéré. Mais je me dois de vous avertir du fait suivant.

Les ragots autour de Thomas, Etherington-Smith les avait vus débarquer avec lui comme des mouettes autour d'un chalutier remontant son filet. Il n'en avait cure. Mais celui-ci le troubla. Sir Jessop, visiblement satisfait de son effet, émit alors le désir de voir son fils. Raymond lui proposa de saluer le gouverneur de l'hôpital avant de l'accompagner aux urgences.

La demande de Christabel Pankhurst l'avait ébranlé. Thomas était resté silencieux plusieurs secondes, entre surprise et incompréhension, avant de réagir :

— Miss Lovell n'était pas en état de retourner en prison, croyez-moi. J'ai dû prendre cette décision pour préserver sa vie.

— Ce n'était pas la bonne. Olympe aurait supporté une incarcération, affirma froidement la suffragette.

— Miss Pankhurst, je ne vous comprends pas. Je ne vous savais pas si scrupuleuse quant au respect de nos lois.

— En l'enlevant, vous nous avez tous contraints à accepter un compromis, docteur. Un compromis qui nous oblige à passer sous silence ce qu'Olympe a subi dans sa cellule.

— Voulez-vous dire que vous avez négocié avec la justice ?

— Non, rien n'est jamais aussi franc. Mais on nous a fait comprendre que c'était la condition pour officialiser sa libération, alors qu'elle était devenue hors-la-loi par votre faute. En retournant en prison, nous aurions pu mobiliser la presse qui nous est favorable et alerter sur les violences répressives du pouvoir.

— Mais elle en serait morte !

— Nous sommes des militantes, docteur, nous connaissons les risques liés à notre lutte. C'est une guerre qui nous a été déclarée. Chacune d'entre nous est prête à mourir pour la cause. Mais je peux vous rassurer : je suis convaincue qu'ils auraient fait attention à elle. Involontairement, vous nous avez fait rater une occasion unique de rassembler l'opinion publique autour du vote des femmes.

Un filet de vent fit tomber son couvre-chef, que Thomas ramassa. Christabel avait un visage rond et rassurant, presque enfantin, qui contredisait la rudesse de ses propos.

— Puisque vous êtes venue me parler avec franchise, vous aurez la mienne en retour : si c'était à refaire, je recommencerais, sans aucune hésitation. Et, même si votre cause est juste, je n'approuve pas votre façon d'offrir Miss Lovell en sacrifice. Maintenant, permettez-moi de retourner à mes patients, dit-il en lui rendant son chapeau.

Frances avait couru pour chercher l'antidote, l'avait apporté à Reginald et s'était pressée auprès de l'estropié qui attendait toujours en compagnie de l'intendant, qu'elle avait libéré de son rôle de préposé au cataplasme. Elle avait tenté sans succès de replacer la prothèse sur le moignon qui n'avait pas suffisamment dégonflé, avait subi les foudres de l'ancien combattant pour la lenteur des soins qu'il avait reçus et, épuisée, s'était accordé quelques minutes de répit en avalant un thé tiède à la cuisine.

Thomas la rejoignit afin qu'elle le mette au courant des dernières admissions. Puis ils burent en silence. Chacun appréciait en l'autre de ne pas se sentir obligé d'échanger sans que cela nuise à leur relation. Depuis le retour du médecin, elle n'était pas revenue chez lui. Ils n'en avaient pas parlé et Frances attendait qu'il le lui propose. Elle savait qu'il l'aiderait dans son entreprise de réussir des études de médecine et lui savait qu'elle avait la volonté et le don pour y parvenir ; ce lien entre eux était un pacte qui n'avait pas besoin de se nourrir de paroles superflues.

Etherington-Smith en brisa l'équilibre par son arrivée avec Sir Jessop. Après les politesses d'usage, dont le père de Reginald s'acquitta sans rien montrer de ses opinions sur Belamy, Frances fut envoyée chercher l'interne pendant que Raymond relatait pour la énième fois le grand écart qui avait fait de lui un boiteux provisoire et qui l'avait obligé à emprunter une béquille au service de chirurgie des fractures.

Il réclama à Thomas une séance d'acuponcture, vantant au passage les résultats exceptionnels des soins à Uncot. L'infirmière revint rapidement après avoir transmis la demande à sœur Elizabeth, de retour de la pharmacie.

— Monsieur, notre ancien combattant nous réclame, dit elle à l'intention de Thomas.

Belamy esquissa un sourire complice qui valait remerciement. Mais, contre toute attente, Etherington-Smith proposa de l'accompagner lors de la visite aux malades afin de montrer à son invité leur département flambant neuf et le bon usage qui était fait des dons. Thomas n'eut d'autre choix que de commencer par le militaire, qui gesticulait et grognait tant et si fort au fond de la salle qu'il en incommodait tous les autres patients. Belamy présenta son cas à Sir Jessop, dont le visage s'illumina à l'énoncé de la guerre des Boers.

— La première ? demanda-t-il avec empressement. Je l'ai faite aussi !

— Bien sûr que non, la seconde ! s'offusqua l'homme. Ai-je l'air d'un vieillard ?

— Magersfontein ? Stromberg ? Colenso ? Quelle campagne avez-vous faite ? continua Jessop, qui semblait incollable sur le sujet. J'ai reçu un coup de baïonnette à Colenso, dit-il en montrant la cicatrice qui cheminait de sa tempe à son oreille droite. Où avez-vous été blessé ?

— À la jambe, ça se voit, non ? éluda l'estropié, son moignon semblant renforcer ses propos par des mouvements saccadés de haut en bas.

— Mais encore… ? insista le généreux donateur, bien décidé à obtenir une réponse. Le siège de Ladysmith ?

— Je ne connais pas cette dame, ni son fondement, mais vous commencez à me fatiguer avec vos questions ! Ça fait deux heures qu'on me chauffe la cuisse avec de l'huile et qu'on n'arrive pas à me remettre ma jambe de bois, et, maintenant, vous appelez la police militaire pour m'interroger sur ma blessure ! Si ça continue, moi je vais… je vais…, s'empourpra l'ancien combattant alors que l'odeur de single malt qui s'exhalait de ses poumons à chaque phrase indiquait que l'homme était venu en compagnie de sa flasque.

— Je vous assure que mon attention était bienveillante, se défendit Sir Jessop, en aucun cas je ne voulais vous offusquer.

— Eh bien, c'est trop tard, c'est fait ! réagit le militaire en se portant sur le bord du lit. Je m'en vais. Où est ma canne ?

— Sans votre prothèse, vous n'arriverez pas à marcher avec une seule canne, fit valoir Raymond. Tenez, prenez ma béquille, dit-il en la lui tendant.

L'homme le remercia et fit quelques pas concluants. Il revint vers le lit, prit sa jambe de bois, dont il lia la ceinture de cuir à celle de son pantalon, les salua et partit, la canne dans une main, la béquille dans l'autre et la prothèse ballottant comme une queue de cheval à chaque avancée.

— Quelle tristesse que cette guerre, se désola Jessop en l'observant quitter le service. Pouvons-nous continuer, docteur ? Cette visite est passionnante !

Etherington-Smith donna à la troupe le signal de passer au lit suivant.

Reginald remplit une seringue de sucrate de chaux et l'introduisit dans la bouche de sa patiente. Il poussa lentement sur le piston afin qu'elle ingère l'antidote. La jeune ouvrière se trouvait toujours à mi-chemin entre la conscience et le coma, les yeux clos. Le liquide s'accumula dans la cavité buccale avant de déborder par les commissures des lèvres.

— Allez, mademoiselle, avalez, avalez, lui murmura-t-il à l'oreille.

Rien ne se produisit.

— Tant pis, dit Reginald en lui bouchant le nez.

— Docteur…, s'inquiéta la religieuse.

La déglutition réflexe intervint rapidement.

— Voilà, c'est bien, lui dit-il. On va recommencer.

Il remplit à nouveau la seringue de la solution limpide et transparente.

— Elle suffoque, annonça sœur Elizabeth, restée auprès d'elle.

L'ouvrière fut prise de spasmes et recracha une grande quantité de liquide. Reginald l'ausculta au stéthoscope puis constata la matité des sons à la percussion.

— Les poumons sont remplis de liquide, conclut-il. Et elle a un œdème du cou, ajouta-t-il en le palpant.

La difficulté respiratoire s'aggrava brutalement. La bouche s'ouvrit à la recherche désespérée d'air.

— Ma sœur, le matériel à trachéotomie, décida-t-il avec un calme confinant à la nonchalance.

— Que se passe-t-il ? Ma fille, ma fille !

La mère, qui était prostrée depuis un long moment, agenouillée contre un mur, s'était levée pour s'interposer.

— Que faites-vous ? demanda-t-elle à Reginald en l'agrippant par le tablier.

— Madame, nous allons aider votre fille à mieux respirer, mais je vous prie de sortir.

L'ouvrière se laissa pousser fermement vers la porte par sœur Elizabeth, tout en continuant à psalmodier des questions comme des prières liturgiques.

La religieuse se positionna en face de Reginald, qui tenait un bistouri de la main gauche et avait localisé la membrane cricothyroïdienne de l'autre main, alors que la jeune femme respirait de plus en plus difficilement, donnant l'impression d'avaler son diaphragme à chaque inspiration.

L'interne fit une première incision de la peau, perpendiculairement à la membrane, puis une seconde afin d'ouvrir les tissus sous-jacents, pendant qu'Elizabeth tamponnait avec une compresse. Il changea d'instrument pour un bistouri boutonné et commenta sa manipulation à la façon du docteur Belamy.

— Le cricoïde est coupé, j'entame les anneaux, lentement, dit-il tout en guidant son scalpel à l'aide de son index droit. Précision et douceur, c'est essentiel pour éviter d'endommager la trachée... C'est parfait, commenta Reginald.

La religieuse lui tendit un écarteur avant même qu'il le demande. Il le posa puis introduisit la canule trachéale avec soin. Les poumons de la jeune femme se gonflèrent partiellement.

— Voilà un premier problème en moins, dit Reginald en écoutant les bruits pulmonaires à l'aide de son stéthoscope. Avez-vous le résultat de l'analyse ?

— Le pharmacien doit l'apporter, il y avait une heure de chauffage pour la préparation.

— La chimie avance moins vite que la médecine, crâna-t-il.

— Ne pensez-vous pas que nous aurions dû tenter un tubage, docteur ? questionna-t-elle tout en nettoyant la zone de la plaie au tampon antiseptique.

— La trachéotomie est plus rapide et plus efficace en urgence, ma sœur.

— Vous avez raison, mais nous allons avoir des difficultés à lui faire avaler le sucrate de chaux avec cette canule.

— Entre deux urgences, j'ai choisi la plus absolue, tenta-t-il de se justifier.

— Le tubage aurait permis de l'alimenter correctement.

La remarque n'avait pas été prononcée sur un ton de reproche, mais il la prit comme tel et ne répondit pas. Reginald resta les yeux rivés sur sa patiente, dont le diaphragme montait et descendait avec difficulté mais sans à-coups. Il réalisa que, pressé par les événements, il n'avait pas fait un examen approfondi de la gorge de la jeune ouvrière, que l'acide phénique pouvait avoir endommagée, et fouilla dans le tiroir à spatules.

— Au fait, votre père est dans le service avec le docteur Etherington-Smith, il voulait vous saluer. Allez-y, je surveille notre malade. Vous avez cinq minutes.

Elizabeth avait retrouvé son caractère dirigiste envers l'interne. L'embellie avait été de courte durée.

— C'est cinq fois plus qu'il n'en faut, soupira Reginald, pour qui un échange avec son paternel était une épreuve bien plus grande que n'importe quel geste de chirurgie.

Il défit son tablier taché pendant qu'Elizabeth prenait le pouls de la jeune femme.

— Votre chemise, signala-t-elle.

Reginald remarqua seulement alors qu'un pan dépassait du pantalon. Il le remit à l'intérieur, vérifia que tous les boutons de son gilet étaient bien fermés et ouvrit la porte. À peine avait-il fait un pas qu'Elizabeth le rappelait :

— Docteur, son cœur ne bat plus !

49

St Bart, Londres, mardi 12 octobre

La jambe d'Etherington-Smith le faisant de plus en plus souffrir, il proposa d'écourter la visite après le troisième lit.

— Allons voir notre interne, ainsi nous pourrons libérer notre visiteur, renchérit Thomas.

— Mon fils est-il un bon élément ? interrogea Sir Jessop, dont la relation à Belamy s'était détendue au fil de la visite.

— Reginald a beaucoup de potentiel et une grande faculté d'apprentissage. Il doit continuer dans sa voie.

Sir Jessop s'arrêta avant de répondre.

— Pour être franc, docteur, je n'en suis pas convaincu.

Les aïeux de Reginald avaient fait fortune dans les chantiers navals et son père ne désespérait pas de le voir rejoindre le giron familial à l'heure où la construction des cuirassés pour la marine royale prenait des proportions inédites. Il avait toujours considéré le choix de son fils comme une passade romantique qu'il abandonnerait sitôt la dureté du métier de soignant appréhendée, ce qui ne s'était pas produit.

Sir Jessop ne comprenait pas l'intérêt qu'on pouvait trouver à patauger dans la maladie et la misère des corps en souffrance alors qu'une vie de plaisir et de douceur vous était offerte. Cela n'avait pas de sens. Il avait l'intention de lui faire épouser une des descendantes de la famille propriétaire des plus grandes forges d'Angleterre. L'affaire, qui lui permettrait de maîtriser toute la chaîne de fabrication des navires, était en cours et Sir Jessop accordait encore une année à son fils avant de le faire rentrer dans le rang qu'il n'aurait jamais dû quitter.

— Je comprends vos réticences, répliqua Thomas, mais je vous le redis : votre fils sera un des meilleurs médecins du Royaume-Uni, un très bon chirurgien, et, s'il le veut, un excellent professeur pour les générations à venir. Ce serait un gâchis qu'il arrête d'exercer. Il ne faut pas.

Le visage de Sir Jessop s'empourpra. Raymond vit défiler en une fraction de seconde la suppression des milliers de livres promises par l'intéressé, l'arrêt des travaux en cours dans les laboratoires, le retrait des autres donateurs et, pour finir, la faillite de l'hôpital dont les murs décrépis et salpêtreux allaient s'effondrer et ensevelir tous les rêves d'avenir qu'il avait fondés pour l'établissement.

— Je vous renouvelle ma confiance, assura le mécène, qui avait appréhendé les craintes du médecin. Mais tout rentrera dans l'ordre au moment voulu. Je sais ce qui est bien pour mon fils. Maintenant, puis-je le voir avant de partir ?

Reginald avait placé la tête de la jeune ouvrière en hyperextension, le menton vers le haut, et insufflait de l'air dans sa bouche, qu'il maintenait ouverte d'une main tout en lui pinçant le nez de l'autre. Elizabeth avait bouché la canule mais une petite quantité d'air s'échappait de la plaie en un léger sifflement. La poitrine de l'ouvrière se soulevait insuffisamment à chaque insufflation.

L'interne s'arrêta afin de reprendre son souffle. La tête lui tournait.

— Toujours pas de pouls, constata la religieuse.

Reginald prit une grande inspiration et recommença en comptant, trois secondes à chaque séquence. L'air arrivait dans les poumons, la cage thoracique se gonflait à moitié, mais le cœur restait au repos.

— Docteur, je crains que ce ne soit fini, dit Elizabeth en posant le bras de la malheureuse le long de son corps.

Reginald souffla et cria avant d'inspirer profondément :

— Allez…

Il expira l'air dans la bouche une nouvelle fois et se releva :

— ... le chercher !

À peine dans le couloir, la religieuse fut agrippée par la mère qui se rongeait les sangs. Elizabeth la refoula sans ménagement et aperçut le groupe en discussion à l'entrée de la salle des lits.

— Docteur Belamy ! cria-t-elle puissamment, captant l'attention de tout le service. Salle 1, vite !

Thomas s'y précipita, précédé de la religieuse et suivi de la mère.

— Que se passe-t-il donc ? interrogea Jessop. Et où est Reginald ?

— À l'intérieur, Sir, dit Frances en indiquant l'endroit où le trio venait de pénétrer.

— Je crains que nous n'ayons perdu un malade, expliqua Raymond. Je vous conseillerai de saluer votre fils une autre fois.

— Voyons, Etherington, si Reginald peut supporter un tel spectacle, je le peux aussi. J'ai fait la guerre des Boers, tout de même.

— La première, se risqua Raymond. Allons-y, céda-t-il en l'invitant à entrer.

Ils rejoignirent le groupe qui entourait l'interne, debout derrière sa patiente allongée. Reginald serrait la main de la jeune femme entre les siennes, dans une attitude de prière. Les paupières de l'ouvrière s'ouvraient et se fermaient au rythme des battements d'ailes d'un papillon. Il leva les yeux, qui s'embuèrent en voyant son père.

— J'ai réussi... Je ne sais pas comment j'ai fait, mais j'ai réussi ! Elle vit !

La bibliothèque était déserte. Belamy posa son porte-plume et sécha son compte rendu à l'aide d'un buvard qui avait déjà absorbé des centaines de maux et bien des guérisons. La journée avait été pour l'équipe une marche en équilibre entre deux précipices, comme à l'accoutumée. Un jour normal, où ils avaient repoussé les limites de leur savoir et de leurs techniques. Et qui s'était conclu par la résurrection d'une jeune femme qui ne voulait plus vivre. Il prit le compte rendu de Reginald et le relut une fois de plus.

Alors que le bouche-à-bouche n'avait donné aucun résultat, l'interne avait été tenté d'ouvrir le thorax pour masser directement le cœur, mais le temps de la manipulation aurait été trop long et Reginald avait décidé de tenter la compression thoracique qu'il avait lue dans des publications sur les animaux. Il avait pesé de tout son poids sur le thorax de sa patiente, à rythme régulier, et le miracle s'était produit.

L'interne serait amené à publier ce qui n'était encore qu'un embryon d'espoir, pas encore une méthode assurée de succès. Il avait ouvert une voie.

Mais quelque chose clochait dans le cas de la jeune ouvrière. Thomas devait en avoir le cœur net. Il quitta la bibliothèque et traversa l'hôpital pour retourner aux urgences où la patiente était encore alitée avant son transfert, prévu le lendemain. Elle ne dormait pas mais ne pouvait parler en raison de sa faiblesse et de la trachéotomie. Il la rassura, sortit un abaisse-langue de sa poche de tablier et demanda doucement :

— Je voudrais voir l'état de votre gorge.

Sœur Elizabeth pouvait enfin se délasser d'une journée encore plus épuisante que les autres. Assise dans la cuisine, elle fumait comme à son habitude une Benson & Hedges tout en observant l'extérieur, profitant du calme relatif qui suivait la fébrile activité diurne des urgences. L'arrivée inopinée du docteur Belamy la fit sursauter.

— Elizabeth, savez-vous où est Reginald ?

— Il vient de partir au pub, répondit-elle, inquiète de la tension inhabituelle qui transparaissait chez le Français.

— Combien de temps ?

— Quelques minutes. Il doit être encore dans l'hôpital. Il va sortir par West Smithfield.

— Qui a été en contact avec sa patiente, à part vous deux ?

— En contact direct ? Juste sa mère, dit-elle avant de tirer une grande bouffée de sa cigarette. Mais que...

— Mettez-les toutes les deux à l'isolement et passez la salle 1 aux antiseptiques. Puis isolez-vous dans votre chambre, ma sœur.

— Dites-moi au moins ce qui se passe...

— Ce n'est pas l'acide phénique qui l'a fait étouffer, mais un énorme croup. Votre patiente est atteinte de diphtérie.

Courir était une seconde nature pour les soignants des urgences et personne au Barts ne s'étonnait jamais de voir infirmières, internes ou médecins aller au pas de course dans les différentes ailes de l'établissement, parfois même pour chercher les repas aux cuisines. À chaque heure, chaque jour, des décisions devaient être prises qui allaient déterminer le sort d'un blessé ou d'un malade et, parfois, celui du soignant, des choix qui exigeaient une lucidité totale dans un environnement chaotique. Reginald en avait manqué une fraction de seconde, abusé par l'impérieuse nécessité, et n'avait pas vu le croup, cette fausse membrane qui avait recouvert les amygdales de sa malade.

La jeune ouvrière n'avait pas voulu mourir. Elle avait voulu tuer ce bacille, dont elle se savait atteinte mais qu'elle avait caché, cet ennemi intime qui colonisait sa gorge en l'étouffant à petit feu. Elle avait choisi l'acide phénique, dont elle savait, en bonne blanchisseuse, qu'aucun micro-organisme ne lui résiste. Combattre le mal par le mal, quitte à en périr. Et, en lui pratiquant le bouche-à-bouche, Reginald s'était offert au bacille de la diphtérie.

Thomas traversa l'hôpital jusqu'à Uncot et en emprunta la porte de sortie, qui donnait sur Duke Street. Il franchit les cent mètres qui le séparaient de Long Lane d'une foulée sûre et silencieuse, malgré les pavés humides des averses répétées du jour, et faillit buter sur Reginald. L'interne, plongé dans ses pensées euphoriques, fit un écart à l'apparition de l'ombre qui déboulait de la ruelle.

— Vous m'avez fait peur ! dit-il, étonné par la vue de son supérieur en tenue de travail, tablier et blouse, sans manteau ni chapeau. Que vous arrive-t-il ?

— Reginald, j'ai une mauvaise nouvelle. Rentrons.

— C'est ma patiente ? Elle est morte ?

— Non, elle va bien. Venez, lui enjoignit Thomas en lui montrant le bâtiment. Nous serons mieux à l'intérieur.

Quelques gouttes tombèrent, fines comme des aiguilles et froides comme des glaçons, mais l'averse s'arrêta aussitôt, poussée par un vent qui décoiffa les arbres de Rotunda Garden et tapissa les allées de feuilles multicolores.

— C'est mon père ? Il a recommencé ? Jamais je n'abandonnerai mon métier, pourquoi insiste-t-il ?

— Reginald, le diagnostic de l'intoxication n'était pas complet.

— C'est moi ? J'ai commis une erreur, c'est ça ?

Le visage de Thomas, d'ordinaire si serein, s'était creusé. Il s'en voulait d'avoir laissé son interne s'occuper seul de la jeune femme alors que celui-ci l'avait questionné par l'intermédiaire de Frances.

— Nous en commettons tous, mais celle-ci a des conséquences pour vous.

Reginald comprit que l'ouvrière était porteuse d'une maladie infectieuse.

— Je n'ai jamais été fort pour les devinettes ou les paris, plaisanta-t-il pour tordre le cou à la peur qui sourdait en lui. Tuberculose ?

— Un croup. Je suis désolé.

Reginald eut l'impression que le temps s'était suspendu. Au premier étage de l'immeuble à l'angle de la ruelle, une femme brossait sa longue chevelure devant un miroir de cheminée, éclairée par les flammes généreuses et ambrées d'un feu réconfortant. La frontière entre le bonheur et le drame était une membrane si fine et si poreuse… À cet instant, il aurait aimé être son mari rentrant d'un travail administratif ennuyeux mais protégé et se lover dans ses bras aux parfums de sels de bain avant de passer une soirée autour du feu, pleine de petits riens. Il aurait aimé une vie sans relief ni surprises, la vie dont son père rêvait pour lui. Il se ressaisit et chassa ces pensées. Leur conversation lui semblait irréelle, tout lui semblait irréel.

— Mon Dieu… dire qu'ils m'attendent tous au pub, et Frances qui avait accepté…

— Rentrons, répéta Thomas. Je dois vous mettre en quarantaine.

— Mais qui va les prévenir ? Ils vont s'inquiéter.

— Nous allons procéder par ordre d'urgence, docteur Jessop.

— Vous avez raison. Et ma patiente, vous la sauverez, n'est-ce pas ?

Thomas sourit pour la première fois.

— Voilà la réaction que j'espérais. Je savais que je ne m'étais pas trompé sur vous. Elle aura des séquelles pulmonaires, mais l'acide phénique qu'elle a avalé va peut-être la sauver. Et vous avec.

50

Océan Atlantique, à bord du Lusitania, *dimanche 17 octobre*

Une montagne flottant sur la mer. Le navire était le plus grand, le plus puissant, le plus rapide de tous les paquebots jamais construits par l'homme. Et, surtout, il avait ravi le Ruban bleu aux transatlantiques allemands, ce qui ajoutait la fierté au respect qu'il inspirait à tout le Royaume-Uni.

Horace se tortillait sur sa chaise au niveau du pont supérieur, se débattant avec le plaid soulevé en permanence par le vent.

— Inutile de lutter contre les éléments, mon Hercule, vous n'êtes pas Poséidon, s'amusa Mildred. Profitez des bienfaits de cet air qui nous enivre, continua-t-elle, avant d'ajouter, au vu de sa mine renfrognée : Nous filons à vingt-quatre nœuds et il n'y aura que le pont arrière ou notre cabine pour nous protéger.

— Notre appartement, corrigea-t-il pour désigner les deux chambres et le cabinet de toilette qu'il avait loués.

Mildred partageait la première avec Mme d'Ermont, qui était une fois de plus du voyage – le dernier en tant que chaperon, avait-elle précisé, lassée des péripéties qu'Horace lui faisait vivre depuis plusieurs mois, ce à quoi il avait répondu un vibrant : « Que Dieu vous entende ! » La brave dame de compagnie faisait de son mieux pour se faire la plus discrète possible, tant que les deux tourtereaux respectaient les limites de la décence qu'Horace se proposait de contourner à la moindre occasion.

— D'ailleurs, si nous retournions à cet appartement ? Mme d'Ermont sera dans le salon de lecture jusqu'à l'heure du déjeuner.

— Ce ne serait pas correct, monsieur de Vere Cole, je suis encore mariée aux yeux de la loi.

Horace lui montra l'étendue mouvante qui les entourait à perte de vue.

— Nous sommes dans les eaux internationales, fit-il remarquer. Ni la loi anglaise ni la loi italienne ne s'appliquent.

— Alors, quelle est celle en vigueur ?

— La loi du capitaine. S'il le veut, il peut nous unir.

— Pas tant que je suis la comtesse Pasolini, mon cher.

— Vous l'êtes si peu, si peu, amour. Si vous aviez vu comment votre époux s'est comporté devant moi à la gare de Lyon… L'ombre d'une ombre ! Incapable de se battre pour vous, assura-t-il. Il a reconnu sa défaite et a regagné l'Italie la tête basse.

Mildred se leva pour se pencher vers le pont inférieur. Malgré la détestation qu'elle éprouvait pour son mari, elle n'aimait pas le voir fustigé par Horace.

— Même Mme d'Ermont l'a reconnu, il n'est pas digne de vous, insista-t-il néanmoins avant de la rejoindre.

Il s'accouda à la balustrade tout en continuant son argumentaire :

— Vous n'êtes plus mariée puisque vous avez jeté votre bague dans la Tamise. Le capitaine peut nous unir.

— Je l'ai fait parce que vous me l'avez demandé, c'était un symbole, pas un acte administratif, mon Hercule. Et jamais je ne vous épouserai sans l'accord de mes parents. Soyez patient, dans quelques jours nous aurons leur bénédiction.

Elle lui prit la main avec discrétion. Il remonta doucement ses doigts le long de la paume de Mildred et ce simple contact le remplit d'un désir infini.

— Pour vous, je suis capable de tout, vous le savez. Le savez-vous ? répéta-t-il devant l'absence de réaction de son amoureuse. Je suis capable de prendre le contrôle de ce navire et de vous emmener au bout du monde !

— Ce n'est pas la peine, cher amour, c'est là où nous allons déjà et le capitaine Turner le fait très bien.

— Pour vous, je suis capable de tout, ma passion est sans limites.

— De tout, vraiment ?

— De tout ! Demandez-moi de jeter par-dessus bord ce monsieur, là, dit-il en désignant un élégant passager qui fumait à quelques mètres d'eux, et je le ferai, rien que pour vous être agréable.

— Vous voulez que je commandite le meurtre de Mr Morgan, un de nos plus célèbres financiers outre-Atlantique ? C'est un choix intéressant et révélateur, mon cher Hercule.

Horace, qui se sentit attaqué sur la petitesse de sa fortune, renchérit :

— Alors, ordonnez-moi de bâtir le plus haut building de Washington, je m'exécuterai, pour vos beaux yeux, et je lui donnerai votre prénom.

— Horace, mon doux Horace, je n'ai qu'un vœu : pouvez-vous ne rien tenter pour m'éblouir de toute la traversée, juste être présent près de moi et profiter de l'instant ?

— Mais vous me demandez l'impossible !

— C'est pour cela que je l'apprécierai comme tel. Je veux juste être chérie et protégée par vous. Et que vous continuiez à me faire rire, comme depuis notre première rencontre.

— Ce jour-là, vous avez ri à mes dépens, ma chère.

— Je vous soupçonne d'être tombé exprès de cheval à mes pieds.

— Et de m'être cassé deux côtes exprès aussi ?

— Pour quelqu'un qui se dit prêt à assassiner la finance new-yorkaise pour moi, cela me semble peu.

— En tout cas, je bénis cette maladresse équestre ! Sans elle, je ne serais pas avec vous aujourd'hui. Et je serais un homme malheureux.

Le paquebot valida l'assertion d'un coup de corne, qui confirmait aussi l'heure du repas. Ils rentrèrent changer de tenue, attendirent leur chaperonne, qui avait remporté un concours de jeu de dames, puis montèrent ensemble le grand escalier par une des deux volées, en ignorant les ascenseurs électriques centraux. Ils s'installèrent au second étage de la salle à manger des premières classes, qui entourait le panneau central du pont avant et bénéficiait d'une vue privilégiée sur l'océan.

Ils avaient été placés à une table jouxtant celle du commandant. L'absence du pacha à la sienne rassura Horace, qui n'aimait pas partager l'attention des autres, mais Mr Morgan vint saluer en Mildred la fille de son ami Dwight Montague. Elle lui proposa de se joindre à eux, ce que le financier accepta avec plaisir, alors qu'Horace tentait de l'ignorer avec l'art consommé de la gentry anglaise. Mildred n'évoqua pas leur situation et l'homme, en gentleman, n'y fit pas allusion, mais les regards qu'il porta à Horace montrèrent à celui-ci que le financier avait parfaitement compris. Ils lui déplurent au point de le pousser à feuilleter ostensiblement le bulletin du jour, édité par l'imprimerie du bord. Morgan ne s'en émut pas outre mesure et l'interpella, jovial :

— Voilà un an que la compagnie a installé le télégraphe sans fil sur le *Lusitania* et, depuis, leur journal est envahi des nouvelles du monde. Rien ne me plaisait tant que d'être coupé du reste de la terre pendant une semaine et de ne lire que les badines nouvelles du bord.

Il se tut afin de laisser Horace répondre et but une gorgée de vin. Devant le silence de l'Irlandais, il se crut obligé de continuer :

— Mais voilà, le progrès n'a plus de limites et il nous rattrape partout. Quand je suis en mer, je n'ai pas envie de savoir comment le monde court à sa perte.

— Cela doit pourtant être utile dans votre profession, intervint Mildred, bien décidée à meubler la conversation. La finance nécessite de se tenir informé.

Deux serveurs vinrent apporter la première entrée – des crevettes en pot accompagnées d'une omelette aux tomates – à Mildred et Mme d'Ermont, et croisèrent les deux suivants qui, dans un ballet bien réglé, servirent les deux hommes, avant d'annoncer le plat et de disparaître en cuisine. L'échange put reprendre.

Je dis souvent que notre métier est celui d'un bon inspecteur de Scotland Yard : il consiste à tout savoir avant les autres, convint Morgan avant d'essuyer délicatement sa fine moustache. Et vous, monsieur de Vere Cole, avez-vous une activité professionnelle ?

La question, dont la réponse était une évidence aux yeux de tous, tant Horace possédait les oripeaux de la noblesse du demi-monde

– trop désargentée pour se prévaloir de la haute société, pas assez pour être obligée de travailler –, se voulait finement blessante, telle l'attaque mouchetée d'une lame d'épée. Elle piqua Horace au vif.

— Oui, affirma-t-il contre toute attente. Je suis organisateur de farces de première classe.

— Vous êtes dans le commerce des farces et attrapes ? résuma le financier new-yorkais, dissimulant son incrédulité.

— Non, mon cher, je suis dans la création de canulars. Les meilleurs du Royaume-Uni, ajouta-t-il, satisfait de sa repartie.

— Ces crevettes sont délicieuses, déclara Mildred pour tenter une diversion.

— Savez-vous que cet après-midi il y a un concours de bridge ? renchérit Mme d'Ermont, dont la remarque passa inaperçue, même auprès de Mildred.

Les deux hommes se toisaient comme des rivaux prêts à en découdre. Les réactions d'Horace étaient connues pour être inattendues ou violentes, comme ce soir de 1907 où, à Rome, il avait menacé de mort avec son couteau un lord ami qui avait versé par jeu de la confiture sur son peigne. Avec Vere Cole, la farce ne se faisait que dans un sens. Personne ne savait où se situaient ses limites, et lui moins que les autres. Horace songea au lien amical qui unissait Morgan et son futur beau-père et décida de se contenter du minimum.

— Vous avez raison, mon cher. Quel intérêt de savoir ici, en plein milieu de l'océan, que les actions de l'Union Pacific ont plongé hier au Stock Exchange ? Vous n'avez pas de parts dans les compagnies ferroviaires, j'espère ? conclut-il en tendant son bulletin au serveur qui passait.

L'homme d'affaires, qui avait investi dans le rail, avait des vues sur la compagnie ferroviaire du père de Mildred et la jeune femme s'en voulut de l'avoir invité à leur table. Morgan prit la saillie de Vere Cole pour une provocation et décida de ne plus prêter attention au trublion, tout en plaignant Mildred de son choix.

Horace se leva en faisant grincer bruyamment sa chaise sur le sol.

— Si vous voulez bien m'excuser, je vais me retirer, annonça-t-il. Il y a un mets que je ne supporte pas.

— Votre ami a le mal de mer ? Pourtant l'océan est si calme, commenta Morgan une fois Vere Cole sorti du restaurant. Et il n'a touché à rien.

— Le manque d'habitude, précisa Mildred. C'est son premier voyage transatlantique.

— L'émotion de la traversée, supposa Mme d'Ermont, qui savait elle aussi qu'Horace avait le pied marin mais ne trouva d'autre excuse.

L'atmosphère se détendit et la conversation roula sur l'Italie où Morgan avait des affaires et un associé romain, ce qui engendra un voile de tristesse chez l'ex-comtesse Pasolini. Elle préféra le questionner sur les États-Unis et le Tennessee, qu'elle avait quittés quatre ans plus tôt et dont elle avait la nostalgie. Le banquier lui en fit une description prolixe et emphatique, seulement interrompue par l'arrivée en plat d'argent d'un poulet rôti accompagné d'une sauce à la mie de pain. Il en profita pour finir son verre de vin et demander du champagne au dessert. Il avait connu Mildred alors qu'elle n'était qu'adolescente et qu'il la croisait en tenue de cavalière, dans la propriété des Montague à Chattanooga, lors de ses nombreuses visites à son père. Il avait plusieurs fois suggéré à Dwight que sa fille, une fois adulte, puisse rapprocher leurs deux fortunes et avait été peiné de la voir s'exiler en Europe au bras d'un aristocrate sans charisme ni avenir. Se retrouver à sa table, alors qu'elle voguait vers les États-Unis, lui redonnait un appétit perdu.

Un des officiers du bord vint les prévenir qu'un groupe de baleines avait été aperçu à un kilomètre du navire et les invita à aller les observer. La salle se vida en quelques secondes.

— Vous ne venez pas ? interrogea Morgan alors que Mildred restait assise.

— Non, allez-y, je vous rejoindrai, répondit la jeune femme, qui exhalait une sourde mélancolie depuis le départ d'Horace.

La réponse s'apparentant à un ordre, il s'exécuta, à regret, prenant le bras que Mme d'Ermont lui tendait et se consolant à la perspective du spectacle qui les attendait. C'était sa seconde rencontre avec les cétacés ; la première, lors d'une traversée à bord de l'*America*, avait été un moment inoubliable. Il était plus facile d'observer des comètes de sa fenêtre que des baleines dans l'Atlantique, et Morgan se sentait privilégié.

Une fois seule, Mildred commanda un verre d'eau gazeuse en se demandant comment elle pourrait contenir la jalousie d'Horace à l'égard des autres hommes et se décida à le rejoindre dans la cabine, où il devait l'attendre en boudant.

— Votre eau, Madame.

Elle sourit sans même lever les yeux vers le serveur, ayant reconnu la voix de son amoureux.

— Faites attention, elle pique fort, ajouta Horace en la posant devant elle.

— Mais c'est du champagne !

— Payé par notre ami, Mr Morgan. C'est dire qu'il va être bon.

Horace s'assit à côté d'elle et commanda deux desserts.

— Compote de prunes et riz. Je sais que vous aimez.

— Et vous ? Votre indisposition ?

— Le mets que je ne supporte pas est parti voir si les baleines sont bleues. On est quand même mieux avec toute la place pour nous, non ? dit-il en écartant les bras comme pour embrasser la salle entière.

— Est-ce que vous voulez dire que… ?

— Que la marine anglaise n'est plus ce qu'elle était. Les officiers sont si mal payés qu'ils acceptent de participer à la moindre mystification. Notre lieutenant va balader ce petit monde sur les différents ponts en espérant apercevoir des gros poissons qui n'existent que dans mon imagination. À vous, mon amour, dit-il en levant sa coupe. Profitons de ce moment d'intimité méritée.

Ils burent en silence. Mildred était éprise de cet homme imprévisible, qui lui avait promis de toujours le rester.

— Je me demande ce qu'ils font en ce moment, dit-il en reposant sa coupe.

— Votre comparse doit leur faire prendre des vagues pour des baleines sur le pont arrière.

— Non, je pensais au docteur Belamy et à Miss Lovell. Ils me manquent déjà.

51

St Bart, Londres, lundi 18 octobre

Six jours. La durée maximale d'incubation du bacille de la diphtérie était dépassée et les symptômes n'étaient pas apparus. Reginald rangeait ses affaires dans le sac destiné à la désinfection en attendant la venue du docteur Belamy. Il avait obtenu une des rares chambres à un lit du pavillon des diphtériques, dont la fenêtre donnait sur l'arrière de l'aile ouest. Le bloc, isolé des autres bâtiments par une distance réglementaire de treize mètres et d'une capacité de douze lits, était prévu pour les moins virulentes des fièvres contagieuses. La variole avait ses propres hôpitaux, refoulés en banlieue, à Homerton ou à Stockwell, où la proportion de cas parmi la population voisine s'était, depuis, accrue.

Autour de lui, on toussait, on s'étouffait, on peinait à vivre, on appelait au secours l'infirmière qui avait sa chambre au milieu de cette Géhenne des temps modernes. Reginald était partagé entre le soulagement d'être séparé des malheureux diphtériques par une cloison et le désir de les aider. Il prenait alors seulement conscience que le tribut payé à la médecine pouvait être lourd, très lourd. Il n'avait pas encore assez d'expérience pour avoir perdu des confrères victimes de leur devoir, mais il risquait lui-même de se trouver sur la liste *in memoriam* du Grand Hall.

Le bâtiment était situé au sud-ouest de l'hôpital, à cinquante mètres des urgences. Bien que les visites fussent interdites, Frances et Elizabeth avaient pu se rendre auprès de lui en respectant le strict protocole de désinfection et Thomas l'avait ausculté quotidiennement en compagnie du docteur Andrews, le médecin en charge du pavillon.

Les prélèvements de gorge sur la jeune ouvrière avaient montré que l'ingestion massive d'acide phénique avait considérablement réduit la charge du bacille, sans l'avoir complètement éradiqué. Elle aussi avait été transférée au pavillon des diphtériques et se battait maintenant davantage contre ses lésions pulmonaires que contre le croup, qui s'était résorbé. Reginald se demandait souvent quelle était sa toux, parmi toutes celles qu'il entendait, ou si les gémissements de douleur qui chaque nuit venaient de la chambre voisine étaient les siens.

Six jours. Reginald avait dû apprendre la patience du malade et en avait profité pour relire un traité de pneumologie et mettre à jour tous ses comptes rendus. Mais l'enfermement et l'inaction lui pesaient. *L'isolement est une chose étrange*, écrivit-il dans son carnet. *Lorsqu'on est seul, ainsi, claquemuré, on ne sait si c'est nous que l'on protège des autres ou les autres de nous. Peut-être les deux.*

Ses parents n'étaient pas venus le voir, conformément au règlement, mais il aurait aimé qu'ils lui écrivent ou lui fassent un signe d'empathie.

À quatre heures, Belamy entra avec Andrews pour la dernière consultation.

— Prêt pour la sortie, docteur Jessop ? demanda ce dernier tout en sortant un abaisse-langue de son tablier.

Pour toute réponse, Reginald ouvrit la bouche en grand. L'auscultation ne montra aucun début de membrane ni de signe d'angine et Andrews lui signifia son accord pour une sortie le jour même, avant de les laisser seuls.

— Tout le monde vous attend aux urgences, Reginald, lui assura Thomas pendant que l'interne rangeait ses derniers vêtements sans grand soin dans un sac en toile de jute.

— Vous croyez que le docteur Andrews m'autoriserait à suivre ma patiente... je veux dire, sa patiente ?

— Attendons d'être sûrs qu'elle ne soit plus en état de vous contaminer. Le bacille peut être actif encore deux ou trois semaines.

L'interne prit sa dernière chemise, la plia distraitement et, au moment de la ranger, la posa sur le lit.

— Je ne peux pas... je ne peux pas sortir.

— Qu'avez-vous, Reginald ?

— Je crois que... Thomas, voilà deux heures que la gorge me brûle. Je n'ai rien dit, je pensais que cela passerait, mais ça s'étend dans le pharynx. Je crois que j'ai une angine. Je crois qu'elle m'a contaminé.

Sans attendre de réponse, il prit tous ses vêtements et les jeta en boule dans le casier d'un geste rageur.

— Presque, on y était presque ! Quelle guigne ! cria-t-il en frappant le mur de la paume. *Bloody hell !*

— Votre diagnostic est un peu rapide, tenta de l'apaiser Belamy en poussant un tabouret vers lui. Asseyez-vous, je reviens.

L'interne s'exécuta. Le temps lui parut long. Le médecin réapparut avec du matériel sur un plateau roulant. Il prépara une solution de cocaïne qu'il déposa dans un vaporisateur et en pulvérisa l'arrière-gorge de Reginald.

— Je ne savais pas que ça avait ce goût. Ça n'est pas désagréable, estima l'interne, qui avait retrouvé son calme. Culture ou frottis ?

— Nous allons faire les deux.

Reginald réalisa à quel point la voix du médecin possédait un charme magnétique et rassurant pour les malades. Belamy avait disposé un laryngoscope entre eux. L'appareil, qui avait une allure de phare miniature, délivrait un faisceau de lumière que le médecin allait dévier à l'aide d'un miroir à manche fin placé dans la bouche de l'interne. Avant même la demande de Thomas, Reginald émit des *a* et des *é* qui permirent une auscultation approfondie de la gorge et révélèrent la présence d'une minuscule grosseur, entre muqueuse pharyngée et épiglotte, que le docteur Andrews n'avait pu voir à l'œil nu. Thomas la ponctionna à la pince et l'enveloppa dans du taffetas gommé.

— C'est un début d'angine, mais rien ne dit qu'elle se transformera en croup, commenta-t-il en rangeant le matériel. Je vais l'emporter tout de suite au laboratoire et ferai la lecture moi-même. Vous avez confiance en moi ?

— Je n'ai confiance qu'en vous, Thomas. Ne me cachez rien.

Belamy suivit consciencieusement le protocole en se baignant dans la cabine de désinfection et en se rhabillant avec des vêtements propres. En matière de prophylaxie, il concédait volontiers à Raymond que l'Angleterre avait pris une certaine avance sur les hôpitaux français, avant de lui assener que les sérums et vaccins étaient l'apanage de la nation tricolore, ce à quoi Etherington-Smith ne pouvait qu'adhérer, à regret.

Il frotta la biopsie sur une lamelle de verre, la fixa en la passant sous la flamme d'une lampe à alcool et utilisa un bleu de Roux-Yersin pour colorer l'éventuel bacille diphtérique. Frances le rejoignit au laboratoire au moment où il posait la lamelle sous l'objectif du microscope à immersion. Elle se sentait incapable de travailler dans l'attente du résultat et avait eu d'Elizabeth l'autorisation de s'absenter – contre la volonté de l'interne qui remplaçait Reginald – alors que toute l'équipe avait été prévenue de la situation.

— Je suis inquiète, avoua-t-elle en le regardant promener la lamelle sous l'œil de l'appareil.

Thomas ne répondit pas et l'invita à le remplacer au microscope. Elle observa quelques longs bâtonnets, formant deux à deux d'étranges accents circonflexes réunis par groupes de trois ou quatre.

— La mauvaise nouvelle est que ces micro-organismes sont des bacilles de la diphtérie, expliqua-t-il.

— Il y en a très peu, remarqua-t-elle. Il ne développera pas la maladie ?

— Pour l'instant, je n'en sais rien. La bonne nouvelle est qu'il n'a pas d'autre type de microbe. Donc pas de complications. Allez rassurer tout le monde ; de mon côté, je vais me mettre en quête de sérum antidiphtérique.

La journée se poursuivit dans la normalité aux urgences, avec l'arrivée d'un vieux marchand de noix renversé par un omnibus, d'un artisan fabricant de flèches à la main transpercée par une pointe de bois, d'un marin de voilier qui enseigna à Frances l'art des nœuds à plusieurs brins, d'une ouvrière d'usine aux cheveux verdis par la poudre de résine, d'un tanneur qui travaillait la peau de phoque pieds nus et dont la plante s'était infectée, enfin d'un prédicateur gitan qui anima le couloir d'attente de ses prêches. Mais l'absence de Reginald et de Thomas pesait dans les esprits.

Leur service se termina à six heures de l'après-midi. Elizabeth, qui avait remarqué le malaise de la jeune femme, l'invita dans sa chambre. Comme dans tous les autres services, les religieuses avaient ce contraignant privilège de vivre en permanence dans leur département. Elizabeth protégeait son intimité et personne, à part Thomas, ne pouvait y entrer. Frances fut surprise d'y trouver de nombreuses photos des différentes équipes qui s'étaient succédé, dont la dernière, sur laquelle elle-même et Reginald figuraient.

— Vous souvenez-vous de ce moment ? interrogea Elizabeth en voyant que l'infirmière fixait l'image, les sourcils froncés.

— Comment l'oublier ? C'était en mai, lors de la cérémonie du View Day, elle a été prise dans le square. Reginald était à côté de moi. Comment imaginer ce qui allait arriver ?

— Allons, allons, tout va bien se passer. La diphtérie se soigne, maintenant.

— Il n'y avait pas de sérum à la pharmacie de l'hôpital et il faut des semaines pour en fabriquer.

La religieuse ne répondit pas et retira sa cornette, qu'elle posa sur son lit, révélant une coupe courte en harmonic avec son visage.

— Quel carcan, dit-elle en massant ses tempes et ébouriffant ses cheveux. C'est toujours le moment le plus agréable de ma journée, mais ne le répétez pas !

Frances découvrit que, débarrassée des oripeaux de sa fonction, elle était une femme désirable, et la considéra d'un œil neuf.

— Il faut parfois que la vie chancelle pour que l'on réalise à qui l'on tient vraiment, n'est-ce pas ? dit la religieuse en ébauchant un sourire complice.

— Mon inquiétude est-elle inappropriée, ma sœur ?

— Cela dépend de vos sentiments, ma fille. Voilà un an qu'il vous fait une cour de moins en moins discrète et que vous ne vous décidez pas. Il finira par trouver le bonheur ailleurs et il aura raison.

La franchise d'Elizabeth déconcerta l'infirmière. Frances était persuadée que personne n'avait jamais rien remarqué de l'ambiguïté de leur relation.

— J'ajouterai que, si vous avez l'ambition de devenir médecin, vous n'aurez plus l'excuse qu'une infirmière ne peut épouser un docteur.

— Mais comment savez-vous que…

— Nos faiseurs de lois n'avaient pas prévu les femmes médecins, l'interrompit-elle. Moi non plus d'ailleurs.

Depuis le départ de Thomas, Reginald était assis, prostré sur son lit, face à la fenêtre sans poignée de sa chambre. Le pavillon n'avait pas d'étage et des rideaux préservaient l'intimité des malades. L'allée sur laquelle sa chambre donnait n'était fréquentée que par le personnel de l'hôpital. L'interne voyait passer des silhouettes floues qui traversaient le cadre, parfois seules, parfois en groupe, souvent silencieuses. Le médecin n'était pas revenu, ce que Reginald considérait comme une mauvaise nouvelle, avant de songer qu'un retour rapide eût aussi pu être synonyme de mauvaise nouvelle. Il cessa d'y penser, happé par le passage des formes impersonnelles. L'une d'elles s'arrêta devant la fenêtre, porta sa main au-dessus des yeux pour regarder à l'intérieur et toqua au carreau. Il lui sembla la reconnaître et il tira le rideau. Le sourire que lui offrit Frances lui déchira le cœur mais il fit bonne figure et la salua d'un geste amical en se retenant d'être familier. Elle tenait un cahier dont elle lui présenta la première page. Sur celle-ci, une phrase avait été tracée en lettres majuscules :

VOULEZ-VOUS TOUJOURS M'EMMENER AU PUB ?

Reginald lui répondit d'une voix forte :

Plus que jamais !

Mais l'épaisseur renforcée de la vitre assourdit ses paroles et l'infirmière fit une moue d'interrogation tout en articulant des lèvres le mot « Jamais ? ». Ne voulant pas attirer l'attention de tout le bloc en hurlant – la gêne occasionnée l'aurait plus sûrement rendu malade que la diphtérie –, Reginald prit son petit carnet et griffonna sa réponse, qu'il plaqua contre la fenêtre. La jeune femme tourna une page, faisant apparaître une seconde phrase sur son cahier :

J'ATTENDRAI TOUT LE TEMPS QU'IL FAUDRA.

Reginald savait son moment venu. Aidé par la fièvre qu'il sentait monter, il écrivit longuement, sur plusieurs pages, en s'appliquant, et les déchira les unes après les autres pour les poser contre la vitre :

JE NE VIVRAI
QUE POUR
CE MOMENT
FRANCES
JE VOUS AIME

52

Victoria Park, Londres, mardi 19 octobre

London Hospital, St Thomas, St Mary, les hôpitaux de Royal Free, Westminster, Charity Cross… Belamy les avait tous sollicités. Aucun n'avait de sérum de Roux en stock. Dès le moment où il avait identifié le bacille, Belamy avait su inconsciemment que sa quête le mènerait dans le dernier endroit où il avait envie de se rendre. Il emprunta le train qui lui fit parcourir une partie de la ville et le déposa à la station de Coborn Road. Quinze minutes plus tard, Thomas entrait dans Victoria Park, qu'il traversa en diagonale. En ce début de matinée, les nombreux passants n'étaient pas des promeneurs, mais des travailleurs, des écoliers ou des nourrices. Au loin, dans le brouillard qui se levait, il aperçut deux femmes au milieu du *speaker's corner* se préparant à haranguer une foule qui n'existait pas encore. La journée elle-même n'existait pas encore.

Il contourna l'East Lake où les Londoniens aimaient venir canoter à la moindre miette de soleil et qui n'accueillait à neuf heures que quelques familles de colverts et ceux qui les nourrissaient. Il coupa par une pelouse qui recouvrit de rosée le cuir de ses chaussures et sortit du parc entre deux entrepôts de bière pour rejoindre Victoria Park Road. En face de la route se dressait une immense bâtisse ressemblant à un château gothique, à l'architecture dissymétrique, aux tours carrées ou hexagonales et à la façade en brique rouge de l'Est londonien. La Providence, qui, avec son église accolée, ressemblait à un des nombreux établissements universitaires de Cambridge, était l'hôpital français de la capitale, fondé par les huguenots en exil deux siècles auparavant.

Thomas se présenta en espérant être accueilli par un praticien anglais, mais le nom de son interlocuteur ne lui laissa aucun doute :

— Je suis le docteur Louis Vintras, dit l'homme au fort accent français qui le reçut dans son bureau.

— Docteur Belamy, répondit Thomas dans un anglais à l'intonation impeccable.

— Belamy ? Alors vous êtes le compatriote qui pratique la médecine chinoise ? s'exclama Vintras en français.

— En effet. Je travaille aux urgences du Barts.

— C'est un plaisir de vous rencontrer, dit l'autre en lui proposant de s'asseoir. Je serais ravi de venir à l'occasion assister à l'une de vos séances qui font tant jaser. En attendant, que puis-je pour vous ?

Thomas lui relata la contamination de Reginald de façon détaillée.

— Ce matin, le pouls était à cent quarante et la température à plus de trente-huit degrés. L'angine est purement diphtérique, seul le sérum peut le guérir mais je n'en trouve nulle part.

— Je n'en suis pas surpris, dit le praticien, ce type de soin est encore peu usité ici, contrairement à la France. J'ai visité l'Institut Pasteur, vous savez. Un outil formidable pour la recherche médicale : nous allons rester les maîtres durant des décennies encore, croyez-moi.

Vintras digressa ensuite sur la charité anglaise, qu'il fallait solliciter en permanence.

— Étiez-vous présent au repas de mai pour la levée de fonds ? Non ? Très belle soirée, excellente nourriture et formidable concert. Nous avons récolté quatre mille huit cents livres. Comment s'appelaient les solistes, d'ailleurs ?

— Au sujet du sérum…

— Ah, oui, je vous en ferai livrer. Attendez, je vais retrouver, dit-il en ouvrant un tiroir d'où il sortit un paquet de documents. Le programme doit être là, commenta-t-il en les étalant sur son bureau.

— Sans vouloir insister, docteur, il me le faut maintenant.

— Ah, voilà ! clama-t-il en lui mettant un carton d'invitation devant les yeux. Miss Monteith et Signor Salvi : vous connaissez ?

— Je n'ai pas cet honneur.

— Je vais demander votre sérum à la pharmacie tout de suite, dit-il enfin en se levant. Alors, je compte sur vous pour le gala de l'année prochaine ?

Resté seul, Thomas chercha au mur un diplôme encadré indiquant le lieu où son hôte avait étudié, mais seule une photo était affichée. Elle montrait le médecin recevant une décoration des mains du président Fallières.

Vintras réapparut rapidement avec le sérum de Roux.

— La médaille d'honneur des Affaires étrangères. Le président est venu ici il y a un an, commenta-t-il.

Il lui montra les deux flacons qu'il tenait en main :

— Vingt cc[1] devraient suffire, mais j'en ai mis un second au cas où.

— Je vous remercie. Le Barts vous enverra le règlement.

Le médecin n'attendait que la proposition pour la refuser d'un geste magnanime.

— On peut s'entraider entre confrères et compatriotes, non ? Au fait, où avez-vous fait vos études ?

— À Paris.

— Moi aussi. Vous étiez à quel hôpital ?

— La Salpêtrière, répondit Belamy en faisant montre d'impatience.

— Moi, j'étais à Bichat, continua le praticien, planté devant l'entrée. Je n'en garde que de bons souvenirs.

— Je vous remercie encore, dit Thomas, soulagé, en lui tendant la main.

Vintras la serra longuement, plongé dans une intense réflexion.

— J'étais à Bichat, mais Dardenne, mon collègue chirurgien, lui, vient de la Salpêtrière. Martin Dardenne.

— Ce nom ne m'est pas inconnu, mais nous étions plusieurs centaines de médecins.

— Vous ne pouvez pas l'avoir oublié, c'est lui qui conduisait le fameux char du bal de l'internat en 1906. Le char des six roses biliaires.

— Je n'ai pas pu y assister.

1. Centimètres cubes.

— Ah ? Quand même, il a eu les honneurs des journaux. Peut-être s'est-il vanté, alors ? Peu importe, je lui dirai que son collègue Belamy est venu. Lui doit se souvenir de vous, il a une mémoire phénoménale, le bougre ! Il n'oublie jamais un visage.

— Merci pour le sérum. À charge de revanche.

— Elle ne saurait tarder, docteur. Nous viendrons vous voir.

Le brouillard s'était dissipé sur la pelouse centrale du Victoria Park. Betty avait posé les exemplaires du *Vote pour les femmes* sur un tabouret et Olympe avait commencé à haranguer les passants. Les premiers avaient à peine levé la tête, puis deux nourrices s'étaient arrêtées avec leurs landaus, imitées par un groupe d'ouvrières et des employées de chez Lipton. Un homme au canotier ralentit pour écouter puis s'assit sur un banc à proximité. Deux étudiants s'approchèrent en parlant fort et se postèrent au premier rang pour persifler à voix haute. Les perturbateurs furent rapidement chassés par la foule naissante.

Olympe avait demandé à retourner vendre leur hebdomadaire dans les rues et Betty s'était proposé de l'accompagner, comme à leurs débuts au WSPU. La convalescente en avait ressenti le besoin, celui de se réapproprier sa propre lutte, de se réapproprier son corps meurtri après son passage à Holloway. Besoin de se rassurer sur le soutien à leur combat, alors que les suffragettes du WSPU vivaient en vase clos au 4 Clement's Inn. Besoin de chasser le doute.

Elle guettait les réactions de son auditoire à chaque affirmation, argumentant ses réponses face aux remarques réprobatrices, insistant lorsque son public acquiesçait, lui faisant applaudir les actions passées, le prenant à partie et l'amenant là où elle voulait l'entraîner. Olympe se sentait revivre.

Une femme élégante et l'homme au visage juvénile qui l'accompagnait interrompirent leur promenade et, se plaçant en retrait, écoutèrent avec attention la suffragette, protégés de la bruine par une ombrelle de mousseline jaune qui attirait le regard comme un tournesol géant dans une immensité de verdure.

— Le temps des discussions avec le pouvoir est passé. C'est le moment de l'action militante, conclut-elle. Je peux témoigner de la violence qui nous est faite en prison, violence tant physique que morale, alors qu'on nous traite d'hystériques à chacun de nos rassemblements. Sommes-nous hystériques de clamer haut et fort notre indignation ? de réclamer notre dû, de revendiquer ce droit fondamental dont la moitié de l'humanité est privée ?

Olympe leur donna rendez-vous à la prochaine manifestation de Hyde Park, puis Betty vendit tous les exemplaires du journal. Bien que n'ayant pas l'éloquence de son amie, elle avait une expérience du marché à la criée et en avait adapté les artifices et la rhétorique.

Le tournesol géant s'était approché et le couple attendit que l'attroupement se soit dispersé avant d'accoster Olympe.

— Je m'appelle Virginia Stephen et voici mon frère Adrian. Nous sommes tous deux des féministes convaincus.

— Viendrez-vous à Hyde Park ? interrogea Olympe en enfilant son manteau lustré sur lequel le regard de Virginia s'attarda.

— Non, une foule trop nombreuse est comme une grande marée à St Ives, rien ne lui résiste, pas même la roche. Je n'aime pas les démonstrations de force, je préfère les petits ruisseaux. Je suis allée à une réunion dans une maison de Kingsway, il y a quelque temps. Voilà où s'arrête ma contribution. Peut-être suis-je trop poseuse, dit-elle à l'adresse de son frère.

— Disons que nous aimons trop notre liberté pour être des militants, précisa Adrian.

— Vous avez ce luxe parce que vous êtes un homme, monsieur Stephen, mais votre sœur ne l'a pas. Sa seule liberté est de choisir de se battre ou pas.

— Le vote n'est pas l'alpha et l'oméga de la liberté des femmes, objecta Virginia. Nous pouvons gagner notre liberté par la parole, par l'écrit, par tous les mots qu'une femme ne devrait pas dire, par tous les comportements qu'elle ne devrait pas avoir et cela même sans le vote. Parler de sexualité nous rend libres, ne pas se changer pour le dîner nous rend libres, vivre comme bon nous semble nous rend libres.

— Avec vous, les hommes ont déjà perdu, Miss Stephen, approuva Olympe en esquissant une révérence.

— Et c'est une défaite dont je suis ravi, ma chère, dit Adrian en s'inclinant également devant sa sœur.

Betty salua tout le monde et les quitta en tenant son tabouret dans les bras comme une enfant sa poupée fétiche. Olympe était intriguée par cette famille anticonformiste.

— Ne vous méprenez pas, continua-t-elle, la plupart des femmes de notre mouvement ne remettent pas en cause la société, mais seulement notre aliénation.

— J'ai le sentiment que nous parlons le même langage, remarqua Virginia en repliant son ombrelle, alors que l'atmosphère avait cessé de suer à grosses gouttelettes.

— Il semble que nous ayons quelques points communs, concéda Olympe. Et aussi quelques différences.

— Voulez-vous nous faire le plaisir d'un thé la semaine prochaine, jeudi après-midi ? Nous pourrions continuer cette conversation, proposa Adrian.

— Ai-je la liberté de refuser une telle invitation ? s'amusa-t-elle alors qu'il lui tendait une carte.

— Nous recevons notre groupe d'amis et vous leur serez fort agréable à écouter. Le sujet nous intéresse et nous divise.

— Je viendrai, peut-être, répondit-elle en reculant. Si je ne suis pas en prison.

— Nous ne savons même pas votre nom…

— Olympe.

Elle les salua, tourna les talons et quitta le *speaker's corner*. Adrian prit le bras de sa sœur et l'invita à gagner la station de Bow Road.

— Il est rare de faire de belles rencontres dans Victoria Park, remarqua Virginia. Tu as bien fait de l'inviter, mais je crois qu'elle renoncera.

— Elle sera là. Elle est vive, intelligente et farouchement indépendante, résuma Adrian. Elle viendra pour convaincre tous nos amis un par un s'il le faut.

— Et elle nous changera de ce calamiteux verbeux de Vere Cole, lâcha-t-elle avec un plaisir non dissimulé.

— Virginia…, soupira Adrian.

Horace était devenu un sujet de joute entre eux et chacun y jouait son rôle – l'accusateur et le défenseur.

— Il n'est pas calamiteux, c'est un être précieux.

— Un rustre.

— Un poète.

— Bouffi d'orgueil, et irlandais de surcroît.

— C'est mon ami !

— Cela devrait être interdit. Le nihilisme a ses limites.

La saillie fit rire Adrian.

— Je n'entends pas, je n'entends plus, dit-il en se bouchant les oreilles.

— Tu as honte d'avoir ri de lui.

— Non… Si, j'ai honte et je ne devrais pas. Horace, lui, n'est pas prisonnier de la déférence. Il est plus libre que nous tous réunis.

— Il a la liberté des simples d'esprit.

— Tu finiras par l'aimer et, un jour, tu ne pourras plus te passer de lui.

Ce fut au tour de Virginia d'éclater de rire.

— Que fait-il là ? interrogea soudain Adrian.

— Mais qui donc, mon cher frère ?

— Ce médecin du Barts qui a soigné Horace, dit-il en scrutant l'homme qui marchait d'un pas rapide quelques mètres devant eux, sur le trottoir opposé. Il est loin de sa base.

Thomas tenait fermement les deux flacons dans sa main gauche, bien à l'abri de sa poche de veste. Il ne vit pas le couple qui le suivit un moment alors qu'il s'engouffrait dans la gare de Bow Road. Il emprunta le train souterrain, qui le déposa à Barbican. Cinq minutes plus tard, il laissait ses vêtements à l'infirmerie du pavillon d'isolement, revêtait l'équipement prévu à cet effet et trempait ses bras dans une solution antiseptique. Lorsqu'il entra dans la chambre de Reginald, celui-ci s'était endormi, une bible ouverte dans la main. Le jeune homme se réveilla avec difficulté. La température était montée de cinq dixièmes.

Belamy injecta le sérum en sous-cutané dans le flanc droit de l'interne puis prépara une solution de Labarraque avec laquelle le malade se gargarisa la gorge.

— La médecine a fait son maximum, résuma Thomas une fois le liquide recraché.

— J'ai pris mes précautions au cas où elle ne serait pas suffisante, ajouta Reginald en montrant l'ouvrage.

Il se cala contre la pile d'oreillers avant de continuer :

— Pourquoi ne pas essayer votre médecine qui fait des miracles ?

— Malheureusement, l'acuponcture ne soignera pas la cause de votre mal. J'ai consulté un traité de médecine chinoise : la diphtérie se traite à l'aide d'un mélange de bile d'ours, de bambou et de calcul biliaire de singe. Sans garantie de résultat.

— Je comprends. Alors, je vais prier.

— Si la fièvre persiste, je vous ferai prendre une tisane de plantes. Notre pharmacien va s'en arracher les cheveux.

— Je suis prêt à tout, Thomas : j'ai un rendez-vous au pub à ne pas manquer.

Chapitre IX

20 au 28 octobre 1909

53

WSPU, Londres, mercredi 20 octobre

Olympe remercia le postier et pointa le télégramme vers les suffragettes présentes :

— Des nouvelles d'Emmeline !

Mrs Pankhurst était partie effectuer une série de conférences aux États-Unis.

— Elle est bien arrivée, commenta Christabel en le parcourant. Elle doit parler lundi au Carnegie Hall devant deux mille cinq cents personnes.

— C'est tout ? crâna Betty, faisant rire l'assistance.

— Ici, nous sommes cent fois plus nombreux à Hyde Park, renchérit une autre.

— Elle doit rencontrer des groupes féministes du monde entier, compléta Christabel. Nous avons pris la tête d'un mouvement mondial, mesdames !

— Alors, soyons les premières à obtenir notre droit, dit Olympe avant de les quitter.

— Qu'a-t-elle ? s'inquiéta Christabel auprès de Betty.

— Je crois que l'inaction lui pèse.

Christabel motiva ses troupes par un discours qu'elle fut la première à trouver convenu puis partit à la recherche d'Olympe, qui s'était réfugiée à l'étage des éditions du WSPU. La suffragette nettoyait la presse avant l'impression du *Vote pour les femmes*. La pièce entière baignait dans une odeur d'encre fraîche que, d'ordinaire, accompagnait l'excitation de la sortie du magazine. Mais, ce mercredi, toutes les militantes travaillaient en silence. Christabel leur demanda de sortir pour rester seule avec Olympe, ce qu'elles firent sans même montrer de surprise. La jeune Pankhurst se rendit compte que l'absence de sa mère, si charismatique, pesait sur le moral collectif, malgré toute l'énergie qu'elle déployait pour la remplacer.

— Je sais ce que tu veux me dire, anticipa Olympe. Inutile de perdre notre temps toutes les deux.

— Tu es différente depuis ton retour d'Holloway, depuis ton retour ici.

Olympe ne répondit pas et jeta sa boule de cuir pleine d'encre dans une caisse.

— Maman absente et toi qui restes mutique, cela fait beaucoup pour nous autres, ajouta Christabel.

— Nous sommes au creux d'une vague qui nous a portées pendant deux ans, mais tu ne peux m'en rendre responsable.

— Tout le monde se doit d'obéir au mouvement ou d'en sortir ; il ne peut y avoir de dissension, nos adversaires profiteraient de la moindre faiblesse. Au WSPU, il n'y a qu'une voix qui dicte nos actions. Nous sommes toutes des soldats de notre cause, martela Christabel.

— Ai-je manqué une seule fois à mon devoir ? protesta Olympe tout en huilant le mécanisme des rouleaux.

— Non, bien sûr que non…

— Alors pourquoi me garde-t-on à l'écart de tout ? Je ne suis plus invitée aux réunions, je ne suis plus au courant des actions à mener et ne suis plus considérée comme apte à y participer. J'ai montré ma bonne volonté, je vends les journaux, ma détermination est intacte, mais rien n'y fait. Peux-tu me dire sincèrement quel est le problème ?

Le malaise de Christabel était perceptible. Elle qui avait tenu tête à des ministres n'osait pas affronter le regard de son amie.

— Il y a d'abord eu cet informateur, dont tu nous as parlé…

— L'apôtre ?

— Oui. Ce mystérieux inconnu qui aurait ses entrées au gouvernement et voudrait nous aider. Puis cet homme qui t'a cachée, le docteur Belamy.

— C'est un médecin. Il a agi par éthique.

— Sans doute… peut-être. Sauf que nous nous sommes renseignées sur lui. Il est un des médecins officieux de la famille royale. Un visiteur du soir qui a aussi des liens avec les voyous de l'East End.

— Et alors ? rétorqua Olympe, qui ne put s'empêcher d'avoir une pensée admirative pour Thomas dont les patients étaient plus illustres que de simples ministres.

— Nous suspectons ces deux hommes de vouloir infiltrer le WSPU.

— Vous voulez dire que vous me suspectez, moi ? Est-ce une maladie contagieuse ? Vous m'isolez parce que j'ai été en contact avec eux ? C'est ça ?

— Évidemment non. Mais nous devons être prudentes. Je sais que tu me comprends.

— Non, je ne te comprends pas ! s'emporta Olympe. Non, ça, non ! Pas après tout ce que j'ai risqué pour vous !

— Tu as pris des risques pour la cause, pas pour nous, rectifia Christabel, dont le calme confinait à la froideur. Individuellement, nous ne sommes rien. Tranquillise-toi, ce n'est que provisoire.

— Provisoire ? Et à quel moment déciderez-vous que je suis à nouveau fréquentable ? Quand je me serai immolée sous les fenêtres de Westminster Palace ?

Miss Pankhurst retint une réponse blessante, ce dont Olympe s'aperçut. Celle-ci l'ignora et vérifia une dernière fois l'antique presse Indispensable de Marinoni.

— Le WSPU n'est pas une propriété familiale, dit-elle avant de se retourner pour affronter la réponse de Christabel.

— Nous l'avons fondé, ma mère et moi, et il nous appartient d'en fixer le cap sans dévier de notre but.

Le sourire qu'Olympe lui adressa faisait allusion à la sœur de Christabel, qui était présente à la fondation du WSPU. Sylvia avait été la première à afficher des vues divergentes sur la stratégie à suivre et sur le durcissement des actions prôné par les autres membres de la famille Pankhurst. Sa sympathie pour la vie de couple hors mariage lui avait valu les foudres de sa mère, et Sylvia s'était trouvée marginalisée au sein du mouvement.

— Nous devons rester unies, lâcha Christabel, de guerre lasse.

Olympe lui montra le *London Standard Evening* de la veille, ouvert sur une déclaration de Winston Churchill.

— Je l'ai lue. Je sais.

Le ministre du Commerce y indiquait que le désordre et la violence des suffragettes étaient le principal obstacle à toute discussion au Parlement sur le vote des femmes.

— Alors que les violences sont de leur côté, ils sont en train de retourner l'opinion publique. Nous avions presque réussi avec le gavage forcé, commenta amèrement Christabel. Les journaux du monde entier en ont parlé.

— La campagne de vitres brisées a été une erreur. Il faut continuer à viser les politiques, les harceler, les pousser à la faute. C'est cela notre stratégie. Pas de se mettre la population à dos. Puisque je ne peux plus le dire au comité, je te le dis à toi. Maintenant, il faut que je lance la machine, excuse-moi.

Olympe sortit pour appeler du renfort. La presse en blanc nécessitait la présence de deux personnes pour faire tourner l'immense roue de métal pendant qu'Olympe margeait les feuilles. Les trois femmes travaillèrent durant quatre heures, firent une pause puis répétèrent l'opération tout au long de l'après-midi. À six heures du soir, elles avaient produit quinze mille exemplaires du journal et Olympe n'avait pas recroisé Christabel. Elle monta à la salle de bains nettoyer ses bras et son visage zébrés d'encre. Elle fit couler l'eau dans une bassine, se savonna longuement et se rinça directement sous le robinet qui délivrait un filet d'eau tiède. La douceur du liquide lui semblait un miracle permanent, elle qui n'avait connu dans sa jeunesse que la froide eau du puits de l'institution de Watford. Betty interrompit ses pensées : un nouveau messager porteur d'un billet l'attendait à l'entrée. L'apôtre était de retour.

54

St Bart, Londres, mercredi 20 octobre

Toute l'équipe entourait le docteur Belamy, de retour du pavillon des diphtériques. La température de Reginald était tombée à moins de trente-huit degrés, mais le pouls s'était emballé et flirtait au repos avec les cent soixante. L'albumine urinaire était montée au-delà du raisonnable.

— J'ai injecté une seconde dose de sérum, indiqua Thomas. J'y retournerai demain matin.

— Est-ce inquiétant ? demanda Elizabeth, posant la question que tous avaient en tête.

— C'est juste la preuve que le bacille est coriace. Mais nous finirons par avoir sa peau.

La religieuse proposa une prière, à laquelle tous participèrent avec ferveur.

— Un médecin, on a deux blessés ! cria une voix dans le couloir.

— Londres s'éveille, soupira Thomas en se signant. Tout le monde sur le pont !

Il noua son tablier et alla à la rencontre de l'homme qui les avait interpellés, un sergent en poste à Piccadilly.

— Expliquez-moi ce qui est arrivé, dit Belamy en montrant d'un geste les salles de soins aux brancardiers.

Les deux victimes venaient d'un salon de coiffure de Great Windmill Street où un incendie s'était déclaré peu après l'ouverture. Une cliente avait été trouvée inanimée à l'arrivée des pompiers, les cheveux brûlés. La seconde patiente était la coiffeuse, dont l'état de confusion avait empêché toute explication.

— Il n'y avait pas d'odeur de gaz, mais ça sentait le pétrole, je soupçonne un shampoing sec, avança le policier, qui tendit à Thomas une serviette aux émanations caractéristiques.

Depuis plusieurs mois, une psychose s'était emparée de la population et des journaux à propos de l'utilisation de ces produits à base de dérivés de pétrole, destinés à éclaircir et fortifier les cheveux. Ils avaient causé des accidents en raison de leur inflammabilité. La fille d'un baronnet avait succombé à un arrêt cardiaque imputé au tétrachloride présent dans son shampoing. Bien qu'aucun accident n'eût été déploré ailleurs en Europe, la méfiance avait grandi à un point tel que le ministre de l'Intérieur avait été sommé par un député de prendre des mesures afin de prévenir leur utilisation.

La cliente du salon n'avait plus un cheveu vaillant, mais la peau de son crâne n'était que superficiellement atteinte. Thomas lui prit les pouls et nota que celui de l'intestin était plein et dur, contrairement à celui du cœur. L'état de choc était important mais restait la seule conséquence traumatique de l'accident. Il pensa par réflexe à disperser l'énergie au niveau du dixième point du méridien des trois réchauffeurs, mais il n'était pas à Uncot et ne pouvait pratiquer de l'acuponcture aux urgences.

— Couvrez-la, surveillez sa tension et sa température, dit-il à l'interne remplaçant Reginald. Enduisez sa tête d'huile de lin coupée à l'eau de chaux en renouvelant souvent les applications et venez me voir quand elle sera réveillée.

Il changea de salle et examina la seconde victime. La coiffeuse avait principalement été brûlée à la jambe et au bras gauches. Elle divaguait en répétant sans cesse la même phrase, que le policier nota dans son carnet. Thomas indiqua à Frances un traitement identique en y ajoutant un granule d'atropine et un autre d'hyoscyamine toutes les heures. L'agent le questionna sur son diagnostic et rentra faire son rapport pour le procès qui devrait déterminer les responsabilités dans l'accident.

Belamy entama l'après-midi par une réunion avec la commission chargée des travaux de construction du laboratoire de santé publique, présidée par Etherington-Smith, où la défaite de St Bart contre les Irlandais de Londres, par huit à trois, suscitait toujours des commentaires deux semaines après sa survenue.

Un journaliste du *London Daily News* l'attendait à son retour aux urgences. Il n'était pas leur correspondant habituel, mais l'un des rédacteurs qui traitaient des articles de société et qui avaient droit à plusieurs colonnes de la très convoitée page 4, celle qui accueillait aussi les prévisions météorologiques.

— Je suis venu vous interroger sur le danger des shampoings secs, annonça-t-il *ex abrupto*, en sortant son carnet d'une poche intérieure de sa veste comme il eût dégainé un revolver.

L'homme avait la rudesse de l'Américain qu'il était et ne s'embarrassait pas des codes du savoir-vivre local. Thomas lui proposa de rencontrer le docteur Etherington-Smith, mais le journaliste secoua sa tête chapeautée d'un fedora qu'il n'avait pas pris soin d'enlever.

— C'est vous que je veux interroger, docteur Belamy. J'ai besoin de votre avis de Français. Les coiffeurs de Paris ne comprennent pas comment de tels accidents ont pu se produire ici, alors qu'ils utilisent les mêmes ingrédients que nous depuis des années. Certains avancent que l'atmosphère de Londres y serait pour quelque chose.

Il mâchouilla son crayon dans l'attente d'une réponse et, ne voyant rien venir, ajouta :

— Qu'en pensez-vous ?

— J'en pense que nous serions mieux autour d'un thé, soupira Thomas, lassé par avance d'une conversation dont il se serait volontiers passé.

La proposition ne sembla pas ravir l'homme, qui profita de la préparation de l'infusion pour questionner le médecin sur son parcours professionnel. Thomas répondit avec une morne application avant d'y mettre fin en lui tendant une tasse fumante.

— Ces shampoings sont des dérivés de pétrole et nécessitent juste des précautions d'emploi pour être utilisés en toute sécurité, expliqua-t-il. Les émanations sont très volatiles et inflammables.

— Et quelles sont ces précautions ?

— Il faut se mettre près d'une fenêtre ouverte ou dans un local aéré et ne jamais le faire près d'une source de chaleur comme une lumière artificielle.

— Pensez-vous qu'elles n'ont pas été respectées, ce matin ?

— Je n'en sais rien, vous devriez interroger la police.

— Mais avez-vous déjà vu de tels accidents lorsque vous exerciez en hôpital à Paris ?

— Non.

— Nous savons tous que l'atmosphère de Londres charrie des particules provenant des usines. On parle de soufre et d'acides qui stagnent à cause du brouillard. Ils pourraient être dangereux, combinés aux shampoings ?

— Je n'en sais rien, répéta Thomas.

— Permettez-moi d'insister, l'opinion publique s'interroge et le gouvernement tarde à réagir.

— La dispersion des émanations est peut-être plus lente à Londres, mais il n'y a pas de raison de s'inquiéter outre mesure. C'est tout ce que je peux vous dire à mon niveau de connaissance, monsieur. Maintenant, si vous voulez bien m'excuser, je dois préparer mes visites.

Le journaliste n'avait pas touché à son thé et ses notes se résumaient à quelques mots pris à la volée. Il le remercia et le salua d'un simple geste du doigt.

Frances vint trouver le docteur Belamy alors qu'il était encore à la cuisine, l'air pensif et préoccupé.

— La femme aux cheveux brûlés s'est réveillée et notre interne lui a administré des granules d'atropine, résuma-t-elle. Son pouls est à quatre-vingt-cinq. L'état de la coiffeuse est stable.

— Je vais les voir tout de suite, dit-il, amusé de la dénomination qu'elle utilisait pour le remplaçant de Reginald, dont le nom n'apparaissait jamais dans ses conversations.

Thomas s'assit à sa place habituelle, sur le casier accolé au lit du malade, alors que sa patiente le suivait des yeux sans bouger la tête.

— Comment vous sentez-vous ? Avez-vous mal ?

— Un peu, dit-elle, éplorée. Mais ça va.

— Vous souvenez-vous de ce qui est arrivé, mademoiselle ?

Elle posa sa main sur son crâne recouvert d'huile de lin et fit oui de la tête.

— Vous allez bien. Vos brûlures ne sont pas profondes.

— Mes cheveux...

— Ils vont vite repousser. Il n'y aura aucune cicatrice apparente.

La jeune femme était toujours sous le choc de l'accident et Thomas ne voulait pas la brusquer. Il tira le rideau, qui donnait un semblant d'intimité, alors que les malades des lits proches attendaient impatiemment d'en savoir plus sur leur étrange voisine chauve. Ainsi protégé des regards, Thomas ôta le bas du drap et prit la jambe droite de la patiente, qu'il suréleva afin de masser *San Yin Jiao*, le point de réunion des trois yin, au-dessous du mollet, que l'acuponcture désignait comme l'un des plus puissants pour calmer l'esprit.

Elle ne sembla pas étonnée. Tous les deux gardaient le silence. Belamy s'arrêta pour prendre les pouls puis recommença le massage.

— Ça fait du bien.

La jeune femme avait encore des traces de suie sur le visage. D'après les pompiers, l'embrasement avait été très rapide et la boutique entièrement détruite avant leur arrivée.

— Comment va-t-elle ?

Thomas reborda le drap et trempa un linge dans une solution picriquée.

— Sa jambe et son bras sont atteints, mais elle s'en sortira. Vous êtes deux miraculées.

— Quel côté ?

— Gauche.

— Elle est droitière, je suis soulagée. Elle pourra continuer à coiffer, c'est sa passion.

— Vous avez l'air de bien vous connaître, constata-t-il en s'installant sur un tabouret derrière elle.

— Elle et son frère sont des amis.

Le médecin tamponna le crâne meurtri avec le linge humide.

— Votre amie n'a pu que répéter une même phrase depuis son arrivée. Si vous connaissez un moyen de contacter son frère, nous le ferons.

Belamy comprit au léger tremblement de son corps que les larmes avaient commencé à couler. Il lui tendit un mouchoir.

— Ce n'est pas si simple, avoua la jeune femme après s'être essuyée et mouchée. Nous étions fiancés et j'ai rompu notre union il y a deux mois.

— Maintenant, vous allez me dire ce qui s'est vraiment passé dans ce salon de coiffure, dit Thomas en plongeant la gaze dans de l'huile de lin. Le shampoing ne s'est pas enflammé tout seul.

La jeune femme se sentait en confiance. Elle fixa le rideau nacré du regard et chuchota comme à confesse :

— J'avais pris rendez-vous pour une coupe car je voulais discuter avec elle. Lui demander des nouvelles de Paul. Je me sens coupable de cette rupture et je ne veux pas le faire souffrir à nouveau s'il apprend par hasard que je vais me marier. Je l'ai révélé à sa sœur au moment où elle me posait le shampoing. Un peu comme vous en ce moment, je ne la voyais pas, et cela m'était plus facile pour le lui annoncer. C'est à ce moment que…

Elle se moucha une nouvelle fois avant de continuer :

— C'est à partir de là que tout a dégénéré. Elle m'a crié des horreurs, que je n'étais qu'une catin ; elle s'est emparée d'une lampe à pétrole et a enlevé le verre. J'ai compris qu'elle voulait enflammer mes cheveux. Je n'ai eu que le temps de me lever pour la repousser. J'ai vu sa robe prendre feu et soudain il y a eu une cette odeur, cette odeur horrible de grillé, et j'ai compris que c'était ma chevelure. J'ai vu la bassine d'eau pour le rinçage et j'ai plongé la tête dedans, je crois que je hurlais, je hurlais sans plus pouvoir m'arrêter, je suis sortie et j'ai perdu connaissance. Vous connaissez la suite, docteur.

Thomas continuait à badigeonner en silence sa peau blessée lorsque le rideau s'ouvrit sur Frances.

— Puis-je vous voir ?

— Le soin est fini, je reviendrai pour la visite du soir, dit Belamy à sa patiente.

Il prit avec lui la bassine contenant les compresses sales et suivit l'infirmière à la cuisine.

— La coiffeuse s'est mise à parler. Elle m'a raconté comment le drame est arrivé. Son frère était engagé auprès de notre patiente, et il l'a quittée il y a deux mois. Celle-ci le vivait très mal, d'où un différend entre les deux femmes… Pourquoi souriez-vous ?

— Je suis curieux d'entendre cette version.

La coiffeuse avait reçu l'ex-fiancée le matin même à l'ouverture de sa boutique. Une fois installée sur le fauteuil, cette dernière avait attendu d'avoir la tête couverte de shampoing pour l'entreprendre sur son mal-être.

— Ce n'était pas la première fois qu'elle venait voir la sœur pour lui parler de son frère. Elle était persuadée de pouvoir le reconquérir et lui demandait à chaque fois son aide, ce que la coiffeuse refusait toujours. Et, ce matin, elle est venue annoncer qu'elle allait se marier.

La coiffeuse, soulagée que la page se tourne, l'avait félicitée, lui avait appris que son frère aussi avait noué une relation amoureuse et qu'il envisageait sérieusement des fiançailles. La jeune femme avait hurlé, s'était levée et s'était emparée de la lampe à pétrole. Elle avait menacé de s'immoler dans sa boutique si la coiffeuse ne prenait pas parti pour elle.

— Elle l'en savait capable, alors elle s'est précipitée pour la lui reprendre. Dans l'échauffourée, la lampe a été brisée. Elle ne se souvient plus comment, mais sa robe a pris feu en même temps que les cheveux de la jeune femme. Elle a eu le réflexe de lui lancer une serviette humide sur la tête, mais, de son côté, elle a dû attendre de sortir pour se rouler sur le sol mouillé.

— La vérité est toujours une question de point de vue, conclut Thomas après avoir relaté à Frances l'autre version.

— Qu'allez-vous faire ?

— Les soigner, que voulez-vous faire d'autre ? Elles auront à subir bien assez de questions de la police et de la justice.

— Savez-vous laquelle ment ?

— Je crois qu'aucune des deux n'a dit la vérité. Ce n'est ni une serviette ni de l'eau qui a éteint le feu sur les cheveux, annonça-t-il en lui montrant la bassine. J'ai retrouvé des brins de laine épais et noirs sur son crâne.

Il en détacha un d'un des linges utilisés pour les soins et le lui montra.

— Ses cheveux étaient blonds, ajouta-t-il, anticipant sa question. Il y avait donc une troisième personne dans la boutique. Maintenant, je dois me rendre au pavillon des diphtériques : le docteur Andrews m'a fait savoir que toutes les constantes biologiques de Reginald sont revenues à la normale. Voulez-vous venir avec moi ?

55

St Bart, Londres, vendredi 22 octobre

Etherington-Smith tournait autour de son bureau sur lequel était ouvert le *London Daily News* du jour. Sa condition d'athlète transparaissait encore plus dans ces moments de colère où ses muscles développés gonflaient sa chemise à l'extrême et crispaient les traits de son visage. Il déboutonna son gilet pour chercher plus d'air et en profita pour regarder l'heure à sa montre de gousset.

— Et cet avocat qui ne vient pas ! maugréa-t-il.

— Nous n'aurons pas besoin de lui, répliqua Thomas, qui se tenait debout devant la grande bibliothèque vitrée de la pièce. Je vais aller voir le directeur du journal pour lui expliquer que je n'ai jamais prononcé ces paroles.

Dans l'article, paru le matin même en page 4, les questions du journaliste étaient devenues des assertions du docteur Belamy. Le médecin français y mettait en avant les progrès sanitaires des coiffeurs français, en opposition à leurs collègues anglais dont il qualifiait les boutiques de bouges mal ventilés, et y décrivait Londres comme la ville la plus polluée au monde, où les shampoings étaient capables de brûler sur la tête des clientes par la simple présence du *fog* malsain. La charge était grossière mais avait déjà fait réagir dans l'hôpital, où plusieurs praticiens étaient venus se plaindre devant Raymond, et au-dehors, où d'autres journalistes avaient investi les urgences pour en savoir plus sur l'ingrat médecin qui médisait sur son pays d'adoption.

— Tu n'iras voir personne, cela ne ferait qu'empirer la situation. Je voudrais bien savoir qui est derrière tout ça, marmonna Etherington-Smith, les poings serrés. En pleine campagne de dons !

— Trouvons un autre journal qui publiera la vérité.

— Nous le ferons, mais le mal est là. Qui lit les démentis de nos jours ? Et cet avocat qui n'arrive pas ! s'agaça-t-il en posant sa main droite sur sa hanche, face à la fenêtre.

Thomas contempla la couverture du *Vanity Fair* encadrée au mur où Raymond apparaissait en tenue de rameur, ses cheveux courts et ondulants séparés par une large raie, habillé d'un maillot blanc au liseré orange, d'un short beige et de chaussettes rouges, dans une attitude semblable, une main sur le flanc de la jambe d'appui et le regard fixant un point vers l'horizon. Un portrait dressé sur le modèle des héros grecs qui, avec un autre, eût semblé ridicule, mais qui convenait parfaitement à son ami. Etherington-Smith était de ces hommes que rien ne pouvait abattre et, une fois encore, il viendrait à bout de la difficulté.

— Enfin ! s'écria-t-il lorsqu'on toqua à la porte. Entrez !

Il s'était approché pour accueillir l'avoué de l'hôpital mais manifesta sa déception de se trouver face à l'intendant qui s'arrêta, hésitant.

— Je vous dérange ?

— Non, entrez, Watkins. Alors, quelles sont les nouvelles du matin ? Mauvaises ?

— Comment le savez-vous ? demanda ce dernier en lui tendant les missives qu'il avait en main.

Raymond les prit énergiquement et les consulta. L'intendant ne se déplaçait que pour du courrier d'importance, lequel, d'ordinaire, alternait entre les procès intentés aux médecins de l'établissement et les dons reçus par la poste. Mais la journée n'était pas aux dons.

— Nous avons un procès, annonça Etherington-Smith avec un flegme surjoué. Fort heureusement, nous ne le devons pas aux urgences, mais à la chirurgie thoracique, commenta-t-il en posant la première feuille sur son bureau. Un second, où nous devrons témoigner en tant qu'experts. Celui-là, c'est pour toi, ajouta-t-il en tendant la convocation à Thomas.

La « tragédie du shampoing sec », comme l'avaient nommée les journaux, allait entrer dans sa phase judiciaire, à la demande du County Council de Londres, et Thomas était convoqué avec le médecin légiste et les témoins du drame pour répondre aux questions sur l'enquête qui venait de débuter.

— Au fait, où en sont vos deux patientes ? s'enquit Raymond tout en parcourant la lettre suivante.

— Transférées dans l'aile est depuis ce matin. Elles devraient rentrer chez elles bientôt. Nous allons tous perdre notre temps avec cette enquête.

— Vous n'avez plus besoin de moi ? demanda l'intendant en reculant d'un pas.

— Merci, Watkins, dit Etherington-Smith en l'accompagnant vers la sortie. Revenez demain avec les prochaines mauvaises nouvelles. Et si vous voyez notre avoué, qu'il se rende immédiatement à mon bureau, sinon c'est nous qui lui ferons un procès pour non-assistance à hôpital en danger.

Raymond poursuivit sa lecture et arbora un air amusé pour commenter le dernier courrier.

— Voilà qui va te plaire : l'ambassadeur de France a décidé de visiter notre vénérable institution, sur les conseils de tes collègues de l'hôpital français de Londres. Et ils seront avec lui pour que tu leur présentes Uncot. Tout cela a un parfum de médaille, mon ami !

— Avec l'article du *Daily News*, j'espère qu'ils vont tout annuler : je ne suis plus fréquentable !

— Ne rêve pas, tu n'y couperas pas ! C'est prévu en février, d'ici là tout le monde aura oublié cette anicroche.

Etherington-Smith connaissait la détestation de son ami pour les mondanités et les honneurs, et l'idée de le voir recevoir des félicitations diplomatiques le fit glousser :

— Les Français se rendent enfin compte de tes talents ! Vous avez toujours eu une guerre de retard, dit-il en lui remettant la missive.

— Parlons du sérum antidiphtérique, ironisa Thomas. Celui qui a sauvé Reginald.

— Un point pour toi ! concéda Raymond en s'asseyant à son bureau afin de calmer la petite contracture de son adducteur dont il avait du mal à guérir. Comment va le docteur Jessop ?

Reginald était sorti la veille du pavillon des diphtériques. Il était guéri, mais devait attendre une semaine entière avant de retrouver les urgences. Il en avait profité pour demander l'hospitalité à ses parents, qui avaient accepté le retour du fils prodigue tout en le consignant dans la chambre la plus excentrée du manoir, avec obligation de manger à l'office et d'utiliser les bains du personnel. La quarantaine familiale était aussi drastique que celle du pavillon du docteur Andrews.

— Il sera de retour début novembre, confirma Thomas. Et j'ai pris une décision : je vais le former à l'acuponcture. Un seul médecin ne peut plus suffire devant le succès d'Uncot.

— Thomas, il faut que nous en discutions, objecta Etherington-Smith. Nous ne pouvons pas en faire un enseignement officiel, et je parle en tant que directeur de l'école médicale. Tu imagines les conséquences ?

— Je ne veux pas te faire subir cette bataille, surtout quand je vois à quel point ma simple présence est urticante pour certains collègues.

Tout se fera de façon officieuse, mais il est important de le mettre en place. Je ne serai pas éternel à mon poste.

— Tu n'as pas l'intention… ?

— De vous quitter ? Non. Je te dois trop, Raymond, je dois trop à cet hôpital. Mais je préfère être prudent. Il faut pérenniser Uncot.

Etherington-Smith ressassa leur conversation tout l'après-midi dans un coin de sa tête. Il tenta de se représenter les conséquences de l'ouverture d'une chaire de médecine chinoise au Barts. Il y avait bien William Osler, ce professeur de médecine à l'université d'Oxford, qui avait introduit la notion d'acuponcture dans ses cours, mais uniquement pour conseiller d'utiliser des aiguilles à chapeau au niveau des points douloureux du dos en cas de lumbago. Le bilan était maigre et, malgré toute l'aura dont il disposait auprès de ses confrères, de ses étudiants et de la population, Raymond n'était pas prêt à se retrouver cloué au pilori de la médecine académique à trente ans. Les opposants auraient vite fait de les ensevelir sous des monceaux d'arguments caricaturaux et c'en serait fini de leurs carrières.

Belamy, lui, sortit tôt, alors que le jour était encore présent derrière la toile de brouillard. Il n'emprunta pas les transports publics et marcha dans London Wall, l'esprit accaparé par le sujet. La médecine chinoise était assimilée par l'Occident à une tradition barbare et votive, et il avait beau avoir démontré la complémentarité des deux pratiques au quotidien, les esprits étaient d'autant moins disposés à l'ouverture que la communauté chinoise de Londres, bien que se réduisant à deux cent cinquante âmes établies à Limehouse ou Pennyfields, véhiculait depuis quelques années bon nombre de fantasmes. Les principaux étaient liés à la criminalité due à la présence de quelques fumeries d'opium clandestines près des docks, que l'imagination romanesque de certains auteurs de romans avait exacerbés en faisant de ces émigrés de Shanghai ou de Canton des tueurs implacables associés à la drogue et au jeu. Uncot allait devoir rester dans l'ombre longtemps encore, mais Thomas avait compris à quel point son existence était fragile. Il initiait déjà Frances depuis plusieurs mois, lorsqu'elle venait chez lui pour préparer sa médecine. Il formerait Reginald, qui avait la ferme intention d'amadouer ses parents quant à ses desseins amoureux et de leur imposer ses choix. Ses deux assistants seraient parfaits pour reprendre Uncot le moment venu. Thomas pressentait que son passé allait le rattraper.

Il se rendit directement dans l'immeuble le plus sordide de la rue la plus dangereuse d'East End et pénétra au 10 Flower & Dean Street. Le voyou qui en gardait l'entrée lui lança un « Doc ! », accompagné d'un coup de glotte typique du cockney, sans même enlever la Capstan qui se consumait à la commissure de ses lèvres. Thomas l'ignora et monta au premier étage où deux gaillards en manteaux longs et chaussures de dockers barraient le passage. L'un d'eux lui ordonna de lever les bras avant de palper sous son duffle-coat pendant que l'autre vérifiait sa trousse médicale.

— Vous avez encore des progrès à faire si vous cherchez une tumeur, ironisa Thomas, mais il y a du mieux dans le toucher.

Les cerbères restèrent aussi impassibles que des Horse Guards royaux et s'écartèrent pour le laisser passer avant de refermer la porte au vitrage composé de quatre carreaux de couleur séparés par une croix centrale. Une ombre se leva derrière le vitrail sablé et vint saluer celle de Thomas. Une conversation s'engagea, qui semblait vive ; la silhouette de l'hôte s'agitait, ses bras moulinant l'air face à celle, immobile, du médecin, qui hochait la tête pour signifier son désaccord mais finit par l'abaisser, vaincu. Dix minutes après être entré, Thomas quittait la pièce, le visage fermé, pour s'installer dans la seule chambre de l'étage supérieur possédant l'eau courante. Il examina la plaie cicatrisée du cockney qui le surveillait, un coup de couteau à l'abdomen, qu'il avait suturée la semaine précédente, puis sortit ses instruments d'examen de sa sacoche et fit signe au malfrat qu'il était prêt. L'homme passa la tête dans le couloir et cria :

— Amène la première fille !

56

29 Fitzroy Square, Londres, jeudi 28 octobre

Adrian, inquiet, tournait compulsivement autour du fauteuil recouvert de velours vert dans lequel Virginia s'était installée, au salon du premier étage.

— Nessa viendra plus tard, prévint-elle après être restée silencieuse à regarder le feu de la cheminée. Son petit Julian a du mal à s'endormir, le soir.

Elle avait parlé d'une voix sérieuse, comme si l'affaire était d'importance et demandait à être débattue, puis elle se tut et laissa le feu crépiter.

— De qui parles-tu ? demanda-t-il après un temps de flottement.

— Nessa. Ma sœur, ta sœur. Vanessa. Serais-tu amoureux, ou préoccupé, pour être aussi inattentif ?

— Peut-être un peu des deux, pardonne-moi, reconnut-il en lui caressant l'épaule.

— Est-ce cette suffragette que tu as invitée ce soir ? Ce serait une drôle de nouvelle !

— Ne te méprends pas, ma chèvre, je n'ai pas de sentiments pour Miss Lovell. T'ai-je dit que j'ai eu des nouvelles d'Horace ?

Vere Cole lui avait télégraphié depuis le port de New York avant d'embarquer sur le *Lusitania*. Il revenait seul mais son entreprise de séduction des Montague avait réussi et, contre toute attente, le père avait accepté de donner la main de sa fille à cet excentrique britannique de la gentry.

— Elle le rejoindra quand son mariage aura été annulé et ils iront vivre en Irlande.

— Quelle bonne nouvelle, en effet, dit Virginia en lui tapotant la main.

— Tu sembles sincère et je t'en remercie. Je sais que tu ne l'as pas toujours porté dans ton cœur.

— C'est une vraie bonne nouvelle qu'il quitte Londres et que nous n'ayons plus à supporter sa grossière présence. Tout le groupe va apprécier.

— Virginia, s'offusqua mollement son frère. Pas ce soir !

Pour toute réponse, elle lui sourit et enchaîna :

— Je suis allée à la bibliothèque Day's et j'ai mangé à la cantine des cochers. C'était fruste, mais propre et sans alcool.

Les pensées de Virginia suivaient toujours leur propre cours sinueux, loin du lit tranquille des raisonnements convenus.

— Je vais demander à Sophie de faire du thé, avec du miel et de la crème, proposa Adrian.

Il disparut sans attendre sa réponse.

— Duncan m'a dit qu'il préférait Giotto à Shakespeare. Tu m'entends ? lança-t-elle dans le vide.

Un grognement de son frère le lui confirma.

— Il viendra ce soir avec Lytton, continua-t-elle en s'approchant de l'âtre. Je crois qu'ils ont une liaison, tous les deux.

Duncan Grant, jeune peintre écossais, avait été introduit dans le groupe par son cousin Lytton Strachey, que ses critiques littéraires dans *The Spectator* autorisaient à espérer une future carrière d'homme de lettres.

Adrian réapparut dans l'encadrement de la porte, l'air contrarié. Virginia comprit que lui aussi était amoureux de Duncan, ce dont elle se doutait depuis quelques semaines.

— Je suis désolée pour toi, dit-elle en lui caressant la joue affectueusement avant de se planter devant la fenêtre qui donnait sur le square.

Adrian n'avait aucune envie de s'épancher sur ses sentiments pour le jeune homme, même si la sexualité était un des sujets favoris des discussions du jeudi soir. Leur groupe s'était formé autour de la famille Stephen et avait acquis une réputation scandaleuse par sa parole libre et son mépris affiché des conventions. Ils se savaient une avant-garde intellectuelle dans un Empire en décomposition, mais aucun n'avait encore trouvé sa place dans le vaste monde des idées et des arts.

— Depuis quand connais-tu son nom ? demanda-t-elle tout en regardant un couple traverser le parc circulaire en direction de Maple Street.

— De qui parles-tu ?

— Notre suffragette. Tu l'as appelée Lovell. Elle ne nous avait donné que son prénom. Olympe, n'est-ce pas ?

— Ah, Sophie ! s'écria Adrian alors que la cuisinière apportait le plateau du thé. Posez-le sur la table basse, je m'en occupe.

Virginia s'amusa de l'embarras de son frère et du temps qu'il cherchait manifestement à gagner. Adrian remplit deux tasses, en apporta une à sa sœur, prit la seconde sans se presser et s'installa dans un fauteuil situé à l'angle opposé de la fenêtre où elle se trouvait. Il fit fondre un sucre et remua consciencieusement le breuvage avant de reposer la cuillère sur la soucoupe.

— Je crois que j'ai un aveu à te faire.

La rencontre avec la suffragette n'avait pas été fortuite. S'il avait proposé à Virginia de se promener à Victoria Park, c'était parce qu'il savait qu'elle y serait. Il savait aussi qu'il l'aborderait et qu'il lui proposerait de les retrouver chez eux en ce jeudi soir. Et si tout avait été prémédité, sans l'accord de sa sœur, c'est à Horace qu'il le devait. Alors qu'Adrian l'accompagnait à Liverpool pour embarquer sur le *Lusitania*, son ami lui avait fait jurer de rencontrer et d'inviter

Olympe à leur réunion. Il lui avait aussi fait jurer d'y inviter le docteur Belamy.

— Horace est persuadé qu'ils sont faits l'un pour l'autre. Maintenant, tu sais tout ! conclut-il en prenant sa première gorgée du thé qui s'était refroidi. Mais je te conjure de n'en rien dire aux autres.

— As-tu si peu confiance en moi que… Au fond, peu importe, ce Vere Cole ne vaut pas l'once d'une dispute. Ainsi, nous voilà devenus pour un soir l'arc et la flèche de Cupidon. Tout cela est si vieux monde !

Duncan Grant et Lytton Strachey entrèrent en scène, ponctuels, à neuf heures du soir. Adrian, pour masquer ses émois, se montra froid et indifférent envers les deux hommes, qui crurent l'avoir froissé pour une raison inconnue. Il trouvait leur liaison ridicule et vouée à l'échec. Lytton était un insatiable parleur à la constitution maigre et au visage dissimulé sous une barbe d'ermite et de grosses lunettes rondes, à l'opposé du physique de Duncan, qui avait la beauté charismatique et solaire de Jack London auquel on le comparait régulièrement. Tous les hommes et toutes les femmes du groupe étaient secrètement amoureux de Duncan, à part peut-être Virginia, et Adrian finit par se convaincre de la précarité de cette relation. Il lui suffisait d'attendre.

Vanessa et son mari, Clive Bell, interrompirent par leur arrivée une conversation sur la poésie chinoise. Le groupe était au complet lorsque Olympe fut introduite par Sophie, à dix heures. Tous se turent et attendirent qu'Adrian fasse les présentations. Virginia, remarquant l'effet que produisait la suffragette sur les autres, s'en réjouit ; elle n'avait pas été la seule à ressentir pour elle une étrange attraction, qui n'avait rien de sexuel mais qu'elle n'arrivait pas à définir. Elle se souvint de la légende du joueur de flûte de Hamelin et trouva en la jeune femme ce côté ensorcelant de ceux que l'on suit aveuglément. Duncan et Lytton, excités par cette présence nouvelle, monopolisèrent la parole, autant pour rameuter l'attention sur eux que pour découvrir leur invitée, ce que Virginia leur fit remarquer et qui suscita les premiers rires de la soirée. Adrian se détendit rapidement en comprenant que sa sœur n'avait pas l'intention de se venger d'Horace sur la jeune femme, et qu'au contraire elle était sous le charme de Miss Lovell.

Nessa et son mari restèrent en retrait, avant de s'intéresser à son récit de la vie à Holloway et d'entrer dans la danse des échanges. Olympe leur fit une description détaillée du gavage forcé qui les bouleversa tous, et Duncan s'extirpa du canapé en criant :

— Voilà donc les monstres que l'Empire a engendrés, ces fonctionnaires de l'horreur autorisée, ces maillons de la bureaucratie tortionnaire ! Je lève mon verre à vous et à votre combat, aux femmes d'honneur, à l'égalité, à toutes les égalités !

Tous savourèrent le vin français que Nessa avait apporté et apprécièrent la griserie qui les détachait de la réalité extérieure.

Lytton, que l'absence de provocation verbale commençait à ennuyer, passa à l'acte :

— Parlons de la libido : y a-t-il beaucoup d'amour homosexuel en prison ?

— La libido est le luxe de ceux qui sont en liberté, répliqua-t-elle du tac au tac. Il n'y a pas de place pour l'amour, surtout quand on est à l'isolement vingt-trois heures sur vingt-quatre et dans un état de souffrance permanent.

— Bien répondu, approuva Adrian.

— Et *quid* du plaisir solitaire ? L'onanisme est une forme de liberté individuelle, n'est-ce pas ? insista Strachey.

Tous intervinrent en même temps. C'était un sujet récurrent de leurs soirées. Ils débattirent sur le plaisir comparé des amours homo ou hétérosexuelles et chacun intervint avec une grande liberté de ton. Virginia plaida pour la non-violence de l'amour asexué tout en observant la réaction d'Olympe et prit conscience qu'ils étaient en train de l'exclure par leurs échanges routiniers. Elle fit cesser le brouhaha et tint à s'excuser auprès d'elle.

— Nous attendons un autre invité, mais il semble qu'il ne soit pas ponctuel, continua Virginia alors qu'Adrian avait ouvert la fenêtre et s'était penché au balcon.

— Et qui est-ce ? interrogea Duncan, que la nouvelle tira de son assoupissement alcoolisé.

— Une surprise de mon cher frère, qui nous a fait faux bond. En tout cas, je remercie Miss Lovell d'avoir accepté notre invitation.

— J'ai un aveu à vous faire, intervint Olympe, faisant taire le groupe et revenir Adrian. Je suis ici dans un but bien précis. Je sais que certains d'entre vous sont des anciens apôtres de Cambridge.

— Vous êtes entourée d'anges, Miss Lovell, à part moi, bien sûr, dit Duncan en posant sa main sur la cuisse de Lytton.

— Alors, vous allez pouvoir m'aider.

57

29 Fitzroy Square, Londres, jeudi 28 octobre

Debout près d'un fiacre aux lumières éteintes, le policier tapait des bras pour se débarrasser du froid comme d'une couche de poussière.

— J'espère que tu sais ce que tu fais, dit-il en direction de l'habitacle. Je ne suis plus de service à cette heure. Je risque d'avoir des ennuis.

— Des ennuis ? ricana la voix dans la voiture. Que peut-il t'arriver de plus que maintenant ? Tu ne peux pas être rétrogradé plus bas !

— Je pourrais être renvoyé de la police, comme toi !

— Je n'ai pas été renvoyé, j'ai démissionné. On me proposait mieux. On se tient à ce qu'on a décidé.

— La voilà !

Olympe était sortie du 29 Fitzroy Square en compagnie d'Adrian.

— Que fait-il, celui-là ? J'espère qu'il ne va pas la raccompagner.

Après des remerciements appuyés, le jeune Stephen rentra alors que Duncan et Lytton, passablement éméchés, envoyaient à Olympe un salut bruyant depuis le balcon de l'étage. Elle longea le square et disparut dans la nuit.

— À toi de jouer, dit l'homme dans le cab.

Le policier marcha à la rencontre de la suffragette et l'interpella :

— Miss Lovell !

Elle s'arrêta sans répondre. Le visage de l'homme était mangé par une épaisse barbe et ses yeux abrités derrière des lunettes cerclées de métal, mais son expression générale ne lui était pas inconnue.

— Il y a ici quelqu'un qui voudrait vous parler, dit-il en désignant le fiacre. Quelqu'un qui a besoin de discrétion.

— L'apôtre ? C'est lui ?

— Allez-y, insista-t-il. Je m'occupe de surveiller les parages.

Méfiante, Olympe fit le tour sans lui tourner le dos et ouvrit la portière : l'habitacle était vide.

— Il n'y a personne, annonça-t-elle en la refermant.

— Comment ça, personne ?

Le bobby se précipita à la portière opposée et constata qu'elle disait vrai : le passager avait disparu.

— Mais c'est impossible ! s'exclama-t-il. Que s'est… ?

Il ne put finir sa phrase, fut projeté contre le véhicule et s'écroula au sol comme un mannequin de chiffon. La surprise avait tétanisé Olympe. Elle se pencha sous le fiacre : le policier gisait de l'autre côté, inconscient, le front en sang. Lorsqu'elle se releva, Belamy était apparu dans l'encadrement de la portière.

— Vous !

— Désolé de mon retard, dit-il en époussetant sa veste, il y a eu beaucoup de blessés aux urgences aujourd'hui.

Elle contourna le cab alors qu'il tirait le corps du policier dans l'herbe non éclairée du square, à côté de celui du passager.

— Ils sont neutralisés pour un moment. Ils risquent juste d'attraper un peu froid.

— Mais pourquoi avez-vous fait cela ? Cet homme est l'apôtre !

— Croyez-vous ? Vous ne vous souvenez pas d'eux ?

Olympe se pencha sur le civil pendant que Thomas l'éclairait à l'aide d'un briquet.

— Mon Dieu !

Elle venait de réaliser qu'elle avait eu affaire à ses deux tourmenteurs de Westminster. Elle n'avait pas reconnu son pisteur sous son apparence de bobby barbu.

— Venez, ne restons pas là.

Ils s'éloignèrent en silence par Grafton Way.

— Comment avez-vous fait ? demanda-t-elle alors que le froid et la peur rétrospective la faisaient frissonner.

Il s'arrêta, enleva son manteau et le lui tendit. La douce chaleur de l'épaisse maille et son soyeux parfum de benjoin la rassérénèrent. Elle croisa les bras pour se blottir dans le vêtement trop grand.

Thomas avait failli ne pas venir. Il avait passé la matinée au tribunal à répondre aux questions des enquêteurs et du juge dans l'affaire du shampoing et avait décalé ses rendez-vous d'Uncot en fin d'après-midi. Raymond l'avait happé à la sortie afin d'obtenir son avis sur la liste du matériel à acheter pour les futurs laboratoires et Belamy n'avait pu réintégrer les urgences qu'à huit heures du soir, où il avait effectué la visite aux malades. À dix heures, il était de retour à son appartement où Frances étudiait un traité de chirurgie d'urgence. Il avait consciencieusement répondu à ses questions et l'infirmière avait regagné son bâtiment. Thomas n'avait pas l'intention de se rendre chez les Stephen, mais son intuition l'y poussait. Il avait sorti le carton d'invitation d'Adrian, l'avait relu, avait vérifié l'heure et s'était décidé. En arrivant sur Fitzroy Square, il avait reconnu les deux ex-inspecteurs avant qu'ils ne le voient.

— Je me suis caché pour comprendre leurs intentions. Je n'ai pas été surpris quand je l'ai vu vous aborder et j'ai préféré écourter leur petite mise en scène.

— Mais que me voulaient-ils ?

— Peut-être s'excuser pour Westminster. Mais j'en doute.

— Je vous dois encore une fois mon salut, reconnut Olympe. J'ai l'impression que nous sommes faits pour nous rencontrer, quoi qu'il arrive.

— Il n'y a pas de hasard.

Elle s'était arrêtée sous un lampadaire à gaz de la rue et l'observait. Une des vitres du réverbère manquait et la flamme vacillait dans la lanterne, faisant jouer des ombres sur son regard chargé d'émotion.

— Je voulais m'excuser pour Derrybawn House, ajouta-t-elle.

Leurs mains se frôlèrent puis, naturellement, se trouvèrent. Olympe se blottit contre Thomas. Ils s'enlacèrent. Au-dessus de leurs têtes, le crépitement de la flamme dévorant le gaz se fit irrégulier puis s'arrêta, projetant un manteau de nuit autour d'eux. Ils restèrent comme deux statues de sel, continuant à s'embrasser du regard.

— Leurs poches ! s'écria-t-elle soudain en dénouant son étreinte. On aurait dû leur faire les poches ! Venez, dit Olympe.

Elle fit quelques pas en direction du square avant de réaliser qu'il ne la suivait pas.

— C'est inutile, assura Thomas.

— Inutile ? s'étonna-t-elle en revenant vers lui à pas comptés.

Il grimpa au réverbère et tendit son briquet allumé dans la lanterne. La flamme jaillit à nouveau, mordante et vive. Il sauta directement sur le trottoir avec la souplesse naturelle d'un félin.

— Tout est là, dit-il en montrant sa veste portée par Olympe. J'ai eu le temps de fouiller le passager.

Elle plongea sa main dans la poche gauche et en sortit un moxa d'armoise séchée.

— Non, dans l'autre, s'excusa Belamy.

Olympe y pêcha une enveloppe vide pliée en deux, un ticket de tramway et un billet d'un music-hall de Charing Cross.

— Nous aurons le temps de les étudier plus tard. Vous avez confiance en moi ?

— Notre moment d'abandon m'incite à penser que oui.

— Alors, je vais vous montrer quelque chose que je n'ai montré à personne d'autre.

Ils marchèrent en direction de la cathédrale St Paul, dont le dôme pointait au-dessus des immeubles, et empruntèrent Fleet Street sur la moitié de sa longueur. L'endroit, siège de plusieurs journaux et maisons d'édition, avait gardé un peu de l'animation de la journée. Thomas s'arrêta devant le 125, une maison victorienne de trois étages à la façade ciselée où une plaque indiquait « *The Review of Reviews. Publishing office* ». Il prit la main de la suffragette avant d'entrer. Thomas aimait le tendre contact de la peau d'Olympe et la pression franche qu'elle mettait sur ses doigts. Elle n'avait pas peur et il sentait le cœur de la jeune femme battre d'excitation. Elle connaissait de réputation l'éditeur et propriétaire de la revue, pour lequel elle avait une immense admiration – toutefois inférieure à celle qu'elle portait à Mme de Gouges puisque, contrairement à elle, il n'était pas mort pour ses idées. W.T. Stead n'était pas n'importe quel chroniqueur. Il était pour elle l'incarnation du journalisme d'opinion et d'enquête, du journalisme de combat. Il n'avait pas seulement révolutionné le métier, il l'avait recréé. Il avait été le premier à recruter des femmes dans cette profession, il était entré en croisade contre la prostitution enfantine, contre la pauvreté, il s'était lié au mouvement de l'Armée du Salut, aux mouvements pacifistes aussi, au point d'avoir été un des organisateurs de la conférence pour la paix de La Haye. Et c'était un féministe convaincu. La liste de ses bienfaits était aussi longue que celle de ses ennemis, qui avaient réussi à le faire emprisonner plusieurs mois, mais rien ne l'avait fait taire. Olympe venait de pénétrer dans le sanctuaire d'un géant.

Le couloir du rez-de-chaussée était encombré de cartons remplis du mensuel, prêts à être envoyés dans toute l'Angleterre. Thomas entraîna Olympe à l'étage inférieur d'où s'échappait un bruit mécanique et répétitif, un clic-clac qu'elle connaissait bien, et qui provenait de la seule pièce éclairée.

58

125 Fleet Street, Londres, jeudi 28 octobre

L'atelier d'imprimerie, faiblement éclairé, était encombré de matériel. Un typographe penché sur une presse à mouler pestait dans un français fleuri et gouailleur qu'Olympe ne comprit pas. Il détacha le moule qu'il s'apprêtait à poser sur le marbre lorsqu'il s'aperçut de la présence de Belamy, ce qui lui fit lâcher un souffle et un nouveau juron. Sans s'inquiéter de la quantité d'huile et d'encre sur ses mains, il lui porta une accolade chaleureuse avant de se tourner vers Olympe et de la saluer d'un coup de casquette joyeux.

— Je vous présente Jean, dit Thomas en s'emparant d'un chiffon pour s'essuyer.

— D'où êtes-vous ? Je ne reconnais pas votre accent, demanda-t-elle en français.

— Un gone débagagé à Paris, mam'zelle.

— Jean tenait une imprimerie à Montmartre. Il éditait une revue anarchiste.

— Un anar, oui, un vrai ! Et pis, un jour, j'ai bugné un dec, tac, tac, un gros atout sur le picou et le voilà tout tordu. Alors, pour pas finir au trou, j'ai décanillé au paradis des anars. Et c'est dans c'te cadolle que je me suis rencogné !

— Jean a eu maille à partir avec les gendarmes, traduisit Thomas, et il a préféré se réfugier en Angleterre il y a trois ans. Londres est la terre d'exil idéale pour tous ceux qui sont poursuivis par les autorités françaises. Les anarchistes sont considérés ici comme des réfugiés politiques.

Le typographe acquiesça et remonta sa casquette vers l'arrière de son crâne, imprimant une traînée noire sur son front. Olympe s'intéressa à une double page qui séchait sur un fil.

— Ce n'est pas un journal anarchiste que vous publiez ?

— Je ne suis pas anarchiste et Jean a cessé de l'être depuis qu'il a quitté la France, précisa Thomas en prenant un imprimé pour le lui donner. Nous sommes des pacifistes.

L'Idéaliste partageait sa une entre « La paix et ses ennemis », qui dénonçait les intérêts des milieux d'affaires dans l'industrie lourde, et « Sainte Jeanne ? », une tribune sur la béatification récente de Jeanne d'Arc, que le rédacteur dénommait avec ironie « l'apôtre de la paix ». Les deux articles vaudraient à leurs auteurs, dès leur sortie, des torrents d'injures et de haine d'une frange de la population.

— Mr Stead nous permet d'utiliser sa vieille presse pour imprimer notre revue qui est distribuée en France, expliqua Thomas. Nous ne payons que le papier.

— Et qui est au courant de vos activités ? questionna-t-elle alors que Jean, tout en les écoutant, vérifiait que le métal déposé dans le fourneau avait fondu.

— Personne, pas même la police, qui a enquêté sur moi quand j'ai commencé à soigner des personnalités. Je reste prudent, même si militer pour la paix n'est pas interdit en Angleterre. En France, certains pacifistes sont accusés d'être des traîtres prêts à vendre leur pays. La situation est encore plus compliquée pour un Annamite comme moi.

— Vous êtes une belle âme et les âmes n'ont pas de pays... Thomas, je suis vraiment désolée d'avoir douté de vous en Irlande. Je me trouve stupide.

Le typographe versa le plomb entre les deux marbres et la chaleur les fit reculer. Il prit le cliché et le plongea dans une cuve remplie de sable mouillé.

— Attendez-moi ici, je reviens, dit le médecin en effleurant sa main. Jean, je te confie mon amie.

L'ouvrier acquiesça d'une expression inintelligible. Olympe s'approcha de la presse à retiration :

— C'est une Alauzet ?

— Oui, c't exact. Fortiche la fenotte !

— Cher monsieur Jean, j'ai l'impression que vous vous payez ma tête, dit-elle en français.

— Que Dieu te patafiole ! répondit-il avant d'éclater de rire.

L'homme s'essuya les lèvres dans le foulard qu'il portait autour du cou avant de continuer :

— Vous avez raison, Miss Lovell. C'est un jeu avec le docteur. Ou avec la police quand ils viennent me chercher des noises. Ils repartent sans avoir compris le moindre mot ! Ainsi donc, vous vous y connaissez en imprimerie ?

— Les suffragettes ont en commun avec les pacifistes et les anarchistes le goût pour la clandestinité et pour les revues, n'est-ce pas ? Je peux vous aider ?

W.T. Stead n'aimait pas Londres mais s'était fait une raison. Il avait emménagé à Smith Square, tout près du palais de Westminster, une rue calme et circulaire bâtie autour d'une vieille église baroque qui lui rendait la vie plus supportable.

Il respira profondément devant la fenêtre ouverte sur Fleet Street par laquelle les bruits étouffés de la nuit pénétraient dans son bureau. Il appréciait ce moment pour ce qu'il apportait de sérénité aux activités et à la pensée.

— *La estinteco ofte estas ĝena ŝarĝo, mia amiko*[1], dit-il à Belamy sans se retourner.

— *Mia estas pulvoro, plena de salitre*[2], répondit Thomas.

Stead pivota sur le parquet ciré et l'invita à le précéder :

— *Ni iru vidu ĉi tiun junan virinon ke vi diru al mi tiom multe*[3] *!*

Ils descendirent au sous-sol et pénétrèrent dans l'atelier alors qu'Olympe terminait de corriger l'épreuve et que Jean vérifiait les jeux de rouleaux encreurs.

— *Fraŭlino Lovell, mi ĝojas scii vin*[4] *!* annonça l'éditeur, les paumes vers le ciel en signe de bienvenue.

La surprise de la suffragette prit le pas sur l'émotion, à voir celui qui était pour elle une légende vivante l'entreprendre dans une langue inconnue.

— *Ĉu vi ne parolas Esperanton ?* ajouta-t-il, ravi de son effet.

— Je crois qu'en effet Olympe ne parle pas l'espéranto, intervint Thomas.

— Quel dommage, conclut Stead en prenant ses deux mains dans les siennes. Promettez-moi de le faire, Miss, et de propager ce qui est bien plus qu'une langue sans nation, mais un manifeste pour la paix entre les peuples.

La langue, inventée par le docteur Zamenhof plus de vingt ans auparavant, était devenue l'étendard des pacifistes, qui voyaient en elle le moyen de réunir les êtres humains au-delà de leurs différences identitaires.

— Nous pourrons abolir les frontières et, sans frontières, plus de guerres, s'enthousiasma l'éditeur. Venez, ne restons pas là, il y a un salon à l'étage.

1. Le passé est souvent un fardeau encombrant, mon ami.
2. Le mien est une poudrière pleine de salpêtre.
3. Allons voir cette jeune femme dont vous me dites tant de bien !
4. Miss Lovell, je suis heureux de vous connaître !

La pièce ressemblait à une forêt de papier, remplie de piles de revues posées à même le sol et ceinte de rangées de livres alignées sur des étagères murales. Ils refirent le monde durant quelques heures à la lueur d'une ampoule électrique tombée du plafond.

Stead portait la barbe rituelle des penseurs contemporains et la sienne, devenue blanche au fil des ans, se couplait à un regard puissant qui lui donnait un air hugolien.

Olympe avait chassé de son esprit la soirée chez les Stephen, dont les conversations lui apparaissaient stériles et vaines comparées aux échanges avec W.T. Lorsque la cloche de St Paul vibra trois fois, ils prirent congé de leur hôte après avoir promis de se revoir et retrouvèrent la fraîcheur de la rue.

— Vous m'apprendrez l'espéranto ? demanda-t-elle après lui avoir enlacé le bras.

— Vous ne préférez pas commencer par le patois de Lyon ?

— C'est par ça que je voudrais commencer, répondit-elle en le prenant par la nuque et en l'embrassant.

Un baiser au goût fruité, un baiser soyeux et pulpeux. Un baiser passionné et inattendu comme une danse de fandango.

— Soyons clairs, docteur mystère : ceci n'est pas une demande en mariage. Ce n'est pas même pour vous remercier de cette merveilleuse soirée. C'est juste parce que j'en avais envie, parce que je suis attirée par vous, et vous seul, et que tout à l'heure, quand les amis d'Adrian Stephen m'ont questionnée sur ma libido à Holloway, je ne leur ai pas dit que, pour tenir bon, je pensais à vous, à nos retrouvailles. Je vous appelais, je vous invoquais, comme remède à la douleur, à la solitude, à la tristesse et au spleen. Je n'ai jamais fait cela pour aucun autre homme, ce n'est pas dans ma nature. Mon cœur ne vous est pas gagné pour toujours : il se gagne tous les jours. C'est ainsi. Entrer dans mon intimité n'est pas de tout repos, Thomas. Je voulais que vous le sachiez.

Chapitre X

5 au 19 novembre 1909

59

St Bart, Londres, vendredi 5 novembre

Les cinq rangées de l'amphithéâtre étaient bondées et les derniers arrivés s'étaient assis sur les marches de l'escalier latéral. En plus de l'habituelle population des étudiants, le premier rang était occupé par des praticiens et professeurs du Barts et le dernier accueillait les quelques journalistes habitués de l'hôpital que la liste des conférences du jour avait alléchés.

Etherington-Smith conclut son cours sur les sutures dans la chirurgie intestinale :

— Je sais, pour voir d'honorés collègues dans l'assistance, que certains d'entre vous ne sont pas juste venus pour apprendre quoi que ce soit de la suture de Bishop, qu'ils maîtrisent mieux que moi, et je m'en félicite. Je voulais introduire pour la première fois dans cet antre du savoir le docteur Jessop. Et je suis heureux de sa présence à double titre, puisque, pour les rares qui ne le savent pas, notre ami a survécu à l'injection du sérum français antidiphtérique.

La repartie fit rire toute l'assistance et déclencha des applaudissements nourris ainsi qu'une prise de notes chez les journalistes.

— Il a aussi, accessoirement, survécu à la diphtérie et a sauvé la patiente qui l'avait contaminé, ce qui dénote son altruisme et son amour de l'humanité.

Nouveaux rires alors que Raymond quittait le tableau noir, qu'il avait blanchi de dessins de nœuds pendant une heure, et qu'il rejoignait un Reginald au sourire crispé. L'interne était debout à côté du corps sans vie d'un vagabond décédé le matin même dans un parc de l'East End.

— Le docteur Jessop va vous entretenir de sa nouvelle méthode de réanimation cardiaque, qu'il a pratiquée sur sa patiente, la ramenant à la vie après un arrêt évalué à une minute. Patiente qui se porte bien et qui a quitté notre hôpital cette semaine afin de reprendre ses activités. Quant à moi, je n'ai qu'un souhait : celui de voir bientôt sur mon bureau une publication dans une revue prestigieuse. C'est à vous, Reginald.

L'interne s'avança vers les gradins tout en se répétant mentalement les premières phrases, dont il avait l'impression qu'elles ne sortiraient pas de sa bouche asséchée par la tension nerveuse. Il pensa très fort à Frances et entama son discours :

— Je voudrais tout d'abord remercier le docteur Belamy, dont la pratique m'a inspiré cette méthode de massage.

Jessop avait beau avoir scruté les gradins, il n'avait pas vu Thomas dans l'assistance. Son supérieur ne l'avait pas assuré de sa présence et, au contraire d'Etherington-Smith, avait tenté de le dissuader d'un exposé qu'il jugeait trop précoce par rapport aux résultats.

— Je voulais aussi remercier l'infirmière Frances Wilett, qui m'a aidé à confirmer la méthode sur des chiens beagles, et dont je vous dévoilerai les résultats au cours de cette communication. Je voulais enfin vous remercier, chers confrères, qui êtes présents ce matin et qui montrez par là même tout l'intérêt que cette nouvelle voie mérite. Je vais vous relater le premier succès de reviviscence du cœur par compression externe jamais observé sur un humain.

Adossé contre un des murs de l'antichambre de l'amphithéâtre, à côté de la rangée de lavabos où étaient alignées les bassines de produits nettoyants et d'antiseptique, Thomas entendit le murmure confus de l'assistance où il perçut autant de réprobation que d'encouragement.

— Alors que les tractions rythmiques des bras ne produisent en général aucun effet et que leur utilité est discutée, nous avons…

L'interne déroulait les arguments qu'ils avaient révisés ensemble, les inconvénients d'un massage direct ou à travers le diaphragme, les bénéfices du massage externe et ses limites. Belamy savait d'avance quelles seraient les réactions de ses confrères, sur chaque phrase, chaque mot, et il avait essayé de canaliser l'enthousiasme de son interne afin de lui éviter d'attaquer frontalement les dogmes et d'essuyer une tempête doctorale. La médecine était tel un rocher dont seules les caresses des marées pouvaient adoucir les contours, au fil d'un temps toujours trop long pour les pionniers.

— Nous avons effectué dix essais sur l'animal afin de corroborer notre méthode, continuait Reginald, et nous avons obtenu huit succès. Le protocole que nous avons utilisé…

Par la porte entrouverte, Thomas ne pouvait voir de la salle que Raymond, qui s'était mis à l'écart, bras croisés, et qui lui envoya un regard plein de confiance. Le même qu'il avait reçu lors de sa première présentation de l'acuponcture aux médecins du Barts, à peine débarqué à Londres. Malgré toutes les précautions oratoires qu'avait prises Etherington-Smith, la démonstration s'était terminée sous les rires et les moqueries. Évoquer des méridiens inconnus de la médecine occidentale, qui véhiculeraient l'énergie dans le corps et qu'on activerait ou inhiberait à l'aide d'aiguilles, était une entreprise risquée face à n'importe quelle assemblée et funeste devant des médecins de l'Empire britannique. L'échec de l'entreprise avait abouti à la création d'Uncot afin que tout se fasse à l'abri des regards et des critiques.

— La seule limitation à notre technique est la présence d'une lésion incompatible avec la vie, conclut Reginald. En présence d'un caillot qui obturerait une artère, le massage n'a aucune efficacité. L'important est de ne pas attendre trop longtemps que l'irritabilité du cœur ait disparu. Messieurs, chers collègues, je vous remercie et je suis prêt à répondre à toutes vos questions.

Les applaudissements polis s'étaient à peine éteints que la première fusait d'un professeur en anatomie.

— J'ai été sensible à votre exposé, docteur Jessop, mais j'y vois des faiblesses, dont la première tient au fait que le thorax aplati des animaux de laboratoire permet un massage qui n'aurait aucun effet chez l'homme.

Il se leva pour poursuivre son analyse.

— Car, voyez-vous, le grand diamètre thoracique est transversal et le léger massage fait selon ce procédé serait en grande partie annihilé par l'élasticité des poumons. Je suis au regret de vous dire que votre procédé est physiologiquement inutile car inefficace sur un corps humain.

— Mais alors, comment expliquer le retour à la vie de sa patiente ? demanda un homme au dernier rang, qui s'avéra être le journaliste du *Morning Post*.

— Peut-être que, dans certains cas très bénins, lorsque le patient présente des signes d'affaiblissement du cœur, cette pression thoracique pourrait le raviver, expliqua le professeur en se tournant vers lui. Mais jamais le rendre à la vie, soyons sérieux ! s'emporta-t-il.

Il s'assit alors qu'un brouhaha avait envahi l'assemblée. Raymond le fit cesser d'un signe. L'anatomiste en profita pour enfoncer le clou :

— La seule explication logique est que le cœur n'était pas à l'arrêt. Il s'agirait d'un cas classique de pouls filant que notre jeune confrère aurait pris pour un état de mort clinique.

La cacophonie reprit de plus belle. Reginald s'approcha de son détracteur et lui répondit en aparté :

— Je peux vous confirmer, pour l'avoir vérifié à plusieurs reprises à l'aide d'un stéthoscope, qu'il ne battait plus et sœur Elizabeth, dont l'expertise n'est pas à mettre en doute, l'a vérifié aussi. Notre patiente était décédée, professeur.

L'homme haussa les épaules en signe de dénégation. Son voisin s'en mêla :

— Votre patiente était atteinte d'un croup qui l'a mise en état cathartique et je suis sûr qu'une simple flagellation de la face eût fait le même effet que votre compression externe, docteur Jessop. Vous en tirez trop vite des conclusions. Les côtes sont une protection telle que seul un massage direct du cœur peut le ramener à la vie.

— En incisant le péritoine, on peut facilement contracter le cœur à travers le diaphragme, intervint un nouveau praticien. Je l'ai fait une fois.

— Et avez-vous sauvé votre malade ? interrogea Reginald.

— Il est décédé pour d'autres raisons, répliqua-t-il sèchement.

Partout dans l'amphithéâtre des débats s'étaient allumés comme des feux d'herbes sèches. Les journalistes étaient aux anges. Etherington-Smith avait atteint son objectif : on allait parler de la méthode au-delà du cercle restreint de l'établissement. Même si sa mise au point se ferait ailleurs et demanderait des décennies, il serait écrit à tout jamais qu'elle avait été découverte au Barts en 1909. Satisfait, il s'approcha de l'antichambre pour féliciter le docteur Belamy mais n'y trouva que l'employé chargé de changer les solutions antiseptiques. Thomas avait quitté l'hôpital, après que l'intendant lui eut remis un billet selon lequel un fiacre l'attendait à l'entrée principale.

60

Café Royal, Londres, vendredi 5 novembre

Le véhicule déposa Belamy au 68 Regent Street. Lorsqu'il entra dans l'établissement, le mélange des odeurs de tabac et de parfum formait dans la salle comme un brouillard olfactif. La salle était bondée et bruyante, sous l'œil impassible des cariatides dorées encadrant les miroirs. Un groupe, plus important que d'habitude, formait une sorte de môle autour de la table du fond duquel émergeait le haut arrondi d'un chapeau. Ils s'écartèrent à l'arrivée de Belamy, laissant apparaître un Horace radieux.

— Thomas, mon ami, je suis heureux que vous ayez répondu si vite à mon invitation !

Vere Cole se leva pour lui porter une accolade chaleureuse à laquelle Belamy répondit passivement.

— Si vite ? s'étonna celui-ci alors qu'ils s'asseyaient après qu'Horace eut chassé les curieux d'un revers de main. Vous m'avez envoyé un fiacre au Barts en m'écrivant qu'il s'agissait d'une question de vie ou de mort ! J'ai cru que vous aviez fait un malaise. Que se passe-t-il ?

— Nous allons boire du champagne, dit Horace en sortant la bouteille du seau de glace. Tout d'abord, sachez que je suis ravi de vous revoir, vous m'avez manqué – ainsi que Miss Lovell, ajouta-t-il en le servant.

— Vous ne m'avez pas l'air bien malade. Que fêtez-vous ?

— Mon futur mariage avec l'ex-comtesse Pasolini.

— Tous mes vœux de bonheur, Horace. Mais rassurez-moi : vous ne m'avez pas appelé d'urgence juste pour me l'annoncer ?

Vere Cole prit le temps de boire une gorgée avant de continuer :

— Voilà le problème des gens qui travaillent, il faut avec eux enfermer ses élans de joie dans des horaires bien précis. Être heureux sur commande. Je ne saurais le faire, mes sentiments ne sont pas abonnés aux horaires de la Great Western Railway.

— Horace, j'ai des patients qui m'attendent…

— Mais c'est bien d'une urgence qu'il s'agit ! s'enflamma l'Irlandais. Voilà : étant mon médecin personnel, croyez-vous qu'il me soit permis de manger des huîtres ? Le serveur m'a confirmé qu'elles étaient délicieuses, elles viennent de Colchester. Depuis que j'ai embarqué sur le *Lusitania*, j'en ai une envie irrépressible.

— Vous n'avez aucune restriction alimentaire et vous le savez, répondit Thomas qui, s'avouant vaincu, porta la coupe à ses lèvres.

— À la bonne heure ! Mario, des huîtres, pour deux !

Il se servit et leva son verre.

— À nos retrouvailles ! Il ne manque plus que notre Olympe, si vous me permettez cette familiarité, dit-il en plissant les yeux en signe de connivence.

Horace était tout à la fois impossible et irrésistible, ce qui faisait partie de son charme et de l'exaspération qu'il provoquait chez ceux, nombreux, qui n'avaient affaire qu'à ses canulars. Il revenait d'Irlande où il avait trouvé une maison pour son futur couple et débordait de l'énergie exaltée qui le caractérisait et qui le rendait attachant aux yeux de Belamy. Le médecin était sincèrement impressionné par la force de ses sentiments, qui lui avaient fait traverser l'Europe pour enlever une femme mariée et l'Atlantique pour s'imposer à ses parents. Thomas, lui, ne considérait pas le mariage comme l'aboutissement d'un couple et, en cela aussi, il se rapprochait d'Olympe. Depuis leur soirée, ils s'étaient revus, plusieurs fois, en fonction de leurs activités respectives, sans jamais le prévoir, dans une forme de clandestinité et de précarité sentimentale qui leur convenait, à mille lieues du romantisme académique de Vere Cole.

— Que pensez-vous de mon chapeau ?

Horace arborait un stetson typiquement américain au bord large et légèrement relevé, en feutre de couleur crème, qui contrastait avec les couvre-chefs tout autour d'eux et faisait sa fierté.

— C'est un modèle Carlsbad, que j'ai acheté à Chattanooga. La ville de ma belle-famille, précisa-t-il. J'adore le porter. Êtes-vous libre demain après-midi ? conclut-il dans le genre de raccourci qu'il était le seul à pouvoir emprunter.

— Vous savez bien que non, à moins qu'aucun blessé ne se présente aux urgences de la journée.

— Quel dommage, je vais réaliser un nouveau canular imaginé pendant ma traversée. Il vous aurait plu d'y participer. Il se passera à Piccadilly et sera spectaculaire.

— Raison de plus de rester au Barts à vous attendre.

— Délicate attention, mon cher. Je vous promets d'y passer après mon triomphe.

Thomas prit le temps de finir son champagne avant de répliquer :

— Seulement si vous perdez un bras, un œil ou la vie. C'est le prix d'entrée au St Bart's Club.

— Un peu élevé. Finalement, je préfère vous inviter au Café Royal, seules les huîtres finissent éventrées dans les assiettes.

À une table voisine, le peintre Augustus venait d'achever de boire une ligne de verres remplis de Teeling sous les applaudissements de la bande qui l'entourait. Il toisa Horace d'un air de défi malgré ses yeux mi-clos qui luttaient contre les effets de l'alcool avant de s'effondrer, tête en avant sur la table en marbre, dans un craquement rappelant celui d'une coque de noix. La jeune actrice qui l'accompagnait poussa un cri d'effroi et enfouit son visage dans son boa pendant que les autres relevaient l'artiste, découvrant son nez tuméfié, dont la pointe faisait avec la base un angle obtus de bonne facture.

— Les huîtres et Augustus… un pari stupide, expliqua Vere Cole. Stupide parce qu'il a osé douter de la réussite de mon entreprise aux États-Unis. Il ne pouvait que le perdre et se devait de payer son gage. Voilà l'urgence pour laquelle vous vous êtes déplacé, Thomas. Les affaires reprennent.

Le pub St Bartholomew était le plus proche de l'hôpital et avait acquis la réputation d'en être une annexe pour le personnel ainsi que pour les familles des malades. Le gérant l'avait aménagé en salon et divisé en box, baptisés les « services amicaux ». Chacun disposait d'une dizaine de places confortables autour d'une table ronde dans un décor en bois et cuir chaleureux. La seconde particularité du St Bartholomew était la présence d'une clientèle féminine qui, dans d'autres établissements, eût été perçue comme une provocation et aurait attisé quolibets et concupiscence. Mais le pub tenait plus du club à l'ambiance feutrée, où la bière conduisait rarement à l'ivresse, où le billard avait laissé place à un portrait du roi et où les jeux de cartes étaient interdits.

Le box des « urgences amicales » était situé près de l'unique jeu de fléchettes – qui se pratiquait sans débordements verbaux ni paris – et avait été réservé par Reginald pour la soirée. Il était arrivé avec d'autres internes, bientôt suivi par quelques étudiants qui travaillaient dans le service. Frances s'était fait attendre et les avait rejoints accompagnée de deux infirmières du département. Sœur Elizabeth, qui n'avait jamais mis les pieds dans un pub, si correct fût-il, avait décliné, tout en les prévenant qu'elle n'hésiterait pas à les faire appeler en cas de besoin. Le docteur Belamy était parti en même temps que Reginald, enveloppé dans son ulster usé, sa trousse médicale à la main, dans la direction opposée au pub. L'interne l'imagina dans les rues sordides de l'East End, à soigner les vagabonds et toutes les âmes errantes sous la menace permanente des gangs, avant de se féliciter de ne pas y être et de se jurer de ne plus jamais y retourner, même sous la contrainte.

Il paya la première tournée de bière, puis la seconde et oublia Belamy et le monde extérieur. Le pub était un refuge pour les soignants du Barts, où il était interdit de parler de médecine et de cas cliniques. Le temps s'y écoulait au rythme des verres de Fuller's jusqu'à la fermeture de l'établissement et au retour à la réalité.

La bande, tout en retenue joyeuse, avait investi le jeu de fléchettes et vérifiait la distance entre la cible et le pas de tir.

— Deux mètres cinquante, c'est parfait, dit un interne tout en jetant un œil curieux vers le box où Reginald et Frances étaient attablés.

Les deux tourtereaux appréciaient cette intimité relative, la première depuis qu'ils s'étaient ouverts l'un à l'autre. Reginald sentit sa timidité se raviver lorsque la griserie due à l'alcool commença à s'évaporer.

Frances sortit de sa poche un papier plié qu'elle lui tendit :

— Vous l'avez gardé, dit-il en découvrant la phrase qu'elle lui avait présentée à la fenêtre du pavillon des contagieux. « J'attendrai le temps qu'il faudra », lut fièrement Reginald.

— Je n'ai aucun mérite, ce ne fut pas bien long, relativisa-t-elle.

— Je sais que vous auriez tenu parole quelle que soit la durée.

— Ma patience aurait eu des limites humaines, docteur Jessop.

À côté, le groupe avait entamé une partie de *301 double out* et les réactions fusaient à chaque lancer de fléchette.

— Je rêve du jour où je vous appellerai docteur Wilett, mon cher amour, continua Reginald.

— En êtes-vous bien sûr, Reginald ? l'interrogea-t-elle alors qu'elle s'était légèrement décalée sur la banquette de cuir bordeaux pour lui faire face.

— Que voulez-vous dire ?

— Je ne remets pas en question vos intentions d'aujourd'hui, mais qu'en sera-t-il lorsque j'aurai acquis mon diplôme ?

— Nous viendrons le fêter ici, avec bonheur, assura-t-il en prenant son verre pour en inspirer les dernières écumes de mousse.

Le premier tour de lancers était fini. Un des étudiants vint retirer les fléchettes pendant qu'un interne récapitulait les scores. Une infirmière avait obtenu cent points et pouvait finir la manche en trois tours, ce qui déclencha une cascade de commentaires sur la part de chance dans ce jeu. L'interne le plus âgé argumenta que le tribunal de Leeds avait officiellement reconnu par jugement, l'année précédente, que les fléchettes n'étaient pas un jeu de chance mais d'adresse. L'affirmation relança le débat et divisa les joueurs en deux camps égaux en nombre et en vacarme. Frances, qui ne les écoutait plus, insista :

— Mais n'aurez-vous pas l'impression que je viendrai vous faire de l'ombre ?

— Que nenni ! réagit Reginald en tirant sur les pans de sa veste. Nous pourrons ouvrir un cabinet commun, qu'en pensez-vous ? Vous soignerez les femmes et moi les hommes.

— Croyez-vous que les soignants sont faits pour ne soulager que les personnes de leur sexe ?

— Non, bien sûr que non, mais j'imagine ce qu'il peut y avoir de gênant pour une femme de soigner un homme. S'il vous plaît, dit-il au serveur en le stoppant par le bras, pouvez-vous me servir une Fuller's ? Voulez-vous un autre thé ? demanda-t-il à sa compagne, qui refusa avec une grâce polie.

L'homme acquiesça sans répondre et continua son chemin jusqu'aux joueurs, qui avaient entamé la seconde manche.

— En quoi est-ce gênant ? voulut savoir Frances une fois qu'ils furent seuls. N'avons-nous pas appris lors des cours d'anatomie celle des deux sexes ?

— Mais vous comprenez ce que je veux dire, certains patients pourront se sentir humiliés d'être auscultés par une femme, expliqua-t-il en pesant ses mots.

— Et les femmes ne se sentent jamais humiliées d'être touchées par des médecins hommes, jusque dans leurs parties intimes ?

— Si, peut-être, mais admettez que c'est assez différent, c'est dans la nature des choses, Frances. Les hommes ont toujours exercé cette profession, non ?

— Reginald Joshua Jessop, ce que vous dites n'est pas digne de celui qui veut m'épouser !

La vigueur de la réaction surprit l'interne, qui se tassa sur son siège. Le groupe se tourna vers eux avant de reprendre la partie en commentant à voix basse ce qui ressemblait à leur première altercation amoureuse. Le serveur déposa devant Reginald la bière commandée.

— Je ne dis pas que je l'approuve, se défendit-il en tournant le verre machinalement, mais je le constate, c'est un fait.

— Et que ferez-vous lorsqu'un de vos confrères utilisera cet argument contre moi ? Me défendrez-vous ou serez-vous d'accord avec lui ?

Reginald posa sa main sur celle de Frances, qui garda le poing fermé.

— Pour sûr, je vous défendrai, n'en doutez pas, amour.

— Désolée, mais je suis obligée d'en douter, puisque vous prenez pour un fait acquis qu'il soit naturel qu'un homme ausculte une femme parce qu'il en a toujours été ainsi. Vous me défendrez en répondant à votre collègue qu'il a raison ?

— Si l'on cessait cette conversation ? demanda-t-il en retirant sa main, qu'elle vint rechercher pour la serrer dans la sienne.

— Je ne veux pas vous mettre mal à l'aise, cher amour, mais c'est malheureusement une situation à laquelle nous serons fréquemment confrontés. J'ai parfois l'impression que nous ne sommes pas armés pour y faire face, voilà tout.

— Et moi, j'ai l'impression que vous m'en voulez parce que je n'en ai pas encore parlé à mes parents.

Le second tour était terminé et l'infirmière avait encore gagné cent points. Les garçons proposèrent d'arrêter là en prétextant le moment venu de retourner à l'hôpital. À table, Frances s'était assise contre Reginald et chacun avait repris un regard parallèle à celui de l'autre.

— Je sais que vous faites de votre mieux vis-à-vis d'eux et je ne vous ai jamais adressé de reproche à ce sujet, dit-elle avec délicatesse.

— Je vous ai dit que j'attendais le moment propice. Et il viendra.

— Je ne suis pas pressée de m'attirer les foudres de Mr Jessop.

— Mon père vous adorera, affirma Reginald d'un ton convenu.

— Qu'il ne me rende pas responsable de tous les maux me suffirait. Je vous autorise à lui cacher mon appartenance à la WSPU. Une bru médecin, suffragette et sans titre de noblesse, voilà qui serait beaucoup trop à accepter.

61

Piccadilly, Londres, samedi 6 novembre

La bande de joyeux fêtards entra en début de matinée dans le commerce de costumes de théâtre de Willy Clarkson, dont le visage s'éclaira en apercevant le meneur de la troupe qui remplissait bruyamment son magasin.

— Horace de Vere Cole ! Alors, c'était vrai, vous êtes rentré d'Amérique ! Quelle est votre demande, cette fois ? s'enquit le boutiquier, ravi de retrouver celui qu'il considérait comme un bouffon de la haute société capable de dépenser des centaines de livres sans rechigner.

— Mon cher Willy, je crois que nous avons besoin de costumes, répondit Vere Cole. À moins que vous ne vendiez du poisson depuis ma dernière venue ?

Clarkson joignit son rire patelin à celui de la bande avant de continuer :

— De quel genre ?

— Cher ami, vous allez nous transformer en prolétaires aux mains calleuses. Des travailleurs de chantier. Des terrassiers londoniens, pour être précis. Il nous faut les vêtements et du maquillage pour nous faire des figures burinées par l'effort et par le soleil. Il nous faudra aussi des outils : pelles, pioches, et des cordeaux pour délimiter notre chantier.

— Et des panneaux de signalisation, ajouta un des complices.

— Exact, approuva Horace, de beaux panneaux « Attention chantier ».

— Mais vous les voulez pour quand ? Je n'ai pas tout ça dans ma boutique, vous vous en doutez.

Vere Cole sortit deux billets de cent livres et les lui tendit d'un geste royal :

— Vous avez trois heures.

L'argument fit merveille sur le costumier et, à la mi-journée, cinq terrassiers joyeux et bruyants déjeunaient dans une auberge des environs. Chacun campait son personnage dans les mimiques, les intonations et les expressions qu'il croyait être celles de la classe ouvrière. Horace observa la réaction des autres tables et du patron : aucun ne semblait se soucier d'eux, ce qui le rassura, jusqu'au moment du départ où l'aubergiste l'interrogea sur la fête à laquelle ils se rendaient.

— Maintenant, il va nous falloir un peu de retenue, messieurs, avertit Vere Cole une fois qu'ils furent sortis. Il nous faut être crédibles, la réussite de notre entreprise en dépend.

— Mais je ne fais qu'imiter mon jardinier, protesta un des participants. Je l'observe depuis une semaine et je puis vous assurer que le drôle parle avec cette vulgarité si typique de l'Estern London.

— Lord Grantley, sauf votre respect, vous devriez changer de personnel, soupira Horace en lui enjoignant de monter à bord d'une carriole de chantier. Celui que vous imitez a l'air tout droit sorti d'un asile d'aliénés.

— N'est-ce pas là où ils finissent tous ? Ces hommes passent leur vie à boire, à brailler et à se battre.

— Pourquoi l'as-tu convié ? souffla son voisin à Horace.

— Je lui ai extorqué cent livres pour participer à ce canular et il a eu l'air de trouver l'affaire bon marché, répondit Vere Cole en faisant signe au conducteur de démarrer. Voilà qui m'amuse autant que notre farce.

L'attelage longea le quartier de Soho par le sud puis traversa Piccadilly Circus. La place était animée et la circulation dense, les voitures à moteur se faufilaient à grands coups de volant et de klaxon entre les véhicules hippomobiles qui répondaient par des cris et des claquements de fouet. Au London Pavilion, on jouait *Le Comte et la Fille*, un spectacle de music-hall en vogue et, sur la façade du magasin qui lui faisait face, une marque de soda s'affichait en lettres lumineuses géantes. La modernité marchande avait pénétré jusqu'au cœur de l'Empire.

Au passage de la Royal Academy of Arts, Horace souleva sa casquette et déclama :

J'ai connu un homme, un homme d'honneur,
Pour qui l'amour, la haine et la peur
Étaient des mots lourds et sans vie.
Il n'avait pas de cœur et pas d'empathie.
À la place de son âme, j'ai trouvé un couteau
Et, plaqués sur sa lame, gravés ces quelques mots :
La vie, la vie est luxure.

Il salua son auditoire acquis par la politesse plus que par la qualité de sa poésie et cala son gavroche bien en avant sur son front.

— Messieurs, ayons conscience de l'importance de ce moment, déclara-t-il avec solennité. Savez-vous pourquoi je vous ai proposé ce plan ?

— Pour jouer aux ouvriers, pour le frisson de faire partie de cette classe juste une heure, avoua lord Grantley.

— Non, ce canular est bien plus, chers amis.

— Y aurait-il quelque chose que vous nous auriez caché ? demanda son voisin.

— Dans quelques minutes, nous allons créer une œuvre d'art au cœur de Londres, annonça-t-il pompeusement.

Sa déclaration attira des silences de perplexité et quelques ricanements d'incompréhension.

— Voyons, Vere Cole, ceci est juste un amusement, une farce, tança lord Grantley.

— Vous me décevez, mon cher. Aujourd'hui, nous allons ouvrir le ventre de Londres, ce sera un rite sacrificiel comme dans les plus anciennes civilisations. Ce trou sera le symbole de la béance de notre société, celle qui avale ses masses laborieuses comme un dieu ogre !

— Vous m'avez fait peur, mon vieux, j'ai cru que vous étiez sérieux !

La remarque de Grantley détendit l'atmosphère et tous la prirent pour argent comptant, d'autant qu'Horace n'y répondit pas.

Piccadilly défila lentement jusqu'au numéro 127, qui abritait le Club de cavalerie, devant lequel ils s'arrêtèrent. Horace héla un policier qui stationnait à l'angle de Down Street. Les regards se crispèrent un instant et se détendirent bien vite en constatant que l'agent avait commencé à détourner la circulation. Horace fit un signe autoritaire à ses compagnons et tous se mirent à l'ouvrage, dressant au cordeau un cercle de cinq mètres de diamètre dans lequel ils se mirent à creuser énergiquement, enlevant la terre battue à la pioche et la pelletant en tas tout autour du trou central en formation. Au bout d'une demi-heure, les apprentis terrassiers, épuisés, firent une pause et vidèrent le casier de bouteilles d'eau fraîche prévu par Horace.

— Vous n'aurez plus rien jusqu'au retour, prévint Vere Cole.

— Arrêtons-nous, j'ai des ampoules ! gémit lord Grantley.

— Mon dos me fait mal..., renchérit un autre.

— J'adore cette vie au grand air, répliqua Horace en leur montrant les arbres de Green Park face à eux. Il n'y a rien de mieux pour élever son âme, n'est-ce pas ?

— Je connais d'autres moyens plus élégants. Je suis venu pour m'amuser en m'encanaillant, pas pour y perdre ma santé.

— Mais perdre sa santé est le pain quotidien du prolétariat.

— C'est vrai que je n'imaginais pas ce travail si difficile, admit un des participants afin de détendre l'ambiance. Je comprends mieux pourquoi ils font autant de pauses.

— Pour boire du vin, cher ami, toujours le vice de l'ouvrier, expliqua lord Grantley.

Un badaud maugréa en passant.

— Je crois que nous venons de nous faire traiter de paresseux, glousse Horace. Reprenons le travail, le trou doit atteindre deux mètres et, à l'heure actuelle, même un nouveau-né ne pourrait pas y faire trempette.

Le bruit des outils cognant la terre glaiseuse remplaça leurs échanges durant une nouvelle demi-heure. Le chantier occupait la moitié de la rue contiguë au club et les voitures et les fiacres étaient obligés de déposer leurs occupants quelques mètres plus loin. Les terrassiers prenaient bien soin de tourner le dos à l'édifice pour éviter d'être démasqués par une connaissance, sauf Horace qui prit un malin plaisir à saluer ces hommes de la haute société, lesquels ne manquaient pas de le foudroyer du regard, furieux d'avoir été dérangés dans leurs habitudes.

Ils s'étaient enfoncés jusqu'au genou dans la tranchée lorsque Vere Cole décida de la fin du chantier :

— Et voilà, messieurs, l'opération « *Pulling up Piccadilly* » est terminée !

Sous le regard étonné de quelques curieux, les cinq quittèrent les lieux en plein après-midi et jetèrent leurs outils dans la carriole en se congratulant comme des coéquipiers à la fin d'un derby sportif. Ils admirèrent une dernière fois leur travail avant de gagner à pied l'hôtel Ritz, à l'angle de Piccadilly et d'Arlington Street, où Horace avait réservé une suite et où leur entrée fit sensation. Après que l'employé, méfiant, leur eut demandé de régler le prix de la chambre avant leur installation, qu'Horace eut fait un scandale en exhibant des billets en guise de laissez-passer et que le gérant, alerté, eut fini par leur donner la clé, ils se douchèrent et se changèrent puis commentèrent leur méfait devant un buffet roboratif et du champagne.

Une demi-heure après leur départ du chantier, un inspecteur de New Scotland Yard arriva sur les lieux, alerté par le personnel du

Club de cavalerie, qui lui expliqua l'étrange comportement des ouvriers venus creuser un trou dans Piccadilly en plein après-midi. Le policier qui avait détourné la circulation eut droit à une salve de reproches, ce dont il n'essaya pas de se défendre et qu'il encaissa la tête basse. Voulant bien faire, il démonta les premiers piquets du cordeau avant de se voir une nouvelle fois admonesté par l'inspecteur, qui lui demanda de les remettre en place. L'excavation ne serait comblée qu'après enquête et le malheureux devrait y monter la garde pour éviter tout accident.

Au Ritz, les agapes allaient bon train, lord Grantley ayant manifesté sa bonne humeur en commandant une seconde bouteille de champagne.

— J'ai appelé mon contact au *Daily Mail* en arrivant à l'hôtel, leur apprit Horace. Ils vont en faire un article mais nous resterons anonymes, précisa-t-il devant l'inquiétude qui avait durci les traits anguleux du lord. Cette opération est un véritable succès, messieurs, conclut-il en levant son verre. Dès demain, les passants viendront admirer ce trou dont la raison fera jaser le Tout-Londres. N'est-ce pas le but d'une œuvre d'art ?

— Bravo, approuva son voisin en le servant. À ton prochain canular. Il va te falloir placer la barre plus haut maintenant. Alors, messieurs, lequel d'entre nous va en faire les frais ? plaisanta-t-il.

— Voyons, j'espère que l'éducation de notre ami le mettra à l'abri d'une telle faute de goût, prévint le lord.

— Vous avez raison, cher Grantley, je suis pourvu de certains principes. Mais vous n'êtes pas sans savoir que je descends d'Édouard de Vere, le plus décadent des comtes d'Oxford. Je n'ai donc aucune morale, ce qui fait le sel de mon amitié.

62

Royal Albert Hall, Londres, lundi 15 novembre

Le panneau à l'entrée du Royal Albert Hall indiquait : *École d'art dramatique et d'entraînement à la diction. Second étage*. Olympe s'arrêta devant le bâtiment ovale et fit mine d'observer le dôme tout en vérifiant qu'elle n'avait pas fait l'objet d'une filature de la part de la police ou de l'apôtre. Elle n'aimait pas la relation que le mystérieux inconnu lui imposait. Dans son dernier message, il lui avait indiqué le lieu et la date d'un événement à venir où elle devrait agir. Dans un premier temps, Olympe l'avait ignoré. Elle refusait de jouer à la marionnette dont les fils seraient tirés par un dieu de pacotille. Elle se demandait toujours s'il les aidait ou s'il les manipulait. Puis, le 12 novembre, l'événement avait été annoncé et Olympe avait réalisé que c'était une occasion unique de mettre en avant la cause tout en l'associant à un symbole de la répression.

Elle entra par la porte numéro 9 et monta l'escalier tout en relevant sa robe et ses jupons, trop longs, et en se demandant quand les couturiers finiraient par offrir un peu de confort quotidien aux femmes. Arrivée au second étage, elle entendit une voix gracile mais déterminée s'échapper de la première porte à sa droite.

— Non, c'est encore trop nasal. Servez-vous de tout votre corps, pas seulement de vos poumons ! Recommencez et changez votre posture, ne vous l'ai-je pas déjà dit ?

Elsie Fogerty dirigeait cette école qui avait pris ses quartiers dans une salle du Royal Albert Hall depuis 1906. Olympe entra discrètement et attendit la fin du cours et la sortie de la dizaine d'élèves, pour la plupart enseignants ou comédiens. Miss Fogerty ne parut pas s'inquiéter de sa présence et rassembla ses affaires sans même la regarder, avant de l'interpeller :

— Pouvez-vous fermer la porte ?

Elle considéra la suffragette avec attention puis l'invita à s'asseoir en face d'elle, à son bureau qui consistait en une table nue mais de belle facture menuisière. La pièce entière était d'une sobriété similaire, associée à une grande luminosité due aux fenêtres hautes et nombreuses.

— Vous savez ce pour quoi je suis venue, entama Olympe.

— Notre amie commune m'a tout expliqué.

Ellen avait été mise dans la confidence par Olympe, qui avait préféré ne pas en parler à Christabel, leurs désaccords sur le mouvement allant croissant.

— Elle est venue chez moi et elle boitait encore, la pauvre, dit Miss Fogerty. Ce qui lui a été fait est monstrueux.

— Elle boitera toute sa vie, malheureusement.

— Vous étiez avec elle à Holloway, n'est-ce pas ? Ellen ne tarit pas d'éloges sur votre courage.

— Mon courage ne lui a pas évité d'en sortir blessée.

— Il l'aide, encore aujourd'hui, à surmonter son handicap, croyez-le bien, assura Elsie Fogerty.

Elle posa sur la table une clé dorée à l'anneau en forme de cœur et au panneton ouvragé, la poussa vers Olympe mais garda la main dessus.

— J'accepte de vous aider. À une condition.

— Il n'y aura aucune violence ni dégradation de ma part, vous avez ma parole. Une fois ma banderole déployée, je quitterai les lieux. Mon but n'est plus de me faire arrêter.

La professeur d'art dramatique lui tendit la clé.

— Elle ouvre une porte de service située au sous-sol. Les cuisiniers s'en servent pour les livraisons et les musiciens pour les instruments encombrants. Il y a un accès direct en dessous de la scène. Le service d'ordre sera minimal. Personne ne s'attend à ce que les suffragettes viennent perturber une soirée organisée par les évêques. Si vous faites ce que je vous dis, vous ne croiserez pas un seul policier.

La manifestation avait été programmée en soutien à la population du Congo, qui venait de sortir de vingt-quatre ans d'appartenance directe au roi belge Léopold II. Le souverain en avait fait une terre d'exploitation esclavagiste des richesses du pays. Après une vague d'indignation mondiale et une commission d'enquête quatre ans auparavant, le roi avait été conduit, petit à petit, à céder le Congo à l'État belge. L'Angleterre, où de nombreuses personnalités s'étaient impliquées et où l'émotion était encore grande, avait été à la tête du mouvement. Le plus connu des auteurs britanniques de ce début de siècle avait écrit quelques mois plus tôt un ouvrage sur ce qu'il considérait comme le plus grand crime jamais répertorié dans les annales de l'humanité.

— Êtes-vous sûre qu'il sera là ? Il n'est pas officiellement invité, questionna Miss Fogerty en se levant.

— Selon mon indicateur, oui.

— Si c'est le cas, votre intervention ne passera pas inaperçue. D'autant qu'il est opposé au droit de vote pour les femmes. Venez, je vais vous montrer le chemin. Vous marcherez quelques mètres derrière moi. Officiellement, vous êtes venue vous renseigner sur mon cours et je ne vous ai plus jamais revue. Vous avez toute ma considération, très chère.

Olympe sortit rassurée de son repérage, mais avait l'impression de trahir Christabel et toute la famille Pankhurst en leur cachant ses intentions. Elles ne toléraient plus ses actions individuelles. Olympe se sentait sous liberté surveillée depuis que la méfiance s'était emparée de Christabel. Elle décida finalement de lui révéler son projet et se rendit au 4 Clement's Inn où celle-ci venait de finir une réunion préparatoire à des actions futures. Olympe faillit renoncer puis se ravisa et lui dévoila son plan en omettant de préciser qu'elle tenait les informations de l'apôtre, ce que Christabel devina. La conversation prit un tour âpre et, même si aucun reproche ne fut prononcé de part et d'autre, le ton employé par Miss Pankhurst ne laissait aucun doute sur sa réprobation. Les deux femmes se quittèrent après que Christabel eut averti que le WSPU ne revendiquerait jamais l'action de sa suffragette. Olympe monta à sa chambre, prit un sac de voyage, y plia quelques vêtements en se promettant de revenir rapidement, dès que leur brouille serait passée, et prit la direction de West Smithfield.

— Miss Lovell ! s'écria Frances en ouvrant la porte. Le docteur Belamy n'est pas là, il était convoqué au poste de police pour témoigner dans une affaire de shampoing qui aurait pris feu. Venez, entrez, vous allez me donner des nouvelles du siège, il y a longtemps que je n'ai pas pu aider la cause !

L'entrain de l'infirmière détendit Olympe, qui lui relata les dernières activités du WSPU avant de l'interroger sur les études qu'elle avait l'intention d'entreprendre. Frances n'avait pas simplement décidé d'obtenir le diplôme de médecin, que d'autres femmes avaient déjà, mais de le faire par admission à l'école médicale du Barts, qui était réservée aux garçons. La London School of Medicine for Women avait été ouverte pour les études des femmes et l'infirmière ne supportait pas cette ségrégation qui leur concédait un diplôme différent de celui des hommes. L'université se devait d'être mixte et, aidée par certains soignants du Barts et la bienveillance de Raymond Etherington-Smith, elle se sentait à même d'y parvenir.

— C'est surtout le docteur Belamy qui m'a permis de croire en mes capacités et en mes chances, dit-elle en refermant l'ouvrage qu'elle tenait en main. Je lui suis très reconnaissante, ajouta-t-elle en le reposant dans la bibliothèque remplie de revues et de livres médico-chirurgicaux.

Frances enfila son élégante veste longue aux épaules bouffantes et avoua :

— J'admire votre courage, jamais je n'aurais pu affronter toute cette violence physique et cette haine contre nos revendications.

— Celle que vous aurez à affronter ne sera pas plus douce.

— Disons que j'y suis plus habituée. Thomas ne devrait pas tarder, dit-elle avant de prendre congé.

Olympe resta un long moment seule, recroquevillée dans l'angle du canapé à observer l'environnement intime de l'homme qui avait fait tomber l'une après l'autre toutes ses défenses amoureuses. L'endroit sentait le parfum à brûler, un mélange de santal – ambré – et d'armoise – camphrée – qu'elle avait déjà remarqué dans les cheveux et sur les chemises de Thomas. Il s'en dégageait surtout une grande sérénité, là où chaque objet, chaque couleur semblaient avoir été pensés dans un but lénifiant. Elle comprit pourquoi Frances aimait à étudier dans l'appartement du docteur Belamy. Pour la première fois, elle eut envie de s'attacher à un lieu, de lui trouver une âme propre, de le sentir respirer, battre, comme s'il était le corps de son bien-aimé dans lequel elle se serait réfugiée.

L'arrivée de Thomas n'interrompit pas sa rêverie, elle en fut le prolongement ; il se glissa contre elle et ils restèrent lovés et silencieux, à s'effleurer du bout des doigts, à écouter leurs cœurs cogner l'un contre l'autre, puis à tambouriner au contact de leurs baisers et de leur désir de fusion. La faim finit par les séparer, tard dans la soirée. Thomas leur prépara une soupe et des galettes de riz, qu'il apporta sur un plateau. Elle n'avait jamais vu un homme faire la cuisine pour sa femme, même en l'absence de domestique ou dans les foyers les plus modestes, ce qu'elle trouva délicieusement sensuel et provocateur.

— Seriez-vous en train de me séduire, Thomas ?

— Une suffragette se laisserait-elle emprisonner par la séduction ?

— J'ai connu prison plus dure que les sentiments.

— Alors, laissons-nous simplement guider par nos envies.

— Les miennes m'ont souvent conduite au désastre.

— Commencez à vous faire confiance, Olympe.

— Je me méfie tellement du monde que je me méfie aussi de moi-même. Un jour je vous parlerai de mon passé.

— Est-ce si important ?

— Je le crois, oui, se confier est une preuve d'amour. On y donne son intimité sans rien attendre en retour. Le ferez-vous avec moi ?

— Je n'en sais rien, pour être sincère.

— Avez-vous peur de mon jugement ?

— Plus que de celui de la loi des hommes.

— À mon tour de vous dire de vous faire confiance. Quand vous serez prêt, vous m'en parlerez.

Elle prit une galette et la partagea en deux.

— Quand vous serez prêt seulement, répéta-t-elle avant de croquer dans sa part. Je n'ai pas peur de votre vérité. Comment s'est passée votre séance au tribunal ? Frances m'a relaté l'accident du salon de coiffure.

L'enquête de police avait été bouclée et le juge avait interrogé les deux blessées ainsi que l'ex-fiancé, frère de la coiffeuse. Les trois protagonistes avaient fourni une version identique à l'inspecteur, différente de celles que les deux femmes avaient livrées à Belamy et à l'infirmière le jour de l'accident. Le local n'avait pas assez ventilé les vapeurs de pétrole après l'application du produit et la coiffeuse avait approché la lampe de séchage trop près, qui avait enflammé sa robe et les cheveux de sa cliente. Le garçon avait réagi très vite en étouffant le feu à l'aide de son manteau.

— J'étais passé les voir tous les trois hier, expliqua Thomas. Ils ont compris que leur première version les mènerait tout droit au procès, d'autant que je suis obligé de mentionner dans mon rapport la présence d'une tierce personne. Je leur ai proposé de m'exposer la réalité et je l'ai arrangée afin que le tribunal conclue à l'accident. Les deux femmes avaient en commun de vouloir épargner toute condamnation à ce garçon dont le vœu est de s'engager dans la police. Elles ont été suffisamment choquées par ce drame, ce n'était pas la peine d'y ajouter un procès.

— Est-ce bien légal, monsieur Belamy ? demanda Olympe avec malice.

— Non, mais est-ce moralement choquant, Miss Lovell ? dit-il avant de l'embrasser délicatement.

— Je trouve cette conclusion savoureuse ! dit-elle en reprenant son souffle.

— Vous parlez de ce baiser ?

— De votre affaire. Savoir que le juge a été dupé serait plutôt pour me plaire… mais trouver un arrangement pour se passer de la loi ne serait-il pas un acte anarchiste ?

— C'est un prolongement de mon combat pacifiste, rectifia-t-il.

— Et que s'est-il réellement passé ? Qui était victime et qui était coupable ?

— Avez-vous envie de le savoir ? ou préférez-vous la version officielle ?

Olympe se surprit à hésiter.

— Leur passé n'appartient qu'à eux. S'ils l'ont décidé ainsi, alors la seule vérité est la leur.

Elle lui rendit son baiser avant de murmurer :

— Quant à notre conclusion, je la trouve passionnante !

63

Royal Albert Hall, Kensington Gore, Londres, vendredi 19 novembre

Les *hansom cabs* déposaient les officiels à l'entrée sud du Royal Albert Hall dans un défilé paresseux tandis que les autres invités gagnaient l'intérieur à pied par les différentes portes cardinales. La manifestation avait été organisée par le clergé anglais, et soutanes noires et mosettes pourpres convergeaient vers la salle où plusieurs centaines de sièges avaient été installés devant la scène. Seuls la fosse et les gradins du rez-de-chaussée avaient été ouverts, la réunion n'ayant attiré que peu de public à l'exception des participants et des habituels journalistes, dont les articles ne représenteraient qu'une colonne refoulée dans les dernières pages des quotidiens, mais à qui on avait promis un invité de marque en guise de surprise.

Le hackney noir s'arrêta à son tour à l'arrière de la statue du prince Albert. Olympe descendit la première, suivie d'un ecclésiastique au port de tête altier, qui lui prit le bras et l'invita à entrer alors que les portiers en tenue rouge s'inclinaient à leur passage. À l'entrée de la fosse, il se présenta comme l'archevêque de Madras accompagné de sa sœur et fut conduit à sa place pendant qu'Olympe demandait à être conduite aux toilettes. Elle ôta son chapeau, attendit que le couloir fût vide et sortit dix minutes plus tard pour emprunter les escaliers vers l'étage supérieur.

Olympe entra par la porte battante située à droite de l'immense orgue qui trônait derrière la scène où les participants s'étaient installés. Elle remonta jusqu'au milieu de la première rangée déserte de la zone réservée aux chœurs lors des opéras. Celle-ci n'avait pas été ouverte aux spectateurs et la grande hauteur du garde-corps, couvert d'un drap rouge, lui permit de passer inaperçue. Sans précipitation, elle défit la banderole qu'elle avait enroulée autour de son buste et en noua les deux extrémités au tube supérieur du garde-corps. Le moment venu, elle n'aurait plus qu'à la faire basculer de l'autre côté pour qu'elle apparaisse aux yeux de la salle, à trois mètres à peine derrière l'aréopage de personnalités qui avait pris place sur la scène. Tout se passait comme prévu.

L'archevêque de Canterbury présidait la réunion, accompagné des évêques d'Oxford et de Londres, ainsi que plusieurs révérends illustres de la communauté anglicane. Le siège central, qui attisait la curiosité des reporters, était pour l'heure encore inoccupé. Assis au cinquième rang, l'archevêque de Madras devisait avec son voisin de gauche, un missionnaire de l'Association pour la Réforme du Congo, tout en jetant des coups d'œil discrets vers les chœurs.

Les discours débutèrent avec du retard et se succédèrent avec lenteur. Olympe s'était assise à même le plancher et changeait régulièrement de position pour éviter l'ankylose. Enfin, après une heure de présentation sur la situation au Congo, pendant laquelle les intervenants avaient déployé des trésors de contorsion oratoire pour condamner l'exploitation de la population tout en ne fâchant ni l'État belge ni son roi, l'archevêque de Canterbury introduisit l'invité surprise, ce qui réveilla la vigilance des journalistes. Il était temps pour Olympe d'agir.

Elle fit basculer sa banderole et se leva, prête à scander le texte qu'elle avait peint sur le drap blanc, quand son acolyte, qui s'était levé aussi, attira l'attention de toute la salle. Dans son costume d'évêque de Madras, Horace déclama d'une voix puissante et théâtrale :

— Messieurs, nous sommes aux côtés de la population du Congo, qui souffre de ce que vous considérez comme le plus grand crime commis jusqu'à aujourd'hui. Sachez que les suffragettes sont aussi à ses côtés !

— Mais qui êtes-vous, monsieur ? demanda le prélat de Canterbury alors que l'orateur n'avait pas encore pris la parole.

— Les suffragettes sont soumises à ce même crime des dominants, continua-t-il en ignorant la question. À vous tous, en tant qu'hommes d'Église, je demande de les associer comme victimes de l'esclavage des hommes !

La bronca fut immédiate. Vere Cole continua à les haranguer, à les provoquer, dans une improvisation qui mit Olympe en rage. Personne ne s'occupait d'elle ni de sa banderole. Les journalistes interpellaient l'évêque de Madras, qui sortit fièrement de la rangée pour leur répondre.

Ses paroles, qui seraient reprises le lendemain dans tous les journaux, allaient définitivement déconsidérer le mouvement, et Christabel allait forcément radier Olympe du WSPU. Celle-ci quitta l'arène à la hâte, gagna le sous-sol et traversa le couloir qui menait à la sortie des fournisseurs. Arrivée à la porte de service, elle manœuvra la clenche pour constater qu'elle était verrouillée et fouilla dans la poche de son manteau à la recherche de la clé, qu'elle avait tenue fermement pendant sa fuite. Elle n'y était plus.

Au-dessus de sa tête, le brouhaha, rythmé par les battements anarchiques des pas sur le plancher, s'était déplacé. Olympe s'agenouilla pour vérifier que la clé n'était pas tombée sur le tapis, mais ne vit rien. Elle plongea à nouveau la main dans la poche et détecta un trou dans la doublure. Soudain, la voix de stentor d'Horace se fit audible : il venait de surgir de l'escalier et remontait le couloir dans sa direction, tout à sa logorrhée, flanqué de journalistes amusés et d'ecclésiastiques furieux. Olympe palpa l'intérieur de son manteau : la bosse à la forme caractéristique se trouvait au bas du pan inférieur. Plus loin, Horace avançait sans se soucier de ses suiveurs, s'arrêtait soudain pour les haranguer de prêches provocants et repartait sans répondre à leurs questions, martelant ses arguments en faveur des suffragettes, les bras ouverts à la manière d'un prédicateur.

Olympe voulut déchirer le tissu mais, même en tirant de toutes ses forces, n'y parvint pas. Vere Cole et le groupe s'approchaient dans une atmosphère survoltée et personne ne semblait se soucier d'elle jusqu'à ce qu'il la désigne du doigt.

— Au nom de tous les apôtres ici présents, je voulais remercier Miss Lovell de son combat !

Tous les regards se tournèrent vers elle. Le groupe se trouvait à quelques mètres de là.

— La remercier pour son sacrifice, ajouta-t-il en s'écartant, imité par les autres, révélant la présence de deux inspecteurs qui fermaient la marche.

Olympe mit la main dans la poche, agrandit le trou en déchirant le tissu et chercha désespérément sous la doublure. Le contact froid de la clé lui arracha un cri. Elle se releva alors que les policiers n'avaient pas bougé. Tous semblaient l'observer comme une bête curieuse. Olympe introduisit la clé dans la serrure et la manœuvra vivement. Au second tour, l'anneau en forme de cœur se brisa et lui resta dans la main. Elle le regarda, incrédule, avant de le jeter dans leur direction d'un geste rageur. La porte restait close. Horace émit un gloussement de contentement, se lissa la moustache et conclut :

— N'oubliez pas que la vie n'est qu'un vaste canular, ma chère. Messieurs, faites votre office !

Olympe se réveilla en sursaut, haletante, le cœur au bord des lèvres. Elle se sentait poisseuse du cauchemar qui l'avait recrachée dans la réalité et resta sans bouger, à fixer longuement le mur de la chambre de Thomas, avant de reprendre confiance. Lorsque St Bartholomew-the-Less sonna cinq heures et demie, elle s'assit sur le lit dans lequel elle était seule : le médecin avait été appelé par sœur Elizabeth dans la nuit pour une opération d'urgence et n'était toujours pas rentré. La pièce était éclairée par un rai de lumière jaunâtre échappé du réverbère tout proche. Tout était parfaitement calme.

Olympe avait conscience des risques qu'avait pris Thomas en lui proposant de rester chez lui. Autant l'administration fermait les yeux sur les relations qui pouvaient se nouer entre étudiants et infirmières, logés dans les maisons appartenant à l'hôpital, autant les médecins résidents se devaient d'être irréprochables aux yeux de la morale chrétienne. Le célibat constituait en soi une situation suspecte, que Belamy cumulait avec ses pratiques médicales marginales, ses relations avec les pacifistes et une suffragette multirécidiviste.

Elle ne lui avait pas révélé ses intentions afin de le protéger des conséquences de son entreprise, qui devait demeurer de sa seule responsabilité. Olympe n'était plus aussi sûre d'elle.

La journée avança péniblement, par à-coups, d'heure en heure frappée sur l'airain dans les campaniles voisins. Ébranlée par son rêve, la suffragette changea plusieurs fois de plan, avant de revenir à l'original. Elle déjeuna avec Thomas en donnant le change et lui annonça qu'elle serait absente jusqu'en soirée. Il ne la questionna pas, ce dont elle lui sut gré, et la quitta rapidement pour la visite des malades avec Reginald. Restée seule dans l'appartement rendu au silence, Olympe s'interrogea sur ce que serait sa vie une fois leur combat fini et prit conscience que, sans sa lutte, elle lui semblerait désespérément vide. Elle en conclut que son existence en serait remplie jusqu'au bout et en fut rassurée.

Elle quitta St Bart peu avant deux heures afin de gagner le Royal Albert Hall, à une heure et demie de marche. Olympe n'aimait pas les transports en commun et se déplaçait à pied dans Londres, dont elle avait fini par connaître nombre de rues et de ruelles méconnues des cartes, ce qu'elle considérait comme un avantage indéniable sur la police qui, travaillant par secteur, n'était pas capable de la suivre d'est en ouest ou du nord au sud de la capitale. Elle devait aussi faire attention à ne pas dépenser inutilement la maigre cagnotte qui était la sienne et qu'elle s'était constituée par son travail au WSPU. Les Pankhurst rétribuaient leurs permanents par le gîte et le couvert, complétés par quelques shillings pour les travaux d'imprimerie, ce dont elle avait pu bénéficier jusqu'au lundi précédent et qui allait rapidement lui manquer. Pour la préparation de son action au Royal Albert Hall, Olympe avait engagé deux shillings et six pence dans le paiement des tracts, qu'elle avait fait confectionner par Jean le typographe. Elle était allée le trouver dans son atelier de Fleet Street, trois jours auparavant, lui faisant promettre de n'en rien révéler à Thomas et le convainquant de l'aider à défendre la cause des suffragettes, ce qui n'avait pas été une tâche bien difficile. Le Français n'avait réclamé que le prix du papier et lui avait offert l'encre destinée à sa publication, en se fendant d'une révérence chapeau bas. Lui non plus, elle ne le décevrait pas.

Olympe entra dans Hyde Park et s'arrêta le long du lac Serpentine, où elle observa un groupe de cormorans se disputer un poisson dans un concert de cris gutturaux et de battements d'ailes d'un noir de jais. Elle avait, la veille, déposé un petit sac en toile de jute – le même que ceux utilisés par les employés de la Royal Post – sous la tablc d'une des loges situées au même étage que le cours de diction. La suffragette vérifia une dernière fois qu'elle n'était pas suivie, quitta le parc et s'arrêta à quelques mètres du bâtiment au dôme d'acier. Les images de son rêve étaient encore si prégnantes qu'elle eut l'impression de vivre la même scène une seconde fois : le défilé des fiacres, les soutanes qui confluaient en compagnie de civils vers les places du meeting, tout lui semblait si familier que son appréhension disparut, laissant place à l'excitation de l'action. Elle délaissa l'entrée principale et se rendit à la porte de service, qu'elle déverrouilla avec la clé de Miss Fogerty. Elle remonta le couloir du sous-sol et ses innombrables portes battantes jusqu'au niveau de l'allée ouest où elle grimpa les marches. Arrivée aux balcons du second étage, elle compta le nombre de portes donnant sur la salle et poussa la huitième. Lorsqu'elle pénétra dans la loge, le brouhaha provenant de la fosse l'accueillit comme une vague de chaleur humaine. Une odeur de tabac et de miel flottait dans l'air. Le sac était toujours au même endroit. Olympe le posa sur la table, l'ouvrit et en sortit les tracts, qu'elle aligna en une dizaine de piles. Tout était prêt. Sur l'estrade, le speaker chauffait la salle en annonçant l'intervention prochaine du plus célèbre des écrivains anglais du siècle naissant.

L'instinct d'Olympe l'alerta en une fraction de seconde. Elle avait senti une présence dans son dos et se retourna promptement.

Une silhouette, adossée au balcon, faisait rougeoyer le tabac dans sa pipe en l'observant.

— Madame, j'ai le regret de vous annoncer que votre tentative vient de prendre fin.

64

Royal Albert Hall, Kensington Gore, Londres, vendredi 19 novembre

Lorsqu'elle était entrée, l'homme était assis à l'extrémité gauche du balcon, juste devant le rideau rouge qui avait empêché Olympe de le voir. Il s'approcha d'elle jusqu'à ce que ses traits apparaissent à la lumière électrique de la loge. Le quinquagénaire avait un visage poupin, des cheveux courts, une épaisse moustache se terminant en deux longues pointes finement taillées et des yeux en amande perçants qui lui donnaient un regard inquisiteur. Il ressemblait aux policiers de Scotland Yard qu'elle avait maintes fois croisés ces dernières années et qu'elle arrivait à reconnaître au premier coup d'œil. Celui-ci aurait même pu servir de modèle pour une statue à la gloire des inspecteurs anglais. Une intuition la traversa.

— Êtes-vous Sir Conan Doyle ?

Le rougeoiement de la Taylor & Breeden de bruyère se fit plus intense.

— Lui-même. Je suis l'invité de cette soirée que vous aviez l'intention de perturber.

Il s'approcha de la table et prit un papier en haut d'une des piles.

— « Les suffragettes soutiennent le peuple opprimé du Congo », lut-il. « Soutenez les femmes dans leur lutte pour le droit de vote. » Je me suis permis d'ouvrir votre sac. J'ai l'habitude de m'isoler avant mes interventions et j'ai d'abord cru à des publicités pour un spectacle de l'Albert Hall. La curiosité fait partie de mon métier.

— Qu'avez-vous l'intention de faire ? demanda-t-elle en soutenant son regard pour lui montrer qu'elle ne le craignait pas.

Il aspira une bouffée de tabac avant de répondre :

— Vous rendez-vous compte qu'en interrompant une manifestation de soutien à un peuple tyrannisé, vous vous placez dans le camp de la radicalité et de l'intolérance ?

— Ai-je le choix ? Les femmes sont le plus grand peuple du monde, victime de l'esclavagisme des hommes. Vous qui défendez les opprimés, allez-vous organiser un congrès de soutien pour elles ?

— Allons, il suffit de ces propos outranciers ! Mon épouse ne se considère pas comme une esclave. Elle réprouve votre combat. Nous nous aimons et je la chéris. Nous venons même d'avoir un enfant. C'est cela, la vie d'une femme. Ce n'est pas la définition de l'exploitation, que je sache.

— Une femme appartient à son mari, dit-elle en détachant chaque syllabe, elle ne dispose pas de ses revenus et n'a pas le droit d'élire qui elle veut pour la représenter.

Conan Doyle contracta ses mâchoires d'agacement et glissa sa pipe d'une commissure à l'autre, alors que sur l'estrade le premier orateur avait pris la parole.

— Elle n'a pas non plus le droit de se comporter comme les voyous de l'East End ! riposta-t-il avant d'envoyer un halo de fumée devant lui.

— Que fait un peuple quand il est au désespoir ? La violence n'est pas une fin en soi mais c'est parfois le seul chemin vers la libération. Vous êtes un humaniste, vous devez le comprendre !

— Arrêtez de tout amalgamer, s'il vous plaît. Et arrêtons cet échange stérile, c'est du plus mauvais effet. Je n'ai pas à argumenter contre vous et les harpies du WSPU.

— N'avez-vous jamais fait preuve de violence vous-même ? Qu'avez-vous fait à Sherlock Holmes pour vous libérer de son joug ?

L'auteur, las du succès d'un personnage qui faisait de l'ombre au reste de son œuvre et qu'il avait fini par détester, l'avait fait périr avec son ennemi, le professeur Moriarty, dans les chutes du Reichenbach, avant de le ressusciter quelques années plus tard sous la pression des lecteurs et de sa situation financière. La comparaison lui parut si étrange qu'il s'en trouva perturbé.

— Madame, je crois que nos positions ne sont pas conciliables. Par égard pour les organisateurs et par bonté envers vous, je vous demanderai de quitter ces lieux sans faire d'esclandre. Et je confisque votre matériel.

Joignant le geste à la parole, il entreprit de remplir le sac des tracts.

— Que ferez-vous, sinon ?

— Mon devoir. Je suis un homme de devoir.

À cinquante ans, l'auteur l'avait prouvé à maintes reprises par son engagement politique. Mais le combat des suffragettes avait sa détestation et Olympe le savait capable de s'interposer. Contre toute attente, elle tira le sac à elle et le prit dans ses bras en reculant jusqu'à la balustrade alors que Conan Doyle, surpris, restait interdit, un tas de feuillets dans les mains.

— Votre comportement est... agaçant, finit-il par dire en lâchant les papiers sur la table.

Sur scène, l'orateur annonçait l'arrivée de l'écrivain, dont la chaise était toujours vide.

— Vous êtes attendu, dit Olympe en se penchant vers la fosse pour évaluer la hauteur.

— Si vous tentez de lancer vos tracts, je vous traînerai moi-même jusqu'au poste de police. Donnez-moi ça ! intima-t-il en s'approchant.

— N'avancez plus, monsieur Doyle ! Sinon, je saute, menaça-t-elle, plaquée contre la rambarde.

L'écrivain tenta de jauger dans son regard et ses gestes la part de bluff. La suffragette ne tremblait pas, ni ne cillait. Il rangea sa pipe dans la poche de sa veste, prêt à intervenir.

— Il y a environ trois mètres cinquante jusqu'au sol, remarqua-t-il. Pas de quoi vous tuer, mais vous pouvez vous blesser gravement. J'imagine que ce n'est pas votre but.

— Cela me permettra d'attirer l'attention de la presse. Surtout ne tentez rien. Reculez, reculez ! clama Olympe alors que Conan Doyle avait avancé d'un pas.

Il s'exécuta.

— Encore ! exigea-t-elle. Jusqu'à la porte.

— Je reculerai si vous me lancez votre sac. Donnant-donnant.

— Je crois que vous n'avez pas compris, Sir. Il n'y a pas de marchandage possible. Je suis navrée que vous soyez mêlé à tout ça, je n'ai rien fait pour que cela arrive, mais je suis prête à sauter pour que les journaux s'interrogent sur votre présence dans une loge avec une suffragette et des centaines de tracts.

— Tout le monde connaît mon opinion sur le vote des femmes. Vous me traitez de marchandeur mais vous faites du chantage.

— À vous de choisir.

L'archevêque de Canterbury fit un appel à la salle.

— Je vais lancer mes tracts et je disparaîtrai. Si vous voulez m'en empêcher, je n'hésiterai pas à me jeter dans la fosse et nous ferons tous les deux les titres des quotidiens demain.

— Vous êtes une diablesse !

Olympe posa le sac en équilibre sur le velours rouge qui recouvrait le haut du balcon et s'assit à côté de lui.

— Reculez, insista-t-elle posément.

— Je n'ai jamais cédé au chantage ! fulmina Conan Doyle.

Elle passa une jambe de l'autre côté de la balustrade, à cheval entre la loge et le vide, puis la seconde. Olympe, assise sur le rebord du balcon, n'était qu'à quelques mètres de l'estrade où un second orateur avait pris le relais, dans l'attente de l'arrivée de l'auteur. Plusieurs spectateurs des premiers rangs venaient de remarquer la silhouette en équilibre et la pointaient du doigt.

— Très bien, concéda-t-il, je recule. Maintenant, revenez dans cette loge !

Olympe tourna la tête vers lui.

— Je n'ai pas voulu ce qui arrive.

Les orateurs s'étaient tus. Tout le monde avait les yeux braqués sur elle. Elle retourna le sac, qui se vida en éparpillant les tracts près de la scène et des premiers rangs, et se trouva déséquilibrée par son geste. Conan Doyle la vit disparaître alors qu'un cri collectif s'élevait de l'assistance, couvrant celui d'Olympe. L'écrivain resta un instant sidéré devant le balcon vide, avant de s'approcher. Il prit une profonde inspiration et se pencha vers la fosse.

65

Cadogan Place, Londres, vendredi 19 novembre

Horace avait froid. Emmitouflé dans un plaid de tartan, une écritoire sur les genoux, il venait de finir sa lettre quotidienne à Mildred, engoncé dans le fauteuil du salon de son appartement.

— Major ! grogna-t-il en direction de la porte ouverte.

Sa mauvaise humeur était due à l'absence de courrier en provenance de son aimée depuis trois jours. Il avait beau tenter de se raisonner, il continuait d'imposer à Mildred un rythme d'échanges épistolaires qu'elle ne pouvait suivre. Mais il avait besoin de lui prouver ses sentiments par ce lien journalier.

Les pas feutrés du majordome glissèrent sur le parquet du couloir.

— Major, allez toutes affaires cessantes à la poste pour envoyer cette lettre à Chattanooga, ordonna Vere Cole en lui tendant l'enveloppe.

— Très bien, Monsieur, j'y vais de suite. Mais une dame vient d'arriver pour vous voir. Elle me semble avoir besoin d'aide. Je l'ai installée dans le salon. Peut-être ferais-je mieux d'attendre ?

— Une dame ? Son nom, major, demanda Horace en posant l'écritoire au sol.

— Mme de Gouges.

— De Gouges ? Décrivez-la, bon sang, ou faut-il que je vous tire les vers du nez ? s'impatienta-t-il.

Le domestique dépeignit la visiteuse tout en extrayant son employeur de son fauteuil. L'évocation sembla réussie puisque Horace, à peine debout, s'exclama :

— Olympe ! Que se passe-t-il pour qu'elle vienne me voir ici ?

— Je la crois blessée, Monsieur.

— Allons vite la trouver, décréta Vere Cole d'un ton martial.

Le majordome resta planté devant lui :

— Monsieur, avec votre respect…

— Quoi donc, major ?

— Votre cape, indiqua le domestique en lui montrant le plaid sur ses épaules.

Horace le tira d'un coup sec et le lui fourra dans les mains.

— Merci, major, sans vous j'aurais fait preuve d'un mauvais goût certain. Allez me chercher celle de mon grand-oncle Aubrey.

Olympe était allongée sur le canapé victorien que Vere Cole avait fait venir de la maison familiale d'Issercleran, ses pieds reposant sur l'épais velours rouge capitonné. C'était, avec la cape en poils de loup de son aïeul, une survivance de la guerre de Crimée, la seule concession qu'il avait faite à ses souvenirs de famille, tous les autres étant restés en Irlande. La pièce était pourtant meublée d'objets hétéroclites, dont une dizaine de casques de policier, qui sur une chaise, qui accroché au mur par un clou, comme autant de trophées d'un ennemi vaincu. L'un d'eux, renversé, faisait office de cendrier.

Horace parut, précédé de son domestique, tel un prince russe dans son manteau de fourrure et vint baiser la main de la suffragette, dont la pâleur révélait la souffrance physique. Il s'assit délicatement au bord du sofa et ne put s'empêcher d'admirer les jambes de la jeune femme, qu'elle avait découvertes des pieds à la naissance des genoux. La cheville droite était enflée et bleuie, et des éraflures étaient visibles sur sa peau et son visage. Sa jupe était déchirée à plusieurs endroits.

— Major, prenez le fiacre et allez chercher le docteur Belamy. Dites-lui qu'Olympe… de Gouges a besoin de son aide urgemment. Filez, mais n'oubliez pas mon courrier ! Comment vous sentez-vous ? demanda-t-il en se tournant vers elle.

— Vivante. Je me sens vivante, grimaça Olympe en se redressant légèrement.

— Vous allez me raconter, dit Horace en déposant sa cape sur les jambes de la suffragette.

Elle lui relata le plan et son exécution contrariée en n'omettant aucun détail, y compris le cauchemar qui amusa beaucoup Horace, avant de lui expliquer sa chute du balcon.

— J'ai eu la chance de tomber dans l'allée, du moins en partie : mon pied droit a accroché une des chaises avant le choc et j'ai fait une roulade. C'est elle qui m'a sauvée. Je me suis relevée, complètement groggy, et je crois avoir crié « Le vote pour les femmes ! ». Je n'en suis même plus sûre. Ma jambe me faisait mal, mais je n'avais qu'une obsession : fuir, fuir, fuir pour ne pas finir au poste de police. Personne n'a essayé de me retenir, je crois qu'ils étaient tous aussi surpris que moi.

— Un ange tombé du ciel ! J'imagine la tête de ces ecclésiastiques, jubila Horace.

— Un ange aux ailes froissées, oui. Je suis sortie par la porte de service et j'ai longé Hyde Park sans même me retourner. J'avais mal et j'avais froid.

— J'admire votre cran, vous êtes capable de tenir tête à n'importe qui, même Sir Conan Doyle ! Capable de sauter plutôt que de vous rendre ! s'enflamma-t-il.

— Je suis surtout capable de tout faire pour sauver ma peau, tempéra Olympe alors que la douleur venait de grimper jusqu'à sa nuque par la colonne vertébrale. Vous savez, juste avant de tomber, j'ai pensé à elle, à Mme de Gouges. Lorsqu'elle est montée à l'échafaud, elle a fait face à tout le monde, à la foule qui hurlait, à ses bourreaux, avec un courage exemplaire. Elle est morte pour avoir réclamé l'égalité des droits entre les femmes et les hommes. Dieu fasse que nous n'en arrivions pas là, mais je voulais juste être digne d'elle.

Elle s'arrêta pour calmer sa respiration avant de reprendre :

— Je me suis souvenue que vous habitiez Cadogan Place, je n'aurais pas pu marcher jusqu'au Barts. Et je ne voulais pas prendre un cab pour m'y rendre, la police doit déjà interroger tous les cochers du quartier. C'est aussi la raison pour laquelle je n'ai pas donné mon nom à votre majordome.

— Je réponds de lui, objecta Vere Cole. Maintenant, vous devez vous reposer, ma chère. Vous êtes en sécurité ici.

— J'ai plutôt l'impression de me trouver dans le vestiaire de Scotland Yard, répondit-elle en désignant le casque posé en dessous de la table basse.

— N'ayez crainte, voler les couvre-chefs des bobbies est ma marotte. Je ne peux pas m'en empêcher. Nous veillons sur vous, ma chère amie.

Restée seule, Olympe fut envahie de sentiments mitigés. Sa tentative n'était pas une réussite et elle craignait la version officielle des journalistes, mais elle avait échappé à une arrestation. Elle ferma les yeux pour tenter de retrouver un peu de sérénité, sans y parvenir : les images de sa chute défilaient dans sa tête. Elle détailla la pièce et fixa la pendule surmontée d'une odalisque en bronze qui ornait la cheminée. La jeune femme sculptée était nue, assise dans une pose lascive, un turban sur la tête, une jambe repliée près du corps, et regardait en arrière d'un air de défi. L'artiste avait donné à cette prisonnière de harem une dignité que personne ne pourrait lui enlever.

À six heures et demie, le majordome était de retour avec Thomas. Horace le laissa seul avec Olympe et s'isola pour lire la lettre en provenance des États-Unis que son employé lui avait remise.

Belamy ne la questionna ni ne lui fit de reproches et elle lui en fut reconnaissante. Sa seule présence suffit à chasser le spleen d'Olympe. Il examina sa cheville et posa un emplâtre de belladone. Puis il prit ses pouls aux deux poignets avant de sortir de sa trousse le nécessaire d'acuponcture. Lorsque le majordome vint apporter les plantes que le médecin lui avait demandé de faire infuser, il laissa échapper une interjection en découvrant la jeune femme. Elle portait sur ses jambes et ses bras nus des aiguilles, sur lesquelles se consumaient des boulettes d'armoise. Thomas, penché sur elle, soufflait sur un des moxas.

— Mon Dieu ! Mais quelle diable de médecine est-ce là ? lâcha-t-il, stupéfait. Pardonnez ma réaction, Monsieur, se reprit-il après s'être détourné vers la porte pour ne pas voir le corps qu'il jugeait trop dénudé de la suffragette. Que puis-je faire d'autre pour vous ?

— Major, au secours, je suis victime des sévices d'un sorcier annamite, plaisanta Olympe, revigorée par la disparition de la douleur.

Le dos du domestique se contracta et ses épaules se soulevèrent, manifestant sa gêne.

— Monsieur de Vere Cole m'a présenté le docteur Belamy comme le plus brillant médecin du Royaume-Uni, déclara-t-il, vous pouvez avoir confiance, Mademoiselle. Puis-je me retirer ?

— Oui, dit Thomas, toujours concentré sur la combustion des moxas.

— Non, répondit-elle en même temps.

— Je serai à l'office, avertit le majordome avant de disparaître dans le couloir.

— Voilà bien tout le malheur de la condition féminine, conclut-elle. Notre voix n'est jamais entendue. Il en sera toujours ainsi, même avec le droit de vote.

— Arrêtez de bouger tout le temps, la réprimanda Thomas avant de faire tourner une aiguille fichée à la naissance du mollet.

— Thomas, est-ce normal que je me sente euphorique ?

— C'est une réaction au choc. Et j'ai peut-être trop dosé votre traitement.

— C'est bien ça, vous essayez de me droguer !

— J'essaie de vous épargner les conséquences traumatiques de votre chute, rectifia-t-il.

Il souffla doucement sur une boulette d'armoise qui se consumait trop lentement.

— Arrêtez, vous me faites frissonner ! clama-t-elle en lui montrant ses bras. Je vais finir par appeler le major.

— Je crois que vous l'avez assez traumatisé ainsi.

— Embrassez-moi.

— Olympe ?

— Embrassez-moi, prenez-moi dans vos bras, j'en ai une envie folle depuis votre arrivée.

Elle tenta de se lever pour atteindre ses lèvres, mais Thomas la retint.

— Laissez-moi au moins retirer les aiguilles, argumenta-t-il. Sinon, nous allons prendre feu tous les deux.

— Mais n'est-ce pas ce qui est en train de se passer ?

Il les ôta tant bien que mal alors qu'Olympe caressait son visage et, tandis qu'il tenait encore le dernier moxa à peine éteint, ils s'embrassèrent fougueusement, moitié allongés et moitié assis sur le canapé, baiser entrecoupé de gémissements de plaisir puis d'un cri de douleur lorsqu'ils basculèrent sur le tapis du sol.

— Olympe ! dit-il en tentant de se relever pour l'examiner, mais elle l'en empêcha et se plaqua contre lui.

Leur étreinte dura jusqu'au tintinnabulement cristallin de la pendule.

— Dix heures, j'ai faim, j'ai si faim ! s'écria Olympe en se relevant.

— Alors, la guérison est proche. Je m'en occupe, si notre major veut bien servir un sorcier et une suffragette. Horace a dû sortir au Café Royal.

Thomas se rendit à l'office, où le domestique avait préparé un repas froid qu'il avait laissé en évidence.

— Je crois que nous sommes seuls, dit-il en le rapportant au salon. Notre hôte est un gentleman.

— Le dernier des gentlemen anglais, renchérit-elle en posant les assiettes sur la table basse du salon. Je vous propose de piqueniquer, comme chez vous.

Ils s'assirent à même le tapis et se partagèrent les œufs, le pain et la viande froide. Ils partagèrent aussi un peu de leurs passés, par petites touches, et comprirent qu'il était trop tôt encore pour se livrer complètement. Le présent les occupait déjà pleinement.

— J'ai l'impression qu'une partie de vous est encore à l'Albert Hall, remarqua Thomas en examinant à nouveau sa cheville, qui avait complètement dégonflé.

— Au moins ma chaussure droite, dit-elle en lui décochant un sourire doux comme un baiser. J'avais d'autres priorités que de la chercher. Dieu que vos mains me font du bien ! Continuez à me masser, c'est si bon !

Elle laissa passer un silence de plaisir avant de poursuivre :

— Savez-vous combien il y a de loges à l'Albert Hall ?

— Une cinquantaine ?

— Plus de cent. Alors, comment expliquer que Conan Doyle se soit précisément isolé dans celle où j'avais déposé mes tracts ?

— Le hasard, proposa Thomas sans conviction.

— Une sur cent ?

— La malchance. Et vous, pour quelle raison aviez-vous choisi celle-ci ?

— Elle était suffisamment proche de la scène pour que les orateurs m'entendent sans que j'aie à hurler et assez loin pour me donner le temps de fuir.

— Le poste d'observation idéal. Il l'a peut-être choisi pour les mêmes raisons.

— Je n'y crois pas. Et si l'apôtre l'avait averti ?

— Quel intérêt ? demanda Thomas, qui s'arrêta subitement de la masser.

— Le raid d'une suffragette déjoué par le père de Sherlock Holmes, voilà qui plairait à nos détracteurs. J'ai la sensation d'avoir été manipulée.

Elle se recroquevilla contre lui.

— Ignorez ses messages.

— Ce n'est pas suffisant. Je veux savoir qui il est et pourquoi il l'a fait. Le prendre à son propre jeu.

— Je vous comprends. Je vous aiderai.

Il avait posé son menton sur l'épaule d'Olympe et, joue contre joue, serrait son corps dans ses bras.

— Jamais je ne me suis abandonnée avec un homme comme avec vous, Thomas. Je voulais que vous le sachiez. Mais ce n'est pas une demande en mariage, précisa-t-elle aussitôt.

— Rien n'arrête le vent ; il est inutile de le mettre en cage, il s'en échappera toujours. Nous sommes deux enfants du vent.

— Dites-le aux inspecteurs de Scotland Yard, qu'ils nous laissent en paix !

Il acquiesça silencieusement et se détendit en imaginant le plaisir d'une existence paisible.

— Que savez-vous sur notre apôtre ?

— J'ai découvert une chose intéressante lors de ma visite à la famille Stephen. Le nom de tous les apôtres depuis les débuts du club ainsi que tous leurs sujets de débat sont consignés dans un ouvrage, caché dans un coffre qu'ils ont baptisé « l'arche ». Je sais où il se trouve et je suis sûre qu'on pourra apprendre beaucoup de sa lecture.

Un vacarme assourdissant interrompit leur conversation. On criait dans l'escalier. On vociférait. La voix du majordome leur parvint de l'entrée :

— Venez m'aider, docteur, Monsieur est malade.

Les deux hommes transportèrent Horace, complètement saoul, sur le grand fauteuil qui s'offrait à l'âtre chaleureux, celui où il avait l'habitude de lire de la poésie ou d'écrire ses correspondances. Il se débattit un peu avant de se laisser faire, incapable de coordonner ses mouvements. Après plusieurs tentatives infructueuses accompagnées de jurons qu'un homme de la gentry n'était pas censé connaître, Horace parvint à tirer un papier de sa poche de gilet.

— Ils ont osé, bafouilla-t-il en montrant la feuille froissée. Osé !

— C'est la lettre de Madame, expliqua le major. C'est elle qui a tout déclenché.

Horace la chiffonna et voulut la jeter dans le feu, mais la boulette, légère, atterrit aux pieds de Thomas. Le geste donna à Vere Cole une nausée incoercible. Il fut pris de spasmes, s'empara du casque à ses pieds et, y enfouissant la tête, rendit un mélange de sucs et de bile. Le majordome se précipita pour retirer le seau improvisé de leur vue.

— Veuillez excuser Monsieur, l'émotion l'a brisé, dit-il avant de disparaître à la cuisine.

Vere Cole cacha son visage dans la fourrure de loup et sanglota. Thomas prit le papier chiffonné, le déplia et s'assit à côté d'Olympe. Mildred Montague y signifiait qu'elle rompait définitivement son engagement avec Horace et qu'elle restait vivre à Chattanooga.

CHAPITRE XI

23 novembre au 31 décembre 1909

66

Cadogan Place, Londres, mardi 23 novembre

Horace passa les deux jours suivants au lit, refusant d'en sortir et de s'alimenter, exacerbant son romantisme dans la mortification extrême qu'il s'imposait. Mais la réalité était têtue et, à la multitude de lettres qu'il avait envoyées et qui voguaient encore vers les États-Unis, Dwight Montague avait anticipé par télégramme et confirmé la volonté de sa fille tout en indiquant qu'ils ne répondraient à aucune missive de sa part. Olympe, restée à Cadogan Place, avait consacré ses journées à l'écouter et tenter de le raisonner alors qu'Horace oscillait entre les lamentations de l'amoureux éploré, la colère de l'amant éconduit et l'espoir fou d'un retour de sa belle. Il cherchait en Olympe une oreille attentive et une âme compatissante, voire complice. Il étalait sa tristesse devant elle avec force démonstration afin qu'un jour Mildred l'apprenne et se sente responsable de cette douleur dans laquelle se drapait son honneur.

Le lundi, Adrian Stephen, prévenu par Thomas, était venu voir son ami et, devant sa détresse, avait fini par accepter de se rendre aux États-Unis afin de plaider sa cause devant les parents de Mildred, ce qui avait eu pour effet immédiat de faire passer Horace d'un état apoptotique à l'euphorie. Il l'avait supplié à genoux de partir sur-le-champ, lui avait promis une partie de sa fortune, ce qui avait vexé son ami et failli compromettre leur affaire. Le majordome avait été chargé de prendre un billet sur le premier transatlantique en partance, qui s'était révélé être le *Mauretania*, de la

Cunard Line, la même compagnie que celle du *Lusitania*. Les astres s'étaient à nouveau alignés et, à son réveil, le mardi aux environs de midi, Horace ne doutait plus de la réussite de son entreprise.

— Quelle heure est-il, major ?

— Deux heures de l'après-midi, Monsieur.

— Cette fois, il est embarqué. N'est-ce pas ? demanda Vere Cole à Olympe tel un enfant inquiet.

Elle acquiesça d'un léger hochement de tête et se tourna vers Thomas, qui répondit :

— Les dés sont jetés, Horace, il faut maintenant surtout penser à retrouver des forces.

— Je m'y emploie, assura ce dernier en lui montrant la cuisse de poulet piquée au bout de sa fourchette. Et je serai prêt pour son retour.

— Il faut aussi que vous soyez prêt à envisager d'autres options.

— Si elle n'a pas voulu que je fasse le voyage, c'est uniquement parce qu'elle a peur de ne pas supporter nos retrouvailles. Elle est amoureuse mais a été obligée d'obéir à son père. Je la délivrerai de lui comme je l'ai fait du comte. Nous ne sommes plus au XIXe siècle, que diable !

— Au XXe ! proclama Olympe en levant son verre. Siècle de la liberté !

— Au XXe ! reprirent-ils tous en chœur.

— Et à la réussite de notre expédition, ajouta Vere Cole après avoir vidé le sien. Vous n'imaginez pas comme cela m'amuse de retourner à Trinity College pour voler le livre des apôtres.

— Nous n'allons pas le voler, juste le consulter, corrigea Thomas. Personne ne doit savoir que nous y avons eu accès.

Après le déjeuner, ils étaient passés au salon pour se réchauffer autour de l'âtre. Horace remonta la pendule à l'odalisque et lui caressa la tête d'un geste superstitieux.

— Il doit passer bientôt au large de Dublin. Il sera chez les Montague pour le 1er décembre.

— Toujours rien, annonça Olympe en refermant le *London Daily News* du jour.

Aucun journal n'avait relaté son intervention au Royal Albert Hall. Tout semblait s'être passé sans incident : Conan Doyle avait fait un discours remarqué pour sa profonde humanité et avait été très applaudi.

— J'en suis à me demander si je n'ai pas tout rêvé une seconde fois, soupira-t-elle. J'aurais préféré une vague d'indignation de toute la presse plutôt que ce silence frustrant.

— Ça ne prouve pas que Sir Conan Doyle est complice de l'apôtre, fit valoir Thomas. Mais ça ne disculpe pas ce dernier non plus.

— Tout de même, c'est bien moins drôle sans le voler, objecta Horace à contretemps. J'avais pensé le remplacer par le livre d'or de l'abbaye de Westminster. Je l'ai dérobé l'année dernière, précisa-t-il en se levant. C'est instructif.

Il prit un ouvrage dans sa bibliothèque et le tendit à Thomas, qui le feuilleta distraitement.

— Combien de temps êtes-vous resté à Trinity College ? demanda Olympe alors que le majordome leur apportait le thé.

— Trois ans, jusqu'en 1905. J'ai rencontré Adrian en première année et j'ai tout de suite adoré son côté subversif. Il faisait du théâtre et était merveilleusement doué. Quant à Vanessa et Virginia, elles étaient si belles, quand elles venaient en mai pour la semaine des familles ! Tous les garçons de Cambridge étaient amoureux d'au moins un membre de la famille Stephen. La seconde année, nous avons pris deux chambres contiguës dans une des ailes de la Nevile's Court, l'endroit le plus difficile à obtenir pour un étudiant, le saint des saints. Le prince du Siam avait une chambre au rez-de-chaussée. C'est lui qui nous a donné l'idée du sultan de Zanzibar.

— Le sultan de Zanzibar ? interrogea-t-elle en arrondissant les yeux.

— Vous ne connaissez pas ? Mon plus beau canular. Adrian était déguisé en grand vizir et moi en oncle du sultan. Nous avons roulé dans la farine toutes les sommités de Cambridge, du maire à nos professeurs d'université. Après, avec Adrian, nous sommes allés au *Daily Mail* pour leur raconter notre supercherie. Le *Daily Mail*, vous réalisez ? Un million de lecteurs, insista-t-il devant leur absence de réaction. Et nous avons fait la couverture de *Tatler* avec nos déguisements. Trois mois plus tard, nous étions mis à la porte de Trinity. Sans regrets.

Horace fit une pause pour apprécier son infusion d'assam noir d'un geste à l'élégance aristocratique séculaire.

— Y revenir ce soir a un côté jouissif et je voulais vous en remercier, mes amis, conclut-il.

— Êtes-vous sûr de l'endroit où se trouve l'arche ? insista Olympe.

— Je pourrais vous y emmener les yeux fermés. La tradition a ceci de bon que rien ne change à Trinity. Il sera à l'endroit même que je vous ai indiqué.

— Horace, vous êtes un génie ! intervint Thomas.

— Disons qu'il m'arrive de le penser, mais dans ce cas précis…

— Je ne parle pas de notre virée de ce soir, mais de ça, dit-il en lui montrant le livre d'or.

— Ça ? Ce n'était même pas prémédité. Le révérend doyen l'avait oublié dans la salle capitulaire. Cela n'a rien d'un titre de gloire.

— L'avez-vous lu ?

— Parcouru. On y trouve tout ce que notre époque comporte de grands hommes venus se recueillir sur la tombe des célèbres disparus. Les auteurs fréquentent le secteur des poètes, les scientifiques celui des hommes de science et les ambitieux celui des hommes d'État. Tous laissent un mot pour la postérité en espérant finir dans la nécropole des illustres qu'est devenue cette abbaye. Pittoresque, non ? En quoi cela me vaut-il tant de mansuétude de votre part ?

— Olympe, avez-vous gardé les messages de l'apôtre ?

— Je vais les chercher, répondit-elle en jaillissant de son fauteuil. Horace, vous êtes brillant ! cria-t-elle depuis le couloir.

— L'écriture, c'est bien ça ? demanda Vere Cole, qui commençait à comprendre.

— Nous allons la comparer aux dédicaces, expliqua Thomas. J'ai vu passer tous les ministres et bon nombre de députés dans votre livre d'or. Même Sir Conan Doyle.

Le majordome aimait son travail au service de Vere Cole. Il savait que sa rigueur de sous-officier était appréciée de son employeur, ainsi que son sens de la décision dont Horace ne pouvait que se féliciter et qui le délivrait de tous les tracas du quotidien. L'homme appréciait l'excentricité de son employeur, qui rendait la vie bien plus amusante que dans ses fonctions précédentes.

Il finit de remplir la mallette de voyage en cuir, vérifia que rien ne manquait de la liste établie et se rendit au salon où les trois compères s'étaient enfermés depuis une heure. Il s'en échappait de temps à autre des exclamations et des rires. Il se demandait quel pouvait être le jeu qui les passionnait autant mais son professionnalisme lui interdisait toute curiosité. Il déposa le bagage près de la table basse, se fit confirmer qu'ils n'avaient plus besoin de lui et regagna la cuisine.

— Combien reste-t-il de pages ? s'inquiéta Horace.

— Une dizaine, tout au plus, répondit Thomas. Toute l'année 1908. Combien de suspects ?

— Deux, pour l'instant, vérifia Olympe.

Ils avaient épluché toutes les dédicaces, aux signataires connus ou inconnus, riant des énoncés, tout en buvant le champagne qu'Horace servait sans retenue.

— Voilà notre député favori, annonça Horace en déchiffrant la signature de Winston Churchill.

— C'était avant l'humiliation du fouet, nota Olympe.

Une semaine auparavant, le politicien avait eu maille à partir dans le train de Bristol avec une femme qui lui avait assené un coup de cravache.

— *Espèce de brute, je vais vous montrer ce que les femmes anglaises peuvent faire !* dit Olympe en reprenant les paroles de la suffragette. Chapeau, Miss Garnett !

— Cela va sans doute vous étonner, mais il est un candidat potentiel, affirma Thomas, loupe à la main.

— Son écriture est légèrement penchée, ce qui n'est pas le cas de celle de l'apôtre, objecta Horace.

— J'imagine que notre inconnu a tenté de changer la sienne, mais il y a des points communs intéressants. Elle est fine et serrée. Regardez comme le *e* est fermé, et le *f* fait le même angle. Le *h* n'a pas de boucle, tout comme celui de l'apôtre.

— Ajoutons-le à la liste, décida Olympe. Je sais par Christabel qu'en privé il tient des propos moins hostiles au vote des femmes que lors des réunions publiques.

— Le train part à quelle heure ? s'inquiéta Horace, qui connaissait la réponse.

— Quatre heures, nous avons largement le temps de finir, tempéra Thomas.

Les dernières pages ne donnèrent qu'un candidat supplémentaire, dont le texte, signé du nom de Smith, leur parut aussi troublant que son écriture, tout en majuscules détachées, qui proclamait : *À tous les apôtres de la littérature, de la science et des arts, devenus des anges ; que leur mémoire soit honorée.*

— Un dernier suspect de choix, dit Olympe en leur montrant la liste définitive, de laquelle ils avaient éliminé à regret Conan Doyle malgré une écriture similaire – mais l'auteur avait fait ses études en Écosse. J'espère que nous en apprendrons plus ce soir.

Aux côtés de Churchill et de Smith, apparaissaient le député travailliste Keir Hardie et un pair du royaume.

— Cette fois, il est temps d'y aller, décida Horace en se levant. Il est impératif d'arriver à l'heure de la cantine. Je vais prévenir le major de sortir l'attelage.

67

Trinity College, Cambridge, mardi 23 novembre

Ils marchèrent depuis la gare, traversant différents quartiers et plusieurs parcs avant d'apercevoir l'imposante silhouette des bâtiments de l'université, qu'ils contournèrent par le nord jusqu'à Queen's Road. Ils quittèrent la route pour emprunter un chemin à la terre durcie par le gel. Le temps était froid mais sec, l'anticyclone annoncé dans tous les quotidiens était au rendez-vous. La lune aussi, seulement tachetée par endroits de petits nuages de traîne, et dont l'albédo permettait d'y voir clair même sans lanterne. Ils franchirent la Cam et s'arrêtèrent devant un portail ouvert à l'arrière d'une propriété. Horace entra et, sans hésitation, se dirigea vers une porte enchâssée dans le mur qui faisait office de clôture avec la propriété adjacente. Elle n'était pas verrouillée et Vere Cole les invita à pénétrer dans le jardin voisin.

— Elle est toujours ouverte le mardi soir et fermée les autres jours, chuchota-t-il. Ne me demandez pas pourquoi, je n'en sais fichtre rien. Cette ville est un réservoir d'incongruités.

Ils se retrouvèrent dans un rectangle de gazon à l'herbe rase entretenue comme un green de golf.

— Nous sommes sur le terrain de boules, expliqua Horace. Il n'y a pas d'entraînement le mardi.

— Horace, rassurez-moi, vous êtes venu récemment ? interrogea Thomas.

— Moi ? Non, pas depuis 1905.

— Et vous comptez sur des informations vieilles de quatre ans pour la réussite de notre entreprise ?

— La tradition, mon cher, voilà ce qu'elle a de bon. Par ici !

Ils longèrent la haie délimitant le terrain de jeu et prirent le passage qui aboutissait à l'arrière d'un des bâtiments ceignant Great Court, la cour principale de l'université. Vere Cole s'immobilisa et leva la tête afin de vérifier l'absence de lumière aux étages.

— Voilà, nous sommes arrivés : l'ancienne librairie, affirma-t-il solennellement. Docteur Belamy ?

Thomas posa le sac de marin qu'il portait sur son dos et en sortit une large batterie surmontée d'une ampoule.

— Lampe électrique portative. Je l'ai empruntée à l'hôpital, c'est le même modèle qu'utilisent les pompiers. Elle a la puissance de quatre bougies, six heures d'autonomie et ne pèse que quinze kilos, expliqua-t-il en l'allumant.

La façade révéla de longues rangées de petites fenêtres en ogive sur trois niveaux et une seule porte de service. Olympe manipula la clenche.

— Verrouillée, constata-t-elle. Manifestement, elle ne fait pas partie de la même tradition, mon cher Horace.

— Comme vous me l'avez demandé, nous allons éviter toute infraction, assura celui-ci alors que Thomas vérifiait la solidité des fenêtres. Voilà qui devrait pouvoir nous aider, ajouta-t-il en leur montrant une clé. Je ne l'ai jamais rendue, avoua-t-il en arborant un large sourire, satisfait de son effet. Maintenant, éteignez la lampe et suivez-moi de près. Nous montons au second étage.

L'intérieur sentait le bois et le papier moisi. Les silhouettes des étagères basses et massives, chapeautées de pupitres en accent circonflexe, encadraient l'allée étroite au plancher usé qui craquait sous leurs pas. Ils avancèrent dans la pénombre en file indienne en se tenant la main, Horace en tête. Au fond de la salle, une porte étroite était enchâssée entre deux bibliothèques bondées d'ouvrages. Ils pénétrèrent dans la pièce d'angle, qui donnait sur la Cam.

— Vous pouvez me lâcher, maintenant, dit Olympe à Vere Cole, qui tardait à le faire.

— Vous avez raison, ma chère, obtempéra-t-il après avoir esquissé un baisemain. Maintenant, une dernière précaution avant d'allumer notre phare.

De sa mallette, il sortit une couverture dont il enveloppa la fenêtre avant que Thomas ne mette la batterie en marche. L'endroit servait de réserve pour les ouvrages anciens qui ne pouvaient être exposés, faute de place. Tous portaient l'empreinte du temps sur leurs couvertures craquelées.

— Voilà l'arche, dit Horace avec emphase en désignant un coffre en bois de cèdre et à la marqueterie sommaire, clos par un cadenas surdimensionné.

Olympe s'agenouilla et tendit sa paume vers Horace.

— La clé.

Vere Cole se lissa les moustaches avant de répondre de son air le plus placide :

— Je ne l'ai pas. Ce n'était pas dans mes attributions, je n'ai jamais été le gardien de l'arche, tout juste bon à ouvrir la porte de service. Je vous ai amenés au Graal, à vous de montrer vos talents, mes amis ! dit-il en arborant sa position favorite, bras croisés et main droite soutenant le menton.

Olympe se releva et se posta devant lui :

— Vous ne l'avez pas ? Mais vous nous avez assuré que vous vous occupiez de tout ! Nous allions faire la « balade de Cambridge » comme de simples touristes. Pourquoi ne pas nous l'avoir dit ?

— Pour être sûr que vous ne renonceriez pas. Vous avez besoin de ce coffre et j'avais besoin de ce retour aux sources. Ne vous inquiétez pas, j'ai pensé à tout, se reprit-il en ouvrant sa mallette. J'ai demandé au major de faire quelques courses. Voyons, est-ce que cela pourrait vous convenir ?

Il déposa devant le coffre une série de crochets, un marteau et plusieurs pinces de grande taille.

— Je suis médecin, pas monte-en-l'air, protesta Thomas en approchant la source de lumière du meuble. Nous avions décidé de ne rien fracturer pour ne pas attirer l'attention de l'apôtre.

— Alors, il va vous falloir crocheter la serrure, commenta Vere Cole. Tout cela est bien plus excitant ainsi, n'est-ce pas ?

— Mon cher Horace, faites-moi penser à vous rayer de la liste de mes patients à mon retour, grinça Thomas en choisissant deux crochets.

Il les introduisit dans la serrure, les manipula plusieurs fois, tournant, raclant, sans aucun effet.

— Nous n'avons pas d'autre choix que les pinces, finit-il par conclure, dépité, tandis qu'Olympe ne cachait plus son agacement.

— Maintenant, laissez-moi faire et retournez-vous. Retournez-vous ! ordonna-t-elle.

Ils s'exécutèrent sans discuter.

— J'étais persuadé que vous sauriez le faire, se justifia Horace, penaud.

— Qu'est-ce qui pouvait vous faire croire cela ?

— On m'a dit que vous étiez lié aux gangs de Whitechapel.

— Faites-moi aussi penser à vous rayer de la liste de mes amis.

— Quand on fréquente un club de cavalerie, c'est qu'on sait monter à cheval…

— Vous fréquentez bien Augustus et le Café Royal et pourtant vous n'êtes pas un artiste, brocarda Thomas.

— Votre flèche a atteint sa cible, n'en lancez plus, implora Horace. Vous venez de venger la bataille de Crécy à vous tout seul !

Il jeta un regard en arrière.

— On est en train de perdre du temps, chuchota-t-il alors que les crochets faisaient entendre leurs cliquetis.

— Ça y est ! annonça Olympe.

Elle s'était agenouillée devant le coffre au couvercle ouvert et avait plongé les mains dedans.

— Mais comment avez-vous fait ?

— Ne me questionnez jamais sur ce qui s'est passé, dit-elle en sortant une pile de cahiers. Dieu du ciel, il y en a trop ! Horace, où est celui des apôtres ?

— Disons qu'il y a un point que je n'ai pas eu le temps de détailler avec vous, commença-t-il.

— Ne me dites pas…

— Je crains que si. Il y a un cahier par année. Soit quatre-vingt-dix à ce jour.

Thomas piocha un des fascicules. Il contenait tous les textes qui avaient été écrits par les participants durant l'année 1854 ainsi que le récit de chaque intronisation.

— Nous en aurons pour des heures, estima-t-il en le remettant en place.

— Attendez, montrez-le-moi, je suis curieux de voir qui faisait partie du club cette année-là.

— Nous n'avons pas le temps de nous amuser, Horace. Venez nous aider.

Vere Cole, vexé, n'obtempéra pas. Il prit un ouvrage à la couverture claire et se mit en retrait pour le consulter pendant que Thomas et Olympe cherchaient les tomes les plus récents. Il claqua soudain le cahier et pointa l'index vers le ciel :

— Est-ce que vous sentez ?

— L'odeur de moisi dans la pièce ? proposa Olympe.

— Non, est-ce que vous sentez la présence des grands hommes ? Ils sont tous là, Isaac Newton, Francis Bacon, lord Byron, Charles Babbage, tous ces génies qui ont vécu ici et qui hantent cette bibliothèque depuis des années. Rendez-vous compte que nous sommes dans l'université qui a produit les plus grands esprits de notre empire ! Je sens leurs âmes exceptionnelles, elles vivent là, je les entends nous entourer de leur bienveillance.

— Et moi, j'entends des pas dehors, souffla Thomas, qui éteignit aussitôt la lumière.

Olympe se précipita à la fenêtre, dont elle écarta la couverture.

— Quatre hommes se dirigent vers notre bâtiment, résuma-t-elle. Deux en uniforme. Les autres ont l'air de gardiens. Ils portent des lanternes.

— Y a-t-il d'autres sorties ? demanda Thomas à Horace, que l'événement contrariait et qui resta sans réaction. Horace ? insista-t-il.

— Non, une seule, répondit Vere Cole, semblant seulement prendre conscience de l'urgence de la situation. Que fait-on pour les livres ?

— On prend les vingt dernières années, décida Olympe, tant pis pour la discrétion. La pile de droite, indiqua-t-elle à Thomas, qui les retira promptement.

Elle ferma le couvercle et fit claquer le cadenas pendant que Thomas rangeait cahiers et outils dans son sac. Il l'épaula, saisit la batterie par sa lanière et les invita d'un geste à sortir.

Arrivés devant l'escalier, ils entendirent le tintinnabulement d'un trousseau de clés.

— Nous n'aurons pas le temps d'atteindre le rez-de-chaussée avant leur entrée, chuchota Thomas.

— Je crois que nous allons avoir besoin de vos talents de guerrier, en conclut Vere Cole, qui avait retrouvé son entrain.

— Il n'est pas question que je me batte. Pour quel voyou me prenez-vous, Horace ? On descend au premier et on attend qu'ils inspectent le second. Ils ont dû voir un peu de lumière et ils vont s'y rendre tout de suite.

— Et s'ils fouillent méthodiquement ? s'inquiéta Horace.

Sans répondre, Thomas prit la main d'Olympe et l'entraîna dans l'escalier. L'endroit ressemblait en tout point à l'étage supérieur, hormis l'absence de la pièce du fond, remplacée par deux gros globes terrestres devant les fenêtres en ogive. Ils se postèrent entre deux rangées de rayonnages et Vere Cole se campa de l'autre côté de l'allée principale. Les hommes venaient d'entrer et inspectaient bruyamment le rez-de-chaussée.

Ils ont peur, songea Thomas. *Ils annoncent leur présence.*

Horace lui suggéra d'un signe de sauter par la fenêtre. Le médecin évalua la hauteur à quatre mètres, ce qui présentait des risques à la réception, et lui fit un signe de tête négatif. Les gardiens semblaient progresser lentement. L'un d'eux signala aux autres que tout était normal au rez-de-chaussée. Sans prévenir, Vere Cole ouvrit la fenêtre, qui donnait sur Great Court, l'enjamba, se pendit par les mains et sauta.

Thomas n'eut pas le temps de réagir que la voix d'Horace retentissait depuis la cour :

— Y a-t-il quelqu'un qui pourrait m'aider ? Une âme charitable ?

Les gardes sortirent pour découvrir Vere Cole, assis dans l'herbe, se frottant la cheville.

— Messieurs, vous n'imaginez pas ce qui vient de m'arriver !

— Allons-y, lança Thomas.

Olympe et lui quittèrent le bâtiment par l'arrière, traversèrent le terrain de boules et firent le chemin inverse le long de la Cam puis de Trinity.

— Il nous a sauvé la mise, résuma Olympe après qu'ils eurent cheminé un long moment en silence. J'espère qu'il va s'en sortir.

— Le seul danger était sa chute ; pour le reste, il est même capable de leur soutirer de l'argent !

Lorsqu'ils arrivèrent à la porte principale de Trinity, Vere Cole était déjà là, qui les attendait près d'un pommier aux branches nues.

— Je les ai si bien embobinés qu'ils se sont cotisés pour me payer des soins, annonça-t-il en faisant sonner les pièces dans sa poche.

— Asseyez-vous et donnez-moi votre main, ordonna Belamy.

— Pourquoi ? Vous voulez me demander en mariage ? Sachez que je suis déjà engagé, plaisanta-t-il tout en lui tendant le bras.

Thomas ne répondit rien et lui prit les pouls.

— Ne recommencez jamais cela, Horace.

— Je vous remercie de votre sollicitude, mais la hauteur n'était pas considérable, mon ami.

— N'oubliez pas que vous avez des éclats de dum-dum tout près du cœur. N'importe quelle chute peut vous être fatale, même anodine.

— Ma foi, cela aurait été une belle mort. Mon sacrifice n'aurait pas été inutile.

— Allons-nous-en avant d'être repérés, intervint Olympe.

— Je crains que nous ayons raté notre dernier train, opposa Vere Cole. Je vous propose de nous rendre chez mon ancien mentor, le seul professeur de Cambridge digne de ce nom, puisqu'il en a été renvoyé.

— Débarquer à l'improviste chez votre ami le soir où un vol est commis ne me semble guère judicieux, objecta-t-elle.

— N'ayez aucune crainte, ma chère. George Macaulay Trevelyan fut aussi un apôtre. Et il ne sera pas surpris de nous voir : je lui ai annoncé notre venue. Je vous avais bien dit que tout était prévu.

68

St Bart, Londres, jeudi 2 décembre

L'orchestre s'était installé dans le square malgré le froid et avait été rejoint par la chorale de l'hôpital, menée par Etherington-Smith. Tout le monde s'était mis en place dans un joyeux brouhaha tandis que les patients se postaient aux fenêtres s'ouvrant sur la cour. Raymond avait donné le signal du départ avec *Joy to the World*. Le traditionnel concert des chants de Noël venait de débuter.

Frances, installée au milieu du groupe, s'époumonait en imaginant que Reginald reconnaîtrait sa voix parmi la trentaine de chanteurs autour desquels un nuage de vapeur s'élevait lentement vers le ciel, éclairé des derniers rayons du crépuscule.

Les morceaux s'enchaînèrent, *The First Noel, Hark the Herald Angels Sing, God Rest Ye Merry, Gentlemen*, tous les airs qui avaient bercé son enfance et son adolescence dans le quartier populaire de St Marylebone. La demi-heure de chants s'acheva avec *We Wish You a Merry Christmas*, après quoi Etherington-Smith remercia tous les participants, applaudis depuis les étages des différents bâtiments, et chacun retrouva son service alors que l'orchestre continuait seul le concert de Noël.

Reginald ferma la fenêtre de la salle 3 en regrettant de n'avoir pu s'absenter ; la pathologie de sa patiente ne présentait aucun caractère d'urgence, mais il n'avait pas voulu la laisser avec sœur

Elizabeth, qui s'était montrée irascible avec elle. La jeune femme était allongée sur le lit d'examen, les paupières closes, sous lesquelles s'étendaient deux larges demi-cercles d'un noir brillant. La religieuse nettoya les contours des yeux avec un tampon de ouate mouillé qu'elle présenta à Reginald : celui-ci était couvert d'une matière semblable au noir de fumée.

— Utilisez-vous du maquillage sur votre visage ? demanda-t-il tout en observant le coton.

— Oh, non, docteur, mes parents ne le permettraient pas.

— Quel âge avez-vous ?

— Dix-neuf ans.

— Depuis combien de temps observez-vous ce phénomène ?

— Ça a commencé sous l'œil gauche pendant une semaine environ, puis ça s'est arrêté du jour au lendemain. Et, le mois dernier, c'est revenu, sous les deux yeux. Maintenant, ça fait une semaine que cela n'arrête plus, docteur.

— Avez-vous eu des troubles oculaires avant l'apparition de ce phénomène ? Les yeux rouges, gonflés ou irrités ?

— Oui. Toujours.

— Je vais vous demander de rester allongée et de ne pas vous frotter les yeux. N'y touchez pas, d'accord ?

Reginald indiqua à sœur Elizabeth de le suivre et nota sa réticence. Une fois dans le couloir, elle n'attendit pas son diagnostic pour lui livrer le sien :

— C'est une affection simulée, docteur Jessop, cela semble évident.

— Voyons, Elizabeth, comment ferait-elle ? Elle n'a aucun agent colorant sur elle.

— Vous n'en savez rien, j'aurais dû rester avec cette fille. Avec votre permission…

— Allez-y, concéda-t-il devant la détermination de la religieuse.

Resté seul, Reginald s'adossa au mur et tenta de rassembler ses esprits. Ce n'était pas tant l'étrangeté du cas qui le préoccupait – la jeune femme ne semblait pas souffrir de la matière noire qui maculait ses cernes – que l'attitude d'Elizabeth. La sœur, depuis plusieurs jours, se montrait irritable et renfermée.

— Ça t'a plu ?

Il n'avait pas vu Frances rentrer aux urgences, emmitouflée dans un grand manteau de laine par-dessus sa tenue d'infirmière, les joues rougies par le froid, apportant avec elle la fraîcheur parfumée des soirées d'hiver.

— Oui, même si j'étais loin des premiers rangs, plaisanta-t-il pour ne pas lui avouer qu'il n'avait presque rien entendu de la chorale.

— Tout va bien ? demanda-t-elle en évitant tout réflexe de tendresse en public. Tu as l'air perplexe.

— Oui, ne t'inquiète pas, dit-il en vérifiant qu'ils étaient seuls avant de lui effleurer la main.

— C'est à cause de lui ?

La relation de Reginald avec son père s'était dégradée depuis que l'interne lui avait avoué son intention d'épouser l'infirmière et de continuer à travailler aux urgences. Sir Jessop avait coupé les ponts et cessé de lui verser sa rente. Reginald s'était trouvé une chambre plus modeste dans une maison de Snow Hill et avait obtenu un poste de démonstrateur au laboratoire d'anatomie pathologique, ainsi que de prosecteur à l'école médicale du Barts. Exalté par son amour pour Frances, le jeune homme vivait bien sa rétrogradation dans l'échelle sociale, mais le nombre d'heures supplémentaires effectuées était autant de temps en moins passé avec elle.

— Je suis heureux ainsi, lui assura-t-il une nouvelle fois. Ne t'inquiète pas, mon père n'a plus aucune emprise sur moi, je suis libre.

— Le prix n'en est-il pas trop élevé ?

— Il en vaut largement la peine, crois-moi.

Frances, à son tour, vérifia que personne ne les observait avant de répondre :

— Tu me donnes une valeur que je n'ai peut-être pas.

— C'est à moi d'en juger, moi seul. Tu n'as pas à t'inquiéter, mon amour. Maintenant, je dois voir Thomas.

Elizabeth avait fini de retirer la matière noire avec des cotons nitrés et les avait déposés dans un récipient rempli d'éther selon les indications de Reginald, qui voulait examiner l'échantillon au microscope. Elle dévisagea sa patiente en se demandant où elle avait pu cacher le pigment et comment elle l'avait appliqué sur sa peau.

— Vous aussi, vous ne me croyez pas, dit la jeune femme, je le vois bien. Mais que diable faut-il…

— Allons, voyons, ne blasphémez pas ! l'interrompit Elizabeth, déclenchant des pleurs chez sa patiente. Il n'existe aucune maladie qui produise ce phénomène.

La religieuse saisit un nouveau tampon, lui essuya les yeux et constata que les larmes ne coloraient pas la ouate, ce qui la conforta dans son opinion d'une mystification. Elle ébaucha un sourire de satisfaction qui se transforma en grimace : la douleur qui vrillait sa poitrine gauche depuis des semaines s'était encore intensifiée et l'avait empêchée de dormir, malgré l'application de baumes.

Reginald revint avec le docteur Belamy et le laissa examiner la jeune femme pendant qu'il emportait l'échantillon au laboratoire de chimie. D'abord réticente, la sœur se plia de bonne grâce à la demande de Thomas, qui avait pris avec lui une loupe Zeiss.

— La zone noircie correspond à la fente palpébrale, nota-t-il à l'intention de sœur Elizabeth, tout en nettoyant la peau qui avait recommencé à se griser. Voilà, maintenant, elle est propre et nette. Je vais observer les gouttes de sueur qui vont apparaître, il ne nous reste plus qu'à être patients, mademoiselle. Heureusement, sœur Elizabeth veille à ce que les salles d'examen soient toujours bien chauffées, ajouta-t-il, attendant la réponse de la religieuse, qui ne vint pas.

La première gouttelette à sourdre d'une glande sudoripare était incolore.

— Je suis français, dit-il alors que sa patiente avait eu pour consigne de ne pas parler. Et, il y a deux ans, un de mes collègues, le docteur Blanchard, a fait une communication au sujet d'un garçon à qui il était arrivé la même mésaventure. Une poudre noire qui se déposait sur la fente palpébrale.

La goutte s'évapora, laissant une trace noire autour de l'orifice glandulaire.

— Alors que tous ses collègues criaient à la manipulation, notre bon docteur fit ce test avec une simple loupe. Et il vit ce que j'observe maintenant chez vous : cette substance noire qui se dépose petit à petit sur votre peau vient d'un pigment soluble qui est oxydé au contact de l'air et prend cette couleur. Vous pouvez vous détendre, dit-il en enlevant la lentille.

— C'est grave, docteur ? demanda-t-elle en s'asseyant vivement sur le bord du lit d'examen.

— Rassurez-vous, mademoiselle, c'est aussi inoffensif qu'extrêmement rare, et ce n'est pas douloureux. À partir de maintenant, vous pourrez dire à tous les sceptiques que vous avez une mélanhydrose, ce qui probablement les plongera dans un abîme de perplexité, pour votre plus grand plaisir. Le docteur Jessop va bientôt revenir en vous confirmant que le nom de ce pigment est…

Au même moment, Reginald entra en déclarant énergiquement :

— La fuchsine, c'est de la fuchsine, monsieur !

Le retour coordonné du médecin fit éclater de rire la jeune femme, qui, d'émotion, pleura en même temps, faisant se diluer le colorant naturel produit par son corps. Les deux hommes partagèrent l'allégresse de leur patiente. Seule sœur Elizabeth restait en retrait, le visage fermé.

— La fuchsine est un pigment de la rétine de l'œil, ce qui explique vos troubles oculaires, ajouta Thomas. N'ayez plus de crainte, vous allez vite guérir et je parie que ce phénomène ne se produira plus. Je vous laisse avec le docteur Jessop pour votre sortie. Je peux vous voir un moment, ma sœur ?

La chambre de la religieuse baignait dans une odeur de caustique malgré la fenêtre entrouverte. Belamy ne fit aucune remarque et se contenta de lui détailler sa connaissance de la mélanhydrose tandis qu'Elizabeth préparait le thé. Puis la conversation roula sur les autres cas du service. La religieuse répondait mécaniquement et avec une détresse difficile à cacher. Thomas attendit qu'elle eût fini sa tasse pour aborder le sujet qui le préoccupait.

— Ma sœur, nous n'allons pas nous mentir. Vous savez de quoi je veux vous parler.

— Je n'ai rien à vous dire de particulier, docteur.

— Vous utilisez du caustique arsenical, sans doute additionné de chlorure de zinc, ce qui provoque fièvre, maux de tête et nausées, dont vous semblez souffrir depuis plusieurs jours. Et vous savez aussi bien que moi ce que l'emploi de ces caustiques signifie.

— Veuillez m'excuser, je suis fatiguée ; si vous pouviez me laisser, je vous en serais reconnaissante.

— Je ne peux pas, Elizabeth. Je ne dois pas. Vous avez une tumeur que vous essayez de traiter par le plus dangereux des moyens.

— Docteur Belamy…

— Pour vous avoir observée tout à l'heure, je dirais qu'elle se situe au niveau de votre sein gauche. Vous semblez beaucoup en souffrir. Laissez-moi regarder.

— Il n'en est pas question. Je ne me dénuderai devant personne. Surtout pas vous.

— Alors, laissez un autre médecin du Barts vous examiner.

— J'ai dit : personne. C'est la volonté de Dieu de m'engager dans cette épreuve et je dois la respecter.

— Mais, tous les jours, vous m'aidez à sauver des femmes qui sont dans votre situation !

— N'essayez pas de comprendre, c'est ainsi. Je vous demande de me laisser gérer cette affaire éminemment personnelle.

— Il existe aujourd'hui des traitements moins barbares et bien plus efficaces pour les squirrhes atrophiques.

— Il s'agit d'un lipome, mou à la palpation, sans adhérence et de la taille d'une noisette. Je vous remercie de votre sollicitude, mais il n'y a rien d'alarmant.

— Alors, pourquoi le caustique ?

— Simple précaution.

Thomas savait que la religieuse lui mentait. Sœur Elizabeth ne prenait même pas la peine de se montrer convaincante.

— Faites-moi au moins le plaisir de vous reposer jusqu'à lundi, et ce n'est pas un conseil, mais un ordre. Je vais prévenir l'intendant.

Elle le remercia d'un faible sourire tout en l'invitant d'un geste las à se retirer. Dehors, l'orchestre avait entamé une version instrumentale de *Angels We Have Heard on High*[1], qui, pour être la seule chanson de Noël française entrée dans le répertoire anglais, était tous les ans entre eux l'objet d'une plaisanterie récurrente. Elle n'y pensa même pas et, sans même attendre qu'il ait refermé la porte, s'agenouilla avec difficulté pour prier.

Après ses consultations, Belamy se rendit à la bibliothèque où il put vérifier que la religieuse avait emprunté l'ouvrage sur le cancer du sein de T.W. Nunn. Elizabeth allait devenir sa patiente la plus difficile, mais il se jura de ne jamais abandonner. Il neigeait à sa sortie, de gros flocons étoilés, si légers qu'ils montaient et descendaient plusieurs fois avant de se poser délicatement sur Londres, telles des plumes échappées d'un édredon. Olympe, qui avait passé la journée dans l'appartement de Thomas, était surexcitée lorsqu'il rentra.

— J'ai progressé dans nos recherches, mais, avant tout, j'ai besoin de sortir ! Gardez votre manteau, on va au music-hall ! Vous aimez happer les flocons qui tombent ?

1. *Les Anges dans nos campagnes.*

69

Londres, jeudi 2 décembre

Le Coal Hole était un cabaret de troisième classe, comme en témoignait sa décoration clinquante et sommaire. La façade, de couleur jaune, était recouverte d'affiches de grande taille annonçant les spectacles en cours et à venir, essentiellement des chanteurs inconnus ou des imitateurs d'artistes en vogue. Le portier balayait la neige du trottoir à côté de la statue en plâtre représentant le chansonnier George Robey dans sa tenue de scène, proche d'une soutane de vicaire, qui invitait de la main à pénétrer dans l'antre.

Ils descendirent l'escalier en époussetant leurs vêtements des étoiles de neige qui s'y étaient accrochées. En bas, une affiche proclamait *Le cabaret qui a fait découvrir Robey*, ce qui était une pure invention, à une époque où tous les établissements se targuaient d'avoir été à l'origine de la carrière des célébrités du moment. La salle, de petite taille et voûtée, avait réellement été une cave à charbon, comme son nom le laissait supposer, ce que les journalistes locaux avaient épinglé comme la seule information authentique du lieu.

La scène pouvait au mieux accepter trois personnes sur ses planches, devant un décor champêtre passe-partout dont il manquait l'extrémité droite – le peintre, un étudiant italien, avait été obligé de quitter Londres précipitamment en raison de l'insolvabilité de ses dettes de jeu et le propriétaire n'avait jamais jugé utile d'achever le trompe-l'œil. L'orchestre se limitait à un pianiste, placé à gauche de la scène, qui accélérait le rythme des partitions au fil de la soirée et de ses consommations de bière. Le meneur de revue était placé du côté droit, dans un fauteuil surélevé par une caisse de Fuller's afin que la salle puisse le voir en toute circonstance. Il fumait cigare sur cigare et, en fonction des réactions de l'assistance, frappait de son marteau de commissaire-priseur sur la caisse pour scander ses annonces. Une vingtaine de tables se disputaient l'espace restant, mais, en ce jeudi soir neigeux, l'assistance était peu nombreuse.

Le couple s'installa à l'endroit le plus éloigné de la scène, entre le comptoir et la sortie. Olympe posa devant elle le ticket usagé qu'ils avaient trouvé dans la poche de l'ex-inspecteur.

— Il est temps d'explorer cette piste.

— Qui vous dit que votre suiveur n'est pas un inconditionnel de music-hall ?

Le meneur tapa paresseusement un coup de marteau afin d'annoncer un numéro d'imitation des plus grands succès de George Robey. Il attendit que l'artiste fût entré en scène, le fit venir jusqu'à son fauteuil avant d'indiquer son nom, qu'il avait oublié, tout comme son papier censé lui servir de conducteur. Quelques applaudissements polis accompagnèrent le coup de marteau suivant. Le pianiste entama les premières notes de *Simple Pimple*.

— Une chanson misogyne, qui se moque d'une pauvre fille, commenta Olympe. Cela fait vingt ans qu'elle est serinée dans tous les cabarets du pays. Mais ce n'est pas pour ce genre de spectacle que « Guy » est venu ici. Vous avez faim ?

Elle héla la serveuse, qui transmit la commande en cuisine. Sur la scène, l'artiste déroulait les chansons de Robey, habillé et grimé comme lui, face au public inattentif.

— Notre homme s'appelle Frawley, commença Olympe. C'est étrange, j'ai du mal à prononcer son patronyme, comme si cela le rendait plus humain, après ce qu'il a tenté de me faire. Il a quitté la police en fin d'année dernière. Celui qui me filait, lui, a pour nom Milne.

— Mais où avez-vous appris tout cela ? Qui vous a aidée ?

— J'ai mes sources, dit-elle, ravie de l'intriguer. Il travaille à présent à son compte comme détective privé et Milne lui fournit des informations. Du moins, lui fournissait : il a été démis de ses fonctions après la soirée de Fitzroy Square. Vous devriez lire plus souvent les journaux, il n'y a pas que les suffragettes dont les noms sont cités.

— Pourquoi n'y ai-je pas pensé ? Quel piètre enquêteur je fais ! s'exclama-t-il, faisant s'interrompre le chanteur.

Thomas essuya un regard réprobateur provenant de la scène et une salve de coups de marteau sur la caisse, avant que le spectacle ne reprenne dans l'indifférence croissante de l'assistance.

— Les deux sandwichs au jambon, c'est bien pour vous ?

La serveuse n'attendit pas la réponse pour les poser sur la table, ainsi que deux verres de porto.

— De toute façon, il n'y a que ça ce soir. Ça fera trois pence en tout.

Ils entamèrent leur repas, dont chaque ingrédient semblait avoir séjourné sur le comptoir depuis plusieurs jours, et se rabattirent sur le vin cuit.

— Tout cela ne me dit pas pourquoi nous sommes ici ce soir, poursuivit Thomas.

— Non, pas « pourquoi », mais « pour qui », rectifia Olympe.

La serveuse revint leur rendre la monnaie. Elle prit les pièces une par une et montra du doigt les sandwichs à peine touchés :

— Je vous conseille d'éviter les réclamations, le chef n'est pas d'humeur ce soir.

Olympe la suivit longuement du regard alors qu'elle s'en retournait derrière le comptoir d'un pas plein d'ennui.

— Elle ?

— Il faudra attendre la fin de son service, mais son témoignage en vaut la peine.

— Comment le savez-vous ? Êtes-vous déjà venue ici ?

Le spectacle continua avec un amuseur qui confirma que le cabaret était bien de troisième classe. Il réussit la prouesse de faire fuir la moitié des spectateurs. Un groupe se plaignit de la nourriture, doléance que la serveuse transmit en cuisine et qui lui valut un bouquet d'injures fleuries. La scène amusa plus le public que les saynètes.

Le meneur y alla de son marteau et la soirée continua à cahoter et les tables à se vider jusqu'à la fin des numéros. L'employée ne tarda dès lors pas à rejoindre le médecin et la suffragette.

— J'imagine que vous êtes les amis de Betty ? dit-elle en s'asseyant.

— Je suis Olympe Lovell et…

— Pssst, pas de nom, l'interrompit-elle. Ici, nous préférons la discrétion, ça évite les ennuis. Betty m'a parlé de votre demande.

Le cuisinier l'appela en hurlant des insanités depuis son antre. Elle lui répondit d'une salve de grossièretés qui calma le gargotier.

— Ne faites pas attention, messieurs-dames, dit-elle avec une amabilité qui contrastait avec la grêle d'injures qui venait de s'abattre. La personne que vous recherchez vient régulièrement ici avec ses clients. C'est plus discret qu'à son bureau.

La serveuse prit le ticket du cabaret qu'Olympe tenait en main et l'enfourna dans son décolleté.

— Ce jour-là, c'était le 20 octobre. Je m'en souviens bien, il était avec un homme pas comme les autres.

— Quel genre ?

— Le genre qui ne vient pas dans un établissement comme le nôtre, dit-elle avant d'éclater de rire. Un gars de la haute. Ils s'étaient mis à votre table.

Le meneur de revue, qui avait bu un dernier verre au comptoir sans se soucier d'eux, les salua et quitta l'établissement en compagnie du portier.

— Pouvez-vous nous le décrire ? demanda Olympe.

— Il était comme tous les gens du monde, bien sapé, poli et sur ses gardes.

— Un détail physique qui pourrait nous aider ? insista Thomas.

— Assez vieux, je dirais cinquante ou soixante, un air sévère et la moustache bien touffue, mais ils l'ont tous à cet âge. Tous les riches se ressemblent, ça doit être la couleur de l'argent.

— On ferme ! aboya le cuisinier, qui entra avec un torchon pour essuyer le zinc fatigué du comptoir. J'espère que le spectacle vous a plu, ajouta-t-il pour adoucir son propos.

— Tu parles, avec ce que tu envoies, on n'est pas près d'avoir le succès du New Eagle, répliqua la serveuse, déclenchant un chapelet de grognements et de récriminations, qu'elle ignora. Je vous accompagne, indiqua-t-elle en leur montrant l'escalier.

Arrivée à l'entrée, elle regarda avec ennui la neige qui continuait de tomber et souleva la statue de Robey pour la rentrer.

— Dire que je porte ce type tous les jours alors qu'il ne m'a jamais fait rire, soupira-t-elle. Je devrais le laisser dehors pour lui apprendre à se moquer des femmes. Betty m'a dit tout ce que vous avez fait pour la cause, reprit-elle. Je ne suis pas une militante active, même si j'ai adhéré à la NUWSS[1]. Mais je déteste la violence, j'en ai suffisamment à domicile. Je me souviens d'un détail qui pourra peut-être vous aider : son client, il avait une cicatrice sur le côté droit. Pas très visible, il la cachait dans ses favoris, mais elle remontait jusqu'à l'oreille.

— Merci, cela nous sera sûrement utile, dit Olympe. Cela fait longtemps que vous connaissez Betty ?

— Depuis toujours ! Je suis sa grande sœur.

Plus aucun véhicule ne circulait. La neige avait rendu Londres au silence que la ville avait oublié. Ils empruntèrent Victoria Embankment et firent une halte près de Cleopatra's Needle. Les sphinx de bronze qui encadraient l'obélisque avaient conservé leur air stoïque. Olympe traça au doigt *Le vote pour les femmes* sur le manteau

1. National Union of Women's Suffrage Societies, mouvement suffragiste pacifique.

blanc qui couvrait leur dos, puis, à l'aide d'une branche tombée d'un arbre, elle l'écrivit en lettres géantes sur la route immaculée. Elles tiendraient jusqu'au passage du premier tramway.

Les réverbères sur le pont de Waterloo scintillaient comme de petites lunes transperçant le brouillard. À l'arrière se dressaient les cheminées fantomatiques des industries de la rive droite. Ils s'attardèrent devant ce paysage tout droit sorti d'un tableau de Monet.

— Nous voilà bien peu avancés, je vous ai fait perdre votre temps, Thomas, s'excusa-t-elle en frappant le sol de son bâton.

— Détrompez-vous : grâce à sa description, je sais qui était son client. Nous nous étions complètement trompés sur vos tourmenteurs, Olympe. J'aurais dû y penser plus tôt : c'est après moi qu'ils en avaient. C'est moi qu'ils attendaient à Fitzroy Square.

— Et ils auraient profité de ma présence pour me violenter ? Charmant. Et qui vous faisait suivre ? Qui est cet homme à la cicatrice ? Thomas, vous m'écoutez ?

Tous les sens en éveil, Belamy venait d'identifier la faible odeur de grillé qui flottait dans l'air depuis quelques secondes et s'en voulut d'avoir relâché son attention. Il se retourna vivement. À moins de cinq mètres d'eux se tenaient deux hommes aux carrures de lanceurs des Highlands, armés l'un d'un gourdin de bois qu'il tapotait en rythme, l'autre d'un coutelas en forme de machette qu'il pointa dans leur direction. Plus en retrait, adossé au sphinx, le meneur de revue mâchonna une dernière fois son cigare avant de le cracher. Il dégaina son marteau et le fit tourner dans sa main comme une baguette.

— C'est l'heure du rappel, messieurs-dames, dit-il en le frappant contre le bronze de la sculpture. J'espère que vous avez apprécié le spectacle. Mais, comme vous n'êtes pas des habitués du Coal Hole, je vais vous en expliquer les règles : nous allons passer parmi vous et vous allez remettre à mes assistants tout l'argent en votre possession. C'est le prix à payer pour ceux qui posent trop de questions. Et cela vous garantira notre silence.

— Courez, sauvez-vous, souffla Thomas, je m'occupe d'eux. Rendez-vous au Barts.

— Sûrement pas, répliqua-t-elle à voix haute. Voilà bien une réaction d'homme, toujours à nous renvoyer dans nos foyers ! Je reste, ne vous déplaise.

— Je voulais juste vous éviter d'être témoin d'un fait divers violent, répliqua-t-il. Je songeais à vous préserver.

— Cela part d'un sentiment honorable, certes, mais je demande l'égalité, même devant un combat inégal, s'entêta Olympe en s'appuyant sur son bâton comme sur une canne.

— Hé ! les interrompit le meneur. Vous vous disputerez plus tard ! Sortez l'argent !

— Comment ça, inégal ? s'étonna Thomas en ignorant les rançonneurs.

— Ils ne sont que trois, vous devriez avoir honte de vous battre contre plus faibles que vous.

— Arrêtez, maintenant ! hurla l'homme au marteau.

À son signal, les deux brutes avancèrent vers Thomas en s'écartant l'un de l'autre, tels des prédateurs encerclant leur proie.

— Je m'occupe de mes futurs patients, dit-il sans se soucier d'eux, et nous reprendrons notre conversation.

— Ne me faites pas languir, cher amour.

Le premier assaillant se rua sur lui en criant. Au moment où l'homme lançait son couteau de bas en haut, Thomas bloqua son bras, lui fit lâcher l'arme d'un mouvement sec du tranchant de la main, se retourna pour lui assener un coup de coude au visage puis, d'un coup de pied latéral dans le thorax, l'envoya trois mètres en arrière sans effort apparent. L'homme glissa dans la neige jusqu'au parapet, qui arrêta sa course. Dans l'intervalle, le second s'était placé dans son dos et avait levé son gourdin pour le frapper, mais Thomas avait anticipé et l'arme gifla le vide. Le médecin attrapa le bras, le retourna, faisant craquer l'articulation, et termina par un puissant coup de talon en pleine face. L'agresseur s'écroula, inanimé. La vitesse d'exécution avait été foudroyante : les deux hommes étaient au sol cinq secondes après leur attaque. Le meneur de revue le regardait, sidéré par ce qui venait de se produire. Il se reprit, sortit un pistolet de sa poche de manteau et soupira :

— Qu'il est parfois dur de recouvrer un paiement. Quelle que soit votre technique de combat, je crains qu'elle ne résiste pas à mon Pieper Bayard. Petite merveille de technologie, cinq balles de calibre 7.65, assez pour vous rendre raisonnable. Mais, vu les dommages provoqués, je crains que le prix n'ait augmenté. Il me faudra aussi tous vos bijoux.

L'homme au couteau s'était réveillé ; restait groggy contre le muret, incapable de se lever, alors que l'autre était toujours inanimé.

Olympe serra dans sa poche la petite bourse de cuir contenant toutes ses économies, dont elle ne se séparait jamais.

— Laissez-la partir et je vous donnerai tout ce que j'ai, proposa Thomas.

— Vous n'êtes pas en état de négocier. Allez, dépêchez-vous, maintenant ! s'impatienta le meneur. Sinon, il y a une balle pour chacun de vous !

Elle échangea un regard avec Thomas, une œillade qui lui fit comprendre qu'elle n'abdiquerait jamais. Elle avait tenu tête à ses geôliers d'Holloway, ce n'est pas un petit maître-chanteur de troisième zone qui allait la faire plier. Elle eut envie de dire à Thomas qu'elle l'aimait passionnément, charnellement, jalousement, mais les mots se perdirent et elle prononça une phrase inattendue :

— Vous aimez Dickens ?

— Dickens ? répéta-t-il, surpris.

— Oui, Dickens. Il y a longtemps que je voulais vous poser la question. Si vous m'aimez, c'est important que vous l'aimiez aussi.

— Mais tout le monde aime Dickens ! s'agaça le meneur. Finissons-en ou je vous abats ! dit-il en pointant le Pieper Bayard vers le médecin.

Thomas comprit que l'homme n'avait jamais tué de sang-froid, peut-être même n'avait-il jamais utilisé son revolver de poche. L'homme au couteau, lui, venait de se hisser sur le parapet et avançait en titubant à la manière d'un ivrogne.

Thomas s'approcha pour l'examiner mais le voyou prit peur et s'enfuit en direction de Waterloo Bridge, en utilisant le muret comme un guide, malgré les injonctions du meneur qui menaçait d'abattre Belamy s'il s'éloignait encore.

— Allez-y, dit Thomas en écartant les bras. Tirez !

— À genoux ! cria le meneur. À genoux, vite.

Thomas revenait vers lui, les bras en croix.

— Vous tremblez ?

— C'est le froid ! bredouilla l'autre en prenant son arme à deux mains. À genoux, et sortez votre portefeuille. À trois, je tire ! hurla-t-il, sa salive écumant à la commissure de ses lèvres.

Thomas s'arrêta.

— Voilà qui est mieux. Votre portefeuille ! Un… Deux…

L'homme tourna soudain la tête vers la rue : il avait oublié de surveiller Olympe, qui était sortie de son champ de vision. Elle avait disparu.

— Mais où est… ?

Il ne finit pas sa phrase : Olympe lui frappa la tête de son bâton, qui se cassa net. L'homme ploya sous le choc, mit un genou à terre et se retourna aussitôt pour tirer au jugé vers elle. Les deux balles rebondirent sur le sphinx dans un bruit métallique alors que Thomas se précipitait sur lui. Les jambes du médecin enserrèrent sa gorge et l'homme fut plaqué au sol après une pirouette. Il suffoqua et perdit conscience.

Thomas se releva en s'ébrouant, enleva les balles restantes du Pieper Bayard et le jeta au loin. Il prit Olympe dans ses bras et l'embrassa longuement.

— Je n'ai jamais vu une telle figure, même chez les lutteurs de foire, dit-elle après avoir repris sa respiration. Vous l'avez étouffé entre vos jambes, comme un boa avec sa proie !

— C'est un ciseau. Rassurez-vous, il n'est pas mort.

— Cela ne me rassure pas, il m'a tiré dessus. La prochaine fois…

— Il n'y aura pas de prochaine fois, je serai plus vigilant à l'avenir.

Ils s'embrassèrent à nouveau, leurs cheveux mouillés se mêlant sur leurs visages.

— C'est à votre tour de m'avoir sauvé la vie, Olympe Lovell.

— J'ai hésité à le faire, mais nous avions une conversation à terminer, docteur Belamy. Alors, qui est le client de Frawley ?

70

Café Royal, Londres, vendredi 3 décembre

Sir Jessop observa son visage dans le miroir et lissa ses cheveux sur ses tempes. Il n'aimait pas son physique, dont les traits reflétaient sa dureté de caractère, mais celui-ci était un atout pour son personnage craint et respecté. Il était pétri des convictions héritées de ses ancêtres, qui avaient fait du Royaume-Uni la plus grande puissance mondiale. Un enfant, quel que soit son âge, se devait d'obéir à son père. Le mariage était une affaire d'alliance, pas d'amour. D'ailleurs, n'était-ce pas par le mot alliance qu'on désignait la bague passée au doigt ? Il classa mentalement cette pensée dans la liste des arguments à utiliser afin de convaincre Reginald. Son fils, qui n'avait plus donné de nouvelles depuis qu'il lui avait coupé les vivres, lui avait envoyé un billet afin de le retrouver au Café Royal pour une discussion, ce que Jessop avait interprété comme une reddition. Le fils prodigue, à court d'argent, revenait au bercail demander pardon et reconnaître que rien au monde n'était plus important que le bonheur matériel, matrice de tous les autres. Il lui pardonnerait, après une période de probation, mais il le ferait et tout rentrerait enfin dans l'ordre.

Sir Jessop sortit des toilettes et reprit sa place à la table du fond, notant au passage que Reginald avait un quart d'heure de retard, ce qui était chez lui une exécrable habitude. Il se donna encore cinq minutes avant de quitter l'établissement et commanda un second brandy tout en prenant connaissance de la une rose saumon du *Financial Times*.

— Sir Jessop ?

L'homme qui avait interrompu sa lecture n'était pas Reginald.

— Navré de mon retard, mais les urgences s'accordent mal avec la ponctualité, dit Thomas en s'asseyant.

— Docteur Belamy, je suis désolé, mais…

— Reginald ne viendra pas. Tout comme il ne reviendra pas sur sa décision. Il m'a aidé à organiser ce rendez-vous.

Jessop, habitué à ne jamais montrer ses sentiments, demeura impassible et replia avec soin son journal.

— Dans ce cas, je vais m'en aller, docteur. Je ne vous ai pas sollicité, dit-il avant de terminer d'un trait son verre de brandy.

— Ce que j'ai à vous dire vous concerne au premier chef, monsieur. Restez.

Le Café Royal débordait de son exubérance quotidienne que Jessop trouvait vulgaire comparée à l'ambiance feutrée des clubs londoniens qu'il fréquentait. Il vérifia que personne ne les surveillait ni ne prêtait attention à eux et, d'un geste monarchique, invita le médecin à continuer.

— Mario, un thé, le même mélange que d'habitude, demanda Belamy, dont l'aisance déplut à Sir Jessop.

Les deux hommes se toisèrent à la manière de deux boxeurs avant le combat.

— Reginald n'abandonnera pas la médecine, monsieur, et il se mariera avec la femme qu'il aime. C'est son choix et je l'approuve totalement.

— Cela ne vous regarde aucunement. Je vous prie de rester en dehors des destinées de ma famille.

— Dans ce cas, pourquoi me faire suivre par le détective Frawley ?

Jessop ne chercha même pas à nier et se contenta de le regarder droit dans les yeux, sans répondre.

— Vous avez essayé de me nuire auprès des Anglais en faisant publier un article dans le *Daily News* qui me prêtait des propos incorrects. Vous avez essayé de me nuire auprès de ma hiérarchie en faisant courir des rumeurs sur mon compte. Vous avez essayé de me nuire auprès de Reginald en me discréditant. Je vous annonce que vous avez manqué votre cible, Sir. Votre fils ne reviendra pas sur sa décision et elle n'a rien à voir avec moi.

Thomas se tut alors que Mario déposait le thé et la tasse devant lui avec une délicatesse que ne laissait pas supposer l'énergie qu'il mettait habituellement à servir huîtres et champagne à leur table. Jessop, toujours impassible, fulminait intérieurement de s'être fait piéger avec la complicité de son fils.

— J'ai mis fin à la mission du détective Frawley, continua Belamy. Il ne travaillera plus pour vous désormais.

Le père de Reginald se leva sans un mot, chaussa son haut-de-forme et salua le médecin d'un trait de canne.

— Nous sommes quittes, conclut celui-ci sans se retourner.

— Sûrement pas, marmotta l'homme d'affaires entre ses dents avant de se laisser happer par la porte-tambour.

Thomas attendit que l'infusion refroidisse un peu et la but lentement, face au miroir qui reflétait la salle, tout en imaginant la fureur de Sir Jessop lorsqu'il contacterait Frawley afin de vérifier ses propos. L'ex-inspecteur avait reçu la visite de deux membres du gang des Coons et, pour sa survie professionnelle et personnelle, avait été obligé de s'incliner. Le médecin savait qu'il paierait lourdement ce service, et il détestait être le débiteur des pires voyous de l'East End, mais l'urgence de la situation ne lui avait pas laissé d'alternative. À force de fouiner, Frawley aurait pu découvrir le secret que Thomas avait réussi à cacher depuis son arrivée en Angleterre.

Il vit le reflet d'Horace entrer, tête nue, et se diriger droit sur lui. Vere Cole s'assit en face de lui et Thomas comprit à son visage tendu que les nouvelles provenant des États-Unis n'étaient pas bonnes.

— C'est fini, dit-il en lui tendant le télégramme.

Adrian y indiquait que sa médiation avait échoué et qu'il reprenait le bateau le jour même.

— Je suis navré, Horace, sincèrement.

— Une femme que j'ai sauvée des griffes de son mari, qui me disait que j'étais tout pour elle. Vous le comprenez, ça, Thomas, vous le comprenez ? geignit-il, les yeux larmoyants, suffisamment fort pour être entendu de toutes les tables. Les femmes… comment compter sur elles ? Mon cœur saigne comme vous ne pouvez l'imaginer, Mildred sera responsable de ma mort prochaine ! clama-t-il avec un accent shakespearien.

Horace continua de dérouler le catalogue de reproches qu'il n'avait cessé de ressasser depuis dix jours, en alternance avec les moments d'espoir. Sa détresse faisait de la peine à Thomas, mais il n'avait ni la patience ni l'empathie d'Olympe pour panser les plaies sentimentales de son ami.

— Préservez-vous, Horace. C'est le seul conseil que je puisse vous donner. On est toujours seul en amour. Mais vous avez vos amis.

La phrase fit à Vere Cole un effet inattendu. Son visage changea radicalement d'expression.

— Vous avez raison, dit-il avant de se lever et de déclamer : *L'amour à la sauvage églantine est pareil, et l'amitié pareille au houx…*

Alors que tout le monde s'était tu pour l'écouter, il chercha la suite de la citation avant de poursuivre :

— *Le houx fleurit quand l'églantine est sombre…* non. *L'églantine est en fleur avec constance…* non plus. *Le sombre houx fleurit…* Je ne sais plus, avoua-t-il, mais c'est d'Emily Brontë et c'est fichtrement juste ! L'amour passe mais l'amitié reste. Mario, champagne pour tout le monde ! Je fête la pérennité de l'amitié !

Horace, qui excellait dans tous les registres, se fit ovationner par les clients et circula de table en table avant de revenir à la sienne. Ses brusques changements d'humeur faisaient partie de son caractère, ce pour quoi il était apprécié par certains et haï par d'autres. Il jouait en permanence son propre personnage.

Augustus les rejoignit et leur proposa de participer à un bal russe organisé par un membre de la famille du tsar, ce qui ragaillardit définitivement l'Irlandais. Thomas en profita pour s'éclipser. Le peintre prit sa place et finit la bouteille en buvant au goulot à la manière d'un marin dans un estaminet des docks avant de commander des huîtres sur le compte d'Horace.

— Ne te fais pas de soucis, mon ami, lui dit le peintre, je suis prêt à parier que, dès demain, tu crèveras d'amour pour une nouvelle amante. Tiens, regarde ! ajouta-t-il fièrement en lui montrant sa main gauche dont l'annulaire portait une bague en argent ornée de quatre inscriptions. Cadeau de ma maîtresse.

Horace fit la moue à la vue du bijou usé et sans charme.

— Détrompe-toi, c'est une relique qui a appartenu à Jeanne d'Arc et qui était depuis des générations dans sa famille. C'est la preuve qu'il y a des femmes prêtes à donner ce qu'elles ont de plus précieux à l'homme qu'elles aiment !

Vere Cole prit la bague du doigt de son ami et s'intéressa à l'objet.

— IHS et MAR, dit-il en lisant le texte gravé sur le chaton. Jésus et Marie, traduisit-il. Aucune valeur, à part le fait que c'est une antiquité, trancha-t-il en l'enfilant à son annulaire. Prête-la-moi, je sens qu'elle va me porter chance.

Augustus protesta mollement avant de conclure un marché avec Vere Cole lorsque les fruits de mer furent apportés par Mario sur un lit de glace.

— Tu me la rendras dès que tu auras trouvé ta sylphide. Regarde cette jeune actrice là-bas, dit-il en désignant un groupe près de l'entrée. Elle te dévore des yeux depuis que je suis arrivé. Elle joue à l'Empire tous les soirs, sauf le jeudi. Ne me remercie pas, mon ami, conclut-il en gobant bruyamment une huître.

Horace saisit le *Financial Times* abandonné par Sir Jessop et, le posant devant lui, se mit à parcourir la première page avec intérêt.

— J'ai décidé que l'impressionnisme était mort, déclara Augustus en postillonnant de l'eau de mer, et que je serai le premier représentant du postimpressionnisme. C'est le prix à payer pour rester d'avant-garde, n'est-ce pas ?

Vere Cole ne l'écoutait plus. Les articles du quotidien détaillaient la crise entraînée par le refus du budget à la Chambre des lords. Asquith avait décidé de provoquer des élections anticipées pour le début de l'année. Les cuirassés en construction étaient un des points d'achoppement entre les deux assemblées. Le gouvernement voulait en construire plus encore afin que la flotte britannique dépasse en nombre celle de la marine allemande, mais les lords avaient refusé l'idée de taxe foncière censée les financer. Les navires, symbole de la puissance et de la fierté de l'Empire... L'idée jaillit en lui comme une évidence.

— Je l'ai ! s'écria-t-il en souffletant la joue de son ami avec le journal alors qu'Augustus s'apprêtait à avaler un mollusque, le faisant tomber sur son gilet.

— Que t'arrive-t-il ? râla le peintre en récupérant l'huître avec sa fourchette avant de l'enfourner.

— J'ai eu l'idée de mon prochain canular, mon ami. Ce sera le plus grandiose jamais réalisé. Nous allons mystifier la marine royale, pas moins. À nous les *Dreadnoughts* !

71

St Bart, Londres, vendredi 31 décembre

Raymond Etherington-Smith ouvrit le clapet de sa montre fétiche, un calibre Zénith de la fabrique des Billodes, qui lui avait été offerte après sa médaille aux Jeux. Il admira l'objet plus qu'il ne consulta l'heure, avant de la ranger soigneusement dans la poche de son gilet. Il savait qu'il était en retard et qu'il ne pourrait combler ce dernier, mais il s'en moquait : la soirée allait être longue et il restait encore quatre heures avant le passage à l'an 1910. Il aimait le calme du dernier jour de l'année, où toute activité semblait suspendue au décompte final. Assis à même son bureau, dans l'attitude décontractée qu'il affectionnait, il attendait que Thomas finisse de lire le discours qu'il avait l'intention de prononcer au prochain conseil d'administration de l'hôpital.

— Cela me semble prématuré, dit Belamy en lui rendant les feuillets.

— Prématuré ? C'est toi qui me dis ça ?

Etherington-Smith se leva et effectua une série de va-et-vient sur toute la largeur de la pièce. Dans les moments de contrariété, il ressentait le besoin de se dépenser physiquement, comme lors de ses entraînements.

— Je suis très sensible à ta proposition, Raymond, mais…

— N'est-ce pas ton rêve d'officialiser la médecine chinoise dans un hôpital occidental ? de pouvoir utiliser librement les deux écoles ?

— Oui, mais ils ne sont pas prêts.

— Ils ne le seront jamais ! Je ne veux pas renverser la table, ce n'est qu'un premier pas, mais Uncot apparaîtra dans l'organigramme des services de cet hôpital.

— Tu auras des ennuis. Nous aurons des ennuis.

— Je ne te reconnais pas, Thomas. Les ennuis, j'en ai l'habitude et c'est mon métier de les gérer. Ton service est exemplaire et ton équipe est celle qui a traité le plus de cas de toutes les équipes des urgences. Trente-cinq mille cette année, précisa-t-il en fouillant dans les papiers posés sur son bureau. Et nous avons récolté près de cent mille livres de dons, en partie grâce à vous : j'insisterai sur ce fait auprès de nos gouverneurs.

Raymond s'affala dans le fauteuil en face du canapé où Thomas avait pris place.

— L'ambassade de France m'a appelé, pour la visite de février : ils proposent de te remettre une médaille, je ne sais plus laquelle, les Français en ont inventé encore plus que nos pairs. On ne peut rêver conjonction plus favorable.

— Ne le fais pas, je te le demande.

Etherington-Smith observa longuement son ami. Il ne lui avait jamais vu cette expression de malaise. Belamy avait toujours été un homme secret, mais il semblait à Raymond que ces secrets affleuraient et qu'en ce moment même Thomas se battait avec eux pour éviter qu'ils ne jaillissent, qu'il luttait entre l'envie de les partager et la nécessité de les taire.

— Dis-moi, dis-moi ce qui te ronge, Thomas.

Belamy déglutit et inspira longuement. Au moment où il allait parler, l'intendant entra, après avoir toqué, sans attendre de réponse.

— Désolé de vous déranger, gentlemen, mais j'ai besoin du docteur Belamy. J'allais partir quand cette dame est arrivée, dit-il en désignant la femme qui l'accompagnait. La police l'a prévenue que son mari était ici, mais je n'ai aucune fiche à son nom. J'ai pensé que vous pourriez l'aider.

— Je m'en occupe, Watkins, répondit Thomas en se levant.

— Merci, docteur, se résigna Etherington-Smith. J'y vais, ma femme m'attend depuis une heure. Nous allons dans un de ces restaurants où il y a de la musique et où l'on danse entre les plats. Bon réveillon à tous !

La visiteuse avait pour nom Wilkinson. Elle portait un chapeau sans plume à bord court ainsi qu'un manteau de chez Selfridges aux manches trop longues, conséquence directe de l'engouement des classes moyennes pour le prêt-à-porter. Son mari était parti en début d'après-midi s'acheter des chaussures pour la soirée et n'avait plus donné signe de vie jusqu'à ce qu'un agent de police se présente chez elle. Thomas n'avait soigné personne de ce nom, mais toute l'équipe avait été sur le pont et la journée avait été fertile en accidents, dont un mortel. Mme Wilkinson ne semblait pas inquiète pour son époux, seulement pressée de se rendre à sa soirée. Arrivé aux urgences, Thomas la laissa avec Reginald qui, aidé de ses deux étudiants, s'était occupé des fiches d'admission, avant d'être hélé par sœur Elizabeth, dont les traits émaciés portaient le masque de la douleur. La religieuse lui indiqua sa chambre et referma la porte avec soin.

— Tout le monde est inquiet pour vous, Elizabeth, moi le premier.

— La douleur m'empêche de dormir. Tout ce que j'ai fait n'a servi à rien. Je voulais vous dire que j'accepte les soins. Mais à mes conditions.

— Vous connaissant, je n'essaierai pas de les discuter.

— Pas de palpation. Personne ne me touchera, pas même vous. J'ai confirmé mon diagnostic : la tumeur a grossi et il y a des adhérences. J'ai besoin de votre aide pour faire de l'électrothérapie. Je ne saurais faire fonctionner l'appareil seule.

— Le docteur Lewis Jones est le meilleur spécialiste du pays, il nous aidera.

— Tout cela doit rester entre nous. Le service d'électricité médicale vient de fermer. Nous commencerons ce soir, vous et moi. Nous irons après le repas de notre équipe.

Belamy savait que le seul moyen de contrôler le traitement était d'accepter sans négocier.

— Et inutile de me dire que je suis la pire patiente que vous ayez jamais eue, dit-elle en lui ouvrant la porte pour mettre fin à l'entretien, je le sais.

Il faillit heurter Reginald, qui raccompagnait Mrs Wilkinson vers la sortie. La femme sanglotait et s'accrochait au bras de l'interne comme à un garde-fou. Thomas comprit que l'issue avait été fatale et eut une pensée pour celle que le sort avait rendue veuve à trois heures de la nouvelle année, dans une ambiance de fête générale. Il se rendit au bureau des médecins où Reginald débarqua peu de temps après.

— Il vient de nous arriver un incident singulier, dit-il d'un ton enjoué inhabituel.

— Vous parlez de la pauvre Mrs Wilkinson ?

— À vrai dire, je ne sais pas quel qualificatif lui conviendrait le mieux. Son mari a été renversé par un omnibus cet après-midi sur le viaduc Holborne, expliqua l'interne. Il n'avait qu'une jambe brisée en arrivant ici, mais le sort a voulu qu'un second accident ait lieu sur la même ligne. L'homme a été amené chez nous, je l'avais installé dans la seconde salle des lits. Il n'y avait plus rien à faire, les chevaux l'avaient piétiné et les roues l'avaient achevé. Il s'appelait Wilkins, et notre étudiant a interverti les deux noms.

— Mrs Wilkinson n'est donc pas veuve…

— C'est là que son comportement m'a dérouté : quand je lui ai appris la mort de son mari, elle n'a pas eu de réaction, aucune émotion, aucune tristesse, sauf devant le corps où, en le découvrant, elle s'est mise à pleurer sans pouvoir s'arrêter, avant de m'apprendre que ce n'était pas lui. Puis elle a refusé de voir son époux et elle est partie. On aurait dit qu'elle aurait préféré son mari à la morgue plutôt qu'à la maison.

— Le médecin est souvent projeté dans l'intimité de ses patients. Il voit et entend ce que personne d'autre ne peut approcher, plus que les confesseurs parfois… Tout cela fait partie du secret médical, au même titre que les pathologies, Reginald. Allez, venez, il est temps de prendre notre dernier souper de l'année, ajouta Thomas en entendant la cloche de St Bartholomew-the-Less achever de sonner ses neuf coups.

Frances avait dressé la table en y déposant des feuilles de gui auxquelles sœur Elizabeth avait ajouté un peu de houx glané sur les arbres de Noël. Le cuisinier était venu lui-même apporter les plats, boulettes, cervelas, purée de pois cassés et plum-pudding, après avoir servi les malades qui ne pouvaient se déplacer. Sœur Elizabeth récita un bénédicité et sourit pour la première fois de la journée en les invitant à se restaurer. Thomas avait apporté un alcool de riz aux herbes à la distillation légère et Reginald un vin des Cornouailles. Tous les autres membres de l'équipe étaient déjà partis pour leur soirée en famille ou entre amis, mais eux avaient tenu à ce repas ensemble. L'interne les regarda et fut saisi d'une mélancolie inattendue : il se sentait en famille avec eux, bien plus qu'il ne l'avait jamais été chez ses parents, et il eût voulu que ce moment n'eût jamais de fin.

— Le docteur Jessop est parmi vous ?

Le brouhaha chaleureux des échanges cessa d'un coup. Le jeune homme sur le seuil de la cuisine portait un tablier de boucher.

— Je suis l'assistant du docteur Andrewes, en anatomie pathologique. Nous venons de recevoir une livraison de dernière minute de St Thomas.

Le terme désignait les patients récemment décédés dont l'état de conservation permettait leur utilisation lors des cours aux étudiants.

— En quoi cela nous concerne-t-il ? demanda Thomas.

— Le docteur Andrewes en a besoin pour le cours de lundi matin et il faut qu'un prosecteur s'en occupe, répondit l'assistant. Je suis désolé, mais vous êtes le seul encore présent à l'hôpital, ajouta-t-il à l'intention de Reginald.

— J'y vais tout de suite, je serai rentré avant minuit, dit l'interne en se levant. Profitez du dessert.

— Je viens avec toi, ajouta Frances.

— Nous avons aussi à faire, Elizabeth et moi, indiqua Thomas en se levant à son tour.

Une demi-heure après le début du repas, la cuisine était déserte.

72

WSPU, Londres, vendredi 31 décembre

Un drapeau vert, blanc et pourpre barré de l'inscription *Le vote pour les femmes* flottait à l'étage de la façade du 4 Clement's Inn. Au rez-de-chaussée, une des pièces était éclairée et, de la rue, on pouvait voir les militantes fêter le passage à la nouvelle année. L'ambiance était joyeuse et légère, comme dans toutes les rues qu'Olympe avait parcourues. Elle s'était postée de l'autre côté de Clement's Inn, devant les grilles de la Cour royale de justice, et pouvait distinguer les visages de ses amies.

Son envie avait été soudaine : elle s'était couverte de son manteau le plus chaud, avait laissé un mot à Thomas et avait parcouru la distance d'une foulée décidée. Mais, une fois devant le siège du WSPU, Olympe n'avait pas fait les derniers pas qui la séparaient des suffragettes. Ellen et Betty étaient présentes, qui discutaient ensemble. Christabel fit taire tout le monde et délivra un discours qui fut très applaudi et dont Olympe aurait pu réciter par cœur les paroles.

La pensée de l'apôtre la traversa et elle se retourna vers les fenêtres de la Cour royale, dont aucune n'était éclairée. Lui aussi devait se trouver en famille. L'image lui parut cocasse. Comme il ne lui avait plus donné signe de vie depuis le Royal Albert Hall, elle en avait conclu qu'elle n'était plus d'un grand intérêt pour lui dès lors qu'elle s'était éloignée des Pankhurst. L'étude des cahiers volés se révélait fastidieuse : Olympe y comparait chaque texte aux lettres de l'apôtre et, après en avoir dépouillé plus de la moitié, n'avait sélectionné que deux noms supplémentaires, qui lui étaient inconnus.

— Qu'il aille au diable, murmura-t-elle.

Au moment où elle décida de rentrer au Barts, la porte s'ouvrit : Christabel sortit de l'immeuble et se dirigea vers elle.

La plaque indiquait : *Laboratoire d'anatomie pathologique. Inauguré le 7 mai 1909 par Sir George Wyatt, Lord Mayor de Londres*. Le bâtiment était le nouveau fleuron du Barts.

— C'est au dernier niveau, dit Reginald après avoir tourné le commutateur général qui allumait tous les communs.

L'étage comprenait une bibliothèque ainsi qu'une chambre mortuaire spacieuse pour les examens. Lorsqu'ils y pénétrèrent, le cadavre était recouvert d'un linge auréolé de sang séché. La pièce comportait de nombreuses lampes afin de faciliter le travail des chirurgiens et des prosecteurs. Deux bougies de part et d'autre du corps, ainsi qu'une croix posée sur un support, appelaient à la retenue et au respect.

— Drôle d'endroit pour notre premier réveillon, dit-elle à voix basse.

— Tu ne risques pas de le réveiller, fit-il remarquer en exagérant son détachement.

Reginald ouvrit un tiroir contenant des pinces et scalpels, qu'il déposa sur le meuble, et tira le drap négligemment.

— De la réveiller, corrigea-t-elle en voyant le corps féminin. Qu'as-tu ?

L'interne s'était pétrifié devant le visage de la morte.

— Qu'as-tu ? répéta Frances. Qui est-ce ?

Leur accolade dura si longtemps qu'Olympe sentit la morsure du froid sur ses doigts nus.

— Je suis heureuse que tu sois revenue, lui souffla Christabel avant d'y mettre fin. Viens, rentrons.

— J'allais repartir, tempéra Olympe. Je vous ai regardées et vous n'avez plus besoin de moi.

— Pourquoi dis-tu cela ? Tu nous manques à toutes.

Olympe fourra ses mains engourdies dans ses poches. Elle avait appris dans les journaux la nouvelle stratégie du WSPU, plus attentiste, alors que le Premier ministre avait entrouvert la porte à une réforme du droit de vote.

— Nous n'avons aucune confiance en Asquith, il ne fait que gagner du temps pour les élections à venir, insista Christabel. Nous allons arrêter les actions d'éclat, mais nous ferons campagne contre tous ceux qui se présenteront sous ses couleurs. Et nous aurons besoin de toi.

— Je continue de défendre la cause, Christabel, plus que jamais, mais je me sens mieux en dehors du mouvement.

— Je n'ai jamais forcé personne à rester, tu le sais. C'est ton choix, mais j'apprécierais que tu n'adhères pas au NUWSS, tu comprends…

— Je comprends. Ne t'inquiète pas, je reprends ma liberté pour la garder, assura Olympe, alors que les cloches toutes proches se mettaient à sonner. Onze heures ! Je dois m'en aller.

— C'est ton sauveur ? Tu es toujours amoureuse de lui ? J'en serais presque jalouse, c'est lui qui t'a enlevée à notre cause, dit Christabel en reculant de quelques pas.

— Personne ne peut me détourner de mon idéal. Juste en faire partie.

Le visage, émacié, avait pris la couleur de la brume londonienne. Le cou formait avec le corps un angle inhabituel et portait des traces de strangulation. Reginald l'avait reconnue au premier regard. C'était l'ouvrière dont il avait ramené le cœur à la vie.

Frances s'empara du compte rendu médical et lut à haute voix les conclusions du docteur Andrewes. La jeune femme s'était pendue alors que ses poumons, trop abîmés par l'acide phénique, s'étaient remplis d'eau.

— Insuffisance pulmonaire aiguë, résuma-t-elle.

Il était indiqué à l'intention du prosecteur de récupérer et approprier les lobules pulmonaires les plus endommagés, ainsi que le cœur et les reins, pour la démonstration du lundi matin.

Reginald avait écouté sans ciller, ni détourner les yeux de sa patiente.

— Il y a une note en bas de la page, ajouta l'infirmière. C'est la mère qui a demandé que son corps soit donné à notre hôpital. Le cimetière coûte trop cher.

— Je ne peux pas, je ne peux pas faire ça, bredouilla Reginald en se tournant vers Frances.

Il s'approcha de l'ouvrière et recouvrit son corps du drap, en ne laissant que son visage à découvert.

— Elle mérite une sépulture décente. Je m'en charge, je paierai les frais et je m'arrangerai avec l'aumônier du Barts.

— Et pour le cours de lundi ?

— Malheureusement, la fête de ce soir charriera son lot de macchabées. Je reviendrai demain. Allons-nous-en.

Le clic du commutateur replongea la chambre dans la lueur des deux bougies.

— J'ai l'impression d'être un voyou de l'East End en train de commettre un cambriolage.

La voix de sœur Elizabeth révélait une once d'excitation alors qu'ils étaient entrés dans le bureau du docteur Lewis Jones.

Le département possédait du matériel dernier cri : rayons X, électro-cinésique, galvanoplastie, électrolyse, plus d'une dizaine de procédés étaient utilisés quotidiennement sur la plupart des pathologies et du matériel de valeur avait déjà été dérobé.

— J'ai la clé de la salle des rayons X, indiqua Belamy.

— Nous n'allons pas faire de rayons X, Thomas.

— À quoi pensez-vous ?

— Fulguration.

Le terme fit réagir le médecin, qui tenta de la dissuader de recourir à cette technique utilisant les étincelles électriques de courants de haute fréquence.

— C'est une méthode qui n'a pas fait ses preuves, conclut-il après en avoir égrené tous les inconvénients.

— Je sais vos réticences, c'est pourquoi j'ai attendu d'être ici avant de vous le demander.

— Il faut extraire la tumeur avant de procéder à une fulguration, ma sœur.

Elle prit une clé dans un tiroir du bureau de Jones et se rendit dans la salle dédiée à la fulguration, l'obligeant à la suivre.

— Je connais ces arguments. Mais j'ai étudié tous les articles récents. Il est possible d'utiliser les étincelles directement sur une tumeur avec succès. Vous me ferez une anesthésie locale pour diminuer la douleur.

Elizabeth s'assit sur la table d'opération.

— Avez-vous toujours réponse à tout ?

— J'ai demandé à assister à plusieurs fulgurations ces derniers jours. Le chlorhydrate de cocaïne se trouve dans le troisième tiroir du buffet. Nous serons sortis dans une demi-heure.

Belamy renonça à lutter contre la volonté de la religieuse. Il prépara la seringue et injecta le soluté entre sein et clavicule, seul endroit qu'elle avait accepté de dénuder.

— L'hôpital a reçu une électrode condensatrice d'Oudin récemment. Vous allez la poser près de moi et je ferai la fulguration pendant que vous m'assisterez en régulant l'intensité.

Une fois le matériel préparé, Elizabeth vérifia que l'anesthésique faisait son effet, puis, tournant le dos au médecin, déboutonna sa chemise et releva son maillot de toile. Elle prit l'électrode, engainée dans un manchon de verre, et la posa contre la tumeur. L'ensemble ressemblait à un gros stylo d'où s'échappaient des fils torsadés qui fusionnaient avec une énorme bobine d'induction depuis laquelle Thomas pourrait régler l'intensité des étincelles.

— J'espère que tout le mal que vous vous donnez pour votre Dieu en vaut la peine, dit-il sans cacher sa colère.

— Je vous pardonne vos propos, mon fils, pour cette fois, répliqua-t-elle. Allez-y !

Thomas commença au minimum et monta la puissance sous les indications d'Elizabeth. Un crépitement se fit entendre et une pluie d'étincelles fines et violacées entoura l'électrode.

— Je ne sens rien, continuez, montez, montez !

Il poussa légèrement le curseur à plusieurs reprises. La sœur laissa échapper de petits gémissements de douleur mais continua d'exiger une intensité supérieure. Elle finit par lâcher la sonde en criant et se recroquevilla sur elle-même alors que Thomas coupait le courant.

— Ça va aller, ça va aller, dit-elle en refermant sa chemise pour éviter qu'il l'examine.

— Je vais vous prescrire une pommade pour les brûlures.

Elle se leva et s'avança d'un pas hésitant.

— Je vous remercie de votre aide, sincèrement. Il n'y a qu'à vous que je pouvais le demander.

— J'admire votre courage, mais je regrette votre entêtement, Elizabeth.

Elle posa sa main sur celle du médecin :

— La soirée peut commencer, maintenant.

Big Ben joua le Westminster Quarters, suspendit sa mélodie une vingtaine de secondes puis frappa les douze premiers coups de l'an neuf. Frances et Reginald étaient dans la chambre de l'interne et avaient ouvert la fenêtre pour l'écouter. Ils s'embrassèrent, firent des vœux, puis la jeune femme entraîna son amoureux sur le lit. Dès son retour, sœur Elizabeth s'était enfoncée dans la prière, ne s'interrompant que pour écouter le son familier et rassurant de la cloche du palais de Westminster. Elle comprima le bandage qui enserrait son sein et se remit à la prière. Olympe avait rejoint Thomas dans son appartement. Sa peau, fraîche et salée, se fondit avec le parfum herbacé de celle de Thomas. Ils n'entendirent pas le carillon, ni les coups sur la porte et l'enveloppe glissée en dessous, qu'ils ne trouvèrent qu'au matin. Ce fut dans les bras de son amant qu'elle découvrit l'écriture de l'apôtre. Celui-ci désirait la rencontrer et lui donnait rendez-vous le lendemain.

Chapitre XII

2 janvier au 5 février 1910

73

Paddington, Londres, dimanche 2 janvier

La gare de Paddington avait encore des airs de fête. Des guirlandes de lumières électriques colorées serpentaient dans la grande galerie et les usagers, peu nombreux, n'affichaient pas l'allure pressée des jours de semaine. Seuls les employés des dépôts s'activaient sur les quais attenants aux lignes de voyageurs où des monticules de caisses en bois de toutes tailles étaient entreposés dans l'attente de leur chargement.

Drôle d'endroit pour une rencontre, pensa Olympe en pénétrant sur la voie numéro 4, aux lattes de bois usées.

Le train pour Hampstead attendait ses passagers, qui s'engouffraient dans les wagons aux portes ouvertes sur chaque compartiment. La chaudière de la locomotive monta en pression et envoya un cumulus de fumée blanche qui se dilua rapidement et disparut avant de toucher le dôme de fer qui recouvrait la gare telle une canopée.

Olympe s'assit sur le premier banc du quai, conformément aux instructions. Thomas l'avait laissée prendre de l'avance et la dépassa sans la regarder. Il s'installa sur le banc suivant, à côté d'un vagabond ; le quidam mangeait un sandwich tout en distribuant généreusement ses miettes aux oiseaux qui avaient fait leurs nids sous la charpente de fer.

Thomas scruta les voyageurs qui allaient et venaient autour des wagons, jetant des coups d'œil discrets vers le banc où Olympe patientait. Le groupe d'oiseaux autour de son voisin avait grossi. Aucun homme seul ne s'était approché de la suffragette, et personne ne ressemblait à leur suspect.

Le mendiant fut pris d'une toux incoercible qui l'empêcha de respirer. Il se leva, tituba et s'affala à genoux. La quinte avait cessé, mais il ne parvenait toujours pas à retrouver sa respiration et son corps était soulevé de spasmes silencieux. Alors que les usagers se détournaient, gênés ou dégoûtés, Thomas s'agenouilla près de lui.

— Allongez-vous sur le côté, monsieur, je vais vous aider. Je suis médecin, ajouta-t-il en voyant que l'homme hésitait à lui obéir.

Une fois le vagabond positionné, Thomas lui pencha la tête en arrière, libérant ses voies aériennes encombrées par une bronchite chronique que la nourriture avait irritées.

— Inspirez puis expirez lentement et profondément.

L'homme se sentit mieux, se rassit, le remercia et s'inquiéta pour son sandwich, qu'il ne trouvait pas. Thomas se releva et regarda le banc d'à côté : Olympe n'y était plus. Il jura et se précipita vers le train alors que le conducteur actionnait la trompette à vapeur pour indiquer un départ imminent, confirmé par le sifflet du chef de gare.

Belamy courut le long du quai, de wagon en wagon, cherchant des yeux dans chaque compartiment une silhouette qui aurait pu être celle d'Olympe. Les sifflets redoublèrent d'intensité comme autant d'injonctions à s'écarter du quai, tandis que les portes étaient fermées les unes après les autres. Au dernier moment, Thomas s'engouffra dans le wagon de queue. Quelques secondes plus tard, la locomotive tirait les neuf voitures hors de Paddington Station avec une grâce pachydermique. Thomas vit que le vagabond avait disparu du quai.

Ils étaient seuls dans l'habitacle. Olympe ne prêtait pas attention aux rues qui défilaient par la fenêtre et dévisageait l'apôtre, assis en face d'elle. Malgré le loup de velours noir qui couvrait le haut de son visage, il avait du mal à soutenir le regard de la suffragette. Sa voix, ses mains, la peau de son visage poupin, tout indiquait la jeunesse de son interlocuteur, même si de larges rouflaquettes recouvraient une partie de ses joues en signe de maturité. *Vingt-cinq à trente ans*, pensa Olympe.

— Je suis désolé de toutes ces précautions, mais mon message vous précisait de venir seule, dit-il sans laisser paraître de contrariété.

— J'ai dû sauter une ligne, répliqua-t-elle. Mais vous y avez remédié.

— Ne vous inquiétez pas, vous retrouverez le docteur Belamy très vite.

— Je vous en saurais gré. C'est mon médecin personnel.

— Il est bien plus. Ne vous ai-je pas déjà dit que nous savions tout de vous ?

— Dans ce cas, parlez-moi de vous, au lieu de vous réfugier derrière l'Évangile et derrière un masque. Quel est votre nom ? Pour qui travaillez-vous ? Qui est ce « nous » ?

L'apôtre marqua un silence devant l'avalanche de questions et l'autorité naturelle d'Olympe, auxquelles il s'était préparé mais qui le cueillirent à froid.

— Je n'ai pas organisé cette rencontre pour me livrer à vous.

— Pourquoi l'avoir fait ?

— Parce que nous voulons trouver une solution. Nous devons sortir de ce conflit qui s'enlise dans la violence.

— Donnez-nous le droit de vote dès maintenant, assena sèchement Olympe.

— Ce n'est pas si simple, répondit-il en regardant la place vide à côté d'elle. Il y a de nombreuses forces qui y sont opposées. Il faut du temps pour faire évoluer les mentalités.

— Fallacieux ! Vous l'avez eu, ce temps. Les femmes le demandent depuis une génération !

— Je vais être franc, dit-il pour écourter le réquisitoire. Les élections qui vont avoir lieu ce mois-ci sont cruciales. La famille Pankhurst a annoncé qu'elle mettrait tout en œuvre pour faire perdre les libéraux. Et j'ai le regret de constater qu'elle en a les moyens. Mais c'est sa cause qu'elle va affaiblir. S'ils prennent le pouvoir, les conservateurs ne vous donneront jamais ce droit.

— Il ne vous aura pas échappé que je ne suis pas Emmeline Pankhurst. Qu'attendez-vous de moi ?

— Appelez à ne pas vous opposer aux candidats libéraux, appelez à ne pas suivre les Pankhurst.

Olympe avait noté le léger tremblement de ses mains. L'homme semblait mal à l'aise. Ou peut-être était-il intimidé, idée qui l'amusa.

— Ce serait les trahir, objecta-t-elle. Ce n'est pas dans mes principes.

— Miss Lovell, vous vous êtes éloignée du WSPU. Vous l'avez fait parce que vous avez compris que leur stratégie n'est pas la bonne. Beaucoup vous suivront.

— Vous me donnez une importance que je n'ai pas.

— Écoutez-moi : je suis en mesure de vous promettre que si les élections sont favorables aux libéraux, le roi, dans son discours de février, va ouvrir la porte au vote des femmes.

— Sans vouloir vous offenser, vous êtes bien jeune pour avoir l'oreille du roi. Qui est derrière vous ?

— Je suis comme vous, je ne trahirai pas.

Une fois dans le wagon, il s'était aperçu que la silhouette qu'il avait prise pour Olympe était une jeune femme qui avait enlevé son chapeau et délassé ses cheveux, s'attirant un regard réprobateur et concupiscent de son voisin. Belamy avait hésité à sauter en marche, la vitesse faible du train ne présentant aucun danger, mais s'était ravisé et s'était assis en attendant l'arrêt à Hampstead. Le trajet ne dura que quinze minutes et Thomas fut le premier sur le quai. Il arpenta la voie, laissant les voyageurs descendre à la station, qui était aussi le terminus, puis, une fois le flux tari, entreprit de visiter chaque compartiment. Olympe demeura introuvable. En sortant du wagon de tête, il fut accueilli par le chef de gare accompagné d'un bobby du poste local.

— Monsieur, puis-je voir votre ticket ? Vous avez été vu prenant ce train alors qu'il venait de démarrer en gare de Londres, expliqua l'homme avec le minimum de courtoisie qu'exigeait son rôle.

Thomas arbora son sourire le plus ingénu et resserra le nœud de son catogan :

— Je vais vous expliquer, mais cela risque d'être long.

Un policier était venu chercher Olympe sur son banc et lui avait demandé de le suivre jusqu'au quai de chargement des marchandises où attendait un fiacre. Elle s'en était voulu d'avoir sous-estimé son adversaire et avait tenté de localiser le trajet. Après un arrêt au Lord's Cricket Ground, elle avait l'impression que le véhicule revenait vers son point de départ.

Il y eut une courte période de silence pendant laquelle chacun fourbit ses armes, puis l'homme masqué reprit la main :

— Je sais que vous avez volé les cahiers de l'arche.

— J'ai toujours aimé la lecture.

— Vous perdez votre temps.

— Avez-vous peur que j'y trouve vos écrits ? ou honte, peut-être ?

— Vous n'y apprendrez rien d'intéressant. Allez-vous nous aider pour les élections ?

— Si j'accepte, il me faut une preuve de votre bonne foi. Pas des paroles.

— À quoi pensez-vous, Miss Lovell ?

Elle fouilla dans sa poche et lui tendit une feuille de papier ligné arrachée d'un cahier ainsi qu'un crayon fin à la mine de graphite usée.

— Je veux un numéro pour vous joindre n'importe quand.

L'apôtre fit un signe de tête négatif et repositionna son masque, qui le gênait.

— Fini les relations unilatérales, il faut que je puisse aussi vous contacter. C'est ainsi avec les suffragettes : nous avons un besoin éperdu d'égalité. Sinon, j'arrête tout de suite.

Il prit papier et crayon et hésita encore.

— Que craignez-vous de moi ?

L'apôtre griffonna un numéro et lui rendit la feuille.

— Uniquement en cas d'urgence, précisa-t-il en tentant d'essuyer la sueur qui s'était accumulée sous le loup et coulait sur ses yeux.

— Vous devriez vous entraîner plus souvent à kidnapper les femmes, le moqua-t-elle. Mais le port du masque n'est plus obligatoire maintenant que j'ai votre numéro de téléphone, ajouta-t-elle en brandissant le papier.

— Votre humour est parfois... comment dire... déplacé, Miss Lovell. Tout ceci est sérieux, vous ne devriez pas le prendre à la légère. Je risque ma place en essayant de vous aider.

— Avez-vous idée de ce que j'ai déjà risqué pour avoir les mêmes droits que vous, mon petit bonhomme ? s'emporta-t-elle avant de se radoucir en apercevant la gare de Paddington. Nous sommes quittes, monsieur l'apôtre.

Le fiacre se gara dans la file des cabs qui déposaient les voyageurs.

— Un dernier point, précisa l'inconnu : éloignez-vous du docteur Belamy. Il risque d'avoir des ennuis avec la justice dans un avenir proche et les protections qu'il a jusqu'à Buckingham ne pourront rien pour lui. Cet homme n'est pas celui que vous croyez.

— Je vous remercie de votre prévenance, mais lui au moins ne se cache pas derrière un loup, dit-elle avant de descendre.

— Croyez-vous ? Alors, demandez-lui quel est son vrai nom et pourquoi il s'est réfugié à Londres.

Olympe claqua la portière et s'éloigna sans un mot. L'apôtre fit signe au cocher de démarrer, ôta son masque et se massa le visage.

Il n'était pas fait pour ce genre de mission. Mais il irait jusqu'au bout.

Le trajet jusqu'à Parliament Square dura une vingtaine de minutes dans des rues rendues praticables par l'absence de circulation dominicale. Il était perdu dans ses conjectures lorsque le cocher vint lui ouvrir, après s'être garé dans King Charles Street. L'apôtre pénétra dans un des bâtiments par une entrée de service, gravit l'escalier jusqu'au second étage, vérifia son état vestimentaire et toqua à l'une des portes. Un bref aboiement l'autorisa à entrer. L'homme qui le reçut était debout, les mains dans le dos, face à la fenêtre qui donnait sur une cour circulaire.

— Alors ? demanda-t-il sans se retourner ni s'embarrasser de l'étiquette habituelle.

L'apôtre ne s'en offusqua pas. Il admirait le mentor pour lequel il avait accepté de travailler en secret et partageait ses vues sur la question des suffragettes. Il se savait capable de le suivre n'importe où, même s'il ne lui manifestait que rarement sa satisfaction. Avec lui, il avait enfin l'impression d'être utile à son pays.

— Elle a accepté, monsieur, répondit l'apôtre, la voix pleine de la fierté du travail accompli.

L'autre se retourna et grogna :

— J'espère qu'elle le fait par conviction et non par ruse.

— Ça, je ne le sais pas, monsieur. Cette Miss Lovell est imprévisible.

L'homme haussa les sourcils et fit une moue. Ils avaient voulu l'amadouer et la canaliser pour en faire leur obligée, mais tout ne s'était pas déroulé comme prévu avec Olympe.

— Je dois reconnaître qu'elle a eu du cran et du panache au Royal Albert Hall. Notre ami Conan Doyle en a eu des sueurs froides.

L'écrivain avait accepté de les aider à la piéger et avait lui-même imaginé le scénario. Mais l'apôtre, qui s'était caché dans la loge adjacente, n'avait pu qu'assister, impuissant, au dénouement. Elle leur avait échappé.

— Lovell doit comprendre que l'équilibre des forces au Parlement est si fragile que, si les libéraux perdent le moindre siège, il leur faudra négocier avec les conservateurs ou, pire, le Parti irlandais. Qu'elle ne s'imagine pas qu'ils soient plus prêts qu'Asquith à leur donner le droit de vote. En attendant, surveillez-la de près. Et remettez-la dans le droit chemin si elle s'en écarte. Compris ?

Il se retourna vers la fenêtre. La conversation était close.

Lorsque Thomas descendit du Hampstead-Londres, Olympe avait repris sa position sur le banc. Il fit un détour par le kiosque à l'entrée du quai, acheta deux verres de lait chaud et vint s'asseoir à côté d'elle.

— La promenade fut belle ? s'enquit-elle en se réchauffant les mains contre le récipient. Hampstead est plutôt cossu, non ?

— Je me suis laissé abuser, j'ai cru que vous étiez forcément dans ce train. Je ferais un piètre espion, conclut-il avant d'avaler son liquide d'un long trait.

— C'est vrai. Mais j'ai pu obtenir ce qu'on cherchait, dit-elle en lui rendant le verre plein.

Elle exhiba le papier avec le numéro de téléphone.

— Il ne s'est douté de rien ?

— Il m'a sans doute refilé le numéro d'un acolyte, par précaution, mais il aurait pu me donner celui du Barts que cela n'aurait rien changé. Buvez et allons voir qui est notre mystérieux contact !

74

St Bart, Londres, dimanche 2 janvier

« 3257 HOPE ». Olympe avait placé le papier griffonné devant elle et le comparait aux cahiers. Si l'apôtre pouvait masquer son écriture naturelle, en revanche les chiffres ne mentent jamais. Et chaque texte, en plus d'être signé, était daté. Elle avait remarqué deux particularités dans le numéro écrit par l'apôtre : deux boucles très prononcées pour le chiffre 2 et la présence de barre dans le 7.

Au bout d'une heure, le dernier cahier vérifié, il ne restait plus que deux candidats potentiels.

— J'élimine le premier : il fut apôtre à Trinity en 1885. Le nôtre est plus jeune. Le voilà donc, le voilà enfin ! dit-elle en montrant le cahier « 1901 ».

Thomas le prit délicatement, comme s'il avait une relique entre les mains.

— Waddington, lut-il. Pat Waddington. Les chiffres sont identiques. Bravo.

— Le nom ne me dit rien. J'irai faire le tour des ministères la semaine prochaine. Mais, avant tout, je dois parler à Christabel. Elle doit savoir ce qui m'a été proposé.

— Allez-vous accepter l'offre de l'apôtre ?

— Si cela peut faire avancer la cause, oui. Je veux trouver d'autres moyens de lutte que de lancer des tuiles sur le Premier ministre, ajouta-t-elle. D'autant que je l'ai loupé. Je n'ai jamais su viser.

Elle le dévisagea intensément, sans s'approcher pour l'embrasser ou l'enlacer, dans une attitude de défi qu'il ne sut interpréter.

— Qu'avez-vous ? demanda-t-il. J'ai l'impression que vous avez quelque chose sur le cœur qu'il vous est difficile de me dire.

— Non… Je ne veux plus être le pion de personne, Thomas. De personne. Et vous, avez-vous quelque secret que je devrais connaître ?

Thomas ne répondit pas : le ton ne laissait aucun doute quant au sérieux de la question.

Frances mit fin à leur passe d'armes en tambourinant à la porte :

— Monsieur, je suis désolée de vous déranger, nous avons un cas compliqué.

L'infirmière lui résuma la situation sur le chemin. Le patient était un enfant de six ans, sujet à des maux de tête, des vertiges et des vomissements. Elle avait noté une légère tachycardie et une accélération de sa respiration et, en l'absence de Reginald, occupé à suturer une plaie par arme blanche, avait préféré alerter Belamy plutôt que de placer l'enfant en attente.

— Il s'appelle Lawrence, dit le père, qui lui tenait la main.

— Depuis combien de temps Lawrence a-t-il ces symptômes ? demanda Thomas en s'approchant pour sentir l'haleine de l'enfant.

— Ça a commencé il y a plus de deux heures, docteur. Nous habitons tout près d'ici et j'ai préféré venir. Je suis inquiet.

— Votre enfant a-t-il mangé des amandes dans l'après-midi ?

— Oui. J'ai préparé une pâte. Lawrence m'a aidé à les décortiquer et en a mangé. J'avais dans l'idée de faire une galette à la française pour l'Épiphanie.

— Y avait-il des amandes amères ?

— Je n'avais pas assez d'amandes douces et j'en ai ajouté, effectivement. Est-ce une indigestion ?

— Une intoxication, monsieur, expliqua Belamy avec calme. Frances, allez chercher du sulfate ferreux et du carbonate de soude. Et sortez de la teinture de belladone. Il risque de bradycardiser.

— Mais qu'a-t-il donc avalé ? Docteur, dites-moi !

— Rien de plus que les amandes, monsieur.

— Je ne comprends pas. J'en ai mangé aussi.

— La variété amère contient de l'amygdaline mais pas l'amande douce, dit Thomas en prenant le pouls de l'enfant. Cette amygdaline n'est pas dangereuse, mais elle se transforme en toxique puissant dans le corps. C'est cette substance que j'ai sentie dans l'haleine de Lawrence.

Il l'examina longuement et nota que son cœur avait ralenti. Il lui frotta la joue en le rassurant.

— Te rappelles-tu combien tu en as mangé, mon garçon ? Celles qui étaient amères ?

— Quatre, monsieur. Ou cinq. Je sais plus. Peut-être plus.

— Nous allons te soigner, dit-il alors que Frances revenait avec les médicaments. Et tu pourras manger la galette avec tes parents.

Thomas avait évalué la quantité d'acide cyanhydrique ingérée à quatre ou cinq milligrammes. Il lui fit boire les antidotes ainsi que la belladone, afin de soutenir le cœur qui avait faibli. L'enfant en serait quitte pour une belle frayeur.

— Nous allons le garder avec nous pour la nuit, monsieur. La prochaine fois, faites-les griller ou mangez-les avec du sucre, cela inhibe les effets du poison. Ou achetez des galettes de la maison Bertaux, leur cuisinier français en fait de très bonnes.

Après le départ de Belamy, Olympe s'était sentie envahie d'une langueur mélancolique. Elle n'arrivait plus à réfléchir et ne voulait plus penser. Elle s'allongea sur le lit dont les draps avaient l'odeur de l'encens qui brûlait dans l'appartement de Thomas et fit un effort pour ne plus ressasser les événements de l'après-midi, mais ils s'imposaient à elle sans qu'elle arrive à les chasser. Elle avisa la grande bibliothèque – en fait une simple étagère munie de nombreux rayonnages – qui débordait de livres, dont certains avaient été déposés sur les autres, rangés verticalement, comme des strates de la vie de Belamy, et s'en approcha. Elle n'aimait pas l'idée qu'elle venait d'avoir, elle n'aimait pas ce qu'elle allait faire, mais toute sa vie depuis l'adolescence avait été basée sur la méfiance des autres. Elle n'avait jamais pu compter que sur elle-même pour s'en sortir, surtout avec les hommes.

Olympe pencha la tête pour en découvrir les titres. La plupart des ouvrages étaient français. Elle dénombra des traités médicaux, des livres d'art, de spiritualité, des témoignages politiques et quelques romans. Elle sourit devant le dictionnaire d'espéranto. Elle tira un recueil d'anatomie d'une rangée et l'ouvrit à la page de garde. Il n'y avait aucun nom écrit. L'auteur ne l'avait pas dédicacé. Elle répéta l'opération avec le suivant. Puis le troisième. Et toute la rangée. Elle effectuait le geste de plus en plus rapidement, comme un ouvrier œuvrant à une tâche machinale – prendre le livre, consulter la première page, le remettre à sa place. La seconde rangée fut inspectée à un rythme soutenu. Mais les feuilles restaient vierges.

Elle venait d'ouvrir *La Matière médicale chez les Chinois* quand son cœur s'emballa : l'auteur, Dabry de Thiersant, avait signé son ouvrage. La dédicace – *À T.P., pour ce qu'il saura en faire de mieux. Hommages de l'auteur* – barrait toute la page d'une écriture large et fière.

— C'est un bon choix, commenta Thomas, qu'elle n'avait pas entendu entrer.

Elle sursauta tout en poussant un petit cri et lâcha l'ouvrage.

— Je suis désolé, dit-il en le ramassant, je vous ai fait peur.

— Vous m'avez surprise, rectifia-t-elle, vexée de sa propre réaction. L'auteur vous l'avait dédicacé ?

Thomas l'ouvrit et la lut comme s'il la découvrait pour la première fois.

— Je ne sais pas qui est ce T.P. J'ai acheté ce livre d'occasion dans une boutique à Paris. Il comporte des erreurs, mais l'esprit de la médecine chinoise est bien compris.

Il le posa sur le rayonnage tout en remarquant que la suspicion n'avait pas quitté Olympe. Mais il avait la tête ailleurs.

— Votre cas n'était pas trop grave ? Vous êtes parti si longtemps, dit-elle pour évacuer sa honte.

— Il devrait s'en sortir, éluda-t-il. Je vous fais à manger ?

Le repas se déroula sans entrain, entrecoupé d'échanges mécaniques et de silences aux pensées lourdes. Olympe le prit pour de la méfiance de sa part alors que Thomas culpabilisait d'avoir sous-évalué son diagnostic du petit Lawrence.

Après que son père fut parti, l'état du garçon s'était dégradé par paliers. Ses battements cardiaques avaient continué à ralentir, malgré la belladone, et Thomas en avait doublé le dosage, ce qui avait stabilisé l'enfant. Lorsque Lawrence s'était plaint d'une douleur à la bouche, Belamy avait compris que la quantité de cyanure dans son corps était plus importante que prévu et avait regretté de ne pas avoir commencé par un lavement. Il lui avait fait avaler une nouvelle ration d'antidote et avait demandé à Frances de faire venir Reginald sur-le-champ. La perte de conscience était arrivée rapidement, brutalement, alors que ses muscles s'étaient contractés et ses pupilles dilatées. Thomas avait injecté la seringue d'atropine qu'il avait préparée et avait commencé à pratiquer un bouche-à-bouche dès l'arrêt respiratoire. Reginald, chargé de surveiller le cœur, avait pratiqué son massage à travers la cage thoracique. Les deux médecins s'étaient relayés efficacement et, moins d'une minute plus tard, l'ensemble des fonctions vitales s'étaient réamorcées. Les contractions musculaires avaient cessé rapidement et Lawrence avait repris conscience sans avoir compris ce qui lui était arrivé. Thomas lui avait fait prendre un bain chaud avant de surveiller ses constantes et de passer le relais à Reginald. L'orage du toxique était passé.

Sur tous les objets de son passé, et en premier lieu ses ouvrages, Thomas avait pris soin de gommer les traces de son ancienne vie. Il n'était pas prêt à lui en parler. Mais l'apôtre avait commencé à le faire à sa place et la réaction d'Olympe le contrariait. Il allait devoir se protéger.

— 1874, glissa-t-il alors qu'ils s'étaient couchés et qu'aucun des deux ne trouvait le sommeil.

— Que dites-vous ?

— L'ouvrage que vous aviez entre les mains. Il date de 1874, je n'étais pas né, Olympe.

Elle en était sûre : la phrase de l'apôtre était un poison plus lent mais tout aussi puissant que le cyanure.

75

29 Fitzroy Square, Londres, jeudi 13 janvier

Sophie s'affairait à la cuisine d'où l'odeur des scones chauds s'échappait dans tout l'appartement. Comme tous les jeudis, la famille Stephen recevait. Lytton et Duncan, toujours amants, s'étaient disputés avant de venir et s'ignoraient superbement tout en tentant d'accaparer l'attention collective. Vanessa était fatiguée après une courte nuit passée au chevet de son fils fiévreux, et son mari Clive était las de la fatigue de sa femme. Adrian, de retour des États-Unis, était intarissable sur la famille Montague de Chattanooga, qui avait tous les honneurs de sa détestation, mais il avait prévenu les autres que le sujet deviendrait tabou dès l'arrivée d'Horace. Quant à Virginia, elle avait jeté son dévolu sur une boîte ornée d'émaux de couleurs vives, dont elle comptait les morceaux de sucre qu'elle renfermait. Tous formaient un large cercle, assis dans les fauteuils recouverts de velours vert de part et d'autre de la cheminée.

Vere Cole se présenta le dernier, deux heures plus tard, avec l'espoir affiché que les conversations les plus ennuyeuses auraient été déroulées jusqu'à leur terme. Mais la réserve du groupe était inépuisable.

— Mon cher Horace, vous arrivez à point, l'informa Lytton de sa voix qui se cassait dans les aigus. Virginia nous disait qu'on pouvait écrire avec des phrases, pas seulement avec des mots, et nous étions en train de débattre sur le sujet : se base-t-on sur la structure ou sur la texture pour écrire ?

— Vous n'êtes pas obligé de répondre, intervint Virginia. Vous savez comme nous sommes tous des poseurs, ici.

Comme souvent avec elle, Horace ignorait si elle lui venait gentiment en aide ou si elle le méprisait ouvertement. La cadette des sœurs Stephen lui faisait peur mais l'attirait et l'intriguait. Il savait son cœur prêt à s'enflammer pour cette femme dont le comportement avec lui alternait douceur et rudesse ; elle le prenait souvent avec une hauteur intellectuelle qui le laissait sans réaction, lui dont l'esprit d'à-propos était connu du Tout-Londres. Il ne savait si la distance qu'elle mettait entre eux était réelle ou cachait un appel à assiéger une forteresse imprenable, ce qui excitait son caractère romantique. Mais, après sa déconvenue avec Mildred, il ne voulait plus risquer de jouer aux montagnes russes avec ses sentiments.

— Je vous en suis reconnaissant, répondit-il en remontant les manches de sa chemise, dévoilant des taches brunâtres sur ses avant-bras et ses paumes. Mais je dois tout d'abord aller à la salle d'eau : j'ai encore du sang sur les mains.

À peine sorti, tous les regards se tournèrent vers Adrian, qui leva les bras en signe d'ignorance. Lytton en profita pour évoquer leurs années d'étude à Cambridge :

— Savez-vous qu'un jour il m'a menacé avec un shillelagh[1] ? Une autre fois, il a planté un couteau dans l'oreiller de son colocataire. Vous imaginez la tête du malheureux réveillé en pleine nuit face à ce turlupin ? Qui sait ce qui lui passait dans la tête ?

— Horace n'est pas dangereux, assura Adrian. C'est un poète, vous tous devriez le comprendre.

— Jusqu'au jour où il passera à l'acte, corrigea Lytton. Et le sang sur les mains ?

Vanessa, que la conversation ennuyait, proposa de changer de sujet. Elle ressemblait physiquement à sa sœur et possédait les mêmes traits mélancoliques, atténués par un voile de légèreté que son mariage et la maternité n'avaient pas terni.

— Tu as raison, Nessa, approuva Lytton en élevant la voix. N'est-ce pas du sperme que je vois sur ta robe ? dit-il en pointant du doigt une tache sur la manche de la jeune femme.

Le rire du groupe fut un nouveau signal de départ de la soirée. Ils débattirent de l'influence du sexe dans la pensée littéraire britannique.

— Je songe à m'inscrire comme membre de la British Sex Society, dit Virginia en recomptant machinalement les sucres. Elle se réunit à Hampstead. On y parle sans vergogne de pénis, de masturbation, d'inceste.

Elle fit une moue que tous prirent pour une approbation de ses propres dires et qui excita les réactions. Mais Virginia était soucieuse pour une autre raison : il manquait dix morceaux.

Plus personne ne se préoccupait de l'absence d'Horace. Il les écoutait depuis le couloir, adossé contre le mur, en face d'un portrait d'Adrian peint par Duncan l'année précédente, dont le regard semblait le juger sévèrement. Au salon, Vanessa et Clive engagèrent le débat sur la jalousie de vanité et la jalousie d'affection, et Horace eut envie d'entrer en hurlant à l'assemblée « *Coitus interruptus* », afin de faire cesser ce qu'il considérait comme une masturbation intellectuelle chez une jeunesse aisée dont les provocations ne dépassaient jamais les portes de leur maison. Il se retint et, constatant qu'il n'était plus un sujet d'intérêt pour le groupe, décida de s'en aller.

L'odeur caractéristique d'une tourte au poulet les interpella. Tous les regards se tournèrent vers Virginia et la conversation cessa

1. Gourdin irlandais.

d'elle-même. Il était plus de minuit et les appétits étaient aussi aiguisés que les esprits.

— Je n'ai rien demandé de spécial à Sophie, avoua-t-elle.

— Elle nous connaît bien et aura pris l'initiative, avança Vanessa en quittant la pièce.

Elle revint accompagnée de la domestique, qui déposa le plat et des assiettes sur une table basse.

— Mr Vere Cole est venu me voir à son arrivée, expliqua Sophie. Il avait un poulet vivant et il l'a tué d'un coup, comme ça, ajouta la cuisinière en mimant l'exécution au hachoir.

Son interprétation de la scène arracha des mimiques de dégoût aux invités.

— Un sacrifice animal ! se plaignit Lytton. Quand je vous disais qu'il n'a pas toute sa tête ! Peut-être même a-t-il consulté l'avenir dans les entrailles ?

— Épargnez-nous les détails, intima Virginia.

— Et l'avenir est si sombre, ajouta Adrian.

— Ce qui est la meilleure des choses pour un avenir, somme toute, compléta Virginia en prenant un ton grave.

— Après, il m'a juste demandé de faire un *chicken pie*. Je croyais que vous étiez au courant. Ça m'a pris du temps pour le plumer. Je suis désolée, Madame.

— Vous avez bien fait mais, dorénavant, je vous interdis d'accéder à la moindre de ses requêtes.

— Bien, s'impatienta Duncan. Peut-on passer à table ? Cet homme m'étonnera toujours.

Tous vinrent se servir avec empressement avant de se disperser dans la pièce comme des papillons ayant butiné à la même fleur. Manger à la façon des nomades faisait partie des habitudes qu'ils considéraient comme rebelles aux conventions et qui leur donnaient l'impression d'enfreindre les lois.

Duncan croqua dans sa part de tourte, debout devant une des fenêtres, le regard tourné vers le square qui semblait figé par la nuit en une aquarelle de John Ruskin et lui donnait envie de peindre. Horace avait aussi éveillé en lui un désir sexuel irrépressible, un besoin animal qu'il ne ressentait pas avec Lytton, dont le physique souffrait comparaison avec tous les autres hommes du groupe. Il soupira en fantasmant sur une soirée encanaillée avec l'imprévisible Irlandais.

— Mais c'est lui ! s'écria-t-il soudain. Adrian, viens voir, venez tous !

Couché à la manière d'un vagabond sur le banc du square qui faisait face à la maison des Stephen, Horace observait les étoiles qui avaient transpercé le ciel londonien malgré quelques haillons de nuages et l'éclairage public.

Il ne répondit pas lorsque tous l'appelèrent depuis le balcon. Les cris se turent rapidement, la porte-fenêtre se referma et le silence revint. Horace reprit sa contemplation. Les astres le ramenaient à la nuit du 2 juillet 1900, qu'il avait passée allongé sur le dos, face à l'immensité de la voûte céleste, laissé pour mort dans un chemin sud-africain. Le ciel était si pur cette nuit-là. Persuadé de sa fin imminente, il l'avait contemplé en paix et avait ressenti une puissante harmonie avec l'univers tout entier. Cette nuit mystique avait été son seul contact avec le monde de la spiritualité mais, depuis lors, il vivait chaque jour comme un répit supplémentaire sur la mort.

Il lança un regard en direction de la maison d'où Duncan était sorti avec Lytton, suivis à quelques mètres par Vanessa et Clive. Tous l'ignorèrent. Adrian, en retrait, vint le trouver.

— Je voulais te remercier pour le poulet, même si c'est un présent plutôt spécial.

Horace se releva lentement, se massa la nuque et l'invita à s'asseoir.

— Le volatile s'est jeté sous mon fiacre et je lui ai trouvé des airs de famille avec notre roi Édouard, expliqua-t-il très sérieusement. Comme une certaine arrogance dans le port de tête… J'y ai remédié. Quel effet cela vous fait-il d'avoir mangé la monarchie ?

— Je ne suis pas sûr que l'explication te réconcilie avec les autres. Ta tourte avait meilleur goût que ta blague, mon ami.

À l'étage, la silhouette de Virginia fumait un cigarillo tout en les regardant.

— Le canular fait partie des beaux-arts, répondit Horace. Et tu le sais mieux que quiconque. Il requiert imagination et poésie, il est comme une pièce de théâtre sans répétition ni règles, où le danger d'échouer serait toujours présent. N'y a-t-il rien de plus excitant ?

— … qu'un tourbillon qu'on ne maîtrise plus ? Il te faut surtout des limites.

— Mais les rêves n'ont pas de limites.

— La décence, si.

— C'est toi qui me parles de décence ? L'êtes-vous plus dans vos soirées que moi dans mes forfaitures ? Parler de fornication des heures durant n'est pas de l'art. Ce n'est pas subversif, c'est juste une posture. Moi, je suis dans l'action.

— Tu nous traites d'imposteurs ?

Adrian avait posé la question d'une voix douce, la même qu'il eût utilisée pour faire un compliment. Il gardait toujours un ton dépourvu d'affect quelle que soit la situation, ce dont Horace se sentait incapable et qu'il prenait chez son ami pour une subsistance du vernis éducatif qu'ils étaient censés avoir mis à bas. Il le regarda droit dans les yeux.

— Nous le sommes tous, du roi au plus pauvre de ses sujets. Tout n'est qu'imposture, tout n'est que rôle à jouer. Les relations humaines sont une imposture, l'amour est une imposture et Dieu lui-même, le grand ordonnateur de cette farce tragique, n'est qu'une imposture. C'est pourquoi je veux être le meilleur en la matièrc, après Dieu, bien sûr. Assieds-toi, j'ai à te parler à ce sujet.

— Ta rupture t'a affecté, Horace, dit Adrian en s'exécutant.

— Lorsqu'elle apprendra ce coup de génie que nous allons monter ensemble, Mildred regrettera éternellement sa décision.

— Raconte-moi, mon ami.

— Nous allons nous déguiser en délégation officielle.

— Comme pour le sultan de Zanzibar ?

— Oui, mais cette fois-ci Clarkson nous transformera en princes d'Abyssinie.

— Et quelles seront nos victimes ?

— Fini le menu fretin. Nous allons ridiculiser l'état-major de la Royal Navy.

— Fichtre ! Tu comptes t'introduire à l'Amirauté ?

— Non, nous agirons avec plus d'audace. Nous irons faire une visite officielle sur le bateau le plus gros, le plus cher, le plus convoité de la marine royale, la fierté de l'empire : le *Dreadnought*. Et ils tireront des coups de canon en notre honneur.

— Seigneur Dieu !

Adrian s'était levé, comme si la nouvelle ne pouvait supporter d'être commentée assis. Il jeta un regard vers le balcon vide. Virginia était rentrée et avait tiré le rideau.

— C'est risqué, dit-il après avoir évalué toutes les conséquences.

— Ce qui en fait le panache.

— Si nous sommes démasqués, nous serons jetés à la mer.

— Pour sûr. Mais si on réussit, ce sera un chef-d'œuvre.

— Sais-tu que j'ai un cousin qui est officier à bord du *Dreadnought* ? William Fisher.

— Je l'ignorais. J'ai confiance en Clarkson pour nous rendre méconnaissables. Nous avons mystifié nos camarades et nos professeurs à Cambridge.

— Pour être franc, nous ne l'aimons guère, Virginia et moi. C'est le fils de tante Mary, austère et pédant, un conformiste qui n'a de cesse de rechercher la respectabilité. Tout ce qu'on peut détester. Je crois que lui jouer un tour de ce genre me ferait un plaisir infini.

— Alors, partant ?

— À une condition : pas un mot à la presse.

— Adrian, notre meilleur canular…

— Je ne veux pas humilier la Navy. Je le prends comme une affaire de famille. On n'alertera pas les journaux, d'accord ?

— Ai-je le choix ? Ce coup, on doit le faire ensemble. Ce sera la mystification du siècle !

Vere Cole se leva du banc, le salua d'un coup de chapeau, s'éloigna de quelques pas avant de se retourner :

— Au fait, si Virginia compte les sucres tout le temps, n'aie crainte, elle n'est pas devenue folle : je les vole à chacune de mes venues. Mon bonsoir à tous les Bloombies[1].

76

St Bart, Londres, lundi 24 janvier

La secrétaire du docteur Lewis Jones arrivait à sept heures tous les matins au département d'électricité médicale avec une ponctualité que trente années de carrière à l'hôpital, dont dix-neuf dans ce même service, n'avaient jamais démentie. Elle ouvrait consciencieusement la douzaine de portes du bâtiment, qu'elle refermait tout aussi consciencieusement à six heures du soir, à l'exception du bureau d'Henry Lewis Jones, qui restait allumé fort tard dans la soirée.

1. Surnom donné aux membres du groupe de Bloomsbury.

Lorsqu'elle pénétra dans le département ce lundi matin, la pendule indiquait six heures et demie. Elle avait eu l'autorisation de s'absenter plus tôt pour aller voir son père malade en banlieue nord et mettait un point d'honneur à ce que cela n'affecte pas son travail.

Le bureau du médecin était déjà ouvert, ainsi qu'une des salles d'électrothérapie. Elle signala son arrivée d'un « Bonjour, docteur Lewis Jones » aussi chaleureux que le respect le lui permettait et, sans en attendre de réponse, gagna son bureau en pensant à son père.

Thomas et Elizabeth s'étaient figés, puis les pas s'étaient éloignés et la religieuse avait fait signe de continuer.

— La même dose que la dernière fois, chuchota-t-elle.

Elle tournait le dos à Thomas et avait dégagé le tissu qui recouvrait sa poitrine. Elizabeth avait ressenti une nette amélioration après la première séance : l'action caustique de la fulguration avait diminué la tumeur de moitié et les douleurs s'étaient atténuées. Mais, dès le surlendemain, un écoulement séreux de couleur jaune citron s'était produit, abondant, qui s'était épaissi avant de se tarir au bout d'une semaine. Des bourgeons charnus étaient apparus et une cicatrice s'était formée à l'endroit de la fulguration. La douleur était revenue, lancinante, sourde, puis de plus en plus aiguë. La religieuse avait demandé à Thomas de l'aider à faire une nouvelle séance. Il avait tenté de lui imposer l'idée d'une opération afin d'éliminer la tumeur avant toute électrothérapie. Elizabeth était restée inflexible. Il avait d'abord refusé mais, devant l'obstination de la sœur, qui l'aurait tentée seule, avait fini par céder une nouvelle fois.

Thomas positionna le résonateur et l'interrupteur sur les valeurs qu'il avait notées dans son carnet. Ils réglaient la taille et la fréquence des étincelles violacées que la sonde allait décharger.

— Je suis prêt.

La religieuse mit son mouchoir dans sa bouche, positionna l'électrode condensatrice sur sa poitrine et fit un signe de la tête. Le bruit caractéristique de l'électricité ainsi qu'une odeur de brûlé accompagnèrent la douleur qui se propagea de son sein à tout le corps. Elle mordit le mouchoir pour éviter de hurler, émettant un grognement sourd. Elle coupa l'électrode au bout de cinq secondes insoutenables.

La secrétaire était contente d'elle : en moins d'une demi-heure, elle avait déjà rattrapé tout le retard que sa sortie prématurée lui aurait valu. Elle entendit plusieurs portes s'ouvrir et se fermer, mais ce n'est qu'au bout d'un long moment, alors que dehors le soleil tentait de percer le brouillard, que le docteur Lewis Jones vint la trouver pour la saluer.

— Vous êtes plus matinal que moi ce matin, docteur, dit-elle en lui tendant les comptes rendus qu'elle avait tapés sur sa Remington.

Le médecin, qui venait d'arriver, la remercia vaguement et gagna son bureau en se promettant de surveiller la santé mentale de son assistante, inquiet à l'idée qu'elle s'adonnât à la boisson après une vie entière d'abstinence. En ces temps troublés, même les femmes honorables se révélaient imprévisibles.

Thomas avait laissé sœur Elizabeth se reposer dans sa chambre et lui avait ordonné de ne pas en sortir avant midi. Il n'avait pas encore mis les feuilles de pekoe dans l'eau frémissante de la théière que l'intendant déposait un billet d'Etherington-Smith lui demandant de le rejoindre toutes affaires cessantes.

Raymond avait un visiteur dans son bureau, un homme à l'allure revêche et à la moustache fine taillée en pointe qui se présenta comme un collaborateur de l'ambassadeur de France. Son regard, porté par des paupières tombantes, projetait une grande lassitude.

— Je suis venu préparer la visite du 21 février. C'est une excellente initiative des médecins de la Providence, expliqua-t-il d'une voix à l'intonation sévère qui trahissait l'ancien jésuite qu'il était. Le docteur Dardenne représentera l'hôpital français.

— Ce ne sera pas le docteur Vintras ? s'étonna Thomas. C'est lui que j'avais rencontré.

— Non, il est reparti en poste à Paris depuis le début de l'année. Son collègue Dardenne est un excellent chirurgien qui a travaillé à la Salpêtrière, dit l'homme en lisant son carnet.

— Nous avons prévu au programme une visite des nouveaux bâtiments du Barts et, bien sûr, d'Uncot, dit Etherington-Smith, dont la joie communicative était aux antipodes de la morosité de son interlocuteur. Tu pourras nous faire une démonstration d'acuponcture, n'est-ce pas ?

Thomas acquiesça poliment. Raymond insista pour détailler l'agenda pendant que le représentant de l'ambassade prenait des notes tout en hochant la tête et lâchait des « Très bien » réguliers, comme un fumeur de pipe des ronds de fumée.

— Maintenant, venons-en aux distinctions, dit Raymond avec un malin plaisir. Notre ami le docteur Belamy est un homme modeste qui ne les recherche pas.

— Vous remercierez l'ambassadeur de sa proposition, mais je ne suis pas demandeur, confirma Thomas.

— Les honneurs se méritent sans se rechercher, cher monsieur. Ce sont eux qui viennent à nous et non le contraire, commenta le visiteur. Dans le cas présent, il semble qu'il y ait un certain consensus pour vous l'attribuer. Sachez que la médaille d'honneur des Affaires étrangères ne se refuse pas.

— Voilà qui clôt toute pudeur excessive, dit Etherington-Smith. Nous ferons une belle cérémonie, monsieur, n'ayez crainte.

Thomas semblait absent. Raymond en fut peiné pour lui mais songea à tous les bénéfices qu'ils pourraient en tirer pour asseoir la réputation du docteur Belamy dans l'hôpital.

— Avant cela, il me faudra des informations supplémentaires sur votre passé. Votre *curriculum vitae*, comme l'on dit maintenant, continua le fonctionnaire en articulant exagérément. Comprenez que nous devons vérifier ces informations avant de vous remettre un insigne aussi prestigieux. Nous devons être sûrs des récipiendaires, conclut-il en lui tendant une des feuilles de son carnet. Pourrez-vous envoyer la liste de ces documents à l'ambassade ?

— N'ayez aucune crainte, vous aurez tout ce que vous demandez, intervint Etherington-Smith. Nous le ferons dans les meilleurs délais. Docteur Belamy, pouvez-vous rester ? J'ai plusieurs points à voir avec vous.

Se sentant poussé vers la sortie, l'homme les remercia sobrement et leur promit de revenir le 21 février avec la délégation française. Quand ils furent seuls, Thomas lâcha négligemment la liste dans la poubelle du bureau.

— Que se passe-t-il ? Je ne te reconnais pas, mon ami, s'inquiéta Etherington-Smith, qui se retint d'aller récupérer le papier devant lui.

— Tout cela prend une tournure qui ne me plaît pas, répondit Thomas, qui s'était approché de la fenêtre pour voir l'intrus quitter l'hôpital. Cet homme est un inspecteur de police.

— Et alors ? Peu importe !

— J'ai fréquenté des pacifistes en France.

— Et quelques anarchistes, tu me l'as déjà dit et je t'en suis reconnaissant. Mais cela ne change rien à tes mérites. Que veux-tu qu'il fasse ? Qu'il te prive d'une médaille dont tu ne veux pas ?

Thomas n'insista pas. Son ami avait raison. Sauf qu'il ignorait l'essentiel et que cet essentiel pouvait être mis à nu par l'enquête de routine d'un inspecteur en fin de carrière et des médecins désireux de l'honorer. Il se sentait pris dans les fils d'une immense araignée prête à l'avaler.

— Je t'ai demandé de venir pour une autre raison.

Le comité de l'établissement allait se réunir afin d'élire une nouvelle infirmière-chef et une superintendante des infirmières. Les candidates ne manquaient pas pour un salaire de deux cent cinquante livres annuelles, logée, nourrie et blanchie.

— Je n'ai personne à te proposer dans mon service, dit Thomas. La plus brillante est Frances, mais c'est aussi la moins expérimentée.

— Le comité avait justement pensé à elle.

Etherington-Smith avait prononcé la phrase sans enthousiasme. Lui d'habitude si enjôleur ne cachait pas son malaise.

— Et ne me blâme pas, ajouta-t-il en voyant la réprobation voiler les traits de Thomas.

— Tu sais qu'elle va se présenter aux études médicales du Barts à la rentrée. Vous le savez tous et vous voulez l'en empêcher en lui proposant un travail qu'elle ne pourra refuser.

— Thomas, ce n'est pas mon idée et je ne l'approuve pas. Mais je me devais de t'en parler. Elle réussira très bien à ce poste, je n'ai aucun doute là-dessus.

— Mais elle ne sera pas la première femme issue de l'école médicale du Barts, ce qui vous arrange tous.

— Ne dis pas cela, tu es injuste ! Disons qu'il y a une forte opposition à sa demande, mais son dossier est si bon qu'il est difficile de ne pas y voir une ségrégation. Elle pourrait nous attaquer au tribunal.

Il regarda l'heure et mit nerveusement les mains dans les poches de son gilet.

— Et elle aurait raison, conclut-il.

— L'Histoire est en marche, Raymond. Si ce n'est pas elle, ce sera une autre, au Barts ou ailleurs, dans un an ou dans dix, mais c'est inéluctable. Autant franchir le pas maintenant. Frances est faite pour devenir médecin, ne lui gâchons pas sa chance.

— Je ne sais pas ce que je pourrai faire. Je ne suis pas Dieu tout-puissant.

Thomas lui envoya une tape amicale.

— Tu es bien plus : tu es le vénéré directeur de l'école médicale.

Thomas passa une partie de l'après-midi à imaginer comment échapper au rendez-vous avec les Français avant de décider de les affronter. Il venait d'entrevoir une solution grâce à l'absence de Vintras.

Il se rendit chez Mills, le coiffeur de Cavendish Square dont il avait soigné le pouce entaillé par un rasoir, peu après son arrivée à Londres, et qui était devenu son barbier officiel. L'homme fut étonné de sa demande et tenta de l'en dissuader avant de se plier à sa volonté.

Lorsqu'il rentra chez lui, peu avant sept heures du soir, Olympe était affairée à relire les textes de l'apôtre afin de trouver d'autres indices sur sa personne. Il se planta devant elle et ôta son couvre-chef préféré, une casquette d'ouvrier offerte par un de ses patients de l'East End.

— Thomas, qu'avez-vous fait à vos cheveux ? s'écria-t-elle avant de venir examiner son crâne rasé. Vous ne pourrez plus les nouer avant des mois… Et moi qui aimais tant les caresser ! Pourquoi ?

Il ne pouvait lui mentir – et Dieu sait que le mensonge faisait partie de sa vie depuis des années – mais il ne pouvait lui dire la vérité. Pas maintenant. Se refusant à lui fournir une excuse blessante par son indigence, il lui expliqua qu'elle pouvait lui faire confiance sans poser de questions, qu'il allait aussi se laisser pousser la barbe, mais que tout était provisoire et qu'elle n'avait pas à s'inquiéter pour sa santé mentale ni pour les sentiments qu'il lui vouait. Belamy se sentit injuste envers elle, il se sentit injuste envers tous ceux qui, au Barts, lui faisaient confiance et qu'il avait l'impression de trahir quotidiennement. Elle se lova contre lui et le serra amoureusement. La culpabilité de Thomas s'évanouit dans la chaleur de leur étreinte. Olympe n'était pas inquiète de son évolution physique, à laquelle elle trouvait un charme subversif, mais de la part d'inconnu qui grandissait en lui. Et la phrase de l'apôtre ne cessait plus de danser dans ses pensées.

Horace débarqua dans le salon sans s'être annoncé, ce qui était un de ses amusements favoris, et les découvrit enlacés et pensifs, debout près de l'âtre qui ne dispensait plus qu'une lueur crépusculaire. Il avisa le crâne nu de son ami :

— Mais que se passe-t-il, Thomas ? Vous avez été condamné au bagne ? Vous partez aux galères ?

— Une épidémie de poux à l'hôpital, répondit Olympe pour couper court à la curiosité insatiable de Vere Cole.

— Croyez-vous que je devrais remettre ma visite à plus tard ? dit ce dernier avec une inquiétude non feinte.

— Vous savez que vous êtes toujours le bienvenu ici, Horace, répliqua Thomas en venant le saluer, même quand vous entrez sans frapper.

— C'est que l'affaire est d'importance, expliqua Vere Cole en posant tous ses effets – chapeau, canne, gants, foulard et manteau – sur le canapé. J'ai la réponse à votre énigme : je sais qui est Pat Waddington.

Il prit les mains d'Olympe avant de révéler :

— L'apôtre vous mène en bateau, ma chère. C'est un homme de Scotland Yard, l'assistant de l'inspecteur Scantlebury.

77

Marylebone Road, Londres, lundi 31 janvier

Winston Churchill regardait Olympe avec un air de jeune bouledogue. Elle lui épingla sur sa veste un bout de tissu *Le vote pour les femmes* aux couleurs du WSPU sans qu'il bouge, et recula pour admirer le résultat.

— Venez, ne restez pas là, intima Horace.

Elle traversa la salle des hommes politiques britanniques en les saluant tous comme l'eût fait la reine de ses sujets et suivit Vere Cole jusqu'à la collection des souverains étrangers.

À cette heure de la journée, le musée Madame Tussauds était peu fréquenté et leur jeu ne prêtait pas à conséquence. Vere Cole trouvait Olympe délicieusement rebelle et sensuellement provocante, aux antipodes des dernières femmes qui avaient partagé sa vie. Elle lui redonnait espoir dans les sentiments amoureux et il se promit que sa prochaine conquête serait une femme libre, artiste rebelle, féministe engagée, dotée d'un sens de l'humour et de la dérision hors du commun, tout en regrettant que le modèle de sa description ait déjà donné son cœur à un autre, même s'il avait du mal à comprendre le fonctionnement du couple qu'elle formait avec Thomas.

Ils rejoignirent Adrian qui les attendait devant le personnage en cire du négus.

— Je vous présente Menelik II, empereur d'Abyssinie, dit-il en le désignant.

L'homme avait un visage rond et une barbe rase et drue qui accentuait l'expression froide et dure de ses yeux, surmontés de sourcils en forme de vague. Ses cheveux étaient enveloppés dans un foulard soyeux, recouvert d'un chapeau rond au large bord. Il portait de nombreux colliers, dont une croix, et une cape de velours garance et or.

— Je ne l'imaginais pas ainsi, reconnut Horace alors qu'Olympe agrafait un tissu aux trois bandes violet, blanc et vert sur la cape.

— Il fait plutôt gitan, admit Adrian. Du moins l'idée qu'on se fait d'un prince gitan.

— Peu importe, renchérit Horace. Ce n'est pas lui dont nous allons prendre l'identité, il se trouve qu'il est paralysé depuis une attaque récente. Il est cloué au lit dans son palais d'Addis-Abeba.

— Alors qui va visiter le *Dreadnought* ?

— Une délégation menée par le cousin de Menelik, Ras El Makalen. Cousin fictif, son vrai parent s'appelle Ras El Mekonnen. Lui et sa famille sont venus à Londres récemment. Nous allons jouer sur cette confusion.

— Pourquoi l'Abyssinie ? interrogea Olympe.

— La politique, ma chère. L'Abyssinie est notre alliée en Afrique. Et le moment est propice pour monter à bord de la flotte anglaise : les Chinois sont venus visiter nos navires en novembre et la Navy s'est pliée en quatre pour les recevoir.

Ils se turent afin de laisser passer un des surveillants du musée qui se pressait, un ruban du WSPU à la main.

— Votre action de sabotage est démasquée, plaisanta Horace. Sans doute notre cher Churchill qui s'est plaint.

— Ils vont avoir du travail, j'en ai disséminé dix autres.

— D'ici à ce soir, tout sera enlevé. Ils sont très stricts et vérifient les statues chaque jour.

— Vous me sous-estimez, mon cher, répondit-elle tout en jouant à se cacher derrière Menelik II. Je suis déjà venue, il y a deux ans, et j'ai mis un ruban sur une personnalité de cire, comme aujourd'hui. Il s'y trouve toujours.

— Jamais il ne me viendrait à l'idée de vous sous-estimer, Olympe, mais il est un fait dont je suis sûr : votre provocation a disparu depuis bien longtemps.

— Je vous parie que non.

— Je vous parie que si. Un repas au champagne au Café Royal.

— Notre amie a l'air tellement sûre d'elle que je suis prêt à parier en sa faveur, intervint Adrian.

Horace se renfrogna et lui signifia qu'il la suivait. Ils se rendirent à la salle numéro 3 où se trouvaient les doubles des grands représentants de la société civile anglaise. Olympe se campa devant une femme qui arborait un ruban du WSPU.

— Messieurs, je vous présente Christabel Pankhurst.

En février 1908, Christabel et une délégation de son parti s'étaient rendues à Marylebone Road où John Tussaud avait fait un modèle de son portrait et l'avait inclus dans le groupe des représentantes du mouvement.

— Voilà comment gagner facilement un enjeu, s'amusa Adrian.

— Je m'incline avec plaisir, dit Horace en esquissant un baisemain.

— Maintenant, allons voir la famille royale, enjoignit-elle.

— C'est à l'étage, indiqua Adrian.

En sortant, ils croisèrent le surveillant, accompagné de deux acolytes, qui se dirigeaient vers la salle du méfait.

— La voie est libre, commenta Horace. Vous allez pouvoir épingler tous les membres de la Couronne.

— Croyez-vous que je sois venue uniquement pour cela ? dit-elle en sortant de sa poche une poignée de rubans pour les leur distribuer. Je veux participer à votre canular, Horace.

Depuis qu'elle avait appris que la police était derrière l'apôtre, la suffragette avait décidé de reprendre le combat sans attendre le discours du roi. Vere Cole cacha sa satisfaction sous le détachement qu'il avait l'habitude de manifester, qu'il tenait de son éducation et de son hérédité. Jamais il n'aurait osé le lui demander, de peur d'essuyer un refus, mais la présence d'Olympe à ses côtés donnait une dimension nouvelle à leur action.

Ils étaient arrivés dans la salle dédiée à la royauté et, comme Horace l'avait deviné, elle n'était plus surveillée.

— J'en serais fort honoré, Olympe, mais à une condition, dit Horace en posant un ruban sur le plastron d'Édouard VII.

— Je ne brandirai pas de bannière *Le vote pour les femmes* en haut de la vigie, promis.

— Ni là ni ailleurs. Votre seule présence sera un manifeste politique autant qu'une mystification de haut vol.

Olympe épingla la reine Victoria, qui avait toujours affiché son refus du vote des femmes.

— Je vous promets de ne pas faire d'esclandre sur le bateau.

— Ni après, intervint Adrian. Nous avions dit : pas de communication à la presse, Horace, rappela-t-il.

— Tu as raison, mon ami. Aucun nom ne sera donné aux journaux. Allons chez Clarkson lui annoncer la bonne nouvelle : ses déguisements vont entrer dans l'Histoire !

Le trio choisit de s'y rendre à pied et fit un détour par Oxford Street pour admirer les vitrines de Selfridges, dont l'une mettait en scène les suffragettes. Olympe en était convaincue : en ce début d'année 1910, elles avaient gagné la bataille des cœurs ; restait à vaincre la Chambre des communes.

Le costumier les reçut dans les locaux de sa nouvelle boutique sur Wardour Street.

— Comment les trouvez-vous ? demanda-t-il après leur avoir fait visiter les lieux.

— Suffisamment fastueux pour un prince d'Abyssinie, répondit Horace avant de lui expliquer ce qu'il devait savoir du plan pour préparer costumes et maquillages.

Vere Cole lui montra des photographies qu'il avait découpées dans une encyclopédie.

— Ce ne sont pas des Abyssiniens, commenta Clarkson après en avoir lu la légende. Ils ont des vêtements des Indes.

— Peu importe. Il faut que nos personnages ressemblent à ceux-ci. Ce qui compte, c'est l'idée que s'en font les Anglais. Je veux de la couleur et des turbans.

— Le client est roi ! Je mettrai de la poudre numéro 12 pour les visages, dit-il en vérifiant les photos. Ce sera bien plus réaliste que du bouchon brûlé. Vous pouvez me faire confiance, j'ai assisté la police dans l'affaire de Jack l'Éventreur.

Le costumier avait été sollicité par Scotland Yard pour déguiser des policiers en prostituées et il leur détailla les tenues et maquillages qu'il avait réalisés vingt-deux ans auparavant.

— Avec le succès qu'on connaît, cingla Horace. À votre place, je n'en ferais pas tant de publicité. Je suis votre plus grande réussite, mais je vous demanderai de tenir votre langue. Sinon, je dirai au directeur du Queen's Theatre de changer de costumier.

— C'est toujours un plaisir de travailler pour vous. Quelle est la date de votre… intervention ?

— Le 7 février, répondit Olympe, prenant tout le monde de court.

Les regards se tournèrent vers Horace, qui confirma :

— C'est bien ça, le 7 février. Trois jours avant les élections.

Clarkson émit un sifflement admiratif. Adrian pâlit et se pinça les lèvres. La question du financement des cuirassés de la marine était au cœur du débat de la campagne des législatives. Mystifier la Navy devenait un acte politique.

Les deux amis raccompagnèrent Olympe au Barts et prirent le tramway jusqu'à Fitzroy Square. Adrian ne dit mot du trajet. Horace fit semblant de ne pas s'en apercevoir et resta affable et jovial comme à son habitude. Virginia était sortie lorsqu'ils arrivèrent à l'appartement des Stephen. Adrian prit le temps de bourrer une pipe, de l'allumer et de se caler dans son fauteuil favori, près de l'âtre, avant de le questionner :

— Dis-moi, tu n'as pas l'intention de te taire, en acceptant cette date, n'est-ce pas ? Toi et Miss Lovell vous voulez en faire un événement public ?

— Adrian, mon ami, je respecterai ma parole : aucun nom ne sortira dans la presse. Mais ce sera un moment trop important pour le laisser dans l'ombre. Un groupe favorable aux suffragettes va duper l'état-major de l'armée la plus puissante du monde. Le public doit en être informé. Je trouve la proposition d'Olympe fantastique : te rends-tu compte que nous allons peser sur l'histoire de notre pays ?

— Je me rends surtout compte d'une seule chose : tu es à nouveau amoureux. Et cela ne nous a jamais réussi.

78

29 Fitzroy Square, Londres, samedi 5 février

Adrian avait rapidement retrouvé le sourire. Horace avait, non sans arrière-pensée, demandé à Duncan Grant de participer à l'expédition du *Dreadnought*. Le peintre écossais avait immédiatement accepté, excité à l'idée de donner un sens et des actes à leur contestation de salon, ce qui avait fait disparaître les réticences d'Adrian. Vivre un tel événement en compagnie de l'homme dont il était amoureux valait tous les compromis. Il n'en était pas de même pour Virginia qui, ayant appris la présence d'Olympe, avait réclamé sa place dans le commando. Horace y avait opposé son veto, la noyant sous une foultitude d'arguments, aidé en cela par Adrian et surtout par Vanessa qui craignait que sa sœur, de santé fragile, ne retombe dans un état dépressif après une telle équipée. Virginia avait fini par abandonner, mais la plus têtue des enfants Stephen restait aux aguets et n'avait pas dit son dernier mot.

Réunis autour de la table du repas, que Sophie venait de débarrasser des reliefs du déjeuner, Horace expliquait avec l'emphase qui le caractérisait le rôle qu'il avait attribué à chacun.

— Adrian, tu seras l'interprète officiel de la suite royale.

— Abyssinien ? demanda celui-ci tout en rassemblant quelques miettes éparpillées devant lui.

— Non, un Anglais. C'est un rôle crucial, expliqua-t-il alors qu'Adrian affichait une déception certaine. Il va te falloir inventer toutes leurs répliques. Pour quelqu'un qui veut faire du théâtre sa profession, c'est un rôle en or, insista-t-il. Il s'appellera Mr Kaufmann.

Duncan souscrivit d'un geste d'approbation, ce qui rasséréna Adrian.

— Horace se réserve encore le plus beau rôle, persifla Virginia, debout près de la fenêtre, une cigarette aux lèvres.

— J'ai pris le personnage le moins intéressant, se justifia-t-il pour parer une attaque à laquelle il était préparé. Je serai le représentant du Foreign Office, Herbert Cholmondeley.

— Existe-t-il vraiment ? demanda Duncan, affalé sur sa chaise après un repas généreux en vin.

— Non, bien sûr que non, je l'ai inventé.

— N'y a-t-il pas un risque qu'ils vérifient ?

— Ils n'en auront pas la possibilité. Nous enverrons un télégramme une heure avant notre arrivée. Nous allons jouer de l'effet de surprise, comme dans une embuscade. Ils auront juste le temps de brosser leurs costumes et de nettoyer leurs fusils. Pas de vérifier sa véracité.

— Je vous suis, mon capitaine, dit Duncan en esquissant un salut. Que m'avez-vous réservé comme personnage ?

— Le prince Ras El Mendax.

— Ras El Mendax…, répéta-t-il lentement comme pour s'imprégner de son rôle. Étant latiniste, je suppose que ce nom n'est pas un hasard[1].

— Vous pouvez en changer si vous le désirez.

— Non, c'est parfait, nous devons humilier l'establishment jusque dans les détails. Qui d'autre dans la famille royale ?

— Tony Buxton aura le personnage de Ras El Makalen. Tu connais Tony ? Il était du canular de Cambridge. C'est un garçon fiable.

— Il était à Trinity avec nous, appuya Adrian.

— Et nous aurons Miss Lovell, dit Horace en mimant un baisemain à l'adresse d'Olympe, qui était restée silencieuse. Elle sera le prince Ras El Mikael Golen. Pas question d'avoir une princesse dans une délégation officielle. Clarkson a confirmé qu'il pouvait faire d'elle un dignitaire abyssinien plus vrai que nature. Avec une barbe. Je suis impatient de voir cela, s'enthousiasma Horace. Pour compléter la délégation, j'ai demandé au frère de Tony, mais il n'a pas encore accepté. Pour être franc, plusieurs ont refusé.

Virginia s'était tournée pour regarder la pluie tomber sur le square. Elle imagina l'arrivée de l'équipée sur le bateau pendant une averse et visualisa leurs visages mouillés sur lesquels dégoulinaient les maquillages. Un marin leur tendrait une serviette qui finirait d'effacer leurs derniers espoirs de déguisement et signerait la fin de la supercherie.

— Que se passerait-il si vous étiez arrêtés ? demanda-t-elle, les interrompant.

— Comment cela ? dit Horace, agacé d'être dérangé par la plus fantasque des sœurs Stephen.

— Que risquez-vous si vous êtes démasqués ?

Vere Cole regarda ses acolytes comme pour les rassurer par avance.

— Si on est pris sur le navire, on sera certainement passés par-dessus bord. C'est la coutume, dit-il d'un ton détaché.

— C'est le jeu, renchérit Duncan. Et on est tous des bons nageurs.

Virginia, qui n'attendait que cette réplique, déroula ses arguments.

---

1. *Mendax* signifie « menteur » en latin.

— Je peux nager aussi bien que n'importe lequel d'entre vous. Mieux même. Vous le savez tous. Je suis prête à prendre ce risque. Pourquoi ne puis-je pas participer à ce complot ?

En réponse, Duncan éclata de rire.

— Elle a raison, dit-il. Elle a complètement raison. Prenons-la avec nous. Et nous aurons trouvé notre dernier prince.

— J'approuve, dit Olympe. Deux femmes sur ce cuirassé seront un symbole plus fort encore.

— *Vox populi*, admit Horace en traînant la voix comme il traînait des pieds à accepter l'idée.

Adrian aussi était réticent mais finit par se convaincre qu'ils la protégeraient en cas de fureur des marins. Et il n'était pas question d'envisager un échec.

Virginia, elle, minaudait. Elle avait, comme toujours, obtenu ce qu'elle voulait, avec un peu de persévérance et de la finesse tactique. Elle décida de s'appeler Ras El Singanya et s'amusa de l'humiliation qu'elle infligerait à son cousin. William Fisher ne les prendrait plus jamais de haut.

— Maintenant, nous allons établir les bases de notre langage, annonça Horace en leur montrant l'ouvrage qu'il avait acheté chez Hatchards.

Duncan le feuilleta énergiquement.

— Une grammaire swahilie ?

— C'est ce qu'on a trouvé de plus approchant, plaida Adrian. Cela suffira largement.

Le peintre finit le verre de vin qu'il avait gardé en main avant de se lancer. Il prononça une phrase avec un succès mitigé et passa le livre à Adrian. Les tentatives suivantes furent aussi peu convaincantes. Olympe puis Virginia s'essayèrent à l'exercice en prenant des voix d'hommes et il fut décidé qu'elles resteraient le plus possible muettes pendant la visite.

— Nous n'y arriverons pas ainsi, admit Horace. Il faudra improviser, mais tout se passera bien.

— Par exemple comme ceci : *Entaqui, mahai, kustafan*, prononça Duncan, qui s'était levé et parlait tout en agitant les bras, faisant rire le groupe.

— Plus solennel ! Tu es un prince de sang, corrigea Horace. Mais la direction est bonne. Mélangeons latin, grec et improvisons !

L'assemblée s'anima. Tous parlaient en même temps dans une joyeuse anarchie. Olympe les observait avec amusement. Ils étaient comme une bande d'enfants sans tabous ni retenue qui jouaient de la provocation pour se sentir vivants. Ses pensées glissèrent vers sa propre enfance, qu'elle avait réussi à chasser de ses souvenirs mais qui s'invitait parfois dans son présent. Une enfance où elle n'avait pas eu le loisir de l'insouciance. Au London Orphan Asylum de Watford, chaque bâtiment avait été érigé grâce à la charité de riches donateurs privés et recevait cinquante orphelins. Le sien était situé près de la blanchisserie d'où s'échappait tout l'hiver une fumée blanche et chaude, dans laquelle elle aimait se perdre, sur le chemin du puits et de sa corvée quotidienne. Il avait été entièrement financé par la J. & J. Shipfield Company, ce que rappelait une plaque de fonte dans le couloir de l'entrée. Parfois, des odeurs revenaient s'accrocher aux images, celle du lait dans le réfectoire et ses alignements de tables, l'odeur de la sainte poussière de la chapelle, si froide été comme hiver, les effluves de cire des bureaux de l'administration, qu'il valait mieux éviter, et les relents âcres de la chaux dans l'infirmerie, le seul endroit où elle se sentait bien, à cause de sa chaleur puissante et des lits plus larges.

— Olympe ?

Elle referma sa boîte de Pandore. La fratrie Stephen s'était retrouvée orpheline alors que tous trois n'étaient que de jeunes gens, mais ils s'étaient serré les coudes et avaient vécu dans la maison familiale. Adrian et Virginia semblaient si proches. Même si elle ne le voulait pas, il y aurait toujours un fossé entre Olympe et le monde nucléaire de la famille. Et personne ne pourrait comprendre que, pour elle, la solitude était un refuge, son monde, celui qui l'avait accompagnée depuis sa naissance, ce jour où elle avait été déposée à l'entrée de l'institution. Personne sauf Thomas. Il y avait entre eux un lien indicible, une force fragile due à leurs passés décousus. Elle l'avait senti dès leur première brève rencontre. Quels que soient ses secrets, il était le premier avec qui elle avait envie de partager les siens.

— Olympe ? répéta la voix.

Virginia s'était assise en face d'elle et lui tendait une coupe de champagne.

— À la réussite du *Dreadnought* et à la cause des femmes, dit-elle avant de trinquer, faisant déborder un peu du liquide qui se déposa sur les doigts de la suffragette.

— Aux Bloombies, maintenant vous en faites partie, Olympe, ajouta Duncan.

— À l'amour, renchérit Adrian en décochant une œillade au peintre.

— Aux rebelles que nous sommes tous, conclut Horace. Et que la poésie de nos actes change le monde !

CHAPITRE XIII

7 au 9 février 1910

79

29 Fitzroy Square, Londres, lundi 7 février

Ils arrivèrent aux aurores. Clarkson les attendait au salon en compagnie de ses assistants, les produits de maquillage déballés sur la table. Il fit asseoir les quatre princes et, d'un claquement de doigts théâtral, donna le signal du départ. Les maquilleurs recouvrirent leurs visages d'une crème de base, puis du black numéro 12, sous le regard du maître qui expliquait à l'assemblée les différentes étapes du processus.

— À vous, maintenant, indiqua-t-il à Adrian, qui s'assit dans son fauteuil pour recevoir la poudre numéro 3½. Vous devez ressembler à un Occidental ayant brûlé sa peau au soleil d'Abyssinie. C'est important pour votre crédibilité.

Puis leurs joues et mentons furent badigeonnés à la colle à postiche avant la pose de mèches de laine teintée. Les assistants tamponnèrent longuement les postiches à l'aide d'une serviette afin d'éviter tout décollement. La patience de Virginia s'effrita rapidement alors que les autres ne semblaient pas incommodés par l'attente, mis à part Tony Buxton, qui était arrivé enrhumé et se mouchait fréquemment. Duncan, malgré l'interdiction de parler tant que la colle n'était pas sèche, s'essayait à formuler des phrases dans leur langue inventée, qu'Adrian traduisait avec une assurance convaincante. Olympe était impassible, pareille à une statue de cire en préparation, indifférente à la tension ambiante. Horace ne pouvait pas même distinguer sa respiration tant elle était légère. La prison en isolement lui avait appris l'évasion immobile.

Quand vint le moment d'essayer les vêtements, l'excitation monta d'un cran. Les princes bénéficièrent de tenues aux couleurs chatoyantes et de turbans dont l'ensemble acheva de les convaincre de la qualité du travail de Clarkson.

— Je ressemble à un voyageur de commerce ringard ! commenta Adrian en détaillant dans le miroir son chapeau melon et son long pardessus lustré.

— Je dois avouer que, si je te croisais dans le square, je ne te reconnaîtrais pas, admit Virginia, ce qui fit rire le groupe tant sa transformation à elle se montrait spectaculaire.

Elle avait choisi sa tenue, une tunique bleu ciel recouverte de broderies. Les deux femmes étaient méconnaissables. Elles s'étaient fondues avec élégance dans leurs déguisements, malgré leurs traits fins et leur petite taille, et avaient rassuré les autres participants sur la vraisemblance de leurs personnages.

Horace, lui, n'avait pas eu à bénéficier de déguisement particulier. Il avait choisi dans sa garde-robe un haut-de-forme et une queue-de-pie et en avait profité pour s'offrir une canne à pommeau d'argent semblable à celle d'Oscar Wilde, qu'il brandissait comme un sceptre à chaque intervention.

— Cher Clarkson, je voulais vous remercier, ainsi que vos assistants, de votre contribution réussie à notre journée.

— *Bunga bunga !* s'exclama Duncan.

— Le prince Ras El Mendax est d'accord avec Monsieur l'envoyé du Foreign Office, traduisit Adrian en prenant son air le plus sérieux.

— *Bunga bunga gedelika*, ajouta Virginia en prenant une voix rauque.

— Le prince Ras El Singanya approuve et vous remercie, improvisa Adrian. Mais Votre Majesté devrait éviter de trop parler, dit-il à Virginia, sinon elle se retrouvera à l'eau.

Horace admira le résultat avant de clamer :

— Puisque nous sommes tous prêts, direction Mayfair !

L'Austin 40 stoppa devant le 179 New Bond Street. Horace, qui l'avait louée pour l'occasion et s'était assis à l'avant à côté du chauffeur, vint ouvrir la portière aux princes et à leur traducteur. Le directeur du studio Lafayette, James Lauder, avait fait le trajet depuis Dublin pour accueillir ses invités de marque ; il les introduisit directement sur le plateau de prise de vue. Vere Cole avait été très strict sur les horaires, ils devaient être partis à onze heures et n'auraient de temps que pour deux photos.

La première fut faite rapidement mais, après développement, fut jugée trop protocolaire. Les quatre princes posaient debout, les mains jointes et le regard happé par l'objectif. Adrian, derrière eux, formait par sa grande taille la pointe d'une pyramide humaine. Seul Horace, à droite du groupe, avait ignoré l'appareil photographique et présentait son profil gauche, celui qu'il jugeait le plus photogénique.

— Je veux une mise en scène comme celle-ci, indiqua ce dernier en montrant la reproduction d'une photo prise avec la véritable délégation royale d'Abyssinie.

— Je m'en souviens très bien, assura James Lauder, c'était il y a huit ans. On fait la même, Irving, dit-il à l'adresse de son assistant français.

Ils disposèrent une méridienne et un fauteuil sur le plateau. Virginia s'assit sur la première et Duncan resta debout près d'elle. Adrian et Horace occupèrent le centre, en retrait des princes, alors que Buxton se plaçait dans le fauteuil et qu'Olympe prenait la pose à côté de lui. Au moment d'immortaliser l'instant, Horace mit délibérément les mains dans les poches de son pantalon. Son attitude nonchalante, impensable pour un membre du Foreign Office, se voulait une ultime provocation à l'intention du pouvoir.

L'assistant revint de la chambre noire avec le positif, que Vere Cole valida d'un signe de tête. Irving le passa aux autres membres du groupe pendant qu'Adrian leur signifiait en charabia qu'il était temps d'y aller. Lorsque Olympe lui rendit le cliché, le Français se pencha vers elle et lui chuchota « Le vote pour les femmes ». L'aérostier avait reconnu sa suffragette malgré tous les efforts qu'elle avait déployés pour ne pas croiser son regard.

Ils arrivèrent à onze heures trente à la gare de Paddington. Horace avait prévenu le chef de station de la présence des Abyssiniens et la Great Western Railway se fendit d'un comité de réception ainsi que d'une cérémonie de bienvenue en présence d'un de ses représentants, lequel en profita pour vanter la capacité de sa compagnie à développer le rail partout dans le monde. À midi, la délégation grimpa dans un compartiment que Vere Cole avait réservé en entier pour l'occasion. Adrian ferma les stores. Le train s'ébranla à midi quarante en direction de Weymouth.

Les premières minutes se passèrent en silence. Les cœurs retrouvèrent leur rythme normal et Horace sa bonhomie.

— La bonne nouvelle est qu'il y a un wagon-bar, annonça-t-il. La mauvaise est que tous ceux qui ont un postiche ne peuvent manger.

La bronca générale fut entendue jusque dans les compartiments voisins.

— Taisez-vous ! intima-t-il. Ou protestez en swahili. Interdiction de se restaurer sous peine de décoller votre barbe. Sauf Adrian.

— Mais nous allons mourir de faim avant l'arrivée sur le bateau, s'exclama Virginia.

— Nous ferons attention, on ne mastiquera pas, proposa Buxton. Presque pas, rectifia-t-il avant de mimer le geste.

— Va au moins nous chercher du thé, renchérit Duncan, qu'on puisse survivre.

Seule Olympe n'avait pas participé aux récriminations.

— Je pourrai tenir, répondit-elle à une question de Virginia. L'État m'a permis de m'entraîner, à Holloway.

— Voilà l'exemple à suivre, dit Horace, essuyant une nouvelle salve de protestations, avant de s'excuser.

Après une longue discussion, il finit par leur concéder un repas. Horace profita de l'arrêt de Reading pour acheter des buns, qu'ils dégustèrent comme du caviar, par petites bouchées précautionneuses, ce qui déclencha plusieurs fous rires.

Une fois les ventres rassasiés, le silence revint en force. À part Olympe, qu'aucune éventualité n'effrayait, et Adrian, que l'approche de l'événement excitait comme la générale d'une pièce, tous sentaient une sourde angoisse prendre possession de leur corps.

— J'ai une requête, dit Olympe, jugeant le moment propice. J'ai promis de ne pas brandir de banderole de notre cause, mais, une fois à bord, il y a une chose que j'aimerais nous voir tous faire.

Sa proposition reçut l'unanimité avec un enthousiasme communicatif qui réchauffa les cœurs et leur donna une motivation supplémentaire de réussir leur mystification.

Horace en profita pour les haranguer une nouvelle fois et s'assit en consultant sa montre Hamilton de poche, qu'il avait achetée lors de son périple américain et qui, à sa grande satisfaction, ne lui faisait plus penser à Mildred dès qu'il la sortait de son gousset.

— J'ai quant à moi une annonce à faire, dit-il alors que son garde-temps affichait trois heures de l'après-midi. À cet instant, mon majordome se trouve à la poste de St James Street et vient d'envoyer un télégramme à l'amiral May, qui le recevra, selon mes estimations, dans une demi-heure sur le *Dreadnought*.

Il tira le brouillon de sa poche de gilet et lut :

— *Prince Makalen d'Abyssinie et suite arrivent quatre heures vingt aujourd'hui Weymouth. Il veut voir Dreadnought. Recevez-les à l'arrivée. Désolé pour dernier moment, oublié de télégraphier. Interprète avec eux. Signé : Hardinge Foreign Office.*

Avec le sens du tragique qu'il aimait cultiver, Vere Cole acheva :

— Maintenant, il est trop tard pour reculer.

80

St Bart, Londres, lundi 7 février

Reginald attendit que le patient arrête de tousser, une quinte d'irritation, sèche, qui le faisait cracher une salive mousseuse striée de sang rouge, et regarda à nouveau dans le laryngoscope. À la première inspection, il n'en avait pas cru ses yeux. Le second examen confirma son diagnostic. Il montra à Frances l'image que reflétait le miroir et lui demanda une pince laryngée ainsi qu'un bocal.

— Pouvez-vous me dire depuis quand vous ressentez cette gêne ? dit-il en se brossant les mains sous le flux d'eau froide qui coulait du robinet.

— J'étais en Égypte pour mes affaires, répondit le patient, un homme d'une quarantaine d'années, à la corpulence respectable, qui parlait d'une voix rauque l'obligeant à s'arrêter entre deux phrases pour déglutir ou boire une gorgée d'eau. J'importe du coton, précisa-t-il. À la mi-janvier, je suis allé dans la région d'Assouan où nous avons nos plus grosses productions. Nous avons parcouru des dizaines de kilomètres à dos d'âne pour visiter les champs et j'ai bu de l'eau à la gargoulette de mon guide. J'ai ressenti des picotements et une gêne dans la gorge et, depuis, ça ne cesse pas, nuit et jour, des quintes de toux et ma gorge qui me chatouille.

Il toussa une nouvelle fois, comme pour illustrer son propos.

— J'ai dû avaler une brindille qui est restée coincée, conclut-il dans l'attente du diagnostic, qui ne vint pas.

— Je vais appliquer un anesthésiant dans votre gorge, expliqua l'interne. C'est sans douleur. Et j'extirperai la cause de vos malheurs.

L'homme se laissa faire sans appréhension et, une fois la cocaïne appliquée, pencha la tête en arrière et ouvrit grand sa bouche. Reginald retira le corps étranger dès la première tentative et le déposa dans le récipient que Frances lui tendait. Il en profita pour lui décocher un sourire discret auquel elle répondit. Tout allait pour le mieux entre eux : ils avaient trouvé leur équilibre dans une parole libérée, ce qui avait levé les inhibitions que l'interne avait héritées de son éducation. Il avait épousé les combats de Frances et la soutenait sans aucune restriction. La seule ombre à leur tableau encore frais était que Sir Jessop avait refusé de bénir leur union, qui n'était pour lui qu'une passade de son fils envers une femme d'une classe sociale inférieure. Le différend avait définitivement rompu le lien ténu entre les deux hommes.

Elle montra le bocal au patient, qui fit une grimace.

— Mais qu'est-ce que c'est ? Ça a l'air vivant !

L'interne était incapable d'identifier le corps noirâtre ressemblant à un ver recroquevillé au fond du récipient.

— Nous allons le faire analyser à notre laboratoire, monsieur.

— Pas la peine, c'est une sangsue ! constata Thomas, qui venait d'entrer dans la salle d'examen pour y déposer sa trousse d'urgence. D'où vient-elle ?

— Elle était accrochée depuis trois semaines sur les cordes vocales de mon patient, répondit Reginald tout en surveillant l'homme, qui avait pâli.

— *Linnotis nilotica*, commenta Belamy en secouant légèrement le bocal. Pas de doute, elle est vivante. J'ai vu plusieurs cas identiques à l'hôpital de Hanoï. Un peu de teinture d'eucalyptus aidera à réparer l'inflammation.

Pendant que Reginald raccompagnait l'entrepreneur sous le choc, Thomas déposa sur un linge stérilisé une série de pinces, écarteurs et scalpels. Frances observa discrètement le médecin. En plus des cheveux ras et de la barbe, qui avait épaissi, le docteur Belamy portait une paire de lunettes rondes cerclées d'argent. L'ensemble avait métamorphosé son visage et lui donnait un air sévère et mature, loin de l'aspect juvénile et affable précédent, mais plus proche de l'apparence doctorale que requérait sa fonction. *Parfois les hommes changent d'allure quand ils sont amoureux*, songea-t-elle en détournant le regard quand il s'aperçut qu'elle le fixait.

— La police portuaire a appelé le Barts, expliqua-t-il. Nous allons recevoir un patient en grande détresse. Je vais l'opérer avec l'aide de Reginald. Nous aurons besoin de vous et de sœur Elizabeth.

À l'heure du déjeuner, John Robert était monté à bord du *London Belle* en compagnie de sa femme et de sa fille. Le bateau à vapeur avait descendu la Tamise jusqu'à Tilbury, où l'accident s'était produit.

— Il s'est appuyé sur la rambarde du pont et elle a cédé, dit le pompier qui venait d'amener la victime au service des urgences. Il a été happé par la roue à aubes, c'est un miracle qu'il soit encore en vie, ajouta-t-il en relevant son casque pour se masser le front. Je vous le laisse. Sa famille attend à l'accueil. J'y retourne, je ne sais pas ce qu'ils ont aujourd'hui, ils se sont tous donné le mot pour se jeter à l'eau.

Thomas consulta la pendule. La délégation abyssinienne était dans le train pour Weymouth et n'allait pas tarder à arriver. Il était inquiet pour Olympe, même si Horace avait promis de veiller sur elle. Surtout parce qu'il avait promis de veiller sur elle, tant Vere Cole était un homme imprévisible et inconscient du danger. Belamy n'avait pas osé la dissuader de participer à l'aventure, il n'avait pas voulu être la voix de la raison : il savait que rien ne pouvait l'arrêter lui-même dès qu'il prenait une décision.

— Le patient est prêt, annonça Frances, qui l'avait déshabillé avec l'aide d'Elizabeth.

John Robert avait été repêché inconscient et n'avait pas repris connaissance depuis l'accident. Thomas identifia trois côtes cassées, un enfoncement thoracique et un traumatisme crânien avec compression. Le pouls était faible et filant et il suspecta une hémorragie interne alors que Reginald, qui avait examiné ses membres inférieurs, releva une fracture ouverte à chaque jambe.

— Ses chances de survie sont aussi grandes que celles du Barts de remporter le championnat cette année, mais nos joueurs sont capables de le faire, dit Thomas pour motiver son équipe devant un défi qui paraissait insurmontable. Reginald et Frances, vous allez vous occuper de réduire ses fractures. Ma sœur, vous m'assisterez pour la partie supérieure. Vous allez bien ?

Elizabeth était marquée par la fatigue, qui accentuait la rudesse naturelle de ses traits.

— Oui, ne vous inquiétez pas, c'est juste que j'ai mal dormi cette nuit.

Il comprit que la douleur était revenue, plus forte encore, et se promit de la convaincre de se faire opérer.

— Mais cela ne change rien à ma décision, lui opposa-t-elle à voix basse alors que l'interne et son infirmière s'étaient mis à débrider la plaie au niveau du fémur droit. J'aurai juste besoin de votre aide bientôt.

Thomas lui demanda de préparer l'instrumentation nécessaire à une trépanation tout en espérant l'éviter et se concentra sur les signes vitaux.

— Comment est la respiration, ma sœur ?

— Stertoreuse.

— La pupille droite est dilatée, constata Thomas en tirant les paupières. L'hémiplégie est installée. Je suspecte une hémorragie sous-durale. On va le préparer au cas où. Frances, il faut raser la moitié gauche du crâne.

L'infirmière, qui disposait des drains autour du foyer de fracture, fit un signe d'impuissance. Reginald intervint :

— Avec votre accord, j'ai trop besoin d'elle, monsieur. C'est le médecin qui parle, pas l'amoureux, ajouta-t-il alors qu'il modelait les deux extrémités de l'os à l'aide d'une pince gouge.

— Je m'en occupe, proposa la religieuse.

Elle dégagea la zone en moins de cinq minutes. Belamy remarqua que chacun de ses gestes lui coûtait et décida de la ménager au maximum, mais l'état du patient s'aggrava brusquement.

— Épanchement sanguin, annonça Thomas. C'est une rupture de la méningée moyenne, on ouvre sans attendre.

Il prit de la teinture d'iode et traça un trait au doigt entre l'apophyse zygomatique et le méat auditif, puis, du milieu de la ligne, établit un trait perpendiculaire de la longueur des deux phalanges de son index, trempa à nouveau son doigt dans l'iode et dessina une parallèle à la première ligne en y marquant deux points. Il venait de localiser l'ouverture qu'il allait pratiquer, entre méningée moyenne et postérieure.

— Les artérioles vont beaucoup saigner, ma sœur. Il faudra comprimer et suturer.

— Me prenez-vous pour une novice ?

— Je m'inquiète pour vous. Cela demande de la force physique.

— Inquiétons-nous plutôt pour lui.

Thomas prit un bistouri et posa près de lui une rugine courbe.

— Quelle heure est-il, ma sœur ?

— La demie de midi.

Ils sont arrivés, songea-t-il avant de se concentrer sur ses gestes. Le sang abonda lors du décollement périostique mais Elizabeth réagit avec rapidité et comprima l'hémorragie aux pinces de Kocher avant de passer quelques fils à l'aiguille de Reverdin. Thomas avait calculé juste et effectué la trépanation à l'endroit même de la déchirure de la dure-mère. Il élargit la perte de substance crânienne à la pince gouge et découvrit l'hématome qui s'était formé.

— Reginald ? questionna-t-il.

— Tout se passe bien, nous avons réduit la première fracture au fil d'argent et nous allons commencer la seconde.

— Elizabeth ?

— Le pouls n'a pas varié, annonça la religieuse, stéthoscope aux oreilles.

Belamy étudia minutieusement le foyer avant de toucher à l'hématome cérébral. Il enleva les plus gros caillots et utilisa une curette mousse pour les petits blocs sanguins. Au moment de retirer le dernier, l'instrument toucha l'encéphale et déclencha une contraction des muscles de la jambe gauche qui balaya l'air avant de retomber. Tout le monde cria de surprise en même temps.

— Des dégâts ? s'enquit Belamy.

— Nous avons eu de la chance, répondit Reginald, on finissait la droite. Tout va bien.

Dans le même temps, le sang avait à nouveau rempli la cavité. Le jet produisit une nappe abondante que le tamponnement ne calma pas. Thomas comprima le vaisseau et la dure-mère pendant qu'Elizabeth lui préparait pince et fil. L'hémorragie cessa immédiatement sous l'effet de la suture et, après un dernier tamponnement, le cerveau avait repris sa place.

— Je vais préparer le plâtre, indiqua Frances. Hé, que fais-tu là, toi ?

Un garçonnet, qui tenait un chiffon dans une main et suçait son pouce de l'autre, était entré par la porte entrouverte et les regardait.

— Papa..., dit-il en montrant du doigt la table d'opération.

L'infirmière s'empressa de lui cacher la situation en le prenant vivement dans ses bras mais, même devenu adulte, l'image traumatisante de son père mourant ne le quitterait jamais. Une fois dans le couloir, elle fut hélée par la mère, affolée, qui cherchait son fils dans toutes les pièces.

— Je suis désolée, dit-elle en pleurs, désolée, je suis juste allée me rafraîchir pendant qu'il dormait sur le banc. Désolée, répéta-t-elle en le couvant de baisers. Comment va mon mari ? On ne nous a rien dit.

Frances la rassura du mieux qu'elle put et lui expliqua que l'opération était toujours en cours, qu'il fallait garder bon espoir et prier Dieu, ce qu'elle disait à toutes les familles en détresse, faute de mieux, alors qu'elle avait déjà vu des guérisons miraculeuses de cas désespérés mais, bien plus souvent, des fins tragiques et des soignants résignés. Le docteur Belamy, lui, ne renonçait jamais, au-delà du raisonnable, et elle constatait que Reginald lui emboîtait de plus en plus le pas, ce qui l'effrayait parfois. On ne défie pas Dieu impunément.

Frances en profita pour prendre dans la réserve deux gouttières plâtrées et retourna à la salle d'opération. Lorsqu'elle entra, les deux médecins étaient penchés sur un corps gisant au sol : Elizabeth venait de perdre connaissance.

81

Weymouth, lundi 7 février

Tout était prêt. En moins de trente minutes, les hommes de la Navy avaient réussi à disposer un tapis rouge sur le quai de la gare et à installer un cordon de sécurité afin de canaliser la petite foule qui s'était formée en raison de la présence même du cordon.

— Je suis le lieutenant de vaisseau Willoughby, dit, tout sourire, le militaire chargé de les accueillir.

— Herbert Cholmondeley, répondit Horace en butant sur son propre patronyme, avant de présenter la délégation princière.

Il énonça lentement les quatre noms, comme pour donner au lieutenant la possibilité de les retenir, tout en sachant que c'était une gageure et que le militaire se contenterait de les appeler par leur titre honorifique.

— Ah, j'allais oublier, dit-il en se tournant vers Adrian avec une étincelle dans le regard qui ne disait rien de bon à ce dernier. Nous avons avec nous Herr Kaufmann, qui assurera la traduction pendant cette visite.

L'instant qui suivit parut s'étirer à l'infini. Tout le groupe savait qu'en suivant Horace, ils prenaient le risque de n'importe quel débordement de sa part, et transformer un interprète anglais en sujet du Kaiser était une provocation de taille qu'il n'avait sûrement pas préméditée, mais qui l'amusait autant pour l'embarras de ses amis que pour la gêne de leur hôte. Horace était toujours prêt à danser au bord de l'abîme.

Willoughby feignit d'ignorer l'incident diplomatique que pouvait représenter la présence d'un Allemand sur le fleuron de la marine royale tout droit sorti des chantiers navals, ce qui rassura la délégation.

— Bravo, lui souffla, furieux, Adrian, alors que Virginia lui écrasait le pied au passage tout en l'ignorant.

Le lieutenant de vaisseau les invita à passer en revue le détachement de marins au garde-à-vous puis les fit monter dans des fiacres pour rejoindre le quai portuaire. Ils embarquèrent sur une vedette à vapeur qui les attendait, moteurs en marche. Willoughby se montra d'une extrême affabilité durant le trajet, ce qui les détendit provisoirement.

Enfin, à la sortie de la rade, le *Dreadnought* se présenta à eux. Toutes les conversations cessèrent. Adrian tenta un *Mein Gott!* d'après ses souvenirs de classe, Duncan opta pour *Kawango!*, qui lui semblait être l'équivalent abyssinien. Les autres princes s'empressèrent de répéter l'interjection comme un mantra.

— Fichtre, susurra Horace en relevant le bord de son haut-de-forme.

Le bâtiment leur semblait plus petit que ce que les photos avaient laissé paraître. Une fumée noire s'échappait des deux larges cheminées centrales. Mitrailleuses et canonnières étaient dispersées sur toute sa longueur et deux énormes canons pointaient de la proue. Mais, surtout, tous les hommes étaient rassemblés sur le pont, orné de festons et de drapeaux, et les attendaient. La musique de *Yankee Doodle* leur parvint alors qu'ils allaient accoster le mastodonte de métal. Les respirations s'étaient accélérées et les cœurs battaient plus vite. *Nous y voilà*, songea Horace, chez qui l'excitation avait pris le dessus sur la crainte.

Au moment de grimper à bord, Buxton rata la dernière marche et trébucha, lâchant un *Damn!* tout en se rattrapant au bras de Duncan. L'exclamation fut heureusement couverte par l'orchestre de bord, qui venait d'entamer un hymne national. Le lieutenant de vaisseau les fit patienter pour rejoindre les officiels qui se tenaient à quelques mètres, dans leurs habits de cérémonie, parés de toutes leurs décorations.

— Que font-ils ? chuchota Duncan en massant le bras sur lequel Buxton avait planté sa main. Pourquoi ne viennent-ils pas ?

— Ils doivent négocier la présence d'un Allemand dans la délégation, suggéra Virginia. Vere Cole, si nous sommes découverts à cause de votre stupide blague, je promets de vous noyer moi-même.

— Détendez-vous, ils ne peuvent pas faire d'esclandre, temporisa Horace. Ils n'ont aucun moyen de vérifier l'identité de Herr Kaufmann. Et quand les journalistes l'apprendront, ils seront encore plus la risée de tout le royaume ! D'ailleurs, les voilà.

L'amiral May, entouré de ses officiers, vint leur souhaiter la bienvenue. Pendant ce temps, le chef d'orchestre avait pris le lieutenant Willoughby à part.

— Comment ont-ils réagi à l'hymne ? l'interrogea-t-il. J'espère qu'ils n'ont pas fait d'esclandre.

— Pourquoi aurait-ce été le cas ? Ils ont eu l'air d'apprécier votre attention.

— Ah… tant mieux. Parce que je n'ai pas trouvé la partition de l'hymne d'Abyssinie, j'ai fait jouer celui de Zanzibar. Un moment, j'ai craint l'incident.

Willoughby prit le temps de la réflexion avant de répondre :

— Rassurez-vous, ce sont des gens très bien élevés. Ils n'auront pas voulu faire d'histoire, voilà tout.

Le lieutenant regagna le groupe alors que Virginia venait de serrer la main du cousin Fisher, qui ne les avait pas reconnus. Adrian questionna l'amiral sur les uniformes et leurs grades, en exagérant son accent allemand. Le militaire lui répondit courtoisement avant de lui demander de traduire pour ses hôtes. Adrian s'exécuta et improvisa un mélange de mots de différentes langues, tandis que les princes feignaient un grand intérêt en hochant la tête ostensiblement et lançaient des « *Bunga bunga* » en guise d'acquiescement.

— Fisher, vous qui avez vécu trois ans en Afrique, cette langue n'est-elle pas étrange ? demanda Willoughby, que la suspicion chatouillait. J'ai cru reconnaître du latin.

— Non, ce sont bien d'authentiques Africains de la Corne, répondit l'officier d'un ton péremptoire. Notez la présence de nombreux *k* et *w*, typiques de l'Afrique de l'Est. Mais leurs dialectes sont tellement différents d'une région à l'autre qu'ils n'arrivent pas à se comprendre eux-mêmes, ajouta-t-il avec suffisance.

L'explication convainquit le lieutenant, qui n'insista pas. Il n'avait que peu voyagé en dehors des côtes de l'Europe et le monde lointain se résumait pour lui aux récits des explorateurs dans les colonnes des magazines où il avait noté des faits bien plus étranges que ceux-là.

L'amiral proposa à la délégation de descendre au carré des officiers pour partager le thé et la collation qui avaient été préparés en son honneur.

— Avec grand plaisir, dit Horace en levant sa canne pour indiquer de le suivre.

— Avec votre permission, monsieur Cholmondeley, amiral, je crains que cela ne puisse se faire, intervint Adrian.

Il s'approcha pour parler à May en baissant la voix.

— Voyez-vous, leur religion nécessite que la nourriture soit préparée d'une façon bien spécifique et, s'ils se voyaient obligés de refuser, cela les mettrait dans l'embarras. Si nous pouvons éviter…

— Bien sûr, cher monsieur, merci de nous avoir prévenus, répondit l'amiral. Nous irons avec notre hôte du Foreign Office pendant que le lieutenant Willoughby leur fera visiter notre cuirassé.

Voyant qu'il avait réussi à impressionner le militaire, Adrian voulut pousser la situation à son avantage et continua son improvisation :

— Il faut aussi que je vous informe, si cela n'a pas été fait, qu'au coucher du soleil, ils devront se prosterner sur le pont en direction de La Mecque.

— Sur le pont ? s'étrangla l'amiral, dont la voix grimpa dans les aigus.

— Je vois que vous n'avez pas été avertis par le ministère, constata Adrian en remarquant seulement les signes discrets qu'Horace lui envoyait.

À quelques mètres d'eux, les quatre princes de la délégation portaient ostensiblement des croix en argent autour du cou. Toute la famille royale était chrétienne orthodoxe.

— Cela ne va pas être possible : vous êtes sur un bateau, un navire britannique, continua l'amiral, dont les yeux s'agitaient dans leurs orbites à la recherche d'une solution diplomatique.

— Comment avez-vous connaissance de l'heure du coucher du soleil ? intervint Horace.

— Un coup de clairon depuis la vigie : quand le phare s'allume, c'est la fin du jour naval.

— Alors, retardez le coup de clairon. Ainsi, nous serons repartis avant qu'il ne retentisse, proposa Vere Cole.

— Mais est-ce bien correct ? s'inquiéta le militaire, désemparé par la proposition.

— Ne sommes-nous pas l'empire où le soleil ne se couche jamais ? Ne sommes-nous pas les maîtres des mers ? Alors, nous le pouvons, conclut Horace en accompagnant sa tirade d'un coup de canne sur le pont. Maintenant, je suis à vous pour ce thé.

Ils descendirent au carré des officiers, tandis qu'Adrian et les princes continuaient l'inspection du bateau. L'air était saturé d'humidité et Buxton avait peine à enrayer ses éternuements. Il avait pris conscience que son mouchoir était brodé à ses initiales et n'osait plus le sortir de sa poche.

Willoughby attendait patiemment à chaque explication que l'interprète traduise ses paroles, ce qui rallongeait d'autant plus la visite, même s'il avait remarqué que certains mots revenaient souvent et que l'apprentissage d'une telle langue ne devait pas poser de grandes difficultés.

Alors qu'ils admiraient les deux canons principaux, dont l'officier vantait la puissance et la précision, le vent se leva, accompagné d'une pluie fine et dense. Virginia, qui n'avait cessé d'avoir cette crainte depuis les préparatifs, imagina le moment où les maquillages allaient s'estomper et intervint, de sa voix la plus mâle, auprès d'Adrian.

— Auriez-vous des parapluies ? dit-il en traduisant la question de sa sœur.

Olympe, qui était restée la plus discrète, remarqua que la barbe de Duncan s'était décollée au niveau de la lèvre supérieure et lui fit signe. Le peintre mit sa main sur sa bouche dans une attitude pensive et pressa sur les fils de laine.

Dans l'intervalle, des parapluies avaient été apportés et les marins les tinrent au-dessus des têtes princières. Adrian se précipita pour en prendre un et se posta dessous avec Duncan afin de vérifier que son postiche tenait bon.

— Nos amis ne sont pas habitués à un tel temps, il nous faudra repartir sous peu, annonça-t-il, ce qui soulagea les autres, y compris Willoughby pour qui cette visite devenait un fardeau.

Le lieutenant les amena à l'abri dans la cabine des échanges radio où il leur proposa de contacter le quartier général de l'amirauté à titre d'essai. La seule réponse fut un éternuement de Buxton et une salve de *Waka bene*, qu'il traduisit comme un refus poli sans l'aide d'Adrian. L'heure était au départ.

Horace les rejoignit sur le pont où l'orchestre joua *God Save the King*. Au moment de saluer l'équipage, Olympe vint parler à l'oreille d'Adrian, qui hocha la tête de contentement puis s'acquitta de la traduction auprès de l'amiral May.

— Le prince Ras El Mikael Golen vous remercie de cette très instructive visite, expliqua-t-il. Leurs Majestés vont maintenant vous exprimer très officiellement leur gratitude en vous souhaitant le meilleur pour vous et pour vos hommes. Il serait de bon ton que vous fassiez de même, glissa-t-il comme une confidence.

— Et comment ?

— Vous n'aurez qu'à répéter à votre tour les paroles de bienveillance qu'ils prononceront.

Les Abyssiniens s'étaient groupés devant l'amiral et ses subalternes. Virginia ne quittait pas des yeux son cousin, qui semblait fasciné par les visiteurs. Olympe fixa l'amiral et donna le signal. Les quatre dignitaires prononcèrent deux fois la phrase rituelle :

— *Kura kwa wanawake*[1] !

Après une hésitation, May donna l'exemple, suivi d'Horace, d'Adrian et des officiers, en répétant la phrase dont ils ignoraient la signification, tout en s'inclinant légèrement comme l'avaient fait les princes.

Ravi d'avoir participé à une cérémonie traditionnelle qui lui était inconnue, l'amiral leur serra la main avec énergie et, satisfait et soulagé, les raccompagna jusqu'à la passerelle d'embarquement.

La navette s'éloigna dans un bruit de moteur, toutes lumières allumées, alors que le crépuscule étirait son manteau sombre aux coutures roses et que le clairon retentissait sur le *Dreadnought*. Le canular d'Horace avait tout l'air d'un chef-d'œuvre.

1. *Le vote pour les femmes* en langue swahilie.

82

St Bart, Londres, lundi 7 février

John Robert s'était réveillé au moment même où sœur Elizabeth avait perdu connaissance. La résection de l'hématome cérébral l'avait délivré de son coma. Il était incapable de parler et gardait une hémiplégie latérale marquée, mais l'urgence était passée et Thomas sutura le lambeau cutané après avoir posé une lamelle de gaze aseptique pendant que Reginald préparait Elizabeth pour l'opération. Une fois le patient évacué vers un service de chirurgie, le médecin expliqua la situation à son interne.

— Nous allons l'opérer contre son avis plusieurs fois renouvelé, dit-il pour résumer la situation. Ce n'est pas une décision facile, mais j'en assume toute la responsabilité. Je dirai que vous n'étiez pas au courant de sa volonté.

— Mais je serai solidaire de vous ! s'enflamma Reginald. Il n'est pas question de la laisser mourir sans rien faire.

— J'ai besoin de votre aide, nous allons le faire ensemble, mais vous devez me donner votre parole. Il est impensable que vous risquiez l'exclusion.

— Vous l'avez, Thomas.

— Je ne veux prendre aucun risque. Anesthésie générale. Chloroforme et masque de Schimmelbusch. On commence par cinq gouttes.

Pendant que l'interne préparait l'appareillage, Thomas se désinfecta longuement les mains puis aligna les instruments qu'il allait utiliser. Il attendit que Reginald se brosse soigneusement les doigts et s'aperçut qu'il n'avait plus pensé à Olympe depuis longtemps. La pendule lui indiqua cinq heures trente. Le canular devait être fini mais il n'arrivait pas à se sentir soulagé.

Thomas prit le poignet de la religieuse et chercha les pouls chinois. Tout indiquait qu'elle était proche du réveil. Il demanda à Reginald d'appliquer le masque et sentit rapidement son effet sur les équilibres intérieurs.

— Prenez ma place et surveillez ses constantes, comme je vous l'ai appris. Ne vous focalisez pas sur son cœur, regardez ses téguments, l'aspect de sa peau, évaluez sa respiration et surveillez ses pupilles : elles vont se dilater puis se rétrécir et devenir insensibles à la lumière. C'est à ce moment qu'il faudra être prudent et suspecter un réveil. Dès que vous sentez une évolution, on l'anesthésie à nouveau. En espérant que ce ne soit pas nécessaire, ajouta-t-il en se positionnant devant l'abdomen dénudé de la religieuse.

Il localisa très rapidement la tumeur, rouge, gonflée et dure à la palpation. Thomas avait répété mentalement les gestes qu'il allait pratiquer et les annonça au fur et à mesure à Reginald.

— L'incision a une forme de raquette à deux manches centrée sur la tumeur. Le premier manche monte jusqu'à l'aisselle, comme ceci, expliqua-t-il tout en entamant la peau. Le second descend en dessous du sternum. Comment va Elizabeth ?

— Tout est stable, dit Reginald, qui suivait scrupuleusement les recommandations.

Il eut une hésitation avant de continuer :

— Vous avez travaillé à l'hôpital de Hanoï, Thomas ?

La question agaça Belamy. Reginald reçut son froncement de sourcils comme un reproche.

— C'est-à-dire que... vous en avez parlé tout à l'heure, se défendit l'interne.

— C'est sans intérêt. Maintenant, regardez, il faut tout enlever d'un coup : la glande, l'aponévrose et tous les paquets ganglionnaires, dit-il en effectuant le mouvement. Je ne vais pas suivre le modèle de Halsted qui retire aussi les deux pectoraux. C'est une mutilation qui n'apporte aucun avantage en termes de récidive et, tant que vous aurez confiance en moi, je vous interdis de la pratiquer.

— Bien compris, assura Reginald, encore surpris de la réaction du médecin.

Thomas déposa la partie réséquée dans une boîte remplie de formol et proposa à son assistant de s'occuper de la suture.

— Pardonnez-moi, dit Belamy après un long silence durant lequel il avait observé l'interne refermer la plaie. Je me suis montré brusque. Mais on m'a si souvent posé cette question pour me faire comprendre que je n'arrivais pas à la cheville du moindre médecin de la métropole que j'en ai fini par ne plus supporter d'en parler.

— Je comprends que cela puisse vous irriter, mais il n'y avait aucune malice dans mon interrogation. J'admire vos connaissances médicales.

— C'est pourquoi je suis navré de vous avoir tancé, dit Thomas en vérifiant une dernière fois l'état des pupilles de la religieuse. J'ai fait partie de la toute première promotion de l'École de médecine de Hanoï, expliqua-t-il.

Ses trois années d'études lui revinrent en mémoire avec une puissance qu'il n'aurait jamais imaginée. Le grand bâtiment colonial dont il était si fier, chaque matin, de franchir l'entrée principale ; les vastes salles de cours où les vingt-neuf élèves semblaient un auditoire minuscule et précieux pour les professeurs ; la présence du fondateur au nom fameux, Alexandre Yersin, découvreur du bacille de la peste, Yersin qui promenait sa silhouette longiligne et son air sévère dans les couloirs jusque tard dans la nuit mais qui était toujours présent pour ses élèves ; les stages à l'hôpital de Hanoï, ses premiers échecs, ses premiers succès, tout avait été pour lui comme un rêve éveillé depuis le moment où le jeune Annamite avait reçu la lettre de son admission au concours.

— J'ai vite déchanté en arrivant à Paris. La République reconnaissante m'avait donné la chance de ma vie, mais, quels que soient mes mérites, ils avaient été réduits à néant par ma peau métissée et le lieu de mes études.

— J'ai longtemps cru que porter le nom d'une des plus riches familles anglaises était une malédiction pour faire sa médecine, avoua de son côté Reginald. Dans chaque service où j'arrivais, tout le monde pensait que j'y étais affecté grâce aux relations de mon père et non par mon mérite.

— Voilà qui nous fait un point commun de plus, sourit Thomas en lui tendant la main.

Leur poignée fut chargée de l'estime qu'ils se portaient mutuellement. Elizabeth poussa un gémissement.

— Le réveil est engagé. La respiration est régulière. Un dernier point : vérifiez bien si vous n'êtes pas passé à côté de nodules isolés, dit-il en effectuant une inspection du sein gauche. Voilà, c'est fini. Il ne reste plus qu'à affronter son courroux.

— Vous lui avez sauvé la vie, elle ne pourra vous le reprocher.

— Le cancer est un ennemi bien plus rusé qu'un simple kyste, Reginald. Les récidives sont nombreuses.

— Je voulais vous remercier.

— Ce n'était pas une grande leçon de chirurgie.

— Je voulais vous remercier de vous être confié à moi. Thomas ?

Belamy avait fait le tour de la table d'opération et observait le sein droit de la religieuse sur lequel il avait repéré quatre capitons fibreux.

— Non, ce n'est pas vrai…, dit-il en les palpant.

— Qu'avez-vous senti ?

Belamy examina la zone une seconde fois avant de conclure :

— Des indurations. De la taille de lentilles. Je n'aime pas cela.

— Vous pensez à la même chose que moi, mais ce n'est pas possible, n'est-ce pas ?

— Hélas, j'ai déjà vu une fois le cas auparavant. Reginald, je crains fort que sœur Elizabeth ne présente un cancer primitif des deux seins.

83

Weymouth, Londres, lundi 7 février

À six heures moins le quart, Willoughby les saluait une dernière fois sur le quai de la gare et était gratifié d'un dernier *Kura kwa wanawake*.

Ils s'affalèrent sur les banquettes du compartiment, d'abord silencieux, puis, réalisant l'ampleur de leur réussite, libérèrent leur parole dans un maelstrom indescriptible. Ils avaient faim, ils avaient froid, ils étaient épuisés, mais rien n'était plus important que de revivre le moment qu'ils venaient de passer. Seul Horace continuait de jouer son rôle et, après avoir sermonné les serveurs pour leurs mains nues, exigea qu'ils travaillassent en gants blancs. Sa plaisanterie eut pour conséquence un retard dans le départ du train, après qu'un employé de la compagnie eut été dépêché en ville chercher lesdits gants.

Duncan avait arraché le haut de sa barbe et dévorait les scones encore tièdes en compagnie de Buxton, tout en relatant les événements comme s'il était le seul à les avoir vécus. Virginia riait avec son frère de la crédulité de leur cousin. Horace s'assit près d'Olympe et ils se congratulèrent d'une accolade chaleureuse. Ils avaient ridiculisé le pouvoir et œuvré pour la cause des femmes, sans armes ni violence.

Après une courte période d'euphorie, les conversations s'apaisèrent puis un silence s'installa. Adrian fut le premier à le rompre.

— J'ai un sentiment mitigé quant à ce que nous avons fait. Autant il me fut agréable de ridiculiser William Fisher et son amiral, autant l'officier Willoughby et tous les hommes du navire ne méritent pas une risée publique.

— Je suis d'accord, approuva Buxton alors que Duncan baissait la tête. Nous devrions nous excuser. Ces marins ont été charmants.

— Ce n'est pas eux que vous avez moqués ainsi, c'est tout l'establishment, tout cet ordre moral qui nous écrase sous le conformisme, intervint Virginia. Je dis que nous n'avons pas été assez loin.

— Il faut réveiller les consciences qui ne le sont pas encore. Nous devons en parler si nous voulons faire avancer notre cause, ajouta Olympe.

— Bravo, mesdames, approuva Vere Cole, amusé. Encore une fois, vous nous donnez l'exemple.

La remarque piqua au vif les autres, qui renchérirent. La discussion glissa vers les sujets de prédilection du groupe, la liberté de choquer, celle d'aimer, celle de se perdre.

— Donnons-nous la nuit pour réfléchir, proposa Horace en guise de conclusion, ce qui calma aussitôt l'ardeur des plaideurs.

Il se cala en face d'Olympe et lui fit un petit signe discret. Le groupe de Bloomsbury venait de se cogner aux conséquences de la réalité d'un acte qui l'engageait au-delà des provocations de salon, qui faisaient sa spécificité, et qu'il avait du mal à assumer. Les trois garçons avaient décidé de se rendre au QG de la Navy pour s'expliquer et demander pardon. Lui ne l'entendait pas ainsi et personne ne gâcherait son plaisir.

Olympe défit son turban et laissa ses cheveux plonger sur sa nuque et ses épaules. Elle passa la dernière partie du trajet la tête contre la fenêtre à regarder défiler les lumières comme autant de lucioles dans la nuit et s'endormit en pensant à Thomas avant l'arrivée à Paddington.

Le St James's, au 106 de Piccadilly, était le plus petit des clubs de gentlemen de Londres : il n'autorisait que quatre cent soixante-quinze membres, ce que d'aucuns considéraient comme un signe de qualité. Le corps diplomatique en fournissait le plus gros bataillon, ainsi que les sommités du Foreign Office et nombre d'auteurs britanniques. Ces seules raisons auraient suffi à Horace pour le fréquenter, mais, comble du raffinement, il était aussi le seul établissement à posséder une salle entière dédiée au backgammon. L'admission de Vere Cole par cooptation avait été difficile, alors que sa réputation de plaisantin était déjà établie dans les cercles de la capitale, mais le prestige de son ascendance et ses relations encore solides avec certains membres du club avaient fait pencher la balance en sa faveur, quatre ans auparavant. Cependant, depuis lors, de nombreuses personnalités avaient regretté de ne pas avoir placé une balle noire dans l'urne utilisée pour la votation, ce qui aurait empêché son admission.

Lorsque Horace débarqua au St James's, à onze heures du soir passées, l'ambiance était plus feutrée encore qu'à l'accoutumée. Il commanda un Teeling et avisa un groupe de six gentlemen issus des Affaires étrangères.

— Messieurs, dit-il après les avoir salués, je viens de vivre une expérience sans égale.

— Monsieur de Vere Cole, je suis sûr que vous avez envie de la partager avec nous, ironisa un ex-ambassadeur que l'anoblissement avait rendu plus prétentieux encore, malgré des dispositions déjà élevées.

— Je suis prêt à parier que dans moins d'une demi-heure vous serez bouche bée, devant moi, à me questionner pour en savoir plus encore, répliqua Horace, sûr de son fait, ignorant la condescendance du lord. J'attends juste le ravitaillement de l'intendance.

Le serveur lui apporta son whisky et retourna derrière le bar afin de nettoyer le zinc et ranger les ingrédients des cocktails préparés. Il aimait son métier dans ce club où les conversations feutrées étaient le siège des petits et des grands secrets des maîtres de l'Empire. Vere Cole, lui, parlait fort, trop fort, et se répandait en confidences à chacune de ses venues. Le barman jeta un regard vers le groupe qui semblait écouter Horace avec un intérêt certain qu'attestait la fumée croissante des cigares s'élevant au-dessus de leurs têtes. Les diplomates, qui d'ordinaire masquaient leurs émotions derrière une façade imperturbable, se montraient inhabituellement excités. L'un d'eux se retira après avoir apostrophé Vere Cole d'un qualificatif que l'employé n'entendit pas mais qui n'était pas un compliment. Horace lui fit signe d'apporter une bouteille de champagne. L'homme s'exécuta et les servit au moment où Vere Cole décrivait son arrivée sur le *Dreadnought*. Puis il retira les verres vides et, à regret, retourna au comptoir les laver dans l'attente de la fermeture. Il avait l'impression d'être une sentinelle dans sa guérite, prête à intervenir au moindre ordre d'un officier, et dont le rôle principal consistait surtout à attendre. Un autre membre se retira, et le serveur ne sut déterminer si c'était par fatigue ou en signe de protestation.

À une heure, les derniers diplomates prirent congé. Horace alluma un cigare à son tour, qu'il consomma lentement tout en sirotant son champagne, avant de se rendre au bar y déposer le magnum de Ruinart vide et commander un brandy.

— Prenez-en un pour vous aussi. Nous allons trinquer, mon ami.

— Je suis navré, monsieur, cela est interdit par le règlement.

— Qui le saura ? À cette heure, nous sommes seuls. Cela vous plairait-il d'entendre une histoire dont tout le royaume parlera dans quelques jours ?

Horace se réveilla à midi et resta allongé, les yeux rivés sur les rais de lumière que les rideaux laissaient passer ; ils formaient sur le mur et le plafond des arabesques dont l'intensité variait au fil des masses nuageuses que le vent charriait au-dessus de Londres. Il se délecta une fois de plus de son aventure de la veille, qu'il enjolivait à chaque remémoration.

Il passa sa robe de chambre, demanda à son majordome de lui faire couler un bain et s'assit devant un œuf et des tranches de bacon grillées pour consulter la presse du jour. Il aurait été étonné d'y trouver déjà le récit de leurs exploits, et, sans surprise, aucun quotidien n'y faisait allusion. Il se devait d'être patient, ce qui n'avait jamais été un de ses traits dominants.

Une fois dans la baignoire, Horace continua ses lectures par l'hebdomadaire *The Sketch*, qui présentait l'avantage de nombreuses illustrations sur une quarantaine de pages, ainsi qu'une rubrique « The clubman » qu'il ne manquait jamais. Il y découvrit avec amusement une photo de Clarkson, baptisé « le seul et l'unique Clarkson », ce qui lui valut une poussée de jalousie. Le costumier avait intenté une action judiciaire contre des directeurs de théâtres parisiens qui n'avaient pas utilisé ses costumes pour la pièce *Chantecler* d'Edmond Rostand, pour laquelle il avait l'exclusivité. Clarkson ne méritait pas tant d'honneurs pour une simple action judiciaire sans intérêt alors que lui, Horace de Vere Cole, venait de réussir le canular du siècle. Il se promit de faire la une du Clubman lors d'une prochaine édition.

Son domestique interrompit sa rêverie en annonçant la présence d'un visiteur de la Navy qui l'attendait au salon.

— Introduisez-le ici, major, intima-t-il.

— Ici, Monsieur ? Dans la salle de bains ?

— Oui, dans la salle de bains. Quand on travaille pour la marine, on peut bien affronter une baignoire. Allez et apportez-lui une chaise.

Horace était partagé entre la satisfaction d'une réaction consécutive à son passage au St James's Club et l'inquiétude du niveau potentiel de cette réaction.

L'homme était un colonel de l'Amirauté que l'on avait chargé de vérifier l'étrange information qu'un diplomate était venu leur rapporter le matin même. Il entra sans s'approcher et refusa la chaise, gêné par la situation que lui imposait son hôte. Horace l'écouta attentivement détailler son histoire sans oser regarder le maître des lieux.

— L'amiral May nous a confirmé qu'une authentique délégation s'était bien rendue sur le navire et que la visite s'était parfaitement déroulée, conclut le militaire. Mais il y a ce témoignage qui vous cite comme ayant affirmé que ces princes étaient des mystificateurs. Je viens juste m'assurer que tout cela n'est qu'un malentendu, monsieur de Vere Cole, un stupide malentendu de fin de soirée, et je m'en irai sans vous importuner davantage.

Horace prit le temps d'allumer un des cigares du club, dont il tira plusieurs bouffées avant de se redresser dans la baignoire pour répondre :

— Cher monsieur, sachez qu'un membre du St James's Club est la source la plus fiable que vous puissiez imaginer. On vous a dit la vérité. Vous pourrez confirmer à l'amiral May que j'ai personnellement eu l'honneur d'emmener une délégation de faux Abyssiniens à bord du *Dreadnought*. Profitez-en pour le remercier une nouvelle fois de son hospitalité. *Bunga bunga...*, conclut Horace avec une délectation visible.

Le colonel comprit à son attitude de défi qu'il ne plaisantait pas et changea de ton.

— Avez-vous conscience de la gravité de votre geste, monsieur ? J'ose espérer que cette affaire ne s'ébruitera pas en dehors du St James's et que vous présenterez des excuses à l'amiral.

— Pouvez-vous me passer ma brosse à dos, mon ami ? demanda Horace en lui indiquant l'objet.

Le militaire la détacha de son crochet et répondit en la brandissant :

— Une telle provocation, en ce moment, c'est... c'est...

— Salutaire pour tout le monde, coupa Vere Cole en s'emparant de l'ustensile d'un geste énergique.

L'homme resta coi devant le goujat qui se frottait la colonne tout en mâchonnant le reste de son cigare, avant de se reprendre.

— Le public ne doit pas avoir connaissance de votre acte insensé, vous imaginez le scandale ?

N'obtenant pas de réponse, il insista.

— Puis-je repartir à Whitehall avec votre parole de gentleman ?

— Vous l'avez, dit Horace en éteignant son mégot dans l'eau savonneuse.

Le colonel cachait mal son malaise face à l'attitude de son hôte qu'il trouvait insultante. Il avait eu envie de le noyer dans sa baignoire et aurait sans doute reçu une médaille de la Navy pour cela, mais il tenta de se rassurer avec la réponse de Vere Cole et desserra ses poings avant de le saluer avec froideur.

— Colonel ?

Le militaire s'arrêta sur le seuil tout en triturant son chapeau dans ses mains.

— Vous avez ma parole que je ne révélerai aucun des noms de tous ceux qui ont participé à ce chef-d'œuvre.

84

Londres, mercredi 9 février

Le titre s'étalait en page intérieure du *Daily Express* et du *Globe* : *De faux princes abyssiniens visitent le Dreadnought.*

Les articles racontaient le canular avec moult détails, de la préparation dans la boutique de Clarkson au retour de Weymouth, insistant sur la qualité des déguisements, leur coût qu'ils qualifiaient d'exorbitant, les honneurs de la réception, le *bunga bunga* des princes et le slogan des suffragettes qu'ils avaient fait répéter à l'équipage en swahili.

— Il y a plein d'erreurs, fulmina Horace, plein ! On ne peut pas faire confiance aux journalistes pour faire leur travail !

Attablé au fond du Café Royal en compagnie d'Olympe et de Thomas, Vere Cole consommait coupe sur coupe et interpellait chaque nouvel arrivant pour lui faire la lecture de la presse.

— Ils prétendent que nous avions des fausses lèvres et des babouches. Et que j'ai acheté pour cinq cents livres de bijoux, mais c'est faux ! Je vais aller les voir pour rétablir la vérité historique, dit-il avant de boire une longue gorgée de champagne. Ils n'ont pas le droit d'enjoliver la réalité ainsi. C'est comme si vous changiez les paroles d'une pièce de Shakespeare, c'est d'un manque total de respect envers les artistes !

— Vous avez la coquetterie de tous les auteurs, Horace, mais l'essentiel est atteint, tempéra Olympe en grignotant une biscotte. Et les suffragettes vous remercient.

Christabel lui avait fait parvenir un message lui demandant de revendiquer l'action au nom du WSPU, mais elle avait refusé, désirant conserver son autonomie pour les actions à venir. Elle avait aimé sa vie au sein de l'organisation, mais avait compris que sa liberté lui était plus chère que tout.

Augustus entra, un journal à la main, et, avisant Vere Cole, tonna un vibrant *Bunga bunga !* Il s'assit à leur table, écouta le récit d'Horace tout en avalant du champagne à grosses lampées, comme l'eau fraîche d'une oasis, et les quitta après avoir tenu à faire déclamer *Kura kwa wanawake* à toute l'assistance du café, serveurs compris. Mario leur servit une nouvelle bouteille, offerte par les clients d'une tablée voisine, la troupe d'une revue théâtrale au succès grandissant, et en profita pour le questionner à nouveau sur le canular.

Horace pressentait qu'ils avaient déclenché une réaction en chaîne : les articles seraient suivis par d'autres, plus nombreux, dans les journaux du soir, puis par une pluie de réactions enthousiastes ou outrées dans les quotidiens du lendemain et des jours suivants. L'Angleterre allait succomber à la folie des princes d'Abyssinie, il en était persuadé. Au comble de la griserie, Vere Cole fut soudain envahi d'un spleen irrépressible, à la pensée d'avoir atteint un sommet indépassable.

— Maintenant que nous avons réussi notre coup, Thomas, vous me devez mon canular à l'hôpital, demanda-t-il pour se ressaisir.

— De quoi parlez-vous ? intervint Olympe.

— D'un pari entre mon bon docteur et moi. Vous allez m'ouvrir les portes de votre morgue, Thomas.

— Profitez de votre succès, Horace, ce sera fait le moment venu, promit celui-ci en se levant.

— Vous me quittez déjà ? s'inquiéta Vere Cole en voyant Olympe en faire de même.

— Nous avons rendez-vous chez W.T. Stead, expliqua-t-elle tout en prenant le bras de Thomas. Il n'a pas confiance dans les journalistes du *Daily Express* et veut que je lui relate l'événement en personne.

— Voilà un homme bien. Mais vous méritez de n'être entourée que d'hommes exceptionnels, ajouta Horace en lui faisant un baisemain appuyé.

Dans une équation compliquée, il réprimait ses sentiments grandissants pour elle, se refusant à détruire son amitié pour Thomas, tout en espérant secrètement qu'elle les partage un jour. Dans l'immédiat, la présence de ces deux êtres qui lui étaient devenus chers lui suffisait.

Dès la porte-tambour franchie, Olympe embrassa Thomas sous le regard et les remarques réprobateurs d'un couple d'âge et de morale victoriens.

— En pleine rue, quelle honte, dit la femme en se rengorgeant dans sa fourrure. Êtes-vous des sauvages ?

— Pas de ceux qui portent la mort sur leur dos, cingla Olympe.

— Que Dieu sauve l'Empire de la décadence ! soupira le mari en invitant sa femme à monter dans leur automobile.

— Qu'il le sauve de la tristesse et du renoncement, répliqua la jeune femme avant de déposer un nouveau baiser langoureux sur les lèvres de Thomas et de l'entraîner vers Piccadilly Circus.

Passé la place, qu'ils traversèrent en silence, Olympe lui serra plus fort la main.

— Vous avez l'air contrarié, vous aurais-je choqué ?

— Non, bien sûr que non, répondit-il en lui caressant le bras. Je suis inquiet pour vous. Horace ne se rend pas compte de ce qu'il a déclenché. Avez-vous lu la fin de l'article ? Le journaliste demande que vous soyez punis pour cette fraude.

— Horace n'a donné nos noms à personne. Et Scotland Yard a d'autres poissons à frire, avec les suffragettes et les élections.

— En France, nous disons d'autres chats à fouetter, s'amusa-t-il.

— Mon Dieu, mais vous êtes pires que ce vieux couple, vous les Français ! Vous torturez les animaux avant de les achever ! Je vais finir par adhérer à la Vegeterian Society !

Ils rirent tout en traversant devant un tramway hippomobile dont le chauffeur se crut obligé de tirer exagérément sur ses rênes, provoquant un mouvement vers l'avant des passagers de l'étage, qui protestèrent bruyamment.

— C'est la faute des amoureux, prétexta l'homme, qui l'avait déjà fait deux fois sur le trajet de la ligne, par amusement.

— Ils étaient bien loin : vous le faites exprès, accusa le voyageur le plus proche, un marin en uniforme qui rentrait de permission.

— *Bunga bunga !* cria le cocher en se retournant pour lui clouer le bec.

L'homme tenta de lui donner un coup de chapeau, mais fouetta le vide. Le chauffeur ricana :

— Vous n'êtes décidément pas doués, à la Navy !

D'autres passagers s'en mêlèrent et la polémique gagna tout le plateau de l'étage. Ceux qui trouvaient le canular amusant s'opposèrent à ceux qui le ressentaient comme un affront à la patrie, et les autres, qui n'étaient pas encore au courant, se faisaient leur idée à l'écoute des uns et des autres. Au bout de vingt minutes, l'incident n'était pas clos et s'était même propagé à l'étage inférieur. Le marin tentait de fédérer ceux que l'événement avait choqués pour obtenir des excuses officielles du cocher qui, dépassé, arrêta son attelage à Fitzroy Square.

— Maintenant, tout le monde descend.

— Mais le terminus est à Regent's Park ! protesta une nourrice accompagnée d'un enfant.

— Vous finirez à pied, c'est à trois minutes. Je ne peux plus assurer la sécurité dans mon tramway. Tous à terre ! ordonna-t-il en gesticulant.

La polémique reprit de plus belle et attira plusieurs habitants aux fenêtres des immeubles du square.

— Que se passe-t-il ? s'enquit Adrian, alors que Virginia s'était portée au balcon.

— C'est la police qui vient nous arrêter, dit-elle en riant de sa plaisanterie.

— Ce n'est pas drôle, ma chèvre. Non, vraiment pas, dit-il d'un air affecté depuis son fauteuil.

Adrian avait rapidement déchanté après le canular et regrettait encore plus son geste depuis la parution des articles.

— J'en veux à Horace. Il n'aurait pas dû aller raconter notre mystification de cette façon. On tourne la Navy en ridicule.

— C'est un coup de Clarkson, objecta Virginia, je suis sûre qu'il est allé vendre l'histoire contre argent comptant. Cet homme est un pervers, on ne peut pas lui faire confiance.

Chacun lut la pensée de l'autre, que Virginia résuma :

— Je sais, c'est la première fois que je défends Vere Cole, n'est-ce pas ?

— Et moi, la première fois où je lui en veux autant, compléta son frère.

La sonnerie électrique les fit sursauter tous deux et les rendit mutiques jusqu'à ce que Sophie vienne leur annoncer la visite d'un journaliste du *Daily Mirror*.

— Mais comment sont-ils au courant ?

— Ils savent qu'Horace l'a organisé et je faisais partie du canular de Cambridge, dit Adrian en s'approchant prudemment de la fenêtre. Le lien est facile à faire.

— Je lui ai dit que vous n'étiez pas là et que je ne savais pas quand vous rentriez, déclara Sophie avec fierté.

— Brave fille, la félicita Virginia.

— Il n'a pas l'air de vouloir s'en aller, qu'allons-nous faire ? Nous terrer ? se lamenta Adrian.

— Nous n'avons pas à avoir honte, simplement parce que la presse s'emballe. Nous avons pris du plaisir à notre farce, n'est-ce pas ?

— Oui.

— Alors, nous irons donner notre version de l'affaire mais au moment où nous l'aurons décidé. J'irai voir le *Daily Mirror* en exigeant qu'ils taisent nos noms.

— Tu as raison. Tu as toujours raison. Enfin, souvent.

Dehors, le tramway était toujours arrêté. Certains passagers étaient repartis à pied, les autres entouraient le véhicule et son cocher qui avait du mal à se dépêtrer de la situation. Flairant une aubaine, le journaliste rejoignit le groupe. Les voyageurs se transformèrent en témoins et s'agglutinèrent autour de lui jusqu'au moment où un nuage creva au-dessus d'eux, déversant des litres de gouttes fines et froides sur l'assemblée, qui se dilua comme des paillettes de savon. Le nuage continua sa course jusqu'à Westminster Palacc où l'amiral May entra juste avant l'averse.

— Convoqué par le Premier ministre, moi, amiral de la flotte, alors que je suis une victime ! tempêtait-il en vérifiant son reflet dans une vitre. Après tout ce que j'ai fait pour mon pays, ajouta-t-il en rajustant sa casquette.

— C'est une honte et j'en porte ma part de responsabilité, renchérit William Fisher, qui l'accompagnait et n'en menait pas large.

— Vous n'avez même pas reconnu vos cousins, Fisher, appuya l'amiral.

— Preuve qu'ils avaient été grimés par un professionnel, protesta son second. Le meilleur sur la place.

May stoppa net, faisant s'arrêter l'huissier qui les précédait de quelques pas.

— C'est un argument que nous pourrons avancer, approuva-t-il en agitant ses gants qu'il tenait serrés dans sa main.

— Oui, ils avaient l'air tout à fait authentiques.

Ils reprirent leur chemin en suivant leur poisson pilote à travers les couloirs.

— Sir Asquith n'est pas homme à s'en laisser conter, Fisher. Le risque est de passer en conseil de discipline.

— Amiral, ils n'oseraient quand même pas vous faire cela ? Avec tous vos titres…

— Je ne parlais pas de moi, Fisher, mais de vous : si vous n'aviez pas été mon second sur ce navire, il n'y aurait pas eu de canular sur le *Dreadnought*.

Le commandant baissa la tête, accablé.

— Je dois reconnaître la pertinence de votre affirmation, Sir.

— Nous sommes arrivés, indiqua May alors que l'huissier avait ouvert une double porte capitonnée. Attendez-moi ici.

Fisher esquissa un salut. L'employé lui proposa de s'asseoir sur un banc mais il préféra marcher à pas comptés dans le couloir. C'était sa première visite à Westminster et il ne l'avait pas rêvée ainsi. Il ne décolérait pas contre Adrian et Virginia. Dehors, la pluie frappait vigoureusement tuiles et verrières dans un bruit de tambour, obligeant les conversations à se faire moins feutrées. S'il était accusé de faute, il se défendrait ; et, quoi qu'il arrive, il laverait son honneur bafoué par la famille Stephen.

— Fisher !

Absorbé dans ses pensées, il n'avait pas vu l'amiral sortir. L'entretien avait été court, ce qu'il interpréta comme un couperet tombé sur sa carrière et lui donna des sueurs froides.

— Pas de sanctions pour les officiers, le rassura May, qui avait retrouvé sa superbe et gagnait la sortie d'un pas rapide. Vous pouvez me remercier, ajouta-t-il.

— Vous avez toute ma gratitude, amiral, ainsi que celle de l'équipage.

— Officiellement, nous faisons profil bas. Plus on en parlera, plus cela leur fera de la publicité et c'est ce que nous voulons éviter.

— Et officieusement ? demanda Fisher, qui s'était porté légèrement en retrait, par déférence.

— Officieusement aussi. Les services du ministère s'occupent de tout.

— Mais, avec votre respect, ils ont enfreint la loi, ces gens sont des criminels !

— Ils ont contrefait un télégramme officiel, voilà leur seul crime, et la notoriété qu'ils peuvent en tirer sera toujours plus forte que la sanction. C'est l'opinion du Premier ministre et la mienne, assena-t-il avant de s'arrêter sous le porche St Stephen. Peut-on nous protéger de la pluie ? s'agaça le gradé.

— Amiral, nous ne pouvons laisser cet affront impuni, c'est une question d'honneur, insista Fisher pendant que l'huissier leur ouvrait un parapluie. Je vous demande la permission de m'en occuper.

— N'ai-je pas été clair ? Je sors d'un entretien avec Sir Asquith où j'ai sauvé votre tête, voulez-vous qu'il révise son jugement ?

— Non, amiral.

— Le Premier ministre est furieux : ne vous inquiétez pas pour vos souhaits, ils seront exaucés au-delà de vos espérances. Maintenant, rien ne vous empêche de laver votre linge sale en famille, mais je ne veux pas y être mêlé et, pour la Navy, l'incident est clos, décréta May en se dirigeant vers leur véhicule, suivi comme une ombre par l'employé et son riflard d'un côté, Fisher et sa colère de l'autre.

L'huissier les laissa monter puis retourna, trempé, au Parlement où il continua son service jusqu'à midi. Il se rendit ensuite au vestiaire et troqua son costume encore humide pour ses vêtements civils. Il traversa Parliament Square alors que la pluie s'était éloignée vers le nord-est de Londres et que quelques rayons ambrés perçaient le tissu de nuages crayeux. Parvenu à King Charles Street, il pénétra dans un bâtiment par une porte gardée et attendit à l'abri du porche donnant sur une cour circulaire centrale que son contact le rejoigne. L'apôtre ne se fit pas attendre. L'entretien ne dura guère plus de cinq minutes dans la pénombre de la porte cochère avant que l'employé ne retourne à Westminster et que l'apôtre ne grimpe au dernier étage de l'immeuble où l'attendait son mentor.

La pièce, aux murs tendus d'une tapisserie au vert passé, était d'un grand dénuement, seulement meublée d'une modeste bibliothèque et d'une longue table recouverte de cuir craquelé sur laquelle s'étalaient les journaux du jour. L'apôtre le retrouva devant l'âtre ouvert où crépitait un feu naissant.

— Vous aviez raison, monsieur. Mon informateur vient de me confirmer que le Premier ministre a mis la Navy hors jeu. C'est le ministère de l'Intérieur qui a pris le relais.

— Lovell est suffisamment intelligente pour savoir qu'ils allaient déclencher un cataclysme. Elle l'a fait sciemment. Quant à Vere Cole... c'est un acte beaucoup moins réfléchi. Cet homme est encore plus dangereux pour ses amis que ses ennemis, qui sont pourtant nombreux.

Il gagna la table et servit deux whiskys.

— Aimez-vous la chasse, Waddington ? demanda-t-il en lui tendant son verre.

— C'est-à-dire que je n'en ai pas le loisir, monsieur.

— Il est vrai que vous la pratiquez dans votre métier. Qu'est-ce qu'un animal sauvage craint le plus ? L'enfermement. Elle fera tout pour ne pas retourner en prison. L'incident du Royal Albert Hall nous l'a démontré. Je vais m'arranger pour que vous preniez cette affaire en main. Et nous lancerons l'hallali.

— Je ne vous suis pas, monsieur.

— Personne n'est totalement imprévisible. Une fois qu'ils auront payé pour leur acte inqualifiable, Lovell me mangera dans la main. Nous allons l'apprivoiser, croyez-moi, dit-il en levant son verre pour clore sa tirade.

Ils burent, l'un une gorgée énergique et décidée, l'autre trempant les lèvres avant de reposer le récipient de cristal.

— Demain les élections seront une défaite pour les libéraux et un nouveau gouvernement sera formé. Vous m'êtes un auxiliaire précieux, Waddington. Et j'aurai besoin de vous pour régler cette affaire. Les femmes auront leur droit de vote, c'est inéluctable, mais à nos conditions et à notre rythme.

Chapitre XIV

21 février au 16 mars 1910

85

St Bart, Londres, lundi 21 février

Sœur Elizabeth soupira avant de porter son regard sur le reflet du miroir. Ses seins avaient été remplacés par deux grandes cicatrices obliques, qui barraient son torse et soutenaient une peau devenue flasque en l'absence de glande. Elle ne se reconnaissait plus dans ce corps mutilé.

— Le sacrifice de la mamelle…, murmura-t-elle.

— Pardon, ma sœur ? demanda Frances, qui préparait un tampon imbibé d'une poudre à base de styrax, d'iodoforme et d'essence d'eucalyptus dont l'odeur imprégnait le lieu depuis une semaine.

— Combien de fois ai-je écrit ce terme dans les comptes rendus d'opération ? Des dizaines, sans jamais penser qu'un jour j'en serais le sujet. Voilà que je m'apitoie sur mon sort, dit-elle en tapant des mains comme pour chasser les pensées tristes. Dieu m'envoie une épreuve et je dois me montrer digne de Sa confiance.

L'infirmière s'approcha pour tamponner les cicatrices mais Elizabeth refusa et tendit la main pour le faire elle-même. En une semaine, elle avait maigri de plusieurs kilos et son visage s'était émacié. Son logement à l'entrée du service était devenu sa chambre d'hôpital.

— Par contre, je dois vous examiner, ma sœur, dit Frances d'un ton posé mais suffisamment ferme pour que la religieuse ne le conteste pas.

Passé le choc de la double ablation, ses rapports avec le docteur Belamy avaient d'abord été conflictuels, Elizabeth ayant vécu celle-ci comme une trahison de son intimité et de son libre arbitre. Toute l'équipe, solidaire, s'était relayée auprès d'elle afin de lui faire entendre son point de vue, qu'elle avait fini par accepter : la sœur était la première à savoir qu'aux urgences les décisions se prennent le plus souvent sans le consentement du patient. Et même si elle refusait toujours qu'un médecin voie ses cicatrices, elle avait accepté la présence d'une infirmière pour ses soins. Frances palpa la zone ainsi que les trajets ganglionnaires, l'aida à refaire son bandage et la laissa se reposer.

Thomas la réveilla deux heures plus tard en toquant à sa porte.

— Je repasserai après le déjeuner, si vous préférez, proposa-t-il depuis le seuil.

— Non, entrez, je dois assister à la messe à la chapelle.

Elle s'assit sur son lit tandis qu'il prenait place directement sur la table. Cette attitude, qui jusque-là amusait la religieuse par son côté familier, lui déplut, mais elle fit un effort pour ne pas le laisser paraître.

— Le rapport de Frances est encourageant, résuma-t-il. Pas d'adénite cervicale ni sous-claviculaire, pas de nécrose de l'aréole et pas de fièvre. La réunion primitive est en bonne voie. Je suis plus inquiet de votre anorexie et de votre fatigue.

La religieuse avait plusieurs fois refusé l'aide de plantes orexigènes et celle de l'acuponcture ; le médecin n'avait pas insisté, mais il voyait dans l'altération de son état plus que les simples suites opératoires.

— Avez-vous des douleurs ailleurs qu'au niveau de l'intervention, ma sœur ?

— Non. Est-ce aujourd'hui que vous recevez une médaille d'une délégation française ?

Le débat était clos. Il était inutile d'insister.

— Cet après-midi à Uncot. Mais il n'y aura pas de médaille.

— Est-ce parce que vous avez opéré une religieuse contre son gré ? dit-elle en se levant à son tour, chancelante, pour l'accompagner.

— Tous les documents ne sont pas arrivés à temps, dit-il sans chercher à répondre à sa pique.

— À propos, avez-vous des nouvelles du patient dont on s'occupait quand je me suis évanouie ?

— Mr Robert est décédé il y a trois jours d'une méningo-encéphalite diffuse.

— Je suis navrée, je prierai pour lui et pour sa famille. Il ne pouvait pas s'en sortir, n'est-ce pas ?

— Il était hémiplégique et avait perdu l'usage de plusieurs fonctions, dont la parole. Mais je ne regrette pas notre tentative ; sa femme et son fils ont pu préparer son départ et vivre quatre jours avec lui.

— Ce sont des moments précieux que vous leur avez offerts.

— La veuve va porter plainte contre la compagnie fluviale. La rambarde était défectueuse. Bonne journée, Elizabeth. Je reviendrai demain.

Vous êtes un bon médecin, Thomas. Le meilleur que j'aie connu, pensa-t-elle. Elle n'eut pas la force de le lui dire et se contenta de fermer la porte.

Paul Cambon descendit en compagnie du docteur Dardenne d'une Renault BH crème, suivie de deux autres véhicules de la représentation française.

— Monsieur l'ambassadeur, c'est un honneur de vous recevoir, ainsi que votre délégation, dans notre établissement, dit Etherington-Smith, qui était sorti dans la cour pour les accueillir.

— C'est un honneur pour moi d'être reçu par un grand chirurgien doublé d'un médaillé olympique, répondit le représentant français, qui avait emprunté barbe, moustache et port de tête à Napoléon III. Et vous êtes sans doute le docteur Belamy, dit l'ambassadeur en saluant l'homme qui se tenait au côté d'Etherington-Smith.

— Je vous présente notre intendant, Mr Watkins, qui se fera un plaisir de nous accompagner dans votre visite de l'établissement et vous ouvrira toutes les portes. Nous n'avons rien à cacher à nos amis français ! Thomas Belamy nous rejoindra à Uncot, il est actuellement en train d'opérer un patient en urgence.

Le diplomate se tourna vers Dardenne d'un air entendu.

— Je suis impatient de rencontrer mon collègue, dit le médecin de la Providence. Nous avons une surprise pour lui.

Debout à la fenêtre du bureau de Raymond, caché par le rideau, Thomas vit le groupe entrer dans l'aile nord. Il avait préparé cette journée de façon à éviter la délégation autant qu'il lui serait possible. À la grande surprise de son équipe, il avait programmé deux interventions chirurgicales à la mi-journée, au lieu de les adresser aux départements concernés. Lorsque Etherington-Smith l'apprendrait, il lui demanderait des explications et Thomas, une fois de plus, lui mentirait. Il ne maîtrisait plus ce passé qui le rattrapait chaque jour un peu plus, il tentait juste de le distancer.

Reginald était en train de suturer le pouce tailladé d'un boucher de Meat Market lorsque le groupe entra dans la salle d'examen.

— Continuez, continuez, insista Etherington-Smith. Je fais visiter notre service à nos amis français. Nous vous dérangerons le moins possible.

L'interne posa une attelle sur le doigt de son patient pendant que Raymond détaillait le coût des travaux du service des urgences.

— Nous avons une aire de réception équipée pour les ambulances à moteur, murmura-t-il à l'ambassadeur et au docteur Dardenne, qui s'était penché entre les deux hommes. Nous pouvons recevoir plusieurs centaines de patients chaque jour.

Les Français dodelinaient souvent du chef et questionnaient leur hôte, qui remplaçait l'absence de Thomas par une volubilité plus grande encore qu'à l'accoutumée. Les chuchotements déconcentrèrent tout de même Reginald, qui dut reprendre le pansement final. Le patient fronça les sourcils en signe de mécontentement mais n'osa pas intervenir, impressionné par l'aréopage de personnalités.

— Nous allons vous laisser finir, annonça Raymond, sentant qu'il perdait l'attention de ses invités et qu'il focalisait celle du soignant et du blessé. Frances Wilett ne vous seconde pas aujourd'hui ? remarqua-t-il soudain.

— Elle opère avec le docteur Belamy, répondit Reginald tout en vérifiant son travail.

— J'espère que nous pourrons le voir bientôt, dit Dardenne alors qu'Etherington-Smith les invitait à poursuivre la visite.

Le médecin français les laissa sortir et s'adressa à Reginald.

— Comment est-il, votre patron ? Il a une telle réputation dans cet hôpital.

— Elle n'est pas usurpée, monsieur. Il m'a tout appris. Je lui dois ma vocation pour la médecine d'urgence.

— Apparemment, nous étions ensemble à l'hôpital de la Salpêtrière, à Paris, il y a quelques années, mais je ne me souviens plus de lui. Je suis d'autant plus curieux de le rencontrer. J'ai apporté la photo de tous les internes de 1906. Nous l'avions prise dans la grande cour. Regardez, dit-il en la sortant de la serviette qu'il tenait depuis son arrivée.

Reginald la parcourut attentivement, alors que le boucher en faisait de même par-dessus son épaule, et la lui rendit sans faire de commentaire.

— Alors, vous l'avez trouvé ?

— Docteur, nous vous attendons, l'interrompit Raymond en passant la tête par la porte entrouverte.

Une fois seul, Reginald rédigea une ordonnance qu'il donna au blessé avec les instructions idoines. Le patient la prit et la plia, silencieux.

— Il n'y était pas, dit-il en la portant à sa poche de tablier.

— Que dites-vous ?

— Je me souviens bien de lui, le docteur Belamy m'a soigné il y a deux ans pour un ongle noir avec un fil d'acier chauffé à blanc. Il n'était pas sur la photo.

L'ambassadeur Cambon ne cachait plus son impatience, tournant et retournant l'anneau qu'il portait à l'auriculaire gauche.

— Docteur Etherington-Smith, je veux bien comprendre que la fonction de médecin exige une présence de tous les instants auprès de ses malades, mais nous avions prévu cette visite de longue date. Déjà que nous n'avons pas pu lui remettre de médaille à cause de documents que nous n'avons pas reçus, tout cela commence à tourner au fiasco. Et vous n'êtes pas à blâmer, cette situation est imputable à notre compatriote qui, je dois le dire, ne fait pas honneur à la réputation des Français. J'ai une autre cérémonie dans une heure et ne pourrai y déroger.

Les autres membres de la délégation approuvèrent. Le docteur Dardenne fixait le sol. Raymond avait épuisé toutes les anecdotes qui avaient fait la légende de Thomas. Il s'approcha d'une affiche murale et se lança dans une explication.

— Mes connaissances de l'acuponcture sont infimes, mais sachez qu'elle repose sur l'existence dans le corps de nombreux méridiens qui sont indiqués sur cet écorché. Ils ne sont pas visibles dans l'anatomie humaine telle que nous la connaissons, mais transporteraient l'énergie vitale du corps, poursuivit-il en prenant une posture gênée. Le docteur Belamy en parlerait bien mieux que moi.

— Bonjour, messieurs ! dit une voix derrière eux.

L'homme se tenait debout sur le seuil d'Uncot. Une partie de son visage était boursouflée, de la paupière à la lèvre gauches, et sa joue présentait quelques ulcérations en forme de cloque.

— Je suis le docteur Belamy.

86

St Bart, Londres, lundi 21 février

— Veuillez excuser mon retard, messieurs, ajouta-t-il en les saluant.

— Thomas, mais que s'est-il passé ? s'inquiéta Etherington-Smith en allant à sa rencontre.

— On dirait une phlyctène d'irritation, remarqua le médecin français.

— Réaction à *Schoenocaulon officinale*, lui répondit Thomas.

— Je vous avoue nc pas connaître.

— Ce n'est pas une plante de nos contrées. Je la fais venir du Mexique pour sa composition en vératrine. Je l'utilise en friction pour des névralgies rebelles et des paralysies.

— Le docteur Belamy est toujours curieux de thérapies exotiques et d'expérimentations nouvelles, sourit Etherington-Smith, dont le soulagement était visible.

— Mais n'est-ce pas dangereux pour vos malades ? À voir votre visage ainsi affligé…

— Je soupçonne que la préparation n'était pas assez purifiée et contenait de la cévadille toxique. Mon patient n'en a, fort heureusement, pas souffert. Voilà, messieurs, la raison de mon retard et je m'en excuse humblement.

— Dire que mon collègue vous avait décrit comme un jeune homme imberbe, portant un catogan et de la beauté du diable ! Vous voilà rasé, barbu et mutilé. Sans vouloir vous offenser, je ne vous aurais jamais reconnu dans cette description, assura Dardenne.

— Je suis navré de vous recevoir ainsi. Nous pouvons tout remettre à une autre fois si vous le désirez.

— Ma foi, ce n'est pas votre faute. N'en parlons plus et passons à votre démonstration, pressa l'ambassadeur.

— Je ne vais pas la faire avec un patient d'Uncot afin d'être sûr que vous ne me soupçonniez pas de collusion, expliqua Thomas tout en se lavant les mains. Son Excellence voudra-t-elle se prêter au jeu ? Je crois savoir que vous souffrez du dos, ajouta-t-il pour reprendre l'idée que Raymond lui avait soufflée.

Paul Cambon y consentit sans hésitation, ce qui déclencha les applaudissements de sa délégation. Il accepta d'ôter jaquette, pantalon et chemise et s'allongea, en tricot de peau, sur le lit d'auscultation. Thomas expliqua au groupe chaque geste de l'examen médical et en profita pour les dévisager tous. Il identifia l'inspecteur en civil qui était venu préparer la cérémonie ainsi qu'un journaliste, probablement employé du ministère, et deux attachés militaires.

Cambon était redevenu affable et enjoué, malgré le visage tuméfié de Belamy, qui le mettait plus mal à l'aise que les aiguilles fichées dans sa peau sur lesquelles le moxa d'armoise se consumait lentement. Quant à Dardenne, Thomas l'avait tout de suite reconnu. Dardenne, Martin « Grande Gueule », était un des internes les plus populaires de la Salpêtrière en 1904. Une repartie redoutable et une résistance hors du commun à l'alcool avaient fait sa réputation, bien plus que son physique et ses quelconques qualités de soignant. Bien que n'ayant jamais travaillé dans le même département, ils s'étaient souvent croisés dans et à l'extérieur de l'hôpital durant deux ans. Thomas évitait son regard, qu'il trouvait inquisiteur, et concentra sa conversation sur l'ambassadeur.

— Pour vos problèmes lombaires, il convient de disperser la douleur. Je vous ai posé des aiguilles d'argent du sacrum à la face postérieure de la jambe, en des points précis des méridiens de la vessie et de la vésicule biliaire, Excellence.

— Cette logique m'échappe, intervint Dardenne. Quel est le lien entre une sciatique et ces deux organes ?

— Il y a des relations entre les différents organes que nous ignorons encore en Europe, répondit Thomas sans même le regarder. Il m'est difficile de vous les résumer en quelques minutes. L'apprentissage dure des années.

— En somme, votre médecine remet en cause les principes centenaires de la physiologie humaine, conclut Martin Grande Gueule avec la même suffisance qu'il arborait déjà à la Salpêtrière.

— Ne serait-ce pas l'inverse ? La médecine chinoise se pratique depuis plusieurs millénaires.

— Que ressentez-vous ? demanda Dardenne à l'ambassadeur.

— De la chaleur et quelques picotements, rien de désagréable, déclara celui-ci alors que Belamy retirait les aiguilles. Combien de séances faut-il avant d'en éprouver les effets ?

— Pouvez-vous vous lever, Votre Excellence ?

Paul Cambon s'assit prestement sur le lit d'examen et se laissa glisser pour se mettre debout.

— Une seule, annonça Thomas en ménageant son effet alors que le diplomate arpentait la pièce pour en vérifier la véracité.

— Ma foi, je dois dire que je me sens plutôt mieux : la douleur a disparu à la cuisse et dans le dos.

— Y a-t-il beaucoup de récidives ? interrogea le médecin français, qui scrutait des traités en chinois posés sur une table.

— Pas si le patient est raisonnable. Pas plus qu'en médecine classique.

— Le docteur Belamy a soigné nombre de personnes illustres, renchérit Raymond. Un carnet d'adresses à faire pâlir les médecins du roi ou du président Fallières réunis, plaisanta-t-il.

Dardenne avait pris un des ouvrages et le feuilletait. Etherington-Smith remarqua la soudaine crispation de Belamy.

— Et où avez-vous appris cette médecine, docteur ? demanda le Français en reposant le traité.

— J'ai appris l'acuponcture lors d'un séjour en Cochinchine.

— Intéressant, vraiment intéressant.

— Le docteur Belamy est le premier à avoir fait la synthèse entre ces deux écoles de médecine et à les utiliser à bon escient, en les combinant et prenant le meilleur de chacune, résuma Etherington-Smith.

— Quand rentrez-vous en France afin d'en faire profiter les patients de notre pays ? interrogea Cambon tout en enfilant sa jaquette.

— Je suis fidèle au Barts et à ceux qui m'ont fait confiance. Tout le monde n'est pas prêt pour ces techniques, répondit Thomas en rangeant aiguilles et moxas.

— Même à Londres, nous avons des opposants, souligna Raymond. Il faudra quelques décennies avant que cette médecine soit couramment admise chez nous, tout comme à Paris, j'imagine. Mais nous pouvons commencer par travailler avec la Providence de Londres, proposa-t-il.

— Voilà une idée que j'approuve, se félicita l'ambassadeur.

— Je ne peux m'engager à la place des autorités de mon hôpital, dit le médecin français. Mais je serais prêt à l'essayer à titre expérimental, si tout le monde y consent.

La proposition ne fleurait pas l'enthousiasme tant il était clair que « tout le monde » – à savoir les gouverneurs de la Providence – n'y consentirait pas. Etherington-Smith fit semblant de ne pas s'en apercevoir et applaudit :

— À la bonne heure ! Je vous propose de monter à mon bureau pour un verre de l'amitié au nom de l'Entente cordiale.

Thomas les laissa sortir et prit son temps pour fermer à clé la salle Uncot, mais, alors que le groupe s'était éloigné dans le couloir, Dardenne l'avait attendu.

— Vous êtes un ancien interne de la Salpêtrière, tout comme moi, à ce qu'on m'a dit, glissa l'homme en mâtinant sa phrase d'un sourire complice.

— De 1904 à 1906, confirma Thomas alors qu'ils traversaient l'immense bloc de l'ancienne salle des urgences et que leurs voix se perdaient en échos avec le bruit de leurs pas.

— J'y étais aussi, dit Martin Grande Gueule. Je n'ai pas le souvenir d'un Belamy, mais nous nous sommes sûrement croisés.

Il le questionna sur les services où il avait travaillé, leurs collègues communs, lui rappela des anecdotes sur les cours du professeur Hayem et sur les opérations du docteur Terrier, le chahut organisé par les internes contre l'agrégation lors de l'hiver 1904, l'invasion de punaises du printemps suivant, le bon tiré au sort qui donnait droit à un cinquième de macchabée et les parties de whist à l'internat.

Thomas y alla de ses propres anecdotes, l'interrogea à son tour, montrant sa connaissance des lieux et des personnes, en un duel à fleurets mouchetés où chacun tentait de prendre l'avantage sur l'autre.

Une fois dans le bureau d'Etherington-Smith, ils trinquèrent ensemble et continuèrent d'évoquer le quotidien de la Salpêtrière. Belamy savait que Dardenne finirait par l'affaire qui avait secoué l'hôpital en cette période, celle d'un interne qui n'en était pas, d'un homme invisible sur les photos, au nom imprononçable, et qui avait soigné et caché un fugitif agresseur de gendarme. Il s'y préparait. Il savait depuis son arrivée à Londres que ce moment finirait par arriver.

Au fil de la discussion, Thomas s'était retrouvé adossé à la fenêtre, comme un appel de son subconscient à trouver son salut dans la fuite. Il vit Frances traverser la cour centrale sans faire attention au cuisinier qui la héla avant d'abandonner alors qu'elle pressait le pas. Le service allait lui manquer. Jamais il ne s'était senti aussi bien qu'au Barts. Il allait décevoir Raymond, il allait les décevoir tous et, de tous les regrets, celui-ci était le plus vif. Il avait plusieurs fois décidé d'en parler à Olympe mais, à chaque occasion, avait reculé par crainte qu'elle ne le quitte. Il savait qu'en se taisant il finirait par la perdre définitivement, mais l'instant présent avait toujours été plus important que le futur.

L'inspecteur français était à quelques mètres d'eux, solitaire et attentif à leur conversation. Thomas l'imaginait prêt à bondir au premier signe, de même que les attachés militaires. Il calma l'emballement de son cœur et s'en voulut d'interpréter le moindre geste comme un signe d'hostilité à son égard. Il avait fini par oublier la paranoïa du fugitif tant il s'était trouvé bien dans les habits de sa nouvelle vie.

Dardenne venait d'évoquer le bal de l'internat et le char qui avait assis sa réputation. Thomas n'y était pas, et pour cause : c'était le jour du scandale, celui où il avait soigné et caché Jean l'imprimeur dans les locaux mêmes de l'hôpital, celui où il avait décidé de fuir à nouveau, comme à Hanoï, et de changer d'identité.

— Dommage que vous ayez raté cette soirée, elle fut mémorable, je n'ai jamais autant ri et bu de ma vie, avoua Martin Grande Gueule. Ainsi, vous étiez de ces malchanceux qui étaient de garde ? Alors, vous étiez aux premières loges quand la police est venue arrêter l'anarchiste que Ghia Long Toan avait recueilli.

— Oui, aux toutes premières loges, répliqua Thomas en le fixant d'un air de défi que le Français ignora.

— Et dire qu'il n'avait pas son diplôme d'interne alors qu'il exerçait depuis deux ans, ajouta Dardenne avant de boire une grande lampée de champagne. Comment un faussaire a-t-il pu s'infiltrer ainsi dans un grand hôpital parisien sans être inquiété ? S'il n'y avait pas eu cette enquête de la police, il y serait peut-être encore.

— Nous avons tous été choqués par ce qui est arrivé, approuva Belamy.

Il n'était pas un faussaire, il n'était pas un charlatan comme il l'avait si souvent entendu dans cette affaire, mais il ne devait pas défendre Ghia Long Toan, question de survie. Pourtant, le nom de sa mère, qu'il chérissait tant, avait été irrémédiablement sali, alors que celui de son père, ce responsable de l'administration du protectorat d'Annam qui les avait abandonnés tous les deux et qui n'avait reconnu son fils que tardivement, faisait la fierté du Barts et le protégeait depuis quatre ans. Ce patronyme avait été la seule aide de son père, bien involontaire, mais qui lui avait permis d'obtenir un passeport à l'étranger à son nom, alors que son passeport à l'intérieur [1] portait celui de sa mère.

1. Équivalent de l'actuelle carte d'identité.

— Vous souvenez-vous de la photo de groupe des internes ? dit le médecin français en ouvrant sa serviette. J'ai pu me la procurer avant de quitter la Salpêtrière, pour tous les services rendus à l'association des carabins. Elle va vous rappeler des souvenirs. Tout le monde y était, pas un ne manquait à l'appel. À part Ghia Long Toan, car elle fut prise le lendemain de son départ. Regardez..., insista-t-il en lui tendant le cliché sépia.

L'entrée énergique de Frances fit taire toutes les conversations.

— Docteur Belamy, venez vite ! C'est sœur Elizabeth...

— Veuillez m'excuser, messieurs, une urgence, dit Thomas en se précipitant dehors.

L'odeur phéniquée du couloir lui fit l'effet d'une bouffée d'air pur. Il suivit l'infirmière et ne l'interrogea pas durant le trajet. L'état de la religieuse l'inquiétait depuis plusieurs jours et Belamy, qui ne pouvait pas l'ausculter, suspectait la présence de nodules ganglionnaires qu'elle lui aurait cachés. Arrivés aux urgences, ils gagnèrent la chambre de sœur Elizabeth qui les attendait, assise sur son lit, l'air sévère, en présence de Reginald.

— Merci, Frances, dit-elle en se levant sans effort.

— Mais que se passe-t-il ? Vous n'avez pas l'air...

— Veuillez nous pardonner ce stratagème pour vous amener jusqu'à nous, mais le docteur Jessop avait quelque chose à vous dire.

— Voilà, dit Reginald, dont la carnation s'était empourprée jusqu'à la racine des cheveux. Thomas, monsieur, je ne sais comment vous le dire, mais nous avons tous remarqué depuis quelque temps certains changements chez vous. Et je ne parle pas uniquement de votre apparence physique.

Thomas massa sa barbe en broussaille avant de l'inviter à continuer.

— Et il y a ces Français qui sont là et qui ont posé beaucoup de questions... et ce médecin de la Providence qui a montré la photo des internes... et...

Reginald luttait contre sa timidité et son éducation, dont l'emprise était encore forte.

— Et toutes ces rumeurs sur moi, ajouta Thomas.

— Oui, avoua l'interne, soulagé. Nous n'y croyons pas, se reprit-il, mais nous les avons entendues. Nous en avons parlé tous les trois, ajouta-t-il en désignant Frances et Elizabeth. Nous ne voulons pas savoir ce qu'ils vous veulent et ce qu'ils cherchent, cela reste vos affaires. Mais nous avons estimé que notre devoir était de vous aider. Par respect pour vous et pour tout ce que vous nous avez apporté et quoi que vous ayez fait. Voilà, c'est dit ! s'exclama-t-il. Sachez que vous pourrez toujours compter sur nous.

— Il fallait qu'on vous aide à vous sortir des griffes de ces Français trop curieux, résuma Frances.

— Vous allez rester ici jusqu'à ce qu'ils partent, compléta Elizabeth. Puis vous pourrez reprendre vos visites. Le docteur Jessop a besoin de vous.

— Disons que nous avons eu aujourd'hui quelques cas difficiles, admit ce dernier. Mais cela va aller mieux, vous êtes là.

Thomas eut envie de les embrasser tous les trois, se retint, et exprima sa gratitude à l'anglaise, d'un signe retenu de la tête. Pour avoir semé le bien, dans tous les moments difficiles, à Hanoï, à Paris et à Londres, il avait eu des anges protecteurs. Il venait de gagner un répit, mais la tempête reviendrait.

— Vous allez sans doute entendre des horreurs sur moi. Ne me jugez pas sans savoir.

La délégation française avait rapidement quitté le Barts après le départ de Belamy et s'était engouffrée dans les Renault BH, direction l'ambassade où Paul Cambon avait aussitôt été conduit auprès des représentants de l'École française de Londres qui l'attendaient pour une nouvelle cérémonie. Dardenne avait accompagné l'inspecteur jusqu'à son bureau, au second étage, où l'apôtre les attendait en admirant la vue sur Hyde Park à la lumière du jour déclinante.

— Alors ? demanda-t-il sans même attendre qu'ils enlèvent leur chapeau.

— C'est lui, dit le médecin français. C'est bien lui.

— Vous l'avez formellement reconnu ?

— Il a changé, le bougre. Son visage est méconnaissable. Mais j'ai trouvé ses initiales sur ses ouvrages. G.L.T.

— N'est-ce pas un peu maigre ? fit remarquer l'apôtre à l'inspecteur.

— Ce n'est pas tout, répondit l'employé de l'ambassade en intimant au médecin de poursuivre.

— Cet homme peut falsifier ses papiers, il peut maquiller son visage, mais il y a une chose qu'il ne peut changer et qui l'a trahi : sa voix. Je l'ai reconnue dès les premières phrases. Le docteur Belamy est Ghia Long Toan et je suis prêt à l'affirmer devant un tribunal.

— Voilà qui clôt son sort. Votre aide aura été déterminante, messieurs. Nous vous adressons nos plus vifs remerciements.

87

Cadogan Place, Londres, mardi 8 mars

Il avait rapidement rasé sa barbe et retrouvé le sourire. Les jours suivants avaient semblé légers pour tous au Barts, sauf peut-être Etherington-Smith, qui s'était montré morose. La popularité d'Horace avait continué de grimper dans la presse et la population. Vere Cole recevait chaque jour des dizaines de lettres, dont quelques demandes en mariage. Virginia avait fini par donner une interview au *Daily Mirror*, qui avait titré sur « L'Histoire de la femme prince ». Olympe avait revu Christabel et, malgré l'insistance de la suffragette, avait une nouvelle fois refusé de revendiquer son exploit en tant qu'acte politique du WSPU. Le nom des deux femmes du commando était toujours inconnu du grand public, au grand dam de Christabel, qui aurait voulu en faire des exemples. Virginia, qu'elle avait approchée, l'avait elle aussi éconduite. La sœur d'Adrian, une fois l'excitation du moment passée, avait ressenti une grande mélancolie et était partie se reposer à St Ives en compagnie de Vanessa et Clive. Après un mois de présence dans les journaux, le canular avait disparu de l'actualité et était devenu un phénomène de société.

— Comment me trouvez-vous ?

Olympe se présenta à Thomas dans le déguisement qu'elle avait sur le *Dreadnought*, tunique de soie colorée, turban et visage recouvert de black numéro 12. Seule la barbe manquait au tableau.

— Voilà donc le prince d'Abyssinie qui a fait couler tant d'encre, admira-t-il alors qu'elle tournait sur elle-même, les bras en croix. Clarkson a encore fait des merveilles.

— *Kura kwa wanawake*, proféra Horace en entrant déguisé dans son salon en compagnie du maquilleur. Je suis le sultan de Zanzibar, précisa-t-il pour combler l'ignorance de son ami.

— Et qui est votre costumier ? demanda Clarkson devant les vêtements chatoyants de Thomas.

— Mon grand-père maternel. Cette tenue de cérémonie lui appartenait. Je suis né à Hué. C'est la ville de mes ancêtres, qui faisaient partie de la dynastie Nguyen.

— Nous avons un authentique prince asiatique avec nous et ce n'est pas une mystification, proclama Vere Cole. Alléluia ! Vous serez le roi de la fête ce soir.

— N'oubliez pas votre promesse : nous y serons incognito. Pas de provocation, n'est-ce pas, Horace ?

— Je n'ai qu'une parole, et c'est celle d'un gentleman.

Le Royal Albert Hall était telle une ruche bourdonnante de milliers d'insectes. Le bal du Chelsea Arts Club était l'un des événements festifs les plus populaires de Londres et, chaque année, tout le monde rivalisait d'ingéniosité dans les costumes représentant les heures glorieuses du Royaume-Uni. Quatre mille fêtards déguisés l'avaient investi, battant le record d'affluence, dont la plupart avaient choisi comme thème le canular du *Dreadnought*, se travestissant en prince exotique, en pirate, en indigène, certains même en officier de marine, prêts à recevoir les moqueries de la salle. Seules deux reines Victoria étaient présentes, dans l'indifférence générale, alors que les princes d'Abyssinie étaient tous entourés d'une cohorte d'admirateurs.

Les organisateurs, dépassés par l'enthousiasme pour la mystification d'Horace, qu'ils ne cautionnaient pas, firent contre mauvaise fortune bon cœur et accueillirent leurs invités avec sourires et affabilités de circonstance. Aucun ne reconnut Vere Cole lorsqu'il entra, accompagné de Thomas et d'Olympe. Il les salua avec son shillelagh, qu'ils prirent pour un gourdin factice. La main de la suffragette se crispa dans celle de Belamy quand ils parvinrent dans l'immense arène bondée de participants joyeux et bruyants.

— J'ai réservé une loge ! dit Horace, que sa surdité partielle obligeait à hurler dans le brouhaha.

Il pointa du doigt un balcon à l'étage.

— Non, vous n'avez pas osé ? souffla Olympe.

— Si, ma chère, il faut toujours combattre le mal par le mal. Votre loge. Ce soir, vous ne risquez rien avec nous.

Le majordome les y attendait avec une collation composée principalement de champagne et de Teeling.

— Merci, major, dit Horace en servant ses amis. Prenez du bon temps et attendez-nous dans le fiacre. Nous avons de quoi tenir la position toute la soirée.

Olympe se détendit rapidement, aidée par les effets de l'alcool, et, à la demande de Vere Cole, leur relata en détail sa mésaventure. Horace mima la scène et cabotina devant elle comme l'eût fait un étudiant pour séduire sa belle, n'hésitant pas à enjamber le balcon et à faire semblant de sauter, ce qui attira l'attention de toute la salle.

— C'est Vere Cole ! C'est l'auteur du canular ! cria quelqu'un dans la fosse, déguisé en ours.

Bientôt une horde s'agglutina en dessous de leur loge, criant et applaudissant un Horace au faîte de sa popularité. Ce dernier les salua à la manière d'un acteur en phase de rappels, plusieurs fois, puis leur fit répéter *Kura kwa wanawake* et *Le vote pour les femmes* dans un chahut indescriptible. Thomas et Olympe s'étaient mis en retrait afin de ne pas être visibles d'en bas. L'agitation dura une dizaine de minutes et se termina par un *Bunga bunga !* général. La soirée reprit son cours mais les journaux ne manqueraient pas de noter la présence de l'illustre mystificateur dans leurs éditions du lendemain.

Horace s'excusa pour la forme, alors qu'il jubilait intérieurement, et avala son whisky préféré et une dizaine de petits-fours en un temps record.

— Votre parole de gentleman ? rappela Thomas, plus amusé que fâché.

— Voyons, mon ami, Londres a enfin retrouvé le goût de la fête et cela grâce à nous. Cette ville s'était endormie dans les conventions et la tristesse, mais elle ne demandait qu'à être réveillée, comme une belle femme, d'un baiser langoureux et passionné. Nous avons initié un mouvement qui ne s'arrêtera plus. La semaine prochaine, j'ai en vue une nouvelle mystification qui fera parler d'elle. Il faut en profiter, nous vivons les heures les plus indociles de l'histoire de l'Angleterre ! conclut-il en levant son verre.

La porte battit brusquement et deux hommes en tenue de soldat se ruèrent sur lui. Horace n'eut pas le temps de prendre son gourdin que le premier l'avait empoigné et se préparait à le frapper quand son poing fut retenu et son bras bloqué dans son dos. Il ressentit une douleur au nez, puis une autre à la poitrine et perdit connaissance. Le second tenta de ceinturer Thomas, mais ne put l'approcher. Déséquilibré par un coup de pied au genou puis un second à la poitrine, il fut projeté en arrière par une dernière percussion et finit allongé dans le couloir.

— Voilà ce qui arrive quand on défie la Navy, commenta Thomas en tirant sur sa veste, que le combat avait froissée. Il nous faut rester prudents.

— Des marins déguisés en marins, c'est une fourberie bien militaire, ajouta Horace en aidant le premier à se relever et à quitter les lieux en chancelant. J'espère que cet intermède ne vous a pas choquée, ma chère, dit-il à Olympe, qui n'avait pas bougé.

— *Pardonner est une action plus noble et plus rare que celle de se venger*, soupira-t-elle en prenant la diction des gens de théâtre.

— Shakespeare, *La Tempête*, applaudit Vere Cole. L'amiral May ne l'a pas lu. À vrai dire, aucune de mes victimes ne l'a lu.

Thomas s'était penché sur la rambarde et examinait la salle.

— D'autres tempêtes à prévoir ? demanda Horace en le rejoignant.

— Le *Dreadnought* a élargi le cercle de vos ennemis, mais comment les repérer ? Qui est qui ce soir ?

— Avec vous et avec mon shillelagh, nous ne risquons rien, dit Vere Cole en caressant son gourdin. N'ayez crainte, ma chère, précisa-t-il à l'intention d'Olympe.

Elle ne répondit pas. Les deux hommes se retournèrent simultanément : elle avait disparu.

Ils l'avaient cherchée dans les loges de l'étage puis au niveau inférieur et étaient revenus à leur point de départ.

— L'aurais-je froissée sans le vouloir ? s'inquiéta Vere Cole en servant un verre qu'il proposa à Belamy.

Thomas s'était assis au balcon et scrutait la salle dans laquelle l'ambiance était débridée. Il refusa le champagne et continua à examiner mètre par mètre les convives présents dans la fosse.

— Elle n'y est pas, conclut-il en se massant la nuque.

— Non, confirma Horace, qui s'était équipé de jumelles de théâtre. Par contre, j'ai aperçu Augustus au bras d'Euphemia Lamb. Cette femme est délicieuse et son mari devrait se faire du souci, Augustus ne connaît pas la solidarité entre peintres. Il faut que j'aille la sortir de ses griffes, dit-il en lui tendant les optiques.

Resté seul, Thomas songea au jour où le hasard avait propulsé Vere Cole dans sa vie et tenta de le regretter sans y parvenir. Son ami était certes imprévisible et faisait une cour appuyée et maladroite à Olympe, mais il se sentait proche de sa marginalité et de sa fuite effrénée en avant.

Il entreprit l'observation des balcons. Tous étaient occupés par des groupes dont certains dansaient au son de l'orchestre qui jouait des valses et des polkas. Enfin, il l'identifia. La princesse abyssinienne était en compagnie d'un homme en tenue de bobby, dans la plus haute rangée de loges, tout près de l'immense orgue. Les jumelles lui donnèrent une image suffisamment précise de son interlocuteur, qu'il reconnut à la description qu'Olympe lui en avait faite.

— L'apôtre…, murmura-t-il tout en réfléchissant à la meilleure option qui s'offrait à eux.

Thomas avisa Horace qui, dans la fosse, lui tournait le dos. Impossible de le contacter sans se faire repérer. Il prit les petits-fours restants, les positionna sur la table et sortit. Vere Cole, après avoir tenté de persuader Augustus et Mrs Lamb de le retrouver dans sa loge et avoir essuyé des refus polis mais fermes, salua d'autres connaissances et remonta, fatigué et assoiffé. La pièce était vide et, sur le plateau en argent apporté par son majordome, les pâtisseries avaient été disposées pour former le mot *Maison*. Il soupira sur l'inaptitude de ses amis à l'amusement, prit le plateau et une coupe pleine et s'installa au balcon en posant les pieds sur la rambarde, dans une attitude de provocation telle qu'il les affectionnait tant.

Il venait de terminer le dernier morceau de pâte feuilletée, tout en maudissant l'inventeur d'un mets dont la plus grande partie finissait en miettes sur les vêtements et dont l'autre descendait avec peine dans la gorge, lorsque Olympe réapparut.

— Où est passé Thomas ?

— Moi aussi je suis content de vous revoir, répondit-il en époussetant discrètement son gilet. J'ai bien cru que vous aviez fait une fugue, ma chère. Thomas vous a cherchée partout. Puis il a fugué lui aussi et nous a donné rendez-vous chez moi.

— Alors, rentrons, dit-elle en sortant sans l'attendre.

Lorsqu'ils arrivèrent au fiacre, garé à l'entrée de Kensington Gore, elle éclata de rire avant de s'excuser auprès du majordome : celui-ci portait la tenue de Thomas, dont les manches lui arrivaient au milieu des avant-bras.

— Mr Belamy m'a demandé d'échanger nos vêtements, Monsieur, dit-il en leur ouvrant la porte tout en gardant son sérieux.

— Vous avez bien fait d'accepter, le rassura Horace. Les Français ont toujours d'étranges manies.

Thomas se fit attendre jusqu'à dix heures du soir et s'installa près du feu pour se réchauffer. Il avait suivi l'apôtre de l'Albert Hall à Parliament Square, jusqu'à un immeuble dans lequel il était entré par King Charles Street.

— Il avait une clé et je n'ai pas pu le suivre plus loin. Quelqu'un l'attendait au dernier étage. La seule lumière de tout l'édifice. Que vous a-t-il dit, Olympe ?

Elle prit son temps avant de répondre.

— Il m'a fait savoir qu'en montant sur le *Dreadnought*, j'avais trahi leur confiance et qu'il ne pourrait plus me protéger de tout. Il veut que je revendique l'action au nom du WSPU. Sinon, il me laissera aux prises avec ceux que j'ai offensés. Qu'il aille au diable.

— Maintenant, nous savons qui est son commanditaire, ajouta Vere Cole. Il vous a conduit au Board of Trade. Et vous savez comme moi qui en est le président…

— Notre bête noire, soupira Olympe en prenant la main de Thomas. Winston Churchill.

88

St Bart, Londres, mercredi 16 mars

Reginald se réveilla avant elle. Il s'accouda sur le matelas sans le faire bouger et admira Frances endormie avant de lui caresser le visage. L'infirmière sourit sans ouvrir les yeux, s'étira et lui tourna le dos dans un gémissement de fatigue.

— Il faut qu'on s'en aille, murmura-t-il à son oreille avant d'en mordiller le lobe.

— Monsieur Jessop, ceci est le meilleur moyen d'arriver en retard, répondit Frances en se lovant contre lui.

— Ma propriétaire va se lever, on doit être partis avant qu'elle ne nous voie, implora-t-il.

La réalité réveilla Frances plus sûrement que la douche froide qu'ils partageaient avec tous les locataires de l'étage. Elle s'assit vivement sur le lit et arrangea ses cheveux dans un chignon approximatif.

— Il n'y a rien de plus frustrant que de se cacher pour vivre un amour légitime.

— Je sais. Je sais, mon ange, dit-il en versant de l'eau dans une bassine en tôle émaillée avant de s'en asperger le visage.

Elle fit sa toilette pendant qu'il s'habillait, puis Reginald regarda par la fenêtre quand elle enfila ses vêtements dans un silence pesant.

— Je suis désolé, lâcha-t-il, au moment où St Sepulchre Church sonnait six heures.

— Pour quelle raison ? demanda-t-elle tout en enfilant son chapeau préféré orné de plumes d'oiseaux.

Reginald la prit par les épaules.

— Je suis désolé de ne pouvoir t'offrir la reconnaissance que tu mérites.

— Je suis heureuse ainsi.

— Marions-nous. Marions-nous le plus vite possible et nous pourrons vivre ensemble sans nous cacher.

— Mais ton père ? Tu voulais le convaincre de te donner sa bénédiction.

— Je me leurre tout seul à l'espérer. Nous nous en passerons.

— En es-tu sûr ?

Sa seule réponse fut un long baiser exalté.

— Viens, dit-il en l'entraînant dans l'escalier, qu'ils descendirent chaussures à la main.

Une fois dans la rue, ils retrouvèrent leur entrain naturel.

— Je dois passer chercher un manuel de diagnostic médical chez Thomas, précisa-t-elle. Tu viens avec moi ?

L'appartement était inhabité depuis une semaine.

— Ils logent chez Mr de Vere Cole. Il m'a laissé les clés pour me servir en ouvrages, expliqua-t-elle en déverrouillant la porte.

— Voilà pourquoi il a dormi dans la chambre des internes à sa dernière garde… Lui, au moins, n'est pas inquiété par son propriétaire.

— Je n'en ai pas pour longtemps, je sais où il se trouve, dit-elle en gagnant la chambre.

Reginald l'attendit dans le salon et s'intéressa à la pile de livres non rangés qui ornaient de leur présence la commode d'angle.

— Et si je lui demandais qu'il nous prête son appartement ? suggéra-t-il en feuilletant le premier qui se présenta à lui. On ne risque pas d'être dérangés comme chez moi.

La question se perdit sur le chemin de la chambre, dans laquelle Frances avait jeté son dévolu sur deux ouvrages de médecine clinique Elle aimait l'odeur de la pièce, qui l'avait accompagnée lors de ses longues soirées d'étude. L'idée d'appeler Reginald pour y faire l'amour la traversa sans qu'elle éprouve de culpabilité, puis s'installa dans sa tête comme une envie irrépressible alors qu'elle se sentait encore frustrée de leur départ précipité. Elle revint au salon et l'entraîna jusqu'à la chambre où elle l'embrassa avec fougue. Reginald comprit son intention et n'y résista pas. Ils se déshabillèrent et se trouvèrent rapidement allongés dans le lit, leurs corps et leurs désirs enlacés. Au moment où leurs gémissements allaient s'unir dans le plaisir, une voix les interrompit :

— Docteur Belamy et Miss Lovell ?

Un civil et cinq policiers en tenue les entouraient sans aucune pudeur.

— Veuillez nous suivre, vous êtes en état d'arrestation. Nous vous emmenons à Scotland Yard.

Thomas était préoccupé. L'annonce de l'identité du mentor de l'apôtre avait amusé et flatté Horace et Olympe, qui semblaient trouver cet adversaire à leur taille et avaient débattu de la stratégie à adopter comme si c'était un jeu. Belamy ne pouvait révéler à ses amis que c'était ce même Churchill qu'il était venu soigner à Westminster, le soir de sa rencontre avec Olympe. Le jeune politicien lui avait confié ses sentiments sur les suffragettes. Thomas le savait plus subtil et plus fin tacticien que le Premier ministre. Plus dangereux aussi.

Horace était parti la veille à Cambridge pour un canular moins sophistiqué que celui du *Dreadnought*, mais qui devait lui permettre de ne pas laisser retomber sa notoriété toute fraîche. Belamy avait tenté de l'en dissuader. Olympe était restée à Cadogan Place et dormait encore lorsqu'il avait quitté l'appartement. Elle avait l'intention d'impliquer W.T. Stead dans l'édition d'une nouvelle publication favorable aux suffragettes et avait pris rendez-vous avec lui en fin de journée à Fleet Street, où Thomas devait les rejoindre.

Il parcourut à pied les cinq kilomètres qui le séparaient de l'hôpital, délaissant les transports publics qui n'offraient que peu d'échappatoires en cas de mauvaise rencontre. Il prit soin de changer plusieurs fois l'itinéraire habituel et constata qu'il n'était pas suivi. Bientôt, le campanile de St Bartholomew-the-Less fut visible. Il s'arrêta à l'angle d'Old Bailey et Newgate Street, alors qu'une activité inhabituelle régnait dans Giltspur Street, et s'attarda devant la fontaine publique en remplissant un des deux gobelets métalliques enchaînés à sa base de marbre. Tout en buvant, il observa les deux fourgons stationnés à proximité de l'entrée des urgences du Barts, lesquels lui parurent suspects.

— Pstt ! Pstt !

Il n'avait pas remarqué la présence du prêtre de St Sepulchre, qui lui fit signe de le rejoindre derrière les grilles de l'église où la fontaine était enchâssée.

— Quelqu'un vous attend à la cure, docteur. Quelqu'un qui veut vous éviter des ennuis.

Thomas le suivit sans hésiter à l'abri de l'édifice religieux.

— Comment va votre foie, mon père ?

— Grâce à vous, comme un charme. Je vous laisse seuls, dit celui-ci après lui avoir ouvert la porte.

Sœur Elizabeth était assise devant le feu qui lui dispensait une chaleur vitale. Elle avait encore maigri et le court trajet depuis le Barts lui avait coûté une grande part de son énergie.

— J'ai demandé au père Edwards son aide pour ce que je ne pouvais plus faire moi-même, dit-elle, emmitouflée dans un plaid de tartan. Le froid me mord comme un loup affamé. Asseyez-vous et ne vous inquiétez pas. Nous sommes dans un lieu de confiance.

Elle lui relata l'arrestation de Frances et Reginald. Ils n'avaient pas protesté lors de l'interpellation et avaient attendu d'être arrivés à Scotland Yard pour décliner leur identité. Selon la procédure, deux témoins de moralité devaient se présenter afin de confirmer leurs dires et Etherington-Smith s'y était rendu en compagnie de l'intendant Watkins. Ils n'étaient pas encore de retour.

— Vous leur devez une fière chandelle. Grâce à eux, la police vient seulement de revenir. J'ai pu filer avant qu'ils bouclent les sorties pour vérifier l'identité de tout le monde. Ils sont persuadés que vous vous cachez quelque part dans le Barts. J'ai pensé que vous alliez arriver par le sud et j'ai demandé au père Edwards de vous guetter. Je crois que le Ciel vous protège, c'est sans doute que vous n'êtes pas coupable de tout ce dont on vous accuse.

— Mais de quoi m'accuse-t-on, ma sœur ?

— Le docteur Etherington-Smith est venu me voir avant de partir à Scotland Yard. Il était en colère. La police lui a expliqué qu'un article allait paraître dans les journaux du soir sur vous. Il y est écrit que vous n'êtes pas médecin et que votre nom n'est pas Belamy. C'est pourquoi ils ont préféré intervenir avant, pour éviter votre fuite.

— Et Miss Lovell ? Pourquoi l'arrêter, elle aussi ?

— Ils n'ont rien voulu dire, soupira-t-elle en tendant les mains pour happer la chaleur.

Thomas n'essaya même pas de plaider sa cause. Il devait rentrer au plus vite pour prévenir Olympe.

— Je ne sais pas quand je vous reverrai, Elizabeth. Je ne sais pas si je vous reverrai. Prenez grand soin de vous, cet hôpital a plus besoin de vous à ses côtés que Dieu.

Elle ne répondit pas et le regarda intensément. Ni Dieu ni les hommes ne pouvaient plus rien pour elle.

89

Cambridge, mercredi 16 mars

Le majordome se pencha vers le filet d'eau que crachait une source paresseuse et y plongea une serviette tout en observant les alentours. Une fois imbibée, il la tordit pour exprimer le surplus d'eau et la transporta, comme il le faisait pour tout objet, de la façon la plus élégante possible, jusqu'au fiacre stationné le long de la route. Horace passa son bras par la fenêtre du véhicule, attrapa le linge et tira le rideau pour se protéger des regards extérieurs alors que le domestique se positionnait devant la portière à la manière d'un garde du corps. Vere Cole, en maillot, se nettoya méthodiquement le visage, les cheveux, insista sous les aisselles et sur les bras.

— Tout va bien, Monsieur ? s'enquit le domestique.

— Elle n'est pas assez mouillée. Encore, ordonna Horace en lui tendant à nouveau la serviette.

La seconde tentative sembla le satisfaire.

— Quelle heure est-il, major ?

— Trois heures, Monsieur, répondit la voix de l'autre côté du rideau.

— Vous avez le dossard ?

— Il est sur le siège, en dessous de votre *Times*. Avez-vous besoin d'aide ?

— Je suis encore capable de nouer un bout de tissu, major. Trois heures, avez-vous dit ?

— Oui, Monsieur. Plus cinq minutes.

— Je vais sortir. Vérifiez bien que personne ne peut me voir.

— Il n'y a personne. À part un enfant.

Horace, qui venait d'entrouvrir la portière, la referma brutalement.

— Un enfant ? Mais que fait-il là ?

— Je ne sais pas, Monsieur. Voulez-vous que je le lui demande ?

— Surtout pas ! S'il y a un enfant, il y a une nourrice toute proche. Ou des frères et des sœurs. Ou, pire, des parents.

— Celui-ci est seul. Je pense que vous pouvez sortir.

— Non, major, non ! Il faut qu'il s'en aille. Chassez-le. Hop, hop !

— Je vais voir, Monsieur.

Horace attendit en se rongeant les ongles. La réussite de son plan dépendait de sa discrétion à la sortie du véhicule.

— Dépêchez-vous, major, dit-il alors que l'humidité dont il avait soigneusement imprégné sa peau et ses vêtements tendait à s'évaporer. Alors ? insista-t-il.

— Il ne veut pas, Monsieur.

— Comment ça, il ne veut pas ? Mais c'est un bambin ! Faites preuve d'autorité, que diable !

— Je sais, Monsieur, mais il est agile. Il vient de passer de l'autre côté du fiacre. Petit ! Viens !

— Donnez-lui des sous, une sucrerie, une gifle, n'importe quoi, mais il faut que je sorte !

— Je le tiens ! Allez-y !

— De quel côté ? s'énerva Horace.

— Droite. Bonne chance, Monsieur !

Vere Cole se jeta hors du véhicule et avança rapidement sans se retourner. Il était en tenue sportive, chaussures, pantalon et maillot blancs. Il lui restait moins d'un kilomètre à parcourir avant de franchir la ligne d'arrivée de l'épreuve de marche Newmarket-Cambridge. Les premiers concurrents étaient loin derrière.

Il entendit son majordome jurer, ce qui était mauvais signe, l'homme ayant une retenue exemplaire en toute circonstance. Horace ne se retourna pas mais se promit de lui offrir une prime. Il se promit surtout d'essayer de ne pas oublier.

Il avait repéré le lieu, à l'angle de Victoria Avenue et de Jesus Lane, entouré d'arbres et de verdure, suffisamment loin de toute habitation et de tout juge de course et assez proche de la ligne d'arrivée, située devant le Trinity College.

Horace perçut dans son dos le bruit d'une foulée rapide et légère : l'enfant arrivait à sa hauteur en courant. Tous deux s'arrêtèrent et se toisèrent.

— Allez ! Allez ! lança Horace pour le faire fuir comme un chat errant.

Il reprit sa marche sans plus se préoccuper du garçon, qui le rattrapa et trottina, silencieux, à son côté. Vere Cole tenta un *Chht !* qui n'eut pour effet que de faire rire le bambin qui, à son tour, lui lança un *Chht !* joueur.

Horace se retourna : le fiacre et le major n'étaient plus visibles. Il devrait se débrouiller seul face à l'ennemi le plus imprévisible qui soit. Rien ne lui faisait plus peur que les enfants. Il aurait préféré affronter une armée d'indigènes, de Boers, de bêtes féroces de la baie du Bengale plutôt que d'avoir à supporter la présence d'un petit d'homme. Il décida de l'ignorer et accéléra le pas.

Il restait cinq cents mètres. Le garçon ne donnait aucun signe de fatigue. Horace ne pouvait pas le semer en courant, cela l'aurait disqualifié – un comble pour celui qui allait remporter une marche sans l'avoir faite. Lorsqu'il dépassa le dernier point de contrôle, le juge, qui n'attendait personne dans la demi-heure, l'observa d'un air ahuri avant d'ouvrir sa montre de poche et de dodeliner de la tête : le futur vainqueur allait parcourir les vingt-trois kilomètres séparant les deux cités en moins de quatre heures, ce qui constituerait un nouveau record difficile à battre.

— Bon, maintenant, ça suffit ! assena Horace au garçon, sans ralentir l'allure ni daigner le regarder. Va voir ta nourrice, demi-tour !

Pour toute réponse, l'enfant lui prit la main. Vere Cole retira la sienne comme s'il avait touché un tisonnier brûlant.

— Non, dégage, maintenant !

Le bambin s'accrocha à son maillot. Horace l'écarta sèchement. Le garçonnet, déséquilibré, se cramponna au pantalon de Vere Cole, puis trébucha et tomba lourdement dans un nuage de poussière.

— Bon débarras, marmonna Horace, fâché contre son majordome qui n'avait pas su contenir l'avorton.

Les pleurs déchirants de l'enfant firent apparaître plusieurs riverains aux fenêtres. Vere Cole, qui continuait sa marche d'une foulée fière et conquérante, sentit peser sur lui le poids des reproches. Il maudit la jeunesse, appela saint Georges à la rescousse et revint sur ses pas.

Le garçon sanglotait, le genou couvert d'un mélange de sang et de terre.

— Ce n'est rien, allons, sois courageux, lui dit Horace en se penchant sur lui à distance respectueuse, tout en lui intimant d'un geste de se relever.

L'enfant renifla un grand coup, ce qui acheva de dégoûter Vere Cole.

— Un peu de dignité, mon garçon, lève-toi, que diable ! À ton âge…

Il suspendit sa phrase. À dix ans, Horace ne pleurait plus. Il avait déjà tenté d'empoisonner réellement sa camarade de théâtre en jouant une scène de meurtre dans *Shade of Night*, il avait enfermé sa gouvernante allemande dans un monte-charge avant de le lâcher depuis le grenier, il venait d'entrer au pensionnat du collège d'Eton, élitiste et brutal, après que la diphtérie et le remariage de sa mère l'eurent laissé à terre.

L'enfant ne pleurait plus mais balbutiait des mots incompréhensibles d'une voix à l'intensité changeante. Vere Cole claqua des doigts puis battit des mains sans qu'il réagisse. Il venait de comprendre ce qui clochait : le gamin était sourd.

Horace s'agenouilla devant le garçon et articula un *Lève-toi* silencieux. L'enfant obéit et lui sourit. Horace posa une main rassurante sur son épaule et, avant de reprendre sa marche, déclara, emphatique, aux badauds qui commençaient à s'attrouper :

— Maintenant, nous avons une course à gagner !

Vere Cole s'aperçut au bout de quelques mètres que l'enfant boitait bas et le prit dans ses bras pour parcourir les derniers mètres. Déjà les tours du Trinity College pointaient leurs créneaux. Bientôt, il verrait la ligne d'arrivée et les officiels qui lui remettraient le prix en doutant de l'intégrité de sa performance. Il ne pouvait rêver mieux pour un canular. Sa supercherie serait découverte dans l'après-midi, quand les juges s'apercevraient que son dossard n'avait pas été pointé aux premiers contrôles. Mais la presse serait déjà au courant et Londres bruirait de son nouvel exploit.

Le major l'attendait devant le fiacre en fumant une Benson & Hedges qu'il s'empressa de jeter au loin. Il aimait cette marque, non pas pour le goût de miel de son tabac, mais parce qu'elle était la préférée de l'aristocratie et qu'il se trouvait un air distingué à la garder en main comme un symbole de bon goût.

Horace lui relata sa victoire en omettant la présence du bambin dans ses bras. Son majordome n'aurait pas compris son geste, lui-même d'ailleurs se demandait encore comment il avait fait pour outrepasser ses appréhensions.

— Qu'avez-vous fait de votre trophée, Monsieur ? s'inquiéta le major après lui avoir ouvert la portière.

— Il m'était inutile, éluda Vere Cole en pensant à la joie du garçon lorsqu'il le lui avait laissé. Rentrons vite, je veux raconter tout cela à mes amis.

Horace chantonna sur le chemin du retour tout en poursuivant sa lecture du *Times* malgré les cahots de la route. L'Alhambra affichait un spectacle de Bella et Bijou, deux comiques du moment, une comédie intitulée *Les Suffragettes* qu'il se promit d'aller voir avec Olympe et Thomas. Le véhicule longea Hyde Park au grand soulagement d'Horace, qui étira ses membres engourdis, puis emprunta Lowndes Square dont il aimait les maisons aux façades opulentes parmi lesquelles il tentait de louer un étage depuis plusieurs mois. L'attelage s'arrêta brutalement à l'entrée de Cadogan Square.

— Que se passe-t-il, major ? demanda-t-il en pensant à sa baignoire remplie d'une eau chaude bienfaisante.

— Je ne sais pas, Monsieur, je vais voir. Je conseille à Monsieur de ne pas sortir.

Horace entrouvrit le rideau : la rue était bouclée par des policiers dont le plus grand nombre se trouvait au niveau de son habitation. Deux bobbies en sortirent, tenant en main les cahiers des apôtres.

Le majordome revint rapidement.

— D'après les voisins, la police est là depuis ce matin, Monsieur. Ils seraient à votre recherche.

— Olympe ?

— Ils n'ont emmené personne. Juste des affaires.

— Conduisez-moi à cette adresse, demanda Vere Cole en lui tendant une carte. Puis vous irez voir votre mère quelques jours. Le temps se gâte, major. Il semble que tout le monde n'ait pas le sens de l'humour.

Chapitre XV

16 au 17 mars 1910

90

Fleet Street, Londres, mercredi 16 mars

Olympe avait été sauvée par le vendeur de lait ambulant de Hyde Park. Elle avait été réveillée par sa mélodie caractéristique lorsqu'il avait remonté la rue en direction du parc. L'envie avait été si forte qu'elle avait poussé la jeune femme à sortir du lit, s'habiller et le rejoindre près du lac Serpentine. Elle avait bu un verre, puis un second, assise sur un banc en face de l'eau dont la surface se creusait de sillons sous le léger vent du sud. Olympe avait toujours eu besoin de ces moments de liberté, dont elle s'était sentie privée depuis l'orphelinat et qui avaient failli la tuer à Holloway autant que les gavages forcés. Personne ne pouvait lui interdire de voler et de se poser là où elle le voulait.

Elle n'était jamais retournée au London Orphan Asylum, ni même dans le quartier de Watford. Elle l'avait quitté à l'âge de seize ans, après une dernière fugue, alors que l'homme qui l'avait prise sous son aile était devenu trop entreprenant. Le généreux donateur, qui avait pris l'habitude d'exiger des faveurs de ses protégées, s'était retrouvé blessé par la dague qu'un des garçons de l'institution avait prêtée à Olympe. L'affaire avait été étouffée et l'orpheline punie. Ç'avait été sa première confrontation avec les prédateurs et la passivité coupable des adultes.

Olympe avait humé une dernière fois l'odeur d'herbe et de bois humides avant de rentrer à Cadogan Place pour découvrir que la police avait investi l'immeuble. Habituée à jouer au chat et à la souris avec les forces de l'ordre, elle avait continué calmement son chemin, prenant le temps de demander ce qui se passait à un des bobbies qui éloignait les curieux. Elle s'était rendue directement à son rendez-vous chez W.T. Stead, qui était aussi le point de ralliement que Thomas leur avait indiqué en cas d'urgence. Il l'y avait rejointe en milieu d'après-midi et Horace s'était présenté à sept heures du soir, après avoir fait quelques emplettes chez Selfridges, dont deux bouteilles de champagne qu'il avait brandies comme des trophées de guerre.

Thomas et Olympe étaient restés silencieux depuis leur arrivée, mais Vere Cole et Stead avaient animé la conversation. L'Irlandais, qui admirait le journaliste de combat et sa revue, avait rapidement trouvé de nombreux sujets d'entente avec lui.

— Vous pouvez rester ici aussi longtemps que vous voulez et tant que nous pourrons assurer votre sécurité, dit Stead lorsqu'ils passèrent au salon où se trouvait le typographe, qui surveillait la rue depuis la fenêtre. Jean veillera sur vous.

— Tout est calme, confirma le Lyonnais.

— Vous avez toute mon admiration pour votre action sur le *Dreadnought*, ajouta Stead à l'intention d'Horace, et j'aimerais en avoir un récit détaillé. Pas pour ma revue, rassurez-vous, mais pour mon plaisir, je ne m'en lasse pas. Vous avez fait tomber le gouvernement à vous seuls !

— Ce n'est peut-être pas ce que nous avons obtenu de mieux, regretta Olympe.

Après des élections perdues pour les libéraux, Asquith avait formé un nouveau cabinet et se préparait à constituer une coalition au Parlement afin d'éviter le blocage dû à une absence de majorité. Dans le partage des ministères, Churchill avait reçu celui de l'Intérieur. Aucun ne l'avait évoqué, mais tous pensaient que la charge de Scotland Yard lui était due. Le jeu changeait de dimension.

— Quant à vous, Thomas, peu importe ce qui se dit dans les journaux, continua leur hôte. J'espère que vous voudrez toujours de moi comme patient. Vous êtes un médecin exceptionnel.

— Je sais que je vous dois une explication, répondit Belamy, resté debout à côté de Jean alors que tous les autres s'étaient assis dans les fauteuils aux bras généreux.

— Vous ne nous devez rien, protesta Horace. Je vous admire plus encore sachant que vous les avez tous bernés durant des années. Je suis un piètre mystificateur à côté de vous !

— Je vous dois une explication, insista Thomas. Surtout à Olympe.

Elle détourna le regard. Au fond d'elle-même, elle lui en voulait surtout d'avoir appris sa fausse identité par l'apôtre, qui avait instillé le doute entre eux. Dehors, les véhicules chargeaient les journaux dans le rassurant vacarme nocturne de Fleet Street. L'affaire du faux médecin y remplissait encore les pages intérieures, mais nul ne doutait que l'épisode de sa fuite allait alimenter la presse dans les jours à venir.

Le typographe lui donna une tape d'encouragement sur l'épaule.

— Je vais vérifier toutes les issues, annonça-t-il avant de sortir.

Le Lyonnais était son plus vieil ami et connaissait tout de sa vie hors du commun.

Thomas avait vu le jour dans la cité impériale du royaume d'Annam trente ans auparavant, dans une des familles de la dynastie qui ne régnait déjà plus que sur elle-même à l'intérieur d'un protectorat français omnipotent. Son père, un des représentants de l'administration locale, arrivé de la métropole, avait entretenu une liaison avec sa mère durant plusieurs mois, mais avait refusé le mariage sitôt la grossesse avérée. Il n'avait pas reconnu son enfant à la naissance et s'était comporté comme un simple tuteur. Alors qu'elle en avait été pressée par sa famille, sa mère avait refusé une union de convenance avec un Annamite et donné un prénom européen à son enfant. Le scandale avait été étouffé et personne ne posait de questions sur le fils de Dao Ghia Long Toan, ce garçon métissé sans père apparent, chétif et attachant. Francis Belamy était rentré à Paris lors de la dixième année de son fils et ne s'en était plus inquiété.

Jean ouvrit la lunette vitrée de la porte d'entrée, respira l'air âcre et poussiéreux du soir et observa les ouvriers remplir les charrettes des quotidiens qui seraient distribués le lendemain matin. Il entendait Thomas qui prenait son temps, s'arrêtait entre les phrases, comme s'il laissait passer des silences pour des pensées qui resteraient siennes à jamais.

Le jeune garçon avait vécu son adolescence sur le fil ténu qui séparait le bien du mal et s'y était fait ses propres frontières. Jean était entré dans sa vie comme le grand frère qu'il n'avait jamais eu, alors qu'il était venu participer à la création d'un nouveau journal militant, *L'Écho d'Indochine*, pour lequel il avait interrogé le plus jeune Annamite reçu au concours de l'École de médecine de Hanoï. Malgré les dix années qui les séparaient, entre les deux hommes était née une amitié fondée sur l'amour de la liberté et leurs passions respectives. Puis Thomas avait travaillé dur pendant les trois années de sa scolarité afin d'intégrer l'hôpital indigène pour obtenir le grade d'interne. Le soir, les deux amis se retrouvaient dans le petit appartement de Jean, qui sentait parfois le parfum de Dao Ghia Long Toan, où ils refaisaient le monde à leur mesure. Jean était reconnaissant envers Thomas de ne jamais avoir fait de sa relation avec sa mère un sujet de conflit entre eux. Le jeune Annamite savait, et avait accepté leur choix libre et consenti.

Le typographe éteignit sa rotative en songeant à Dao avec tendresse. Elle devait maintenant avoir cinquante ans et était forcément aussi belle que dans son souvenir. Il ne l'avait plus revue depuis leur départ précipité du printemps 1904, mais demandait régulièrement de ses nouvelles à Thomas et lui envoyait une lettre à chaque anniversaire.

Thomas apprenait vite à l'hôpital, si vite qu'on lui avait promis une bourse pour passer le doctorat de médecine à Paris, une fois son internat validé. Le jeune adolescent hésitant était devenu un adulte à qui le vovinam, qu'il pratiquait avec assiduité, avait donné une belle assurance et une prestance féline qui ne passaient pas inaperçues, surtout chez la gent féminine. Thomas, exalté par sa réussite, en avait oublié la barrière que constituait sa peau métissée chez les familles de colons. Il n'était pas des leurs et ne le serait jamais, malgré leur courtoisie à son égard. Lorsqu'il avait avoué à Jean sa relation amoureuse avec la fille du président du tribunal de Hanoï, le Lyonnais n'avait pas eu le cœur de jouer au rabat-joie. Thomas méritait d'être heureux, comme tous les jeunes gens, et sa Lucie était une gentille fille qui avait osé braver les interdits familiaux en flirtant avec celui qu'ils considéraient comme un indigène. En l'apprenant, les deux frères de la belle, chauffés au rouge par leur père, avaient organisé une expédition punitive afin de clore leur relation. Thomas ne s'était pas contenté de les faire fuir, il était entré dans une rage telle qu'il les avait battus avec leurs propres bâtons, jusqu'à leur briser quelques os. Il avait bien vite pris conscience qu'il venait de s'infliger à lui-même une punition plus grande encore : il ne pourrait échapper à une condamnation, peut-être de la prison, et une radiation de son poste hospitalier.

Il ne lui restait plus que trois mois avant d'obtenir son diplôme, songea Jean. *Trois mois alors qu'il avait travaillé six ans, ça n'aurait pas été juste. Il était le meilleur, il les valait tous. Dao a fait ce qu'il fallait.*

Sa mère avait remis à Thomas un document attestant sa validation de l'internat. Un document authentique, certifié par un fonctionnaire de l'administration, qu'elle lui avait acheté deux cents piastres indochinoises. Tout était allé très vite. Jean avait décidé de partir avec lui car sa relation avec ses employeurs s'était tendue au journal. Dao était rassurée de les savoir ensemble. Les deux hommes étaient arrivés à Paris deux semaines plus tard et, muni du sésame, Thomas Ghia Long Toan avait poursuivi sa carrière médicale à la Salpêtrière.

Fleet Street avait retrouvé son calme. Les ouvriers avaient terminé plus tôt que d'habitude. Jean tira le rideau sur le carreau de la porte d'entrée. Il se sentait le devoir de protéger Thomas, d'autant plus qu'il se considérait comme responsable de son départ de la Salpêtrière.

Il grimpa au salon de l'étage et reprit son poste de guet, près de la fenêtre, au moment où Belamy relatait comment les autorités françaises, en enquêtant sur lui, avaient découvert son secret.

— J'ai dû quitter la France pour éviter la prison, expliqua le médecin. J'ai occupé un poste sans en avoir les diplômes et j'avais fui la Cochinchine sans avoir été jugé. Cela faisait beaucoup pour la mansuétude des juges.

— Votre vie a basculé par un enchaînement de circonstances, reconnut Stead. Mais comment avez-vous eu des papiers au nom de Belamy ?

Jean les interrompit :

— Ils sont là ! Scotland Yard !

91

Fleet Street, Londres, mercredi 16 mars

Deux fourgons avaient barré chaque côté de la rue et des bobbies en sortaient pour se positionner devant la porte d'entrée. La sonnerie électrique retentit en même temps que des coups de heurtoir.

— Jean va vous accompagner en lieu sûr. Je me charge de les retenir.

Stead avait parlé d'une voix calme et feutrée, presque blasée. Il n'y eut pas d'adieux. Chacun savait ce qu'il avait à faire. L'imprimeur les conduisit à son atelier au sous-sol, où il déplaça une armoire métallique avec l'aide de Thomas, découvrant un couloir qui les mena à la cave de la maison voisine. Le groupe monta au rez-de-chaussée et gagna la cour intérieure au fond de laquelle une porte donnait sur Shoe Lane. Jean vérifia que le quartier n'avait pas été bouclé et leur fit signe de le suivre. Ils se scindèrent en deux groupes qui empruntèrent chacun un itinéraire différent pour se rendre à Goodge Street. Jean et Horace arrivèrent les premiers au pub situé en face de Heal & Son et s'installèrent dans la remise au fond de l'arrière-cour. Vere Cole essuya la couche de poussière déposée sur le banc et la table qui formaient les seuls meubles du lieu et s'y affala après avoir testé leur solidité.

— Dire qu'il y a quelques heures, j'étais acclamé par une foule enthousiaste ! Me voilà transformé en rat caché dans son trou, geignit-il. Quand retourne-t-on chez W.T. Stead, que je puisse enfin prendre mon bain ?

— Je crains que ce ne soit plus possible, l'endroit est surveillé, monsieur Cole.

— Vere Cole, précisa-t-il en détachant chaque mot. Comprenez qu'en de telles circonstances j'y tiens. Mes aïeux, dont le dix-septième comte d'Oxford, ont défendu avec honneur ce nom, et je dois me montrer digne de lui dans l'adversité.

— Que voulez-vous qu'il vous arrive, milord ? Thomas et Miss Lovell risquent gros mais vous, vous n'êtes pas français, vous n'êtes pas une femme et vous avez du sang bleu. Vous paierez votre caution, vous serez réprimandé comme un enfant et vous retournerez tranquillement chez vous.

Horace aimait l'impertinence sauf quand elle ne venait pas de lui. Il examina avec insistance la tenue de travail du typographe, couverte de taches d'huile et d'encre, et retint une repartie assassine.

— Sachez que le nouveau ministre de l'Intérieur dit de moi que je suis dangereux même pour mes amis, lança-t-il en bombant exagérément le torse. Churchill me sait incontrôlable. C'est pour cela qu'il a lâché ses chiens. Mais ne vous inquiétez pas : à titre personnel, vous ne risquez rien, vous n'avez aucune chance d'être un de mes proches.

— M'en voilà rassuré, monseigneur, répliqua Jean sans se montrer impressionné.

Il grimpa à l'étage, un ancien grenier à foin, et ôta une bâche qui recouvrait des matelas avant de poursuivre :

— Mais je voulais m'excuser de m'être trompé, en fait vous risquez gros : vos canulars sont si mauvais que les juges anglais seront acculés à vous condamner à la peine capitale pour les faire cesser.

Horace accusa le coup, se contint et, d'une esquisse de sourire, fit mine d'apprécier la saillie.

— Puis-je suggérer quelque chose ? reprit-il.

— Dites.

— Un long moment de silence, c'est encore là où vous excellez, dit-il en s'adossant avant de fermer les yeux.

Il les rouvrit presque aussitôt, incapable de s'en contenter.

— Sachez qu'il y a plus d'anarchie dans la moindre de mes mystifications que dans l'ensemble de vos publications et de vos actes réunis, assena-t-il en se levant et pointant son index sur le typographe. Vous n'avez même pas été capable d'occire votre gendarme, vous avez fini à l'hôpital et vous avez provoqué la perte de Thomas, quelle pitié. Le jour où je voudrai éliminer un représentant des forces de l'ordre, je ne tremblerai pas, moi.

— Êtes-vous sérieux ? demanda Jean à Vere Cole, qui avait refermé les paupières, feignant de ne pas l'entendre. Je crois que le pire est que vous en êtes capable, acheva-t-il avant de se poster à la lucarne ronde de l'étage qui constituait la seule ouverture et un observatoire idéal sur l'extérieur.

Le typographe tenta de se concentrer sur la journée du lendemain. Il les conduirait à Liverpool ou Birmingham où il avait des contacts parmi les syndicats ouvriers, le temps que les recherches policières se calment. Mais il n'arrivait pas à passer outre les propos d'Horace et se sentit obligé de se justifier.

— Je suis un pacifiste, monsieur Cole, jamais je n'aurais blessé ce gendarme s'il n'allait arrêter Thomas et son groupe, déclara-t-il avec calme, les yeux rivés sur la cour du pub où un serveur déposait une caisse de bouteilles vides en haut d'une pile.

Il attendit que l'homme fût rentré avant de continuer :

— Ça devait finir par arriver, ils étaient dans le collimateur de la police. Pourtant, Thomas n'était pas un activiste politique jusqu'à ce que son père refasse surface. Ce géniteur de pacotille s'est manifesté peu après notre arrivée à Paris. Il s'était senti soudain une âme de père. Après quinze ans de silence. Je crois surtout que la réussite de son fils en avait fait à ses yeux quelqu'un de fréquentable. Et pour lui montrer qu'il avait changé, il a engagé des démarches en reconnaissance de paternité. Ça a mis Thomas hors de lui. Depuis ce jour, il n'a eu qu'une idée en tête : redonner son indépendance à l'Annam pour l'honneur de sa mère et pour que tous les Français comme son père n'y soient plus les maîtres. Et il a accepté de recevoir le nom de Belamy pour une seule raison : elle lui permettait d'établir un passeport à l'étranger avec un patronyme français. Son sauf-conduit en cas d'ennuis. Il n'est pas entré illégalement en Angleterre, ses papiers étaient authentiques. Les Français auraient pu chercher Ghia Long Toan pendant des années, Thomas était à l'abri derrière le nom de son père. Voyez-vous, monsieur Cole, nous n'avons jamais agressé personne, ni gratuitement, ni sous le couvert de la lutte. Ce gendarme que j'ai estropié, il n'a plus de travail et je pense à lui et à sa famille tous les jours. Mr Stead lui envoie une partie de mon salaire au nom d'une association de bienfaisance. Et Thomas, lui, il donne son temps et son argent pour les pauvres de l'East End. Nous sommes des pacifistes et notre cause est plus noble que le moindre de vos titres. Vous n'avez pas d'autre but que de combattre l'ennui en vous amusant à jouer au guignol.

Horace ne répondit pas. Jean descendit et constata qu'il s'était endormi pour de bon.

Olympe et Thomas les rejoignirent une demi-heure plus tard en se tenant par le bras. La suffragette se pencha sur Vere Cole et le réveilla en soufflant sur son visage.

— On ne vous attendait plus. Vous vous êtes arrêtés au Café Royal ? grogna Horace en se frottant la joue.

— Votre ami est de mauvaise humeur, confirma le Lyonnais.

— Nous avons pris le temps de discuter et de nous réconcilier, répondit Thomas.

— Ce sera fêté sans champagne. Il est resté chez Stead. Tout comme les vêtements que j'avais achetés chez Selfridges.

— Je vous les apporterai demain si j'arrive à semer la police qui va surveiller Fleet Street, intervint Jean. Il y a à manger dans le coffre, et de quoi boire aussi. Fermez bien après mon départ. J'ai la clé et je ne toquerai pas pour entrer.

Thomas et Olympe firent l'inventaire des provisions pendant qu'Horace, qui avait vérifié la solidité des loquets, s'était adossé contre la porte et les observait, l'œil morose.

— Savez-vous où nous nous trouvons en ce moment même ? maugréa-t-il. Goodge est le quartier général de tous les anarchistes européens recherchés dans leur pays, le premier endroit où Scotland Yard va venir nous déloger !

— Ne vous inquiétez pas, tempéra Thomas. Le patron de ce pub ne risque pas d'être contrôlé. C'est un informateur de la police.

— De mieux en mieux ! s'alarma Vere Cole. Autant aller dormir au poste, au moins je pourrais y trouver de quoi faire mes ablutions.

Ils ne firent plus attention aux jérémiades de l'Irlandais, qui monta se poster près de la lucarne où ils lui apportèrent à manger. Ils soupèrent de poisson et de fruits séchés et burent un vin de piètre qualité mais qui suffit à regonfler le moral d'Horace.

Ils disposèrent les matelas de paille sur le sol et les battirent pour les dépoussiérer. Les couvertures étaient imprégnées de l'odeur de moisissure qui régnait dans la remise, mais Olympe et Thomas s'endormirent rapidement. Vere Cole, qui était resté devant la lucarne, une bouteille à portée de main, vit défiler les heures jusqu'à la fermeture du pub avant de basculer dans le sommeil sans s'en rendre compte.

Un couinement réveilla Belamy alors qu'il faisait déjà jour. Un gros rat brun grignotait le lacet de sa chaussure droite. Il tenta de s'en débarrasser d'un mouvement du pied mais le rongeur, au lieu de fuir, s'approcha de lui et leva le museau dans une attitude de défi avant de battre en retraite par l'escalier. Belamy descendit au rez-de-chaussée afin de vérifier le coffre mais il était trop tard : Vere

Cole avait oublié de le refermer et à l'intérieur grouillait une colonie de rongeurs.

— Horace ! s'emporta-t-il en basculant le coffre, faisant sortir les rats qui s'enfuirent par un trou dans le mur.

L'Irlandais n'était plus dans la remise et avait laissé le loquet ouvert. Thomas le verrouilla.

— Que se passe-t-il ? demanda Olympe en sautant les dernières marches.

— Ce qui reste a été souillé par les rats. Il va nous falloir trouver une autre source de nourriture, dit-il en consultant sa montre.

— J'ai froid.

Ils restèrent un moment pelotonnés l'un contre l'autre, leurs souffles formant des panaches de vapeur qui disparaissaient aussitôt en se diluant dans la pièce, puis montèrent se réfugier sous les couvertures.

— Il nous a abandonnés ?

— Je n'en sais rien. Il est si imprévisible. Nous allons attendre Jean. Il devrait déjà être là.

La lumière naissante, filtrée par le brouillard, donnait à leurs visages une teinte blafarde de tableau impressionniste. Thomas serra son amante plus fort. Il plongea ses mains sous les couches de vêtements de la jeune femme et sentit la chaleur de son ventre et le roulis rassurant de sa respiration. Les mains d'Olympe couvrirent les siennes. Il posa sa tête sur l'épaule de la suffragette et parla à voix basse.

— Mon amour, je n'ai pas le choix, je vais être obligé de quitter le territoire. Je suis médecin et je ne peux plus exercer en Angleterre ni en France. Êtes-vous prête à me suivre ?

— Donnons-nous un peu de temps. Trouvons un refuge pour y réfléchir plus sereinement.

— Est-ce à dire que vous n'aimez pas notre nid d'amour ?

— Je suis comblée : nous, les souris et les bobbies formons une belle famille, plaisanta-t-elle. Mais je ne veux pas prendre de décision sous la contrainte. Le combat n'est pas aussi déséquilibré, nous avons les moyens de négocier avec Churchill afin que vous ne soyez pas livré aux Français.

— Croyez-vous vraiment que…

Il fut interrompu par un poing qui toqua à la porte avec autorité.

— Police ! Veuillez ouvrir, s'il vous plaît !

92

New Scotland Yard, Londres, jeudi 17 mars

L'apôtre était satisfait. Il venait d'enregistrer son premier succès depuis que l'ordre avait été donné d'arrêter Thomas Belamy. Le dossier qu'il avait transmis aux juges avait suffi pour déclencher la plus grande opération depuis celle de Jack l'Éventreur. Il en avait reçu la direction ainsi qu'un titre de commissaire, à seulement trente ans. Au nez et à la barbe de Scantlebury, son supérieur direct, la bête noire des suffragettes. Mais lui, l'apôtre, possédait plusieurs longueurs d'avance sur tous ses collègues pour avoir suivi Olympe Lovell depuis deux ans, l'avoir parfois aidée, parfois manipulée, au gré de son intérêt et de celui de son mentor. À un point tel qu'il lui semblait savoir lire dans les pensées de la jeune femme comme dans un livre ouvert. Il la connaissait mieux que quiconque, mieux que Thomas Belamy même. Le médecin avait été pour lui une bénédiction : en découvrant ses secrets, ils avaient pu faire de lui un candidat idéal pour la plus grave des inculpations, que l'affaire du *Dreadnought* avait magistralement illustrée : il avait convaincu les autorités que Belamy, en se faisant passer pour médecin, œuvrait à la solde d'une puissance étrangère et avait envoyé ses complices sur le cuirassé récupérer des informations que la Navy leur avait apportées sur un plateau. Ils allaient pouvoir faire d'une pierre trois coups et, en plus du Français, éliminer à tout jamais deux des aiguillons les plus honnis par le pouvoir.

Il contempla la Tamise majestueuse depuis son bureau du siège en briques rouges et blanches flambant neuf de Victoria Embankment.

— Commissaire Waddington, votre invité est arrivé, dit son nouvel assistant, le sortant de sa rêverie.

Il l'avait choisi parce que l'homme lui rappelait celui qu'il était dix ans plus tôt, ambitieux, vif et reconnaissant envers ceux qui lui avaient tendu la main. Waddington, lui, était infiniment loyal envers son tuteur depuis qu'il l'avait sorti de la misère de l'orphelinat de Watford. Ce dernier lui avait offert l'école, puis l'université, où il était devenu un apôtre la dernière année, et il l'avait aidé à intégrer

Scotland Yard. Il lui avait tant donné qu'il pouvait tout lui demander et que Waddington s'exécuterait.

— Je l'ai installé dans le salon d'honneur, précisa l'assistant. C'est la première fois que vous le rencontrez ?

Le policier ne répondit pas. Il sentit une goutte de sueur perler sur son front. Ses mains commencèrent à trembler.

— C'est vraiment impressionnant de se trouver face au grand Arthur Conan Doyle, n'est-ce pas, monsieur ? insista le jeune officier.

— Si vous le dites, lâcha Waddington. Allez le retrouver, je vous rejoins.

Il gagna son vestiaire d'où il sortit une boîte de gâteaux secs, en mangea deux avant de boire abondamment une bouteille d'eau minérale à même le goulot. Son diabète avait été diagnostiqué après son admission à Scotland Yard. Il le cachait à son entourage, même à son mentor, de crainte que sa maladie ne nuise à la confiance qu'ils mettaient en lui. Son traitement par un dérivé de la quinine lui provoquait de fréquentes crises d'hypoglycémie, mais son médecin persistait à lui en prescrire à doses élevées, associé à de la codéine dont il avait l'impression qu'elle ralentissait sa réflexion. Les symptômes disparurent rapidement.

— Merci d'avoir accepté de nous aider une nouvelle fois.

Le commissaire salua familièrement l'auteur, montrant ostensiblement à son assistant qu'ils se connaissaient, avant de lui demander de les laisser seuls.

— Comment va votre diabète, Waddington ? s'enquit Conan Doyle, le regard malicieux.

— Mais…

L'apôtre se retint de lui poser la question qu'il avait dû entendre des centaines de fois.

— Comment ai-je deviné ? compléta l'Écossais. Plutôt simple, dans votre cas. Votre haleine dégage une légère odeur acétonique caractéristique de cette pathologie et votre retard à cet entretien me fait supputer que vous êtes allé vous restaurer, comme en témoignent ces restes de biscuits secs sur votre gilet.

— Je vous demanderai de le garder secret, Sir, dit le policier en frottant son vêtement.

— N'ayez crainte, je suis médecin, mon ami. Mais je vous donnerai l'adresse d'un spécialiste de St Thomas. Dommage pour vous, le docteur Belamy n'est plus disponible. Où en êtes-vous dans cette affaire ?

— Nous progressons vite.

— Pas assez, si j'en juge par ma présence en ces lieux.

— Vous avez une bonne connaissance du dossier et une intuition légendaire, comme vous venez de le prouver, Sir. Votre aide nous sera très utile.

Waddington lui détailla les derniers éléments qui les avaient conduits à Fleet Street pendant que Conan Doyle bourrait sa pipe d'un mélange de Virginie et de Burley. Il l'alluma avant de répondre par une question à l'attente de Waddington.

— Avez-vous lu mes livres, commissaire ?

— Ma foi, oui, je suis un fervent admirateur de Sherlock Holmes, monsieur.

— Vous avez bien de la chance ; moi, il m'agace profondément, mais je n'arrive pas à m'en débarrasser, dit-il avec un sérieux que l'apôtre ne sut interpréter. Si vous les avez lus, alors vous devriez trouver la solution de votre énigme.

— Mais encore ?

— Allons voir votre suspect.

— Vous n'en tirerez rien. C'est un Français, comment dire… un peu spécial.

Waddington le conduisit dans une des salles d'interrogatoire. L'endroit, neutre et dépouillé, ne possédait pas de fenêtre et était éclairé d'ampoules électriques suspendues par un long fil au plafond. Une table ceinte de deux bancs était disposée juste en dessous. Assis, dos au mur, Jean le typographe attendait, bras croisés, la lèvre inférieure tuméfiée. L'inspecteur qui le surveillait salua les deux hommes et sortit, visiblement soulagé.

— Bonjour, monsieur, dit Conan Doyle en français. Vous avez eu un problème ? demanda-t-il en lui montrant sa bouche.

— Ben oui, je savais pas que c'étaient des urbains ! Y m'ont agrappé, m'ont cigrolé. J'ai eu une fière favette et forcément, je me suis chauché avec eux !

— Un peu spécial, effectivement, convint l'écrivain à l'adresse du commissaire.

— Cet homme est à Londres depuis quatre ans et nous fait croire qu'il ne parle que le français de je ne sais quelle province. Il se moque de nous. Nous sommes persuadés qu'il les a aidés à s'échapper de Fleet Street.

Conan Doyle prit Waddington par le bras et l'entraîna à l'extérieur.

— Vous avez relevé ses empreintes digitales ?

— Non, pour quoi faire ? Ce n'est pas une enquête criminelle.

— Faites-le et demandez-lui de s'essuyer les mains dans un chiffon avant. Il a des traces de poudre sur les doigts. Vous la ferez analyser. Elle vous donnera une idée de la localisation de leur planque.

— Réellement, croyez-vous ?

— La composition d'un salpêtre peut permettre de différencier deux quartiers, deux rues même, dit l'écrivain en tapotant la poitrine de son interlocuteur avec le tuyau de sa pipe. Vous ne pouvez imaginer à quel point nous transportons sur nous des petits détails qui peuvent nous trahir.

— Commissaire !

L'assistant de Waddington attendit respectueusement à quelques mètres des deux hommes que son patron lui fasse signe de parler.

— Nous avons eu un appel de notre informateur de Goodge Street. On les a trouvés !

L'apôtre sentit la gêne le gagner. Conan Doyle se gratta la gorge.

— Les vieilles méthodes ont encore du bon, admit-il. Mais j'apprécierais que cela reste entre nous. Je suis moins infaillible que Holmes.

93

Goodge Street, Londres, jeudi 17 mars

Olympe fut la plus prompte à la fenêtre pendant que les coups à la porte redoublaient de force.

— Vere Cole…, annonça-t-elle, aussi désabusée que rassurée.

Horace entra, portant une caisse en bois qu'il posa pesamment sur le coffre autour duquel furetait encore un rat.

— Bonne nouvelle, les amoureux : la maison Vere Cole livre à domicile tous les jeudis !

Il souleva le couvercle, laissant s'échapper un fumet de petit déjeuner.

— Bacon, saucisses, œufs brouillés, haricots rouges, toasts et thé noir, commenta-t-il à mesure qu'il saisissait les plats.

— Mais où avez-vous eu tout ça ?

— Peu importe, dit Olympe, qui s'était déjà servie en omelette. Mmm, c'est bon !

Horace invita Thomas à faire son choix et se versa des haricots sur un toast qu'il dévora en deux bouchées.

— Vous sentez le savon, remarqua Thomas. Où étiez-vous, Horace ?

— Chez Adrian. Fitzroy Square est à dix minutes à pied.

— Adrian ? dit Olympe en manquant de s'étrangler. Mais il doit être surveillé !

— Ne vous inquiétez pas, dit Horace. Il était cinq heures et j'ai bien vérifié : personne ne m'a vu entrer. Le pauvre n'avait pas le moral, ajouta-t-il en mangeant une tranche de bacon avec les doigts. Des sbires de la Navy sont venus hier le menacer au nom de son cousin. Virginia est toujours à St Ives et Duncan s'est terré chez lui. Je lui ai tenu compagnie.

— Je reconnais bien là votre sens du devoir, sourit Thomas en piochant un des toasts. Et c'est pour lui tenir compagnie que vous avez pris un bain et lui avez emprunté des vêtements ?

— Il a tenu à aider son meilleur ami. Tout comme j'ai demandé à Sophie de préparer ce petit déjeuner pour nous.

— Nous vous en sommes reconnaissants, il est délicieux, dit Olympe. Mais comment avez-vous fait pour revenir avec cette caisse ?

— J'ai pris un fiacre.

— Un fiacre ? Il n'y a pas plus bavard avec la police qu'un cocher, grimaça Thomas.

— N'ayez pas d'inquiétude, assura Horace alors que Belamy grimpait à l'étage pour surveiller la cour. Je lui ai donné l'adresse de Heal & Son et il m'a vu y entrer. Arrêtez de croire que nous sommes devenus des ennemis publics du Royaume-Uni. On peut très bien s'en sortir avec quelques précautions.

— À quelle heure ouvre ce pub ? demanda Thomas d'en haut.

— Onze heures, c'est indiqué sur leur porte. Ne me dites pas que vous avez encore faim, il vous faudra attendre.

— Il y a au moins une dizaine de personnes à l'intérieur. Ils se préparent à intervenir. Montez, on file ! Vite, vite !

Jean leur avait laissé la consigne, en cas d'urgence, de sortir par la trappe qui donnait sur une toiture en pente douce. Ils longèrent le faîte avant de sauter sur le toit voisin ; ils en descendirent par une échelle scellée au mur qui aboutissait sur une ruelle déserte. Olympe y déchira sa jupe et se tordit la cheville à la réception. Thomas l'examina pendant qu'Horace surveillait Goodge Street. Elle n'avait ni entorse ni gonflement de l'articulation et ils purent gagner la station du métropolitain tandis que la police livrait l'assaut à la remise. Ils se séparèrent et prirent chacun un train pour une direction différente.

Olympe se rendit chez Ellen, au cœur de Soho. Son amie poussa un cri lorsqu'elle la découvrit, épuisée et boitant, ses habits déchirés, et l'obligea à se laver et se changer pendant qu'elle se chargeait de transmettre un message à Christabel. Miss Pankhurst l'accompagnait lorsqu'elle revint, peu avant une heure.

— Je n'ai pas voulu te répondre par un simple billet, dit Christabel en lui donnant une accolade des plus affectueuses.

Olympe avait accepté sa proposition de revendiquer le canular au nom du WSPU à la condition que le mouvement cache les trois fuyards le temps nécessaire.

— L'organisation a l'habitude de le faire pour Emmeline, ajouta Ellen, ça ne devrait pas être compliqué pour nos militantes.

— Il est vrai que Mrs Pankhurst change de gîte tous les soirs, reconnut Christabel. Mais cela mobilise déjà beaucoup de ressources et, dans votre cas, le risque sera plus grand encore. Scotland Yard a fouillé le siège du WSPU ce matin. Ils étaient à votre recherche. Ils sont sur les dents.

— Nous avons juste besoin d'organiser notre départ de Londres pour un lieu sûr, plaida Olympe.

— Si c'est de l'argent qu'il vous faut, tu peux compter sur nous, Ellen collectera des fonds, dit Christabel en lui proposant de s'asseoir.

— Mais… ? répliqua Olympe en restant debout.

— Mais c'est tout ce que nous pouvons faire. Olympe, je ne sais pas ce qui se cache derrière tout ce déploiement policier.

— Christabel, c'est bien toi qui es venue me demander de revendiquer le *Dreadnought*, appuya-t-elle tout en jetant un regard vers la rue en contrebas.

— C'était il y a un mois, l'impact serait plus faible aujourd'hui. Et le risque trop grand.

— Es-tu en train de me dire que tu me laisses tomber ?

— Non, bien sûr que non, mais cela dépasse notre cause et nos forces.

— Je vais vous faire un thé, proposa Ellen, qui sortit en évitant le regard d'Olympe.

Christabel laissa filer plusieurs mesures de silence avant de continuer :

— Le docteur Belamy ne t'apportera rien de bon.

— C'est à moi d'en juger.

— C'est lui qu'ils recherchent en priorité. Garde tes distances si tu ne veux pas être dans leur ligne de mire.

— Je ne l'abandonnerai pas.

— Olympe, ce n'est qu'un homme. Tu ne vas pas gâcher ta vie pour lui. Pas toi.

— L'enjeu est ailleurs, Christabel. J'ai un dernier service à te demander, reprit Olympe en saisissant sa veste sur le dos d'une chaise. Churchill ne peut déployer autant de moyens sans le recours des juges : essaie de trouver nos motifs d'inculpation.

— Cela, je le sais déjà, ma belle. Vous êtes recherchés pour atteinte à la sûreté de l'État. On vous reproche de comploter au profit de l'Allemagne.

Etherington-Smith avait quitté St Bartholomew tôt dans l'après-midi. Il était rentré chez lui où il s'était changé pour enfiler une tenue sportive, pantalon et veste en tweed beige aux armes du Leander Club – deux rames surmontées d'un hippopotame – et s'était coiffé d'un canotier, avant de se rendre à l'embarcadère situé près de l'hôpital St Thomas. Raymond s'était installé sur sa yole d'entraînement et avait quitté la berge d'un coup de pelle après un dernier regard vers le jeune inspecteur désemparé qui l'avait suivi depuis le Barts et l'observait sans réagir.

Il rama sur la Tamise à un rythme soutenu en réglant sa respiration sur le mouvement des avirons. L'effort lui permit d'évacuer toute la tension accumulée depuis la veille et la fatigue d'une courte nuit de sommeil. Lorsqu'il accosta sur la jetée peu après Waterloo Bridge, il n'eut pas un regard pour celui qui embarqua et s'assit sur le banc derrière lui. Les deux hommes ramèrent sur quelques dizaines de mètres avant de synchroniser leurs mouvements.

— Je te remercie d'avoir accepté de me rencontrer, dit Belamy. C'est important que je puisse m'expliquer.

— Tu as trahi ma confiance et mon amitié, et cela, jamais je ne te le pardonnerai, répondit-il en accélérant le rythme.

Thomas laissa passer le flot de reproches, qu'il savait justifiés et qu'il n'essaya pas de nier ni même de minorer. Etherington-Smith les égrena avec l'étrange sentiment de soliloquer face à l'immensité brun grisé de la Tamise. Sa parole, hachée et tranchante, était rythmée par l'effort dont la puissance croissait perceptiblement. À l'arrière Thomas suivait de plus en plus difficilement la cadence imposée. Raymond accéléra encore. Ses muscles lui faisaient mal mais sa colère n'était pas passée. Il sentit le souffle court dans son dos, puisa dans ses réserves et augmenta encore l'allure.

— Stop ! cria Thomas en lâchant ses rames.

L'embarcation vira légèrement vers la berge puis se stabilisa. Les deux hommes, le dos courbé, tentaient d'apaiser le feu dans leurs poumons et l'emballement de leur cœur.

— Stop, répéta Thomas. Je sais le mal que j'ai fait et je comprends ton ressentiment, crois-moi.

Pour toute réponse, Etherington-Smith frappa la surface de l'eau du plat de la main.

— Je ne suis pas un escroc, Raymond, et je vis avec cette meurtrissure depuis mon arrivée. Je savais qu'un jour tout cela éclaterait au grand jour, que je perdrais mon emploi et que tu me mépriserais. Mais j'avais beau m'y préparer, chaque jour je bénissais la chance que j'avais de travailler avec cette équipe, avec toi. J'y ai vécu mes plus belles années en tant que soignant, même si j'ai menti sur mon diplôme. Je te demande juste de m'écouter.

Thomas lui relata son histoire. Plusieurs péniches passèrent à proximité, faisant osciller la yole sous le batillage. Lorsqu'il se tut, Etherington-Smith était bouleversé.

— Il n'est pas question de documents et de bouts de papier, pour moi tu es le meilleur médecin que le Barts ait jamais eu. Nous allons fermer Uncot et les urgences survivront à ton départ. Les donations vont baisser puis remonteront dans deux ou trois ans. Nous sommes une institution que rien ne peut ébranler. Mais il s'agit de toi, Thomas.

— Je vais attendre que la police se calme et je quitterai l'Angleterre pour l'Australie ou les États-Unis. C'est là qu'échouent tous ceux qui veulent se faire oublier.

— Tu ne comprends pas, la situation est bien plus grave. Selon Scotland Yard, tu as profité de ta position de médecin pour extorquer des informations à certains de tes illustres patients. Il est même question du roi…

— Je ne l'ai soigné qu'à trois reprises.

— Et ils n'ont pas encore évoqué ton rapport avec la pègre de l'Est End.

— Raymond…

— Tu es soupçonné d'espionnage et tes liens avec les auteurs du *Dreadnought* n'arrangent rien. Te rends-tu compte des conséquences ?

La barque avait dérivé jusqu'à la rive droite et vint s'échouer sur le bord.

— Non seulement ils vont tout faire pour que tu ne sortes pas du pays, mais ils vont remuer Londres jusqu'au dernier trou à rat pour vous débusquer. Et je ne peux pas vous aider. Vous vous êtes aliéné le pouvoir du plus grand empire au monde. Personne ne peut plus rien faire pour vous. Pas même Dieu.

94

New Bond Street, Londres, jeudi 17 mars

Drôle d'idée pour une cache, pensa Horace en considérant la vitrine du studio Lafayette où ils avaient posé un mois auparavant. Il avisa le numéro 179, monta au troisième étage et actionna le heurtoir de la porte indiquant *Irving Delhorme*. Il fut rassuré de voir Olympe lui ouvrir.

— Horace, qu'avez-vous fait à votre moustache ?

— Rasée. Elle me rendait trop reconnaissable. Qu'en pensez-vous ?

Le visage imberbe de l'Irlandais faisait plus encore ressortir le bleu acier de ses yeux au charme malicieux et sa bouche avait retrouvé l'aspect boudeur dû à sa mâchoire légèrement prognathe, que la moustache avait cachée. Il n'avait plus rien à voir avec la photo des six du *Dreadnought* parue dans tous les journaux.

— C'est parfait. Venez, dit-elle en le prenant par le bras, je vais vous présenter à notre hôte.

Olympe avait une confiance totale dans son aérostier, qui était assistant au studio Lafayette et l'avait reconnue lors de la séance photo. Irving vint le saluer, en compagnie de sa femme Juliette.

— Nous sommes français et pacifistes. Autrefois, mon père a été obligé de s'exiler pour avoir aidé un anarchiste à se cacher[1]. Disons que vous accueillir fait partie d'un atavisme familial. Vous êtes ici chez vous.

Thomas s'était présenté peu après Olympe et annotait un plan des rues de Londres à l'arrivée de Vere Cole.

— N'ayez pas d'inquiétude, je ne suis pas allé chez un barbier, je me suis caché dans les bains publics pour le faire. Et je n'ai pas été suivi jusqu'ici, dit Horace pour les tranquilliser.

— Scotland Yard est déjà passé au studio. Les inspecteurs ont interrogé tout le personnel, précisa Irving. Ils n'ont pas de raison dc revenir.

— Nous ne resterons qu'une nuit, monsieur Delhorme. Horace, je vous expliquerai notre plan. Qu'avez-vous appris de votre côté ? demanda Thomas alors qu'Olympe se rapprochait pour écouter.

Contrairement à ses deux amis, Vere Cole avait échoué sur toute la ligne et en avait éprouvé une certaine amertume. Sa sœur Annie avait refusé de lui parler au téléphone, son ancien mentor de Trinity, George Trevelyan, l'avait copieusement rabroué sans l'écouter et Augustus, qui lui avait donné rendez-vous à Regent's Park, lui avait posé un lapin. Augustus, son frère de beuverie et de sang, son alter ego du royaume de l'iconoclastie, s'était bel et bien défilé et sirotait au moment même un Teeling sur le compte d'Horace en jouant à l'ami éploré au Café Royal. Il se sentait plus malheureux encore que lorsque la diphtérie avait failli l'emporter à l'âge de dix ans. À l'époque, ses proches l'avaient veillé jour et nuit.

Il n'eut pas le courage de le leur avouer et inventa une rencontre avec un ami imaginaire du ministère de la Justice qui l'avait rassuré sur la faiblesse des charges qui pesaient sur eux pour leur canular.

— Passons un week-end tranquille à la campagne et revenons nous expliquer la semaine prochaine quand tout se sera calmé. Je connais un avocat qui pourra plaider notre cause. Il me tarde de retourner au Café Royal ! Tout cela n'est que malentendu, n'est-ce pas ? acheva-t-il sans conviction tout en frottant machinalement sa lèvre supérieure vierge de tout poil.

1. Voir *Là où rêvent les étoiles*, *op. cit.*

Personne n'osa lui répondre. Horace faisait peine à voir.

Irving leur apporta de l'eau fraîche et des noix avant de les laisser seuls dans le petit salon qui lui servait aussi de bureau et qui était encombré d'équipements photographiques.

— Si Churchill veut nous livrer une guerre sans merci, ils ne relâcheront pas leur pression avant de nous avoir trouvés, fit valoir Belamy en craquant deux noix dans sa paume droite. Nous allons leur donner des indices leur faisant croire que nous avons réussi à quitter la ville, ajouta-t-il en les décortiquant.

— Et comment cela ? l'interrogea Vere Cole tout en plongeant la main dans le saladier.

— La police n'a pas encore fouillé mon appartement, mais cela ne saurait tarder, dit Thomas en offrant les cerneaux à Olympe. Qu'avez-vous, Horace ?

L'Irlandais avait essayé de les ouvrir de la même manière mais les coques avaient résisté et imprimé leur forme sur sa main rougie.

— Je préfère de loin les huîtres, maugréa-t-il en frottant sa peau meurtrie sur sa cuisse.

— Un jour, nous irons à Colchester, tous les trois, manger des huîtres, librement, promit Olympe.

— Et nous nous saoulerons au Ruinart, ajouta Vere Cole. Surtout moi.

Il se rendit à la fenêtre aux petits carreaux et l'ouvrit en respirant profondément.

— Je réalise à quel point ma vie me manque, maintenant que j'en suis privé, dit-il en se penchant pour observer l'activité de la rue.

— Horace, la difficulté est devant nous. Nous allons rester dans le même lieu pendant plusieurs semaines, peut-être plusieurs mois, prévint Thomas. Nous allons devoir apprendre la patience.

Vere Cole ne l'écoutait plus. Il avait repéré un groupe de corneilles sur la corniche, deux mètres en dessous de la croisée. Il leur lança une des deux noix qu'il tenait encore en main. La coque rebondit sur la façade et s'écrasa sur le trottoir tandis que les oiseaux s'enfuyaient avec nonchalance. Ils décrivirent une figure alambiquée au-dessus de la rue et revirent à leur position de départ dans une attitude qu'Horace prit pour un défi. Il se précipita à la table où Olympe et Thomas continuaient les préparatifs de leur départ.

— Ravi de votre retour parmi nous, commenta ce dernier.

— Je ne fais que passer, les détrompa Horace en prenant une grosse poignée de noix dans le récipient. Continuez sans moi.

Thomas l'ignora et plia la carte de Londres, qu'il donna à Olympe.

— Vous pouvez avoir confiance en Irving, assura-t-elle. Il la remettra à Frances sans faute.

L'infirmière allait être chargée de la déposer dans l'appartement de Thomas. En la découvrant, Scotland Yard trouverait soulignés deux trajets menant à des gares de l'ouest et du nord-ouest de la ville.

— Ce qui devrait les occuper un moment. Quant à nous, nous serons dans le seul endroit de Londres où la police ne mettra jamais les pieds, dit Belamy avec satisfaction.

Horace s'était remis en position à la fenêtre et, après avoir attendu le moment et les piétons propices, lança sa poignée de coques en direction des corneilles. Une nouvelle fois, il les fit s'envoler alors que les noix rebondirent ou éclatèrent au sol dans un bruit de grêle, aux pieds d'un groupe de religieuses qui se rendait à St George's Church. Lorsqu'elles levèrent la tête, les oiseaux tournaient en graillant au-dessus de la rue. Vere Cole vit les cornettes s'agiter : les sœurs étaient partagées entre inquiétude et incompréhension d'une attaque qui semblait les avoir visées. Il s'amusa de les voir quitter précipitamment les lieux et appela ses amis pour leur relater sa blague.

— Vous êtes incorrigible, soupira Olympe en se penchant pour apercevoir les coques éparpillées au sol.

— Elles reviennent, remarqua Thomas. Et accompagnées.

Les religieuses avaient trouvé un bobby à l'angle de Grafton Street et lui montraient l'endroit du délit.

— Je veux bien vous croire, mesdames, dit l'homme avec un fort accent gallois, mais ces oiseaux n'ont pas fait exprès de les faire tomber sur vous. Ce ne sont pas des envoyés de Satan, juste des corbeaux londoniens affamés.

— Des corneilles, monsieur l'agent, des corneilles, indiqua la plus véhémente. Elles s'étaient rassemblées sur cette corniche, dit-elle en montrant du doigt la façade du 179.

À l'étage, tous s'écartèrent de la fenêtre.

— Bravo, chuchota Olympe à Horace. Bel effort pour nous faire arrêter.

— Dites-moi si vous trouvez que la partie n'est pas assez difficile ainsi, renchérit Thomas. Je peux l'appeler et lui dire de monter prendre le thé.

— L'esprit railleur, même habillé du manteau du désespoir, voilà la vraie noblesse, pontifia Horace. La création ultime.

— Cela inclut-il le mauvais goût ?

— Ils s'en vont. Ils s'en vont tous, prévint Olympe avant de refermer la fenêtre.

— Demain, dans le *Daily News*, les lecteurs apprendront que la nature animale a commencé sa révolte contre l'ordre moral et religieux, et cela à côté des exploits de notre espion sans diplôme ici présent, continua Vere Cole, que les remarques avaient quelque peu vexé. Alors, en matière de mauvais goût, je ne sais pas qui craint le plus l'autre.

— Horace, je voulais m'excuser de la plus grande erreur médicale que j'ai commise : vous avoir sorti du coma.

Le souper détendit l'atmosphère grâce à la bienveillance de leurs hôtes. La famille Delhorme avait eu une vie qui n'avait rien à envier à celles des trois fugitifs et qui les transporta tard dans la soirée, quand les bâillements donnèrent le signal de sa fin. Le manque de place avait obligé Irving à disposer deux lits-cages en plus de celui présent dans la chambre d'amis.

Horace se changea et s'allongea dans le premier pour constater que ses jambes dépassaient de sa couche et les replia, ce qui n'arrangeait pas son affaire. Il ne détourna pas les yeux quand il aperçut Olympe en chemise de jour, jambes nues, se faufiler entre les draps avant d'éteindre la lampe Pigeon installée sur la table de nuit. Il ne fit aucun commentaire lorsqu'il entendit Thomas la rejoindre, même s'il était persuadé que cette place était la sienne. Dans un bruit métallique, il se retourna vers la fenêtre au rideau insuffisamment tiré d'où il put observer la lune montrant un profil gracieux malgré le brouillard qui tentait de l'enlaidir et s'endormit rapidement.

À quatre heures, tous étaient levés. Ils quittèrent les Delhorme une heure plus tard, alors que le laitier démarrait sa tournée et que deux employés municipaux remplissaient un tombereau de détritus. Le chemin choisi par Thomas se fit sinueux par précaution mais, dès lors qu'ils furent sûrs de ne pas être suivis, les trois fugitifs s'enfoncèrent dans l'East End comme dans un marais aux eaux poisseuses.

CHAPITRE XVI

25 mars au 4 avril 1910

95

Flower & Dean Street, Londres, vendredi 25 mars

Isaac Bogard était satisfait. La semaine avait été bonne. Excellente même, au regard des comptes qu'il était en train de vérifier. Dans la colonne *Réparations*, il nota cinquante-huit livres, ajouta trente livres dans la partie *Jardinage* et inscrivit quinze livres au bas de *Conciergerie*. Les vols à domicile restaient leur plus grande source de revenus, loin devant la prostitution et le racket. Les premiers étaient les seuls qu'ils pouvaient pratiquer dans d'autres quartiers, en particulier les plus huppés, et qui pouvaient donner lieu à des prises fructueuses, surtout en matière de joaillerie, alors que ses autres activités se limitaient à son territoire de Whitechapel. La bande des Coons était la plus prolifique de toute la pègre de Londres.

Il fit signe à son garde du corps de se retourner et composa la combinaison du coffre avant d'y déposer sa recette, d'en retirer un billet d'une livre qu'il fourra dans sa poche et de refermer le tout en gardant un œil sur son sbire. Il se méfiait des autres gangs de l'East End, la concurrence était devenue déloyale depuis que les Vendettas, aidés des Titanics et des Hoxtons, avaient voulu lui faire la peau chez Clarks, le *coffee shop* de Brick Lane. Mais tout était rentré dans l'ordre et le fauteur de troubles, un ancien docker reconverti dans l'extorsion de fonds pour les Vendettas, avait été puni et son corps retrouvé dans le port, flottant sur la Tamise. Weinsley, le sergent en charge du quartier, avait conclu à un suicide. On ne badine pas avec l'équilibre des forces dans les territoires de l'East End.

— Darky chéri, où es-tu ?

Pour tous les habitants de l'est de Londres, les forces de police et les journalistes locaux, Isaac était connu sous son nom de gangster : Darky the Coon, ainsi nommé en raison de sa peau, dont la pigmentation sur le visage variait du clair au foncé et lui donnait des allures de raton laveur.

Il ne répondit pas et vit l'ombre au large chapeau d'Eva Angely se découper dans le vitrail sablé de la porte de son bureau. Le garde de faction l'ouvrit, laissant entrer une femme au visage buriné par le tabac et l'alcool, habillée à la manière outrageuse et vulgaire d'une tenancière de maison close, ce qu'elle était, dans sa version la plus sordide.

— Deux, j'en ai trouvé deux ! plastronna-t-elle de sa voix rocailleuse, index et majeur levés, avant de se diriger vers la table au centre de laquelle se trouvaient plusieurs bouteilles d'alcool et une rangée de verres, à défaut d'un vase fleuri.

— Tu es sûre d'elles ? Elles ne vont pas se dégonfler comme la dernière ? demanda-t-il pendant qu'elle se versait une dose de whisky écossais.

— Elles n'ont pas d'autre choix, je les ai ramassées dans la rue, leur père les a mises dehors.

— Deux sœurs ? C'est pas bon, ça, j'aime pas bien. Elles vont avoir tendance à se serrer les coudes.

— Elles n'ont pas la même mère. Je m'en occupe, elles ne feront pas d'histoires. Je les mettrai à Chicksand Street, il y a deux piaules de libres au 5. Elles feront du bon boulot, tu peux me faire confiance. Elles crèvent de faim.

La passe était à trois shillings et concernait les ouvriers et les dockers du quartier, les employés et les rares commerçants préférant les lieux de prostitution établis plutôt que le tapinage de rue aux chambres immondes. Angely possédait un tel établissement sur Old Montague, où œuvraient ses cinq meilleurs éléments, qui avaient droit à un traitement de faveur, ne payaient pas leur garde-robe et travaillaient dans des chambres chauffées. Pour toutes les filles de Mrs Angely, passer de la rue à Old Montague était une chance qui ne se refusait pas.

— Tu les montreras au doc, je ne veux pas d'embrouilles, indiqua Darky. La moindre maladie et je les jette, que ce soit clair. D'accord ?

— Mouais. La syphilis, elles l'auront dans six mois, comme toutes les autres.

— Je ne te parle pas de maladie professionnelle. Mais pas de tuberculose ou de croup, ça me coûterait trop cher en traitement. Le doc, il bosse gratis, profitons-en.

Eva considéra son verre vide en envisageant de se verser une seconde rasade, hésita et le reposa sur la table en marmottant :

— Lui, il va nous attirer des ennuis.

— Il soigne mes gars, il soigne tes filles et tu devrais aussi le consulter, tu as une sale tête. Il nous est très utile.

— Mais les deux autres, ils servent à rien.

— C'était le marché et je respecte ma part. Les trois ou rien.

— N'empêche que je dis qu'ils vont nous valoir des problèmes. Surtout la fille.

— Jalousie.

Elle renifla en dodelinant de la tête et avala le mucus qu'elle s'apprêtait à expectorer.

— Et l'aristo, il doit être plein aux as, lui !

— Écoute, Eva, je sais ce que je fais. Personne ne doit savoir qu'ils sont ici. Nos invités sont plus précieux que nos propres vies, et c'est valable pour tout le monde, insista-t-il aussi en direction de son garde du corps. Laisse-moi, maintenant, et occupe-toi de tes nouvelles recrues.

Flower & Dean Street était un assemblage de taudis dont les murs semblaient se soutenir les uns les autres comme un groupe de mendiants éméchés. Au milieu de cette précarité, le numéro 10 faisait presque figure de maison bourgeoise, avec son perron sur les marches duquel deux Coons étaient assis à fumer et discuter, comme les chasseurs d'un hôtel du centre-ville dans l'attente de clients. À l'intérieur, les couloirs ne sentaient ni la poussière ni l'urine et, bien que d'une propreté modérée, accueillaient le visiteur par un mélange de lumière naturelle et d'éclairage à huile suffisant pour donner un habillage d'honnêteté à l'ensemble. Le bureau de Darky the Coon se situait au premier étage ; meublé de strates de différents cambriolages, il ressemblait à la réserve d'une salle des ventes. Le malfrat avait installé ses trois hôtes au dernier étage, dans des chambres habituellement dévolues à ses hommes de main, lesquels avaient déménagé en dessous, dans une pièce encombrée du recel de leurs larcins. Darky n'y habitait pas et rentrait tous les soirs dans sa propre maison située plus au nord, dans une rue où il retrouvait sa femme, ses deux enfants et son honorabilité.

— Je n'en peux plus !

Vere Cole était entré dans la chambre d'Olympe sans attendre son autorisation, comme à son habitude.

— Je n'en peux plus, répéta-t-il sans s'excuser de son intrusion alors qu'elle posait l'ouvrage dont il avait interrompu la lecture.

— Que se passe-t-il, Horace ? demanda la suffragette avec calme, accoutumée à ses récriminations.

— Il se passe que nous sommes reclus ici depuis huit jours et que je perds mon temps à lire et relire des quotidiens sans intérêt, à échanger avec des cockneys sans conversation, à échapper au badinage de la mère maquerelle, à manger des plats que même les rats de Cadogan Place refuseraient. Voilà ce qui se passe et qui ne semble pas vous émouvoir. Je ne sais pas comment vous faites pour tenir, chère Olympe, regardez votre chambre : elle ressemble à une cellule de prison, dit-il en lui montrant la fenêtre dont le seul horizon était composé de cheminées alignées comme des barreaux.

Olympe eut un petit rire transparent et argentin. La gaieté de la jeune femme ne cessait de surprendre Vere Cole depuis leur arrivée alors que lui avait perdu son sens de l'humour quelque part sur le trajet. Elle lui caressa amicalement le bras avant de le tapoter en signe d'encouragement.

La suffragette ouvrit la porte et disparut dans le couloir. Horace l'entendit courir, ses pieds nus effleurant le sol dans un froissement léger et sensuel. Elle revint aussitôt et s'assit à côté de lui.

— La prison, la vraie, c'est de ne pas pouvoir faire plus de cinq pas sans se heurter à un mur. La prison, c'est ce qui nous attend si nous ne savons pas être patients, Horace.

Il se sentit honteux. Il avait plusieurs fois songé à se rendre à la police, à leur expliquer qu'il n'était pas un espion, juste un farceur, un mystificateur, le fou du roi d'une société postvictorienne qui avait besoin d'être secouée, qui avait besoin de poésie et de rêve, mais il doutait que cette version convienne au pouvoir en place. Il n'avait pas envie de fuir au bout du monde, même si Olympe lui avouait soudain un amour indéfectible et infini. Il avait envie de rentrer en Irlande, d'y fonder une famille et de vivre entouré des siens et de poésie. Pour la première fois de sa vie, la normalité ne lui faisait plus peur et la dérision permanente lui semblait une outrance sans intérêt, tout comme les beuveries sans fin avec Augustus.

— Horace ?

La voix d'Olympe parvint à l'extraire de ses pensées.

— Je suis désolé d'être un fugitif aussi peu agréable, s'excusa-t-il après avoir lissé le semblant de moustache qui avait commencé à repousser. Vous savez, Thomas a bien de la chance, ajouta-t-il. Il a de la chance d'avoir une femme comme vous. C'est ce qui manque cruellement à ma vie d'aujourd'hui, une femme belle et inspirante.

Olympe ne releva pas et Vere Cole parut le premier surpris de sa déclaration indirecte.

— D'ailleurs, où est-il ? enchaîna l'Irlandais. On l'a si peu vu depuis notre arrivée.

— Avec Darky, répondit-elle évasivement.

— Il est plus souvent avec eux qu'avec nous. Savez-vous ce que m'a dit Charly, le Coon qui boit du *half-and-half*[1] tout le temps ?

— Celui qui en boit avec vous tout le temps, rectifia-t-elle.

— J'essaie de m'habituer aux coutumes locales. C'est comme le whisky que j'ai chipé dans la réserve, il n'en a que le nom, mais n'est pas irlandais qui veut.

— Que vous a dit Charly ?

— Que le docteur Belamy soigne gratuitement les habitants du quartier depuis deux ans. Je comprends mieux pourquoi on est si bien acceptés ici.

Olympe préféra laisser ses illusions à Horace. S'il avait pu ouvrir une consultation dans une rue voisine, un soir par semaine, c'est parce qu'il avait accepté d'être aussi le soignant de la bande des Coons et des filles d'Eva Angely. Et s'ils avaient pu se réfugier au quartier général de Darky, c'est parce que Thomas était, en ce moment même, en train de lui régler un loyer exorbitant de trois livres pour la semaine, loyer que le gangster songeait à augmenter pour les versements à venir. En raison de sa situation, Thomas avait depuis longtemps caché suffisamment d'argent pour pouvoir fuir à l'étranger, mais cette somme, qu'il avait confiée à Jean, n'avait pu lui être remise comme prévu à Goodge Street. Il lui restait à peine de quoi tenir un mois dans leur cache. Olympe ne jugea pas nécessaire d'en informer Horace, qui, comme toutes les personnes de son rang,

1. Mélange de bière blonde et de porter.

n'avait qu'un rapport distant avec l'argent. Mais elle se devait de lui ouvrir les yeux sur la réalité de l'East End.

96

Flower & Dean Street, Londres, vendredi 25 mars

Lorsqu'il était retourné dans sa chambre, Vere Cole avait sorti de son armoire les vêtements usagés que les Coons lui avaient achetés au marché de Pettitcoat Lane et les avait déposés sur son lit comme un trésor de guerre. *Nul doute qu'on passera inaperçus dans les quartiers les plus miteux avec de telles nippes*, songea-t-il, quelque peu déprimé par le cours que prenait la situation. Il avait fait déposer par Charly un billet à sa sœur Annie, la priant de faire parvenir une somme de cent livres à son majordome, qui saurait la lui transmettre. Il avait déjà contacté deux fois le major, qui n'avait rien reçu. Horace en était arrivé à un stade où il doutait de tout le monde : de sa sœur, qui devait être du côté de sa mère et de son oncle dans le chœur des proches outragés, de son domestique, dont la liasse de billets, si elle lui était arrivée, devait lui brûler les doigts, de Thomas, qu'il soupçonnait de ne pas lui avoir tout dit de la situation. Et tout cela l'enfermait dans un spleen qu'il ne savait contrôler, en l'absence de Ruinart et de Teeling, et qui était exacerbé par la consommation de *half-and-half* aussi sûrement que l'aurait fait une pipe d'opium. Il sentit les larmes monter et les laissa glisser sur ses joues. Horace ouvrit la petite valise qu'il avait avec lui le jour où la police avait investi son appartement et en sortit un carnet et son Waterman, dernier souvenir de Mildred, qu'elle lui avait offert à Washington avant leur séparation. Il le remplit d'encre, goutte à goutte, et nota le poème que l'inspiration lui livrait :

Les pensées tourbillonnent en moi
Comme des démons frappant des tambours
Je les vois danser une parade folle
Et dans ma tête tout résonne
Le premier s'appelle « bouffon »
Et le second se nomme « trop tard »

Ils tiennent en main des charbons ardents
Et se baignent dans une eau de marais
Autour d'eux une barque tourne et tourne
Et sur sa coque un mot d'espoir : « Et si »...

Il se relut, satisfait de son inspiration qui démontrait à ses yeux qu'il n'était pas seulement un faussaire, mais un artiste, et décida de rentrer chez lui, en Irlande, quelles qu'en soient les conséquences.

Le couloir était désert. Vere Cole descendit l'escalier sans se presser, sa valisette à la main. La carrure impressionnante de Charly occupait toute l'entrée. Le Coon se retourna aux bruits de pas et resta un instant surpris devant Horace.

— Mais vous faites quoi, monsieur ?

De tous les hommes de Darky, il était celui qui faisait le plus d'efforts pour masquer son accent cockney. Vere Cole lui expliqua ses intentions et lui donna une enveloppe à remettre à Olympe.

— Je ne peux pas vous laisser partir, pas comme ça, monsieur, objecta Charly. Attendez ici, Robby reste avec vous, indiqua-t-il alors que son acolyte acquiesçait.

Il courut jusqu'au bureau de Darky, qui s'y trouvait en compagnie d'Olympe et de Thomas. Charly dut répéter sa demande une seconde fois tant l'incompréhension avait laissé tout le monde coi. Lorsqu'ils arrivèrent sur le perron, Robby se massait le menton.

— Il est pas loin. M'a claqué la miche de pain ! dit le Coon en montrant par où l'Irlandais était parti.

Thomas fit signe qu'il y allait seul et le rattrapa avant l'intersection d'Old Montague. Horace posa sa valise au sol et ne se fit pas prier pour expliquer son geste.

— Voilà huit jours que je suis terré dans le pire des taudis, comme un rat. Fuir, toujours fuir, je ne suis pas fait pour ce genre de vie, Thomas, et je ne vais pas quitter le Royaume-Uni. Je crois que nos chemins se séparent. J'aurais préféré ne pas vous revoir, je déteste les atermoiements. Peut-être nous retrouverons-nous dans une autre vie pour réaliser un canular ensemble, conclut-il en lui tendant la main.

Vere Cole avait parlé avec théâtralité, mais Thomas savait qu'il était sincère.

— Horace...

— Les journaux ne font presque plus d'articles sur nous. Je vais me réfugier chez moi, en Irlande.

— Vous serez arrêté avant d'avoir traversé Londres.

— Clarkson a fait évader un criminel en le déguisant en femme. Du moins, il s'en est vanté. J'irai le voir.

— Il vous livrera. Tout comme les autres. Nous sommes accusés de la pire félonie.

— Justement, ce Darky et ses Coons ne peuvent rien nous apporter de bon.

— Ils sont les seuls à pouvoir nous protéger.

— Ne plaisantez pas : le moindre pékin ici est prêt à vendre ses enfants pour un pain rassis. Alors, trois étrangers…

— Personne ici ne sait qui nous sommes. Darky nous a présentés comme des membres des Peaky Blinders de Birmingham.

— Les Peaky Blinders ? Tout le monde les craint. Ce sont des barbares. Belle promotion !

— Même si une récompense était promise par la police, personne n'oserait nous dénoncer. Trop risqué.

— Mais si Scotland Yard trouvait notre trace, ils viendraient nous cueillir sans hésiter.

— Venez, je vais vous montrer quelque chose. Venez ! Après vous pourrez partir si vous le souhaitez, Horace.

Ils revinrent sur leurs pas, traversèrent la rue pour entrer dans l'immeuble juste en face du leur et toquèrent au second étage. L'homme qui vint leur ouvrir reconnut Belamy ; le médecin avait soigné plusieurs fois sa famille. Il les laissa entrer sans poser de questions et les introduisit dans une pièce où trois paillasses étaient étendues sur le sol autour d'une table centrale. Thomas salua les deux enfants et son épouse.

— Depuis combien de temps habitez-vous ici, Stanley ?

— Huit ans, docteur, depuis la naissance de l'aînée.

— Quel est le prix de votre location ?

— Trois shillings la semaine.

— Trois shillings pour ce petit appartement ? s'étonna Horace.

— Non, monsieur. Pour la chambre.

— Mais vous êtes quatre…

— Bientôt cinq, monsieur, dit-il en montrant le ventre arrondi de sa femme.

— Comment peut-on louer un endroit si petit à une famille entière ?

— Il y a un autre locataire, monsieur. C'est un ouvrier de l'usine de papier. Il travaille la nuit et le propriétaire lui a sous-loué un de nos lits pour la journée.

— Mais ce n'est pas possible, c'est inhumain ! s'emporta Vere Cole.

— Non seulement c'est possible, mais c'est le cas de tous les immeubles de ce quartier, lui apprit Thomas. Votre chambre chez Darky est un luxe inouï pour l'endroit, Horace. Les gens s'entassent ici à quatre ou cinq par chambre. La police n'entre pas dans les immeubles. Le moindre incident et c'est l'émeute. Savez-vous combien ils sont ainsi dans l'East End ? Quatre cent cinquante mille. Cet endroit est une bombe à retardement bien plus forte que celles des anarchistes, et c'est pourquoi nous y sommes à l'abri.

97

Flower & Dean Street, Londres, dimanche 3 avril

Une nouvelle semaine venait de s'écouler. Horace avait accepté de rester avec eux et retrouvé son entrain. Les trois fugitifs sortaient quotidiennement à la nuit tombée, accompagnés de leurs gardes du corps, dans un carré délimité par Hanbury, Commercial, Great Garden et Old Montague, territoire central des Coons dans lequel chaque habitant vivait plus dans la dépendance du gang que dans la crainte de la police.

Le lundi, Charly, dépêché par Horace, avait enfin rapporté de chez le majordome la somme attendue, qui avait permis dès le mardi d'entreposer plusieurs caisses de champagne et de whisky dont toute la bande avait profité, vouant à Vere Cole une reconnaissance éthylique éternelle. Son argent avait amélioré l'ordinaire des repas, Darky ayant accepté de s'approvisionner au Spitalfields Market en viande et en fruits. Horace lui avait aussi acheté, après une âpre négociation, des meubles issus de son recel afin d'améliorer le confort de leurs chambres. Il en avait conclu que le 10 Flower & Dean Street avait le même mode de fonctionnement que le Café Royal, où le client fortuné avait toujours raison. Le mercredi, il avait organisé des parties de poker où il avait perdu toutes ses mises, qu'il avait regagnées, et même davantage, le jeudi, entraînant une suspicion des Coons et un arrêt des jeux de cartes. Et, alors que le samedi avait été consacré à prendre des paris sur les courses de chiens, Vere Cole s'était réveillé le dimanche en fin de matinée avec un étrange sentiment d'oppression et avait fait un malaise au moment de se lever.

— Tout est normal, indiqua Thomas en reposant son stéthoscope. Pas d'éréthisme, pas de souffle systolique, pas de rétrécissement aortique. Une légère tendance à la bradycardie. Les téguments ne sont pas cyanosés, on note juste un érythème de la face avec de petites taches rubéoliformes consécutives à la crise syncopale.

— Tout doux, doc, dit Horace en reboutonnant son gilet de velours vert. Nous ne sommes pas au Barts et je ne suis pas un de vos malades que vous malmenez comme des beagles d'expérimentation.

— Pouvez-vous épeler « éréthisme » ? demanda Olympe, chargée des notes. Je ne voudrais pas être responsable d'une erreur médicale.

Belamy vérifia l'orthographe et lui fit déplacer le *h* du début vers le milieu du mot.

— C'est parfait ainsi, approuva-t-il après avoir relu l'ensemble. Ça n'est pas parce que nous sommes dans l'East End que mes patients seront moins bien soignés que ceux du palais de Westminster, ajouta-t-il en réponse à Vere Cole. Chaque sujet se doit d'avoir un dossier médical à jour. Votre poignet ?

Il prit les pouls chinois pendant qu'Olympe en profitait pour s'éclipser.

— Toujours le même déséquilibre, mais rien de grave. Le malaise a été provoqué par vos éclats de dum-dum. Vous n'en aviez pas fait depuis votre apparition en évêque ?

— Si, irrégulièrement, souvent au réveil.

— Vous auriez dû m'en avertir, Horace.

— Vous et moi avons d'autres préoccupations, n'est-ce pas ? Et il n'y a rien à faire pour en guérir.

— Je ne me risquerais pas à tenter de les enlever. Mais j'aurais aimé pouvoir faire une radiographie. Ils sont très proches du péricarde.

— Notre hôte devrait songer à investir dans une machine à rayons X, s'amusa Vere Cole. Ou à ouvrir une clinique.

La pièce qui avait été aménagée en cabinet médical était l'ancien office et possédait un large évier. Au fil du temps, Thomas y avait entreposé du petit matériel de chirurgie ainsi que du vieux matériel d'examen racheté au Barts au fur et à mesure de sa modernisation. L'ensemble avait fini par ressembler à la plupart des cabinets médicaux de Londres.

Charly entra sans frapper, habitude qui, paradoxalement, agaçait beaucoup Horace, coutumier du fait. Il tentait de lui inculquer des rudiments de savoir-vivre, que l'homme de main semblait avoir effacés de sa mémoire chaque matin.

— Darky vous attend.

— Pouvez-vous prendre votre tour dans la salle d'attente ? dit Horace pour éprouver le sens de l'humour du gangster, qu'il savait limité.

— Juste le doc, précisa Charly avec sérieux.

Une fois Thomas disparu avec le Coon, Vere Cole finit de se rhabiller et fouilla par désœuvrement dans tous les tiroirs. Il rêva au canular du macchabée ressuscité et fut pris d'un fou rire à imaginer les visages d'incompréhension des médecins devant leur Lazare des temps modernes. Sans l'aide de Belamy, la mystification devenait impossible. Il prit le stéthoscope et enfila les embouts dans ses oreilles pour écouter son cœur. Il n'y trouva que le ralenti d'un cheval au galop et s'amusa à imiter le verbiage médical de Thomas en prenant un ton académique et théâtral :

— Nous avons ici un cas particulier d'éréthisme systolique à tendance rubéoliforme... Voyez comme la crise syncopale a provoqué un rétrécissement bradycardique des téguments cyanosés... Bla-bla-bla...

— Hum, hum !

Vere Cole se retourna vivement : deux jeunes femmes à l'air timide se tenaient debout à l'entrée du cabinet.

— Docteur Belamy ? C'est Mrs Angely qui nous envoie. On vient pour..., dit l'une en se tournant vers sa sœur, à court de mots.

— Pour l'auscultation, compléta la seconde. Vous savez, quoi...

Horace laissa passer le léger vertige que son geste avait initié, se racla la gorge en hésitant, puis répondit avec assurance :

— Thomas Belamy, pour vous servir.

Darky the Coon avait les sourcils tellement froncés qu'ils ne formaient plus qu'une seule barre de poils légèrement convexe. Son apparence de raton laveur était encore plus prononcée que d'habitude. Il se leva, fit un aller-retour de la fenêtre à son bureau, à l'angle duquel il s'assit.

— Les nouvelles ne sont pas bonnes, annonça-t-il en prenant un élastique avec lequel il joua machinalement. Pourtant, d'après mes informateurs, Scotland Yard voudrait arrêter cette opération qui mobilise des centaines d'hommes. Certains sont persuadés que vous avez déjà quitté le territoire. Mais ce sont les juges qui insistent. Et vous avez vu la presse, ajouta-t-il en tendant le *Daily News* à Belamy. Elle met la pression sur le pouvoir.

— Je ne comprends pas, dit Olympe. Churchill envoie des signaux contradictoires. Si la police veut tout arrêter, c'est sur son ordre. Alors pourquoi activer les juges ? Et pourquoi se déchaîner dans la presse ?

— Les quotidiens sont de plus en plus nombreux à tirer à boulets rouges sur le gouvernement, remarqua Thomas, qui avait ouvert le journal en page 4.

— Même le *Times* s'y est mis, confirma Darky. Ils ont publié ce matin une première liste de personnalités que vous aviez comme patients. Je n'aimerais pas être à leur place. On parle d'une commission parlementaire devant laquelle ils devront jurer de ne pas vous avoir livré la moindre information. Imaginez-vous le scandale ? Voilà une bonne leçon pour tous ces gens respectables, conclut-il avant d'éclater d'un rire semblable à un reniflement. On peut dire qu'on ne s'ennuie pas avec vous !

Darky étira l'élastique jusqu'à la limite de la rupture.

— Quelle belle invention que ce ruban de caoutchouc : tellement malléable mais toujours fidèle à sa forme d'origine, pérora-t-il avant de le poser près du sous-main de cuir qui ornait le meuble. Mais je ne vous ai pas fait venir pour une conversation de salon. Asseyez-vous, invita-t-il en s'affalant dans son fauteuil.

Thomas resta debout alors qu'Olympe s'adossait à un des angles de la pièce en signe de méfiance.

— Comme vous voudrez, répliqua Darky en indiquant la sortie à son garde du corps. Vous voyez, moi, j'ai confiance en vous.

— Qu'avez-vous à nous dire ?

— Je viens de vous expliquer la situation. Je ne suis qu'un petit gangster de quartier, tout cela est trop gros, bien trop gros pour moi. Ce que vous avez engendré est énorme et, dans ces conditions, je me vois obligé de renégocier notre accord. Je ne peux plus garantir votre sécurité pour le même prix.

— Vous êtes une fripouille ! s'emporta Olympe.

— Miss Lovell, gardez vos compliments pour ceux qui vous poursuivent et lisez ceci, intima-t-il en lui présentant la feuille roulée que l'élastique avait entourée.

— *Récompense pour qui aidera à la capture...* Notre tête est mise à prix ?

— Cent livres sterling[1] pour chacun d'entre vous. Placardé sur tous les murs de la ville. Sauf ici, nous y avons veillé. Vous comprenez pourquoi le loyer vient d'augmenter. Doc, je sais que vos moyens sont faibles et vous, Miss Lovell, je sais que votre fortune se réduit au petit sac que vous gardez sur vous en permanence. Mais votre ami l'aristocrate, lui, n'a aucune limite. Alors, soit il paie, soit vous êtes à la rue dès demain.

98

Flower & Dean Street, Londres, dimanche 3 avril

— Non, non et non.

Assis dans le fauteuil de style Chesterfield, capitonné de cuir vert, qu'il avait racheté aux Coons et disposé à côté de la minuscule fenêtre de sa chambre, Horace prit le *Pall Mall Magazine* et l'ouvrit pour signifier la fin de la conversation. Il le referma aussitôt et enchaîna :

— Il n'est pas question que je lui laisse un seul shilling. Ce bandit nous plume comme de la volaille et, quand il n'y aura plus rien à plumer, il nous lâchera aux autorités.

— C'est possible, mais cette maison reste le seul endroit sûr de Londres, répliqua Thomas. Nous avons encore besoin d'un peu de temps pour organiser notre défense.

— D'autant que la situation se complique, fit valoir Olympe.

— Croyez-vous que je ne l'avais pas remarqué ? lança Horace en allumant une Benson & Hedges dont son majordome lui avait transmis plusieurs paquets en même temps que l'argent. Ils ont voté le budget, précisa-t-il en désignant les journaux de la veille. Sur notre dos.

1. Environ huit mille deux cents euros actuels.

Les représentants des deux Chambres, qui s'écharpaient depuis des mois sans pouvoir réunir les sommes nécessaires à la construction des navires de guerre, avaient trouvé un consensus après le canular du *Dreadnought* et les accusations d'espionnage au profit de l'Allemagne. Les chantiers navals mettraient même à l'eau deux cuirassés de plus qu'initialement prévu : telle était la réponse de l'Empire britannique à son belliqueux voisin.

— Churchill et son apôtre nous ont bien possédés, dit Horace en se levant avec une dignité de lord, une main dans la poche de sa robe de chambre en soierie des Indes britanniques, l'autre tenant nonchalamment la cigarette qui se consumait avec distinction.

Vere Cole aimait à mélanger le raffinement de son éducation, qu'il devait à sa mère, à la plus grande trivialité, qu'il ne devait qu'à lui-même et qui lui donnait le sentiment de ne pas appartenir au passé et à la norme. Il pompa avec volupté une bouffée de tabac avant de conclure :

— Ils se sont servis de nous pour arriver à leurs fins en nous livrant aux juges et à la presse. Vous, Thomas, médecin sans diplôme, recherché par les Français, intime de notre élite britannique, espion idéal, et nous, complices de cet espion, qui par notre action d'éclat avons déshonoré la Navy. Le piège s'est refermé et la boucle est bouclée, surtout celle du nœud qui nous pendra !

— Tout n'est pas perdu. Churchill…, intervint Olympe, avant d'être interrompue d'un mouvement de poignet royal.

— Ma chère, à force de lire des comptes rendus qui font de moi le fossoyeur de la grandeur impériale, j'en suis à espérer une mort glorieuse plutôt que le déshonneur.

— Arrêtez de lire la presse, Horace, ce n'est qu'une meute versatile.

— Non, au contraire. Savez-vous ce que ce grand homme d'Hugo a dit ? *Lire des diatribes, c'est respirer les latrines de sa renommée*… La nôtre doit être au firmament, tellement l'odeur est insupportable, déclama-t-il.

Des cris et un brouhaha nerveux leur parvinrent du couloir.

— Voilà, c'est la fin. Soyons dignes, proclama-t-il avant de se rasseoir tel un roi sur son trône perdu.

Il écrasa sa cigarette et posa son menton sur sa main droite accoudée, dans sa position favorite. Une femme hurlait, que tentaient d'apaiser des voix d'hommes.

Eva Angely entra bruyamment, apportant avec elle les effluves puissants d'un parfum bon marché. Les cheveux de la maquerelle, échappés du chignon, s'agitaient dans l'air comme les serpents d'une gorgone.

— Il a osé ! hurla-t-elle, suivie de Charly et Robby qui tentaient de la calmer.

— Maintenant que j'y pense, j'avais un autre sujet à vous relater, Thomas, dit Vere Cole en ignorant la furie.

— De quoi s'agit-il ?

— Vous avez deux patientes qui reviendront vous voir demain.

— Votre ami a osé toucher à mes filles ! vociféra Angely, poing en avant.

— Voyons, tout cela est resté très professionnel. La première a une poitrine remarquable qui défie la gravité, mais des dents horribles, du moins pour celles qui restent. La seconde a un souffle au cœur.

— Comment le savez-vous ? Ne me dites pas...

— Que j'ai lu beaucoup de traités de cardiologie, si. Et que j'ai ausculté ces deux jeunesses, aussi.

— Horace... ! protesta Thomas.

— Pervers ! brailla Eva.

— Quoi ? Je me suis dit que, quitte à être examinées par un médecin sans diplôme, autant que ce soit moi. C'est la plus jeune qui m'inquiète, il y a un double claquement au premier temps des battements du cœur. Mildred a le même. Clac-clac, dit-il à l'adresse de Belamy.

— Ne vous approchez plus jamais d'elles, ni d'aucune de mes filles, prévint Angely.

— Ces femmes ont droit au respect, intervint Olympe.

— Exactement, approuva la maquerelle.

— Je le disais pour vous, madame : leur corps leur appartient et la prostitution est un acte dégradant.

— Non mais je rêve ! Vous êtes qui, vous, la suffragette espionne, pour donner des leçons de morale à tout le monde ?

— Je refuse de payer un loyer exorbitant pour cette chambre où on nous laisse nous faire insulter par une harpie ! tonna Horace, que le maelstrom naissant divertissait beaucoup.

Charly, dépassé par la tournure des événements, fit sortir la tenancière sans ménagement. Elle proféra encore quelques insultes dans le couloir puis le calme reprit ses droits.

— Cinquante-six, annonça Horace en enlevant sa robe de chambre.

— De quoi parlez-vous ?

— C'est le cinquante-sixième de mes canulars. Du moins de ceux qui ont réussi.

— Ainsi donc, le *Dreadnought* était le cinquante-quatrième ? dit Thomas, impressionné par le nombre.

— Non. Cinquante-trois, précisa Vere Cole malicieusement tout en choisissant un manteau dans l'armoire étriquée. Le canular cinquante-quatre était la marche. Malheureusement passé inaperçu en raison des événements.

— Quel était le cinquante-cinquième ? s'inquiéta Olympe.

Horace enfila son ulster avant de répondre.

— Juste un petit plaisir personnel : j'ai pilé quelques-unes des blattes à l'odeur fétide qui partagent cette chambre avec moi et je les ai mélangées à la viande de votre ami Darky lundi dernier au déjeuner. Inadmissible dans un établissement de ce prix. Il a eu l'air d'apprécier. Et inutile de me faire vos commentaires du genre : il ne fallait pas, ce type est dangereux, il n'a pas le sens de l'humour. Il aura droit à ma prochaine récolte de cafards.

— Dire qu'on s'inquiétait de vous voir triste et déprimé… Tout cela n'était que du théâtre ? demanda Olympe. Vous nous avez abusés ?

— Bien sûr que oui ! Vous y avez cru ? Quel bonheur ! Je suis vraiment un génie ! Venez, sortons prendre l'air, j'en ai assez d'attendre la nuit tombée qu'on nous trimbale comme des chiens en laisse entre deux réverbères.

Hanbury Street était, avec Brick Lane, la rue la plus large du périmètre de sécurité défini par la bande des Coons. Les maisons de deux ou trois étages étaient de même type que les taudis de Flower & Dean, mais l'air, bien que toujours chargé d'acide sulfurique provenant des usines voisines, y semblait plus respirable.

Charly et Robby leur avaient laissé deux mètres d'avance pour ne pas écouter leurs conciliabules, du moins pour les écouter discrètement avant de faire leur rapport à Darky. Depuis plusieurs jours, les trois fugitifs ne faisaient même plus attention à leur présence. Ils s'étaient arrêtés peu après l'intersection de Spelman Street, près du seul endroit pompeusement baptisé « square » où survivaient quelques arbres qui, tels des caméléons, avaient pris la couleur bistre de l'ensemble.

— D'accord pour une semaine supplémentaire, mais nous négocierons le prix, dit Horace en tournant le dos aux deux Coons. Je ne plaisantais pas, tout à l'heure. Ce cockney nous fait un vrai chantage. On serait mieux cachés à la campagne, loin de Londres.

— C'est ici que tout se passe, rétorqua Thomas. Et j'espère avoir bientôt des nouvelles de Jean. Charly est passé à Fleet Street. Apparemment, ils le retiennent encore prisonnier. Je vous propose de négocier avec Churchill.

— Négocier ? s'exclama Vere Cole avant de se retourner pour voir que les deux gardes ne s'intéressaient plus à eux et fumaient près de la devanture d'un barbier en discutant avec le commerçant. Négocier..., répéta-t-il à voix basse. Encore faudrait-il en avoir les moyens et la possibilité.

— Je peux contacter l'apôtre, offrit Olympe. Il sera notre lien avec le ministre de l'Intérieur.

— Et nous allons proposer notre version aux journaux. Certains n'hésiteront pas à la publier pour avoir de l'avance sur les autres. Si nous sommes offensifs, Churchill se sentira obligé de négocier.

Ils se turent pour laisser passer deux ouvriers qui rentraient du travail.

— Quand même, son attitude est étrange, remarqua Horace en regardant les travailleurs s'éloigner. Le gouvernement est sur une poudrière et... Où sont-ils ?

Les deux Coons avaient disparu. La rue était déserte.

— Restez près du square et surveillez les immeubles des deux côtés, intima Thomas. Je vais voir ce qui se passe.

Il s'approcha de la boutique du barbier et, depuis le milieu de la chaussée, observa à travers la porte grande ouverte : Charly et Robby étaient debout près de la caisse en compagnie du commerçant. *J'avais oublié que le racket faisait partie de leur quotidien*, songea-t-il, honteux de se savoir du côté de l'oppresseur. Il fit signe à Olympe et Horace que tout allait bien et décida d'abréger l'extorsion à l'endroit du barbier.

Au moment même où il entrait, Thomas croisa le regard oblique de Charly. Une goutte de sueur tomba de ses cils. Belamy comprit instantanément. Il ne vit pas les deux agresseurs cachés de chaque côté de la porte mais sentit leur présence, recula d'un pas, les laissant fouetter le vide, frappa le premier d'un coup de pied chassé et le second d'un enchaînement poing, coude et genou avant même qu'il ait pu fermer sa garde. Une détonation retentit. Charly tomba à genoux, recroquevillé sur lui-même. Robby se jeta sur l'homme au revolver, qui émit un gargouillis étrange quand la lame du couteau lui transperça le thorax. Dehors, Olympe avait crié. Deux comparses l'avaient ceinturée. Elle en mordit un au bras, qui la lâcha, entraînant le second dans sa chute. Pendant ce temps, Horace s'épuisait en crochets inefficaces contre deux autres malfrats. Les quatre étaient sortis d'une maison voisine comme des frelons d'un nid et avaient fondu sur eux. À terre, Olympe se débattait en envoyant des coups de pied à ses assaillants, les empêchant d'approcher. L'un réussit à l'attraper par une botte et la tira sur quelques mètres ; elle lui brisa le majeur droit d'un coup de talon et se releva pendant qu'il hurlait de douleur. Il porta la main à sa ceinture à la recherche de son arme blanche mais n'eut pas le temps de l'en sortir : il se retrouva propulsé à plusieurs mètres, la tête coincée entre les jambes de Thomas qui s'était jeté sur lui les pieds en avant dans un mouvement de ciseau et le mit K-O. La rapidité d'exécution du médecin avait pétrifié son comparse, qui tenta trop tard une parade lorsque Thomas se jeta sur lui et lui décocha un coup de poing circulaire suffisant pour le mettre à terre. Le troisième brandit sa matraque en l'attaquant de dos, mais Thomas avait anticipé et dévia son bras avant de l'enrouler au sien, de faire basculer le voyou à terre et de l'assommer d'un mouvement à la tempe. D'un rapide coup d'œil, il vit Olympe se relever indemne et Robby sortir de la boutique en soutenant Charly, à la chemise ensanglantée. Belamy se posta à côté de Vere Cole qui, essoufflé, peinait à contenir ses agresseurs.

— Messieurs, vous devriez renoncer, cet homme est un tueur, dit-il en désignant Horace.

— Maintenant, ça suffit, vous allez nous suivre, riposta le plus grand, à la carrure de docker, en brandissant un revolver. Tout de suite !

D'un mouvement sec de son arme, il fit signe à Olympe de les rejoindre.

Vere Cole s'était figé, les mains sur les cuisses, le souffle court.

— C'est un Colt M ? interrogea-t-il. Du calibre 38 semi-automatique, expliqua-t-il à l'intention de Thomas. Pas récent, mais toujours efficace.

— Exact. Et il y a assez de balles pour tout le monde. Je vous conseille de rester calmes.

Une dizaine de mètres plus loin, les deux Coons s'éloignaient lentement, Charly laissant une traînée de sang dans son sillage.

— J'imagine que vous avez pour consigne de nous ramener vivants, insista Horace. Donc vous ne l'utiliserez pas.

— Vivant ne veut pas dire indemne, répliqua l'homme.

— Il y a une chose qu'il ne faut jamais faire avec moi, déclara Vere Cole. C'est me menacer.

— Horace… Non, intervint Belamy.

— Parce que ça décuple mon envie de désobéir.

Le voyou pointa son Colt sur le genou de l'Irlandais.

— Tant pis pour…

Il ne put finit sa phrase que déjà Thomas était sur lui. Il força le bras qui tenait l'arme à la pointer sur l'autre malfrat et tira une balle dans la jambe, avant de lui faire lâcher le revolver et de le mettre K-O d'un rapide enchaînement.

Une autre détonation retentit : les renforts arrivaient pour la bande des Coons. Le seul assaillant encore debout préféra abandonner et s'enfuit par Spital Street en boitant bas.

— Je me suis encore cassé un talon, constata Olympe en le jetant près d'un des voyous inanimés. À chaque fois avec vous, Thomas !

— J'adore sortir le jour, dit Horace en s'époussetant. L'animation était très réussie. Je reviendrai bientôt.

L'intermède semblait les avoir divertis. Seul Thomas restait préoccupé.

— Prenons les choses du bon côté, dit Horace en lui tapant sur l'épaule. Nous sommes devenus une valeur sûre !

— Nous sommes surtout devenus une cible idéale. Allons nous occuper du blessé.

99

Flower & Dean Street, Londres, dimanche 3 avril

Charly avait été allongé dans la pièce qui servait de cabinet à Thomas. À aucun moment le Coon n'avait perdu connaissance. Il avait abondamment saigné et sa liquette avait pris une couleur sombre. Il réussit à enlever lui-même son vêtement alors que toute la bande, alertée, avait envahi l'endroit dans un brouhaha assourdissant. Belamy eut du mal à s'approcher du blessé et fut obligé de hurler pour faire taire tout le monde.

— Nous allons nous occuper de votre ami mais je vous demande à tous de sortir. S'il vous plaît ! insista-t-il alors que personne ne semblait l'écouter.

Darky l'aida à remettre de l'ordre et d'un geste impérieux fit sortir les Coons.

— Même toi, dit-il à Eva Angely, qui tenait la main de Charly.

— Vous avez intérêt à le sauver, signifia-t-elle au médecin.

— Hé, sœurette, je vais bien, grinça Charly, c'est juste du plomb.

— Celui qui manque dans sa tête, compléta Darky en accompagnant la maquerelle vers le couloir.

— Je n'ai rien vu venir, boss. Ils étaient cachés dans la boutique. Ils tenaient la femme et le fils du barbier en otage. Il n'y est pour rien.

— On verra ça plus tard. Ils paieront.

Thomas avait commencé à palper le ventre, dont la paroi résistait à la pression. La plaie, située sous l'ombilic, légèrement à gauche, était petite et nette. Tout autour, la peau était noircie.

— Pouvez-vous vous mettre sur le côté ? demanda-t-il en l'aidant à se tourner.

Thomas observa que le projectile était sorti à côté de l'omoplate gauche.

— Savez-vous qui sont ceux qui nous ont attaqués ?

— Toujours les mêmes, les Vendettas et les Hoxtons, répondit Darky en se frottant la joue pour contenir sa colère.

— Il y avait deux gars des Titanics aussi, ajouta le blessé. C'est un Hoxton qui m'a tiré comme un lapin. Il était caché derrière le comptoir. Ces types-là sont des bêtes.

— Charly, il m'est impossible de vous soigner sans vous opérer. La balle a traversé certains organes. Je dois vérifier s'il y a des lésions internes.

— D'accord, doc. J'ai confiance.

— Je vais avoir besoin de linge et d'eau bouillis. De grandes quantités. Le plus que vous pourrez, indiqua Thomas à Darky. De l'alcool fort aussi, à défaut d'antiseptique.

— On va vous trouver de l'antiseptique dans les pharmacies. Autre chose ?

— Pas de violence avec les apothicaires. Je refuserai d'opérer si quelqu'un est blessé. Et vous payez, vous ne volez rien. On est d'accord ?

— Promis, doc. Autre chose ? Faites votre marché !

— Dans ce cas, je vais vous donner une liste d'aiguilles et de fils spéciaux. Et il me faut une bassine métallique. Grâce au Barts, j'ai assez d'anesthésique. Ouvrez la fenêtre, je vais pulvériser de l'acide phénique. On doit intervenir le plus vite possible.

Tout fut prêt en une heure. Charly était pâle et son pouls plus filant, mais il ne ressentait aucun autre symptôme. Thomas avait attribué un rôle à chacun et expliqué à son patient comment il allait pratiquer son anesthésie. Il lui injecta un mélange d'atropine et de morphine qui fit rapidement effet, puis badigeonna d'antiseptique tout l'abdomen, de la base du thorax à la racine des cuisses. Un quart d'heure plus tard, Olympe posa un masque rudimentaire imprégné de chloroforme sur le nez du blessé, qu'elle fit tenir grâce aux élastiques de caoutchouc de Darky.

— Le pouls est régulier, annonça le médecin avant de transmettre le stéthoscope à Horace. Prévenez-moi dès le moindre changement dans ses battements. C'est compris ?

Vere Cole, ravi de l'importance de sa mission, acquiesça sans tenter aucune plaisanterie.

Belamy fit une large incision médiane en dessous de l'ombilic et constata la présence de sang dans la cavité péritonéale, qu'il tamponna avec le linge stérilisé. Il agrandit la cavité, examina l'épiploon mais ne trouva pas la source de l'hémorragie. La suite allait être moins plaisante pour ses collaborateurs.

— Le pouls ?

— Régulier, répondit Horace, concentré.

— La respiration ?

— Idem, dit Olympe, une main sur la poitrine du patient.

— Darky, les serviettes.

Le gangster apporta les linges ébouillantés et les déposa à l'aide de pinces dans la bassine métallique placée à gauche de l'abdomen de Charly.

— Je me demande à quoi cela va servir, dit Horace, poussé par la curiosité. C'est fascinant. Je songe à m'inscrire à l'école de médecine du Barts, indiqua-t-il à Darky.

— J'avais espéré ne pas en arriver là, mais je vais devoir élargir l'incision. Olympe, je préférerais que vous ne regardiez pas, cela peut être choquant pour vous. Préparez-vous à remettre trois gouttes de chloroforme dans le masque.

Au moment où elle s'exécutait, il incisa du pubis jusqu'au sternum et rabattit la paroi.

— Messieurs, je vais sortir le paquet intestinal pour rechercher et suturer les plaies. Je vais avoir besoin de votre aide.

— Attendez, que voulez-vous dire par « le paquet » ? demanda Horace, qui s'était désintéressé des battements cardiaques.

Thomas ne répondit pas, introduisit les mains dans la béance du ventre et en sortit précautionneusement les intestins, qu'il déposa sur les serviettes.

— Par le diable ! s'écria Darky.

— Ah, oui… quand même, ajouta Vere Cole, parcouru d'une sueur froide. Est-ce bien nécessaire ?

— Je n'ai pas d'autre choix. Darky, passez de l'eau bouillie sur les viscères. Darky ?

Le chef de la bande était pétrifié.

— Je ne peux pas, désolé, je ne peux pas ! dit-il avant de sortir, une main plaquée sur la bouche.

— Horace, prenez sa place. L'eau est sur la table, indiqua Thomas tout en commençant à inspecter les intestins.

L'irlandais s'y rendit, prit machinalement la cruche contenant l'eau stérilisée et revint d'un pas mal assuré.

— C'est l'odeur, expliqua-t-il en la posant sur la table d'opération, c'est insupportable…

Horace ne put continuer sa phrase. Il tituba avant de s'évanouir en s'affalant au ralenti. Olympe vint à sa rescousse, l'adossa contre le mur et tenta une gifle, mais Vere Cole resta inanimé.

— Comment va-t-il ? s'inquiéta Thomas tout en continuant d'examiner les viscères.

— Il respire et le cœur bat, mais il ne peut plus jouer au docteur, dit-elle en se relevant. Je vais vous aider.

Le médecin hésita.

— Ne vous en faites pas pour moi, je vais tenir le coup.

— Très bien. J'aurai besoin d'eau afin que vous nettoyiez les anses au fur et à mesure que je les dévide. Il faut aller vite.

Olympe enjamba Vere Cole et se positionna à droite du médecin avec un calme qui l'impressionna. Thomas continua son exploration minutieuse des segments éviscérés.

— Là, une perforation ! dit-il en lui désignant l'endroit d'où le sang s'échappait. Elle est sur le bord libre, il me faut des pinces à forcipressure… Celles-ci, lui montra-t-il.

Le médecin sutura les plaies d'entrée et de sortie de la balle puis continua l'examen de l'intestin grêle. Ils travaillaient en silence, Olympe répondant aux demandes qui se réduisaient à de simples signes. Belamy localisa une autre double plaie, peu avant le duodénum, qu'il referma en serrant les fils au maximum, sur deux étages superposés, pendant que la suffragette tamponnait avec une éponge imprégnée d'acide phénique.

— C'est une suture de Lembert, expliqua-t-il.

— Enchantée, mais ne croyez pas me convertir au métier d'infirmière avec votre charmante entrée en matière, Thomas, répondit-elle en jetant les linges rougis.

— Vous avez passé le premier test, ce qui n'est pas le cas de tout le monde, dit-il alors qu'Horace n'avait pas repris conscience. Pouvez-vous nettoyer à l'antiseptique toute cette partie ? demanda-t-il en lui montrant le péritoine.

Belamy en profita pour inspecter les autres organes et constata qu'aucun n'avait été touché. Le projectile était passé juste en dessous du diaphragme.

— Il a eu beaucoup de chance, conclut-il en replaçant précautionneusement les intestins dans leur cavité. J'ai craint de devoir lui en enlever une partie.

— Comment ça se passe ? cria Darky depuis l'extérieur.

— Je m'en occupe, dit Olympe.

Elle se nettoya les mains et le visage, qui avaient reçu des éclaboussures d'eau et de sang, avant de sortir. Thomas était bluffé par la maîtrise de la suffragette. Horace émit un gémissement qui se transforma en une question inaudible.

— Vous vous êtes évanoui, prenez votre temps avant de vous lever, dit Belamy tout en refermant les parois abdominales pour les coudre.

— Je n'ai jamais rien vu d'aussi écœurant, même à Meat Market, avoua l'Irlandais d'une voix aussi pâteuse que sa conscience.

— Ne bougez pas, je m'occuperai de vous après.

— Je ne sais pas si j'en ai envie, vu ce que vous faites à vos patients.

Thomas prit son temps pour finir les sutures, qui formaient un « T » de quarante-cinq points sur l'abdomen du Coon. Olympe revint seule alors que de nombreuses chaussures crissaient d'inquiétude derrière la porte.

— J'espère qu'il va s'en sortir, dit-elle en observant le travail du médecin. Toute la bande est sous le choc.

— Nous avons fait le maximum compte tenu des conditions. Les prochaines heures vont être critiques. Comment vous sentez-vous, Horace ? demanda-t-il alors que celui-ci venait de réussir à se lever tant bien que mal.

— Darky leur a raconté votre intervention, continua Olympe. Ils vous soupçonnent d'être le fils de Jack l'Éventreur. Savez-vous qu'il a éviscéré sa première victime ici, dans cette rue ?

Le bruit de chute les fit se retourner : Horace s'était à nouveau évanoui.

100

Flower & Dean Street, Londres, lundi 4 avril

Ils avaient eu droit à un bain pour se remettre de leurs émotions et effacer les dernières traces de l'opération ainsi qu'à une bonne nuit de sommeil. Au lever, Robby était venu leur signaler que Charly, après une longue période de flottement de conscience, était maintenant bien réveillé.

— Il n'a pas de fièvre, annonça Thomas, qui l'avait ausculté avant de se rendre au bureau de Darky. Il a interdiction de manger avant d'avoir retrouvé un transit normal.

— Bravo, doc, vous êtes le meilleur, appuya le gangster, engoncé dans son fauteuil.

— Attention, son pronostic vital reste encore engagé. Mais on ne peut rien faire de plus que prier. Nous sommes prêts à partir, ajouta le médecin.

— Pourquoi voulez-vous partir ?

— Il nous faut un endroit plus sûr, les autres bandes vont nous dénoncer à la police.

Darky se leva et vint prendre Thomas par l'épaule.

— Est-ce que Charly est transportable, doc ?

— Surtout pas. Interdiction de bouger pendant une à deux semaines. Au minimum.

— Alors c'est réglé, vous restez ici. Vos amis peuvent partir, dit-il à l'intention d'Olympe et Horace, qui étaient restés silencieux, mais pas vous. Charly a besoin de vous.

— Vous trouverez un autre médecin.

— Un médecin, oui, mais j'ai vu ce dont vous êtes capable… J'aurais préféré ne pas le voir, d'ailleurs. Vous êtes un crack et, moi, je ne parie que sur les cracks. Surtout quand il s'agit de la vie de mes hommes.

— Darky…

— J'ai promis à Eva que vous vous occuperiez de lui jusqu'à sa complète guérison. Ce n'est pas discutable.

— On ne se sépare pas, intervint Olympe, je reste avec lui.

— Moi aussi, renchérit Horace. Même si le rangement laisse à désirer en ce moment, ajouta-t-il en montrant la dizaine de caisses qui encombraient la pièce.

La bande des Coons avait volé sur les docks un chargement de chapeaux en provenance de France, mais la transaction avec un acheteur n'avait pu se faire à cause de l'attaque de Hanbury Street.

— La cargaison vient de la maison Herment, dans le Sud-Ouest. Il y a de tout, feutre, paille, tissu, des canotiers, des panamas, de la tresse de Chine, expliqua Darky comme un voyageur de commerce. Allez-y, servez-vous, prenez ce qui vous plaît !

Horace souleva un des couvercles mais Olympe lui tapa sur la main. Il le lâcha d'un coup en se plaignant.

— Ma chère, c'est la deuxième fois que vous me frappez ! J'ai bien senti la gifle hier !

— Vous n'allez quand même pas porter le butin d'un vol ? Pas vous !

— J'avais l'intention de les acheter, se renfrogna-t-il. J'en ai assez de cette casquette usée, d'autant que ça ne sert en rien à nous dissimuler, la preuve…

— Venez avec moi, intervint Darky, je vais vous montrer pourquoi vous ne risquez plus rien.

Il les amena à la cave, où une des portes était gardée par deux Coons armés. À l'intérieur, un troisième gangster surveillait un homme ligoté et bâillonné sur une chaise. Le captif émit quelques grognements, qui devaient être des insultes, et gigota sur son siège, avant de se calmer.

— Arthur Harding est le chef des Vendettas. C'est lui qui est derrière votre attaque. Nous avons enlevé son lieutenant.

Le prisonnier poussa de nouveaux grognements menaçants.

— Si la police met un seul pied dans cette maison, nous l'exécuterons. Si Charly meurt, nous l'exécuterons. Si tout se passe bien, dès que vous aurez quitté le quartier, il sera libre. Harding doit comprendre qu'il y a des limites à ne pas dépasser.

Thomas attendit qu'ils fussent remontés pour intervenir :

— Je ne vous permettrai pas d'exécuter cet homme, quoi qu'ils aient fait à Charly.

Le Coon éclata de rire.

— Je n'en ai pas l'intention, mais je suis ravi d'avoir été convaincant. L'un des gardes est un informateur des Vendettas. Cela va les calmer. Non, vraiment, je n'ai pas envie d'une guerre totale : c'est mauvais pour les affaires.

Le trio s'enferma chez Vere Cole et demeura silencieux un long moment. Olympe s'était allongée, les yeux rivés au plafond, comme au temps de sa captivité, et Horace fumait cigarette sur cigarette. Thomas avait du mal à comprendre la stratégie du ministre de l'Intérieur alors que les journaux tenaient de plus en plus grief à certains membres du gouvernement de s'être fait soigner par un médecin étranger accusé d'être un espion. Aucune gazette n'avait encore évoqué le nom de Churchill comme patient de Belamy, mais il était persuadé que l'information finirait par sortir. Le ministre avait autant intérêt qu'eux à ce que l'affaire s'éteigne rapidement.

— Ce n'est pas lui ! s'écria-t-il soudain, faisant tomber la cendre qu'Horace tentait de conserver sur sa cigarette le plus longtemps possible. Ce n'est pas Churchill qui donne ses ordres à l'apôtre. Nous avons fait fausse route, j'en suis convaincu.

— Mais qui, alors ? demanda Olympe, qui s'assit en tailleur sur le lit.

— Horace, qui d'autre fait partie du Board of Trade ?

Vere Cole commença par une grande moue avant d'égrener :

— À part le président, il y a le représentant du Parlement et huit membres nommés.

— Où peut-on en trouver la liste ?

Horace réfléchit un moment, pompant plusieurs bouffées de son tabac blond, avant de décréter :

— Suivez-moi !

La réserve du grenier sentait la poussière et l'appât à rats. Outre les quelques caisses d'alcool payées par Vere Cole, des piles de quotidiens et de gazettes des trois dernières années y étaient entreposées.

— Ils s'en servent quand ils veulent avoir des informations précises sur les habitants d'un quartier. Ils peuvent se faire passer pour des croque-morts après un décès et cambrioler une maison, par exemple.

— Charmante troupe, commenta Olympe.

— La réunion de janvier du Board of Trade donne toujours lieu à un article, expliqua Horace. Elle a lieu la dernière semaine. À vous de jouer, dit-il en leur montrant une des piles. J'ai fait ma part.

Ce fut Olympe qui trouva l'information, dans le *Globe* du 31 janvier. Les trois se penchèrent sur le quotidien. La liste des huit membres permanents figurait à la fin de l'article. Ils s'arrêtèrent au premier. Le doute n'était plus permis.

— Donc, c'est lui…

— Mais pourquoi vous ? demanda Thomas à Olympe. Pourquoi vous fait-il suivre par l'apôtre depuis si longtemps ? Et avant même que je ne vous rencontre…

Elle ne répondit pas. La suffragette semblait pétrifiée. Belamy voulut la prendre dans ses bras. Elle refusa, recula contre le mur, s'assit et enfouit sa tête contre ses jambes.

— Vous le connaissez ? s'enquit Horace.

Elle n'eut aucune réaction.

— Laissez-moi, laissez-moi seule, dit-elle d'une voix étouffée.

Thomas s'approcha et tenta de la réconforter.

— Plus tard, dit-elle. J'ai besoin d'être seule. S'il vous plaît !

Ils n'insistèrent pas et se retrouvèrent chez Horace.

— Voilà qui change la donne, dit Thomas en parcourant une nouvelle fois le bout de papier qu'il n'avait pas lâché.

— Tout cela me laisse perplexe, avoua Horace. Je peux comprendre son lien avec le *Dreadnought*, mais les suffragettes ?

— Il n'y a qu'une personne qui puisse nous aider. Je vais contacter Reginald. Nous devons savoir ce que veut vraiment Sir Jessop.

CHAPITRE XVII

19 au 25 avril 1910

101

St Bart, Londres, mardi 19 avril

— Docteur, vous êtes avec nous ?

Reginald s'arracha de ses pensées et s'aperçut que tout le monde attendait son diagnostic. Etherington-Smith, qui remplissait provisoirement le rôle du docteur Belamy en attendant la nomination d'un remplaçant aux urgences, avait les bras croisés et des rides d'agacement sur le front. La religieuse qui avait pris la relève de sœur Elizabeth allait et venait depuis le lit voisin où un ancien officier de cavalerie s'impatientait de n'avoir pas encore reçu la visite d'un médecin après sa chute de cheval. L'infirmière qui remplaçait Frances, en pleine révision pour le concours d'entrée à l'école médicale du Barts, réprimait un bâillement en attendant les instructions du docteur Jessop.

L'interne avait ausculté la patiente à son admission pour une forte anémie et de violentes douleurs au ventre. Les urines présentaient une coloration verte.

— L'analyse du sang a montré une augmentation du nombre de plaquettes. Je pense à une intoxication par un métal, peut-être un arséniate de cuivre présent dans une peinture. L'analyse des urines est toujours en cours, conclut-il.

— Avez-vous une profession, madame ? s'enquit Raymond.

— Non, monsieur. Nous venons d'emménager avec mon mari dans une des nouvelles maisons près de Barnard Park et nous avons trois enfants.

— Ce n'est donc pas une vieille peinture qui recouvre vos murs, dit-il à l'intention de Reginald. Quelle est la profession de votre mari ?

— Il a une petite société de polissage.

— Nous y voilà, déclara Etherington-Smith. Que polit-il ?

— Principalement du nickel, monsieur. Il a beaucoup de travail en ce moment.

— Est-ce vous qui lavez les vêtements de votre mari ?

— Oui, monsieur. Nous faisons des économies, avec cette maison.

— Ne cherchons pas plus loin, docteur Jessop, je suppose que les urines montreront la présence de nickel, ce qui explique leur couleur inhabituelle. Madame, vous demanderez à votre mari de bien secouer ses habits avant de rentrer chez vous le soir. Mon collègue va vous donner un traitement pour vos symptômes et vous verrez que tout va s'arranger bien vite. La prochaine fois, vous pourrez aller à l'hôpital de St Pancras, ce sera moins loin pour vous.

— On nous avait conseillé de venir aux urgences du Barts voir le docteur Belamy, mais le docteur Jessop nous a dit qu'il n'était plus ici.

Etherington-Smith ne répondit pas et se tourna vers le lit du cavalier blessé en soufflant à l'infirmière :

— On peut encore trouver des gens à Londres qui ne soient pas au courant du scandale ?

Reginald avait été abordé par un inconnu une semaine auparavant, alors qu'il rentrait avec Frances à leur appartement de Snow Hill. L'homme, qui avait tous les attributs d'un ouvrier de l'East End, lui avait laissé un message de la main de Thomas. Depuis, il en avait perdu le sommeil. Que son père ait œuvré pour éloigner le jeune interne qu'il était du docteur Belamy en le calomniant, il le savait. Qu'il ait manigancé pour faire du canular du *Dreadnought* un argument dans le but d'accélérer la construction de navires de guerre dans ses chantiers navals, il n'en était pas surpris. Mais il ne comprenait pas le lien qui pouvait unir Sir Jessop et Olympe, au point de s'immiscer dans la campagne des suffragettes.

Reginald avait tenté d'en apprendre plus par sa mère, avec laquelle il était resté en contact en déjeunant régulièrement avec elle, mais ses questions incessantes et maladroites avaient mis Mrs Jessop mal à l'aise au point qu'elle avait fini par décliner leurs rendez-vous. Et, en ce matin du 19 avril, Watkins, l'intendant, était venu lui remettre aux urgences un billet de Sir Jessop. Après des mois de silence, son père lui proposait un rendez-vous à son club du 107 Pall Mall.

Après la visite aux malades, Etherington-Smith remonta à son bureau avec la mine taciturne qu'il arborait en permanence depuis la fuite de Thomas. Frances apporta le repas et déjeuna avec Reginald dans la cuisine des urgences où, la plupart du temps, ils étaient seuls. Ils se rendirent ensuite au chevet d'Elizabeth. La religieuse avait fait des malaises à répétition qui l'avaient conduite à arrêter son travail. Elle avait pu garder sa chambre dans le département, d'où elle ne sortait plus depuis dix jours, trop faible et amaigrie, vivant le plus clair de son temps abîmée dans la prière pour échapper à la douleur.

— Puis-je vous ausculter, sœur Elizabeth ?

La question de Reginald était devenue rituelle entre eux. Il savait qu'elle refuserait, et qu'inlassablement il continuerait à la lui poser. Jusqu'à présent, elle n'avait accepté que les remèdes contre la douleur, à l'exception des opiacés dont elle savait qu'ils affecteraient sa perception de la situation. Elle ne voulait pas perdre sa lucidité, sachant qu'elle était déjà en train de perdre le combat.

Pourtant, ce jour, elle ne répondit pas. Ses yeux étaient mi-clos et sa respiration rapide et superficielle. L'interne approcha sa main du front d'Elizabeth.

— Elle a une forte fièvre, commenta-t-il pour Frances.

L'infirmière enleva la double couche de couvertures dont la sœur s'était enveloppée et ouvrit la fenêtre.

— Elizabeth, vous m'entendez ? questionna l'interne.

La malade fit un oui de la tête au ralenti. Le moindre mouvement semblait lui coûter. Reginald vit à travers le tissu de sa chemise que la bosse avait encore grossi sur son sein droit. Ils avaient découvert la récidive de sarcome une semaine auparavant, lors de l'inspection effectuée par Frances. Reginald avait consulté les meilleurs spécialistes du Barts, qui avaient tous confirmé la grande fréquence de ce type de rechute pour lequel un seul traitement était possible.

Frances se pencha sur elle pour recueillir sa parole. Elizabeth prononça quelques mots qui se finirent en murmures.

— En êtes-vous sûre ? dit l'infirmière.

La religieuse confirma.

— Elizabeth accepte les opiacés. Elle accepte une nouvelle ablation.

— Vraiment ? s'étonna l'interne.

La malade tira la manche de l'infirmière pour lui parler à l'oreille.

— Il y a une condition, indiqua Frances, dont la déception était visible.

Elle regarda la sœur, qui lui fit signe de continuer.

— Elizabeth accepte d'être opérée uniquement par le docteur Belamy. Personne d'autre.

À peine sortis, Reginald la morigéna :

— Frances, elle était prête à accepter, il fallait insister !

— Tu n'as pas compris. Ce n'est pas d'elle qu'il s'agit. Son message est clair, Reginald : nous devons tout faire pour retrouver Thomas.

Le club Athenaeum était un bâtiment néoclassique situé à l'angle de Waterloo Place et de Pall Mall, sur la façade duquel une fresque du Parthénon avait été reproduite par l'architecte. Au-dessus de l'entrée trônait une statue de la déesse Athéna, dorée à l'or fin, qui semblait prévenir le visiteur de l'opulence intérieure. Reginald fut accueilli dans le hall tout de marbre par un domestique en gants blancs. Des statues d'inspiration grecque étaient disposées de part et d'autre du grand escalier qui menait aux salles. Une autre, calée dans une niche, surmontait une cheminée auprès de laquelle un homme jeta un regard furtif dans sa direction tout en continuant à se réchauffer. Il était trop jeune, et ses habits trop communs, pour être un membre du club.

Je ne serai pas le seul à jurer avec les critères du lieu, se rassura l'interne avant de décliner son identité et de suivre le majordome à l'étage. Son père l'attendait dans le fumoir. Il écrasa son cigare à peine consumé et le salua comme s'ils s'étaient quittés la veille. Les émotions n'avaient jamais été son fort.

— Viens, j'ai réservé un endroit où nous serons plus tranquilles.

Ils s'installèrent dans un appartement, à l'étage supérieur, composé d'un salon et d'une chambre à coucher. Le jeune homme remarqua l'absence de cheminée. Un air chaud était dispensé par des bouches situées dans chaque angle de la pièce.

— Je ne savais pas qu'il y avait ce genre d'endroit ici, s'étonna Reginald.

— Il m'arrive d'y dormir après une soirée de cartes ou de travail.

— Cela te permet d'échapper à la vie familiale.

Jessop ne releva pas et lui servit un whisky avant de s'asseoir en face de lui. Père et fils se jaugèrent en silence.

— Je suis content que tu aies accepté cette invitation.

Sir Jessop avait prononcé la phrase d'un ton que son fils lui connaissait, celui qu'il employait avec ses fournisseurs lors des négociations : un mélange de séduction et de fermeté qui finissait toujours à son avantage. Mais, contrairement aux obligés de son père, il n'avait rien à perdre.

— Je ne reviendrai pas sur les derniers événements au Barts, continua Sir Jessop, je sais à quel point cela doit t'affecter et je voudrais t'assurer que je n'y suis pour rien. Je ne veux que ton bien et celui de notre famille.

— Mais comment puis-je te croire ? s'emporta Reginald. Je n'aurais pas dû venir, vraiment, ajouta-t-il en se levant. Tout cela ne mène à rien.

— Attends, s'il te plaît. Rassieds-toi et écoute-moi.

L'interne ne se fit pas prier. Il était venu pour aider ses amis et ne voulait pas quitter le club avant d'avoir obtenu ce qu'il cherchait.

— Je vais te raconter quelque chose dont personne, pas même ta mère, n'est au courant. Vois-tu, il y a dans ce pays plusieurs jeunes gens qui me doivent beaucoup. Je les ai soutenus à un moment de leur vie où ils n'étaient rien et où ils auraient pu finir très mal. Ils me doivent leur vie actuelle et ils me le rendent bien.

Jessop semblait ému. Il fit une pause pour chercher ses mots, mais son fils connaissait par cœur son manège.

— Comprends bien que ce n'est pas parce que tu es mon fils, contrairement à eux, que tout ce que tu as reçu était un dû. Tu as une dette envers moi, Reginald.

— Si c'est d'argent que tu me parles, je te rembourserai tout ce que tu as dépensé pour moi, jusqu'au dernier shilling.

— Cela va bien au-delà. Un jour, tu hériteras de moi, puis tes enfants et les enfants de tes enfants.

— Je t'ai déjà dit que je ne veux rien de ta fortune.

— Mais tu n'as pas le choix ! Ton devoir est de reprendre le flambeau et de faire fructifier mes affaires, comme je l'ai fait moi-même en les recevant de mon père. Tu es un maillon d'une grande chaîne familiale que tu n'as pas le droit de briser. Et cette lubie de faire le médecin doit cesser. Ton avenir t'attend, mon fils, et il est à la tête de

J. & J. Shipfield. Tu dois payer ta dette, comme je l'ai fait avec mes aïeux. Et, crois-moi, il y en a de bien moins agréables.

— C'est pour me faire cette leçon de morale que tu m'as convié ici ?

Jessop marqua une pause en buvant avec lenteur une gorgée de whisky après avoir fait tourner bruyamment les glaçons de son verre.

— Non. Il y a autre chose. Ta mère m'a parlé de tes questions au sujet de Miss Lovell. Ne t'approche pas d'elle, c'est une activiste dangereuse.

— Qui est-elle pour toi ?

La question tomba comme une gifle, presque une accusation. Son père ne sembla pas étonné, mais Sir Jessop ne semblait jamais surpris de rien.

— Vous vous connaissez, est-elle déjà venue ici ? insista Reginald.

— Voyons, c'est un club réservé aux gentlemen, ton allusion est déplacée.

— Je vois surtout un endroit avec des garçonnières pour des hommes mariés.

— Cette fois, ça suffit !

Jessop avait haussé le ton et s'était levé. Reginald crut qu'il allait le gifler mais son père reprit très vite son contrôle. Il alla chercher le siphon d'eau de Seltz et les servit tous les deux avant de retrouver sa place en face de son fils.

— Désolé de mon emportement, mais tout cela est si vulgaire. J'imagine que, si tu poses cette question, c'est que tu as eu de fausses informations de sa part. Je peux juste te dire qu'elle fait partie des gens qui me sont redevables et qui m'ont déçu. Mais, Dieu soit loué, ils sont très peu nombreux.

Reginald repoussa son verre et se mit debout avant d'annoncer :

— À partir d'aujourd'hui, tu peux me compter aussi parmi eux.

— Attends, tu vas m'écouter avant de t'en aller. Tes amis sont dans une situation perdue d'avance. Reste surtout en dehors de leurs affaires.

— En es-tu responsable ?

— Ils sont responsables de leurs propres malheurs.

— Adieu.

— Écoute-moi. J'ai une proposition à te faire.

Dix minutes plus tard, Reginald descendait le grand escalier, l'air hagard, flanqué du majordome ganté et suivi à quelques pas de son père, pour qui il n'eut pas un regard en sortant. Sir Jessop fit un signe de tête à l'homme qui se réchauffait encore près du foyer.

— Suivez-le, Waddington. Ne le quittez plus. Cette affaire devrait se terminer sous peu.

102

Flower & Dean Street, dimanche 24 avril

Charly ferma les yeux lorsque sa sœur lui présenta la fourchette au bout de laquelle un carré de viande avait été piqué. Il ouvrit la bouche et laissa fondre le morceau de bœuf, pourtant trop cuit, avec un plaisir sans égal : après trois semaines d'une diète drastique, il venait enfin d'entamer un repas normal.

Dès les premières heures après l'opération, il avait réclamé à manger, prêt à avaler un rôti ou une tourte entière. Thomas avait calmé son enthousiasme durant toute la semaine qui avait suivi, où sa seule nourriture avait consisté en des fractions croissantes d'eau. La fièvre s'était invitée le deuxième jour, modérée, mais avait inquiété tout le clan. Elle avait cédé rapidement après que Belamy eut augmenté les lavements de térébenthine. Le 15, Charly avait eu droit au jus de viande. Le 17, au lait peptonisé et, une semaine plus tard, il inaugurait son premier repas entier en compagnie d'Eva, de Darky et du médecin qu'il portait aux nues, surtout après qu'Horace lui eut raconté les détails de l'opération.

Le malade n'était toujours pas sorti de sa chambre, sa large cicatrice le faisant encore souffrir et nécessitant des soins quotidiens, mais son état n'inspirait plus aucune inquiétude. Même Eva Angely s'était adoucie envers eux et avait proposé à Horace de passer une soirée en compagnie d'une de ses pensionnaires, ce qu'il avait refusé avec panache devant ses amis avant d'accepter une fois seul avec la mère maquerelle.

Le quotidien avait repris le dessus. Les jours se confondaient dans leur monotonie et, par lassitude, le trio avait baissé la garde, vivant au rythme de la bande. Le temps des combats et de la splendeur semblait loin, les corps étaient épuisés et les esprits défaits par le poids de tous leurs secrets.

— Cette viande est un délice, répéta le Coon pour la troisième fois, avant de déposer le couvert dans l'assiette en signe de satiété. Alors, doc, je pourrai sortir quand ?

— D'ici une semaine ou deux. Ne précipitez rien, vous avez fait le plus dur.

Thomas remercia une nouvelle fois sa bonne étoile d'être revenue au moment opportun, après l'avoir boudé depuis le début de l'année. Il savait que sept patients sur dix décédaient dans la semaine suivant l'opération et il devait cette réussite à la constitution physique de Charly, à la localisation des plaies, à leur petit nombre et aux lavages de la cavité et des viscères qu'Olympe avait effectués sans trembler. Ses pensées sautèrent telle une puce de la suffragette à Reginald. Le Coon qui l'avait contacté huit jours auparavant avait été chargé d'aller aux nouvelles, mais l'interne l'avait fui ostensiblement. Ils n'avaient pas avancé d'un pouce. Seul point positif : au bout de trois semaines, leurs noms avaient disparu des journaux.

L'après-midi continua dans une atmosphère oiseuse. Horace se languissait du Café Royal et de ses frasques, Olympe regrettait l'ambiance enfiévrée des veilles de manifestation au WSPU et les urgences manquaient à Thomas. Il pensait à la santé d'Elizabeth lorsque Darky the Coon entra. Le contour de ses yeux était encore plus foncé que d'habitude et donnait l'impression qu'il portait un masque. Il prit un ton sentencieux pour leur annoncer :

— Suivez-moi dans mon bureau. Quelqu'un est là pour vous.

Reginald était allé à la messe avec Frances dans la chapelle de St Bartholomew-the-Less. À la fin de l'office, ils étaient sortis par la sacristie qui les avait menés dans l'ancien bâtiment des urgences. Ils avaient emprunté la sortie d'Uncot, ouvrant sur Duke Street, puis s'étaient rendus au parc Victoria, dans Tower Hamlets, par le chemin de fer métropolitain en faisant attention de ne pas être pris en filature. Ils y avaient déjeuné et passé l'après-midi sur l'immense pelouse, en compagnie de nombreux Londoniens, à écouter les orateurs du *speakers' corner*, alors que le ciel avait daigné garder ses larmes pour la soirée. Vers cinq heures, ils s'étaient promenés le long du Regent's Canal, s'arrêtant régulièrement pour vérifier qu'ils n'étaient pas suivis. Puis Frances avait repris le train souterrain pendant que Reginald marchait vers le seul lieu où il s'était juré de ne plus jamais remettre les pieds.

— J'étais persuadé que vous vous cachiez dans ce bâtiment, dit-il après les effusions des retrouvailles. Je vous avais suivi il y a deux ans jusqu'ici, Thomas, je peux vous l'avouer maintenant. Et je savais que, après l'enfer, c'était le dernier endroit où l'on vous chercherait.

La comparaison plut à Darky, qui rit bruyamment, découvrant des gencives que les dents avaient en partie désertées, en raison de son hygiène problématique et des combats de rue livrés pour la domination du quartier.

— Vous avez eu de la chance, jeune homme. Heureusement que mes hommes vous ont reconnu.

Le premier Coon à l'avoir arrêté dès qu'il était entré dans la rue était celui qui lui avait transmis le mot de Belamy. Reginald avait pu arriver jusqu'à eux sans encombre.

— On a vérifié les rues adjacentes, il n'y a rien de suspect, précisa Robby avant de reprendre sa garde à l'entrée de la maison.

— Asseyez-vous et servez-vous à boire, proposa Darky. Je vous laisse mon bureau. Vous devez avoir beaucoup à vous dire.

Le mafieux à peine parti, l'ombre de l'imposante carrure d'un Coon se découpa derrière la vitre sablée. Vere Cole s'installa dans le fauteuil du gangster et posa ses pieds sur la table.

— Docteur Jessop, vous avez intérêt à nous dire la vérité, clama-t-il en prenant l'accent cockney de Darky. Sinon, je procéderai moi-même au lavage de vos anses intestinales dans les eaux de la Tamise !

— Si vous ne vous évanouissez pas avant, le taquina Thomas.

— Quant à vous, docteur Belamy, le loyer vient encore d'augmenter. Vous avez un invité supplémentaire. Il faut payer. Demandez à l'aristo, il n'est bon qu'à ça : payer, payer, payer.

— Mon pauvre Horace, compatit faussement Olympe. Puisque vous êtes le maître de maison, servez-nous à boire.

Vere Cole ne se fit pas prier et composa du *half-and-half* pour tout le monde tandis que Reginald leur décrivait la situation au Barts. Puis il se désintéressa de la conversation et ouvrit un à un les tiroirs du bureau pour en fouiller le contenu.

— Le docteur Etherington-Smith vient de nommer votre remplaçant, expliqua l'interne. C'est le docteur Haviland.

— C'est un bon chirurgien.

— Un type vaniteux. L'ambiance n'est plus la même depuis votre départ. Même votre nom est devenu tabou.

— Aïe ! cria Horace, qui venait de se claquer sur les doigts le ruban de caoutchouc avec lequel il jouait. Désolé, s'excusa-t-il avant de refermer le tiroir.

Reginald en avait profité pour boire une gorgée d'alcool. Il semblait gêné de la présence d'Olympe et envoyait de fréquents regards dans sa direction.

— J'ai vu mon père, Thomas. Et j'ai eu une explication avec lui. Miss Lovell, avec votre permission… Je suis navré de vous demander cela, mais je dois le savoir… Voilà… Pouvez-vous me décrire le club Athenaeum ?

— J'imagine que vous voulez me parler des appartements privés.

Sans attendre la confirmation de Reginald, elle continua :

— Dans le vestibule se trouve une penderie sur la droite et un grand miroir mural à gauche. Le bureau, d'un style antérieur à la reine Victoria, est situé en face de la fenêtre. Il possède une lampe électrique dont le socle se divise en trois parties égales qui ressemblent à des pieds de cheval. Le canapé est de la même couleur et de la même matière que les sièges capitonnés de la Chambre des lords. Il y a une table de desserte avec un grand choix d'alcools et une boîte de cigares provenant de La Havane. Et une bouteille d'eau de Seltz toujours pleine, c'est une demande spéciale de votre père. Le chauffage se fait par des grilles d'air chaud. Quant à la chambre…

— Ça va, ça ira, ça suffit, Miss Lovell, je vous crois.

— Quant à la chambre, je n'y suis jamais entrée car j'ai toujours refusé de céder aux avances de Sir Jessop. Maintenant, je vous dois une explication et je suis prête, dit-elle en fermant longuement les yeux.

— Vous n'êtes pas obligée, intervint Thomas.

— J'y tiens. Si nous sommes dans cette situation, c'est aussi à cause de ce que je vais vous apprendre. Reginald ?

L'interne approuva de la tête. Horace, qui se tenait en retrait, avait décidé que, quoi qu'elle leur révèle, Miss Lovell était la femme dont il rêvait depuis qu'il était en âge d'aimer.

— Je ne sais pas où je suis née, ni qui sont mes parents. Mais le soir même de ma naissance je suis devenue une pensionnaire du London Orphan Asylum de Watford. Et j'y ai passé la plus grande partie de ma vie. Je n'ai pas envie de vous apitoyer sur ce que j'y ai vécu. J'y ai grandi, et voilà tout. Ce n'était ni pire ni mieux que dans un autre orphelinat ou dans certaines familles. Je n'y suis jamais retournée depuis mon départ mais, cela peut vous paraître étrange, je serais capable d'y retrouver de bons souvenirs. Reginald, vous n'avez jamais eu de sœur ni de frère, n'est-ce pas ?

— En effet.

— Et tout cela parce que votre mère a souffert d'une infection après votre naissance, une infection qui l'a rendue stérile.

— Comment le savez-vous ?

— Tout le bâtiment numéro 5 de l'orphelinat le savait. Le généreux donateur qui avait permis sa construction était la Jessop & Jessop Shipfield Company. Et ce mécène, qui nous avait donné la chance de ne pas vivre dans la rue, avait d'autres qualités : tous les ans il sélectionnait un ou deux d'entre nous, les plus prometteurs, pour leur offrir une école puis une université d'élite. Les religieuses nous racontaient comment votre père, ce saint homme dont la femme ne pouvait plus enfanter, faisait du bien autour de lui. Il ne nous adoptait pas, mais nous sortait de la misère pour nous donner une seconde chance. Vous imaginez comment il était accueilli lors de ses venues, trois ou quatre fois par an ? Je crois que Dieu en personne ne nous aurait pas fait plus d'effet que Sir Jessop. Il avait le pouvoir de changer notre destin.

— Jamais il ne m'en a parlé. Je n'en savais rien.

— Croyez-vous que Waddington en faisait partie ? L'apôtre était-il un des orphelins ? intervint Thomas.

— Son nom m'était inconnu, mais les garçons de J. & J. Shipfield avaient leur bâtiment à eux. C'est très probable. Jessop sélectionnait plus souvent des garçons que des filles. Vous comprenez bien qu'à nous, il ne pouvait proposer l'université. Nous étions choisies sur d'autres critères.

Reginald se leva, balbutia un *Mon Dieu* et lui fit signe de continuer.

— Quand il s'est intéressé à moi, j'avais quatorze ans. Au début, je trouvais cela tellement excitant : il me sortait de l'orphelinat pour que je reçoive des cours particuliers. Il m'offrait des vêtements si luxueux pour une fille qui n'était rien. Il m'emmenait à l'Opéra. Il me donnait l'impression que j'étais une personne importante malgré mon origine. L'année suivante, il m'a conduite au club Athenaeum. Les premières fois, nous sommes restés dans le bureau. Il disait aimer ma conversation et ma maturité pour une si jeune femme. Et puis, un jour, il a ouvert cette porte qui m'intriguait et m'a montré sa chambre. Il a même tenté de m'embrasser, sans insister. Je crois que ma résistance a excité son côté chasseur. J'ai eu droit à des bijoux et d'autres cadeaux. Mais, au bout de plusieurs mois de refus, sa patience a pris fin et votre père est devenu menaçant : soit je cédais, soit je redevenais une orpheline quelconque de Watford. C'est alors que je me suis enfuie. J'ai vendu tout ce qu'il m'avait offert plus une chevalière en or qui lui appartenait.

— Ça, je m'en souviens, il était furieux et disait avoir été détroussé un soir qu'il rentrait du club… Oh, mon Dieu ! répéta Reginald.

— La somme m'a permis de survivre un long moment et de me cacher de lui.

Olympe prit la main de Thomas pour continuer.

— Moi aussi j'ai plusieurs noms, lui dit-elle. Lovell est celui de mon mari, un gentil garçon qui a accepté de m'épouser juste avant d'émigrer aux États-Unis. Je ne l'ai jamais revu et je ne sais pas ce qu'il est devenu. Mais, grâce à ce nom, j'ai pu me protéger de Jessop pendant des années.

— Ainsi, il faisait des orphelines ses maîtresses, commenta froidement Reginald.

— Son but premier était de faire de nous des femmes belles et brillantes en société afin d'accrocher un parti fortuné. En devenant leur femme, nous étions comme des agents des intérêts de Sir Jessop. Mais avant de nous lancer dans le monde, il voulait aussi nous apprendre à être soumises. Nous étions ses créations, toutes dévouées à sa cause et à son plaisir. Les choses ne se sont pas passées comme prévu avec moi.

— Je me sens tellement proche de vous, gémit Reginald. Cet homme nous a tous trahis. Je me doutais du pire depuis un moment, mais…

Les mots étaient devenus vains. Olympe prit l'interne dans ses bras. Celui-ci resta impassible, les mains le long du corps, peu habitué à des démonstrations d'émotion de la part d'une femme. Puis, petit à petit, il se laissa aller et serra Olympe contre lui.

— Qu'allons-nous faire maintenant ?

La question d'Horace resta sans réponse. Darky entra brusquement et se trouva nez à nez avec lui. Vere Cole était confortablement assis à son bureau.

— Nous avons un problème, il faut partir, dit le gangster en se désintéressant de l'Irlandais, qui en profita pour quitter le fauteuil avec dignité.

— Que se passe-t-il ?

— Il a été suivi ! tempêta Darky en désignant Reginald.

— Non, c'est impossible ! se défendit l'interne. J'ai pris toutes les précautions !

— Des inspecteurs en civil. Ils doivent attendre des renforts de la police de Londres pour intervenir. Robby va vous accompagner. Votre séjour s'achève maintenant.

103

Flower & Dean Street, Londres, dimanche 24 avril

La plus grande agitation régnait à tous les étages du repaire des Coons.

— Je vais avec vous, proposa Reginald.

— Non, vous restez ! intima Darky. Ils vous ont vu rentrer, vous leur raconterez n'importe quel bobard. Ça m'évitera d'aller en tôle. Les autres, vous avez cinq minutes pour prendre vos affaires.

Au même moment, des coups de feu retentirent. On criait dans la rue et on criait à l'entrée.

— Changement de plan ! Robby, le souterrain, vite !

Les gangsters s'étaient retranchés dans le couloir du rez-de-chaussée alors que les policiers avaient déjà investi le perron. Un Coon vint s'entretenir à l'oreille de son chef. Pendant ce temps, Horace, qui avait manifesté son mécontentement par des grognements dignes d'une harde de sangliers, fit mine de gagner sa chambre. Il fut rattrapé par Darky lui-même, qui le mit en joue de son revolver.

— Je vais chercher mes effets, ma pipe et mes économies, dit calmement Vere Cole.

— Pas le temps, les bobbies sont là ; il y en a deux qui sont en train de descendre par le toit. Maintenant, vous dégagez, sinon je vous livre moi-même à Scotland Yard !

— Vous êtes un escroc, ajouta Horace sans se départir de son calme.

— Parole de connaisseur, répliqua Darky avant d'interpeller un de ses hommes : Dis-leur de cesser le feu, je descends parlementer.

Les adieux avec Reginald furent courts. Il eut juste le temps de relater à Thomas la demande d'Elizabeth avant que les groupes ne se séparent. Robby les emmena à la cave par l'escalier de l'office alors que la fusillade reprenait par intermittence. Il les fit entrer dans la réserve où le numéro deux des Vendettas avait été séquestré.

— On l'a relâché la semaine dernière. Ils ont vite compris la leçon. Pouvez-vous m'aider ? demanda-t-il à Belamy en déplaçant une lourde caisse remplie de quincaillerie volée.

— Où est le passage secret ? s'inquiéta Horace en sondant les murs.

— De quoi parlez-vous ? dit le Coon tout en continuant à déplacer les caisses empilées.

— Du souterrain qu'on va emprunter. Londres est la ville des souterrains. Dans quelle maison mène-t-il ?

— Nulle part. Il n'y a pas de souterrain.

L'homme avisa la cage qui renfermait un oiseau et trônait sur un vieux vaisselier – le seul élément ne provenant pas d'un vol mais de la mère d'Eva Angely –, la prit sans ménagement et la fourra dans les mains d'Olympe. Le canari, dont l'immobilité avait pu le faire passer pour un animal empaillé, s'agita en tous sens, y laissant quelques plumes qui voletèrent à travers les barreaux.

— Qu'est-ce que tu fais là, toi ? dit Olympe, qui ne l'avait pas remarqué. Ta prison est si petite !

Elle porta la cage contre elle. L'oiseau se calma aussitôt et se mit à chanter.

— S'il n'y a pas de souterrain, qu'est-ce qu'on fait dans ce cul-de-sac ? insista Horace, toujours remonté par la perte de ses affaires.

— On rejoint les égouts, dit Robby qui roula un tapis, découvrant une trappe dans le sol.

— Ah, non ! Non, non, non ! Vous ne me ferez pas aller dans ce cloaque pestilentiel, râla Vere Cole. À aucun prix.

Dehors, des discussions s'étaient engagées et la voix de Darky s'élevait pour jouer au citoyen qui avait pris les inspecteurs pour une bande de voyous de l'East End. Il accepta que des bobbies entrent pour fouiller la maison.

Robby ouvrit la trappe d'où s'exhala une odeur de vase et de fermentation.

— Allez-y, moi, je vais garder votre bestiole, dit Vere Cole en s'adossant contre les caisses. Je dirai à la police que Darky me retenait prisonnier pour tenir compagnie à son piaf.

Des bruits de pas et des voix retentirent au-dessus de leurs têtes.

— Ils sont en train de fouiller le rez-de-chaussée. Vous ne pouvez plus attendre, prévint Robby.

— « Vous » ? Est-ce à dire que vous ne nous accompagnez pas ?

— Je dois tout remettre en place après votre départ.

— Ne vous inquiétez pas, j'ai l'itinéraire, dit Thomas en lui montrant un papier sur lequel un plan était gribouillé.

Horace le lui prit des mains et l'observa d'un air dédaigneux. Robby sortit des torches d'un coffre et les tendit aux deux hommes.

— C'est incompréhensible. Ainsi, vous aviez prévu ce repli sans m'en parler ? Et où va-t-on ?

— Je vous le dirai quand nous serons en bas. Horace, on ne va pas se séparer maintenant. C'est le seul moyen de leur échapper. Pourquoi croyez-vous que l'Éventreur n'a jamais été capturé ?

— Les égouts ? Vous voulez dire qu'il se cachait dans les égouts après ses forfaits ?

— Est-ce un argument suffisant pour que vous veniez ? Nous n'avons pas le choix.

— Surtout ne vous écartez pas du chemin prévu, dit le Coon à Thomas en allumant les torches. Il commence à pleuvoir.

Olympe voulut lui rendre la petite cage.

— Un cadeau de départ, c'est très gentil, dit-elle, mais je reviendrai le chercher une autre fois.

— Ce n'est pas un cadeau, madame, mais votre seul moyen de survie.

Ils descendirent les quinze échelons de métal du puits et arrivèrent dans un des égouts intermédiaires qui descendaient du nord vers les quais de la rive gauche de la Tamise. Entièrement construite en briques scellées au ciment de Portland, la galerie avait une forme ovale de deux mètres de haut, ce qui permettait de tenir debout avec une confortable marge, mais, en l'absence de plate-forme, obligeait à marcher sur le fond en permanence inondé par l'eau déversée des petits conduits. Thomas portait Olympe dans ses bras, qui elle-même tenait la cage, pendant qu'Horace avançait devant eux, un flambeau dans chaque main. Ils progressaient silencieusement dans une eau froide qui montait au-dessus des chevilles.

— Nous allons arriver dans le grand collecteur qui va de Hammersmith à West Ham, prévint Belamy. On ne peut pas le rater, il fait trois mètres de haut.

— Et où allons-nous ?

— Nous prendrons sur la gauche et, dans huit cents mètres, nous sortirons sur Limehouse Causeway.

— Chinatown ? C'est ça ? Vous nous emmenez dans la communauté chinoise ?

— C'est notre seule solution de repli. Si nous venions à être séparés, rendez-vous au numéro 15.

Le grand collecteur ressemblait à la nef aux voûtes romanes d'une cathédrale souterraine qui striait de part en part la plus grande mégapole du monde. Le silence n'était couvert que par les clapotis de l'eau tombant des centaines d'égouts primaires qui se déversaient dans le canal souterrain. Le niveau du liquide était tel que même la plate-forme latérale était inondée.

— Il n'y a aucun endroit sec où vous pourrez poser les pieds, constata Thomas.

— Je peux vous porter, ma chère, proposa Horace.

— Non, je vais marcher, dit Olympe. Nous irons plus vite. De toute façon, ce sera la douche assurée quand on remontera par un des collecteurs, ajouta-t-elle.

Elle prit la cage contre elle. Le canari pépia lorsque Horace approcha sa torche pour le voir, puis se tut.

— Pourquoi Robby a-t-il dit qu'il était notre moyen de survie ? Il n'y a pas de grisou dans les égouts, que je sache.

— Les eaux rapportent avec elles de nombreux produits toxiques, surtout dans cette partie de Londres. Et certains gaz peuvent se former. J'ai déjà soigné des égoutiers qui avaient été intoxiqués par de l'hydrogène sulfuré dans les réseaux souterrains.

— Charmant, on nous donne à choisir entre la peste et le choléra, marmonna l'Irlandais.

— Le niveau de l'eau est monté, remarqua Olympe alors qu'elle lui arrivait aux genoux, plaquant sa jupe et ses jupons contre elle.

— Il doit pleuvoir en haut, commenta Thomas. Heureusement, on va avancer dans le sens du courant. D'après mon plan, il faudra remonter d'ici une vingtaine de minutes, dans un des collecteurs primaires. Allons-y.

Ils progressèrent durant cinq minutes jusqu'à ce qu'un bruit assourdissant les fasse stopper net.

— Qu'est-ce que c'était ? Le tonnerre ? demanda Horace qui fermait la marche, alors que le son résonnait encore dans tout le souterrain.

— Non, une plaque d'égout qui s'est refermée violemment, indiqua Thomas.

— Ça venait d'où ?

— D'assez loin en arrière.

— Ils nous ont repérés ?

— Je n'en sais rien, répondit Thomas en reprenant la marche. Mais nous avons assez d'avance. Ne traînons pas.

— L'eau monte encore, s'inquiéta Olympe.

Les collecteurs, qui abouchaient dans la galerie depuis les murs inclinés, déversaient une pluie au débit croissant. Les trois fugitifs se retournaient régulièrement mais aucune lumière n'était visible dans le tunnel aux longues lignes droites. L'effort leur demandait de plus en plus d'énergie et leur souffle s'était fait saccadé.

— Nous y sommes presque, encore cent mètres, dit Belamy.

— Thomas ! s'écria Olympe en le prenant par le bras.

Une lueur était apparue au fond du collecteur principal.

— On est sauvés, ils sont trop loin. On va grimper après le croisement avec le collecteur de Stepney, qui est là, dit-il en désignant un embranchement une dizaine de mètres devant eux.

— Ce n'est pas trop tôt, je préfère les bains bien chauds, commenta Horace.

L'eau arrivait au niveau de leurs hanches et ils devaient résister pour ne pas se laisser emporter par le courant.

Un nouveau bruit assourdissant envahit les galeries.

— Encore une plaque mal fermée par les autorités, ironisa Horace.

— Cette fois, c'est le tonnerre, le contredit Thomas.

— Comment pouvez-vous en être sûr ?

— C'était un grondement, pas un claquement.

— Je vous promets de m'entraîner quand tout cela sera fini, plaisanta Vere Cole. J'ai déjà des difficultés pour les bruits du cœur. Ce sera plus facile avec une bouche d'égout.

Thomas s'arrêta pour poser sa main sur les briques du mur.

— Vous aussi, vous le ressentez ? interrogea Olympe. On dirait des vibrations.

Au loin, les poursuivants crièrent. Dans sa cage, le canari s'agita en volant en tous sens.

— Qu'est-ce qui lui prend ? s'inquiéta Olympe.

— Il se passe quelque chose, dit Belamy en tentant de percer l'obscurité de la galerie à l'arrière. Leurs lumières se sont éteintes.

Les cris leur parvenaient comme des ordres en pagaille.

— Bon sang, courez ! Courez vite ! intima Thomas en prenant la main d'Olympe, qui manqua d'en lâcher la cage.

— Mais enfin, expliquez-nous ! le pressa Horace en leur emboîtant le pas.

— On monte dans le premier collecteur qu'on trouve, c'est une vague qui déferle !

À peine avait-il prononcé ces paroles que le niveau monta subitement. Ils se sentirent soulevés de terre, puis chahutés avant que le calme ne revienne. L'eau leur était montée jusqu'à la poitrine.

— C'est tout ? Vous nous avez effrayés pour rien, mon ami !

— Il va y en avoir d'autres, ils ont dû ouvrir les vannes à cause de l'orage, expliqua Thomas. On monte là, décida-t-il en s'arrêtant au niveau d'un petit collecteur d'où s'échappait un ruisseau au jet soutenu.

La force du courant les obligeait à s'agripper aux anfractuosités du mur, dont certaines briques dépassaient suffisamment pour servir de prise. L'issue se trouvait au niveau de leurs têtes et charriait la pluie collectée dans deux petites rues du quartier avec un débit plus faible que les collecteurs suivants. Le premier barreau de l'échelle était fixé à environ un mètre cinquante à l'intérieur du collecteur.

— Il va falloir dire au revoir à votre canari, prévint Thomas.

— Pas question ! C'est bien vous qui m'avez dit qu'on n'abandonnait personne ? Il s'en sortira avec nous !

Sans attendre sa réponse, elle détacha sa ceinture, la passa dans l'anneau de la cage et cala l'installation sur son dos, à la manière d'un sac en bandoulière. Elle prit appui sur les cuisses de ses deux compagnons pour attraper le premier barreau, mais il lui manquait cinquante centimètres pour y arriver. Elle fit plusieurs tentatives sans parvenir à se hisser suffisamment haut.

Le groupe de leurs poursuivants fut à nouveau secoué d'un brouhaha anarchique.

— Une autre vague ! Vite, sur mes épaules !

Horace se cala derrière Thomas, qui put lâcher le mur. Il plongea dans l'eau et souleva Olympe, qui se retrouva assise sur les épaules du médecin. Elle y posa ses pieds et se leva lentement alors que Thomas la maintenait par la taille. Elle se trouvait entre les deux premiers barreaux.

— Ça y est ! J'ai réussi ! exulta Olympe, qui avait pris appui du pied sur le premier et de la main sur le second.

Au moment où elle se retournait, elle vit une énorme lame emporter les deux hommes comme des mannequins de paille. Elle cria, hurla leurs noms, en vain. Puis la pénombre se fit.

104

Limehouse, Londres, dimanche 24 avril

Olympe avait retiré la plaque et était sortie de terre sous le regard incrédule d'un vieux sans-abri qui s'était réfugié sous un porche en attendant la fin de l'orage. Elle s'était assise, les jambes tremblantes d'épuisement et de froid, avait constaté que son oiseau avait mieux passé l'épreuve qu'elle et avait remarqué seulement alors le vagabond tout rabougri, roulé en boule, qui la regardait comme un hibou effrayé depuis son abri.

— Savez-vous où nous sommes ?

Il la fixa de ses yeux plissés avant de lui répondre dans un mélange de cockney et de chinois au flux saccadé. Voyant qu'elle ne comprenait pas, il lui montra l'intérieur du porche où une adresse était écrite à la craie.

— Salmon Lane…, murmura-t-elle en se laissant glisser contre le mur. La ruelle des saumons.

Elle fut prise d'un rire nerveux qui se termina en pleurs incoercibles. Le sans-abri l'entoura d'une couverture sèche qui puait le moisi et, assis à côté d'elle, lui parla dans son jargon incompréhensible jusqu'à ce que les larmes s'arrêtent, en même temps que la pluie. Olympe se sentait abattue mais elle n'envisageait pas un instant qu'il fût arrivé malheur à Thomas et Horace. Ils devaient être en route pour le point de rendez-vous, ou l'y attendaient peut-être déjà. Bien qu'elle connût moins la géographie de l'East End que celle du reste de Londres, elle savait qu'elle se trouvait dans le quartier de Poplar et qu'il ne lui restait qu'une dizaine de minutes de marche. Ses vêtements étaient humides mais elle ne frissonnait plus. Le vieux clochard s'était intéressé à l'oiseau et jouait avec lui à travers les barreaux. Olympe vérifia qu'elle avait toujours sa bourse autour du cou et se leva. Elle lui tendit la couverture mais l'homme lui fit signe de la garder.

— Voulez-vous mon canari ? proposa-t-elle. Je vous le laisse, je suis sûre qu'il sera bien traité avec vous.

Il la remercia, toujours dans son langage incompréhensible, et serra la cage contre lui. Elle lui fit un signe d'adieu et quitta leur abri au relatif confort.

Limehouse Causeway était la seule rue où la communauté chinoise osait s'afficher comme le centre de ce que les Londoniens avaient baptisé « Chinatown », malgré la menace toujours présente des marins qui, inquiets de perdre leur travail au profit d'une main-d'œuvre meilleur marché, avaient mené des émeutes contre la communauté deux années auparavant. Le calme était précaire et la discrétion de mise.

Olympe croisa quelques magasins aux devantures modestes, deux blanchisseries, une épicerie et s'arrêta devant le numéro 15, un restaurant signalé par une lanterne rouge. La porte était close d'un volet de bois. Elle toqua avec la discrétion que réclamaient sa situation et le lieu. Personne ne vint lui ouvrir. Aucune lumière ne s'alluma dans le restaurant. Il faisait sombre, la pluie tombait par intermittence, les rares lampadaires en fonction diffusaient une lumière irrégulière, les autres, abîmés lors des émeutes, n'avaient toujours pas été réparés. La rue était vide et, pourtant, Olympe se savait observée depuis les fenêtres. Elle se savait aussi observée depuis l'intérieur de l'établissement. Elle insista une dernière fois et choisit d'attendre l'arrivée de ses compagnons de l'autre côté de la rue, dans un des taudis du quartier où seuls des pans de murs restaient debout après l'effondrement du toit à la suite d'un incendie. Les habitants du quartier soupçonnaient le propriétaire d'en être à l'origine afin d'y reconstruire des logements qu'il louerait à prix d'or à des familles entières. Malgré l'absence de protection contre le froid et les intempéries, une dizaine de pauvres hères s'y étaient réfugiés, hommes et femmes mélangés qui dormaient assis contre un mur ou couchés en chien de fusil sur le sol, faute de pouvoir étendre les jambes, dans l'espace du rez-de-chaussée qui restait viable entre gravats et poutres calcinées.

Tous la regardèrent, certains levèrent la tête ou se redressèrent lorsqu'elle entra, mais personne ne lui parla. Olympe dévisagea ces lambeaux d'humains, tombés dans un abysse d'où ils ne sortiraient jamais. Elle n'avait pas peur : ses compagnons d'infortune étaient, comme elle, épuisés et affamés. Elle trouva une chaise sans dossier, mais au siège de paille tressée intact, qu'elle disposa devant le chambranle sans vitre qui donnait sur la rue et attendit. Au loin, un tocsin sonna huit heures du soir.

Peu avant neuf heures, deux bobbies s'arrêtèrent devant le restaurant et, à leur tour, frappèrent le volet clos sans que personne vienne leur ouvrir. Olympe se cacha tout en les observant par l'ouverture. Ils n'insistèrent pas et restèrent postés près du numéro 15 jusqu'à l'arrivée d'un fourgon, d'où descendirent quatre policiers et deux inspecteurs en civil. Les premiers déchargèrent un bélier de petite taille pendant qu'un des inspecteurs frappait le volet en intimant aux habitants de leur ouvrir.

Olympe hésita à s'enfuir par l'arrière du taudis, comme les sans-abri avaient commencé à le faire dès le premier coup de boutoir. Mais elle avait besoin de savoir. La charge des forces de l'ordre déclencha cris et hurlements à l'intérieur, suivis d'une brève échauffourée, puis le silence reprit ses droits. Les policiers fouillaient toutes les pièces à la recherche des fugitifs. Un des Coons les avait trahis, peut-être même Darky. De temps à autre, une voix de femme, toujours la même, protestait avec véhémence, dans un mélange de chinois et d'anglais.

L'attente dura une heure. La faim tenaillait Olympe mais elle l'ignora avec superbe, comme elle l'avait fait à Holloway. Soudain, tout s'accéléra : on ouvrit le fourgon et les policiers sortirent du restaurant en tenant deux hommes menottés. Bien qu'ils fussent en partie cachés par les bobbies, la suffragette ne reconnut ni Horace ni Thomas. Du moins décida-t-elle de s'en convaincre. La Chinoise les suivait en vitupérant. Un des inspecteurs la menaça d'une arrestation, ce qui ne la calma pas le moins du monde. Ils l'ignorèrent et embarquèrent les suspects dans un Black Maria, qui démarra aussitôt. La femme les suivit sur quelques pas, posa ses mains sur sa tête dans une allure éplorée puis rentra dans la maison à la porte fracassée. Olympe se persuada que ses compagnons étaient là, tapis quelque part, attendant le bon moment pour rejoindre le restaurant, et se cala contre le mur froid d'où elle avait une vue en diagonale sur le numéro 15. Elle s'endormit sans s'en rendre compte.

Elle fut réveillée par l'aube fraîche des matins de printemps sur Londres et par la douleur qui vrillait sa nuque : Olympe n'avait pas changé de position de la nuit. Les fantômes avaient fait leur réapparition dans le taudis et tous dormaient autour d'elle, allongés comme des soldats fauchés par la mitraille. Elle s'étira sans quitter sa chaise et constata que la porte brisée n'avait pas été réparée et qu'une lampe brillait à l'intérieur. Les premiers sans-abri se réveillèrent et la saluèrent en silence avant d'uriner sur les gravats et de s'éloigner à la recherche de nourriture. Elle remarqua seulement alors l'odeur pestilentielle de l'endroit. À sept heures, la restauratrice sortit et inspecta la rue avant que deux enfants ne s'échappent de l'endroit tels de jeunes chats privés de liberté. Olympe se posta sur le seuil pour les regarder s'éloigner vers Pennyfields puis observa les différents bâtiments et l'activité qui régnait dans Limehouse Causeway : les forces de l'ordre avaient visiblement disparu. Elle profita du moment où la femme réapparut, portant le grand panneau noir des menus du jour, pour l'aborder.

— Bonjour, je suis une amie du docteur Belamy. Nous avons rendez-vous chez vous.

La restauratrice fit mine de ne pas comprendre sa demande puis, devant son insistance, lui répondit en chinois.

— Savez-vous où il est ? s'obstina Olympe.

La femme lui fit signe de s'en aller. La suffragette recula d'un pas mais ne renonça pas.

— Pouvez-vous lui laisser un message ? Je suis désolée de ce qui est arrivé hier. C'est votre mari qu'ils ont emmené ?

Les bras s'agitèrent encore plus. Le ton de la voix se fit vindicatif.

— Je m'en vais… Dites-lui que je reviendrai à midi.

Olympe rentra dans son abri où tous les fantômes s'étaient réveillés. Un couple se partageait un demi-pain sous le regard envieux des autres. La tête d'un garçonnet apparut dans l'encadrement et la fixa sans rien dire. Elle s'approcha et reconnut un des enfants de la restauratrice. Il lâcha un papier plié à l'intérieur du taudis et s'enfuit en courant.

Il n'est pas venu. Vous devez partir. L'écriture était consciencieuse et appliquée. Le garçon avait dû le rédiger sous la dictée de sa mère. Olympe hésita. Elle ne pouvait se résoudre à quitter son seul lien potentiel avec Thomas mais se sentait coupable de ce qui arrivait à cette famille. La faim finit par la décider à agir. La suffragette remonta Limehouse Causeway jusqu'à une épicerie qui faisait l'angle avec Gill Street. Elle acheta cinq gros pains et tendit une livre sterling. La commerçante prit le billet avec circonspection et le lui rendit :

— Je n'ai pas assez dans ma caisse pour vous rendre votre monnaie, madame. Il n'y en a que pour un shilling[1].

1. Une livre sterling de l'époque valait vingt shillings.

Olympe s'en voulut de s'être fait remarquer de la sorte et compléta ses courses par une boîte de lait concentré, du fromage, du hareng séché et du bacon cuit. Elle vérifia que personne ne l'avait suivie et rentra au taudis où elle distribua des morceaux de pain à chacun des présents avant de s'isoler près de la fenêtre pour manger le sien. Une fois rassasiés, et la méfiance levée, plusieurs sans-abri s'approchèrent d'elle pour la remercier et la questionner sur un geste inhabituel dans un quartier où la survie de chacun se faisait souvent aux dépens des autres.

— La dernière fois où ça m'est arrivé, c'était un Américain, dit un homme d'une trentaine d'années dont le corps commençait déjà à se flétrir. Il m'a offert à manger et deux pintes de *half-and-half*. Il est venu chez moi et m'a posé beaucoup de questions sur l'East End. Puis on a bu encore et je ne l'ai jamais revu. Plus tard j'ai appris que c'était un journaliste. Qu'il avait écrit un livre sur nous[1]. Vous écrivez aussi ?

— Non.

— Vous êtes une criminelle en fuite ?

— Non plus.

— Je dis ça parce qu'il y a plein de patrouilles dans le coin.

Olympe jeta un nouveau regard en direction de la rue avant de lui répondre :

— Je cherche un homme.

— Il vous a abandonnée ?

— En quelque sorte.

— Et vous l'aimez encore.

— Il m'a sauvée plusieurs fois.

— Mais il ne veut pas s'embarrasser d'une femme. Je comprends.

— Comment vous appelez-vous ?

— Ed.

— Voulez-vous m'aider, Ed ?

— À retrouver votre homme ?

— Oui. Je pourrai vous payer un bon repas.

— Quelques pintes de bière suffiront ! Quel est son nom ?

— Kenneth. Il est écossais, mentit-elle. Je vous attends ici.

---

1. En 1902, Jack London vécut quatre-vingt-six jours parmi les plus pauvres de l'East End afin de témoigner de leur misère dans son livre *Le Peuple d'en bas*.

105

Tower Hamlets, Londres, lundi 25 avril

Thomas tenta de prendre appui sur sa jambe droite mais une douleur fulgurante traversa son corps comme une décharge électrique. Il se rassit, dos à l'arbre contre lequel il avait passé la nuit. Sa blessure, bien que peu profonde, l'empêchait de se déplacer. Il ôta le bandage qu'il avait fabriqué avec les manches de sa chemise et constata que la plaie longue de quinze centimètres qui traversait sa cuisse et avait entaillé le muscle en profondeur ne saignait plus, ce qui était la seule bonne nouvelle des dernières heures.

Il regarda le mausolée juste devant lui, qui abritait la sépulture d'un personnage ayant sans doute été illustre avant de finir dans une des allées du Tower Hamlets & City of London Cemetary. Caché dans la broussaille du parc, à l'abri des sentiers bordés de tombes, Thomas avait passé une nuit remplie des images de leur fuite.

Il avait aidé Olympe à se hisser dans le collecteur, puis avait accroché son regard juste avant que la vague ne l'emporte avec Horace. Pendant de longues minutes, les deux hommes s'étaient laissés aller dans le courant. Ils ne pouvaient pas lutter et ne le cherchaient pas. Vere Cole se trouvait environ deux mètres devant lui ; la distance entre eux ne cessait de s'accroître. Lorsque le tunnel s'était élargi, le courant avait perdu de son intensité et ils avaient cherché à s'agripper à chaque sortie de collecteur qui se présentait dans le mur de briques. Mais les parois étaient devenues glissantes sous l'effet de l'eau grasse. Lorsque la galerie s'était séparée en deux, au-dessous de Devons Road, Horace avait réussi à s'accrocher à l'arche centrale et à attraper la main de Thomas. Le médecin s'était retrouvé plaqué contre la paroi et sa cuisse avait heurté un objet effilé qui l'avait blessé. Il avait lâché prise. Horace ne pouvait laisser son ami dériver seul et amoindri vers la station de pompage d'Abbey Mills, et il s'était lancé à sa rescousse. La seule lumière provenait, par intermittence, des collecteurs d'eaux pluviales. Horace s'était guidé à la voix pour rattraper Thomas et ils avaient réussi à cramponner leurs mains à la sortie d'un petit égout. Vere Cole avait aidé Belamy à grimper les échelons à la force des bras et l'avait suivi. Ils avaient dévissé le couvercle de fonte et étaient sortis de la gueule béante, épuisés mais vivants, sous une pluie battante, vers le milieu de Campbell Road. Ils avaient dévié de deux kilomètres et demi au nord-est de leur but. Dès les premiers pas, Thomas avait compris qu'il ne pourrait marcher loin et les deux hommes avaient rejoint le refuge le plus proche et le plus sûr : le cimetière de la ville de Londres. Ils y avaient passé la nuit.

— Alors, vous avez retrouvé des patients mécontents ?

La saillie d'Horace lui arracha un sourire. Vere Cole était imprévisible, même dans l'adversité. Il s'assit à côté de Thomas sous leur cachette végétale. Tower Hamlets était un parc dans lequel les tombes avaient poussé dans une joyeuse anarchie comme des champignons de sous-bois le long de sentiers sinueux ; se soustraire à la vue des visiteurs était aisé.

— J'ai ce que vous m'avez demandé, dit-il en déposant près de lui un sac en papier.

— Vous avez fait attention ? interrogea Thomas tout en vérifiant le contenu.

— Je suis allé dans une pharmacie de l'autre côté de Victoria Park, n'ayez crainte. J'ai raconté que j'étais médecin militaire et que mon majordome s'était pris un coup de sabot. Et j'ai usé de mon charme, ajouta-t-il en montrant ses vêtements sales et usés. Par contre, je n'ai pas vu un seul bobby. Apparemment, les forces de l'ordre bloquent le quartier de Limehouse.

— Nous allons tout faire pour la sortir de là, dit Thomas en badigeonnant d'antiseptique une large surface de sa cuisse.

Il serra les dents pour ne pas crier.

— Allez-vous réussir sans anesthésique ? s'inquiéta Horace.

— Nous n'avons pas le choix, le pharmacien ne vous l'aurait pas fourni. Même avec tout votre charme.

— Quel dommage. En rentrant, je me suis arrêté dans un pub. C'est là que j'ai appris, pour Limehouse…

Belamy se répéta mentalement les sutures qu'il aurait à faire dans les différents plans. Il effectuerait des points profonds en anses transversales avant de réunir les bords de la plaie et de laisser un drain, son corps ayant trempé dans l'eau des égouts et la désinfection n'ayant pu se faire que le lendemain. La nuit s'étant déroulée sans fièvre, il ne se donnait plus qu'une chance sur deux d'être infecté.

Il se remit à écouter Vere Cole quand celui-ci lança :

— J'ai peut-être quelque chose qui pourra vous aider à mieux passer ce sale moment.

— Horace, je n'ai pas envie d'ingurgiter de l'alcool.

L'Irlandais lui présenta un verre rempli de glaçons.

— Une idée du pharmacien qui s'inquiétait du mal que j'allais faire à mon majordome, et un cadeau du patron du pub. En fait, je le lui ai un peu volé, avoua-t-il.

Thomas lui administra une tape amicale en guise de remerciement. Ils fabriquèrent une poche à glaçons avec une des manches déchirées et les laissèrent fondre sur la plaie. Bien que la douleur fût loin d'être anesthésiée, le chirurgien entreprit la suturation en prenant soin de ne rien bâcler et, vingt minutes plus tard, les lèvres cutanées étaient réunies. Il déposa une large couche de pommade antiseptique, protégea l'ensemble de sa seconde manche de chemise, s'allongea et s'endormit aussitôt.

À son réveil, Vere Cole était toujours à son côté, qui fumait une cigarette turque de qualité inférieure.

— La seule marque que j'aie trouvée, se justifia-t-il.

— Combien avez-vous d'argent sur vous ?

— Suffisamment pour tenir une semaine à l'hôtel. Bien plus autrement. J'en gardais sur moi en permanence, je me méfiais de Darky.

— Nous ne pouvons pas rester dans le quartier de Tower Hamlets. Il faut retourner à Limehouse.

— À ceci près que vous ne pouvez pas marcher. J'irai seul à la recherche de notre chère Olympe.

— Il n'en est pas question. Mes contacts ne vous feront pas confiance.

— En rampant, il vous faudra une semaine pour y arriver, sans compter que ce ne sera pas avec la discrétion voulue.

Thomas savait que son ami avait raison mais enrageait de son impuissance.

— Trouvez-moi deux béquilles et nous irons ensemble.

— Ce ne sera pas idéal pour se battre ou s'enfuir, même si je vous sais capable de tout. Je vais y aller et je reviendrai avec Olympe.

— Le quartier est bouclé, vous l'avez dit vous-même. Nous allons trouver…

Thomas s'interrompit et fit signe à Horace de s'asseoir. On psalmodiait en latin dans l'allée.

— Un enterrement, chuchota-t-il. C'est le second depuis votre départ.

— Il y a incontestablement une hausse de la mortalité depuis que vous ne pratiquez plus, mon cher, s'amusa Horace en poussant les branchages.

Un cortège d'une trentaine de personnes suivaient, tête basse, l'employé des pompes funèbres qui poussait un chariot mortuaire.

— Il s'éloigne, constata-t-il.

— Aidez-moi. Aidez-moi à me lever, demanda Thomas.

Il claudiqua jusqu'au mausolée et scruta vers l'entrée du cimetière.

— Je crois que nous l'avons ! dit-il en s'appuyant sur l'épaule de Vere Cole.

— Quoi donc ?

— Le moyen de nous rendre au point de ralliement.

106

New Scotland Yard, Londres, lundi 25 avril

Le commissaire Waddington fit signe à son assistant d'aller chercher Reginald. L'interne avait été arrêté avec Darky et interrogé toute la soirée. Il n'avait pas varié dans sa déposition, malgré la pression des inspecteurs, arguant qu'il n'avait eu aucun lien avec le docteur Belamy depuis sa disparition et qu'il s'était rendu Flower & Dean Street pour voir certains des patients du médecin. Il avait dormi dans une des cellules de Scotland Yard et, au matin, l'avocat de Sir Jessop s'était rendu au siège de la police afin de le faire libérer.

Reginald entra menotté, encadré de deux bobbies, et se montra indifférent au salut que lui adressa l'avoué de son père.

— Nous allons vous libérer, indiqua Waddington. Aucune charge ne pèse contre vous, docteur. Nous sommes désolés de ce malentendu, ajouta-t-il, déclenchant un hochement de tête de l'avocat. Enlevez-lui ses menottes, ordonna-t-il à son assistant.

Reginald frotta avec ostentation ses poignets endoloris.

— Maintenant, messieurs, pouvez-vous nous laisser seuls ? demanda le policier. Vous aussi, indiqua-t-il à l'avoué.

Le commissaire attendit patiemment que tous fussent sortis et lui proposa un thé, que l'interne refusa. Waddington se servit et alluma une cigarette avant de l'entreprendre.

— Je sais que vous êtes un des complices de Thomas Belamy. S'il ne tenait qu'à moi, vous seriez en prison depuis hier. Mais vous portez un nom que je respecte.

Tout en parlant, le policier arpentait la pièce comme lorsqu'il menait un interrogatoire.

— Sir Jessop est un homme de bien. Votre père est un être exceptionnel, je peux en témoigner.

Le ricanement de Reginald l'agaça. Il se posta devant lui et chercha une explication dans le regard de l'interne.

— Je crois que vous ne réalisez pas à quel point vous avez de la chance d'être son fils. C'est un des plus grands hommes du Royaume-Uni.

— Vous aussi êtes un orphelin de Watford ?

— Oui. Et j'en suis fier. Je ne dois pas ma réussite à mon nom.

— Vous lui êtes redevable et votre dévotion vous aveugle, l'apôtre.

Le commissaire cacha imparfaitement sa surprise. Il écrasa sa cigarette tout en réfléchissant.

— Voilà une preuve de plus que vous êtes complice de ces ennemis de notre Empire. Au moins, vous nous aurez été utile en nous conduisant jusqu'à eux.

— C'est mon père qui vous a ordonné de me suivre, n'est-ce pas ? Vous étiez à l'Athenaeum Club la semaine dernière. Avez-vous idée de ce qui s'y passe ? Vous qui êtes policier, savez-vous ce que votre mentor a fait endurer à Miss Lovell et d'autres filles de Watford ? Savez-vous le genre de chantage qu'il est capable d'exercer, même envers son propre fils ?

— Taisez-vous maintenant, dit froidement Waddington. Vous êtes libre, je ne veux plus vous voir, conclut-il en s'approchant de la porte pour l'ouvrir.

— Non, pas question. Vous allez m'écouter jusqu'au bout, sinon je dénonce vos activités parallèles à vos supérieurs.

— Ils sont bien longs, là-dedans.

L'avocat jouait avec le clapet de sa montre.

— C'est qu'on m'attend au palais, ajouta-t-il en la faisant glisser dans sa poche de gilet.

— À Buckingham ? s'exclama l'assistant, impressionné.

— Non, au palais de justice, répondit l'autre du bout des lèvres, entre incrédulité et consternation. Ah, les voilà !

L'avocat remercia une dernière fois le commissaire et prit Reginald par le bras.

— Venez, je vous emmène chez votre père. Il vous attend.

Waddington les regarda s'éloigner, poings sur les hanches, avant de se retourner vers son assistant :

— A-t-on des nouvelles de Limehouse ?

— Pas pour l'instant, commissaire. Le directeur d'Abbey Mills a confirmé qu'aucun corps n'a été trouvé dans les bassins de la station de pompage.

— Pas étonnant. Je suis sûr qu'ils s'en sont sortis et qu'ils se terrent dans Chinatown. Comment vont nos hommes ?

— Ils en sont quittes pour quelques bleus et une grosse frayeur.

— En tout cas, l'intuition de Conan Doyle était bonne : ils se sont déplacés dans les égouts. Soyons dignes de lui et ne les lâchons plus.

107

Limehouse Causeway, Londres, lundi 25 avril

La police ne s'était pas montrée de l'après-midi et la rue avait retrouvé son activité normale, discrète et feutrée, à l'image de la communauté qui l'occupait. Le restaurateur et son frère, que la police avait embarqués, étaient revenus à pied de Victoria Embankment et s'étaient attelés à réparer la porte et le chambranle arrachés par le bélier.

Assise en tailleur à son poste d'observation, Olympe mangea le restant de son pain avec le hareng séché en les regardant faire. Le taudis s'était vidé de ses occupants partis mendier leur pitance quotidienne. Certains s'étaient rendus à la « Mangeoire », un baraquement de l'Armée du Salut dans le quartier de Stepney, d'autres avaient cherché à obtenir une place pour la nuit à l'Armée du Salut de Whitechapel. Olympe avala les miettes qu'elle avait regroupées dans un creux de sa jupe et déglutit avec difficulté. La soif, intense, la ferait sortir de sa tanière avant la nuit, en dépit des risques. Elle prit sa bourse, compta son argent, la remit autour de son cou et boutonna sa chemise en plissant ses lèvres dans une mimique de dépit. Ils n'étaient séparés que depuis une journée, mais elle commençait à douter que Thomas vienne au rendez-vous.

Une pierre dévala un tas de gravats, la faisant sursauter. Ed apparut et lui adressa un signe amical pour s'excuser. Les fantômes du lieu avaient pris l'habitude d'aller et venir à partir de l'arrière de la maison en ruine où un trou dans le mur donnait sur un terrain vague au bout duquel passait la voie ferrée. Les plus téméraires la traversaient pour se rendre sur les docks de la West India quémander un travail ou de la nourriture avariée déchargée des bateaux.

— Une bonne journée, dit-il en jetant son sac au sol, soulevant un nuage de poussière crasseux qui se redéposa aussitôt. Gagné un shilling et bien mangé.

— Avez-vous des nouvelles de Kenneth, l'homme dont je vous ai parlé ? demanda-t-elle en constatant qu'il avait surtout bu son shilling, au vu de l'haleine qu'il dégageait.

— J'ai questionné du monde. Il n'y a pas d'Écossais à ce nom dans le coin. Juste deux hommes et une femme que tous les *cops*[1] de Londres recherchent par ici. Des bourgeois, paraît-il. Pouvaient pas rester chez eux ? Maintenant, on a un bobby à chaque croisement. Déjà qu'ils nous emmerdent la nuit à pas pouvoir dormir dehors. Paraît que ça peut durer.

— Merci d'avoir essayé, Ed, dit-elle, satisfaite des informations qu'elle espérait.

— Ça vaut bien mon shilling, plaida-t-il en restant planté devant elle. Pour le temps passé.

— Oui, vous l'aurez, céda-t-elle, comprenant qu'il n'avait pas étanché sa soif et qu'il allait devenir insistant.

Ed marcha jusqu'aux gravats et, plantant sa jambe droite sur le tas, se pencha vers les cailloux comme s'il y cherchait une pierre précieuse.

— Moi, je crois…, commença-t-il avant de retourner vers elle. Moi je crois que ça vaut plus. Je crois que ça vaut la bourse que vous avez autour du cou.

Olympe s'était levée.

— Il n'y a rien dedans. Pas d'argent.

— Donnez-la-moi, insista-t-il en tendant la main. Je vous ai vue quand vous avez compté vos pièces.

— Si vous approchez, je hurle.

1. « Policiers », familier plus qu'argotique.

— Vous le ferez pas. Vous fuyez la police autant que nous tous. Peut-être même plus que nous.

Ed dégaina un couteau baïonnette en guise d'argument définitif.

— Votre argent contre la vie sauve. En fait, je crois que vous êtes la fugitive qu'ils recherchent. Mais je les aime pas. Je vais pas vous livrer pour la prime, par contre vous allez me dédommager. Et je crois même que je vais y gagner au change, conclut-il en lui faisant signe de lui lancer la bourse.

— N'approchez pas d'elle !

La silhouette d'un homme se découpa dans l'encadrement de la porte.

— Personne ne menace quelqu'un dans ma rue, dit-il avant d'entrer, découvrant des souliers vernis et un long manteau au col de fourrure.

L'inconnu était asiatique. Son visage trapu portait une cicatrice de la mâchoire à la tempe gauches et l'impassibilité de son regard glaça le sans-abri.

— Qui êtes-vous ? Dégagez ! tenta Ed sans conviction.

L'homme lui montra une pièce avant de la lancer à ses pieds.

— Six pence pour aller vous saouler. C'est tout ce que vous valez, dit-il en posant les deux mains sur le pommeau de sa canne. Maintenant, c'est vous qui dégagez. *Zàijiàn* !

Au moment où Ed se penchait pour récupérer la monnaie, il reçut un violent coup de bâton qui l'assomma net. L'inconnu se baissa pour reprendre sa pièce, souffla dessus et la rangea dans une poche avant de se présenter :

— Brilliant Chang. Je suis un ami du docteur Belamy. Vous n'avez plus rien à craindre.

108

Limehouse Causeway, Londres, lundi 25 avril

L'eau chaude du bain était un océan de douceur après la rudesse des derniers jours. Olympe huma l'éponge qui sentait les sels parfumés et se nettoya une nouvelle fois le visage pour vérifier qu'elle ne rêvait pas. Elle se prélassait dans une baignoire en cuivre au centre d'une vaste salle d'eau dont les meubles, aux décors champêtres, étaient en marbre et en faïence. Une jeune femme en tenue traditionnelle chinoise entra, déposa des vêtements propres et se retira dans le seul bruit feutré du frottement de la soie. En la sortant de son taudis, l'homme l'avait amenée au numéro 13 de Limehouse Causeway. Olympe avait l'impression d'être une princesse à la cour de l'Empire du Milieu et se laisser flotter dans de douces pensées jusqu'à ce que l'eau, refroidie, la fasse frissonner. Elle se sécha et se regarda nue dans l'immense miroir qui ornait un des meubles avant de songer qu'elle était peut-être observée de l'autre côté du verre poli. Elle s'habilla rapidement et descendit rejoindre son hôte.

La façon radicale dont Mr Chang avait traité Ed lui donnait une idée de sa catégorie professionnelle, mais elle savait qu'il n'avait pas l'intention de la livrer à Scotland Yard – sinon, pourquoi l'aurait-il apprêtée des plus beaux atours ? Quant à une tentative de séduction forcée, il serait bien temps d'y répondre le moment venu. Il l'avait tirée d'un mauvais pas, semblait apte à tenir la police à l'écart et connaissait Thomas, ce qui, pour l'heure, suffisait à le rendre digne de confiance.

Brilliant Chang l'attendait dans un salon moins ostentatoire mais tout aussi oriental. Il réprima à son arrivée un sourire de satisfaction, qui fut suffisant pour révéler une bouche édentée, cause probable de l'impassibilité qu'il s'imposait. Il lissa d'une main ses longs cheveux noirs réunis en tresse tout en l'invitant de l'autre à s'asseoir.

— Je vous propose un thé mûr à la chinoise, dit-il en faisant un signe discret à une des deux domestiques postées chacune à un angle, aussi immobiles que des sujets de porcelaine.

L'homme se montra affable et courtois, mais il la regardait avec une insistance et une avidité qu'il avait du mal à contenir. Brilliant Chang était le fils d'un homme d'affaires chinois qui l'avait envoyé à Londres pour suivre des études de médecine. Il les avait rapidement abandonnées, préférant ouvrir un restaurant dans Regent Street.

— Vous y êtes la bienvenue, dit-il en soulevant son bol pour en humer le parfum avant d'en prendre une petite gorgée. Une fois que vos ennuis actuels auront été résolus, naturellement.

Olympe, qui avait attendu que l'homme boive son thé en premier, l'imita avant de lui relater ce qu'il semblait déjà connaître.

— Nous sommes une petite communauté et les événements d'hier ne sont pas passés inaperçus, Miss Lovell. Votre présence nous a été signalée rapidement. Nous n'avons pas pour habitude d'intervenir dans les affaires d'autrui. Mais votre vie semblait en péril et la police nous soupçonne toujours des pires vilenies. Je n'aurais pas voulu en être accusé. Jamais je n'oserais faire faire le moindre mal à une femme de votre beauté.

— Je suis persuadée que vous me seriez venu en aide quel que soit mon physique, Mr Chang, ne put-elle s'empêcher de répondre.

— Cela va de soi, lâcha-t-il en baissant les yeux pour la première fois de la conversation.

Elle s'en voulut de la futilité de sa victoire : elle ne devait surtout pas lui faire perdre la face.

— Vous êtes un ami de Thomas, n'est-ce pas ? Comment vous êtes-vous connus ? enchaîna-t-elle alors qu'il noyait sa frustration dans deux bruyantes gorgées du liquide aux reflets rouge brique.

Un malabar fit son apparition et attendit un geste de Brilliant pour s'approcher de lui. À part Chang, c'était le premier homme qu'elle croisait dans la demeure. Il avait la même morphologie de lutteur de foire que les Coons, les mêmes tatouages visibles, la même déférence envers son patron et le même regard impavide. Chang semblait réunir l'ensemble de la fantasmagorie londonienne au sujet de Chinatown. Il s'entretint à voix basse avec son homme de main.

— Veuillez m'excuser de cet aparté, dit-il lorsque ce dernier fut parti. Vous vouliez savoir comment j'ai connu le docteur Belamy, avec qui vous semblez être intime. C'est par cette cicatrice, indiqua-t-il en caressant sa balafre.

— C'est un excellent chirurgien. C'est lui qui vous a soigné ?

— Non, c'est lui qui me l'a faite. Maintenant, Miss Lovell, je vais vous demander de regagner votre chambre.

Le cheval portait une longue couverture noire ainsi qu'une cagoule de la même couleur qui ne laissait voir que les yeux et les oreilles. Il tirait un corbillard orné d'énormes pompons à chaque angle du toit. La nuit venait de tomber quand la voiture s'arrêta, invisible, près du taudis. Horace, qui conduisait l'attelage, en descendit et entra au numéro 15. Il en ressortit peu après, accompagné du gérant. Ils aidèrent Thomas, qui avait fait le trajet caché sous des couvertures, à s'installer à l'étage du restaurant. Vere Cole repartit aussitôt pour se débarrasser de l'encombrant carrosse et se retrouva nez à nez avec un drôle de personnage vêtu d'un manteau au col de fourrure.

— Cher monsieur de Vere Cole, vous en avez mis du temps, dit Chang.

— Je ne connais personne de ce nom, répliqua Horace en feignant l'étonnement.

— Pouvez-vous dire à notre ami Thomas que Miss Lovell se repose chez moi ? continua l'homme en ignorant sa réponse.

— Olympe ! Elle est sauve ?

— La mémoire vous revient.

— Dieu soit loué ! Elle va bien !

— Mes hommes vont s'occuper de votre corbillard, dit Chang en indiquant ses deux sbires qui sortaient Ed, toujours inconscient, du taudis. Nous avions justement une livraison à faire.

— Et à qui ai-je l'honneur, monsieur ?

Chang n'eut pas le temps de répondre que le restaurateur et son frère s'étaient interposés. Ils l'interpellèrent en chinois, violemment d'abord, puis les échanges se calmèrent avant de s'enflammer à nouveau dans un déluge d'invectives. Horace les laissa à leur querelle dont les racines devaient être anciennes et monta annoncer à Thomas la bonne nouvelle. Sa réaction mitigée lui confirma que Chang était à ranger dans la colonne des problèmes plutôt que dans celle des solutions. Belamy tenta de poser la jambe droite sur le sol, mais la douleur était trop forte. La cuisse avait enflé, la plaie suturée était chaude et le drain révélait la présence d'un début d'infection.

— Je vais la chercher, proposa Horace.

— Surtout pas, Chang ne vous laissera pas faire. De toute façon, nous ne pouvons pas rester ici, la police peut débarquer à tout moment.

— Êtes-vous en train de me dire qu'il la retient contre son gré ?

— Et que nous n'avons d'autre choix que d'aller nous réfugier chez lui. C'est ce qu'il veut.

En bas, les protagonistes en étaient toujours aux vitupérations.

— Mais pourquoi ? Qui est cet homme ? Quel est son but ?

— C'est ma faute. Je l'ai sous-estimé et je nous ai amenés droit dans sa toile. Bon sang, s'il n'y avait pas eu cette pluie torrentielle hier, tout se serait bien passé… Chang est le plus gros dealer de l'East End et nous avons une affaire à régler. Une affaire vieille de trois ans.

Chapitre XVIII

4 et 5 mai 1910

109

13 Limehouse Causeway, Londres, mercredi 4 mai

Lorsqu'il était entré dans sa chambre, Olympe était endormie, une écritoire sur les genoux, après avoir noirci des pages d'une lettre dont elle ne savait quand elle pourrait la lui remettre. Mais elle s'était juré de le faire, quelles que soient les épreuves, pour réparer tous ces moments où elle aurait pu, où elle aurait dû lui dire, mais où elle n'avait osé affronter ses propres peurs. Elle n'avait jamais écrit ses sentiments pour personne avant ce jour, persuadée que les émotions étaient des objets volatils, liés aux moments et non aux êtres, et qu'ils portaient en eux les regrets de leurs énoncés, comme tous ces tatouages flétris sur des peaux marquées des expériences de la vie.

Elle avait senti sa présence et s'était éveillée. Ils s'étaient embrassés à en perdre le souffle, avaient fait l'amour en gémissant leurs noms qu'ils avaient criés dans le vide de l'absence, trop longtemps. Puis elle avait glissé les papiers sous son oreiller. Le moment n'était pas venu, toujours pas.

Les jours s'étaient succédé. L'infection s'était résorbée grâce à l'arsenal de drogues fourni par Chang et Thomas n'avait pas été obligé de rouvrir la plaie. Il avait retiré le drain le samedi et posé le pied sans ressentir de vive douleur le lundi. Leur hôte suivait avec attention les étapes de la guérison de Belamy.

Olympe coupa le fil et l'enleva délicatement à la pince.

— Voilà, c'était le dernier, dit Thomas en tamponnant la boutonnière avec une gaze imprégnée d'un liniment à base de miel. Le temps fera le reste. Vous feriez…

— Je sais ce que vous allez me dire. Mais je ne veux pas devenir une infirmière dévouée à la gloire d'un médecin demi-dieu, fût-ce vous, mon amour, conclut-elle en lui tendant son pantalon.

— Vous feriez un chirurgien formidable, compléta-t-il, et je serais heureux d'être votre assistant.

La remarque, qu'elle savait sincère, l'émut. Tout en se rhabillant, il lui relata l'exemple d'Emily Barringer, qui venait d'achever à l'université de New York son résidanat de chirurgienne.

— Vous savez aussi bien que moi que personne ne la laissera opérer, objecta Olympe. Il faudra encore une ou deux générations.

— Alors, ce sera pour nos enfants, conclut-il en l'embrassant sur les cheveux.

Olympe recula pour se défaire de son étreinte.

— Hé ! cria-t-il, surpris par la vivacité de sa réaction, ce n'était pas une demande en mariage. Olympe ?

— Je suis désolée. Ça va aller. Certains sujets me sont sensibles. Je me fais l'impression d'être compliquée, parfois.

Elle se tourna vers la fenêtre, qui s'ouvrait sur une cour intérieure à la propreté douteuse, alors que, tout autour, l'arrière des maisons était utilisé comme décharge à ciel ouvert. Des tas d'immondices s'étaient accumulés, parfois même sur les patios, jetés depuis les fenêtres des étages supérieurs. Au loin, la ligne ferroviaire enjambait la rue comme le trait d'horizon d'un paysage urbain.

Thomas rangea le matériel médical, dont il savait que Chang l'avait obtenu par une complicité dans l'un des hôpitaux de Londres.

— J'ai tellement d'autres préoccupations que de fonder une famille, s'expliqua Olympe. Mes enfants naîtront dans un pays où les femmes auront le droit de vote. Je ne veux pas qu'ils se battent pour l'obtenir. Ce ne doit pas être leur combat.

— Alors, fuyons pour l'Australie, proposa-t-il en l'enlaçant.

— Petit rusé ! Croyez-vous que je ne sais pas que les Australiennes votent déjà ? répliqua-t-elle en se retournant pour l'embrasser.

— Allons refaire notre vie là-bas. Il y aura toujours des causes à notre taille.

— Nous ne pouvons même pas sortir de cette rue et vous me proposez le Nouveau Monde ?

— Ce n'est plus qu'une question de temps.

— D'ailleurs, je ne comprends pas pourquoi Mr Chang est aussi attentionné envers nous, remarqua-t-elle. On dirait un éleveur qui entoure de toutes les prévenances un animal qu'il va abattre pour le repas.

— Mis à part ses avances, vous ne craignez rien. Tant que je ne suis pas remis, il ne se passera rien.

— Expliquez-moi…

— Ne vous inquiétez pas et faites-moi confiance. Le plus urgent pour le moment est que je trouve un moyen de me rendre au Barts pour opérer sœur Elizabeth. Où est passé Horace ?

Brilliant Chang se tamponna les commissures des lèvres avec une affectation maniérée avant d'enjoindre d'un signe à son garde du corps de faire entrer ses hôtes. Il dégustait une viande en sauce, assis à son bureau entre deux statuettes argentées représentant des dragons.

— J'essaie de nouveaux plats pour mon restaurant, leur expliqua-t-il avant qu'un assistant n'enlève le plateau. Je vois que votre guérison est en bonne voie, ajouta-t-il à l'adresse de Thomas, qui se déplaçait à l'aide d'une canne. N'oubliez pas notre accord. Quant à votre ami, Mr de Vere Cole, c'est un invité de goût. Il s'intéresse beaucoup à mes activités depuis son arrivée, contrairement à vous, docteur, qui m'ignorez.

— Le docteur Belamy et moi avions du temps à rattraper, expliqua Olympe.

— Il est dommage qu'une femme telle que vous gaspille sa jeunesse avec un homme à la sociabilité douteuse.

— C'est parce qu'il s'accommode de la mienne, qui est une catastrophe, cher monsieur Chang.

— Tout cela est si difficile à croire. Seriez-vous un démon caché dans le corps d'un ange ? Voilà qui est intéressant.

Belamy était habitué aux provocations verbales de leur hôte et n'y prêta pas attention. Celui-ci les distillait en permanence comme des piqûres d'insectes, de façon à déstabiliser ses interlocuteurs. Thomas était inquiet pour Horace, lequel avait perdu une grande partie de l'argent qui lui restait en jouant aux cartes avec Brilliant Chang. L'homme avait la patience des félins qui affaiblissent leur proie avant de porter l'estocade. Et, surtout, il trichait de façon éhontée.

— Votre ami a voulu mieux connaître mon activité principale.

— Vous n'avez pas osé ? se contint Thomas. Où est-il ?

— Voulez-vous m'accompagner ? demanda le trafiquant à Olympe en lui tendant le bras.

La fumerie de Chang n'était pas située dans Limehouse Causeway pour des raisons de sécurité et afin de rassurer ses principaux clients, bourgeois, artistes et aristocrates encanaillés qui la fréquentaient assidûment. Mais la transformation de l'opium brut en chandoo s'opérait dans le sous-sol de la maison. Chang les précéda dans l'escalier et ouvrit la porte sur son atelier clandestin dans lequel quatre personnes s'affairaient. Devenu plus volubile, il se fendit d'une explication à la manière d'un guide touristique porté par sa passion.

— Voyez-vous, toute la qualité réside dans la fabrication de notre chandoo, dit-il en leur montrant une poche remplie d'un liquide sirupeux. Je m'occupe moi-même de l'achat des boules d'opium en provenance de la région du Yunnan. La première opération consiste à les cuire, au moins deux heures, puis à les malaxer et les laisser macérer une journée dans une eau pure pour obtenir une liqueur.

— Phase un : excitation pseudo-maniaque, logorrhée, fuite d'idées, délire de grandeur, commenta Thomas.

— Ensuite, on décante ces liqueurs, continua Chang en l'ignorant. Il faut les concentrer jusqu'à un certain point, de façon à obtenir un sirop à la consistance épaisse, puis on le bat afin d'incorporer une large dose d'air.

— Phase deux : torpeur, dépression et assoupissement.

— À ce moment, chère Miss Lovell, il faut le conserver dans des vases en terre pendant au moins trois mois et le laisser fermenter.

Chang les conduisit à un cellier dans lequel se trouvaient plusieurs rangées de poteries à même le sol. Il plongea une pointe de couteau dans un des vases recouverts d'une large épaisseur de moisissures, laissa goutter le liquide et porta la lame à sa bouche avant de hocher la tête d'un air de satisfaction.

— C'est seulement après toutes ces opérations que nous pouvons le proposer à nos clients. Un shilling le gramme, six pence pour la qualité inférieure. Le meilleur de Londres, conclut-il en laissant le couteau à son assistant.

— Phase trois : dépendance garantie. Le réveil est si douloureux que le fumeur d'opium n'a qu'une seule idée en tête, recommencer.

— Le docteur a raison. C'est la magie du chandoo. Tous nos clients nous sont fidèles. Même l'animal qui inhale devient opiomane. J'ai vu des rats se précipiter hors de leurs trous, indifférents au danger, dès qu'ils percevaient l'odeur de l'opium. J'ai vu des chiens devenir fous.

— Charmante petite entreprise, commenta Olympe. Et dans quelle boîte bien cachée avez-vous rangé votre conscience, monsieur Chang ?

— Si ce n'était moi, d'autres le feraient. Autant garantir un produit de qualité. Je donne du bonheur aux gens dans un monde où l'existence est si pesante.

— Amen ! soupira Thomas. Où est Horace ?

Sans un mot, Chang les mena au fond de l'atelier et ouvrit un rideau rouge et or tiré sur un réduit dans lequel ils furent accueillis par une fumée dense et poisseuse comme un jour de brouillard dans l'East End, à l'odeur amère reconnaissable. Horace était allongé sur le côté, la tête posée sur un billot de bois, les yeux fermés et le visage béat. De sa pipe au fourneau plat caractéristique s'élevait encore un fumet mince comme une ficelle.

— Il n'a pris qu'une pointe, une petite pointe d'opium, affirma Chang. Il ne risque rien, précisa-t-il en voyant Belamy prendre son pouls.

— Mon ami est fragile du cœur, dit Thomas en ouvrant la paupière gauche d'Horace pour vérifier la dilatation de sa pupille. Aidez-moi à le monter dans sa chambre.

Le dealer donna un ordre en chinois à son garde du corps, qui prit Vere Cole dans ses bras comme une simple poupée de chiffon et le déposa sur son lit à l'étage avant de les laisser seuls.

— Il est toujours sous l'effet du narcotique, ses pupilles sont contractées et son cœur est un peu rapide. Il va s'installer progressivement dans un sommeil profond, diagnostiqua Belamy. Mais ses sens sont encore en éveil. N'est-ce pas, Horace, vous m'entendez ?

Le visage de Vere Cole resta impassible. Thomas vérifia sa respiration, qui n'était pas altérée, puis lui serra la main. Il ne sentit aucune pression en retour.

— C'est étrange, il est déjà en phase profonde. Il a dû consommer plusieurs pipes de suite. Je vais le surveiller.

— Ce sont des rêves agréables ? demanda Olympe en s'asseyant à côté de lui.

— Cela dépend des individus. Parfois, ce sont des hallucinations, parfois juste un long tunnel noir.

Horace sursauta, comme électrisé, sans se réveiller.

— Dans son cas, ça ressemble à un cauchemar, commenta-t-il en vérifiant à nouveau ses constantes. J'ai fréquenté les fumeries, à une époque.

— Au pays d'Annam ?

— Non, à Paris, avec Jean. Nous allions dans l'arrière-boutique d'une herboristerie du quartier Fontaine. J'en suis resté à trois ou quatre pipes par jour, lui est passé à vingt. J'ai tenté de lui faire arrêter, mais comment lutter contre une maîtresse aussi puissante ? Il y avait la légèreté, la béatitude du moment, où rien ne pouvait vous résister, et, au réveil, la langue pâteuse, la gorge sèche, les courbatures et les maux de tête que seul l'opium faisait taire. Il avait fumé lorsqu'il a agressé un gendarme. Je m'en veux encore de ne pas avoir réussi à le sevrer à temps.

Elle se lova contre lui et posa sa tête sur son épaule.

— Je vous aime, dit-elle soudain.

Ils s'embrassèrent longuement et des larmes vinrent se mélanger à leurs baisers.

— J'ai si peur de vous perdre.

— Nous venons de nous retrouver, mon amour.

Elle acquiesça et contint la marée salée dans ses yeux.

— Vous êtes sûr qu'il ne nous entend pas ?

— Il est parti dans son monde pour plusieurs heures.

— Il ne va pas devenir opiomane ?

— Il ne risque rien, il faut deux à trois semaines avant l'apparition d'une accoutumance. Et il préférera toujours le champagne au chandoo. L'opium n'est pas une drogue assez festive pour lui.

— Il me fait de la peine. Je le sens désemparé depuis l'abandon de Mildred. Je ne sais pas comment l'aider, je crois qu'il a le béguin pour moi et je ne voudrais pas le faire souffrir inutilement.

— Il est tellement imprévisible, convint Thomas. Cela fait partie de son charme.

Ils regardèrent leur ami en silence. Son visage semblait apaisé. Soudain, comme un diable sorti d'une boîte à ressort, il se redressa violemment, les yeux ouverts, en poussant un hurlement de fantôme.

110

13 Limehouse Causeway, Londres, mercredi 4 mai

Horace était penché sur l'évier, la tête en avant.

— Continuez à comprimer votre narine, demanda Thomas en lui tendant une gaze. Le saignement va s'arrêter.

— Je suis sûr qu'il est cassé, j'ai mal !

— Mais non, vous n'avez pas de fracture. C'est juste douloureux.

— Juste douloureux ? Mais vous me l'avez esquinté ! geignit Vere Cole en se relevant pour lui montrer son nez tuméfié.

— C'est votre faute, répliqua Thomas en le forçant à se pencher à nouveau. Qu'est-ce qui vous a pris de faire cette blague stupide ?

— Amusante, pas stupide, dit l'Irlandais d'une voix nasillarde.

— Horace, je pratique un art martial et j'ai été entraîné à réagir par réflexe. C'est une question de survie.

— Je n'ai rien vu venir, admit Vere Cole.

— Comment cela se passe-t-il ? demanda Olympe, qui entra avec d'autres linges propres.

— Je crois que ça s'est arrêté, constata Horace.

Il boucha sa narine droite avec la gaze roulée et se regarda dans le miroir :

— Moi qui ai toujours refusé de faire de la boxe pour protéger mon physique, c'est raté.

— N'ayez crainte, vous aurez encore autant de succès.

— Pas avec vous, ma chère, soupira Horace en enfilant son gilet épargné par les gouttes de sang. Je ne dormais pas et j'ai tout entendu.

Il lui sourit d'un air contrit, s'examina à nouveau ostensiblement dans le miroir avant de s'allonger sur son lit, adossé contre un amas de coussins.

— Mais croyez bien qu'être votre ami m'est un bonheur suffisant. Et personne ne se méfie de vous quand tout le monde vous croit plongé dans la torpeur extatique des thériakis.

— Vous avez fait semblant de consommer de l'opium pour les espionner ?

Pour toute réponse, Horace haussa légèrement les sourcils et savoura l'aura d'admiration dont il se sentit enveloppé. Sa réalité avait été moins héroïque : une fois allongé sur la couche, la tête sur le billot, il s'était senti comme un condamné dont la nuque allait être tranchée. Alors qu'une vieille cockney, aux rides si profondes qu'elles ressemblaient à des cicatrices, triturait la pâte jaune ambré pour la rouler dans la pipe, il avait vu défiler les corps décharnés de ses amis dont l'opium avait fait des esclaves mélancoliques et avait pris peur. Il avait interrogé Chang, qui, en hôte attentionné, surveillait les opérations ; celui-ci lui avait avoué n'en avoir consommé qu'une seule fois dans sa vie et avoir été malade durant une semaine. Horace avait alors soigneusement évité d'inhaler la fumée, la recrachant comme les novices à leur première cigarette. La vieille femme, qui s'avérait n'avoir que quarante ans, dont vingt passés dans une usine de l'industrie chimique de l'Est londonien, avait régulièrement alimenté sa pipe en boulettes de chandoo et son verre de choum-choum titrant quatre-vingts degrés.

— J'ai joué à l'inconscient à la troisième pipe et ils m'ont rapidement oublié.

— Qu'avez-vous appris d'intéressant ? murmura Thomas après avoir vérifié que personne ne se trouvait dans le couloir.

— Chang possède un téléphone ici même.

— Ce n'est pas un secret. Il est posé en évidence sur son bureau, objecta Olympe.

— Nous pourrions l'utiliser pour appeler l'apôtre et parlementer avec lui.

— En moins d'une heure, la police aurait notre adresse. Autant lui envoyer une invitation, argua Thomas.

— Vous sous-estimez votre ami : ce combiné a officiellement été installé dans un commerce de Royal Mint Street. Et, tenez-vous bien, il a fait tirer dans le plus grand secret un câble de cuivre jusqu'ici.

— C'est impossible, il y a au moins trois kilomètres de distance, réfuta Thomas. Ça ne passerait pas inaperçu. Les vapeurs d'opium ont dû affecter votre compréhension, Horace.

La remarque froissa Vere Cole, qui se tut.

— Comment a-t-il fait ? demanda Olympe pour le relancer.

— La ligne de chemin de fer. La London & Blackwall Railway a entrepris une rénovation de ses lignes depuis l'année dernière. Il a payé deux employés pour faire passer le câble au-dessous des rails. C'est un fil d'Ariane impossible à remonter. Mr Chang peut traiter ses affaires sans être inquiété. Mais peut-être ai-je tout rêvé, se renfrogna-t-il en croisant les bras.

— Toutes mes excuses, Horace, dit Belamy, qui avait du mal à garder son sérieux.

— Et ça vous fait rire, Thomas ?

— Non… oui, désolé, c'est la mèche de coton qui dépasse de votre narine… On dirait un morse… avec une seule défense, avoua-t-il entre deux fous rires.

Olympe, qui avait eu la même pensée mais avait réussi à se retenir, entra dans la danse. Horace se leva pour se regarder dans le miroir et imita en grognant le mammifère marin avant de se joindre à l'hilarité générale. Il arracha le coton et le jeta d'un geste théâtral dans la corbeille. Toute la tension des derniers jours s'allégea.

— En admettant qu'il veuille bien nous laisser téléphoner, reprit Thomas, qu'avons-nous comme moyen de pression sur Waddington ?

— Aucun, Thomas a raison, admit Olympe. Quand bien même nous aurions les preuves irréfutables de tous les méfaits de Sir Jessop, aucun journal ne voudrait les publier, et aucun juge en tenir compte.

— Mais nous n'allons pas pourrir dans cet endroit ! s'emporta Horace. Mon ancienne vie me manque ! Je rêve d'entendre la voix de Mario au Café Royal me dire, avec son accent roulant les *r* comme une bille dans un sifflet de bobby, que ma table est réservée et que mon champagne est au frais !

— Notre seule chance est de leur faire croire qu'on a réussi à quitter Londres afin qu'ils desserrent leurs filets, dit Olympe.

— Je ne vois pas comment, dans notre situation actuelle.

— Ne sommes-nous pas des spécialistes de la mystification ?

— Olympe a raison, approuva Thomas. Horace, je compte sur vous pour trouver un moyen de les berner. Je m'occupe de Chang pour le téléphone. Demain à la première heure, nous contacterons l'apôtre. Nous allons les faire courir.

111

13 Limehouse Causeway, Londres, jeudi 5 mai

Ils entouraient le téléphone comme des rois mages protégeant l'Enfant Jésus. L'appareil, un Marty au bois couleur de miel que Chang avait importé de France, ressemblait à un pot à tabac sur lequel un double pommeau de douche aurait été posé. Olympe serrait le bout de papier griffonné de la main de l'apôtre.

— Qui demandez-vous ?

La voix de l'opératrice avait un côté familier et rassurant.

— 3257 HOPE, répondit la suffragette.

Les sonneries égrenèrent leur timbre rauque dans le vide jusqu'à la cinquième lorsqu'un bruit de fond indiqua que le combiné avait été décroché.

— Café Royal. Je vous écoute.

Olympe crut à une plaisanterie et faillit raccrocher. Elle regarda tour à tour ses deux compagnons. Thomas avait entendu le correspondant, mais pas Horace, qui maudit sa surdité.

— Vous êtes au Café Royal, répéta l'homme au bout de la ligne.

Thomas lui fit signe de continuer.

— Vous êtes bien le 3257 HOPE ?

— Tout à fait, madame, Mario à l'appareil. Que désirez-vous ?

— Je désire parler à l'apôtre.

Il y eut un long silence d'hésitation ponctué du cliquetis des couverts sur les tables qu'on dressait.

— Rappelez dans une heure au même numéro.

Horace lui fit répéter deux fois lorsqu'elle le mit au courant. Il essaya de trouver une interprétation à ce qu'il voulait être un malentendu, mais il dut se rendre à l'évidence : Mario, son serveur préféré, la cheville ouvrière de l'établissement, était un indicateur de la police.

— À y regarder de plus près, cela explique pourquoi l'apôtre était au courant de toutes nos activités. Mario a toujours été mon confident. Et le Café Royal est le meilleur endroit pour tout savoir sur tout le monde, Scotland Yard aurait été stupide de s'en priver.

— Nous n'avons plus qu'à attendre.

Chang, qui s'était absenté toute la matinée pour des rendez-vous avec les fournisseurs de son restaurant, leur avait permis d'utiliser téléphone et bureau sans restriction particulière, mis à part la présence du malabar de service, qui s'était calé dans un angle de la pièce et les observait avec l'indifférence d'un gardien de prison pendant la promenade quotidienne.

Ils rappelèrent au bout de quarante minutes.

— Ne quittez pas… je vais voir, répondit Mario.

L'apôtre arriva rapidement.

— Miss Lovell ?

— Inspecteur Waddington ?

— Je vois que vous n'êtes pas restés inactifs, répliqua-t-il en tentant de maîtriser sa nervosité. Mais vos renseignements ne sont pas à jour, je suis commissaire maintenant.

— Veuillez m'excuser, j'anticipe sur votre rétrogradation, quand vos supérieurs apprendront que vous obéissez davantage à Sir Jessop qu'à eux.

Thomas et Horace eurent des gestes d'approbation.

— Mes supérieurs ont toute confiance en moi, se défendit le policier. Quelles que soient les allégations mensongères de marginaux dans votre genre. Que voulez-vous ?

— Nous voulons juste vous avertir que nous allons déposer une plainte contre Sir Jessop et que, si vous ne cessez pas vos investigations infondées, nous révélerons vos liens avec lui.

— Je n'ai pas à m'en justifier, surtout devant vous. Fort heureusement, les criminels ne portent pas plainte contre la police dans ce pays.

— Non, ils la contrôlent.

— Vous…

Il s'interrompit. Olympe entendit un vague chuchotement. Le commissaire reprit :

— Vous n'avez rien à négocier. Et on vient de m'annoncer que la maison dans laquelle vous vous trouvez est maintenant cernée par nos forces de police.

— Ça y est, souffla-t-elle en cachant le combiné dans la paume de sa main, ils sont arrivés.

— Votre appel est bien imprudent, Miss Lovell. Avec l'aide de la National Telephone Company, nous avons rapidement identifié votre numéro. Et, même si vous croyiez nous surprendre en appelant plus tôt que prévu, nous avons déjà bouclé Royal Mint Street. Mes hommes sont en face de la maison dans laquelle vous vous êtes réfugiés. Je vous conseille de vous rendre. Il en sera tenu compte.

— Inspecteur…

— Commissaire !

— Si vous vous obstinez, je serai bientôt obligée de vous appeler sergent. Nous ne connaissons pas les habitants de cette maison et pour une raison simple : nous ne sommes plus à Londres. Une fois que vous l'aurez compris, rappelez-nous au numéro que vous avez si brillamment identifié et nous pourrons enfin discuter de notre proposition.

Olympe raccrocha brutalement, laissant Waddington perplexe.

— Tout va bien, commissaire ? demanda Mario, resté près de lui.

— Ou ces gens sont fous, ou je suis un incapable, résuma le policier.

— C'est vrai qu'ils sont étranges, admit Mario, mais ils ne me semblent pas fous. Et vous êtes un bon inspecteur, ajouta-t-il pour compenser.

— Commissaire…, lâcha Waddington avec lassitude.

Il décida de rejoindre Scotland Yard à pied mais les vingt minutes de marche ne lui apportèrent aucune solution. Il s'assit à son bureau et fixa le coupe-papier doré que Sir Jessop lui avait offert pour son premier grade d'officier. Il resta ainsi jusqu'à ce que son assistant vienne lui apprendre que les fugitifs ne se trouvaient pas dans le magasin de gros et de détail de Royal Mint Street, où ils avaient effrayé le gérant et sa famille.

— Comment est-il possible qu'une ligne ne se trouve pas à l'endroit de son numéro ?

— Je ne sais pas, monsieur.

— Travaillez avec la compagnie du téléphone, retournez tout dans cette maison, mais vous devez trouver, *bloody hell* !

Resté seul, Waddington retrouva le cours de ses pensées. Il avait vérifié les affirmations de Reginald sur les relations de son père et des jeunes femmes de l'orphelinat mais n'arrivait pas à l'en blâmer. Il savait ce que l'homme d'affaires avait entrepris pour discréditer le docteur Belamy, mais ne pouvait lui en vouloir, le médecin n'était-il pas un usurpateur ? Et Vere Cole, qui avait humilié la fierté nationale, ne méritait-il pas une punition digne de sa forfaiture ? Mais si Sir Jessop, dans sa volonté d'œuvrer pour le bien de la nation, s'était fourvoyé ?

Waddington prit le coupe-papier, le fourra au fond d'un tiroir et sortit déjeuner au *fish and chips* le plus proche. Il rentra vite et s'enferma dans son bureau pour relire le dossier d'Olympe dans l'attente d'une avancée de leurs recherches. Il prit rapidement conscience que la désagréable odeur de friture qui le suivait émanait de sa veste, qu'il pendit à son vestiaire.

Peu avant quatre heures, le directeur de Scotland Yard débarqua dans son bureau :

— Une affaire de la plus grande urgence, Waddington. Une voiture va vous conduire à Buckingham Palace.

— Le palais du roi ?

— À moins qu'il y ait eu une révolution dans la nuit, c'est encore sa demeure, en effet. Pourquoi ? C'est la première fois ?

— Oui, monsieur.

— Avez-vous une veste correcte ?

Le commissaire eut une sueur froide en pensant à l'odeur de friture.

— C'est-à-dire... que...

— Suivez-moi, je vous en prête une. Il faut toujours être prêt à toutes les éventualités quand on travaille ici, de la visite des égouts à celle d'une résidence royale.

Il choisit une veste en tweed à carreaux qui semblait à la taille de Waddington.

— Savez-vous ce qu'on nous veut ? demanda celui-ci en l'enfilant.

— Non, mais cela semble diablement important : le ministre de l'Intérieur vous attend en bas.

112

Buckingham Palace, Londres, jeudi 5 mai

Churchill l'avait examiné de la tête aux pieds sans faire de commentaire. Ils étaient montés dans l'Austin 40 et il l'avait interrogé sur le docteur Belamy. Le ministre avait grogné à l'annonce de l'absence de résultats dans leur course-poursuite du trio, puis n'avait plus prononcé un mot du trajet.

Ils pénétrèrent dans le palais par l'entrée des écuyers et s'arrêtèrent dans la cour centrale où un serviteur en livrée vint leur ouvrir, accompagné du responsable de la sécurité et de deux gardes. Churchill entraîna le commissaire dans l'aile nord, vers la terrasse qui surmontait les jardins. Waddington n'avait jamais vu autant de raffinement dans les matériaux : des boiseries rares aux colonnes de marbre, des portes vitrées encadrées de dorures à l'or fin aux escaliers recouverts de velours garance, tout respirait le luxe et l'élégance, dans des proportions de cathédrale.

Au moment où le ministre s'engageait dans un large escalier, il lui annonça :

— Nous nous rendons dans les appartements privés du roi.

Contrairement à l'animation qui régnait autour des bâtiments, l'étage était désert. Une épaisse moquette absorbait tous les bruits. Malgré tout, Waddington n'osait parler et avançait à pas feutrés. Churchill s'engagea dans une antichambre vide.

— Attendez-moi là, ordonna-t-il en entrant dans la pièce attenante.

Waddington eut le temps de reconnaître la silhouette du Premier ministre avant que la porte se referme. L'attente lui sembla longue. La pièce ne comportait aucune fenêtre et le silence donnait l'impression que tout était figé au-dehors. Waddington sentit venir les premiers symptômes d'une hypoglycémie, maudit son traitement et se souvint que les biscuits qu'il prenait toujours avec lui étaient restés dans sa veste à Scotland Yard.

Lorsque Asquith entra, suivi de Churchill, le commissaire aperçut le roi, assis dans un fauteuil près d'une cheminée aux braises rosées, ainsi que deux silhouettes humaines qui se confondaient avec la pénombre du fond de la chambre. Le Premier ministre s'adressa à lui avec l'air grave qu'il affectait lors de ses interventions importantes à la Chambre des communes.

— Tout ce que nous allons vous dire ne doit être porté à la connaissance de personne. J'ai bien dit personne, pas même vos supérieurs. Est-ce clair ?

— Très clair, monsieur.

— Sa Majesté a des problèmes de santé, continua Asquith.

— Des problèmes sérieux. Ses médecins sont auprès de lui, appuya Churchill.

— Pour l'instant, la famille royale n'est pas au courant. La reine rentre d'Europe dans une heure. Le roi ne pourra pas l'accueillir à la gare Victoria. Le palais va afficher un communiqué évoquant une légère indisposition.

— Qu'en est-il réellement, monsieur ?

— Il souffre d'une bronchite mal soignée depuis son séjour à Biarritz, répondit Churchill. À midi, après le repas, il a eu des difficultés à respirer. Depuis, les docteurs Laking et Reid sont à son chevet.

— Le professeur Douglas Powel les a rejoints. C'est un spécialiste des maladies pulmonaires, précisa Asquith.

— Leur diagnostic est assez pessimiste. D'autant que Sa Majesté a fait un petit accident cardiaque peu avant votre arrivée.

— J'en suis bouleversé, dit Waddington, la voix tremblante d'émotion. Je suis prêt à donner ma vie pour mon roi, ajouta-t-il avec sincérité. En quoi ma modeste personne pourrait-elle aider Sa Majesté ?

— Édouard VII a émis le souhait de... Il voudrait que...

Le Premier ministre envoya un regard à Churchill, qui continua à sa place :

— Le roi a demandé à être soigné par le docteur Belamy. Il veut qu'on le fasse venir au palais.

Le policier sentit son front se perler de sueur.

— Mais il sait que cet homme est en fuite, que c'est un espion de l'étranger ?

— Bien sûr. Le roi a toute sa conscience et connaît la situation, s'agaça Churchill. Mais Thomas Belamy l'a soigné avec succès plusieurs fois. La situation est extrêmement alarmante et tout doit être tenté pour Sa Majesté.

— Même une médecine non conventionnelle par un homme qui n'a pas son diplôme, monsieur ?

— Commissaire, nous ne vous demandons pas votre opinion, nous vous demandons d'obéir à un ordre de la plus grande importance, s'impatienta Asquith, mal à l'aise. J'ajouterai que cet homme devrait se trouver dans une de nos prisons depuis longtemps, ce qui aurait facilité notre action. Le ministre de l'Intérieur vient de m'informer de la situation.

— Quelle sera ma marge de manœuvre dans la négociation, monsieur ? Que puis-je lui promettre ?

— L'espionnage n'a jamais été prouvé, c'est un point sur lequel nous pouvons faire des concessions. Quant au reste, ce sont des délits effectués sur le sol français. Nous lui interdirons d'exercer la médecine en Angleterre et, au mieux, l'expulserons.

— S'il sauve Édouard, il n'aura pas besoin de diplôme pour retrouver une clientèle, intervint Churchill. Malheureusement, nous devons être lucides. D'après ses médecins, le roi vit ses dernières heures. Mais nous devons accéder à la demande de notre souverain. C'est notre devoir. Venez, Sa Majesté veut vous rencontrer.

— Vous sentez-vous bien ? demanda Asquith, inquiet de l'aspect soudain maladif du policier.

— Ce n'est rien, monsieur, juste mon traitement pour le diabète, avoua Waddington en s'épongeant le visage. Cela va passer.

Lorsqu'il entra dans la pièce, son corps était parcouru de fourmillements. Il avait l'impression d'un rêve éveillé. Il se trouvait dans la chambre du souverain du plus vaste empire du monde et lui, petit orphelin de Watford, allait participer à un moment unique de l'histoire d'Angleterre.

Édouard VII était affalé dans son fauteuil. Ses yeux avaient du mal à rester ouverts et sa bouche cherchait l'air qui manquait à ses poumons. Il fit signe au commissaire d'approcher et parla d'une voix grave et déterminée, que son état ne pouvait laisser soupçonner, avant de s'arrêter, épuisé, et de clore les yeux afin d'économiser ses forces.

La femme assise à son côté et qui lui tenait une main n'était pas la reine Alexandra. Waddington supposa qu'il s'agissait d'Alice Keppel, dont il n'avait jamais vu de portrait, mais dont le nom circulait depuis des années comme la plus constante des maîtresses du souverain.

— Le roi a pris froid le mois dernier, dit-elle en s'adressant directement au commissaire. Quand nous étions à Biarritz.

— Nous l'avons traité sur place et tout allait mieux, intervint un des deux médecins, qui jusque-là était resté à l'écart.

— Le docteur Belamy avait soigné sa bronchite il y a deux ans, continua Mrs Keppel, alors que la médecine n'y était pas parvenue. Il l'a guéri plusieurs fois depuis lors. Il n'y a que lui qui puisse l'aider. Il faut le trouver !

Le roi avait rouvert les yeux et acquiesçait lentement.

— Encore une fois, Votre Majesté, insista le praticien, je vous demande de ne pas vous mettre dans les mains de charlatans aventureux comme le tsar l'a fait avec ce Raspoutine !

— Asquith ! dit le souverain, irrité.

Le Premier ministre prit Waddington par le bras :

— Vous avez deux heures pour amener Belamy au palais.

113

13 Limehouse Causeway, Londres, jeudi 5 mai

Brilliant Chang avait la colère froide et impassible des hommes de la région de Hangzhou. Il s'était assis à son bureau et avait fait chercher ses trois invités, dont il commençait à regretter de les avoir hébergés. Miss Lovell résistait à ses avances et ignorait tous les billets qu'il lui transmettait plusieurs fois par jour, Vere Cole n'avait pas mordu à l'hameçon de l'opium et Belamy avait failli faire découvrir sa ligne secrète qui lui avait coûté deux cents livres. Chang déplaça légèrement un des deux dragons sur le plateau en cerisier marqueté de son bureau afin de l'aligner parfaitement avec l'autre, puis admira son poste téléphonique, le premier du genre avec sa manivelle actionnant une magnéto. Un bijou de modernisme dont il se demandait encore pourquoi il l'avait laissé dans des mains aussi imprévisibles.

Les trois fugitifs s'installèrent en face de lui mais Chang ne s'intéressa qu'à Belamy. Impatient de prendre sa revanche, il effleura sa cicatrice du bout de son majeur et se rasséréna.

— Vous avez trahi ma confiance, Thomas. Quand j'ai accepté que vous utilisiez mon téléphone, vous ne m'avez pas dit que c'était pour appeler la police.

— J'ai oublié ? répliqua Belamy en partageant son étonnement avec ses acolytes. J'en suis navré, je croyais vous l'avoir précisé. Cette période est si difficile pour nous en ce moment…

Le dealer faillit répliquer mais n'insista pas.

— Fort heureusement, votre stratagème est très ingénieux, plaida le médecin.

— Parfait pour communiquer sans être repéré, approuva Olympe. J'en parlerai à Mrs Pankhurst.

— Cela m'a donné plein d'idées de canulars, compléta Horace, pour ne pas être en reste.

— La police est encore à Royal Mint Street et, s'ils découvrent que le propriétaire est un homme à moi, j'aurai des ennuis. Votre dette s'allonge, Thomas, dit Chang tout en caressant le socle en bois ciré du Marty.

Au même moment, celui-ci sonna. Chang suspendit son geste mais, comme à son habitude, resta impassible malgré l'angoissante sonnerie métallique.

— Auriez-vous oublié de me dire quelque chose ? demanda-t-il au trio.

— Le canard de midi était trop cuit, dit Horace avec le sérieux d'un professeur de Trinity Church.

— Nous attendions une réponse de Scotland Yard, avoua Thomas.

D'un geste minimaliste, le dealer chinois lui fit signe de décrocher.

— Miss Lovell, je dois absolument parler au docteur Belamy, dit la voix fatiguée de l'apôtre.

— Je vous écoute, répondit Thomas.

— Dieu soit loué, vous êtes là ! J'irai droit au but…

Le commissaire lui relata les événements avant de conclure :

— J'ai eu l'assurance que les charges contre vous seraient réduites au strict minimum. Le roi vous réclame.

— Plus de prison ?

— Non. Nous ne donnerons pas suite à la demande de la France. Vous serez expulsé d'Angleterre vers la destination que vous voudrez. Maintenant, dites-moi où je peux venir vous chercher.

— Comment être sûr que ce n'est pas un piège ?

— Ma parole d'officier, monsieur.

— Et pour les charges contre mes amis ?

Le court silence qui suivit augura de la réponse.

— Je n'ai aucune instruction pour eux, désolé.

— Alors, c'est non.

— Mais vous ne pouvez refuser, comprenez que le roi se meurt ! J'ai ordre de vous amener à son chevet avant huit heures du soir !

— Abandonnez les poursuites contre eux, sinon je ne viendrai pas, annonça calmement Thomas avant de raccrocher.

Tous avaient compris la situation sans qu'il eût à la leur expliquer. Horace n'avait plus envie de plaisanter : la famille royale était la seule institution qu'il respectait, avec sa propre famille. Olympe, de son côté, voyait s'ouvrir une période inaudible pour la cause des femmes si le roi venait à disparaître.

Chang fit valoir son point de vue le premier.

— Vous avez une dette envers moi, Thomas. Si vous quittez Limehouse Causeway, qui me dit que vous reviendrez vous en acquitter ?

— Vous avez ma parole.

— Je ne peux l'accepter comme garantie suffisante. Vos amis vont rester.

— Nous attendrons votre retour ici, assura Olympe pour empêcher Thomas de refuser. Mr Chang est un hôte attentionné.

— Et son champagne est tout à fait correct. Thomas, il est temps de nous dire quelle est cette obligation qui vous lie à notre hôte.

— Un engagement sur l'honneur, répondit Chang. Votre ami me doit un combat dont la première manche ne fut pas…

Le grelot métallique s'imposa une seconde fois entre eux. Thomas écouta Waddington lui affirmer qu'aucune plainte ne serait déposée pour le canular du *Dreadnought* avant de lui délivrer ses instructions :

— Tous les contrôles dans l'East End doivent être levés sur-le-champ. Rendez-vous à l'entrée principale du Barts à sept heures.

Olympe avait relu et complété sa lettre. Thomas avait appelé Frances à l'hôpital pour qu'elle prépare une liste de matériel et d'ingrédients. Les autres avaient disparu et elle eut l'impression qu'elle s'apprêtait à lui faire ses adieux dans une maison devenue soudain vide et silencieuse. Belamy avait ouvert la fenêtre du bureau et observait la rue, adossé au chambranle, dans l'attente du départ.

— Quelles sont ses chances ?

Olympe s'était approchée sans un bruit. Il la trouvait chaque jour plus belle encore, découvrant un nouveau détail dont il tombait immédiatement amoureux, la plissure de ses lèvres lorsqu'elle lui souriait, la façon dont ses cheveux s'échappaient du chignon, le voile qui recouvrait ses yeux de couleurs différentes selon ses émotions, les petits gémissements à la manière d'un chaton qu'elle poussait parfois en dormant, sa façon d'attraper les aliments du bout des dents, comme pour leur éviter une morsure douloureuse, ses mains qui virevoltaient au fil de ses phrases en une chorégraphie personnelle, et sa voix vive, limpide, au timbre cristallin, tel un ruisseau de montagne, mais qui pouvait se transformer en torrent impétueux et déterminé. Elle était toutes les femmes à la fois et lui avait la chance d'en être aimé.

— Il va s'en sortir ? insista-t-elle.

Thomas se sentit rattrapé par la réalité.

— Le roi ne s'est jamais ménagé. Son corps était déjà bien abîmé la dernière fois que je l'ai ausculté. Je vais essayer de retarder l'échéance.

— Et nous, quelle est notre échéance ?

La question le prit au dépourvu. Il l'enlaça longuement pour respirer la fragrance fruitée de sa peau que le savon parfumé de Chang ne parvenait pas à dompter.

— Nous en parlerons à mon retour.

Elle se dégagea doucement de son étreinte et lui tendit sa lettre.

— Thomas, ne revenez pas. Ne faites pas ce combat. Chang ne nous fera pas de mal.

— Je sais, je le connais. C'est un commerçant d'opium et un fieffé têtu, mais vous ne risquez rien avec lui. Qu'y a-t-il dans cette enveloppe ?

— Tout ce que je n'ai pu vous dire depuis des jours. Je crois que le moment est venu de vous la donner.

Une Benz Parsifal se gara sous la fenêtre. Chang, assis à l'arrière, leva les yeux vers son bureau.

— Il est temps, dit Thomas. Les barrages doivent être levés, maintenant.

— Ne revenez pas. Saisissez cette chance.

Il lui sourit et l'embrassa une dernière fois pour ne jamais oublier le goût de la pulpe de ses lèvres.

Belamy se rendit directement à Uncot, où l'attendait Frances. Après de rapides effusions, l'infirmière lui montra le large sac en cuir qui contenait les éléments de sa liste. Sa confiance en l'infirmière était totale, Thomas ne vérifia rien. Il ouvrit l'armoire renfermant les compositions végétales provenant de Chine, sélectionna les ingrédients pour une tisane *kinchoéi*, ainsi que des poudres de racine de polygala, de clématite, d'aristoloche et d'aconit qu'il déposa dans le sac. Il ajouta des pilules de *chan-sou-ouan* fabriquées la semaine avant sa fuite. Dans le même temps, Frances lui résumait la vie aux urgences du Barts.

— Elizabeth ?

— Elle souffre moins depuis qu'elle a accepté la morphine, mais elle refuse toujours d'être opérée par quelqu'un d'autre que vous.

— Je viendrai dès que possible. Comment va Reginald depuis nos retrouvailles mouvementées ?

Les yeux de l'infirmière s'embuèrent.

— Il est parti chez son père pour essayer une nouvelle fois de le convaincre d'arrêter de vous poursuivre. Il n'est plus le même ces derniers temps. Il se sent responsable d'avoir amené la police jusqu'à votre cache. J'ai peur.

— Frances, dites-lui bien de ne pas s'inquiéter pour nous. Je vais arranger la situation.

Elle hocha la tête : le docteur Belamy ne l'avait jamais déçue. Elle devait se reprendre et se montrer à la hauteur.

— Reginald sera heureux de savoir que vous allez bien. Thomas, il y a des rumeurs à l'hôpital. Il paraît que le roi est malade. Seriez-vous au courant ? demanda l'infirmière, qui avait fait le lien avec sa présence au Barts.

— Je suis désolé de ne pas répondre. J'ai un patient à voir en urgence, dit-il en claquant les fermetures de sa sacoche. Vous et Reginald, ne déviez jamais de vos rêves, ajouta-t-il avant de l'embrasser sur le front. J'espère vous revoir un jour, Frances.

Il sortit sous l'arche de l'entrée principale et fut accueilli par Waddington, qui faisait les cent pas. Les deux hommes s'engouffrèrent sans un mot dans le véhicule.

Lorsqu'ils furent engagés dans Fleet Street, l'apôtre avait ravalé sa fierté et digéré les couleuvres que son ministre lui avait fait ingurgiter. L'ennemi public assis à côté de lui était maintenant celui qu'il devait protéger de tout dans l'espoir de sauver le roi. Il lui résuma la situation au palais. Belamy l'interrogea sur les médecins présents.

— Ils vous sont hostiles. Quant à la famille royale, je crois qu'elle n'est pas encore au courant. C'est une requête de la dame de cœur.

— La dame de cœur ?

— Écoutez, Belamy, vous voyez ce que je veux dire…

— La maîtresse du roi ?

— Je vous demande la plus grande discrétion à ce sujet.

— Est-elle encore à Buckingham ?

— Je n'en sais rien.

— Pouvez-vous faire en sorte qu'elle y reste le plus longtemps possible ?

— Sûrement pas ! Ce n'est pas dans mes attributions.

— Il le faudra, l'apôtre.

— Et cessez de m'appeler ainsi. Je suis le commissaire Waddington, en mission pour le ministre Churchill.

Le policier n'avait pu se soigner depuis l'apparition des symptômes de son hypoglycémie et eut un malaise plus fort que les autres. Thomas, qui l'avait diagnostiqué au premier coup d'œil, plongea la main dans sa sacoche et lui tendit une poignée de petites boulettes ressemblant à des cailloux blancs.

— Je ne veux pas de vos remèdes de sauvage, dit le commissaire, qui avait du mal à garder les yeux ouverts. Je m'adresserai aux médecins du roi.

— Dommage pour vous, ces morceaux de sucre pourraient vous sauver la vie.

Waddington les prit en grognant et les croqua. Les vertiges s'estompèrent rapidement. Il remercia sommairement le médecin et se tut.

Lorsqu'ils pénétrèrent dans le palais, un petit groupe de curieux consultait l'affichage sur les grilles alors que le crépuscule s'annonçait. Des ouvriers s'affairaient à déposer une couche de tourbe dans la grande cour intérieure et sur les accès au palais.

— Ordre a été donné d'étouffer les bruits de circulation au maximum. Le roi doit passer la meilleure nuit possible. J'espère sincèrement que vous pourrez l'aider, docteur. Mais je ne crois pas à vos méthodes. À titre personnel, je réprouve votre présence. Suivez-moi.

114

Buckingham Palace, Londres, jeudi 5 mai

Édouard VII avait affaire à une rébellion : alors que tous ses sujets lui étaient fidèles et commençaient à s'inquiéter pour lui, son propre corps se mutinait et refusait de lui obéir. Lui, le roi le plus puissant de la Terre, était trahi par son organisme qui lui faisait payer des décennies de bonne chère, de libations et de tabac. En retour, le souverain lui ferait payer la pire des trahisons en ne le ménageant pas jusqu'au bout.

Vers six heures et demie du soir, Édouard avait fait une petite attaque d'apoplexie pendant laquelle il n'était pas resté longtemps inconscient. Mais son élocution en était restée affectée et les médecins l'avaient obligé à s'aliter. Alice Keppel, qui ne l'avait pas quitté, avait demandé à rester seule avec lui avant que la reine, qui venait d'arriver au palais, ne se rende au chevet de son époux. Édouard avait congédié les trois médecins, lesquels, après avoir établi le bulletin officiel indiquant que sa santé était « une cause d'anxiété », étaient partis souper dans l'attente de pouvoir à nouveau s'occuper de leur souverain.

Le roi avait réussi à se lever et, avec l'aide d'Alice, à retourner au fauteuil qui ouvrait ses bras vers l'âtre. Elle s'était agenouillée près de lui et ils avaient chuchoté à la manière de deux amoureux comme aux temps les plus forts de leur liaison.

Thomas fut introduit par le secrétaire particulier, qui se retira à la demande du souverain.

— Le voilà, il va vous sauver, annonça Alice à Édouard, qui avait une voix faible à la diction hachée.

— Ne dites rien, Majesté, conseilla Thomas, ne vous essoufflez pas. Je vais vous ausculter et votre corps parlera pour vous.

Édouard acquiesça et Belamy commença par un examen des énergies avec les pouls chinois. Puis il écouta les bruits du cœur au stéthoscope. Mélanger le meilleur des deux écoles médicales était son credo quand il était arrivé au Barts et, ironie du sort, le roi serait sans doute son dernier patient anglais. Le vieil homme se laissa faire, ébauchant un sourire lorsque son regard accrochait celui d'Alice, regardant les braises ménagées afin de ne pas surchauffer la chambre à la demande de ses médecins, tapotant des doigts le bras de son fauteuil selon une manie dont il ne s'était jamais défait et qui avait toujours agacé son entourage, mis à part Alice, ce qui avait rendu la jeune femme remarquable à ses yeux douze ans auparavant.

— Votre Majesté a souffert de l'influenza[1] récemment, annonça Belamy, qui s'était assis près du souverain afin que celui-ci le voie sans faire d'effort.

— Biarritz ! J'en étais sûre, je vous l'avais dit, Édouard ! clama Alice. Ses médecins ont conclu à un simple refroidissement.

— Ce n'est pas la cause de votre état aujourd'hui, mais c'est l'agent qui l'a amplifié, expliqua Thomas. L'influenza a provoqué une bronchite aiguë qui vous empêche de respirer pleinement. Vous avez aussi eu un petit infarctus, peut-être plusieurs, et votre cœur ne pompe plus correctement tout votre sang. Sans compter votre attaque d'apoplexie, ajouta-t-il au vu de la légère asymétrie de la bouche de son patient.

Il sortit de sa sacoche plusieurs flacons remplis de poudres.

— C'est une grande bataille qu'il va falloir livrer, Votre Majesté, et je n'en connais pas l'issue, mais je vais vous donner des remèdes qui vont améliorer tous ces symptômes et réduire les déséquilibres. Tout dépendra de la force de votre cœur. Je vais préparer des mélanges de plantes que vous prendrez en infusion, comme les fois précédentes. J'aurai besoin…

Thomas s'interrompit. Les docteurs Laking et Reid venaient d'entrer, suivis du secrétaire du roi, qui n'avait pu les retenir, et de Waddington, qui attendait avec lui dans l'antichambre.

— Votre Majesté, dit Reid tout en inclinant la tête en signe de déférence, nous venons d'apprendre la présence de cet homme dans votre chambre. Nous nous opposons formellement à ce qu'il tente

1. Virus de la grippe.

quoi que ce soit avec vous. Cela pourrait avoir des conséquences dramatiques.

— Messieurs, ceci est la volonté du roi, intervint Mrs Keppel.

Les deux soignants l'ignorèrent. Laking prit le pouls à son poignet pendant que Reid continuait :

— Nous vous demandons, nous vous supplions de ne pas lui accorder le droit de vous soigner. Cet homme n'a pas son diplôme de médecin !

L'intrusion avait contrarié Édouard VII, dont les traits s'étaient durcis.

— Jusqu'à demain, dit-il d'une voix faible. Le docteur Belamy a le droit de me soigner jusqu'à demain… Si je ne vais pas mieux au réveil… alors vous seuls aurez ce droit. Sinon… il continuera.

Il prit son temps avant de conclure dans un souffle :

— Et je vous interdis de discuter.

— Fort bien, Votre Majesté, répondit Laking alors que son collègue hésitait à obéir. Je vous implore de nous donner la permission de rester afin de contrôler cet homme.

Mais le roi leur montra la porte de l'antichambre et leur fit signe de sortir.

— Messieurs, je vous en prie, dit Waddington, qui les raccompagna dans la pièce attenante.

— Sire, la reine va venir prendre de vos nouvelles, le prévint son secrétaire.

— Merci, dit Alice. Pouvez-vous nous laisser seuls encore quelques minutes ?

L'homme comprit qu'il n'avait d'autre choix que de faire patienter la souveraine afin que les deux femmes ne se croisent pas, ce qu'il avait toujours réussi à éviter jusque-là. Alexandra n'était pas dupe, mais pas prête non plus à partager sa peine avec la dame de cœur.

Thomas suivit le secrétaire du roi jusqu'à l'office, où il demanda que de l'eau soit mise à bouillir. Belamy prépara deux infusions ainsi qu'une décoction alcoolique d'écorce de saule et posa des pilules sur la table tout en lui expliquant à quel moment il devrait les servir. L'homme le questionna sur les ingrédients et leurs effets. Il se montra d'une insatiable curiosité jusqu'à ce que tout fût prêt. Autour d'eux, le personnel s'affairait en silence, conscient de la gravité du moment. Même les plats et les casseroles, d'ordinaire si chantants, étaient manipulés avec soin. Les premiers bulletins avaient été relayés dans les journaux du soir mais ni Londres, qui s'endormait, ni l'Angleterre n'avaient idée du combat que le souverain livrait dans son palais.

Il but une infusion de *kinchoéi* vers huit heures et demie, avec difficulté, en présence de son secrétaire et de Thomas, juste avant l'arrivée de la reine et de son fils, le prince de Galles, qui n'eurent pas un mot pour Belamy. Les deux hommes laissèrent Édouard avec sa famille et retrouvèrent l'antichambre, que Waddington avait désertée. Deux des filles du roi, Louise et Maud, rejoignirent leurs parents dans la soirée. Une heure plus tard, tous quittèrent la chambre pour laisser le souverain se reposer. Thomas en profita pour ausculter à nouveau son patient, pendant que le secrétaire lui donnait plusieurs pilules de *chan-sou-ouan*.

Édouard avait retrouvé un peu de tonus et put échanger, même si la commissure gauche de ses lèvres avait encore du mal à s'ouvrir. L'infusion avait amélioré sa respiration.

— J'ai bien fait, vraiment, d'écouter Alice, dit-il avant d'avaler les pilules.

— Vous semblez répondre au traitement. Nous avons fait un pas, Majesté, mais il en reste de nombreux. Et beaucoup d'écueils à éviter.

— Qu'y a-t-il dans ces pilules ?

— Je préfère ne pas vous le dire.

— Secret de fabrication ?

— C'est cela, Sire, répondit Belamy en envoyant un regard impérieux au secrétaire. Je vous demanderai un dernier effort, poursuivit-il en lui présentant une dose de décoction de saule.

Édouard la but d'une gorgée et demanda à se reposer. Son secrétaire fit venir Miss Fletcher, l'infirmière attachée au service du roi, pour veiller sur son sommeil, et se retira avec Thomas dans l'antichambre.

— Je peux vous trouver un endroit pour dormir au palais, proposa-t-il.

— Je n'arriverai pas à me reposer facilement et je préfère rester ici, répondit Belamy en s'asseyant sur un des deux canapés de tissu. Ils sont confortables. En tout cas, merci de ne pas lui avoir révélé que le *chan-sou-ouan* contient de la bave de crapaud.

— Merci d'avoir redonné un peu de vie au roi et un peu d'espoir au palais.

Le secrétaire l'abandonna pour aller leur chercher une collation à l'office. Thomas, qui avait attendu ce moment d'intimité depuis son départ de chez Chang, sortit la lettre d'Olympe de sa poche. Il avait souvent voulu lui confier ses sentiments par écrit, mais les mots qu'il avait couchés sur le papier ne reflétaient pas la force de ses émotions et il les avait invariablement jetés. Il s'en était ouvert à elle, et Olympe lui avait avoué avoir la même difficulté ; ils s'étaient promis de ne plus attendre la perfection des mots pour se les envoyer, de ne plus attendre la perfection des moments pour se rendre heureux. La tournure qu'avaient prise les événements avait quelque peu contrarié leur plan.

Dès les premières phrases, il comprit l'issue du chemin sur lequel elle s'était engagée. Olympe lui décrivait ses sentiments comme jamais elle ne s'était livrée à lui, avec la pudeur que confère la sincérité à toute déclaration, détaillant sa difficulté à se libérer totalement et à se rendre dépendante de l'autre, à se donner en toute confiance, surtout dans une période où sa lutte contre le pouvoir masculin dominant ne tolérait aucune concession, à accepter ce paradoxe sans le laisser minorer son plaisir. Elle lui parlait d'un bonheur comme elle n'en avait jamais connu et laissait les émotions dicter ses mots.

Lorsqu'il tourna le feuillet, la phrase commençait par un « Mais ». Thomas avait toujours détesté ce terme, celui qui conduisait à toutes les frustrations et toutes les inhibitions. Celui qui réduisait les espaces infinis en cellules minuscules, qui obscurcissait les ciels les plus purs en brouillard londonien, qui réduisait les efforts en cendres et les plus belles intentions en lettres mortes. Mais… Olympe ne se sentait pas capable de quitter le pays, de quitter ses racines, même inconnues, ses amies en lutte, même hors du WSPU, pour qui que ce soit, y compris son unique amour. Elle le regrettait sans avoir d'autre choix que de le prévenir qu'elle n'irait ni en Australie, ni aux États-Unis, ni ailleurs. Elle savait qu'en le lui avouant elle le perdrait, lui qui était condamné à l'exil. Et ce choix la déchirait. Mais elle ne le vivait pas comme un choix. Ses derniers mots étaient un cri d'amour passionné, un cri étouffé dans un feuillet de papier qu'il plia en quatre et dont il recouvrit son cœur. Il resta allongé, les yeux fixés sur le champ immaculé du plafond, sans parvenir à s'endormir.

Miss Fletcher vint les chercher à minuit et quart. Édouard s'était réveillé avec une légère sensation d'oppression et avait réclamé le docteur Belamy.

— Il n'y a aucune aggravation, Majesté, annonça ce dernier après une auscultation classique au stéthoscope. Il faut juste renouveler la prise de *kinchoéi*.

La parole du roi avait presque retrouvé sa fluidité, mais restait faible et parfois interrompue par des pauses. Le souverain but la tisane froide à petites gorgées sous le contrôle de l'infirmière, dont il ne faisait aucun doute qu'elle serait interrogée le matin par les médecins sur les moindres gestes et intentions de Belamy.

— Croyez-vous que je pourrai sortir demain ? demanda Édouard en s'allongeant sur ses oreillers. Mon cheval court à Kempton Park dans l'après-midi et j'ai prévu d'aller à l'Opéra-Comique voir *Les Contes d'Hoffmann*.

— J'ai connu décision plus sage que celle-ci, Majesté.

— À cœur vaillant rien d'impossible, n'est-ce pas ?

— Bonne nuit, Majesté, éluda Thomas en rangeant ses affaires dans sa sacoche.

— Belamy…

Le roi lui fit signe de s'approcher et lui murmura à l'oreille :

— Alice a eu raison d'insister, vous êtes un grand médecin, et peu importent les scandales autour de vous. Je sais quelles sont les méthodes de Sir Jessop mais il est un homme important pour le pays. Tant que je serai roi, je vous protégerai. Vous croyez que je pourrai prendre un cigare au déjeuner demain ?

CHAPITRE XIX

6 et 7 mai 1910

115

Buckingham Palace, Londres, vendredi 6 mai

Thomas et le secrétaire, calés chacun dans un canapé, s'étaient endormis rapidement. Waddington les réveilla en investissant bruyamment l'antichambre.

— Quelle heure est-il ? s'enquit le médecin.

— Sept heures dix.

Le secrétaire, en homme de l'ombre, se leva et entra sans un bruit dans la chambre.

— Il semble que le roi ait bien dormi. Que faites-vous ici, commissaire ?

— Ma mission n'est pas finie. Je dois vous surveiller jusqu'à votre expulsion.

— J'ai quelques affaires à honorer d'ici là.

— La patience est la première vertu du policier, lança Waddington en s'asseyant avant de déplier le journal. Voyons ce qu'on dit ce matin.

Miss Fletcher les interrompit. Ses traits tirés montraient qu'elle s'était obligée à ne pas s'endormir et à veiller sans relâche son souverain. Elle ne manifestait aucune empathie ni aucune hostilité envers Belamy, juste le strict minimum qu'imposait sa fonction.

— Le roi Édouard a passé une bonne nuit et ne s'est réveillé qu'une fois pour aller aux toilettes, à trois heures trente, résuma-t-elle. Il désire faire ses ablutions maintenant. Avez-vous des instructions quant aux médicaments, monsieur ?

— Merci, Miss Fletcher. Son secrétaire particulier a toutes les consignes pour le réveil. Quant à moi, je le verrai après sa toilette et confirmerai le traitement.

— Je suis navré, monsieur, mais la prise des médicaments m'est dévolue. Son secrétaire ne peut être affecté à ce rôle. Je vous demanderai donc de passer par moi.

— Qui a décidé cela ?

— La famille du roi, en accord avec ses médecins, répondit l'infirmière, dont la gêne était perceptible.

— Dans ce cas, donnez-lui tout de suite de la décoction de saule. Je m'occuperai du reste quand Sa Majesté sera prête.

Belamy descendit à l'office en quête d'un petit déjeuner.

— Vous allez me suivre partout ? demanda-t-il à Waddington, qui lui avait emboîté le pas.

— Je me suis donné tant de mal pour vous trouver.

— N'est-ce pas plutôt nous qui vous avons trouvé ? ironisa Thomas en remplissant une assiette de bacon grillé et d'omelette.

— Raison de plus pour ne pas vous lâcher.

Ils s'assirent près d'une fenêtre qui donnait sur le parc.

— Comment va votre diabète ? s'enquit Belamy en rompant une boule de pain.

— Ce sont ces satanés médicaments qui me rendent malade. Mon médecin veut absolument que j'aille prendre les eaux à Buxton. Mais vous ne m'en donnez pas le loisir.

Waddington laissa passer un silence avant de continuer :

— Où étiez-vous cachés ? Je suis sûr que Miss Lovell m'a menti. Vous étiez dans l'East End, n'est-ce pas ?

— Vous devriez arrêter les dérivés de la quinine, commissaire. Vous n'arrivez pas à stabiliser votre glycémie.

— Qui vous a aidés ? Vous pouvez me le dire, maintenant.

Thomas avait mangé rapidement et sans appétit. Il se leva, remercia la cuisinière et se tourna vers le policier :

— Je vais vous donner trois noms.

— Allez-y, dit Waddington en sortant son carnet.

— Fenugrec, ginkgo et ginseng.

— Je vous demande pardon ?

— Mélangés à parts égales en infusion. Cela vous aidera à réguler votre diabète. Maintenant, le roi m'attend.

Édouard avait une bien meilleure mine. Assis dans son fauteuil, il lisait les pages Sports du *Daily News*. Son secrétaire particulier réactivait le feu, l'infirmière enfilait sa capeline.

Les deux médecins, qui ressemblaient à des corbeaux dans leurs redingotes noires, s'affairaient autour de lui. Reid reniflait avec circonspection la décoction de saule pendant que Laking questionnait le roi tout en préparant son stéthoscope. L'arrivée de Thomas les laissa indifférents alors que le souverain l'accueillit d'un joyeux :

— Docteur Belamy !

— Comment se porte Votre Majesté ?

— Beaucoup mieux, ce matin.

— Ne nous emballons pas, Sire, tempéra Laking. Je vais ausculter vos poumons.

Miss Fletcher les salua et baissa les yeux en passant devant Belamy.

— Avez-vous donné sa médication au roi ? l'interrogea Thomas.

— Voyez avec ces messieurs, répondit-elle avant de disparaître.

— Est-ce de ceci que vous parlez ? dit Reid en montrant la fiole brune qu'il tenait en main.

— Sa Majesté aurait dû la prendre à son réveil, s'inquiéta Thomas.

— Qu'y a-t-il dedans ?

— Écorce de saule.

— Hors de propos pour votre maladie, Sire, intervint Laking, qui avait placé les embouts dans ses oreilles. Ce n'est utile qu'en cas de fièvre et vous n'en avez pas.

— Je l'utilise pour prévenir les attaques d'apoplexie. Il est important que le roi la boive.

— Votre contribution a pris fin ce matin, proclama Reid avec suffisance. La famille royale nous a demandé de reprendre la situation en main.

— Comment ça, la famille royale ? intervint Édouard. Mais je suis le chef de la famille royale et je croyais avoir été clair, messieurs.

— Votre état général s'est à peine amélioré, Votre Majesté. Votre bronchite est toujours inquiétante. Nous devons vous mettre en garde contre les dangers des traitements de charlatan.

— Mais je suis encore votre souverain, à moins que vous ne vouliez contester mon autorité ? dit-il en s'extirpant de son fauteuil.

— Non, Sire, souffla Laking en s'inclinant devant lui avec Reid.

— Ainsi, voilà comment on me traite, moi, dans ma propre maison, s'empourpra Édouard.

Ses colères étaient connues et craintes de tout le palais. Lorsqu'il s'énervait, il lui était difficile de se calmer rapidement. Seule Alice Keppel aurait pu adoucir son emportement, mais elle n'était plus à Buckingham.

— Malgré ma faiblesse hier, mes ordres étaient précis ! J'aimerais qu'on m'obéisse comme je l'entends !

— Oui, Majesté, approuva le chœur des redingotes.

— Je vais prendre les remèdes du docteur Belamy parce qu'ils me sont bénéfiques et je me moque bien de savoir ce qu'il y a dedans. Je serais prêt à avaler du serpent ou du crapaud s'il le fallait. Est-ce clair ? À partir de maintenant, vous allez travailler en…

Édouard porta sa main à sa poitrine. Son visage se paralysa dans une expression de douleur et, l'espace de quelques secondes, le temps parut suspendu. Puis ses yeux se révulsèrent et il s'affala sur le sol aux pieds des deux médecins.

Laking fut le premier à réagir. Il chercha le pouls au stéthoscope pendant que Reid empêchait Thomas d'approcher en se penchant de l'autre côté du corps. Le secrétaire courut chercher du secours. Laking, après avoir essayé différentes localisations, retira les embouts de ses oreilles et baissa la tête pour signifier l'absence de battements.

Alors que les deux hommes se relevaient en se signant, Thomas s'agenouilla en les bousculant et opéra des mouvements de réanimation selon la méthode de Reginald, les paumes des mains poussant sur le sternum du souverain.

— Mais arrêtez, stupide Français, ne touchez pas notre roi ! Il est mort ! s'écria Laking.

— C'est la méthode Jessop, intervint Reid, je l'ai vu la présenter au Barts ! Aidons-le.

— Insufflez de l'air dans sa bouche quand je vous le dirai, commanda Thomas. Maintenant, dit-il après cinq pressions.

Reid souffla cinq fois puis passa le relais à Belamy, qui fit le même nombre de pressions sur la cage thoracique.

— Je l'ai ! cria Laking. J'ai à nouveau un pouls !

— Majesté, nous entendez-vous ? demanda Reid.

Lentement, pesamment, Édouard ouvrit les yeux. Il tenta de parler mais ne put qu'ouvrir la bouche et chuchoter imperceptiblement.

— Qu'a-t-il dit ? interrogea Laking, qui continuait à écouter les battements, revenus du silence.

Reid se releva, choqué. Laking insista :

— Qu'a dit notre roi ?

— Il a dit : *en harmonie.*

116

Buckingham Palace, Londres, vendredi 6 mai

Des milliers de personnes attendaient, massées derrière les grilles du palais. Le chef de la garde donna le bulletin du matin à son ordonnance, qui se rendit au point d'affichage près de l'entrée des ambassadeurs.

— « *Sa Majesté a passé une meilleure nuit, mais les symptômes ne se sont pas améliorés et sa condition donne lieu à une grande inquiétude* », lut un employé de la City qui avait passé une partie de la nuit devant Buckingham Palace. Qu'est-ce que ça veut dire, une « grande inquiétude » ? demanda-t-il en se retournant vers la foule.

Chacun y alla de son commentaire, nourri à la lecture des journaux ou à l'écoute des rumeurs.

— Sir James Reid a affirmé dans le *Daily News* que le roi n'avait pas eu la moindre grippe ces dernières semaines, indiqua l'employé. J'ai un ami, dont la sœur travaille au palais, qui m'a dit qu'il avait une vilaine bronchite.

— Mon père en est mort, soupira son voisin, un commerçant de Soho. Il s'est noyé dans ses glaires.

— Quand même, le roi a plusieurs médecins à son chevet…

— Et plusieurs maîtresses, ajouta un autre, qui reçut une calotte, haussa les épaules et s'en alla vers un autre groupe plus compréhensif.

— Regardez, c'est le carrosse de l'archevêque de Canterbury, cria le commerçant en pointant du doigt l'entrée des ambassadeurs.

— Ils sont vraiment tous là, conclut l'employé en guise de requiem.

Debout à la lucarne rectangulaire de sa chambre, au dernier étage de l'aile est, le secrétaire du roi observait la foule qui ne cessait de grossir. Il passa une serviette humide sur son visage pour atténuer le feu de la lame. Il avait profité de sa pause à midi pour se changer et se raser, ce qu'il n'avait pas pu faire depuis la veille. Tous les événements de cette matinée dramatique s'imposaient sans cesse à lui. Il se sentait emporté avec tous les autres par une vague qui les dépassait, témoins impuissants d'un drame qu'il pensait pourtant évitable.

Lorsqu'il était revenu avec Miss Fletcher, deux hommes de la garde et le prince de Galles, le roi était de nouveau en vie. Ils l'avaient transporté dans son lit alors que le souverain était incapable de parler. La situation avait créé une grande confusion. Les deux médecins avaient exigé le départ de Belamy, ce que le prince leur avait accordé, tandis que le commissaire avait opposé aux soignants l'ordre du Premier ministre émanant de la volonté royale. L'infirmière leur avait demandé à tous de sortir afin que le souverain se repose en compagnie de son fils. La garde avait eu ordre d'isoler Belamy, et Waddington était parti prendre des instructions au cabinet de Churchill.

Le secrétaire saisit le plateau chargé d'une collation et traversa le château jusqu'à l'extrémité de la terrasse nord. Il entra dans l'Indian Room, petit cabinet de chasse à l'ambiance exotique dont les murs étaient décorés d'armes indigènes et de trophées en ivoire, dans lequel Thomas avait été conduit et placé sous bonne garde.

— Je vous ai apporté votre déjeuner.

— Comment va le roi ? demanda le médecin sans y prêter attention.

— Sa Majesté est toujours alitée mais elle reconnaît tous les membres de sa famille.

— A-t-il pu s'alimenter ?

— Hélas non. Mais deux nouveaux médecins sont à son chevet : Mr Dawson et St Clair Thomson.

— Ce sont de grands spécialistes du poumon. Ils pourront affiner le traitement, mais il faut absolument que le roi prenne sa décoction de saule. Le risque le plus urgent à contrer est l'apparition d'un infarctus. Pouvez-vous leur transmettre cette information par l'intermédiaire de son infirmière ?

— Miss Fletcher et moi ne ferons rien contre l'avis des médecins de notre roi. Vous l'avez dit vous-même, ce sont d'éminents spécialistes. J'ai vu l'effet bénéfique de votre traitement, mais je n'ai aucun pouvoir de changer les choses. J'en suis terriblement navré, croyez-moi. Je dois y retourner.

Thomas resta un long moment pensif, laissant son regard traîner sur les éléments hétéroclites du décor, dont une peau de tigre à la tête aplatie, posée à même le sol entre la cheminée et un gros coussin capitonné éclairé par un luminaire aux formes plus victoriennes qu'indiennes. Il songeait à Olympe, à sa lettre, à la décision qu'il devait en tirer, et eut le sentiment de se trouver dans un étau que des mains perverses serraient petit à petit avec délectation.

Waddington revint à cinq heures et demie de l'après-midi pour annoncer l'échec de leur médiation. Asquith et Churchill s'étaient rendus au chevet du roi, qui avait somnolé la plupart du temps et n'avait pu répondre à leurs questions. Sa conscience était altérée et ni la reine ni le prince de Galles n'avaient accepté que Thomas poursuive son traitement. L'affaire était close.

— D'après Sir Reid, Sa Majesté a fait un nouvel infarctus. Son cœur est très affaibli.

— Avez-vous pu le voir ? Quelle était la couleur de son visage ?

— Je n'ai pas été autorisé à entrer. Mais Monsieur Churchill m'a dit que les médecins s'apprêtaient à publier un communiqué révélant son état critique.

— Nous aurions pu retarder cette échéance. Le roi répondait bien aux remèdes.

— Vous avez fait de votre mieux. C'est ainsi. On ne peut pas aller contre la volonté de Dieu.

Une rumeur leur parvint du dehors, un cri composé de milliers de voix qui s'amplifia et se propagea comme une vague tout autour du palais, avant de devenir un bourdonnement.

— Ils viennent d'afficher le bulletin, commenta sobrement le commissaire.

— Quand pourrai-je partir ? Je ne suis plus d'aucune utilité ici.

— Les ordres sont que vous restiez à Buckingham, au cas où le roi vienne à vous réclamer. Vous n'êtes plus qu'à quelques heures de la liberté. Lundi, un juge demandera votre expulsion sous huitaine et nous serons quittes.

La pluie se mit à tomber dans la soirée. Une pluie dense, aux gouttes longues comme des traits, frappant les chapeaux, pénétrant sous les manteaux, mais une pluie impuissante à disperser une foule venue montrer son attachement à son souverain.

Virginia, revenue de St Ives, regardait les gouttes hérisser la vitre de son bureau en laissant son esprit divaguer entre les mots qu'elle écrivait pendant que, dans le salon attenant, Stephen et Duncan devisaient des mérites comparés de la démocratie athénienne et de la monarchie parlementaire. Etherington-Smith, lui, interrogeait le docteur Dawson, de retour de Buckingham Palace, et songeait à quitter la direction de l'école médicale pour se consacrer uniquement au département des urgences. Au même moment, Frances, en pleurs dans les bras de Reginald, se moquait bien du destin de son souverain. Sœur Elizabeth avait fermé les yeux et tentait de tromper la douleur en se concentrant sur la musique de Verdi, notamment *La forza del destino*, qu'elle aimait tant, alors que l'effet des opiacés se faisait attendre. Emmeline Pankhurst avait rejoint le siège du WSPU et relisait avec Christabel les textes de leur dernier numéro du *Vote pour les femmes*. Horace buvait une coupe de champagne avec Brilliant Chang en hésitant sur la nature de la farce qu'il lui réservait pour leur départ, et Olympe était sortie jusqu'au taudis où elle distribuait les pains et la viande séchée qu'elle avait achetés à l'angle de Gill Street. Les sans-abri étaient au courant de l'agonie du roi et avaient autant d'empathie pour lui que les autres classes de la population, qu'ils détestaient : les employés, les bourgeois et l'aristocratie du royaume avaient, dans un ordre croissant, tout leur mépris et, dans un ordre décroissant, toute leur jalousie, du moins pour ceux à qui il restait assez de force et d'énergie pour se révolter. Olympe rentra entre deux averses, accompagnée par un des gardes du corps chargé de la surveiller. Elle se réfugia dans sa chambre et pensait à Thomas quand Chang vint la prévenir de l'état désespéré du roi.

Édouard VII était resté allongé dans son lit depuis l'attaque d'apoplexie qui avait failli lui être fatale. Son corps lui pesait et il n'arrivait plus à articuler correctement. Les mots lui manquaient. Il observait autour de lui la danse silencieuse des soignants. Il n'était pas dupe de leurs sourires rassurants alors qu'ils s'échangeaient des regards révélateurs de leur impuissance. Il voulut mettre fin à ces simagrées mais ne réussit pas à se faire comprendre et une fatigue impérieuse l'emporta. À son réveil, seule Miss Fletcher était dans sa chambre. Elle l'interrogea en détachant chaque mot comme s'il était devenu sourd, ce qui l'agaça. Il répondit d'un ton sec et royal, du moins le crut-il, et demanda la présence du docteur Belamy, qui lui avait fait tant de bien. Elle sortit pour revenir avec les trois médecins royaux qui, une nouvelle fois, l'auscultèrent avec déférence mais sans chaleur avant de se retrouver près de la cheminée, le dos tourné, comme des comploteurs. Édouard les entendit utiliser leur jargon de médecins, mais il n'avait pas besoin de traducteur pour savoir qu'il était à l'agonie. La scène indisposa le roi, qui les convoqua à son chevet et qui, dans l'énervement, réalisa à quel point chaque respiration lui était un effort. Il exigea de voir Alice Keppel, il exigea la présence de Belamy, ce à quoi Reid et Laking répondirent que sa santé s'était beaucoup dégradée et que tout nouvel infarctus pouvait lui être fatal. Édouard ferma les yeux et s'assoupit. La pendulette sur le rebord de la cheminée sonna la demie de dix heures du soir et le réveilla. L'équipe médicale avait été remplacée par la reine Alexandra et le prince de Galles. Le vieil homme se sentait mieux, même si sa jambe et son bras gauches avaient perdu de leur sensibilité. Il put parler à sa femme et son fils de la difficulté d'être roi et de ce qui attendait George.

— Vous êtes mon meilleur ami et le meilleur des pères, dit celui-ci, penché sur lui, maîtrisant de son mieux l'émotion qui menaçait de le submerger. Dieu m'assistera dans mes responsabilités, mais je les souhaite les plus lointaines possible.

Alexandra fit entrer les autres membres de la famille royale, qui entourèrent le souverain. Il eut un échange avec chacun, ce qui sembla lui donner plus de forces et de lucidité. Tout le monde se détendit, après les dernières heures passées dans l'antichambre à craindre l'annonce définitive des médecins. George choisit ce moment pour placer une nouvelle plus légère :

— Père, je n'ai pas eu l'occasion de vous l'annoncer, mais votre cheval, Witch of the Air, a gagné sa course cet après-midi à Kempton Park.

— Oui, on me l'a dit. Je m'en réjouis, répondit le roi en ébauchant un sourire.

Ses forces le fuirent à nouveau et le souverain bascula vers un irrépressible sommeil. Édouard ferma les yeux et ne les rouvrit plus. Il mourut un quart d'heure plus tard, entouré des siens.

117

Buckingham Palace, Londres, vendredi 6 mai

Le palais était calme et recueilli. L'annonce au peuple venait d'être faite et partout l'émotion était la même. Alors que les corps constitués débarquaient à la queue leu leu afin de rendre hommage à leur souverain, Waddington reçut l'ordre du Premier ministre de libérer Thomas. Mais il lui restait une dernière action à accomplir.

À minuit vingt, Sir Jessop retrouva son apôtre sur la terrasse nord du palais. Il ne pleuvait plus et, du parc, s'exhalaient des odeurs d'herbe mouillée et de terre humide à laquelle le commissaire ajoutait celle de sa cigarette.

— Je l'ai souvent mis en garde sur son hygiène de vie, soupira l'homme d'affaires. Édouard a dévoré son existence.

— Il aurait pu le sauver, dit Waddington avant de jeter son mégot et de se tourner vers son mentor. Belamy aurait pu le sauver.

— Vous vous égarez, l'apôtre. Personne ne pouvait le guérir. Il s'est mis tout seul le canon sur la tempe. Il n'aurait pas été concevable qu'un charlatan réussisse là où nos meilleurs spécialistes se montraient impuissants.

— Même pour que le roi vive ?

— Ne soyez pas stupide. Notre pauvre Édouard était en bout de course et quelques jours de plus n'auraient rien changé. Un roi remplace un roi et les affaires continuent, comme toujours.

— Êtes-vous en train d'insinuer que vous étiez derrière la décision de la famille royale ?

— J'ai apparemment été convaincant auprès de notre chère Alexandra et de son fils. J'ai agi pour le bien de notre pays.

— Avec votre respect, Sir, j'ai été témoin d'une amélioration de son état après le traitement de Belamy. Je peux le certifier, ainsi que son infirmière et son secrétaire. Nous sommes persuadés que le roi aurait pu surmonter sa maladie.

— Je n'en discuterai pas avec vous, l'apôtre. Je vais vous donner une dernière mission pour cette soirée, un message à transmettre à Belamy.

— Pourquoi ne pas le faire vous-même, Sir ?

— Parce que vous êtes mon obligé, parce que je vous paie pour ça.

— Je sais tout ce que je vous dois, Sir Jessop. Mais, aujourd'hui, je sais aussi que je ne vous dois pas tout. Je ne veux plus travailler pour vous. Je pense avoir payé cette dette-là. Je ne suis plus d'accord avec ce que vous me demandez de faire.

— Vous allez vous reposer et je mettrai ces inepties sur le compte de la fatigue et de l'émotion, l'apôtre.

— J'avais une dernière requête, Sir : ne m'appelez plus jamais « l'apôtre ». Je vous quitte mais je ne vous laisse pas seul.

Thomas sortit de l'angle de la terrasse resté dans l'obscurité et s'arrêta dans un carré de lumière provenant de la chambre de la reine. Le commissaire salua les deux hommes d'un bref mouvement de tête et regagna le palais. Comme à son habitude, le père de Reginald ne manifesta aucune surprise et afficha une impassibilité blasée.

— Monsieur Belamy… J'ai toujours su qu'il fallait se méfier de ceux qui ne font pas de bruit en marchant.

Il le dévisagea longuement tout en refrénant son estime naissante envers le jeune Annamite qui avait toujours réussi à se sortir des situations les plus inextricables. Jessop vénérait le succès, surtout quand il naissait de rien. Il admirait également le charisme qui agrégeait le plus grand nombre, ainsi que les techniques de combat qui mettaient à terre la puissance physique pure – et ce qu'on lui avait rapporté de Thomas l'avait grandement impressionné. Il respectait la résistance inouïe de ceux qui ne s'avouent jamais vaincus. S'il avait été un orphelin de Watford, Belamy aurait été sa plus belle réussite. Il avait été son plus coriace adversaire, et qu'il s'en sorte indemne ne lui déplaisait pas, à partir du moment où lui, Sir Jessop, gagnait la partie, ce qu'il allait lui annoncer.

— Savez-vous ce qu'est la baraka pour les Arabes ? Le pouvoir des miracles. Je crois que vous possédez la baraka, Belamy. En mourant, le roi vous sauve la vie. La monarchie au secours des anarchistes, n'est-ce pas une conclusion que notre ami Conan Doyle approuverait ?

— Sauf que nous ne sommes pas dans un roman et que la fin n'a pas été écrite. Elle ne l'est jamais d'avance.

— Oh, que si ! C'est le message que l'apôtre devait vous apporter.

Jessop fit quelques pas sur la terrasse, engageant Thomas à l'accompagner.

— N'ayons pas l'air de comploteurs le soir de la mort d'Édouard VII. Soyons accablés, comme tous autour de nous.

— Qu'avez-vous à me dire ?

— Reginald est venu me voir cet après-midi. Je voulais vous annoncer que mon fils et moi sommes réconciliés.

— J'en suis heureux pour lui, dit Thomas avant de se planter devant Jessop. Cela signifie quoi, en clair ?

L'homme d'affaires le toisa de son mépris avant de répondre :

— Reginald va démissionner de son poste du Barts et travailler pour la J. & J. Shipfield Company, dont il sera le propriétaire à ma disparition.

— C'est impossible…, commença Thomas.

— Rien n'est impossible, et vous êtes le premier à le savoir. Adieu, Belamy.

Thomas était sorti seul sans que personne ne l'importune. L'incompréhension le disputait au recueillement après le décès rapide du roi et une certaine désorganisation flottait sur le palais alors que tous les représentants de la société civile et religieuse se présentaient pour rendre hommage au souverain. Belamy ne prit vraiment conscience de l'intensité de l'émotion populaire qu'en remontant Constitution Hill et en découvrant l'immensité de la foule qui s'était amassée des grilles au Victoria Memorial.

Il décida de regagner à pied l'autre monde. Partout dans les rues, malgré l'heure tardive, des Londoniens convergeaient par groupes vers Buckingham. Les autres apprendraient la nouvelle à leur réveil. Thomas longea la Tamise jusqu'à la Tour de Londres, où l'odeur de soufre et d'acide des usines de l'East End commença à lui piquer les narines. Il s'arrêta devant les grilles de Trinity Square qui étaient restées ouvertes : les pelouses étaient jonchées de centaines de corps endormis, des sans-abri qui, profitant de l'absence des bobbies mobilisés pour l'événement, s'y étaient introduits pour y passer une vraie nuit de sommeil sans être délogés par les patrouilles leur interdisant de dormir dans la rue. L'image de ces femmes et de ces hommes, de ces enfants allongés comme des blés coupés, resterait dans sa mémoire indissociable de celle du souverain mourant.

Thomas arriva chez Chang à trois heures dix du matin. Après avoir sonné puis tambouriné à l'entrée, il fut reçu par un des hommes de main, à demi assommé par sa dose d'opium de la soirée, qui le laissa passer et l'oublia avant même de retourner sur sa couche. Le médecin prit une longue douche pour tenter d'évacuer tous les événements et les émotions de cette journée sans fin. Il voulait juste pouvoir dormir suffisamment avant d'affronter Chang. Leur querelle était pour lui une affaire ancienne, dépassée, mais Brilliant n'abandonnerait jamais ce qu'il considérait comme une dette d'honneur. Depuis leur arrivée à Londres, les deux hommes avaient pris l'habitude de s'entraîner à leur sport de combat dans une arrière-salle du restaurant attenant, celle où ils s'étaient rencontrés. Le gérant était un vague cousin de Chang, qui avait aidé à son installation au numéro 13, sans se douter que la maison deviendrait le quartier général du dealer. Lors d'une de leurs séances de vovinam, Brilliant avait proposé un combat entre eux deux, assorti de paris. Il savait que Thomas, ayant besoin de fonds pour le matériel médical qu'il rachetait au Barts, ne pouvait refuser. Le combat avait été régulier mais le ciseau volant que Belamy avait employé, et qui avait assuré sa victoire, s'était terminé par une plaie au visage de Chang. Depuis lors, le malfrat contestait la validité d'un combat dont il réclamait une seconde manche.

Thomas eut la surprise de trouver Olympe endormie dans son lit. Elle avait espéré toute la soirée qu'il n'obéisse pas aux injonctions de sa lettre et revienne, avait bu suffisamment de champagne avec Horace pour céder à la mélancolie mais pas à ses avances, puis s'était réfugiée dans les draps de l'absent. Lorsqu'il s'allongea à côté d'elle, leurs corps s'épousèrent naturellement. Olympe garda les yeux clos afin de rester sur le chemin qui serpente entre rêve et réalité. Thomas, lui, ne trouva pas celui qui mène au sommeil : avant qu'on lui interdise la chambre du roi, les énergies du souverain étaient en passe de s'équilibrer.

118

15 Limehouse Causeway, Londres, samedi 7 mai

Le restaurateur pesta en ouvrant la porte qui s'était une nouvelle fois dégondée. L'assemblage de cinq rangées de planches clouées sur un cadre d'un bleu gris horizon avait été fabriqué dans l'urgence après le passage en force de la police et montrait déjà des signes de faiblesse. Son arrestation, même si elle n'avait duré que quelques heures, l'avait profondément meurtri. Chen Ouyang tenait à la respectabilité de son commerce, surtout à cause de la proximité de Brilliant Chang qui faisait peser le doute sur l'honorabilité de toute la communauté. Les inspecteurs de Scotland Yard avaient aussi fouillé la salle d'entraînement, sorte de hangar vide au sol en terre meuble, et, n'y ayant découvert ni tables ni chaises qui auraient pu servir à l'organisation de jeux, n'avaient eu aucun motif d'inculpation du restaurateur. Depuis lors, Ouyang portait sur ses épaules la honte de la suspicion, d'autant plus que Chang avait été vu sortant de son commerce le lendemain des faits.

Il traversa la salle de son restaurant et gagna le hangar où la communauté avait pris l'habitude de pratiquer les arts martiaux. Lorsqu'il entra dans le bâtiment, Ouyang ne put s'empêcher de convoquer le souvenir du plus mémorable des combats qui s'étaient déroulés chez lui. Chang avait présenté sa confrontation avec Thomas comme une opposition entre deux écoles et avait fait monter la tension dramatique jusqu'au soir où ils s'étaient affrontés devant un public surexcité. Le dealer s'enorgueillissait de pratiquer un style hérité des moines de Shaolin, le plus ancien et, selon lui, le plus noble. Sa vitesse et sa force physique avaient fait de lui un compétiteur redouté. Pourtant, Thomas et son vovinam lui avaient été largement supérieurs. Il n'avait accepté la revanche qu'à la condition non négociable de l'absence de spectateurs et de paris sur son résultat.

Les deux combattants entrèrent en même temps, pieds et torse nus.

— Qu'on en finisse, lâcha Belamy.

Horace aida Olympe à empaqueter ses affaires et celles de Thomas dans leur unique bagage.

— Je prends les trois quarts de la place à moi seul, remarqua-t-il. Ce Chang a du goût, les vêtements que je lui ai rachetés sont fort acceptables. Mais c'est un séjour que je ne regretterai pas, l'addition est salée.

— Vous croyez qu'ils en ont fini ?

— Ne vous inquiétez pas, ne vous ai-je pas promis que tout allait bien se passer ?

Horace et ses promesses…, songea-t-elle. L'Irlandais était capable d'engager sa parole envers une femme en toute sincérité, pour l'impressionner ou lui être agréable, avant de regretter de ne pouvoir la tenir.

— L'issue m'importe peu, confia-t-elle, tant qu'il n'est pas blessé et que nous pouvons sortir d'ici.

Vere Cole ferma les deux clapets de leur valise.

— Quand Thomas aura embarqué pour le Nouveau Monde, vous pourrez continuer à habiter chez moi, ma chère.

— Je vais d'abord recoller les morceaux avec Christabel. La lutte n'est pas finie.

Horace n'insista pas. Lorsqu'elle lui avait avoué ne pas vouloir s'exiler avec Thomas, il avait senti des ailes lui pousser dans le dos, mais s'était bien gardé de les déplier.

— Quant à moi, j'ai envie de retrouver le goût du Pimm's n° 2 de Mario et les extravagances d'Augustus, même si ces deux-là ont beaucoup à se faire pardonner. Je crois qu'on peut descendre, Thomas doit avoir fini le travail, déclara-t-il avec assurance après avoir regardé sa montre.

— Horace, vous avez quelque chose à me dire ?

— Je vous l'ai promis, il va gagner son combat. Savez-vous ce que c'est ? dit-il en tirant de sa poche un gravillon noir. Du dross, expliqua-t-il en le lui posant dans la paume de la main.

— Je ne savais pas que vous intéressiez à la géologie, dit-elle en le lui rendant. C'est un porte-bonheur ?

— En quelque sorte. Le dross est ce qu'il reste de l'opium une fois fumé. Je l'ai pris dans la pipe qu'on m'avait offerte.

— Et… ?

— Le dross a la particularité d'être riche en morphine. Et, accessoirement, en produits toxiques. Nos hôtes m'ont expliqué qu'il n'avait pas du tout le même effet que l'opium. D'habitude, ce sont les pauvres diables sans le sou qui le consomment. Il ne provoque pas la stimulation intellectuelle du chandoo, il enfonce dans une rêvasserie bien plus abrupte. Et plus rapidement.

— Vous n'avez pas… ?

— Brilliant Chang est un homme très méticuleux, ce qui le perdra. Il a préparé son combat en avalant un mélange de différents organes animaux, que la bienséance ne me permet pas de vous citer, et qui était censé lui donner plus de force et de vitalité. J'y ai ajouté un peu de dross.

— Vous n'avez pas fait ça, Horace ?

— J'ai équilibré les forces en présence. L'effet se fait normalement sentir une demi-heure après ingestion, soit exactement au moment de leur joute.

Olympe s'assit sur le lit et se prit la tête dans les mains.

— Comment pouvez-vous en être sûr ?

— C'est la vieille cockney qui me l'a garanti. Elle a beaucoup travaillé le sujet.

On s'agita au rez-de-chaussée. Des talons claquaient sur le carrelage, des ordres étaient criés en chinois, des chaises déplacées.

— D'ailleurs, nous allons être fixés, conclut-il en l'invitant à descendre.

Les hommes du dealer avaient disposé Thomas sur un canapé, les jambes allongées. Chang s'épongeait le visage et le corps, en sueur, assis dans un fauteuil.

Ouyang, qui avait fait office de juge et de seul témoin, était intarissable :

— Le dernier enchaînement était de toute beauté ! J'y ai vu toutes les attaques et les parades du répertoire !

— Je tiens ma revanche, affirma Chang en allumant un cigare.

— Je dirai que le combat se termine sur une égalité parfaite, tempéra Ouyang.

— Non, non, il est clair que j'ai gagné, insista l'autre en tirant une bouffée.

— Je déclare Chang vainqueur, dit Belamy avant de se désintéresser du débat pour enlever son pantalon de serge qui présentait une large tache de sang sur la cuisse droite.

— Mais je ne veux pas être déclaré vainqueur par un adversaire qui s'en moque ! s'emporta Chang. J'ai réellement été le meilleur.

— La blessure s'est rouverte, indiqua Thomas à Olympe.

— Si nous voulons être conformes aux règles, j'ai compté le même nombre de points, Brilliant.

— Que faut-il faire ? s'inquiéta Olympe.

— Et je ne tiens pas compte du coup porté sur la blessure, continua Ouyang.

— Sinon quoi ? s'énerva Chang en mordant son cigare.

— Bravo pour la demi-heure, souffla-t-elle, ironique, à l'oreille d'Horace, qui était resté silencieux.

— Sinon, Thomas était vainqueur, décréta Ouyang.

— Quelle usurpation ! s'emporta le dealer. Un juge impartial n'aurait pas hésité.

— Ça peut être plus long, parfois une heure, reconnut Vere Cole.

— Quelqu'un peut m'apporter des linges et de l'alcool ? demanda Thomas alors que la confusion devenait générale.

— Je veux qu'on admette enfin officiellement ma victoire ! cria Chang en se levant.

— Finalement, je ne suis juge que quand le résultat vous arrange, Brilliant, râla Ouyang, qui s'énervait à son tour.

— J'ai du whisky, ça vous irait comme alcool ? proposa Horace.

Chang se rassit lourdement et soupira :

— Je me sens si fatigué !

— Ah, quand même, dit Horace à Olympe, l'air triomphant.

— Je savais que cette revanche ne servirait à rien, rumina le restaurateur avant de quitter la pièce.

— Partez tous, je ne veux plus vous voir, je ne veux plus entendre parler de vous, intima le dealer en se tenant le front. Je suis si fatigué.

Thomas se leva sur la jambe gauche :

— Nous avons perdu assez de temps. Je dois opérer Elizabeth.

119

St Bart, Londres, samedi 7 mai

Reginald se pencha sur Frances dont les yeux rougis le fixaient en silence. Il l'embrassa et lui caressa les cheveux comme il l'eût fait avec un chat, machinalement, l'esprit encombré de mille considérations. Il aimait l'infirmière, qui avait été la première personne rencontrée en débarquant au Barts ; il aimait son métier, malgré la fatigue, malgré les échecs, il l'aimait pour les miracles quotidiens qu'Elizabeth appelait « la main de Dieu » et que lui désignait comme le progrès, il aimait cette médecine en perpétuel renouvellement où chaque cas appelait à se surpasser, à inventer le futur des urgences. Il aimait la famille qu'il avait trouvée dans son département. Et pourtant…

Pourtant, il avait capitulé devant son père. Reginald n'avait pas eu l'impression d'avoir le choix tant celui-ci était devenu déséquilibré. Sir Jessop avait menacé de retirer sa donation au Barts, alors qu'elle représentait à elle seule quinze pour cent du total de la charité de l'hôpital. Il avait menacé d'entraîner avec lui plusieurs autres mécènes, les plus importants, soit plus d'un tiers du budget annuel. Reginald savait qu'il était capable de mettre sa menace à exécution et que le coup pouvait être fatal à l'hôpital, déjà empêtré dans le scandale Belamy. Il avait cédé en lui faisant promettre d'abandonner toute poursuite contre Olympe. En bon négociateur, Sir Jessop avait accepté. Son fils ne devait pas avoir l'impression de se rendre, mais d'en avoir retiré le maximum. La messe était dite.

— Je devrais déjà être aux urgences pour le View Day. Notre intendant va se faire des cheveux blancs. Dès que la cérémonie sera finie, j'irai présenter ma démission au docteur Etherington-Smith, dit-il alors que Frances se recoiffait.

L'atmosphère était poisseuse dans la petite chambrée située sous les toits de Snow Hill et les cœurs étaient lourds.

— Pourquoi l'ont-ils fait un samedi, cette année ?

— Le roi devait venir visiter le Barts mercredi prochain.

— Quelle tristesse. Je t'accompagne, annonça Frances, dont chaque mot semblait lui peser. Je dois aller voir Elizabeth.

Une fois dans la rue, elle lui prit le bras et le serra ostensiblement. Ils marchèrent un moment en silence avant qu'elle n'aborde la question qui l'avait taraudée toute la nuit.

— Que va-t-il advenir de nous deux ?

Reginald n'avait osé en parler le premier. Il n'avait pas abordé le sujet avec son père mais il n'avait aucun doute sur le fait que ce serait la prochaine bataille à mener et que l'issue en était incertaine. Il redressa la tête pour se donner de l'assurance.

— Mon amour, mais cela ne change rien pour nous ! Tu vas poursuivre tes études de médecine et nous nous marierons !

— Ton père ne le permettra jamais et tu le sais. Le seul fils Jessop est promis à une descendance de grande fortune et je n'ai aucune illusion.

— Non ! Il m'a volé ma vocation, il ne me volera pas la femme de ma vie.

Reginald s'arrêta pour l'enlacer.

— Je sais qu'aujourd'hui, à part mes belles paroles, je n'ai aucune garantie à t'offrir pour notre avenir. Mais prenons chaque moment comme il vient et sache que je me battrai pour toi, pour nous, comme un lion. Je t'en fais le serment.

— Devant la Bank of England ? taquina Frances.

— Devant ce qui reste du parterre de tournesols que j'ai détruit le jour même de mon arrivée au Barts, compléta-t-il en montrant le bosquet. Je n'oublierai jamais cette journée catastrophique.

Il lui relata l'anecdote.

— Le pire est que le docteur Haviland produisait du miel à partir de ces fleurs, se désola l'interne.

— Lui ?

Le rire de l'infirmière fit se retourner un couple âgé qui entrait dans l'établissement.

— C'est ce qu'il racontait à tous ses patients, mais il l'achetait à un apiculteur de Clapham.

— Pourquoi faisait-il ça ?

— Il avait l'impression que ses malades étaient rassurés de savoir que le miel était produit à l'hôpital, comme tous les autres remèdes. Le pouvoir de la suggestion.

— Si on commençait à se l'appliquer à nous aussi ? Je décide que rien ne nous séparera jamais !

Au Barts, ils furent accueillis par l'intendant Watkins, dont le visage se détendit aussitôt, faisant disparaître les vagues de rides qui barraient son front. Il se trouvait en compagnie du trésorier et du portier, affublé d'une toge noire et d'un bâton surmonté d'un globe d'argent, qui attendaient les gouverneurs afin de lancer le défilé du View Day dans tous les services de l'hôpital.

— Je commençais à désespérer de trouver un représentant des urgences, dit l'intendant en les prenant à part. Seul le docteur Haviland est présent.

— Raymond n'est pas au View Day ?

Watkins sembla gêné par la question de Reginald.

— Il a eu une opération imprévue… mais je ne peux rien dire… Quel cas de conscience que le mien, ajouta-t-il en se balançant d'un pied sur l'autre.

— S'il y a un secret à la clé, nous vous promettons de le garder.

La proposition soulagea l'intendant, qui s'approcha d'eux pour continuer à voix basse :

— Voyez-vous, c'est qu'« il » est là. « Il » est revenu.

— Thomas ?

— Chut ! intima Watkins en vérifiant que personne n'avait pu entendre. « Il » est arrivé avec les deux autres fugitifs. Ils sont à Uncot, pour sœur Elizabeth. Ça a l'air sérieux.

Le silence régnait à Uncot. Thomas avait prélevé la récidive de sarcome, de la taille d'une noisette, et explorait le creux axillaire qu'il venait d'ouvrir. Lorsqu'il était entré dans le bureau d'Etherington-Smith et s'était assis en face de lui, une heure auparavant, celui-ci avait tout d'abord failli le mettre dehors avant de tomber dans ses bras et de fermer la porte à clé. Raymond avait suivi leur course-poursuite avec Scotland Yard via les journaux. Il s'était persuadé qu'ils avaient pu quitter Londres tout en redoutant le pire. Après le soulagement des retrouvailles, il avait écouté la demande de Thomas avec la retenue qu'imposait sa fonction, afin de lui faire comprendre qu'il ne lui avait pas pardonné d'avoir trahi sa confiance. Il avait accepté l'opération d'Elizabeth dans les locaux du Barts, mais avait imposé ses conditions : sa présence, et la discrétion d'Uncot.

Raymond fit une grimace en voyant Belamy extraire ce qui ressemblait à un ganglion du creux axillaire et cureter le tissu cellulo-adipeux.

— Seriez-vous fâchés ?

La voix d'Elizabeth les surprit tous les deux. Etherington-Smith en avait presque oublié que Belamy avait pratiqué une anesthésie locale à la cocaïne pour diminuer les risques.

— Évitez de parler, Elizabeth, je n'ai pas fini, intervint Thomas.

— Pourriez-vous au moins faire semblant de vous entendre ? Et me dire ce que vous faites ? Sans me ménager, s'il vous plaît, ajouta-t-elle d'une voix légèrement traînante en raison de la morphine administrée.

— Nous avons trouvé deux ganglions axillaires mais rien au niveau de la cage thoracique. Thomas est en train de recoudre la plaie.

— Le docteur Belamy… J'aimerais vous l'entendre prononcer, Raymond, enjoignit la religieuse en le fixant de son regard d'acier qui avait intimidé deux générations d'infirmières et de médecins.

— Le docteur Belamy finit de suturer, Elizabeth.

— Merci, docteur Etherington-Smith. Maintenant, dites-moi tous les deux quelles sont mes chances de survie.

— Des récidives sont très probables. Je m'occuperai moi-même des interventions, dit Raymond en tendant un pansement antiseptique à Thomas. Avec votre assentiment, Elizabeth.

— D'après les cas qui ressemblent au vôtre, la longévité est d'un an, un an et demi, répondit Belamy. Vos poumons risquent d'être touchés dans quelques mois. J'ai regardé dans la littérature et il n'existe aucune patiente qui ait survécu plus longtemps à un cancer primitif des deux seins. Mais les tumeurs sont tellement versatiles. Et Dieu sait que nous avons besoin de vous ici.

— Merci de votre franchise, Thomas. Dieu n'a pas beaucoup exaucé mes vœux ces derniers mois. À part un : celui de vous revoir opérer au Barts.

La procession païenne s'était arrêtée aux urgences. Conformément à la tradition, le trésorier s'assit à une table d'honneur, dressée à l'entrée de la première salle des lits, entouré des gouverneurs et du portier qui brandissait ostensiblement le sceptre sur lequel était gravée l'effigie de saint Bartholomé tenant un couteau à écorcher. Watkins énonça le nom du premier patient du service, sur le ton fier et emphatique qui seyait à la cérémonie. Haviland prit la parole pour indiquer sa pathologie et le temps prévu de son hospitalisation. La litanie continua pour chaque malade.

— Et notre dernière patiente est sœur Elizabeth, annonça Watkins, qui avait tenu à l'ajouter à la liste.

Haviland ne connaissait pas le détail de son dossier. Reginald intervint :

— Au nom des docteurs Belamy et Etherington-Smith, je voudrais communiquer à la docte assemblée la raison de sa présence comme malade parmi nous.

Le nom de Thomas déclencha une salve de réprobation chez une partie des donateurs, mais le trésorier l'incita à continuer.

— Notre sœur, que tout le monde ici connaît, est actuellement soignée pour une double tumeur primitive des seins. Nous avons procédé au sacrifice des deux mamelles mais une récidive s'est présentée et le docteur Etherington-Smith est actuellement en train de la traiter.

— Très bien, docteur Jessop, nous allons maintenant demander au médecin responsable du service de donner son avis sur ses internes. Si Raymond n'est pas présent, qui doit prendre sa place ? Est-ce Haviland ? demanda le trésorier à Watkins, qui lui fit un signe d'ignorance.

Au même moment, un murmure parcourut une partie de l'assistance, qui s'écarta pour laisser passer Raymond et Elizabeth. La religieuse était assise dans la chaise roulante poussée par le médecin, qui s'arrêta en face de la table du trésorier.

— Merci au docteur Haviland qui m'a suppléé. Je vais poursuivre la cérémonie.

Etherington-Smith, en homme charismatique qui maîtrisait son auditoire, prit le temps de dévisager les personnes présentes avant de continuer.

— Reginald, vous êtes pour moi, malgré votre patronyme, l'exemple même de la réussite du mérite, l'exemple de ce que doit être le Barts : une école des vocations.

Il continua l'éloge de son interne, en lieu et place de Thomas, et, une fois qu'il eut terminé, lui redonna la parole pour qu'il exprime son sentiment sur le travail de la religieuse, ainsi que le voulait la tradition.

— Elizabeth a eu pour moi la rudesse d'un père et la bienveillance d'une mère, dit Reginald, et je lui en serai toujours infiniment reconnaissant. Avec les autres membres de cette équipe extraordinaire, elle a fait de moi le médecin que je suis aujourd'hui, ce qui n'est peut-être pas un compliment pour elle, ajouta-t-il, satisfait de déclencher quelques rires et applaudissements pour contrôler l'émotion qui montait en tous.

À son tour, Elizabeth fut amenée à s'exprimer sur son infirmière. Frances s'était reculée pour se mettre à l'abri dans l'assistance, mais la religieuse l'invita à la rejoindre. L'anesthésie et les opiacés faisaient encore effet ; la douleur n'avait pas repris son emprise.

— Ma chère Frances, chère petite enfant, Dieu sait que nous n'avons pas la même vue sur notre société, notamment sur la place des femmes, commença-t-elle, mais vous étiez dans ce service plus qu'une infirmière, vous aviez presque autant de savoir et d'entêtement qu'une vieille religieuse et autant de sagacité et d'intuition qu'un médecin sans diplôme. Lorsque vous m'avez annoncé votre intention de nous quitter pour briguer l'école médicale, j'avoue que je vous en ai voulu, que j'ai trouvé votre ambition d'égaler les hommes de l'art orgueilleuse et déplacée. J'y ai vu une provocation alors que c'était une vocation, naturelle et méritée. J'ai passé ces dernières semaines allongée dans ma chambre, tout comme je passerai les quelques mois qui me restent, et j'ai plus changé lors de ce voyage immobile que dans toutes les aventures humaines que la vie a pu me proposer. Oui, cette immobilité m'a donné une faculté de jugement et une hauteur de vue que jamais je n'avais eues. Je vous soutiens dans votre démarche, Frances Wilett, je vous soutiens dans votre combat car vous avez toutes les capacités pour faire une excellente femme médecin, et j'espère que notre cher Barts en diplômera à l'avenir de plus en plus.

La tirade l'avait fatiguée mais, avant qu'Etherington-Smith ne reprenne la parole, elle continua :

— Et je voudrais terminer en disant à quel point j'ai été fière de travailler avec le docteur Belamy. Je regrette son absence aujourd'hui et j'en déplore les raisons. Cet homme a sauvé à lui seul autant de vies qu'un département entier d'hôpital. Il a tenté de prendre le meilleur de toutes les écoles médicales, il a expérimenté, il a soigné les plus démunis, ici et ailleurs dans Londres, sans se ménager, sans jamais demander sa part de gloire et de reconnaissance.

Raymond lui posa sa main sur l'épaule, ce que tous prirent pour un assentiment.

— Voilà ce que je voulais vous dire avant de me taire à jamais, continua Elizabeth. Je suis fière d'avoir travaillé avec toutes ces personnalités que Dieu a bien voulu réunir autour de moi. Nous étions une équipe unique poursuivant le même but et nos différences ont été notre force. Je vous souhaite à tous de vivre de tels moments.

120

St Bart, Londres, samedi 7 mai

L'escalier sentait la poussière et tournait en carré dans une pénombre seulement repoussée à de rares endroits par les rais de lumière échappés des meurtrières.

— On arrive, prévint Thomas.

Lorsqu'il ouvrit la porte, le noir se dilua dans la blancheur opaline de l'après-midi londonien. Ils pénétrèrent sur la terrasse de la tour de l'église St Bartholomew-the-Less qui dominait le Barts et tout le quartier de West Smithfield. Les toits de l'immense marché de Meat Market ressemblaient à un champ d'ardoises. Plus au sud, St Paul et son dôme s'élevaient au-dessus des immeubles et se détachaient sur le fond bistre du fleuve. Plus loin encore, Big Ben pointait dans le ciel pour signaler le palais de Westminster.

— Quelle perspective, admira Olympe en s'approchant d'un des angles du muret. On se sent tellement libre à cette hauteur.

Elle n'arrivait pas à profiter de l'instant apaisant de beauté qui s'offrait à eux. Son cœur avait gardé un rythme rapide après la montée. Horace s'était confié à Olympe pendant l'opération d'Elizabeth : Thomas avait demandé à l'Irlandais de l'accompagner à Liverpool la semaine suivante. Leur escapade dans la tour ressemblait fort à une scène d'adieux et elle regretta de ne pas lui avoir faussé compagnie avant.

— Cette ville va me manquer. Ma vie au Barts va me manquer, commença Thomas, qui l'avait rejointe mais était resté légèrement en retrait.

Ils ne s'étaient pas préparés à ce moment, ils l'avaient exclu de leur tête comme pour le conjurer.

— Je ne sais par quoi commencer, s'excusa-t-il. Je crois qu'aucun de nous deux n'a envie de cette conversation.

Le vent était tombé dans la journée et les bruits de la ville leur parvenaient avec une grande clarté, cris, hennissements, klaxons, coups de marteau sur des charpentes en construction, tous ces fragments de vie qui s'échappaient de Londres.

— À quelle heure votre bateau de la Cunard part-il pour New York mercredi ?

Olympe s'était retournée pour observer sa réaction.

— En milieu d'après-midi, dit Thomas sans chercher à tergiverser.

Elle attendit les mots pour adoucir la déchirure des émotions, les explications, les regrets, tous les baumes qui entourent les cœurs qui saignent, mais le docteur Belamy ne savait les exprimer.

Olympe fit quelques pas en direction de l'ombre du campanile qui coupait la terrasse en deux triangles identiques. Elle s'y arrêta comme devant une falaise puis franchit l'invisible barrière, avant de déclarer :

— Nous voilà séparés, maintenant.

— Horace n'aurait pas dû parler du bateau, regretta-t-il.

— Horace est maladroit mais il s'inquiète pour nous.

Elle s'était penchée vers le square du Barts, dont les occupants ressemblaient à des insectes paresseux.

— Partez, partez maintenant, et ne me demandez pas une dernière étreinte, je ne la supporterais pas. Je préfère le souvenir de nos baisers insouciants.

Il y eut le silence. Puis le glissement des semelles qui reculent, d'abord hésitantes, attendant un mot, un signe, avant de tourner définitivement les talons.

Olympe resta sans bouger, s'attendant à le voir traverser le square sans lever la tête vers son passé, mais elle n'aperçut qu'une infirmière poussant un malade sur son lit jusqu'à un des kiosques de la cour. Ce dernier avait repéré la forme humaine en haut de la tour et lui fit de grands signes, auxquels elle répondit. Puis le tableau se figea.

Elle refusait de s'affliger de regrets, mais ceux-ci arrivèrent en grappe, brutalement. Elle ne voulait pas se sentir responsable de la situation, même s'il lui aurait suffi de suivre Thomas pour que leur bonheur ne prenne pas fin.

Au fur et à mesure que les raisons de rester s'alignaient en ordre sur un plateau, celles de partir venaient s'empiler sur l'autre et la balance oscillait sans cesse. Dans les deux cas, elle aurait le sentiment de s'amputer d'une partie d'elle-même.

— Ce n'est pas juste, murmura-t-elle. Pourquoi les femmes… Et puis zut !

Elle décida de le rattraper, de lui dire qu'ils ne pouvaient se quitter ainsi, après s'être retrouvés grâce au destin, qu'elle acceptait de partir, loin de Londres et de ses racines inconnues, d'être elle-même une racine dans un pays nouveau, d'y vivre heureux et d'y poursuivre leurs combats.

Lorsqu'elle se retourna, Thomas était là, adossé contre le muret. Il s'approcha d'elle alors qu'Olympe s'était arrêtée à la frontière d'ombre.

— Thomas…

— Chut…

Il posa son index sur la bouche d'Olympe.

— Vous avez raison : pourquoi les femmes devraient-elles sacrifier leur vie pour un homme ?

— Pourquoi tout est-il si compliqué, Thomas ?

— Je ne sais pas.

Ils se faisaient face sans oser se toucher comme si l'après avait déjà commencé.

— Dire qu'on a fait trembler le pouvoir de la plus grande nation au monde. S'il nous voyait maintenant, notre image en prendrait un sacré coup, constata Olympe pour atténuer la tension palpable. En tout cas, je vous remercie de m'avoir épargné les grandes déclarations du genre *Je ne serai jamais celui qui étouffera votre esprit rebelle*, ajouta-t-elle. Je ne l'aurais pas supporté.

— Horace m'avait conseillé de conclure : *Votre liberté m'est plus chère que mes propres sentiments*. Il trouve cette situation très romantique.

— Si vous l'aviez prononcée, je vous aurais fui sur-le-champ.

Ils s'étaient rapprochés et leurs mains se frôlaient.

— Pourquoi n'êtes-vous pas parti ? Cela rend la séparation plus difficile encore.

— Olympe, je…

Sa voix n'avait pas son assurance habituelle.

— Je ne peux pas vous quitter. Je vous aime et je n'ai pas l'intention de prendre le bateau.

Elle resta muette et se pinça les lèvres. Ses yeux interrogeaient ceux de Thomas.

— Là, maintenant, vous feriez mieux de parler, Olympe Lovell, conseilla-t-il. Je sais que ma proposition peut vous sembler inattendue, mais elle est réfléchie, croyez-moi.

— Thomas, je ressens pour vous les mêmes sentiments. Mais…

Il se raidit lorsqu'elle prononça le mot honni, celui qui réduisait les rêves en cendres, et ne put s'empêcher de se mordiller la lèvre à son tour.

— … mais on ne peut vivre éternellement dans la clandestinité, finit-elle.

— Comment ? Vous n'avez pas aimé le programme de nos dernières semaines ?

— Les égouts de Londres et les bouges de l'East End comme lune de miel ? Quelle femme n'aurait pas été comblée de tant d'attentions ? Vous voyez comme je suis difficile à satisfaire.

Leurs doigts s'étaient enlacés.

— Alors, quc fait-on ?

— En premier lieu, arrêtons de nous mordre les lèvres, il n'en restera plus assez lorsqu'on voudra…

Elle s'interrompit pour répondre à son baiser, un long baiser passionné qu'aucun des deux ne voulait arrêter. Leurs bouches se séparèrent longtemps, longtemps après. Olympe eut le sentiment que la grande bouffée d'air qu'elle avala était pareille à la première lampée du nouveau-né.

— L'expulsion ne vaut que pour l'Angleterre, avança Thomas. On pourrait aller en Irlande habiter chez Horace. Ils ont besoin de médecins. Et de suffragettes : les députés irlandais sont très courtisés en ce moment par le gouvernement anglais. Vous seule seriez capable de les gagner à votre cause.

— L'Irlande ? Vraiment ? L'Irlande… Je pourrais participer aux manifestations à Londres ?

— À condition de ne plus jamais retourner à Holloway.

— Je vous promets de ne plus me faire arrêter. Vous m'apprendrez le vovinam.

— Je vous apprendrai la prudence.

— L'Irlande me plaira ! Nous irons sur la plage de Derrybawn House reprendre notre conversation là où nous l'avions laissée. Thomas, serrez-moi très fort !

Ils s'embrassèrent à nouveau, habillés de l'ombre qui leur allait si bien.

La cloche, calée dans un des plus vieux campaniles de la ville, sonna la fin des heures indociles.

Cinq heures. Etherington-Smith regretta de ne pas avoir annulé son cours en ce View Day. Il était en retard mais n'arrivait pas à se presser. La journée avait été riche en émotions qu'il n'avait pas envie d'évacuer. Lorsqu'il entra dans l'antichambre de l'amphithéâtre, Raymond reconnut la voix d'Horace qui s'adressait à l'auditoire.

— Je me présente : je suis le docteur Hoax, le remplaçant du docteur Etherington-Smith pour ce cours. Je vais vous apprendre une technique révolutionnaire pour la prise des battements du cœur.

— Docteur, intervint un étudiant, l'exposé devait porter sur les anomalies de l'artère honteuse et leurs opérations.

— Qu'à cela ne tienne, nous utiliserons votre artère comme exemple de ma méthode, professa Horace, qui n'avait aucune idée de sa localisation.

Le rire de Raymond fut couvert par celui de l'assemblée. Il se cala près de la porte et décida de le laisser continuer.

Le spectacle ne faisait que commencer.

L'année 1910 fut celle des désillusions pour les suffragettes qui, après avoir réussi en juillet à faire introduire un projet de loi par une coalition de députés, furent ensuite éconduites par Mr Asquith, soutenu par Winston Churchill. Elle s'acheva par la répression d'une manifestation le 18 novembre, où la violence policière atteignit un niveau jamais atteint. Les années qui suivirent furent un jeu du chat et de la souris, entraînant de nombreuses arrestations et incarcérations jusqu'à la Première Guerre mondiale où les suffragettes mirent leur combat entre parenthèses et firent preuve de patriotisme.

En 1918, le Parlement concéda un droit de vote restreint aux femmes de plus de trente ans, propriétaires ou locataires. Il fallut attendre dix ans de plus avant l'élargissement du droit de vote à toutes les femmes majeures par le *Representation of the people act* du 2 juillet 1928. Emmeline Pankhurst s'était éteinte un mois plus tôt.

Raymond Etherington-Smith continua de diriger l'école médicale du Barts jusqu'en 1913. Il mourut le 19 avril de la même année, à trente-six ans, à la suite d'une blessure contractée lors d'une opération d'un malade au poumon gangrené.

La famille Stephen fut l'âme du Bloomsbury Group. Adrian devint psychanalyste et écrivit un ouvrage en 1936 sur sa version du *Dreadnought*. Sa sœur Vanessa fit une carrière de peintre ; quant à Virginia, elle épousa en 1912 Leonard Woolf et devint un des plus grands écrivains anglais.

Le canular du *Dreadnought* fut la plus brillante mystification d'Horace de Vere Cole mais aussi celle qui précéda un inexorable déclin. Passées de mode dans les Années folles, ses plaisanteries ne faisaient plus les articles des journaux et n'amusaient plus ses amis dont le nombre s'amenuisait. Horace fut marié deux fois et resta un éternel romantique. Des investissements douteux au Canada achevèrent de dilapider sa fortune. Dépendant financièrement de son frère, il s'installa en France où il mourut, seul, à cinquante-quatre ans, d'un arrêt cardiaque. C'était à Honfleur, le 25 février 1936, dans un modeste meublé sans électricité ni eau courante. Les journaux évoquèrent celui que la presse avait appelé « *Hoaxer King* », le roi des farceurs, ou « *King Cole* ». Son corps fut rapatrié en Angleterre et seuls Augustus et Mavis, sa dernière épouse, assistèrent à son enterrement. Augustus écrivit dans ses mémoires : « Comme le cercueil descendait lentement dans la tombe et que l'émotion était à son comble, j'attendais le moment où le couvercle se soulèverait et où sa silhouette familière bondirait dans un hurlement strident. Mais mon vieil ami m'a déçu cette fois. »

Note de l'auteur

Les Heures indociles relate les rébellions qui ont marqué le début du XXe siècle anglais. Révolte dure avec le combat des suffragettes, révolte douce avec l'avant-garde artistique du Bloomsbury Group, révolte poétique avec le prince des canulars.

Toutes les actions des suffragettes que je décris dans le roman, y compris les plus surprenantes comme la distribution de tracts depuis un aéronef, sont authentiques, ainsi que leur incarcération et leur gavage forcé.

Les opérations et les cas cliniques présentés dans cet ouvrage sont inspirés de documents réels, annales et traités de l'époque, et représentatifs des progrès de la médecine hospitalière en 1910.

L'East End fut merveilleusement décrit par Jack London dans *Le Peuple d'en bas*, alors qu'il passa près de trois mois parmi les plus pauvres habitants de Londres.

Darky the Coon et Brilliant Chang ont réellement existé. Ils furent deux figures emblématiques de ce que fut l'East End en ce début de siècle. Darky se racheta pendant la Première Guerre Mondiale, où il eut une conduite exemplaire et reçut la médaille militaire. Dans la réalité, Chang ne commença ses activités de dealer qu'en 1913, ce que je me suis permis d'anticiper pour les besoins du roman.

Si vous avez des questions ou des commentaires, vous pouvez me contacter à l'adresse courriel suivante : eric.marchal@caramail.fr, je serai ravi d'en discuter avec vous.

Principales références bibliographiques

Abeille Jonas, *Guérison rapide de l'entorse et du diastasis par l'application méthodique de la belladone*, Paris, Librairie J.-B. Baillière et Fils, 1888.

Ackroyd Peter, *Londres. La biographie*, Paris, Éditions Philippe Rey, 2016.

Baldry Peter, « The integration of acupuncture within medicine in the UK », *Acupuncture in Medicine*, 2005, 23(1), p. 2-12.

Barbier Henry et Ulmann G., *La Diphtérie. Nouvelles recherches bactériologiques et cliniques, prophylaxie et traitement*, Paris, Librairie J.-B. Baillière et Fils, 1899.

Battelli F., « La mort et les accidents par les courants électriques industriels », *Archives d'électricité médicale expérimentale et clinique*, n° 120, 15 décembre 1902, p. 777-799.

Bedarida François, « L'histoire sociale de Londres au xixe siècle. Sources et problèmes », *Annales. Économies, Sociétés, Civilisations*, 15e année, n° 5, 1960, p. 949-962.

Bergonie J., « Les applications médicales de la diathermie », *Archives d'électricité médicale expérimentale et clinique*, n° 357, 10 mai 1913, p. 392-409.

Bergonie J., « Accidents causés par l'électricité », *Archives d'électricité médicale expérimentale et clinique*, n° 352, 25 février 1913, p. 165-179.

Blot Jean, *Bloomsbury. Histoire d'une sensibilité artistique et politique anglaise*, Paris, Balland éditeur, 1992.

Booth Charles, *Life and Labour of the People in London*, volume 1 : *East, Central and South London*, London, Macmillan & Co., 1892.

Bradley Katherine, *Faith, Perseverance and Patience : the History of the Oxford Suffrage and Anti-Suffrage Movements, 1870-1930*. PhD thesis, Oxford Brooks University, 1997.

Brock Claire, « Risk, responsibility and surgery in the 1890s and early 1900s », *Medical History*, 2013, volume 57(3), p. 317-337.

BROOKFIELD Frances M., *The Cambridge Apostles*, London, Sir Isaac Pitman & Sons, 1906.

CAMP John, *Holloway Prison. The place and the people*, Devon, David & Charles Newton Abbot, 1974.

CHAPUIS Adolphe, « Acide phénique », *in Précis de toxicologie*, Paris, Librairie J.-B. Baillière et Fils, 1889, chapitre V, p. 490-498.

DARMON Pierre, *La Vie quotidienne du médecin parisien en 1900*, Paris, Hachette, 1988.

DELPHI Fabrice, *L'Opium à Paris*, Paris, Librairie Félix Juven, 1907.

DOWNER Martyn, *The Sultan of Zanzibar. The bizarre world and spectacular hoaxes of Horace de Vere Cole*, London, Black Spring Press Ltd, 2010.

DUMONT F.-L., *Traité de l'anesthésie générale et locale*, Paris, Librairie J.-B. Baillière et Fils, 1904.

DUPOUY Roger, *Les Opiomanes, mangeurs, buveurs et fumeurs d'opium, étude clinique et médico-littéraire*, Paris, Librairie Félix Alcan, 1912.

DUPUY Edmond, *Sérums thérapeutiques et autres liquides organiques injectables*, Paris, L. Battaille et Cie éditeurs, 1896.

FAUCONNEY Jean, *La Perversion sexuelle*, Paris, Nouvelle librairie médicale, 1903.

FROMAGE Georges, *Notes sur un rapide et court voyage aux États-Unis et au Canada*, Rouen, Imprimerie du Journal de Rouen, 1910.

GOUGES Olympe de, *Zamore et Mirza ou l'Heureux naufrage. Drame indien en trois actes et en prose*, Paris, Cailleau, imprimeur-libraire, 1788.

GUILLEMINOT Henri, *Électricité médicale*, Paris, G. Steinheil éditeur, 1907.

GUISEZ Jean, *Diagnostic et traitement des rétrécissements de l'œsophage et de la trachée*, Paris, Masson et Cie éditeurs, 1923.

HALEVY Élie, *Histoire du peuple anglais au XIXe siècle. Épilogue (1895-1914)*, II : *Vers la démocratie sociale et vers la guerre (1905-1914)*, Paris, Librairie Hachette, 1932.

HAMPSTEAD AND HIGHGATE EXPRESS, « Suffragettes at Madame Tussaud's », 29 février 1908, p. 7.

HENNEQUIN J. et LOEWY Robert, *Les Fractures des os longs. Leur traitement pratique*, Paris, Masson et Cie éditeurs, 1904.

HOLLAND Evangeline, *Edwardian England. A guide to everyday life, 1900-1914*, Plum Bun Publishing, 2014.

HOUSSAYE J.-G., *Instructions sur la manière de préparer la boisson du thé*, Paris, À la porte chinoise, 1839.

HUARD Charles-Lucien, *L'Imprimerie*, Paris, L. Boulanger éditeur, 1892.

JOURNAL DE MÉDECINE ET DE CHIRURGIE PRATIQUES, 1908, tome 79, articles 21865 à 22305.

JOURNAL DE MÉDECINE ET DE CHIRURGIE PRATIQUES, 1909, tome 80, articles 22306 à 22699.

KRISHABER Maurice, *Instruction pratique à l'usage du laryngoscope*, Paris, A. Gaiffe, 1866.

LAVAL Édouard, *Guide chirurgical du praticien pour les opérations journalières*, Paris, Octave Douin éditeur, 1905.

LAVAL Édouard. *Comment on soigne le diabète*, Société d'impression et d'édition L. Boyer, 1903.

LEJARS Félix, *Traité de chirurgie d'urgence*, Paris, Masson et Cie éditeurs, 1900.

LEMAIRE Jules, *De l'acide phénique*, Paris, Librairie de Germer-Baillière, 1865.

LEPINE Raphaël, *Les Complications du diabète et leur traitement*, Paris, Librairie J.-B. Baillière et Fils, 1906.

LES NOUVEAUX REMÈDES DE PHARMACOLOGIE, DE THÉRAPEUTIQUE, DE CHIMIE MÉDICALE ET D'HYDROLOGIE, publié par G. Bardet, G. Pouchet, Brissemoret, L. Kaufmann et J. Chevalier, Paris, O. Doin et Fils éditeurs, tomes 22 à 25, 1906 à 1909.

LETULLE Maurice, *Inspection, palpation, percussion, auscultation. Leur pratique en clinique médicale*, Paris, Masson & Cie éditeurs, 1913.

LINLITHGOWSHIRE GAZETTE, « The esperanto congress in Dresden », 28 août 1908, p. 8.

LONDON Jack, *Le Peuple d'en bas (The People of the Abyss)*, Paris, Éditions Phoebus, 1999 (édition originale : 1902).

LURO E., *Le Pays d'Annam : étude sur l'organisation politique et sociale des Annamites* (seconde éd.), Paris, Ernest Leroux éditeur, 1897.

LUTAUD Auguste et HOGG Walter Douglas, *Nouvelles études sur l'isolement des contagieux en France et en Angleterre*, Paris, Librairie J.-B. Baillière et Fils, 1890.

MARLOW Joyce, *Suffragettes : the Fight for Votes for Women*, Virago, 2015.

MARTIN Christopher, « Un nouveau regard sur les mutations de la Royal Navy au début du XXe siècle », *Revue historique des armées*, 2009, 257, p. 44-58.

MILLER Ian Robert, « The suffragette's encounter with the stomach tube », *in A Modern History of the Stomach : gastric illness, medicine and British society*, v. 1800-1950, PhD thesis, Faculty of Life Sciences, University of Manchester, 2009, p. 109-119.

MONOD Charles et JAYLE Félix, *Cancer du sein*, Paris, Rueff & Cie éditeurs, 1894.

MONTEUUIS Isidore, *Un hôpital moderne. Le nouvel hôpital de Dunkerque*, notice publiée par la Commission administrative des hospices, 1910.

MOORE Norman, *The History of St Bartholomew's Hospital*, volume II, London, C. Arthur Pearson Limited, 1918.

MOORE Norman, *St Bartholomew's Hospital in Peace and War*, Cambridge, University Press, 1915.

MORTON James, *East End Gangland*, London, Little, Brown and Company, 2000.

MYALL Michelle, *Flame and Burnt Offering : a life of Constance Lytton, 1869-1923*, PhD thesis, School of Social and Historical Studies, University of Portsmouth, 1999.

NANSOUTY Max de, « Sixième conférence : les transports maritimes », *in Le machinisme. Son rôle dans la vie quotidienne*, Paris, Pierre Roger & Cie éditeurs, 1909, p. 120-146.

NOIRIEL Gérard, « Surveiller les déplacements ou identifier les personnes ? Contribution à l'histoire du passeport en France de la Ire à la IIIe République », *in Genèses*, 30, « Émigrés, vagabonds, passeports », 1998, p. 77-100.

NOIRRIT E. *et al.*, « Plaques palatines chez le nourrisson porteur de fente labiomaxillaire », *in EMC*, Elsevier, 22-066-B-55, 2005.

OLIVIER Jean-Marc, « Chapeaux, casquettes et bérets : quand les industries dispersées du Sud coiffaient le monde », *in Annales du Midi : revue archéologique, historique et philologique de la France méridionale*, tome 117, n° 251, « Dynamiques marchandes : acteurs, réseaux, produits (XIIIe-XIXe siècles) », 2005, p. 407-426.

PALL MALL GAZETTE, « Eight centuries of ministration to suffering humanity », 9 mai 1905, p. 4.

PANKHURST Emmeline, *Suffragette. My Own Story*, Hesperus Press Ltd, 2015.

PANKHURST Sylvia, *The Suffragette : the History of the Women's Militant Suffrage Movement*, Dover Publications, 2015.

PARVILLE Henri de, « Maquillage naturel : mélanhydrose », *Les Annales politiques et littéraires*, 1908, n° 1292, p. 305.

PASQUET D., *Londres et les ouvriers de Londres*, Paris, Librairie Armand Colin, 1914.

PENNYBACKER Susan D. et LEE Sonia, « Les mœurs, les aspirations et la culture politique des employés de bureau londoniens des deux sexes, 1889-1914 », *in Genèses*, 14, « France-Allemagne. Transferts, voyages, transactions », 1994, p. 83-104.

PORTER Langley, « Robert Hutchison at the London hospital circa 1900 : reminiscences of a clinical clerk », *Archives of Disease in Childhood*, 1951, 26(129), p. 369-372.

REBAUTE F.-H., *Vade-mecum de médecine dosimétrique, ou Guide pratique pour le traitement des maladies aiguës et chroniques, d'après la méthode du professeur Burggraeve, suivi d'un mémorial toxicologique*, Paris, Institut dosimétrique, 1881.

RECLUS Paul, « Onyxis », *in Traité de chirurgie*, tome I, Paris, G. Masson éditeur, 1890, deuxième partie, « Peau et tissu cellulaire sous-cutané », chapitre IV, p. 636-641.

RÉMOND René, « Le pacifisme en France au XXe siècle », *in Autres Temps. Les cahiers du christianisme social*, n° 1, 1984, p. 7-19.

REVERDIN Isaac, « Recherches expérimentales sur les brûlures produites par les courants électriques industriels », *Journal de physiologie et de pathologie générale*, juillet 1913, 4, X, p. 861-872.

ROCAZ Charles-Henri-Félix, *Étude comparative du tubage du larynx et de la trachéotomie dans le croup*, Bordeaux, Imprimerie Gounouilhou, 1900.

ROCHARD Eugène, *Chirurgie d'urgence*, Paris, Octave Doin éditeur, 1899.

ROUSSEL Frédéric, « Qui a peur des Bloomsbury ? », *Libération*, 21 juillet 2011.

SEED John, « Limehouse Blues : Looking for "Chinatown" in the London Docks, 1900-1940 », *History Workshop Journal*, 62, automne 2006, p. 58-85.

SOUBEIRAN Jean-Léon et DABRY DE THIERSANT M., *La Matière médicale chez les Chinois*, Paris, G. Masson éditeur, 1874.

SAINTON Paul et DELHERM Louis, *Les Traitements du goitre exophtalmique*, Paris, Librairie J.-B. Baillière et Fils, 1908.
SCHLESINGER Hermann, *Les Indications des interventions chirurgicales dans les maladies internes à l'usage des médecins praticiens*, Paris, Vigot Frères éditeurs, 1905.
SMITH James Greig, *Chirurgie abdominale*, Paris, G. Steinheil éditeur, 1894.
SOULIE DE MORANT Georges, *Précis de la vraie acuponcture chinoise*, Paris, Mercure de France, 1934.
TARDIEU Eugène, *Étude sur le massage du cœur expérimental et clinique*, Montpellier, Imprimerie Firmin, Montane et Sicardi, 1905.
THE ABERDEEN DAILY JOURNAL, « Anarchists invade London », 17 mai 1906, p. 5.
THE ABERDEEN DAILY JOURNAL, « The French "pacifists" », 2 janvier 1906, p. 5.
THE DAILY NEWS, « The women's war », 1er juillet 1908, p. 6.
THE DAILY NEWS, « Thirsty women arrested », 1er juillet 1908, p. 7.
THE DAILY NEWS, « Through the camera. Mrs Pankhurst leading the Women's suffrage deputation from Caxton Hall to the House of Parliament yesterday in expectation with an interview with Mr Asquith », 1er juillet 1908, p. 11.
THE DAILY NEWS, « Suffragettes at Bow Station », 22 octobre 1908, p. 7-8.
THE DAILY NEWS, « Outrage by women », 18 septembre 1909, p. 7.
THE DAILY NEWS, « Serious illness of the King », 6 mai 1910, p. 5.
THE DAILY NEWS, « King Edward the seventh », 7 mai 1910, p. 6-8.
THE DAILY TELEGRAPH, « Diplomacy defined. French hospital dinner », 17 mai 1909, p. 5.
THE DAILY TELEGRAPH, « Suffragist raid at the Guildhall », 10 novembre 1909, p. 11.
THE DAILY TELEGRAPH, « Death of King Edward », 7 mai 1910, p. 11-14.
THE EVENING POST, « Anarchists in London », nº 170, 7 août 1900.
THE GLOBE, « "Bogus" princes on the "Dreadnought". An amazing story », 12 février 1910, p. 7.
THE HENDON AND FINCHLEY TIMES, « A suffragette in the air », 19 février 1909.
THE LANCAHSIRE DAILY POST, « Illness of King Edward », 6 mai 1910, p. 2.

The Morning Post, « The assault on Mr Churchill », 16 novembre 1909, p. 5.

The Nottingham Evening Post, « The royal hospital of St Bartholomew », 7 novembre 1904, p. 3.

The Scotsman, « The illness of the King », 6 mai 1910, p. 5.

The Sphere, « The Entente cordiale in the hospital », 13 mars 1909, p. 243.

The Standard, « Fatal shampoo case », 16 juillet 1909, p. 7.

The Standard, « Suffragist scenes », 18 septembre 1909, p. 7.

The Standard, « Dangerous shampoo », 21 octobre 1909, p. 5.

The Standard, « Week-end shampoo tragedy », 28 octobre 1909, p. 9.

The Standard, « West-End fire mystery », 2 novembre 1909, p. 10.

Thornbury Walter, « St Bartholomew's Hospital », in *Old and New London*, Londres, Cassell, Petter & Galpin, 1878, volume 2, chapitre XLV.

Triaud Henry, *Radiothérapie et cancer du sein*, Lyon, Imprimeries réunies, 1907.

Trouessart Édouard-Louis, *La Thérapeutique antiseptique*, Paris, Rueff et Cie éditeurs, 1892.

Valbert G., « L'Abyssinie et son négus », in *La Revue des deux mondes*, tome 64, 1884.

Vaquez Henri, *Les Arythmies*, Paris, Librairie J.-B. Baillière et Fils, 1911.

Vidal de la Blache Paul, « Londres et les ouvriers de Londres », *Annales de géographie*, t. 23, nº 132, 1915, p. 430-433.

Vincent Eugène, *La Médecine en Chine au* XX*e* *siècle*, Paris, G. Steinheil éditeur, 1915.

Waddington Keir, *Medical Education at St Bartholomew's Hospital 1123-1995*, Woodbridge, The Boydell Press, 2003.

Waddington Keir, *Charity and the London Hospitals, 1850-1898*, Woodbridge, Royal Historical Society Publication, Boydell Press, 2000.

Woolf Virginia, *Journal*, tome I, Paris, Stock, 1993.

REMERCIEMENTS

Un grand merci :

À mes parents et mes filles pour leur indéfectible soutien et l'énergie qu'ils représentent.

À Anne, pour avoir été ma première lectrice et m'avoir rassuré sur la voie choisie.

À Fabienne, pour ses corrections sur la médecine chinoise. Je te souhaite tout le succès que tu mérites pour ton cabinet !

À Laure et ses aïeules suffragettes, les femmes de la famille Mansel.

À Thierry, pour les ouvrages anciens sur la médecine chinoise et la chirurgie.

À toute l'équipe des éditions Anne Carrière, Stephen pour l'enthousiasme et l'envie que tu insuffles, Sophie pour ton amour communicatif de la langue française, Astrid, Anne, Anne-Sophie, Assia, Virginie, Yasmina, Alain, ainsi que Béatrice et Irène. Rendez-vous à toutes et tous pour la prochaine aventure qui sera une grande surprise…

Les musiques des *Heures indociles* :

Alicia Keys (https://www.youtube.com/user/aliciakeys)

Ladislava (www.ladislava.fr)

Emmanuelle Marchal (4 brindilles pour violoncelle et piano : https://www.youtube.com/watch?v=fEkO6Z9_FNw)

Jamie Cullum (https://www.youtube.com/watch?v=uVCSD93q18E)

Cet ouvrage a été composé par IGS-CP
à L'Isle-d'Espagnac (16)
et achevé d'imprimer sur Roto-Page
par l'Imprimerie Floch à Mayenne,
pour le compte de S.N. Éditions Anne Carrière,
39, rue des Mathurins, 75008 Paris
en août 2018

Imprimé en France
Dépôt légal : septembre 2018
N° d'édition : 907 – N° d'impression : 92968